Das wilde Land

Iny Lorentz

Das wilde Land

Roman

Weltbild

Besuchen Sie uns im Internet:
www.weltbild.de

Genehmigte Lizenzausgabe für Weltbild Retail GmbH & Co. KG,
Steinerne Furt, 86167 Augsburg

Ein Unternehmen der Droemerschen Verlagsanstalt
Th. Knaur Nachf. GmbH & Co. KG, München
Umschlaggestaltung: bürosüd°, München
Umschlagmotiv: Getty Images, München (© Martin Dixon) /
Trevillion Images, Brighton (© Susan Fox) / www.buerosued.de
Gesamtherstellung: CPI Moravia Books s.r.o., Pohorelice
Printed in the EU
ISBN 978-3-95569-779-2

2018 2017 2016 2015
Die letzte Jahreszahl gibt die aktuelle Lizenzausgabe an.

Erster Teil

Maggie

1.

Es war ein Mittwochmorgen im Sommer 1839, und doch wirkte die Farm so still wie an einem Sonntag. Dabei wartete gerade in dieser Jahreszeit viel Arbeit auf Walther Fichtner und seine Männer. Statt anzupacken, standen er und seine mexikanischen Rancharbeiter nahezu regungslos neben der Remise und starrten auf das Wohnhaus. Aus diesem hatten Gertrude Poulain und Rachel Coureur Pepe und den Hausherrn schon kurz nach Sonnenaufgang vertrieben und bewachten es nun wie zwei Engel mit dem Flammenschwert.

Quique, der Vorarbeiter der Vaqueros, war zur Ranch gekommen, um einiges mit seinem Herrn zu besprechen. Doch er begriff schnell, dass Walther nicht in der Lage war, ihm zuzuhören. Daher hielt er zunächst den Mund. Aber als Walthers Gesicht sich grau vor Sorge färbte, zupfte er ihn am Ärmel.

»Keine Angst, Señor! Diesmal geht bestimmt alles gut!«

Seinen Worten zum Trotz erinnerte sich Quique mit Grausen daran, dass Walthers erste Ehefrau Gisela vor drei Jahren bei Waldemars Geburt gestorben war. Unwillkürlich wanderte sein Blick zu den beiden Kindern hinüber. Josef saß neben dem Grab, in das man Gisela Fichtner vor drei Jahren umgebettet hatte, und hielt seinen jüngeren Bruder eng umschlungen. In den Gesichtern der beiden Jungen stand ebenso viel Angst wie in dem ihres Vaters, denn nun lag die Stiefmutter der Knaben in den Wehen, und alle drei befürchteten, auch sie zu verlieren.

»Keine Angst, Señor. Diesmal geht alles gut!«, wiederholte Quique.

Endlich vermochte Walther ihm zu antworten. »Das wird es! Gott kann nicht zulassen, dass den Kindern auch die zweite Mutter wegstirbt.«

Der Vaquero verstand, wie es in Walthers Innerem aussah, und schlug ein ums andere Mal das Kreuz. Dabei flehte er im Stillen die Heilige Jungfrau an, sich Maria Amalie Fichtners, die alle noch immer Nizhoni nannten, anzunehmen.

»Vielleicht sollten Sie mit mir zu den Herden reiten, Señor«, schlug Quique vor.

Walther schüttelte den Kopf. Er konnte sich nicht vorstellen, nach seinen Rindern zu sehen, während seine Frau sich damit abquälte, neues Leben in die Welt zu setzen.

»Es wäre auch gut für Ihre Söhne«, versuchte Quique ihn zu überzeugen. »José hat miterleben müssen, wie seine Mutter bei Waldemaros Geburt gestorben ist.«

Obwohl Texas sich vor drei Jahren von Mexiko gelöst hatte und eine eigene Republik geworden war, nannte er die Söhne seines Herrn noch mit der spanischen Form ihres Namens, die damals Vorschrift gewesen war.

Walther nahm es ihm nicht übel, denn er fragte sich oft genug, ob das neue amerikanische Texas besser war als das frühere mexikanische Tejas. Zwar besaß er mehr Land als jeder andere im weiten Umkreis, aber ihm missfiel die Unruhe, die das Land seit der Loslösung von Mexiko erfasst hatte. Beinahe jede Woche trafen seine Vaqueros auf Siedler, die sich einfach auf seinem Besitz niederließen und nicht akzeptieren wollten, dass es hier kein freies Land für Neuankömmlinge mehr gab.

Walther brach seine Überlegungen ab und blickte wieder zum Wohnhaus hinüber. Von dort drang immer noch kein Laut zu ihm herüber. Wenn er Nizhoni wenigstens schreien hören würde, dachte er, dann wüsste er, dass die Wehen vorangingen. So aber erschreckte ihn die Stille fast noch mehr als der Gedanke an seine erste Frau, die schon ihre erste Niederkunft beinahe nicht überlebt hatte und bei der zweiten gestorben war.

Mit dem Gefühl, feige zu handeln, wandte er sich Quique zu. »Gut, reiten wir zu den Herden!«

»Ich werde Waldemaro vor mich aufs Pferd nehmen«, versprach der Vaquero. »José wird selbst reiten wollen.«

»Ich glaube kaum, dass man ihm das ausreden kann!« Für einen Augenblick huschte der Anflug eines Lächelns über Walthers Gesicht. Trotz seiner knapp zehn Jahre war Josef bereits ein besserer Reiter als er selbst. Als er den Befehl gab, die Pferde zu satteln, lief der Junge zu seinem gescheckten Mustang und schwang sich auf dessen blanken Rücken, ohne auf die Hilfe eines Rancharbeiters zu warten.

»Schauen wir, wer als Erster bei den Herden ist, Papa?«, fragte er und vergaß darüber für einen Moment die Angst um seine Stiefmutter.

Walther schüttelte den Kopf. »Heute gibt es kein Wettrennen! Ich will die Pferde nicht anstrengen, denn es kann sein, dass wir rasch zurückreiten müssen.«

»Dann aber hoffentlich, um unseren neuen Bruder willkommen zu heißen«, rief Josef und ritt los.

Walther und Quique folgten ihm etwas langsamer und blickten sich, solange die Ranch noch in Sicht war, immer wieder um. Doch nach wie vor war kein Ton zu vernehmen, und es rührte sich auch nichts.

2.

Im Wohngebäude der Fitchner-Ranch, wie sie von den amerikanischen Texanern genannt wurde, saßen Rachel und Gertrude am Tisch, tranken Kaffee und aßen von dem Kuchen, den Nizhoni noch am Vortag gebacken hatte.
»Der schmeckt ausgezeichnet!«, erklärte Rachel gerade. »Du musst mir unbedingt das Rezept geben, Nizhoni.«
Auch ihr kam der Name Maria Amalie, auf den die Diné-Indianerin getauft worden war, nur selten über die Lippen, und wenn doch, dann in seiner amerikanisierten Version Mary Amely.
»Ich werde es dir aufschreiben«, erklärte die Gebärende, während sie das Gesicht unter dem Ansturm einer Wehe kurz verzog.
Gertrude beobachtete Nizhoni und nickte zufrieden. »Sie kommen schon schneller. Lange wird es nicht mehr dauern, dann wird das Kleine sich sehen lassen. Was wünschst du dir eigentlich, einen Bruder für Josef und Waldemar oder lieber ein Mädchen?«
»Ich werde willkommen heißen, was die Geister mir bestimmt haben.«
Nizhoni lächelte versonnen. Zwei Jahre lang hatte sie geglaubt, sie würde Walther keine Kinder schenken können. Doch nun wölbte sich ihr Leib unter der Last, die er trug, und sie spürte das Streben des Ungeborenen, endlich ans Licht der Welt zu kommen.
»Lange sollte es nicht mehr dauern, sonst machen Walther und die Jungen sich zu viele Sorgen«, setzte sie hinzu.
Rachel warf einen kurzen Blick durch das Fenster und verzog spöttisch die Lippen. »Die nehmen gerade Reißaus! Manchmal

würde man ihnen wirklich mehr Mut wünschen. Bei Thierry war es ebenso. Als ich das erste Mal in den Wehen lag, ist er zu Lucien geritten.«

»Männer!«, spottete Gertrude. »Als ich im vorletzten Jahr meinen Jungen bekam, brauchte mein Albert mehr Zuspruch als ich.«

»Haben er und Thierry damals nicht zwei Flaschen Tequila geleert, so dass es beiden hinterher recht elend erging?«, fragte Nizhoni, während eine weitere Wehe ihr ein leises Stöhnen entriss.

»Das war bei meiner Abigail!«, korrigierte Rachel sie. »Allerdings habe ich da auch geschrien, dass es Gott erbarmen mochte. Bei Thamar ging es dann ganz leicht. Ich bin rein ins Haus, hab das Kleid gehoben, und das Girl war da.«

»Thierry war aber trotzdem betrunken«, sagte Gertrude lachend. Dann wandte sie sich wieder Nizhoni zu. »Wie ist es mit den Wehen? Langsam dürften sie schneller kommen!«

»Das tun sie!«, antwortete Nizhoni mit einem weiteren Stöhnen. »Ich habe das Gefühl, als würde alles aus mir hinausgepresst!«

»Dann dauert es nicht mehr lange. Leg dich ins Bett!« Rachel stellte die Kaffeetasse, aus der sie gerade hatte trinken wollen, wieder ab und trat zu der Gebärenden.

Diese schüttelte den Kopf. »Liegen ist bei einer Geburt nicht gut, Sitzen ist besser!«

»Du kannst doch dein Kind nicht zur Welt bringen, als würdest du auf dem Feld kurz die Röcke schürzen«, rief Rachel aus.

»Lass sie!«, mischte sich Gertrude ein. »Es geht leichter, wenn man ihr ihren Willen lässt. Übrigens ist jetzt die letzte Gelegenheit zu einer Wette, ob es ein Junge oder ein Mädchen wird. Ich setze einen Topf meiner Pfirsichmarmelade auf einen Sohn!«

»Ich setze einen Korb Pekannüsse dagegen«, antwortete Rachel und sah dann Nizhoni an, die mit dem Rücken gegen die Wand gelehnt auf den Fersen hockte.
»Glaubst du wirklich, dass du das Kind so zur Welt bringen willst?«
»Sie ist schon dabei«, erklärte Gertrude und griff rasch genug zu, um das Bündel Mensch, das ans Licht der Welt drängte, aufzufangen. Mit einem raschen Blick sah sie ihm zwischen die Beine und stöhnte.
»Du bekommst die Marmelade von mir, Rachel.«
»Ein Mädchen also!« Rachel klang zufrieden, denn Gertrudes Pfirsichmarmelade kam hier im French Settlement keine gleich.
»Gib sie mir!«, sagte Nizhoni und streckte die Arme nach ihrer Tochter aus.
»Lass mich sie wenigstens noch abnabeln«, meinte Gertrude mit sanftem Lächeln. »Auf jeden Fall war es eine leichte Geburt. Das muss man dir lassen!«
Nizhoni lächelte. Es ging die beiden Frauen nichts an, welche Schmerzen sie sich hatte verbeißen müssen. Doch das zählte nun nicht mehr. Wichtig war allein das kleine Menschenkind, das Gertrude eben säuberte und mit einer Windel versah. Diese war aus Leinen, wie es bei den Weißen der Fall war. Nizhoni beschloss aber, sie mit getrocknetem Moos und Gras auszupolstern, damit der Hintern ihrer Kleinen nicht wund wurde. Endlich reichte Gertrude ihr den Säugling, der sie aus großen Augen ansah und dabei die kleinen Fäuste ballte. »Schätze, die Kleine wird bald Hunger haben«, sagte sie.
»Daran wird es hoffentlich nicht scheitern!« Für einen Augenblick verdüsterte ein Schatten Nizhonis Gesicht. Bei ihrer ersten Niederkunft im Lager der Komantschen war ihre Milch reichlich geflossen, obwohl das Kind nur wenige Stunden am

Leben geblieben war. Noch heute verspürte sie tiefe Trauer, wenn sie daran dachte, und in manchen Nächten kam die Erinnerung mit schlechten Träumen zurück. Bei Gisela, Walthers erster Ehefrau, aber war die Milch weggeblieben, und aus diesem Grund hatte Walther sie als Amme für seinen ersten Sohn ins Haus geholt. Mittlerweile war Josef ein munteres Bürschchen und zusammen mit seinem kleinen Bruder ihr ganzer Stolz. Nun würden die beiden Jungen sich ihre Liebe mit einer Schwester teilen müssen.

»Wir sollten den Männern auf dem Hof mitteilen, dass alles gutgegangen ist und sie Walther holen können. Er wird sein kleines Mädchen gewiss sehen wollen.« Um Gertrudes Lippen zuckte es leicht, denn alles, was mit der Geburt eines Kindes zusammenhing, war für die Männer ein Mysterium, mit dem sie schlecht zurechtkamen.

»Ich übernehme das!« Rachel trat zur Tür, drehte sich dort aber noch einmal um, um sicherzustellen, dass Nizhoni von draußen nicht zu sehen war. Daher öffnete sie die Tür erst, als die Indianerin sich erschöpft aufs Bett setzte und die Kleine in den Armen wiegte.

»He, Pepe!«, rief Rachel dem Hausdiener zu. »Du kannst Mister Fitchner mitteilen, dass er Vater eines hübschen kleinen Mädchens geworden ist.«

Es hatte eine Zeit gegeben, in der Rachel sich eher die Zunge abgebissen hätte, als mit einem Mexikaner zu reden. Mittlerweile aber hatte sie sich im French Settlement mit seiner bunt gemischten Bevölkerung eingelebt und den Wert der einzelnen Menschen kennengelernt.

»Ein Mädchen! Da wird Señor Waltero sich aber freuen, denn Söhne hat er ja schon.« Pepe strahlte übers ganze Gesicht, wurde dann aber auf einmal ernst. »Wie geht es der Señora?«

»Mir geht es gut«, rief Nizhoni, die seine Frage gehört hatte.

»Dann wird der Señor sich doppelt freuen!« Pepe drehte sich um und winkte einen der jüngeren Rancharbeiter zu sich. »Benito, sattle ein Pferd und reite zu den Herden. Melde dem Señor, dass alles glücklich verlaufen ist und er sich Vater einer kleinen Señorita nennen kann!«
Das Reiten war nicht Pepes Ding, und so schob er diese Aufgabe an den jungen Mestizen ab. Benito strahlte, denn es war sein Traum, ein Vaquero zu werden wie sein großes Vorbild Quique. Dafür aber musste er reiten können wie ein Komantsche, und dieser Botenritt stellte eine gute Gelegenheit dar, sich dem Vormann zu empfehlen. Innerhalb kürzester Zeit sattelte er einen der Mustangs im Pferch, schwang sich auf dessen Rücken und galoppierte los.
»Brich dir aber nicht das Genick!«, rief Pepe ihm warnend nach. Doch da war Benito bereits außerhalb der Hörweite und jagte nach Westen, wo die Herden der Ranch weideten.

3.

Trotz der Sorgen um seine Frau empfand Walther beim Anblick der Rinderherde, die, von Quiques Untergebenen bewacht, weidete, großen Stolz. Vor knapp zehn Jahren hatte er mit einem Bullen und zwei Kühen angefangen, und mittlerweile war seine Herde durch eigene Nachzucht, den Ankauf der Tiere von Nachbarn, die ihre Farmen aufgegeben hatten, und das Einfangen herrenloser Rinder auf mehrere hundert Stück angewachsen. Dabei hatte er schon mehrmals zehn oder zwanzig Rinder an die Bewohner der Städte verkauft, die im Umfeld des French Settlements wie Pilze aus dem Boden schossen. Darüber hinaus besaß er eine stattliche Herde gezähmter Mustangs und zwei großrahmige Hengste, mit denen er Reitpferde züchtete, die im weiten Umkreis ihresgleichen suchten. Quique war für die Rinderherde verantwortlich, während die Pferde seinem Freund Lope anvertraut waren, und die beiden arbeiteten ausgezeichnet zusammen. Auch jetzt trabte Lope heran und winkte schon von weitem mit seinem Sombrero.

»Hola Señor! Wie geht es der Señorita? Ist das Kind schon geboren?«

Walther schüttelte den Kopf. »Nein, noch nicht. Quique meinte, ich solle zu den Herden kommen, damit ich mir nicht vor lauter Aufregung die Fingernägel abkaue.«

Beide Vaqueros lachten. Lope gesellte sich zu der Gruppe, sah Josef auf dem blanken Rücken des Mustangs sitzen und schüttelte den Kopf.

»Hast du vergessen, dass du ein junger Caballero bist und kein wilder Komantschenjunge? Was sollen die Leute von dir halten und von uns, wenn du wie ein *Indio bravo* auf dem Pferd sitzt?«

»Nizhoni sagt, ich müsste beides können, sowohl wie ein Vaquero als auch wie ein Komantsche reiten«, antwortete der Junge selbstbewusst.

Unwillkürlich nickte Lope. »Du kannst auch beides! Deshalb solltest du, wenn Fremde da sind, einen Sattel verwenden. Ohne Sattel kannst du reiten, wenn niemand es sieht.«

»Hier ist doch niemand«, wandte Josef ein.

»Ist Señor Sam Houston niemand?«, fragte Lope und blickte Josef dabei so treuherzig an, dass dieser sich erschrocken umsah.

»Mister Houston ist hier? Aber ich sehe ihn nicht!«

»Dort kommt er!«, erklärte der Vaquero und wies nach Süden. Jetzt entdeckte auch Walther den siegreichen General des texanischen Unabhängigkeitskrieges und ersten Präsidenten der Republik Texas. Zwar war mittlerweile Mirabeau B. Lamar zum neuen Präsidenten gewählt worden, dennoch war Houstons Einfluss noch immer groß. Zudem war er Walthers Freund.

»Schön, Sie zu sehen, Sam!«, grüßte dieser den Besucher.

»Ich dachte mir, ich schaue mal bei Ihnen vorbei, Walther. Schön haben Sie es hier – und verdammt viele Kühe. Glaube nicht, dass es hier in Texas mehr als eine Handvoll Siedler gibt, die ähnlich viel Vieh besitzen – höchstens ein paar alteingesessene Tejanos.« Houston wies zum Lagerfeuer. »Haben Sie einen Becher Kaffee für einen durstigen Mann und einen Pfannkuchen übrig? Ich habe nichts mehr gegessen, seit ich von Andreas Belchers Farm aufgebrochen bin. Es gibt zwar einige neue Farmen zwischen seinem Besitz und den Grenzen Ihres Settlements, aber die werden von Greenhorns geführt, die erst beweisen müssen, dass sie echte Texaner sind, bevor ich auch nur einen Schluck Wasser von ihnen annehme.«

Houston lachte wie über einen guten Witz, doch Walther verstand die Anspielung. Gerade diese Neulinge in Texas hatten dafür gesorgt, dass Houston eine zweite Präsidentschaft versagt geblieben war. Die siegreiche Schlacht gegen die Mexikaner am San Jacinto River lag zwar erst drei Jahre zurück, doch in dieser Zeit waren mehr Neusiedler ins Land geströmt als in den zwanzig Jahren zuvor. Für diese Neuankömmlinge waren die Verdienste der Vergangenheit nicht mehr wert als ein Drink, den sie für Sam Houston oder einen der anderen Teilnehmer an jener Schlacht ausgeben würden.

Während Walthers Gedanken sich mit der derzeitigen Situation in Texas beschäftigten, wies Quique lachend auf Jones, ihren dunkelhäutigen Koch. »Wir haben nicht nur einen Becher Kaffee für Sie übrig, Señor Houston, sondern auch ein großes Steak. Kommen Sie, steigen Sie ab! Wir kümmern uns um Ihr Pferd, und Sie essen erst einmal.«

»Da sage ich nicht nein!« Houston schwang sich aus dem Sattel, reichte die Zügel einem heraneilenden Vaquero und reckte sich dann, um den Blutfluss in Armen und Beinen wieder anzuregen.
»Irgendwie wird man im Sattel steif. Oder ist es das Alter?«, meinte er mit einer gewissen Koketterie.
»Vielleicht sind Sie das Reiten nicht mehr so gewohnt wie früher«, antwortete Walther mit dem Anflug eines Lächelns. »In den letzten Jahren sind Sie auf jeden Fall weitaus länger auf Ihrem Präsidentenstuhl gesessen als im Sattel. Das merkt man einfach.«
»Würde gerne noch immer auf dem Präsidentenstuhl sitzen, um ein paar Dummheiten verhindern zu können. Doch darüber möchte ich nicht mit leerem Magen reden.«
Houston ließ sich von Jones einen Becher mit dampfendem Kaffee und einen Teller mit einem riesigen Steak reichen, setzte sich auf seinen Sattel, den ein Vaquero auf den Boden gelegt hatte, und begann mit Genuss zu essen.
»Hieß es nicht, Ihre Frau würde bald niederkommen?«, fragte er Walther zwischen zwei Bissen.
»Sie durchlebt gerade ihre schweren Stunden. Quique hat mich hierhergeschleppt, damit ich auf dem Ranchhof nicht aus lauter Angst und Sorge vergehe«, antwortete Walther mit hörbarem Selbstspott.
»Dann ist es vielleicht ganz gut, dass ich gekommen bin. So können wir über alte Zeiten reden und damit ein wenig die Gegenwart vergessen.« Houston lachte zwar, doch seine Miene verriet, dass ihm alles andere als froh zumute war.
»Das Steak schmeckt ausgezeichnet«, sagte er zu Jones. »Ebenso der Kaffee! Ich habe in letzter Zeit selten besseren getrunken.«
»Das freut mich, Mister President«, antwortete der Schwarze.

Houston hob abwehrend die Hand. »Präsident? Das war ich mal. Jetzt sitzt ein anderer auf meinem Stuhl, und der wird uns noch gewaltig in die Scheiße reiten. Entschuldigen Sie den derben Ausdruck, Walther. Aber es ist nun einmal so.«

»Da kommt Benito!«, rief Josef und zeigte auf den Rancharbeiter, der im vollen Galopp heranfegte und den Gaul erst kurz vor Walther zum Stehen brachte.

»Ich soll Ihnen mitteilen, dass Ihnen eine Tochter geboren worden ist, Señor!«, rief er atemlos. »Ja, und Ihrer Señora geht es gut.«

»Gott sei Dank!«, entfuhr es Walther.

Houston reichte ihm die Hand. »Ich gratuliere, Walther! Das ist wenigstens eine Neuigkeit, über die man sich freuen kann. Sie werden sicher zu Frau und Kind eilen wollen.«

»Das möchte ich natürlich«, antwortete Walther.

»Dann bezähmen Sie Ihre Ungeduld wenigstens so lange, bis ich mein Steak gegessen und meinen Kaffee ausgetrunken habe. Später wird es sicher etwas Stärkeres zu trinken geben.«

»Sie werden mit Tequila vorliebnehmen müssen, denn Whisky habe ich keinen.« Walther lächelte, denn er kannte Houstons Vorliebe für geistige Getränke. Doch ob nüchtern oder betrunken, dieser Mann war bei weitem mehr wert als der, der jetzt als Präsident von Texas auf seinem Amtsstuhl saß. Daher wartete er, während Houston gemütlich sein Steak aß und dabei über Belanglosigkeiten sprach.

Unterdessen lenkte Josef seinen Mustang neben Quiques Hengst und streckte die Arme nach seinem Bruder aus. »Waldemar kann diesmal mit mir reiten!«

Der Vaquero überlegte kurz und setzte dann den Dreijährigen vor Josef aufs Pferd. »Gib gut acht auf ihn!«, mahnte er.

»Das tue ich!«, versprach Josef und hielt seinen Bruder fest. »Das schaffen wir beide schon, nicht wahr, kleiner Wolf?«

»Ja, großer Puma«, antwortete der Kleine und drehte sich zu Josef um. »Wir wollten doch ein Brüderchen haben!«
»Ja, das wollten wir«, sagte Josef seufzend. »Mädchen sind zu nichts nütze! Sie quieken wie Tante Rachels Abigail, wenn man sie in eine Pfütze stößt, und kneifen einen ganz böse, wenn niemand hinsieht.« Er dachte an Rachels und Thierrys älteste Tochter. Abigail war vier Monate jünger als Waldemar, sofort beleidigt, wenn man ihr nicht nachgab, und petzte fürchterlich bei den Erwachsenen.
Der Gedanke, dass auf der eigenen Ranch bald eine jüngere Ausgabe einer Abigail Coureur herumlaufen würde, gefiel Josef ebenso wenig wie seinem Bruder. Doch er würde sich zu wehren wissen.
»Wir werden ihr schon zeigen, wo es bei uns langgeht«, flüsterte er Waldemar zu. »Unsere Schwester darf einfach nicht quieken, wenn sie schmutzig wird, und sie hat auch den Mund zu halten, wenn wir einen Eselshasen oder ein anderes Stück Wild schießen wollen.«
Obwohl er Josefs Flinte bislang nur hatte ansehen dürfen, nickte Waldemar eifrig. »Das tun wir! Ich kann mir nicht vorstellen, dass sie so schlimm sein wird wie Abigail oder die anderen Nachbarsmädchen. Da passt Mama schon auf. Die schießt besser als die meisten Männer und lacht höchstens, wenn sie schmutzig wird.«
Anders als Josef, der sich noch an ihre leibliche Mutter erinnern konnte, nannte er Nizhoni Mama. Ihm kam auch nicht in den Sinn, dass Josef und er nur den Vater mit der Kleinen teilten, nicht aber die Mutter. Da die beiden Jungen ihr Schwesterchen trotz ihrer Vorbehalte bald sehen wollten, blickten sie böse zu ihrem Gast hinüber, den nichts aus der Ruhe zu bringen schien.
Endlich steckte Sam Houston den letzten Bissen in den

Mund, wischte das Messer an seinem ledernen Hosenbein ab und nickte Walther zu. »Jetzt können wir zu Ihrer Ranch reiten.«

Walther befahl, die Pferde zu bringen, und stieg in den Sattel. Dabei sah er kurz zu Josef und Waldemar hinüber, sagte aber nichts, weil er seinem Ältesten genug Sorgfalt zutraute, weder sich noch Waldemar in Gefahr zu bringen.

Während sie zur Ranch ritten, blickte Houston sich immer wieder um. »Sie halten Ihren Besitz gut in Schuss, Walther. Das kann man hier wahrlich nicht von jedem sagen. Etliche besitzen zwar Land, sind aber kaum in der Lage, sich und ihre Familien davon zu ernähren.«

»Viele bilden sich ein, hier in Texas müssten ihnen die gebratenen Tauben ins Maul fliegen, und vergessen dabei, wie viel Mühe es kostet, das Land urbar zu machen.« Walther klang verächtlich, denn er kannte genügend Neusiedler, die genau diesem Bild entsprachen.

»Etlichen Siedlern wird bald etwas anderes um die Ohren fliegen als eine Taube, mag sie nun gebraten sein oder roh«, stieß Houston aus und vollzog mit seiner Linken eine abwiegelnde Geste. »Aber darüber reden wir später. Jetzt begrüßen wir erst einmal unsere neue Erdenbürgerin.«

4.

Obwohl Gertrude und Rachel Nizhoni rieten, im Bett zu bleiben, stand sie auf, kaum dass die Nachgeburt abgegangen war, und wusch sich von Kopf bis Fuß mit frischem Wasser. Sie badete auch die Kleine, die das kalte Nass nur pro-

testierend ertrug und erst ruhig wurde, als ihre Mutter sie an die Brust legte und sie die Milchquelle entdeckte.
»Baden! So etwas! Hoffentlich wird das Kind nicht krank«, wandte Rachel ein.
»Das glaube ich nicht«, antwortete Nizhoni, während sie der Kleinen über das fast kahle Köpfchen strich.
»Ein kaltes Bad regt den Kreislauf an!«, zitierte Gertrude aus einem der wenigen Bücher, die es im French Settlement gab. Es beschrieb die Vorzüge, die es bringen sollte, sich in frischem Wasser und besser noch in einem fließenden Gewässer zu waschen.
Rachel verdrehte die Augen, sagte aber nichts, sondern blickte zum Fenster hinaus. »Langsam müsste Walther kommen!«
»Wenn die Vaqueros ihm gratulieren, kann er nicht einfach wegreiten«, wandte Gertrude ein.
»Mein Mann ist nach Abigails Geburt sofort zu mir gekommen«, rief Rachel.
Gertrude lachte sie aus. »Er war aber so betrunken, dass euer Knecht ihm aus dem Sattel helfen musste. Wir konnten ihm nicht einmal die Kleine in den Arm legen, aus Angst, er würde sie fallen lassen.«
Das stimmte zwar, dennoch zog Rachel ein langes Gesicht. »Dein Mann war bei der Geburt deines Jungen noch betrunkener als der meine.«
»Jetzt streitet euch nicht!«, mahnte Nizhoni die beiden. »Ihr habt beide prächtige Männer und solltet ihnen diese kleine Schwäche nachsehen. Immerhin haben sie nur aus Angst um euch getrunken.«
Nun mussten beide Geburtshelferinnen lachen.
»… und der deine hat Reißaus genommen!«, antwortete Gertrude. »Das war auch schon bei Josefs Geburt so. Allerdings

hat Gisela sich damals sehr schwergetan. Wir hatten die ganze Zeit Angst, sie und das Kind zu verlieren.«

Für einen Augenblick war es Nizhoni, als sähe sie Walthers erste Frau, die ihre beste Freundin gewesen war, mitten im Zimmer stehen und ihr zulächeln. Tränen stahlen sich in ihre Augen, denn Gisela hatte diese Welt viel zu früh verlassen müssen.

»He! Du wirst doch nicht etwa anfangen zu weinen!«, rief Rachel, die von den anderen Frauen in der Nachbarschaft nicht zu Unrecht als Tolpatsch bezeichnet wurde. Da man im Allgemeinen aber gut mit ihr zurechtkam, sah man ihr diese Schwäche nach.

Nizhoni fühlte sich in ihrem Andenken an Gisela gestört und reagierte unwirsch. »Diese Tränen gelten jemandem, der mir heilig ist …«

… und der du die letzten Tage ihres Lebens zur Hölle gemacht hast! Den Rest des Satzes verschluckte sie jedoch. Immerhin hatte Giselas Tod alle Frauen in der Nachbarschaft tief getroffen, sogar Rachel, die sich seitdem besser in die Gemeinschaft eingegliedert hatte.

»Walther kommt zurück!« Gertrudes Bemerkung ließ sie die Unstimmigkeit zwischen ihnen vergessen.

Während Rachel begann, die Spuren der Entbindung zu entfernen und alles aufzuräumen, stellte Gertrude Wasser für frischen Kaffee auf den Herd. Zwar würden die Männer stärkere Getränke vorziehen, doch sie selbst und Rachel hatten ihrer Ansicht nach ein paar Tassen verdient.

Da die Kleine sich satt getrunken hatte und eingeschlafen war, richtete Nizhoni ihr Kleid und trat ans Fenster. Ihr Herz machte einen Sprung, als sie Walther entdeckte. Neben ihm ritten Josef und Waldemar auf Josefs Mustang. Da sie den Älteren gelehrt hatte, was Verantwortung bedeutete, lächelte sie zufrieden. Dann bemerkte sie einen weiteren Reiter, kniff kurz die Lider zusammen, um besser sehen zu können, und drehte sich dann zu den beiden anderen Frauen um. »Mister Houston ist bei Walther.«

»Der Präsident? Oh!«

Zwar war Houston abgewählt worden, doch wie viele andere nannte auch Rachel ihn aus Hochachtung oder Gewohnheit immer noch so. Sie trat aufgeregt an Nizhonis Seite und blickte ebenfalls den Reitern entgegen.

»Bei Gott, die beiden Jungen reiten auf einem Pferd. Ich würde sterben, wenn das meine wären!«

Da sie bislang nur zwei Mädchen geboren hatte, sagten weder Nizhoni noch Gertrude etwas. Beide waren gespannt, was Walther zu seiner Tochter sagen würde, und sie freuten sich, Sam Houston begrüßen zu dürfen. Seit jenem siegreichen Feldzug gegen die Truppen des mexikanischen Diktators Antonio López de Santa Ana, bei dem alle Männer des French Settlement bis auf einen gesund nach Hause gekommen waren, wurde Houston in diesem Landstrich beinahe wie ein Heiliger verehrt.

Nun ritt er mit Walther und den Jungen auf den Hof und stieg aus dem Sattel. Sofort eilten mehrere Rancharbeiter auf die vier zu. Pepe hob Waldemar vom Pferd und stellte ihn auf den Boden, während Josef leichtfüßig herabsprang und seinen Bruder bei der Hand fasste.

Walther strich beiden über den Schopf. »Gleich werdet ihr euer Schwesterchen sehen.«

Während Josef etwas unglücklich dreinschaute, verzog Waldemar das Gesicht. »Ein Brüderchen wäre mir lieber! Jemand wie Abigail können wir nicht brauchen.«

»Das ist eine klare Aussage!«, meinte Houston lachend, während die Knechte die Pferde wegführten, um sie abzusatteln.

Er zerzauste Waldemars hellblonden Schopf und zwinkerte ihm zu.
»Da musst du dich beim Herrgott beschweren, denn der ist dafür verantwortlich. Weißt du, wie du ihm schreiben kannst?«
Waldemar und Josef schüttelten den Kopf.
»An Sankt Petrus, Himmelspforte. Der übergibt den Brief dem Heiligen Geist, der ihn dann dem Herrgott bringt!«
»Waldemar kann doch noch gar nicht schreiben!«, rief Josef mit einer gewissen Erleichterung. »Und ich werde es auf keinen Fall tun.«
»Feigling!«, maulte sein Bruder, doch das sah ihm Josef in dieser Situation gerne nach.
Walther warf den beiden einen mahnenden Blick zu und trat ins Haus. Er hatte erwartet, Nizhoni im Bett vorzufinden, doch diese stand mitten im Raum, das Neugeborene auf dem Arm, und sah ihn halb hoffend, halb ängstlich an.
»Wie geht es dir? Hast du alles gut überstanden?«, fragte er.
»Aber ja«, antwortete Nizhoni. »Das Kind ist gesund und hat auch schon getrunken. Doch es ist eben ein Mädchen und kein Junge, der einmal ein großer Krieger werden kann.«
»Wie kommst du auf den Gedanken, ich hätte einen Jungen gewollt?«, fragte Walther erstaunt.
»Nun, gesagt hast du nichts, aber ich dachte, ein Mann will …«, brachte Nizhoni heraus und wurde von Sam Houston unterbrochen.
»Wenn alle Frauen nur noch Knaben zur Welt bringen würden, weil die Väter es so wünschen, würde die Menschheit innerhalb einer Generation aussterben. In unserem Texas ist ein Mädel ebenso viel wert wie ein Bub. Das lass dir gesagt sein! Und jetzt zeige sie uns. Wenn ihr wollt, mache ich den Paten. Oder wollt ihr unbedingt eine Frau dafür nehmen?«
Walther sah ihn erfreut an. »Es wäre uns eine Ehre, Sam, wenn

Sie der Pate unserer Kleinen würden. Das sagst du doch auch, Schatz?«

»Natürlich!«

Nizhoni lächelte erfreut. Wenn ein großer Häuptling wie Sam Houston Patenstelle an ihrer Tochter vertrat, würde dies die Geister ihrer Ahnen zufriedenstellen. Diese Überlegung erinnerte sie daran, dass sie ihrer Tochter auch das Erbe ihres eigenen Volkes würde vermitteln müssen und nicht nur das Leben der Weißen, auch wenn sie einen von ihnen zum Vater hatte.

»Dann machen wir es so!« Houston nahm die Kleine von Nizhoni entgegen und kitzelte sie am Kinn. Sofort öffnete das Mädchen die Augen und gluckste vergnügt.

»Na, wer sagt es denn! Ich habe immer noch Erfolg bei der Damenwelt.« Lachend reichte Houston das Kind an Walther weiter, der es mit einer Mischung aus Stolz und Dankbarkeit betrachtete.

»Hast du dir schon einen Namen ausgesucht, Walther?«, fragte Rachel, der es gar nicht gefiel, von Houston ignoriert zu werden.

Walther betrachtete das Neugeborene, das rebellisch in seinen Armen strampelte. »Nizhoni und ich hatten den einen oder anderen Namen in Erwägung gezogen, uns aber noch nicht entschieden.«

»Dann solltest du es bald tun«, forderte Rachel ihn auf.

»Dafür sollten wir ihm Zeit lassen«, sagte Houston lächelnd. »Es ist immerhin eine schwerwiegende Entscheidung, denn die Kleine wird diesen Namen ihr ganzes Leben lang tragen. Aber wollen wir nicht auf sie anstoßen?«

Es war eine Aufforderung, die Nizhoni sofort verstand. Sie holte mehrere Gläser vom Bord sowie eine große Flasche mit Tequila und schenkte den beiden Männern ein.

Rachel gab nicht nach. »Wenn ihr auf das Kind anstoßen wollt, müsstet ihr wissen, wie es heißt!« Sie machte auch sogleich einige Vorschläge, die jedoch alle der englischen Bibel entnommen waren.
Houston verdrehte ein wenig die Augen, trank dann sein Glas in einem Zug leer und nickte Nizhoni zu. »Der Schnaps ist gut! Wo gibt es den zu kaufen?«
»Den brennt Emilio Sanchez. Er mag kein besonders guter Farmer sein, aber sein Tequila ist ausgezeichnet«, erklärte ihm Walther.
»Können Sie zusehen, ob Sie ein paar Flaschen für mich bekommen, Walther?« Houston grinste breit. Auch wenn er nicht mehr so viel trank wie früher, gefiel es ihm doch, das eine oder andere Glas zu leeren. Nun füllte er sein Glas eigenhändig nach und stieß mit Walther an.
»Als Pate ist es doch eigentlich meine Sache, den Namen für die Kleine auszuwählen, nicht wahr?«
»Es wäre mir eine Ehre!«, sagte Walther.
»Dann lassen Sie unseren Goldschatz auf den Namen Maggie taufen.«
»Ein schöner Name«, fand Nizhoni und nahm Walther das Kind wieder ab. Sie hauchte einen Kuss auf dessen Stirn und wiegte es dann sanft in den Armen. »Du heißt jetzt Maggie«, flüsterte sie der Kleinen ins Ohr. Diese öffnete die Augen, verzog das Mündchen und machte dann lautstark klar, dass sie erneut Hunger hatte.
»Eine kräftige Stimme hat sie ja«, sagte Houston lachend, trank aus und zupfte Walther am Ärmel. »Wir sollten ein wenig spazieren gehen.«
Es lag ein Unterton in seiner Stimme, der Walther aufhorchen ließ. Unterwegs hatte Houston bereits einige Andeutungen fallengelassen, die Walther Übles ahnen ließen.

5.

Sam Houston blickte auf das Wasser des Rio Colorado, das im Gegensatz zu seinem Namen absolut klar an ihnen vorbeifloss, und setzte sich ins Gras. »Schön haben Sie es hier, Walther. Euch Deutschen geht doch einiges besser von der Hand als den Siedlern aus dem Norden. Die sind einfach zu ungeduldig und erwarten, dass sie das, was sie am Vormittag gesät haben, bereits am Nachmittag ernten können.«

»Ich hatte zehn Jahre Zeit dafür«, warf Walther ein.

»Ich hoffe, dass Sie auch weiterhin die Zeit haben, Ihre Ranch auszubauen!« Houston verzog das Gesicht und spuckte in den Fluss. »Präsident Lamar will die Komantschen aus ihren östlichen Jagdgründen vertreiben und ihr Land an Neusiedler verteilen.«

»Das werden sich die Komantschen nicht gefallen lassen!«, rief Walther erschrocken aus. »Wenn es zum Krieg kommen sollte, sind wir im French Settlement ebenfalls in Gefahr.«

»Nachdem seine Anhänger mehrere Karankawa-Gruppen vernichtet haben, glaubt Lamar, er könnte bei den Komantschen genauso weitermachen. Dieser Narr will mit einer Staatskasse, die so leer ist wie eine ausgetrunkene Whiskyflasche, und einer Armee, die nicht existiert, ein Indianervolk angreifen, das über tausend erfahrene Krieger einsetzen und an jedem Ort unseres Landes zuschlagen kann. Dieses Vorgehen wird zahlreiche Siedler das Leben kosten und das Land ruinieren. Ich habe es zu verhindern versucht. Aber in den Augen der meisten neuen Siedler bin ich nur ein alter, lahmer Wolf, der Angst davor hat, jüngere Männer könnten seinen Ruhm aus früheren Tagen übertreffen.« Houston klang bitter angesichts der Machtlosigkeit, zu der er verurteilt war.

»Das wird hart werden«, antwortete Walther nachdenklich, »und hinterher wird Texas Sie nötiger brauchen als jemals zuvor.«
»Schön wär's!« Houston rieb sich über die Stirn und schüttelte dann den Kopf. »Wissen Sie, was es für ein Gefühl ist, wenn Sie alles, was Sie aufgebaut haben, den Bach hinabgehen sehen?«
»Doch, das weiß ich!« Walther erinnerte sich an seine Heimat, aus der er hatte fliehen müssen, aber auch an Gisela, die so lange ein Teil seines Lebens gewesen war. »Doch, das weiß ich«, wiederholte er und reichte Houston die Hand. »Es mag kommen, was will – ich stehe immer zu Ihnen, Sam!«
»Das weiß ich!« Houston ergriff die Hand und blickte sinnend auf das Wasser des Flusses. »Wissen Sie noch, wie wir mit unserer Armee vor Santa Anas Truppen davongerannt sind und unsere Soldaten uns deswegen verflucht haben?«
»Daran erinnere ich mich nur allzu gut!«
»Aber wir haben es ihnen allen gezeigt, den Mexikanern ebenso wie unseren Jungs – und vor allem den Geschäftemachern, die sich wie Blutsauger an uns geheftet hatten und für minderwertige Ware teure Landrechte haben wollten.«
»Auch das habe ich nicht vergessen«, sagte Walther leise.
»Ich habe damals einige der übelsten Kerle an die frische Luft gesetzt«, fuhr Houston fort. »Jetzt, nachdem ich weg bin, sind sie wiedergekommen und beschwatzen unseren neuen Präsidenten, und dieser Trottel hat ihnen etliches an Land überschrieben. Ein guter Teil davon muss jedoch von den Komantschen geholt werden. Es würde mich freuen, wenn ein paar dieser Schurken am Marterpfahl der Roten enden würden. Aber diese Kerle halten sich vornehm zurück und schicken andere vor, die die Sache an ihrer Stelle werden ausbaden müssen.«

»Wissen Sie, welche von diesen Geschäftemachern wieder aufgetaucht sind?«, fragte Walther beunruhigt.

»Leider muss ich Ihnen mitteilen, dass Ihr ›Freund‹ Nicodemus Spencer wieder mit von der Partie ist, und der Kerl arbeitet wie damals mit James Shuddle zusammen. Die beiden spielen jetzt Empressarios, haben sich aber auch ein hübsches Stück Land für sich selbst gesichert. Spencers Besitz liegt etwas weiter im Norden, beginnt jedoch direkt an der Grenze des French Settlements. Damit ist er so gut wie Ihr Nachbar. Hüten Sie sich vor ihm! Er hat etliche Drohungen gegen Sie ausgestoßen und einige Schurken um sich versammelt. Er nennt sie zwar Cowboys, aber für die paar Kühe, die er bis jetzt auf seinem Land weiden lässt, würde ein Junge mit einer Haselrute ausreichen.«

»Spencer ist also wieder hier!« Walther erinnerte sich mit einer Mischung aus Grauen und Wut an den Mann, der nach der Schlacht von Waterloo Giselas Mutter erstochen hatte, weil diese ihn daran hatte hindern wollen, ihren Mann auszuplündern. Noch immer schmerzte es ihn, dass Spencer durch das Eingreifen eines englischen Offiziers seiner gerechten Strafe entgangen war.

»Er nennt sich inzwischen General, um bei den Siedlern Eindruck zu schinden. Daher habe ich als eine meiner letzten Amtshandlungen Sie ebenfalls zum General befördert und Ihren Freund Coureur zum Colonel.«

»Wie war das mit der nicht vorhandenen Armee?«, fragte Walther mit dem Rest von Spott, der ihm verblieben war.

»Ich glaube nicht, dass Lamar auf Sie und Coureur zurückgreifen wird. Sie gelten als Freund der Komantschen und – was noch schlimmer ist – als mein Freund.« Houston klopfte Walther auf die Schulter und grinste. »So einfach ist Politik! Sobald du gewählt worden bist, jagst du alle zum Teufel, die dein Vorgänger eingestellt hat, und setzt deine Freunde an deren Stelle, gleichgültig, ob sie für den jeweiligen Posten taugen oder nicht.«

»Das ist eine sehr dumme Sichtweise. Es wäre besser, Männer auf ihren Plätzen zu belassen, die etwas davon verstehen«, antwortete Walther kopfschüttelnd.

»Lamars Freunde wollen belohnt werden, und wenn etwas schiefgeht, waren eben andere schuld. Und diese Sache wird schiefgehen, das schwöre ich Ihnen.« Houston stand wieder auf und streckte Walther die Hand hin. »Kommen Sie! Kehren wir zu Ihrem Haus zurück und bewundern die kleine Maggie. Das ist angenehmer, als daran zu denken, welchen Unsinn unsere Regierung in den nächsten Monaten anstellen wird.«

6.

Zwei Tage blieb Sam Houston auf der Ranch, ließ sich Sanchez' Tequila schmecken und ritt dann weiter nach Waterloo – oder vielmehr Austin, wie die Stadt Stephen Austin zu Ehren umbenannt worden war. Walther blieb als Opfer aufgewühlter Gedanken und Gefühle zurück. Ihn bedrückte nicht nur der drohende Krieg, sondern auch der Gedanke an den Mörder Nicodemus Spencer und all die Probleme, die mit diesem Mann verbunden waren.

Der geplante Krieg gegen die Komantschen erschien Walther im Augenblick jedoch wichtiger, und so beschloss er, das Lager von Po'ha-bet'chy aufzusuchen, jenem Häuptling, mit dem er seit Jahren Handel trieb. Ihm war klar, dass es ein Spiel mit dem Feuer war, denn wenn die Indianer zum

Kampf entschlossen waren, würden sie auch ihn als Feind ansehen.

Als er sich mit Nizhoni darüber beriet, sah diese ihn nachdenklich an. »Es wäre am besten, wenn ich mitfahren würde! Dann sehen die Komantschen, dass wir in friedlicher Absicht kommen.«

»Das geht nicht!«, rief Walther. »Zum einen ist es zu gefährlich, und zum Zweiten ist Maggie noch viel zu klein für eine solche Reise.«

»Komantschinnen und die Frauen der Diné nehmen ihre Kinder vom ersten Tag an mit«, wandte Nizhoni ein.

»Nein, ich will nicht!« Walthers Ton ließ keinen Zweifel daran, dass er den Vorschlag seiner Frau ablehnen würde.

»Es wäre besser«, sagte Nizhoni leise. »Wenn du nur mit Männern kommst, halten die Komantschen euch für Krieger oder Späher.«

»Ich werde Josef mitnehmen. Er ist jung genug, um Po'ha-bet'chys Leuten zu zeigen, dass wir nicht als Feinde kommen!«

Das schien Walther ein guter Kompromiss. Der Junge war über sein Alter hinaus erfahren und ein ausgezeichneter Reiter. Auch traute er ihm zu, allein den Weg nach Hause zu finden, falls es doch Schwierigkeiten geben sollte.

Nizhoni wäre es lieber gewesen, sie und die Kleine begleiteten die Gruppe, doch sie hoffte, Josefs Anwesenheit würde ausreichen, um die Komantschen zu besänftigen. »Lass den Jungen auf seinem Mustang reiten, denn das Tier ist ein Geschenk von Po'ha-bet'chy. Auch soll er keinen Sattel nehmen, sondern die Decke, die ich für ihn genäht habe. Das zeigt den Komantschen, dass wir ihre Bräuche und ihr Leben respektieren.«

»Dieser Rat ist gut!« Walther küsste seine Frau und spürte in diesem Moment eine Zufriedenheit in sich, die ihn glauben ließ, alle Probleme bewältigen zu können.

»Reite mit dem Segen Gottes und mit dem der Geister meines Volkes«, flüsterte Nizhoni und lehnte sich gegen ihn. »Und komm gesund zurück!«
»Das werde ich!«, versprach Walther und sah zur Tür. »Die Jungen sind noch nicht im Haus. Dabei wissen sie, dass sie bei Dunkelheit hier sein müssen.«
»Sie werden sicher gleich kommen«, antwortete Nizhoni, um ihn zu beruhigen. Insgeheim dachte sie, dass alle Jungen gleich waren, mochten es nun Komantschen oder Weiße sein. Sie reizten jedes Gebot bis an seine Grenzen aus.
So war es auch diesmal, denn in dem Augenblick, in dem das letzte Licht des Tages erlosch, schossen Josef und Waldemar zur Tür herein, und der Große wies stolz einen ausgewachsenen Waschbären vor. »Den habe ich eben geschossen!«
»Aber ich habe keinen Schuss gehört«, entfuhr es Walther.
Sein Sohn zwinkerte Nizhoni spitzbübisch zu. »Ich habe auch nicht meine Flinte benützt, sondern den Bogen, den ich mir gebaut habe. Nizhoni sagt zu Recht, dass der Knall eines Schusses das Wild vertreibt. Machst du mir aus dem Fell eine Waschbärenmütze, wie David Crockett eine hatte?«
Die Frage galt Nizhoni, doch an ihrer Stelle antwortete Walther. »Wie kommst du auf den Gedanken, Colonel Crockett hätte eine Waschbärenmütze besessen?«
»So heißt es doch! Old Hedgehog Rudledge sagt, dass diese Mütze bei Alamo zwanzig mexikanische Kugeln aufgefangen hätte. Erst die einundzwanzigste wäre durchgegangen. Doch vorher hat David Crockett selbst mindestens zwanzig Mexikaner erschossen.«
»Rudledge erzählt zu viele blutrünstige Geschichten«, erklärte Walther und zupfte seinen Ältesten kurz am Ohr. Dann sah er sich den erlegten Waschbären an und nickte anerkennend. »Den hast du ausgezeichnet getroffen!«

»Ich will auch einen Bogen«, maulte Waldemar, dem es nicht gefiel, dass alle auf seinen großen Bruder schauten.
»Ich werde dir morgen einen schnitzen«, versprach Josef großzügig.
Doch da schüttelte sein Vater den Kopf. »Dazu wirst du nicht kommen! Ich werde morgen zu den Komantschen aufbrechen, und du wirst mich begleiten.«
Josef sprang voller Freude hoch. »Hurra! Endlich darf ich mit!«
»Es ist gefährlich«, erklärte Walther, »denn es könnte Krieg mit den Komantschen geben. Daher müssen wir vorsichtig sein.«
»Krieg mit den Komantschen? Aber wieso? Die haben uns doch nichts getan«, rief der Junge verblüfft.
»Es kommen immer mehr Siedler aus den Staaten nach Texas. Daher will der neue Präsident den Komantschen einen Teil ihres Landes wegnehmen und es den Siedlern geben.«
Josef sah ihn verdattert an. »Aber das Land gehört den Komantschen! Wir würden unseres doch auch nicht hergeben.«
»Nein, mein Junge, das würden wir nicht – und die Komantschen werden es gewiss nicht freiwillig tun. Daher dürfte es zum Krieg kommen. Aber ich will versuchen, uns und unsere Nachbarn aus diesem Krieg herauszuhalten.«
Walther klopfte Josef wie einem Erwachsenen auf die Schulter und hob Waldemar auf den Schoß, um ihm zu zeigen, dass auch er für ihn wichtig war.
Unterdessen ging Josef weiter zu der Wiege, in der Maggie lag, und streckte den rechten Zeigefinger aus. Sofort schloss sich eines der kleinen Händchen darum und hielt ihn fest.
»Man sollte nicht glauben, wie kräftig sie schon ist«, sagte er lächelnd.
Es war, als würde das Mädchen sich ihn zum Vorbild nehmen, denn auch auf ihren Lippen erschien ein Lächeln.

»Du bist eine ganz Süße«, fuhr Josef fort und hatte längst vergessen, dass er sich einen weiteren Bruder erhofft hatte.

7.

Am nächsten Morgen brach Walther kurz nach Sonnenaufgang auf. Außer Josef begleiteten ihn Quique und Jones. Den Vaquero kannten die Komantschen bereits, und der Schwarze sollte mitkommen, weil die Indianer wussten, dass viele weiße Männer seinesgleichen verachteten. Ihn an der Seite eines Weißen zu sehen würde den Komantschen zeigen, dass ihr Besucher nicht so war wie viele der neuen Siedler in Texas.

Walther wunderte sich, wie viel ihm auf den ersten Meilen ihres Weges durch den Kopf ging. Während Quique, Josef und er ritten, lenkte Jones den Wagen mit den Waren, die er zu den Komantschen bringen wollte. Wie immer verzichtete er darauf, Schusswaffen und Schießbedarf mitzunehmen. Nur Po'ha-bet'chy erhielt gelegentlich ein paar Bleikugeln oder ein Beutelchen Pulver. Diesmal hatte er jedoch nur eine Handvoll Rehposten für den Schrotlauf der Büchse dabei, die er dem Häuptling einst als Bezahlung für Nizhoni gegeben hatte. Seit jenem Handel waren fast zehn Jahre vergangen. Mittlerweile war Nizhoni seine Frau und hatte ihm eine Tochter geboren. Einige Augenblicke lang galten Walthers Gedanken den beiden, und er betete zu Gott, sie gesund wiederzusehen.

Im Gegensatz zu seinem Vater genoss Josef den Ritt aus vollen Zügen und bedauerte nur, dass er nicht auch indianische Tracht tragen durfte, wenn er schon auf die Art der Komantschen ritt.

Für ihn war das Ganze ein großes Abenteuer, und er vertraute seinem Vater und Quique, sie alle wieder heil nach Hause zu bringen.
Josefs Freude wuchs noch mehr, als er bei der ersten Übernachtung ganz normal als Wachtposten eingeteilt wurde. Er übernahm zwar die erste Wache, in der Indianer nur selten angriffen, doch gab es ihm das Gefühl, ein wichtiges Mitglied ihrer Gemeinschaft zu sein.
Als sie am nächsten Tag weiterzogen, war Josef der Erste, der in der Ferne einen Indianer entdeckte. Als er seinen Vater auf ihn aufmerksam machte, nickte dieser anerkennend.
»Sehr gut, mein Sohn! Blicke aber nicht zu oft in diese Richtung, sonst glaubt der Mann, wir würden uns überlegen, wie wir ihn am besten erwischen können.«
»Wie weit ist es noch bis zu Po'ha-bet'chys Lager?«, fragte Josef.
»Wir werden diesen Tag und noch einen weiteren über die Prärie reiten. Wenn wir Glück haben, erreichen wir das Lager morgen Abend, sonst erst am dritten Tag«, erklärte Quique.
»In dieser Zeit legen wir fast einhundert Meilen zurück«, setzte Walther hinzu. »Die Komantschen schlagen jene Lager, in denen sie länger bleiben wollen, nicht in der Nähe der weißen Siedlungen auf, denn sie wollen mit unserer Welt nichts zu tun haben.«
»Aber unsere Sachen – die wollen sie doch!«, rief der Junge und wies auf den voll beladenen Wagen.
»Die wollen sie natürlich haben«, stimmte Jones ihm zu. »Was dein Vater sagen wollte, ist, dass die Komantschen nicht in Häusern aus Holz leben wollen wie die weißen Siedler, und auch nicht ackern und Vieh züchten. Sie jagen Büffel und anderes Wild und leben davon. Was sie darüber hinaus brauchen, das kaufen sie von uns.«

»Ich sehe weitere Indianer!«, rief Quique in dem Moment. Walther warf einen Blick in die Runde und entdeckte ein halbes Dutzend Reiter, die etwa eine halbe Meile Abstand zu ihnen hielten.
»Das gefällt mir nicht!«, sagte Quique zu ihm. »Wenn wir sonst zu den Komantschen gefahren sind, hat uns nur ein einzelner Späher beobachtet. Jetzt sieht es so aus, als würden die Kerle nur auf eine Gelegenheit lauern, über uns herfallen zu können.«
»Das wäre ein recht einseitiges Geschäft«, meinte Jones mit einem missratenen Grinsen. »Unsere Pferde, unsere Waren und unsere Skalps – ohne ein einziges Büffelfell dafür bezahlen zu müssen.«
»So billig werden sie unsere Haare nicht bekommen«, antwortete Walther. »Immerhin sind unsere Büchsen und Pistolen geladen, und wir schießen gut.«
»Noch greifen sie nicht an«, wandte Josef ein. »Vielleicht sollten wir ihnen zeigen, dass wir friedlich sind.«
»Und wie?«, fragte Walther.
Der Junge trieb seinen Mustang mit einem schrillen Schrei an, den er von Nizhoni gelernt hatte, und legte rasch ein-, zweihundert Yards zwischen sich und den Wagen. Im nächsten Moment riss er das Pferd wieder herum und ritt in einem gut hundert Yard durchmessenden Bogen um seinen Vater und ihre Begleiter herum, bevor er sich wieder zu ihnen gesellte und sich so auf den Mustang setzte, dass beide Beine an einer Seite herunterhingen.
»Ich glaube, sie haben jetzt etwas, worüber sie nachdenken können«, meinte der Junge lachend.
Walther hatte einen gehörigen Schrecken ausgestanden, doch nun nickte er Josef zu. »Das war nicht schlecht, mein Sohn! Sie wissen jetzt, dass ein Junge bei uns ist, der wie einer der

ihren reitet. Das wird sie hoffentlich davon abhalten, uns anzugreifen, bevor wir mit ihren Häuptlingen gesprochen haben.«

So ganz sicher war er sich dessen nicht, denn es gab immer wieder ehrgeizige Krieger, die auf eigene Faust losschlugen, um Ruhm zu erwerben. Daher hielt er sein Gewehr schussbereit, bemühte sich aber gleichzeitig, nicht den Eindruck zu erwecken, als sei er auf Kampf aus.

Scheinbar ohne sich beirren zu lassen, zogen sie weiter nach Westen und schlugen am Abend ihr Lager an einem kleinen Bach auf, der ihnen und ihren Pferden Wasser bot. Als sie am Lagerfeuer Pfannkuchen buken, sah Quique sich angespannt um.

»Ich weiß nicht, ob wir heute nicht Doppelposten aufstellen sollten«, meinte er. »Zwar ist kein Komantsche zu sehen, aber ich würde mein Pferd verwetten, dass sie sich ganz in der Nähe versteckt haben.«

»Wenn die Komantschen darauf aus sind, uns zu überfallen, helfen uns auch zwei Wachen nichts«, antwortete Walther. »Und wir müssten uns jeweils die halbe Nacht um die Ohren schlagen.«

»Das stimmt auch wieder«, gab Quique widerwillig zu. Er wollte schon vorschlagen, dass nur die drei Männer die Wache übernehmen sollten, dachte dann aber, dass die Indianer wahrscheinlich nicht gleich zu Anbruch der Nacht angreifen würden, sondern höchstens im Morgengrauen des nächsten Tages.

»Also schlafen wir uns aus und hoffen, dass der Schlaf kein ewiger wird«, erklärte er, sah noch einmal nach seinem Wallach und wickelte sich anschließend in seine Decke.

»Gute Nacht!«, wünschte Walther ihm laut genug, damit es ein Komantschenspäher in der Umgebung hören konnte. Unter

denen war gewiss einer, der genug Englisch konnte, um ihre Worte zu verstehen.
»Werden wir morgen zu Po'ha-bet'chys Lager kommen?«, fragte Josef im Grunde auch viel zu laut.
Walther nickte dem Jungen zu. »Wenn wir früh aufstehen und unterwegs nicht trödeln, müssten wir es schaffen.«
»Dann ist es gut! Ich möchte dem Häuptling zeigen, wie gut ich mit dem Mustang zurechtkomme, den er dir für mich geschenkt hat, Vater.«
Die kurze Unterhaltung diente ebenfalls dem Zweck, den Komantschen, die mit Sicherheit in der Nähe lauschten, etwas zum Nachdenken zu geben. Nicht nur Po'ha-bet'chys Stamm, auch andere Gruppen der Komantschen wussten von dem Handel, den Walther mit diesem betrieb, und das konnte bewirken, dass man sie in Ruhe weiterreiten ließ.

8.

Am nächsten Tag hatte sich die Zahl der Indianer, die sie begleiteten, verdoppelt, und sie ritten nun knapp außerhalb der Schussweite einer guten Büchse neben Walthers Gruppe her. Nach einer Weile wandte Quique sich an Walther.
»Was meinen Sie dazu, Señor? Werden sie bald angreifen, oder warten sie noch auf Freunde, um auch diesen das Vergnügen zu gönnen, uns umzubringen?«
Walther schüttelte den Kopf. »Hätten sie uns angreifen wollen, hätten sie es heute Morgen getan. Die Krieger wollen nur dafür sorgen, dass wir zu Po'ha-bet'chys Lager reiten, und uns nicht vorher in die Büsche schlagen.«

»Soll ich mit ihnen reden?«, fragte Josef. Nizhoni hatte ihm so viel von der Sprache der Komantschen beigebracht, dass er sich mit ihnen verständigen konnte.
»Du bleibst brav hier!«, beschied Walther ihm. »Die Komantschen sind stolze Krieger und würden es als Beleidigung ansehen, wenn wir einen Knaben als Boten zu ihnen schicken.«
»Genauso ist es«, stimmte Quique seinem Herrn zu, als er die Enttäuschung des Jungen wahrnahm. »Um von den Komantschen anerkannt zu werden, musst du deinen Wert als Krieger beweisen. Und das hat noch ein paar Jahre Zeit.«
Das sah Josef ein und fügte sich ohne Murren. Trotz Walthers beruhigender Erklärung wurden die nächsten Stunden zur Geduldsprobe. Alle atmeten daher auf, als sie am Abend den Bach der Hirschkuh erreichten und wenig später das Komantschenlager vor sich sahen, bei dem Walther schon mehrfach mit den Indianern Tauschhandel betrieben hatte. Nie zuvor hatte er so viele Zelte, Pferde und indianische Krieger gesehen. Es schien, als hätte sich das gesamte Volk der Komantschen an dieser Stelle versammelt. Reiter strömten ihnen mit schrillen Schreien entgegen, Schüsse aus alten Musketen und Pistolen ertönten, und Dutzende Pfeile zuckten haarscharf an ihnen vorbei.
»Keine Sorge!«, sagte Walther zu Josef. »Die Komantschen wissen genau, wie sie zu zielen haben. Sie wollen uns, aber auch ihren Frauen zeigen, wie gut sie mit ihren Waffen umgehen können – und uns ein wenig Angst machen.«
»Das gelingt ihnen recht gut«, meinte Jones mit einem missglückten Grinsen.
Walther übernahm nun die Spitze und grüßte mehrere Komantschen, die er von früheren Besuchen her kannte, darunter auch Po'ha-bet'chys Unterhäuptling Ta'by-to'savit. Mit einem Mal wurden die Krieger ruhiger und öffneten ihnen eine

Gasse. Mehrere Häuptlinge schritten ihnen entgegen, an der Spitze ein Mann im wallenden Federschmuck. Po'ha-bet'chy, der einen halben Schritt hinter ihm ging, hielt die silberbeschlagene Doppelbüchse im Arm, die ihren Weg aus den deutschen Wäldern in die texanische Wildnis gefunden hatte. Er wirkte ernst, als er auf Walther zutrat und vor dessen Pferd stehen blieb.

»Du kommst zu einer schlechten Zeit, Fahles Haar!«

Der Spitzname, den Nizhoni ihm einst gegeben hatte, wurde seit einer Weile auch von den Komantschen benutzt. Walther wiegte lächelnd den Kopf und befahl Jones, die Plane des Wagens zurückzuschlagen.

»Wir haben gute Ware für das Volk der Nemene dabei«, sagte er, ohne auf Po'ha-bet'chys Worte einzugehen.

»Pah!«, rief der Mann mit der Federkrone. »Was soll an diesen Waren gut sein? Ich sehe nur Messer, aber keine Büchsen oder Pistolen, ja nicht einmal Pfeilspitzen aus Eisen!«

»Fahles Haar verkauft weder Waffen noch Feuerwasser«, erklärte Po'ha-bet'chy. »Doch seine Decken sind warm, seine Kochtöpfe fest, und seine Messer helfen den Weibern, die Büffel zu zerlegen, die die Krieger töten.«

Es machte sich bezahlt, dass Walther den Komantschen stets gute Qualität geliefert hatte, denn viele Händler brachten ihnen nur minderwertige Ware und ließen sich diese teuer bezahlen. Einen solchen Händler hätte der jetzige Besuch bei den Komantschen das Leben kosten können. So aber wies Po'habet'chy Jones an, den Wagen ins Lager zu fahren, und winkte mehrere junge Burschen heran, sich um die Pferde der Gäste zu kümmern.

»Du kommst wirklich zu einer schlechten Zeit, Fahles Haar«, wiederholte der Häuptling. »Der große Häuptling der Texaner hat beschlossen, Krieg mit den Nemene zu führen. Männer

mit weißer Haut sind daher in den Zelten unseres Volkes nicht mehr willkommen.«
»Ich bin kein Feind der Nemene und werde meine Waffen nicht gegen euch erheben«, antwortete Walther ernst. »Es sind auch nicht alle Texaner mit Häuptling Lamar einverstanden, sondern stehen zu Häuptling Houston, der Frieden mit dem Volk der Nemene halten will.«
»Häuptling Houston hat jedoch nicht mehr die Macht, den Stamm der Texaner vom Krieg abzuhalten«, wandte Po'ha-bet'chy ein.
Walther hob beschwichtigend die Hand. »Ein Teil der Texaner will vielleicht den Krieg. Ich aber werde mich nicht daran beteiligen, und ich glaube, auch für meine Freunde und Nachbarn sprechen zu können!«
»Fahles Haar war immer ein Freund der Nemene!« Po'ha-bet'chys Worte galten weniger Walther selbst als vielmehr den Stammesanführern, die sich in seinem Lager versammelt hatten und seine Beziehung zu dem weißen Mann nicht kannten.
»Warum verkauft Fahles Haar uns dann keine Büchsen?«, fragte der Federkronenträger bissig.
»Weil Fahles Haar ein Mann des Friedens ist. So, wie er keine Waffe gegen das Volk der Nemene erheben wird, so verkauft er keine Waffen, die gegen sein Volk eingesetzt werden können.«
Po'ha-bet'chy klang noch immer ehrerbietig, doch seine Augen blitzten ärgerlich auf. Obwohl er einer der nachrangigen Häuptlinge seines Volkes war, so ärgerte es ihn doch, sich und Walther in seinem eigenen Lager verteidigen zu müssen.
»Du hast auch diesmal gute Waren gebracht, Fahles Haar«, erklärte er noch einmal laut genug, so dass alle es hören konnten. »To'sa-mocho mag sich ein Messer, eine Decke und einen Kochtopf als Geschenk nehmen, dann können wir handeln.«

Obwohl der hochrangigere Häuptling gegen Walther gestichelt hatte, wollte er nicht auf die Geschenke verzichten. Er stieg auf den Wagen und musterte die Messer, die zwar etwas kürzer waren als Jim Bowies sagenumwobenes Knife, aber vom Schmied nach diesem Vorbild hergestellt worden waren. Zuletzt nahm er eins und schnitt damit einen Span von der Bordwand ab.

»Das Messer ist gut!«, sagte er anerkennend. Bei der Decke und dem Kochtopf war er weniger wählerisch, sondern griff einfach zu. Danach kehrte er mit gravitätischen Schritten zu dem Zelt zurück, das er bewohnte.

Walther suchte passende Geschenke für Po'ha-bet'chy und einige andere Häuptlinge aus, die sein Handelspartner ihm nannte. Es kostete ihn fast ein Fünftel seiner Waren, doch das Opfer würde dazu beitragen, so hoffte er, den Frieden mit den Komantschen zu bewahren.

Anschließend kamen andere anerkannte Krieger und schließlich die Frauen, denen vor allem an Decken, Töpfen und Nähzeug gelegen war. Sie kauften auch Glasperlen, um ihre Kleider und die der Kinder zu verzieren. Andere Händler verlangten oft unverschämte Preise dafür, aber Walther gab sie billig her. Im Gegenzug stapelten die Indianer ihre Tauschwaren neben dem Wagen auf. Es waren vor allem Waren, die wegen des bevorstehenden Krieges mit den Texanern für überflüssig erachtet wurden, wie die schweren Büffelfelle, die beim Abbruch des Lagers eine zusätzliche Last bedeuteten, aber auch Mustangs, die nicht gebraucht wurden. Ein Komantsche reichte Walther sogar einige mexikanische Silbermünzen, die nur von einem Überfall auf eine Siedlung südlich des Rio Grande stammen konnten.

Als die Nacht hereinbrach, war der Handel abgeschlossen. Quique und Jones luden die eingetauschten Waren auf den

Wagen, während Josef mit ein paar Knaben die Mustangs bewachte. Zuerst spotteten die jungen Komantschen über ihn, doch als er sie in ihrer eigenen Sprache anfuhr, nicht so dumm daherzureden, schlossen sie rasch Freundschaft.
Walther wurde unterdessen von Po'ha-bet'chy in dessen Zelt eingeladen. Es gab Büffelfleisch sowie gekochten Mais, dem allerdings ein wenig die Würze fehlte. Bedient wurden sie von Per'na-pe'ta, einer der Frauen des Häuptlings, und deren Mutter To'sa-woonit. Letztere war eine alte, verhutzelte Frau, die Walther nicht mochte, weil weiße Männer ihren Mann erschossen hatten. Dies hinderte sie jedoch nicht, einige Glasperlen von ihm zu erbetteln, mit denen sie das neue Gewand ihrer Enkelin schmücken wollte.
Nach dem Essen zündete sich Po'ha-bet'chy seine Pfeife an und blies nachdenklich Rauchringe gegen die Wände des Zeltes. Erst jetzt kam er wieder sie auf die Situation in Texas zu sprechen. »Der neue Häuptling der Texaner ist ein Narr!«, erklärte der Häuptling. »Wir Nemene sind tapfere Krieger. Wir werden die weißen Männer aus unseren Jagdgründen vertreiben und ihre hölzernen Zelte verbrennen.«
»Krieg ist immer schlecht«, antwortete Walther. »Dieses Land ist groß und könnte beide Völker, sowohl die Nemene wie auch die Texaner, ernähren. Doch einige weiße Männer wollen mehr Land, als sie brauchen.« Er dachte an Nicodemus Spencer, jenen betrügerischen Spekulanten, der sich von der Regierung von Texas Landrechte über mehrere hundert Quadratmeilen guten Bodens erschwindelt hatte. Mit Sicherheit steckte Spencer auch hinter Lamars Entschluss, die Komantschen aus ihren östlichen Jagdgründen zu vertreiben. Wenn dies gelang, war das Land, das Spencer an sich gebracht hatte, so viel wert, dass es ihn zum reichsten Mann von Texas machen würde.

»Fahles Haar ist ein Mann des Friedens! Doch wer den Frieden will, muss jene bekämpfen können, die ihm diesen Frieden nicht gönnen«, antwortete der Häuptling mit einem nachsichtigen Lächeln.

Walther nickte zustimmend. »Damit hast du recht! Doch ich weiß meinen Frieden durchaus zu schützen. Erinnere dich daran, wie wir Texaner vor fünf Jahren die Krieger des mexikanischen Häuptlings Santa Ana besiegt haben.«

Po'ha-bet'chys Miene wurde ernst. »Daran erinnere ich mich, und ich bin froh, dass Fahles Haar nicht an der Spitze der Texaner reitet, die gegen uns ziehen werden. Du bist ein großer Krieger!«

Das war ein großes Lob. Walther nickte dem Häuptling zu und nahm von diesem die Pfeife entgegen. Im Allgemeinen rauchte er nicht, doch in einer Situation wie dieser war es unumgänglich, sich an die Gebräuche seiner Gastgeber zu halten.

»Po'ha-bet'chy ist ebenfalls ein großer Krieger. Darum ist mein Herz traurig, weil die Texaner sein Volk bekämpfen wollen. Es wird viel Blut fließen, und es werden viele Menschen sterben.«

»Dies ist der Sinn des Krieges«, antwortete der Komantsche. »Es gilt, dem Feind Schaden zuzufügen und ihn für alles bezahlen zu lassen, was er meinem Volk antut. Doch nun muss ich dich eine Weile verlassen, um mich mit den anderen Häuptlingen meines Volkes zu beraten!« Mit einer geschmeidigen Bewegung erhob er sich und trat ins Freie.

Walther blieb mit den beiden Frauen zurück. Während To'sa-woonit sich ein Stück von ihm entfernt hinsetzte und nun selbst aß, fragte Per'na-pe'ta ihn, ob er noch etwas haben wolle.

»Nein, ich bin satt«, erklärte Walther.

Die Frau zog sich jedoch nicht zurück, sondern sah ihn forschend an. »Po'ha-bet'chy sagte, dass Nizhoni dein Weib geworden sei. Sie war nur wenige Monate in unserem Lager, doch ich habe sie nicht vergessen. Ich würde gerne wissen, wie es ihr geht.«
»Nizhoni hat deinen Namen öfter erwähnt und berichtet, dass du immer freundlich zu ihr gewesen bist. Nimm diese Glasperlen dafür!« Walther hatte noch eine Handvoll blauer und roter Perlen in seiner Tasche und reichte sie ihr.
Rasch steckte Per'na-pe'ta die Glasperlen weg und sah Walther dankbar an. »Damals, als du Nizhoni mitgenommen hast, hatte sie ein Kind geboren, das jedoch starb. Sie war sehr verzweifelt! Nun hoffe ich, dass ihr Herz Frieden gefunden hat.«
»Das hat es«, sagte Walther lächelnd. »Vor wenigen Tagen hat sie eine Tochter geboren. Ich freue mich darauf, zu beiden zurückzukehren.«
Per'na-pe'ta nickte freundlich, fand aber, dass weiße Männer seltsam waren. Zwar liebten auch Komantschenkrieger ihre Töchter, doch keiner würde sagen, er freue sich, zu ihnen zurückkehren zu können. Sie bedankte sich noch einmal bei Walther für die Glasperlen und die Auskunft und setzte sich dann neben ihre Mutter, die ihrer Unterhaltung grummelnd gefolgt war. Bevor sie die Tochter jedoch schelten konnte, trat Po'ha-bet'chy wieder ins Zelt.
»Ich habe mit den anderen Häuptlingen gesprochen, Fahles Haar. Wir werden die Pfeile des Kriegers nicht gegen die Siedlungen des French Settlements richten, solange keiner der dortigen Männer sich dem neuen Häuptling der Texaner anschließt und gegen uns zieht. Tut es jedoch einer, wirst auch du ihn nicht schützen können.«
Es war die Warnung, sich aus allem herauszuhalten. Da Walther nichts anderes vorhatte, nickte er. »Ich werde es mei-

nen Nachbarn mitteilen und ihnen sagen, dass ihnen niemand zu Hilfe eilen wird, wenn sie den Frieden mit dem Volk der Nemene brechen.«

»Diese Worte werde ich den anderen Häuptlingen morgen überbringen, damit sie sehen, was für ein weiser Mann du bist. Doch nun lass uns unsere Decken nehmen und uns schlafen legen. Wenn der Tag erwacht, wirst du dieses Lager verlassen und erst zurückkehren, wenn wieder Frieden zwischen den Nemene und den Texanern herrscht.«

»Ich hoffe, dass dieser Tag nicht allzu fern sein möge«, antwortete Walther und nahm die Büffellederdecke entgegen, die Per'na-pe'ta ihm reichte.

9.

Als Walther und seine Männer am nächsten Morgen aufbrachen, hielten sich die Komantschen aus allem heraus. Bei früheren Tauschgeschäften hatte Po'ha-bet'chy stets ein paar seiner Krieger mitgeschickt, die ihnen beim Treiben der Mustangs halfen. Dieses Mal aber unterblieb diese Unterstützung, und so hatten Walther, Quique und Josef alle Hände voll zu tun, die gut dreißig Tiere zusammenzuhalten.

Die Nachtwachen wurden anstrengend, obwohl sie die Mustangs in einen rasch errichteten Pferch aus Seilen einsperrten, denn die Tiere waren unruhig und versuchten immer wieder auszubrechen. Als sie sich dem French Settlement näherten, schickte Walther daher Josef voraus, um einige Vaqueros zu holen, die ihnen helfen sollten. Er selbst trieb zusammen mit Quique die Tiere in Richtung der eigenen Weiden und machte sich dabei Gedanken über den bevorstehenden Krieg mit den Komantschen. Zu seinem Ärger würde er auf längere Zeit keinen Handel mit diesem Stamm mehr treiben können. Dabei hatte er allein bei dieser Fahrt einen Gewinn von fast tausend Dollar gemacht, und das war für einen Siedler in Texas eine Menge Geld.

Walther beschloss, für diese Summe Land zu kaufen. Da Präsident Lamar dringend Geld für seinen Krieg gegen die Komantschen brauchte, verschleuderte er Sam Houstons Worten zufolge die Landrechte in Texas. Mit diesem Gewinn konnte er bis zu einhunderttausend Morgen Land erstehen und darauf einen Teil seiner Rinder weiden lassen. Zufrieden mit dieser Entscheidung trieb Walther seinen Hengst an, um eine weiße Mustangstute einzufangen, die eben ausbrechen wollte. Es war ein wunderschönes Tier mit einem langen Schweif und einer seidigen Mähne, und während er sie zurücktrieb, beschloss er, sie als Reittier für Nizhoni zu behalten – und natürlich auch für die Zucht.

»Gut gemacht, Señor!«, rief Quique ihm zu.

Da Julio, der frühere Vormann auf Walthers Ranch, die Tochter eines mexikanischen Siedlers geheiratet hatte und nun eigenes Land bewirtschaftete, führten Lope und Quique Walthers Vaqueros an. Schon bald würde ihr Herr bestimmen müssen, wer dessen Nachfolge antreten sollte, und der Mestize rechnete sich gute Chancen aus.

»Gib auf die Schecke dort acht!«

Walthers Warnruf erreichte Quique gerade noch rechtzeitig, und er beschloss, nicht mehr davon zu träumen, erster Vormann zu werden, sondern seinen Wert durch gute Arbeit zu beweisen. Er galoppierte hinter der gescheckten Stute her und trieb sie wieder auf die Herde zu.

»Diesmal sind die Señoritas unter den Mustangs diejenigen,

die uns am meisten Probleme machen, Señor«, meinte er dann lachend zu Walther.
»Es sind einige schöne Tiere dabei, die wir zur Zucht verwenden sollten. Die Schimmelstute dort will ich Nizhoni schenken. Aber auch die Schecke sollte in der Herde bleiben«, antwortete Walther.
»Das ist eine gute Idee, Señor! Wenn ich einen Vorschlag machen darf: Auch der braune Hengst dort vorne eignet sich zur Zucht. Er ist nicht so wild wie die anderen, denn er stammt nicht nur von Mustangs ab, sondern hat eine Mutter oder Großmutter, die von einer richtigen Señorita geritten worden ist.«
Quique zeigte auf das Pferd und sah zufrieden, wie Walther unbewusst nickte. Mustangs waren zwar zäh und ausdauernd, aber die besten Preise erzielte man für Mischlinge mit größeren und zahmeren Tieren.
»Die beiden Stuten, den Hengst und vielleicht noch die Fuchsstute dort hinten werden wir zur Zucht behalten«, erklärte Walther.
Ebenso wie Quique hatte er sich während der letzten Tage ein Bild von den eingetauschten Mustangs gemacht und schätzte diese vier als die besten ein. Zwar würde er diese Tiere teurer verkaufen können als die anderen, aber er hielt es für klüger, in die Zukunft zu schauen und dafür zu sorgen, dass die Ranch ertragreicher wurde.
Nun drehte er sich um und suchte nach dem Wagen. »Wir haben Jones schon wieder ein paar Meilen hinter uns zurückgelassen«, rief er mit angespannter Miene. »Wenn sich ein paar Komantschen nicht an unsere Abmachung mit Po'ha-bet'chy gebunden fühlen, schwebt er in Gefahr.«
»Wir aber auch, Señor. Es wäre wirklich nicht schön, so kurz vor der Heimat völlig kahlköpfig zu werden und dabei auch

noch das Leben zu verlieren.« Quique grinste dabei, als wäre das alles nur ein Riesenspaß.
Er erntete einen vorwurfsvollen Blick von Walther, doch bevor dieser etwas sagen konnte, wies der Vaquero nach vorne.
»Wenn das dort nicht unsere eigenen Männer, sondern mexikanische Banditen sind, haben wir ein größeres Problem als mit den Komantschen.«
Jetzt entdeckte auch Walther die Reitergruppe. Sie bestand aus mehr als einem halben Dutzend Männern, und soweit sie es erkennen konnten, trug jeder einen breiten Sombrero auf dem Kopf. Unwillkürlich lockerte er seine Pistolen und griff zur Büchse.
»Wenn es Banditen sind, werden sie rasch merken, dass wir zwei harte Nüsse sind«, meinte er zu Quique.
Der Mexikaner sah ihn grinsend an. »Mit den paar Kerlen werden wir schon fertig. Mir geht es mehr um unsere Mustangs. Sobald geschossen wird, werden sie durchgehen, und dann müssen wir sie suchen. Vielleicht finden wir dann nicht mehr alle.«
Es klang so drollig, dass Walther lachen musste. Kurz darauf ließ er die Büchse sinken, denn er erkannte Josef, der sich an die Spitze der Gruppe gesetzt hatte. Also waren es die eigenen Vaqueros.
Quique atmete ebenfalls erleichtert auf und schwenkte seinen Sombrero. Unterdessen ließ Josef seinem Mustang die Zügel und gewann einen hübschen Vorsprung vor den anderen.
»Da bin ich wieder, Vater!«, rief er schon von weitem.
Walther rieb sich kurz über die Stirn und dankte Gott, dass dieser seine schützende Hand über seinen Sohn gehalten hatte.
»Du warst schnell, Junge. Wir haben euch frühestens heute Abend erwartet.«
»Weißt du, mein Blücher ist ein richtiger Marschall Vorwärts.

Kaum zu glauben, wie schnell er unter mir gelaufen ist!«, antwortete Josef und hielt sein Pferd neben Walthers Hengst an. Der musterte den Mustang und fand ihn weder abgetrieben noch übermäßig erschöpft.
»Gut gemacht!«, lobte er seinen Sohn.
Mittlerweile kamen auch die Vaqueros heran und betrachteten staunend die Herde. »Mit der Weißen dort haben Sie einen guten Fang gemacht, Señor«, meinte Manolo.
»Die Schecke hier ist auch nicht übel. Vor allem aber gefällt mir der braune Hengst. Der ist schnell und ausdauernd«, setzte ein anderer Vaquero hinzu.
»Die Fuchsstute ist auch nicht zu verachten«, lenkte Quique die Aufmerksamkeit seiner Kameraden auf dieses Tier. »Diese vier sind übrigens die Tiere, die der Señor für die Zucht behalten will, wobei die Schimmelstute ein Geschenk für die Señora sein soll.«
»Als Dankeschön für das kleine Stutchen, das sie geboren hat? Sie wird sich darüber freuen!« Lope war mit den anderen mitgeritten und zwinkerte Quique fröhlich zu. Der spürte, dass die Freundschaft, die sie miteinander verband, weitaus mehr zählte als die Tatsache, wer von ihnen der Vormann der Ranch werden mochte, und grinste ebenfalls.
»Auf jeden Fall freuen wir uns, euch zu sehen. Ihr hättet auch Banditen sein können.«
»Wir und Banditen? Quique, deine Augen waren auch schon einmal besser. Unseren kleinen Vaquero hättest auch du erkennen müssen«, antwortete Lope mit künstlicher Entrüstung und deutete auf Josef. »Das ist ein Reiter, wie man ihn sich nur wünschen kann. Es gibt keine drei in Texas, die ihn mit ihren Pferden hinter sich lassen können.«
»Der eine ist Po'ha-bet'chy, der andere du und den dritten habe ich noch nicht kennengelernt.«

Quiques Antwort gefiel Lope, und er klopfte seinem Freund auf die Schulter. »Ich freue mich, dass ihr unversehrt von den Komantschen zurückgekommen seid. Weiter nördlich haben einige ihrer Banden eine Siedlung überfallen und die Leute massakriert.«

»Das wird bei uns hoffentlich nicht der Fall sein. Wir haben keinen Krieg mit den Komantschen.« Walther kam auf Lope zu und reichte ihm die Hand. »Ich freue mich, euch zu sehen. Es war doch etwas schwierig, diese muntere Herde zu treiben. Zwei von euch sollten auf unserer Spur zurückreiten und nach Jones sehen. Wir mussten die Gäule schneller treiben, als er uns mit seinem Wagen folgen konnte.«

»Wir sind schon unterwegs«, rief Lope und winkte einem weiteren Mann, ihm zu folgen.

»Jetzt müsste es schon mit dem Teufel zugehen, wenn noch etwas passieren sollte«, warf Quique ein.

»Verschrei es nicht!«, wies ihn einer seiner Kameraden zurecht und spornte sein Pferd an, denn die weiße Stute versuchte erneut auszubrechen.

10.

Diesmal war der Handel mit den Komantschen für Walther noch einmal gut ausgegangen. Er wusste jedoch, dass der Frieden brüchig war und jede Kleinigkeit dazu führen konnte, dass auch die Farmen des French Settlements mit in den Krieg hineingezogen wurden. Aus diesem Grund nützte er die Taufe seiner Tochter, um die Siedler des ehemaligen Gamuzana-Gebietes zusammenzurufen. Nicht alle, die einst von der mexikanischen Regierung hier Land erhalten hatten, lebten noch darin. Diego Jemelin, der damalige Aufseher des Siedlungslandes, war auf texanischer Seite in der Schlacht von San Jacinto gefallen. Andere Tejanos hatten nicht unter der Herrschaft der Nordamerikaner leben wollen und das Land verlassen. Doch auch von den europäischen Siedlern hatten einige das mühevolle Rodungswerk aufgegeben, um ihr Glück woanders zu versuchen.

Einst waren hundertvierundsiebzig Familien dem Ruf der Gamuzana-Brüder gefolgt, von denen lebten noch hundertneunundvierzig im damaligen Settlement. Entsprechend lebhaft ging es daher auf Walthers Ranch zu, als Reiter um Reiter erschien und Wagen um Wagen vorfuhr. Auf den Rosten briet jedoch genug Fleisch, um alle Gäste zu sättigen, und Sanchez hatte so viel Tequila gebrannt, dass jeder Mann, dem daran gelegen war, sich betrinken konnte.

Da Walther nicht nur als Anführer der Gamuzana-Siedler galt, sondern auch in den Senat von Texas gewählt worden war, warteten alle gespannt darauf, welche Neuigkeiten er ihnen berichten konnte. Während die Männer sich in Gruppen zusammenfanden und politisierten, probierten die Frauen die Kuchen, die Nizhoni mit Rachels, Gertrudes und Arlette Laballes Hilfe gebacken hatte. Auch tranken sie begeistert den Kaffee, der hier aus Kaffeebohnen und nicht aus gerösteter Gerste oder gar geröstetem Mais gekocht wurde. Ab und an warfen sie neugierige Blicke zu ihren immer heftiger debattierenden Männern.

»Weißt du, was da los ist?«, fragte Letta O'Corra Nizhoni neugierig.

»Dafür müsste ich hingehen und zuhören, was da besprochen wird«, antwortete Walthers Frau lächelnd.

»Ich dachte, dein Mann hätte dir vielleicht etwas gesagt. Es soll Krieg geben, heißt es. Jeder Mann, der sich den Truppen anschließt, die gegen die Komantschen ziehen werden, soll ein hübsches Stück Land erhalten!«

Zwar besaßen alle Siedler mehr Land, als sie derzeit bewirtschaften konnten, trotzdem schwang Neid in Lettas Stimme mit. Ihr Mann nannte nach einigen Zukäufen etwa sechstausend Acres sein Eigen. Das war gut zehnmal so viel, wie in dieser Zeit ein Neusiedler von der texanischen Regierung erhielt. Trotzdem stellten Walthers und Thierry Coureurs Ländereien alle anderen Farmen weit in den Schatten. Dies sorgte vor allem bei den Iren, die ihre Heimat wegen der Ausbeutung durch die mächtigen englischen Landbesitzer verlassen hatten, für eine gewisse Missgunst.

Die aber schien Father Patrick, der im Settlement als Priester wirkte, nicht zu teilen. Er hatte mehrere Flaschen und einen großen Krug selbstgebrannten Whiskeys mitgebracht und war gerade dabei, diesen ausführlich zu probieren. Da erblickte er Sam Houston, schenkte ein zweites Glas ein und rief den ehemaligen Präsidenten zu sich.

»Mister Houston! Wenn Sie etwas anderes trinken wollen als den vergorenen Saft der Agave, kommen Sie her. Das ist echter irischer Whiskey, gebrannt aus gutem Weizen nach einem Rezept meines Großvaters Seamus O'Brian.«

»Da sage ich nicht nein!«, antwortete Houston lachend und setzte sich zu dem Priester.

Nach dem ersten Schluck schnalzte er genießerisch mit der Zunge und zwinkerte Father Patrick zu. »Sie haben Ihren Beruf verfehlt. Statt Pfarrer hätten Sie Schnapsbrenner werden sollen. Oder nehmen Sie dieses herrliche Getränk als Lockmittel, damit Ihre Kirche jeden Sonntag voll ist?«

»Ich gebe zu, dass ich bei Feiern wie Taufen oder Hochzeiten gerne mal ein Glas ausschenke«, bekannte der Priester aufrichtig.

»Nicht bei Beerdigungen? Da sind die Menschen des Trostes doch doppelt bedürftig?«, fragte Houston grinsend.
»Doch, da auch, aber erst, wenn der Tote in der Erde ruht. Bei einer Hochzeit hingegen ist es gelegentlich nötig, dem Bräutigam etwas mehr Mut zu verleihen.«
»Vor allem, wenn der Schwiegervater mit geladener Flinte hinter ihm steht, weil er den Burschen mit seiner Tochter im Heu überrascht hat.«
Houstons Laune schien bestens. Dennoch streiften ihn immer wieder fragende Blicke, denn die Siedler wollten wissen, wie es weitergehen sollte. Der Ex-Präsident war jedoch zu erfahren, um sich ein Wort entlocken zu lassen, das sich hinterher als falsch erweisen konnte. Daher trank er ein zweites Glas von Father Patricks Whiskey und deutete dann auf Maggie, die eben von Nizhoni herumgezeigt wurde.
»Ein hübsches kleines Ding, nicht wahr? Die wird in sechzehn, siebzehn Jahren den jungen Männern den Kopf verdrehen.«
»Es ist ein schönes Kind. Nur ist Mister Fichtner deutscher Einwanderer und hätte möglicherweise lieber einen Namen aus seiner Heimat für seine Tochter gewählt«, wandte Father Patrick ein und mühte sich dabei, Walthers Familiennamen in der deutschen Form auszusprechen.
»Er ist Deutscher, aber seine Frau ist es nicht«, entgegnete Houston ungewohnt grob. »Es gibt verdammt viele verbohrte Narren in Texas, die ihre ungeputzten Nasen darüber rümpfen werden, weil Maggie eine Halbindianerin ist. Daher ist es wichtig, dass sie einen den Texanern geläufigen Namen erhält.«
»Wir alle hier würden sie auch mit einem deutschen Vornamen ins Herz schließen.«
Houston sah den Priester kopfschüttelnd an. »Das bezweifle

ich nicht! Aber Texas ist nun einmal größer als euer French Settlement, und im gesamten County seid ihr in der Minderzahl.«
»Sie haben Mister Fitchner trotzdem in den Senat von Texas gewählt!«
»Das schon, aber da haben auch viele ihre Stimme abgegeben, die am San Jacinto an seiner Seite gekämpft haben. Es kommen jedoch immer neue Siedler ins Land, denen diese Schlacht gleichgültig ist. Spätestens dann, wenn sie hören, dass Fitchner ein Squaw Man sein soll, werden sie seinen Gegenkandidaten wählen – und wenn es sich um den größten Schuft auf Erden handelt!«
Houstons Stimme klang eindringlich, und der Priester begriff, dass er sich Sorgen machte.
»Das Land verändert sich – und nicht immer zum Guten«, stellte er traurig fest.
»Es liegt an uns, das Schlechte zu bekämpfen und das Gute zu fördern.« Zum ersten Mal gab Houston an diesem Tag etwas von dem preis, was ihn bewegte. Zu lange hatte er sich über seinen Stellvertreter Lamar ärgern müssen und dann dessen Wahl zu seinem Nachfolger nicht verhindern können. Nun hieß es für ihn, die Zeit zu nützen, um sich bei der nächsten Präsidentenwahl wieder gegen ihn durchsetzen zu können.
Walther war hinzugetreten und hatte das Gespräch mitgehört. Durch seinen Kopf gingen tausend Gedanken, doch als er sich jetzt zu Houston und dem Priester setzte, war er ganz ruhig.
»Wir werden sehen, wohin die Reise geht«, warf er ein. »Auf jeden Fall haben wir uns hier in Texas genug Freiheit erkämpft, um nicht Gefahr zu laufen, von den Soldaten des eigenen Präsidenten von unserem Land vertrieben zu werden.«

»Zumal der jetzige Präsident kaum Soldaten hat«, spottete Houston. »Sie haben trotzdem recht. Wer seine Besitzansprüche rechtzeitig hat eintragen lassen, dem kann man sein Land nicht mehr nehmen. Schwieriger ist es mit einigen mexikanischen Grundbesitzern, die nur ihre alten spanischen oder mexikanischen Besitzurkunden vorlegen können. Es haben sich einige Winkeladvokaten darauf eingerichtet, diese alten Rechte als verfallen zu erklären. Ihrem Freund Hernando de Gamuzana ist es so gegangen. Dabei gehörte das Land seit mehr als zweihundert Jahren seiner Familie!«

»Es ist nicht gut, sich auf diese Weise Feinde zu schaffen«, warf Walther nachdenklich ein. »Jene, die ihren Besitz auf diese erbärmliche Art verlieren, werden es nicht vergessen.«

»Viele Mexikaner haben dadurch ihre Existenz verloren und leben nun als Banditen zwischen dem Rio Grande und dem Nueces River! Auch das ist ein Problem, das es zu lösen gilt. Es herrscht viel Hass in diesem Land. Aber reden wir von etwas anderem.« Houston lachte etwas gezwungen, ließ sich seinen Becher noch einmal voll schenken und musterte Walther durchdringend. »Sie waren klug genug, das Land für alle Ihre Mexikaner eintragen zu lassen. Trotzdem kann es Schurken geben, die die Farmer vertreiben wollen.«

»Dann werden unsere Büchsen und Pistolen sie etwas anderes lehren«, antwortete Thierry Coureur, der dem Gespräch bisher schweigend gelauscht hatte.

»Allerdings!«, stimmte Walther ihm zu.

»Jeder, der am San Jacinto River dabei war, wird euch helfen.« Houston lachte und nickte dem Priester zu. »Jetzt taufen Sie schon das Kind! Sonst sind die Männer zu betrunken, um das hören zu können, was ich ihnen zu sagen habe.«

11.

Father Patrick hatte den einen oder anderen Becher seines selbstgebrannten Whiskeys getrunken, vollzog aber das Sakrament der Taufe zur Zufriedenheit aller. Zwar griff er zunächst nach seinem eigenen Becher, merkte es aber früh genug und taufte das Kind dann doch mit dem Wasser, das Walther eigenhändig aus dem Rio Colorado geschöpft hatte.
Anschließend verheiratete der Priester noch zwei Paare, die sich spontan dazu entschlossen hatten, und schenkte dabei den beiden ehewilligen jungen Männern je einen großen Becher seines Whiskeys ein, damit sie auch laut genug ja sagten. Während die Frauen unter einer großen Zeltplane feierten, die als Sonnenschutz aufgespannt worden war, fanden die Männer sich einen Steinwurf entfernt auf einer freien Fläche zusammen. Nun hätte Sam Houston ihnen einiges erzählen können, doch er hielt sich zunächst im Hintergrund und ließ erst einmal andere reden.
Morgan O'Flannagan, einer der irischen Siedler, die mit Father Patrick ins Land gekommen waren, drängte sich nach vorne. Vergeblich versuchte Ean O'Corra, ihn zurückzuhalten.
Er baute sich vor Walther auf und funkelte diesen herausfordernd an. »Meine Freunde und ich wollen wissen, warum Sie die Miliz noch nicht zusammengerufen haben, um mit dem texanischen Heer gegen diese verdammten Komantschen vorzugehen! Erst letztens haben diese Hunde einem meiner nördlichen Nachbarn mehrere Kühe gestohlen. Dieses diebische und mörderische Pack muss endgültig zum Teufel gejagt werden.«
»Die Nachbarn waren keine von uns, sondern Neusiedler, die sich weiter nordwestlich niedergelassen haben«, wandte Ean O'Corra ein.

»Was macht das schon?«, fuhr O'Flannagan ihn an. »Mir ist ein amerikanischer Nachbar auf jeden Fall lieber als eine Rothaut oder …« … der Mann einer Rothaut, hatte er noch sagen wollen, würgte die Worte aber rasch genug hinunter. Um Walther Fichtner auf die Art und Weise anzugreifen, saß dieser zu fest im Sattel.

Walther begriff trotzdem, was der Ire meinte, und wechselte einen kurzen Blick mit Houston, bevor er antwortete: »Sie haben anscheinend einiges nicht begriffen, O'Flannagan. Wir Siedler im French Settlement wollen Frieden mit den Komantschen. Es gibt genug Land in Texas, um noch Tausende ansiedeln zu können. Dafür werden die Jagdgründe der Komantschen nicht gebraucht.«

»Sie haben es auch nicht nötig!«, antwortete der Ire wütend. »Sie besitzen ja genug Land. Wir hingegen müssen zusehen, dass wir einmal genug an unsere Kinder vererben können.«

»Jetzt sei still, mein Sohn!«, wies Father Patrick den Mann zurecht. »Du besitzt ein Vielfaches dessen, was die texanische Regierung an Neusiedler vergibt.«

»Aber nicht einmal einen Bruchteil dessen, was sich Fitchner unter den Nagel gerissen hat! Der sitzt dick und fett wie ein englischer Landlord auf seinem Besitz und kann auf uns einfache Leute spucken.«

Der vom reichlich genossenen Whiskey und Tequila angeheizte Neid ließ O'Flannagan jedes Maß vergessen. Er forderte die anwesenden Siedler auf, sich Mirabeau B. Lamars Heer anzuschließen und gegen die Komantschen zu ziehen.

»Jeder, der es tut, bekommt Anrechte auf sechshundert Acres Land und noch einmal dasselbe, wenn sich der Feldzug über einen Monat hinziehen sollte!«

Eintausendzweihundert Acres Land stellten ein Lockmittel dar, das nicht wenige in Versuchung führte. Doch als Walther etwas einwenden wollte, spürte er Houstons Hand auf dem Arm.

»Nicht Sie! Lassen Sie einen anderen reden, sonst heißt es gleich wieder, Sie hätten ja eh genug Land.«

Es fiel Walther schwer, den Mund zu halten, zumal es einige Augenblicke dauerte, bis sich Albert Poulain aus der Menge löste und neben O'Flannagan trat.

»Eintausendzweihundert Acres Land hört sich gut an. Allerdings besitzt doch jeder von uns bereits über eintausendachthundert Acres! Obwohl ich über mehr als ein Dutzend Kühe verfüge und auf etlichen Feldern Saatgut ausgebracht habe, liegen noch drei Viertel meines Landes brach. Warum also sollte ich für weitere tausendzweihundert Acres meine gesunden Knochen und vor allem meine Kopfhaut riskieren?«

Ein erstes Lachen quittierte diese Worte, und Walther atmete auf. Poulain hatte deutlich gemacht, dass keiner von ihnen am Hungertuch nagte.

»Ich stimme Albert Poulain zu«, rief Krzesimir Tobolinski, der einst mit seinen Leuten aus Polen eingewandert war, in die Menge. »Wir hatten bisher ein gutes Auskommen mit den Komantschen, und ich sehe nicht ein, warum wir das jetzt mutwillig aufgeben sollen.«

Auch der Sizilianer Scharezzani stellte sich auf Walthers Seite. »Wenn es Krieg gibt, wird es für viele Siedler hart werden. Wenn die Männer mit Lamars Truppen ziehen, bleiben ihre Familien auf den Farmen und Ranches ohne Schutz zurück.«

»Ihr seid elende Feiglinge!«, brüllte O'Flannagan. »Ich jedenfalls lasse mir die Chance nicht entgehen, meinen Kindern einmal mehr hinterlassen zu können als eine elende Farm.«

Thierry Coureur wurde das Geschimpfe des Iren zu viel, und er versetzte ihm einen leichten Stoß. »Hier hindert dich keiner

daran, dich Lamar anzuschließen. Aber glaube nicht, dass du von uns noch einmal Hilfe bekommst, wenn du sie brauchst.«
Im ersten Augenblick sah es so aus, als wolle O'Flannagan auf ihn losgehen, doch er merkte selbst, dass er für eine Prügelei viel zu betrunken war.
»Leute, wir sind doch alle Texaner, also Bürger eines Staates. Wir müssen zusammenhalten!«, rief er stattdessen.
»Wir halten auch zusammen!«, spottete Poulain. »Wenn die Komantschen uns angreifen, werden sie es bereuen. Aber wir sind Siedler, keine Soldaten. Wir verteidigen unser eigenes Land und das unserer Nachbarn, aber wir ziehen nicht los, damit andere, die wir nicht kennen, Land erhalten, von dem wir nichts haben.«
O'Flannagan starrte ihn mit großen Augen an. »Nichts haben? Ich sagte doch, dass jeder sechshundert Acres Land bekommt!«
»Ja, und noch einmal sechshundert dazu, falls die Komantschen so unfreundlich sein sollten, euch länger als einen Monat die Hölle heißzumachen! Aber was wollt ihr damit? Könnt ihr das Land am Guadalupe River oder noch weiter im Westen überhaupt bewirtschaften? Wer von euch hat erwachsene Söhne, die er dorthin schicken kann, und dazu noch das Geld, um sie mit allem auszurüsten, was sie dort brauchen?«, fragte Thierry scharf.
»Viel brauchen sie nicht, nur eine Büchse mit etwas Munition und dazu eine Schaufel, damit man sie hinterher begraben kann, wenn die Komantschen sie abgemurkst haben«, spottete einer der Männer.
Jetzt hob Walther die Hand, um die Aufmerksamkeit auf sich zu lenken. »Wir sollten uns nicht streiten, sondern in aller Ruhe überlegen, was für uns das Beste ist. Ich sage, es ist der Frieden! Die Komantschen haben mir versprochen, unsere Farmen und Ranches nicht anzugreifen, wenn wir sie ihrer-

seits nicht angreifen. Ich für meinen Teil kann damit leben. Wir haben dieses Land für unsere Familien urbar gemacht und uns gegen die mexikanische Armee unter Santa Ana behauptet. Doch nennt mir einen Grund, warum wir für Menschen in den Krieg ziehen sollen, die neu ins Land strömen und uns jetzt schon sagen wollen, was für uns Texaner am besten ist!«

»Genauso ist es!«, rief Sanchez aus. Jahrzehntelang hatten die Mexikaner unter den Angriffen der Komantschen gelitten. Nun herrschte durch Walthers Vermittlung ein Frieden, der ihnen allen zugutekam. Das wollten weder er noch die anderen Tejanos aufs Spiel setzen.

Morgan O'Flannagan spürte, dass er die Mehrheit der Siedler im French Settlement nicht auf seine Seite ziehen konnte, und ballte wütend die Faust. »Ich wiederhole es noch einmal! Ihr seid elende Feiglinge, die lieber mit den Rothäuten Handel treiben wollen, als Gottes Gebot zu befolgen und sich die Erde untertan zu machen!«

»Komme mir nicht mit Gott!«, schalt Father Patrick den Mann. »In Gottes heiligen Geboten steht auch, du sollst nicht töten. Doch wenn du die Waffe ergreifst, um die Komantschen, die ebenfalls Adams und Evas Kinder sind, zu vertreiben, so verstößt du mehr gegen Gottes Gebot, als wenn du mit den Komantschen Frieden halten würdest.«

Die Autorität des Priesters brachte einige zögernde Siedler dazu, von O'Flannagan abzurücken. Zuletzt standen nur noch seine drei Schwäger bei ihm und forderten die Männer auf, sich ihnen anzuschließen.

Ean O'Corra schüttelte den Kopf. »Wir sind aus Irland geflohen, weil uns die Engländer noch den letzten Morgen Land wegnehmen wollten. Jetzt will ich es nicht unseren Bedrückern gleichtun und meinerseits andere Menschen aus ihrem angestammten Land vertreiben.«

»Gut gesprochen!«, lobte Walther den jungen Iren und wandte sich O'Flannagan zu. »Die Komantschen haben deutlich erklärt, dass sie jeden aus dem French Settlement, der gegen sie zieht, als Feind ansehen werden. Sind es euch ein paar Acres Land wert, eure Familien in Gefahr zu bringen?«

O'Flannagan spie in seine Richtung aus und lachte. »Damit können Sie uns nicht schrecken. Wir pfeifen auf euer French Settlement und schließen uns unseren amerikanischen Nachbarn im Norden an. Mit denen zusammen werden wir diese elenden Rothäute aus Texas hinausfegen. Wenn der Krieg vorbei ist, sind wir die großen Männer und Sie nur ein kleiner Wicht.«

»Das glaube ich weniger!«, antwortete Sam Houston an Walthers Stelle. »General Fitchner wird in Texas immer ein großer Mann bleiben. Sie, mein irischer Freund, müssen erst einmal beweisen, ob Sie auch nur halb so viel taugen, wie Sie behaupten.«

Der Ex-Präsident von Texas war mit dem Verlauf der Diskussion zufrieden. In diesem Teil von Texas würden die Menschen auch weiterhin seiner Politik folgen und nicht der von Lamar. Auch die paar Abweichler um O'Flannagan würden schon bald merken, dass der neue Präsident zwar viel versprach, es mit dem Einhalten aber arg hapern würde. Mit einem fröhlichen Lächeln trat er auf Father Patrick zu und reichte diesem die Hand.

»Das war eine schöne Taufe, Hochwürden. Mögen noch viele folgen, ebenso Hochzeiten. Die Texaner, die wir uns wünschen, werden hier in diesem Land geboren. Die anderen, die von draußen hereinkommen, müssen erst beweisen, dass sie würdig sind, Texaner genannt zu werden.«

»Wir sind auch von draußen hereingekommen«, erinnerte Walther ihn, doch Houston winkte mit einem Lachen ab.

»Das mag sein, aber wir waren am San Jacinto River dabei und haben Freunde im Alamo sterben sehen. Das macht den Texaner aus, mein Freund. Darum lasst uns jetzt auf Texas trinken – und auf Maggie Fitchner!«

»Aber die trinkt doch nur Milch«, rief Waldemar, der sich mit Josef in die Versammlung geschlichen hatte.

Houston zerzauste ihm lachend den blonden Haarschopf. »Umso besser für uns, denn dann kann sie uns nichts wegtrinken.«

Während Waldemar verdutzt schaute, lachten die Männer um ihn herum schallend. Flaschen mit Father Patricks Whiskey und Sanchez' Tequila machten die Runde, und die Männer stießen miteinander an. Nur Morgan O'Flannagan und seine drei Schwäger standen abseits und redeten heftig aufeinander ein. Schließlich wandte O'Flannagan sich ab und ging mit langen Schritten zum Zelt der Frauen hinüber, packte seine Ehefrau und zerrte sie hoch.

»Komm jetzt! Hier haben wir nichts mehr verloren«, fuhr er sie an und wandte sich seinen drei Schwestern zu. »Ihr kommt auch mit!«

»Aber warum?«, fragte eine.

»Weil ich es sage!«, bellte O'Flannagan und schleifte seine widerstrebende Frau zum Wagen.

Auch seine drei Schwäger forderten ihre Frauen auf, ihnen zu folgen, doch zumindest einem war anzusehen, wie wenig es ihm gefiel, die Gemeinschaft zu verlassen, die ihm etliche Jahre Frieden und Sicherheit gewährt hatte. Als die Frauen schließlich auf dem Wagen saßen, nahm einer der Männer die Zügel des Gespanns und fuhr los. O'Flannagan und seine beiden anderen Schwäger folgten dem Wagen zu Pferd.

Houston sah der Gruppe nach und meinte dann mit einer verächtlichen Handbewegung zu Walther: »Mit denen habt ihr nicht viel verloren!«

»Was machen wir, wenn sie wirklich von den Komantschen angegriffen werden?«, fragte Ean O'Corra, der trotz seiner Wut auf O'Flannagan Mitleid mit den vier Frauen verspürte.
»Den Männern können wir nicht helfen. Doch sollten die Frauen ihre Farmen verlassen und bei uns Zuflucht suchen, sind sie uns willkommen.«
Walther stellte fest, dass seine Worte von den anderen gut aufgenommen wurden. Keiner der Männer um ihn herum wollte einen Krieg mit den Indianern, aber sie waren auch nicht bereit, jemanden im Stich zu lassen, der Hilfe benötigte.
»Sie sollten sich nicht so viele Gedanken um diese Leute machen, mein Freund«, sagte Houston zu ihm. »Hier geht es um mehr als nur um das Schicksal von vier Familien. Es geht um Texas, das den neuen Präsidenten wegen seiner närrischen Pläne noch verfluchen wird!«

Zweiter Teil

Spencerville

1.

Walther blickte verträumt auf das schlafende Kind und zog Nizhoni an sich. »Ich danke dir für die wunderschöne Tochter, die du mir geboren hast.«

»Dabei wolltest du die ganze Zeit einen weiteren Sohn«, antwortete seine Frau mit gelindem Spott.

»Ich bin mit dem glücklich, was gekommen ist.« Mit einer zärtlichen Geste strich Walther der Kleinen über die Wange und lächelte Nizhoni zu. »Heute ist so ein schöner und auch ruhiger Abend, da Josef und Waldemar die Nacht bei den Vaqueros verbringen wollen. Pepe und die anderen Arbeiter schlafen im Gesindehaus. Wir sind also ganz allein. Ob wir das ausnützen können? Oder ist es noch zu früh?«

Walther hatte während der letzten Zeit ihrer Schwangerschaft darben müssen, und so wollte Nizhoni ihn nicht enttäuschen. Als sie in sich hineinhorchte, verspürte auch sie ein gewisses Verlangen und nickte. »Diese Gelegenheit sollten wir nicht verstreichen lassen.«

Insgeheim amüsierte sie sich über die seltsamen Ansichten der Weißen. In den Hütten ihres eigenen Volkes und den Zelten der Komantschen konnte sich kein Paar so zurückziehen, dass es sich unbemerkt von anderen lieben konnte. Die Übrigen sahen einfach nicht hin. Selbst den Kindern wurde früh beigebracht, es nicht zu bemerken, und die ganz Kleinen nahmen andere Frauen auf den Arm und verhinderten so, dass sie ihre Eltern störten. Doch auf so etwas würde Fahles Haar sich nie einlassen.

Mit einem Lächeln streifte Nizhoni ihr Kleid ab. Noch war sie von der Schwangerschaft ein wenig füllig, doch auf Walther übte ihr nackter Leib einen Reiz aus, der seinen Drang, sich endlich wieder als Mann beweisen zu können, schmerzhaft steigerte. Nun zog auch er sich aus und warf Hosen und Hemd auf den Fußboden. Anschließend legte er die Arme um Nizhoni und sog den feinen Duft ihres schwarzen Haares ein. Beinahe wünschte er sich mehr Licht, um sie richtig betrachten zu können. Ihre Haut schimmerte dort, wo die Kleidung sie verdeckte, fast so hell wie die einer weißen Frau. Auch ihr Gesicht und ihre Hände wirkten nur wenig dunkler, obwohl sie der Sonne ausgesetzt waren.

»Willst du mich nun lieben oder nur anschauen?«, neckte Nizhoni ihn.

»Wenn es nach mir ginge, würde ich über dich herfallen wie ein hungriger Wolf über ein Hirschkalb«, antwortete Walther mit einem gezwungenen Grinsen. »Aber es ist das erste Mal nach langer Zeit, und da sollten wir vorsichtig sein. Immerhin hast du ein Kind geboren.«

»Habe ich das ausgehalten, werde ich auch dich aushalten!« Nizhoni tippte ihm lachend gegen die Spitze seines aufragenden Gliedes und legte sich hin. Als sie einladend die Beine spreizte, gab es für Walther kein Halten mehr. Er stieg zu ihr aufs Bett, stützte sich mit den Unterarmen ab und drang behutsam in sie ein.

Es ist schön, auf eine so sanfte Weise geliebt zu werden, dachte Nizhoni und stemmte sich ihm entgegen. Mit ihren Beinen umschlang sie seine Oberschenkel und hielt ihn in sich fest.

»Was machst du jetzt?«, fragte sie keck.

Statt einer Antwort küsste Walther ihre Brüste und sah verwundert, dass sofort kleine, weiße Tropfen aus den Brustwarzen traten.
»Hast du Maggie heute Abend nicht gestillt?«, fragte er unwillkürlich.
»Doch! Aber sie wird bald wieder Hunger haben. Daher sollten wir uns eilen.« Nizhoni spürte Walthers Unsicherheit und fragte sich, ob die Weißen ein Tabu hatten, mit einer Frau zu schlafen, die noch ein Kind nährte. Doch zu ihrer Erleichterung bewegte Walther sich jetzt in dem Rahmen, den ihre um ihn geschlungenen Beine ihm ließen, und entfachte in ihr ein Feuer, das ihren Unterleib schier zu verbrennen schien. Auch sie hatte lange auf diese Stunde warten müssen, und sie genoss es nun, ihn in sich zu spüren.
»Du kannst ruhig heftiger werden«, sagte sie, denn sie wollte nicht, dass er zu viel Rücksicht auf sie nahm und damit sein eigenes Vergnügen schmälerte.
Unwillkürlich gehorchte Walther und vernahm die leisen Rufe, die ihr die Lust entlockte. Kurz darauf spürte er, wie seine Lenden sich mit einem kräftigen Ziehen entluden, und sank erschöpft auf Nizhoni nieder.
»Ich hoffe, ich habe dich erfreut«, flüsterte sie ihm ins Ohr.
»Weit mehr als das! Doch ich hoffe, dass auch du Freude empfunden hast. Wenn nicht, so werde ich wie ein richtiger Krieger ein zweites Mal den richtigen Pfad suchen.«
Nizhoni lachte. »Ich bin sehr zufrieden. Doch wenn du dich meiner noch einmal bedienen willst, sage ich nicht nein. Vorher aber will ich meine Milch loswerden, die durch unsere Tätigkeit stärker fließt als sonst.«
Geschmeidig wand sie sich unter Walther hervor, nahm das Kind aus der Wiege und setzte sich nackt, wie sie war, auf das Bett. Maggie schlief noch, doch als ihre Lippen die Brustwar-

zen der Mutter berührten und die warme Milch spürten, wurde sie rasch wach und trank mit Begeisterung.
Es war ein wunderschönes Bild, und Walther wünschte sich, es festhalten zu können. Ganz leise, um Frau und Tochter nicht zu stören, ging er zum Schrank, holte Papier und Bleistift heraus und begann, die beiden zu zeichnen. Erst als er fast fertig war, wurde Nizhoni auf sein Tun aufmerksam.
»Was machst du?«, fragte sie erstaunt und trat noch mit dem Kind an der Brust neben ihn. »Das bin ja ich – mit Maggie!«
Nizhoni wunderte sich, weshalb Walther sie so gemalt hatte, obwohl es bei den meisten Siedlern verpönt war, wenn die Frauen vor Fremden ihre Brüste entblößten, um ihre Kinder zu nähren.
»Dieses Bild wird mich immer an diesen Augenblick erinnern. Du bist wundervoll«, antwortete Walther mit einem sinnenden Unterton.
»Wenn unsere Freunde das Bild sehen, werden sie den Kopf schütteln«, warnte Nizhoni.
»Ich werde es so gut verbergen, dass niemand außer uns es zu sehen bekommt.« Walther zog die letzten Striche mit dem Bleistift und betrachtete sein Werk.
»So ganz werde ich deiner Schönheit nicht gerecht. Ich bitte dich, mir dies zu verzeihen.«
»Das Bild ist wunderbar! Beinahe so, als wäre ich schöner, als man sich denken kann.«
Ehrliche Bewunderung sprach aus Nizhonis Worten. Zwar wusste sie, dass ihr Mann Zeichnungen anfertigte, doch diese waren meist Anweisungen an Handwerker gewesen, die Möbelstücke und Werkzeug für ihn herstellten. Aber das hier war etwas Besonderes. Das sagte sie ihm auch und freute sich, als sie bemerkte, wie tief ihn dieses Lob berührte.
Nachdem sie den Pfad der Liebe ein weiteres Mal beschritten

hatten, lagen Nizhoni und Walther Hand in Hand auf dem Bett. Die Lampe brannte noch, doch keiner mochte aufstehen, weil sie das Gefühl der Innigkeit, das sie beseelte, nicht zerstören wollten.

»Du hast sehr lange mit Sam Houston und den anderen Männern gesprochen. Die Frauen sollten es zwar nicht hören, doch es war von Krieg die Rede«, sagte Nizhoni nach einer Weile. »Wenn Präsident Lamar die Komantschen aus ihren östlichen Jagdgründen vertreiben will, werden kein Mann, keine Frau und kein Kind in Texas mehr sicher sein.«

»Ich habe mit Po'ha-bet'chy gesprochen. Solange die Siedler aus unserem Gebiet sein Volk nicht angreifen, sollten wir vor den Komantschen geschützt sein. Jedenfalls hoffe ich, dass die anderen Häuptlinge auf ihn hören.«

Aus Walther sprach die Sorge, unfreiwillig in den sich anbahnenden Konflikt hineingezogen zu werden, doch seine Frau schüttelte energisch den Kopf. »Die Komantschen wissen, dass Fahles Haar ein großer Häuptling ist und seine Krieger anzuführen weiß. Nur ein Narr würde ihn dazu herausfordern, die Büchse in die Hand zu nehmen. Sie werden das French Settlement daher meiden.«

»Ich frage mich, was aus O'Flannagan und seinen Verwandten werden soll. Wenn sie sich Lamars Truppe anschließen, sehen die Komantschen sie als Feinde an. Ich hätte mich gegen diese Männer durchsetzen sollen.«

Dabei ahnte Walther, dass ihm dies niemals gelungen wäre. Dennoch belastete ihn der Gedanke, dass Frauen, die an seinem Tisch gesessen hatten, ein Opfer der Komantschen werden könnten.

»Die Männer sind blind, da sie deinen weisen Rat und den von Sam Houston missachtet haben«, erklärte Nizhoni resolut. »Sie waren zu viel bei den Amerikanern im Norden und haben deren Gier nach Land in sich aufgenommen. Diese Gier wird sie fressen, denn die Komantschen werden sich niemals ohne Kampf vertreiben lassen. Es wird viel Blut fließen in Texas, und viele Frauen werden bittere Tränen vergießen. Doch das darf dich nicht bekümmern. Du bist der große Häuptling der Siedler im French Settlement. Die anderen vertrauen dir, und daher darfst du dich niemals schwach oder schwankend zeigen.«

Nizhonis Standpauke tat Walther gut. »Du hast recht«, antwortete er nachdenklich. »Ich muss für das einstehen, was mir am Herzen liegt. Doch was O'Flannagan und seine Verwandten betrifft, so werde ich sie nicht von unserer Tür weisen, wenn sie in unsere Gemeinschaft zurückkehren wollen.«

»Deshalb bist du ein großer Häuptling«, antwortete Nizhoni und schmiegte sich an ihn. »Und deshalb liebe ich dich auch so sehr!«, setzte sie leise hinzu und fand, dass sie sich eine glückliche Frau nennen konnte.

2.

Während es im French Settlement noch keine Siedlung gab, die den Namen Dorf oder gar Stadt verdient hätte, waren ganz in der Nähe gleich mehrere Orte emporgewachsen, die von amerikanischen Neusiedlern gegründet worden waren. Älter als diese war die Stadt Austin, die anfangs den Namen Waterloo getragen hatte. Nun hatte man sie nach Stephen Austin benannt, der als Vater von Texas galt. Auch Sam Houston war mit einer Stadt geehrt worden, doch lag diese etwas weiter entfernt hinter San Felipe de Austin, der ehemaligen Hauptstadt, die während General Santa Anas Feldzug gegen Texas zerstört worden und den alten Glanz nicht wiedergefunden hatte.

Die Stadt, die dem French Settlement am nächsten lag, war erst vor kurzem nahe der nördlichen Grenze des Siedlungsgebiets errichtet worden. Walther hatte sie noch nicht aufgesucht und kannte auch ihren Namen nicht, wusste aber, dass einige seiner Leute dort einkauften. Um mehr über diesen Ort zu erfahren, beschloss er, zusammen mit Nizhoni hinzufahren. Quique, Jones und der junge Tejano Benito erhielten den Befehl, sie zu begleiten. Als auch Josef mitkommen wollte, schwankte Walther, ob er dem Jungen den Wunsch erfüllen sollte.

»Es würde ihm gewiss guttun, mal etwas anderes zu sehen als nur unsere Ranch«, meinte er zu Nizhoni.

»Es wird ihm auch guttun, sich in Geduld zu üben«, antwortete seine Frau.

Beim Anblick von Josefs enttäuschtem Gesicht änderte sie ihre Meinung. »Wenn du mitkommen willst, musst du dich umziehen«, beschied sie dem Jungen.

»Ich will auch mit«, rief Waldemar, doch da schüttelte Walther den Kopf. »Jemand muss doch bei Pepe bleiben!«

»Aber …«, begann der Junge.

»Kein Aber!«, erklärte Josef und fing seinen Bruder ein.

»Und jetzt beeil dich!«, drängte Walther. »Wir wollen gleich aufbrechen und werden nicht auf dich warten.«

»Ich bin gleich fertig! Und wenn ihr schon unterwegs seid, hole ich euch bald ein.« Mit diesen Worten rannte Josef in den Teil des ebenerdigen Hauses, in dem er und sein Bruder schliefen.

»Vergiss nicht, dir den Hals zu waschen!«, rief Nizhoni ihm nach.

Sie bezweifelte jedoch, dass der Junge sich daran halten würde.

Kopfschüttelnd stieg sie auf den Wagen, ließ sich Maggie reichen und setzte sich neben Jones, der auch diesmal die Zügel führte. Walther saß auf einem schwarzen Hengst, dessen Mustangmutter ihm die Zähigkeit und das Durchhaltevermögen und sein aus Mexiko stammender Vater die Schnelligkeit und das Aussehen vererbt hatten. Nachdem er einen belustigten Blick mit seiner Frau gewechselt hatte, setzte er den Hengst in Bewegung.

»Los jetzt und nicht zu langsam, sonst müssen wir unter freiem Himmel übernachten«, rief er dem dunkelhäutigen Mann zu, der sich als ebenso guter Koch wie als ausgezeichneter Wagenlenker erwiesen hatte. Während Walther seinen Hengst antraben ließ, blieben Quique und Benito hinter dem Wagen, der von Jones geschickt zum Ranchtor hinausgelenkt wurde.

Walthers Blick glitt über die Felder, die seine Arbeiter angelegt hatten. Der Mais stand in diesem Jahr gut, ebenso der Hafer, den er als Futter für die Pferde anbauen ließ. Weiter im Süden dehnten sich Weizenfelder, deren Ertrag für Brot und Tortillas benötigt wurde, und dahinter lagen die Äcker mit den übrigen Feldfrüchten. Niemand im French Settlement hatte so viel Land unter dem Pflug wie er, dabei galt sein Augenmerk eher der Zucht von Rindern und Pferden. Es war einfacher, die Nahrung für die Menschen in den Städten auf ihren eigenen Beinen dorthin laufen zu lassen, als sie mühsam mit Wagen zu transportieren.

»Rechnest du aus, wie viele Scheffel Mais wir heuer ernten können?«, fragte Nizhoni ihn belustigt. So ganz verstand sie nicht, weshalb die Weißen möglichst viel ernten wollten, auch wenn sie nicht alle Erzeugnisse für sich selbst oder für Tauschgeschäfte benötigten.

»Ich dachte gerade darüber nach, dass wir mehr auf Rinder und Pferde setzen sollten. Der Transport von Getreide und

Mais ist zu beschwerlich«, erklärte Walther nachdenklich. »Daher werde ich weiteres Land ankaufen. Der letzte Handel mit den Komantschen hat uns fast doppelt so viel eingebracht, wie ich erwartet hatte!«

»Noch mehr Land?«, fragte Nizhoni verwundert. Sie verstand nicht, weshalb er viel mehr besitzen wollte, als sie benötigten.

»Nun, wir haben zwei Söhne und jetzt noch eine Tochter, die einmal versorgt werden müssen.« Walther sah in Gedanken bereits die Ranches vor sich, die seine Kinder später erben sollten. Bis dorthin war es noch ein weiter Weg.

Dies fand auch Nizhoni, der etwas auffiel. »Damit aber forderst du für dich das Recht, das du O'Flannagan und seinen Verwandten abgesprochen hast, nämlich genug Land zu besitzen, um es an die Kinder weitergeben zu können.«

»Ich spreche ihnen dieses Recht nicht ab«, widersprach ihr Walther. »O'Flannagan und seine Gesinnungsfreunde wollen das Land den Komantschen wegnehmen. Ich hingegen will es kaufen.«

»Von den Komantschen?«, fragte Nizhoni.

Walther schüttelte den Kopf. »Nein, von der texanischen Regierung.«

»Die es den roten Völkern abgenommen hat!«

Der Vorwurf traf. In den letzten Jahren hatten die Siedler in Texas etliche kleinere Indianerstämme dezimiert oder ganz ausgerottet, weil diese es als ihr Recht angesehen hatten, sich einen Teil der Rinder und Früchte zu nehmen, die die Siedler auf jenem Land züchteten oder anbauten, welches viele Generationen lang ihre Heimat gewesen war. Zumeist hatte blanke Not sie dazu gezwungen, denn sonst wären sie verhungert.

Walther fragte sich, ob er bisher den Kopf in den Sand gesteckt hatte. Doch wie hätte er anders handeln können? Die Morde an den Eingeborenen waren in fernen Gegenden geschehen, in denen er selbst keinen Einfluss besaß. Im French Settlement hatten die Indianer stets Fleisch und Mehl eintauschen können oder es sogar umsonst erhalten. Etliche Indianer lebten sogar hier, wenn auch etwas abseits der Weißen, und wurden von den hiesigen Siedlern geduldet. Ein paar Siedler hatten indianische Frauen geheiratet, und einige Männer aus den Stämmen arbeiteten als Vaqueros.

Walther beschloss, ein oder zwei Familien zu sich auf die Ranch zu holen, so dass sie für ihren Lebensunterhalt arbeiten konnten und gleichzeitig vor den übrigen Texanern geschützt waren. Dann aber schob er das Thema von sich und blickte sich um. »Josef lässt sich Zeit. Er hätte uns längst einholen müssen!«

»Da kommt er schon«, sagte Nizhoni lächelnd und wies auf den Jungen, der eben im vollen Galopp heransprengte.

Walther wartete, bis Josef herangekommen war, und versuchte, eine tadelnde Miene aufzusetzen. »Weshalb hast du so lange gebraucht? Wir sind ja schon fast bei Thierry Coureurs Ranch.«

Mit der unschuldigsten Miene der Welt sah der Junge ihn an. »Nizhoni hat doch gesagt, ich muss mir den Hals waschen. Das hat gedauert.«

Er verschwieg, dass er etliche Minuten hatte aufwenden müssen, um Waldemar zu überzeugen, dass es für den Kleinen besser wäre, zu Hause zu bleiben. Sein jüngerer Bruder hatte es übelgenommen, dass Maggie mitgenommen worden war und er nicht. Dabei interessierte es Waldemar herzlich wenig, dass die Kleine noch die Milch der Mutter benötigte. Josef wollte jedoch nicht petzen, sondern lenkte seinen Mustang neben den um eine gute Handbreit höheren Hengst seines Vaters.

»Wir sollten Waldemar etwas mitbringen!«, sagte er, als sie weiterritten. Dabei vermied er es zu erwähnen, dass er seinen

Bruder nur mit dieser Zusicherung dazu gebracht hatte, ihm zu gehorchen.

»Das tun wir!«, versprach sein Vater und ließ seinen Hengst wieder antraben.

Einige Zeit später erreichten sie das Anwesen der Coureurs. Thierry hatte sie schon von weitem kommen sehen und die richtigen Schlüsse gezogen. Als Walther auf den Ranchhof einritt, waren die Knechte bereits dabei, einen Wagen anzuspannen, und eben trat Thierry, in seinen guten Rock gekleidet, aus der Tür. Rachel folgte ihm in einem halbwegs neuen Kleid, dem sie die Strapazen einer längeren Wagenfahrt zumuten konnte.

»Ihr seid doch gewiss zu unseren neuen Nachbarn im Norden unterwegs«, begrüßte Thierry Walther. »Da dachte ich, wir kommen mit. Ein paar Sachen kann man immer kaufen.«

»Das haben wir vor. Die Reise wäre auf jeden Fall kürzer als nach Austin. Rachel, wie geht es? Was machen die Kinder?«

Mit diesen Worten versöhnte Walther Rachel, die es hasste, übersehen zu werden. Lächelnd wies sie auf die knapp drei Jahre alte Abigail, die ihre anderthalb Jahre jüngere Schwester an der Hand führte.

»Den beiden geht es gut! Und euch?«

»Maggie blüht und gedeiht, Josef hat sich heute ausnahmsweise den Hals gewaschen, und Waldemar war, als wir aufgebrochen sind, guter Dinge«, antwortete Nizhoni, die abstieg, um, wie sie hinzusetzte, ihre Tochter zu füttern.

»Komm ins Haus! Da sieht dich niemand«, lud Rachel sie ein und öffnete ihr die Tür.

Während Nizhoni ihr folgte, trat Thierry grinsend neben Walther. »Frauen, sage ich da nur! Wenn die unter sich sind, hat man als Mann nichts mehr zu melden.«

»Es gibt nun einmal Dinge, über die Frauen lieber miteinander sprechen, als sie uns Männern anzuvertrauen.« Walther lachte auf und sah amüsiert zu, wie Josef angestrengt versuchte, die kleine Thamar zu übersehen, die in einem bodenlangen Kleid auf ihn zustapfte. Bevor das Mädchen in Gefahr geriet, unter die Hufe des Mustangs zu kommen, griff Abigail ein und zerrte ihre Schwester wie einen Gegenstand mit sich fort.

Thamar wollte es sich nicht gefallen lassen und schlug mit ihrem Händchen nach ihr und erhielt als Antwort eine weitaus heftigere Ohrfeige von der Älteren.

»Jetzt sei still!«, schnaubte Abigail, als die Kleine zu weinen begann. »Sonst setzt es noch was!«

Sie ahmte derart den Tonfall der Mutter nach, dass es Walther innerlich schüttelte. Wie es aussah, wurde Abigail zu Rachels getreuem Abbild. Bei der Jüngeren konnte er es noch nicht sagen, hoffte aber, dass sie weniger harsch werden würde.

Kurz darauf hatte Nizhoni Maggie gestillt und kam nun mit dem Kind aus dem Haus.

»Wir können aufbrechen«, sagte Rachel, die ihr gefolgt war, und stieg zu ihrem Mann auf den Bock.

Walther half Nizhoni auf ihren Wagen, schwang sich wieder in den Sattel und übernahm die Spitze. Jones lenkte sein Gefährt direkt hinter ihm her und erntete dafür einen giftigen Blick von Rachel, der es nicht gefiel, dass ihr Mann sich als Letzter einreihen musste.

3.

Die neue Stadt bestand aus Bretterbuden, die nach Walthers Ansicht keinem einzigen Sturm standhalten würden, war aber größer, als er erwartet hatte. Die einzigen solide aussehen-

den Gebäude waren das Hotel mit dem angeschlossenen Saloon, eine Bank und der Store. Thierry blickte verblüfft die Straße entlang und sah dann Walther an.
»So ein großes Hotel und gleich auch eine Bank! Die haben hier wohl einiges vor!«
»Wer auch immer diese Stadt gegründet hat, ist kein armer Mann«, fand Walther. »Deshalb interessiert es mich zu erfahren, wer hier das Sagen hat. Immerhin liegt dieser Ort direkt an der Grenze unseres Siedlungsgebiets und stellt unsere nächstgelegene Einkaufsmöglichkeit dar.«
»Wie sollen wir es halten? Fahren wir zuerst zum Hotel und mieten uns dort für die Nacht ein, oder schauen wir uns zunächst den Store an?«, fragte Thierry.
Walther entdeckte bei dem Geschäft zwei Wagen. Neben einem stand Ean O'Corra und bei dem anderen Morgan O'Flannagan und einer seiner Schwäger.
Instinktiv lenkte Walther seinen Rappen in diese Richtung, und die anderen folgten ihm. Vor dem Store stieg Walther aus dem Sattel und reichte Benito die Zügel. Noch während er sich umsah, trat Ean O'Corra neben ihn.
»Die Sachen sind nicht billig, aber es ist immer noch besser, sie hier zu kaufen, als nach Austin fahren zu müssen.«
Walther nickte und bemerkte dabei, wie O'Flannagan in den Laden eilte. Unterdessen half Quique Nizhoni vom Wagen und hob dann Josef mit einem fröhlichen Ruf aus dem Sattel.
»Da wären wir, José. Jetzt müssen wir nur noch sehen, ob wir genug Geld haben, um hier auch einkaufen zu können!«, meinte er lachend.
Da klang eine knarzige Stimme auf. »Du wirst hier überhaupt nichts kaufen, du schmieriger Mexikaner. Scher dich zum Teufel! Hier hast du nichts verloren.«

»He, Mister! Etwas mehr Höflichkeit wäre angebracht«, wies Walther den Sprecher zurecht.
»Das hier ist mein Laden, und ich bestimme, an wen ich meine Waren verkaufe. Dreckige Mexikaner und noch dreckigere Squawmänner gehören jedenfalls nicht dazu. Wegen mir könnt ihr bis nach Mexico City reiten, um einzukaufen. Von mir bekommt ihr nichts!«
In Walther stieg die kalte Wut auf, doch mittlerweile hatte sich ein gutes Dutzend Städter um den Store herum versammelt. Jeder von ihnen war bewaffnet, und einer von ihnen gehörte zu Nicodemus Spencers Männern, die er schon zweimal aus dem French Settlement vertrieben hatte.
»Ruhig, Leute!«, sagte er zu Thierry und Quique, die nicht weniger zornig waren als er. Auch die beiden begriffen nun, dass sie bei einem Kampf den Kürzeren ziehen würden, und hielten sich mühsam im Zaum.
Walther musterte kurz den Ladenbesitzer, zuckte dann mit den Schultern und half seiner Frau auf den Wagen. Danach schwang er sich auf sein Pferd und winkte Jones, ihm zu folgen. Während der Wagen anrollte, stieg Josef geschmeidig wie eine Katze auf seinen Mustang und trabte an, um zu seinem Vater aufzuschließen.
»Warum darf dieser Mann so böse mit uns reden?«, fragte er verwundert.
»Ihm gehört der Laden. Außerdem hat er hier zu viele Freunde, als dass ich ihm ein paar mit dem Lassoende überziehen könnte.« Walther wollte noch mehr sagen, doch da trat Spencers Komplize vor und verstellte Quique den Weg.
»Ich habe nicht vergessen, wie du meinen guten Freund Dyson abgeknallt hast, du dreckiger Hund! Dafür hast du bei mir noch was gut.«
Der Vaquero sah ihn spöttisch an. »Wir können es gleich aus-

machen, Señor! Mann gegen Mann, mit Pistole, Messer oder den Fäusten.«

Obwohl der Amerikaner einen halben Kopf größer und um mindestens zwanzig Pfund schwerer war als Quique, zögerte er. Er hatte erlebt, wie Dyson gestorben war, und keine Lust, sich auf ein Pistolenduell einzulassen. Auch mit dem Messer, so schätzte er, konnte der Tejano besser umgehen als er. Schließlich blickte er auf seine derben Fäuste und nickte.

»Ich werde dich zu Brei schlagen, du Hund!«

»Sagen wir: Du versuchst es!« Quique stieg aus dem Sattel, zog seine Pistole aus dem Gürtel und reichte sie Benito. Dann wandte er sich gemächlich seinem Gegner zu.

Der Amerikaner griff sofort mit wirbelnden Fäusten an, traf aber nur Luft. Mit einem einzigen Schritt hatte der Vaquero sich seiner Reichweite entzogen.

»Du verdammter …«, stieß der Amerikaner aus.

Den Rest riss ihm ein gut gezielter Kinnhaken vom Mund. Nun wurde er richtig wütend und stürmte wie ein Stier auf Quique zu. Er traf ihn zweimal, musste aber selbst einige harte Schläge hinnehmen.

Da Quique diesen Bullen nicht so schnell bewusstlos schlagen konnte, nahm er sich dessen Augenpartie vor und setzte Treffer um Treffer. Schon bald platzten die Augenbrauen seines Gegners auf, und das Blut lief herunter und blendete ihn.

Der Mann blieb stehen und rieb sich die Augen mit den Ärmeln trocken. Mit einem raschen Schritt war Quique bei ihm und nahm Maß – und diesmal lag genügend Wucht hinter seinen Schlägen. Sein Gegner stieß noch ein kurzes Stöhnen aus und sackte dann haltlos zusammen.

Dieses Ergebnis hatten der Ladenbesitzer und dessen Freunde nicht erwartet. Zornige Rufe erklangen, und ein paar machten Anstalten, gemeinsam auf Quique loszugehen. Bevor es je-

doch dazu kam, spannte Walther seine Büchse und richtete den Lauf auf den Vordersten.
»Das würde ich nicht tun! Es soll sehr ungesund sein, eine Kugel in den Leib zu bekommen.«
Der Mann blieb stehen und starrte Walther an. Nun zog auch Thierry seine Pistole. Benito richtete seine Waffe und die von Quique auf die Gruppe, während Nizhoni den Griff ihrer Doppelpistole umschloss, ohne sie aus der in den Rock eingenähten Tasche zu ziehen.
»Was mischen Sie sich hier ein, Mister?«, fragte der Ladenbesitzer Thierry. »Sie können gerne bei mir einkaufen.«
»Danke, darauf verzichten wir!«, antwortete Thierry. »Dorthin, wo unsere Freunde nicht willkommen sind, gehen auch wir nicht.«
Auch Ean O'Corra reagierte nun. »Sie können Ihre Waren wieder von meinem Wagen abladen, Henson. Ich werde mir die Dinge dort holen, wo man General Fitchner mit der Achtung begegnet, die er verdient.«
Noch während er es sagte, warf er die ersten Tüten und Beutel auf die Straße.
Der Ladenbesitzer starrte ihn an, als könne er es nicht begreifen. »Aber Sie haben doch bei mir eingekauft, seit ich meinen Laden aufgemacht habe!«
»Damals wusste ich noch nicht, was für eine Ratte Sie sind. Aber jetzt ist es mir klar. Und noch etwas: Sie brauchen nicht zu glauben, dass auch nur ein einziger Siedler aus dem French Settlement noch ein Stück bei Ihnen kauft.«
»Was juckt das uns?«, bellte einer der Männer.
Aber der Händler war sichtlich erschrocken. Die Stadt hier lag dicht an der Grenze zum French Settlement, und wenn niemand mehr aus diesem Gebiet bei ihm kaufte, verlor er mehr als die Hälfte seiner Kunden. Mit einem wütenden

Blick wandte er sich an Morgan O'Flannagan. »Sie haben gesagt, dass …«
»O'Flannagan ist ein alter Schwätzer, dem Sie nicht alles glauben sollten«, unterbrach O'Corra den Mann. »Er und seine drei Schwäger werden Ihnen als einzige Kunden aus unserem Gebiet bleiben. Werden Sie glücklich mit denen! Wir sind jedenfalls froh, die Kerle los zu sein.«
»He! Das lasse ich mir nicht gefallen!«, fuhr O'Flannagan auf.
»Hast du Lust, genauso auszusehen wie der Bursche da?«, fragte O'Corra spöttisch und wies auf Quiques Gegner, der noch immer am Boden lag und wie ein auf den Rücken gelegter Käfer mit Armen und Beinen ruderte. Unwillkürlich wich O'Flannagan zurück und erntete dafür Ean O'Corras Lachen.
»Mit dem Maul warst du schon immer gut! Aber in Wirklichkeit hast du die am schlechtesten geführte Farm in der ganzen Gegend, und deine Verwandten sind auch nicht viel besser als du.«
»Du! Trau dich ja nicht mehr auf mein Land, sonst …«, drohte O'Flannagan in hilfloser Wut.
»Das ist ein Rat, den ich euch allen hier gebe. Wir reiten jetzt über die Grenze zurück. Auf unserem Land aber hat keiner von euch etwas zu suchen.« Nach diesen Worten ließ Walther seinen Hengst rückwärtsgehen, während er selbst die Büchse schussbereit hielt. Thierry und Jones fuhren die beiden Wagen mit den Frauen zur Stadt hinaus. Auf einen kurzen Befehl Walthers folgte Josef ihnen. Er selbst, Quique und Benito blieben, bis auch Ean O'Corra losfahren konnte.
Selbst als die Gruppe den Stadtrand erreicht hatte, wagten die Städter noch nicht, sich zu rühren. Sie hatten Walther und dessen Frau demütigen wollen und waren nun selbst die Verlierer. Bei der Bank glaubte Walther für einen kurzen Augenblick,

Nicodemus Spencer zu sehen, und begriff, dass dies hier der Beginn eines Kampfes war, den es durchzustehen galt.

Nur einen Steinwurf von der Stadt entfernt hielt Ean O'Corra an, stieg vom Wagen und reichte Quique die Zügel. »Das hier ist die Grenze, und die sollen sie auch sehen!« Damit nahm er eine Axt, fällte einen kleinen Baum und spitzte ihn unten zu. Anschließend schlug er den Pfahl mit Benitos Hilfe in die Erde.

»So, jetzt wissen die Kerle, wo unser Land beginnt! Jeder, der südlich davon angetroffen wird, sollte sich über Beulen oder eine Kugel nicht beklagen.«

»Wir sollten Patrouillen aufstellen«, erklärte Walther, »denn ich kann mir vorstellen, dass diese Schurken eine unserer äußeren Farmen überfallen und es so aussehen lassen, als hätten die Komantschen es getan.«

Thierry sah ihn überrascht an. »So eine Schlechtigkeit traust du diesen Leuten zu?«

»Dem Mann, der dort das Sagen hat, auf jeden Fall. Es handelt sich um Nicodemus Spencer, und mit dem hatten wir schon ein paarmal zu tun«, antwortete Walther und streichelte unbewusst den Kolben seiner Büchse.

Walthers erste Begegnung mit diesem Mann lag beinahe fünfundzwanzig Jahre zurück, doch die Bilder waren noch immer so frisch, als seien sie in seinem Gedächtnis eingebrannt. Damals war Spencer kein reicher Mann gewesen, sondern ein einfacher englischer Soldat auf dem Schlachtfeld von Waterloo. Dort hatte er geplündert und Leichen gefleddert und anscheinend reiche Beute gemacht. Vor allem aber hatte er Giselas Mutter umgebracht, um deren gefallenen Mann ausrauben zu können.

»Spencer sagte einmal, dass wir beide miteinander noch nicht fertig wären. Er weiß gar nicht, wie recht er hat.« Walthers

Miene wurde so düster und entschlossen, dass Thierry betete, nie dessen Feind sein zu müssen.

4.

Nach ihrer Rückkehr aus Spencers Stadt blieb Walther nur einen Tag auf der Ranch, dann befahl er Benito, den Wagen erneut anzuspannen.

Nizhoni sah ihren Mann verwundert an. »Wohin fährst du?«

»Nach Austin, um einzukaufen und mir dort die Landkarten anzusehen. Ich will wissen, wie viel Land Spencer sich unter den Nagel gerissen hat, und – wenn möglich – selbst noch etwas Land kaufen«, erklärte Walther.

»Du solltest nicht allein fahren«, warnte seine Frau.

»Keine Angst, Nizhoni, das habe ich auch nicht vor. Jones und Benito kommen mit«, erklärte Walther.

»Quique nicht?« Nizhoni traute dem Vormann mehr zu als dem Peon oder dem Afrikaner.

»Quique muss auf der Ranch bleiben und Augen und Ohren offen halten. Wer weiß, was Spencer plant.«

Das verstand Nizhoni, und so nickte sie. »Dann ist es gut! Aber du wirst auf dich achtgeben.«

»Das verspreche ich!« Da gerade niemand hersah, gab er ihr einen Kuss und trat dann auf seinen Hengst zu, den Pepe eben heranführte.

»Eine gute Reise, Señor, und kommen Sie gesund zurück!«, rief der Knecht.

»Ich werde mich bemühen!« Walther stieg auf, sah, wie Jones den Bock des Wagens erklomm und Benito sich einen der

Mustangs sattelte. Als der Peon fertig war, winkte er kurz Nizhoni und den Jungen zu und ritt los. Jones folgte ihm mit dem Wagen, während Benito überlegte, ob er hinter dem Gefährt bleiben oder zu seinem Herrn aufschließen sollte.
»Komm her!«, rief Walther ihm zu. »Du machst dich ganz gut im Sattel. Quique meinte, ich sollte dich mal für eine Woche zu den Herden schicken, damit er sehen kann, ob du als Vaquero taugst.«
»Wirklich, Señor?« Benitos Augen leuchteten freudig auf.
»Einen Peon bekommen wir immer, aber gute Rindermänner laufen nicht viele herum. Es ist allerdings nicht ungefährlich. Wenn es Spencers Getreuen einfällt, unsere Rinder zu stehlen, kann es zum Kampf kommen.«
Noch während Walther es sagte, schüttelte Benito den Kopf. »Wir werden unsere Herden beschützen, Señor, auch gegen diesen Spencer und seine Leute.«
»Das wollen wir hoffen«, antwortete Walther und ritt etwas schneller. Der Weg nach Austin war weiter als zu Spencers Stadt, aber dort lebten Menschen, die er kannte.
Unterwegs übernachteten sie bei einem der mexikanischen Siedler, die Ramón de Gamuzana einst in dieses Land gebracht hatte. Viel Neues erfuhren sie nicht, denn in diesem Teil ihres Siedlungsgebiets war alles ruhig geblieben.
Die Tortillas, die ihnen aufgetischt wurden, schmeckten scharf, ebenso der Tequila, den der Mann von Sanchez eingetauscht hatte, und Walther fühlte sich an seine erste Zeit in Texas erinnert – in Tejas, wie es damals noch hieß. Zu jener Zeit war er häufig bei Rosita und Diego Jemelin zu Gast gewesen. Die beiden waren seit langem tot, und über Texas wehte nun eine andere Fahne als zu jener Zeit, eine Fahne mit einem weißen Stern.
Er schüttelte diesen Gedanken ab und unterhielt sich mit sei-

nem Gastgeber. Der Farmer sorgte sich um eine gute Maisernte, um seine Familie ernähren zu können, und um weitere Kühe für seine Herde. Mit Politik oder ähnlichen Dingen hatte er wenig am Hut.

»Gott wird schon für uns sorgen«, sagte er, als Walther sich am nächsten Morgen verabschiedete.

»Ihr müsst aber auch selbst achtgeben. Wir haben nicht nur Freunde!«, warnte Walther ihn und ritt los. Am späten Nachmittag trafen sie in Austin ein. Er war schon öfter in dieser Stadt gewesen, um einzukaufen oder als Mitglied des Senats von Texas.

Sie stellten ihre Pferde und den Wagen unter, dann trennten sich ihre Wege. Während Benito zum Hotel ging, um sie dort anzumelden, suchte Jones den Händler auf, der die Waren, die Walther ihm aufgeschrieben hatte, bis zum übernächsten Morgen bereitstellen sollte. Länger wollte Walther nicht in der Stadt bleiben. Er selbst wandte sich dem Sitz der texanischen Behörden zu und wurde rasch vorgelassen, obwohl er zu Präsident Lamar in Opposition stand.

»Was kann ich für Sie tun, Mister Fitchner?«, fragte der Angestellte und bequemte sich nach Walthers mahnendem Hüsteln, ein »General« hinzuzufügen.

»Ich will Land kaufen und vorher sehen, was noch frei ist«, erklärte Walther.

»Einen Augenblick bitte, General. Ich hole die Unterlagen!« Der Angestellte erinnerte sich daran, dass Walther immer noch großen Einfluss in diesem Teil von Texas besaß, und beeilte sich.

Kurz darauf beugte Walther sich über die Karten und sah, dass große Teile des jetzt noch den Komantschen gehörenden Landes in Siedlungsgrants eingeteilt worden waren. Von diesem Gebiet hatte Spencer sich ein gehöriges Stück unter den Nagel gerissen. Es war beinahe so groß wie das gesamte French Settlement, berührte dieses aber nur an der Stelle, an der seine Anhänger Spencerville – wie die Stadt tatsächlich hieß – erbaut hatten.

Zwischen dem nordwestlichen Zipfel des eigentlichen Siedlungsgebiets und Spencers Land war noch ein großes Stück Land frei, das an den Llano River grenzte. Es handelte sich um Grasland und war daher ideal für Rinder.

»Was würde dieser Streifen kosten?«, fragte Walther angespannt. Der Kauf würde ihn zwar in direkte Nachbarschaft zu Spencer bringen, aber gleichzeitig verhindern, dass dieser sich in seine Richtung ausdehnen konnte.

»Da muss ich nachfragen«, antwortete sein Gesprächspartner. »Aber ich weiß nicht, ob diejenigen, die darüber zu entscheiden haben, heute noch zu sprechen sind.«

»Sagen Sie einfach, General Fitchner würde auf sie warten«, sagte Walther lächelnd und setzte sich auf einen Stuhl. Die Männer, um die es ging, waren zwar Lamars Anhänger, doch die Staatskasse brauchte Geld, und sie würden sich die Gelegenheit, eintausend Dollar einzusacken, nicht entgehen lassen.

Walther musste sich nicht länger als eine Viertelstunde gedulden, da kehrte der Angestellte mit zwei Herren zurück, die ihn jovial grüßten.

»Guten Abend!«, sagte er und setzte den Zeigefinger auf den Teil der Karte, der ihm ins Auge gestochen hatte. »Ich würde gerne dieses Stück Land hier oder wenigstens einen Teil davon kaufen. Nennen Sie mir den Preis, den der Staat dafür verlangt.«

Die beiden Männer musterten die Karte und konnten sich ein spöttisches Lächeln gerade noch verkneifen. Zur Besiedlung war das Gebiet nur eingeschränkt tauglich, denn es handelte sich um Grasland, das für Ackerbau kaum geeignet war. Zwar

war es ein ideales Gebiet für Büffel oder eine große Anzahl Rinder, doch so viel Fleisch benötigte hier in Texas niemand.

»Es ist ein ziemlich großes Stück Land!«, meinte einer der Männer, um einen möglichst hohen Preis zu erzielen.

»Sie wissen genau, dass es im Grunde kaum etwas wert ist«, antwortete Walther. »Ich will es eigentlich nur, um auf meinem bisherigen Land mehr Äcker anlegen zu können.«

»Dafür haben Sie doch genug Land«, spottete der Mann und erhielt von seinem Gefährten einen Rippenstoß dafür. Bislang hatte sich niemand für dieses Gebiet interessiert, und so wollte er sich die Gelegenheit nicht entgehen lassen, ein paar tausend Dollar dafür einzunehmen.

»Der Staat Texas wäre bereit, Ihnen dieses Stück Land zu verkaufen. Es muss nur vermessen werden«, meinte er.

Walther nickte mit verkniffener Miene, auch wenn ihm dies nicht gefiel. Landvermesser waren zumeist unzuverlässig, und der Käufer erhielt deswegen weniger Land, als er eigentlich bezahlt hatte. Um das zu verhindern, nahm er einen Bleistift und deutete auf mehrere in der Karte vermerkte Landmarken.

»Ich will das Land hier vom Llano River bis hier zu unserem eigenen Siedlungsgebiet, und zwar als so breiten Streifen!«

Damit hätte er etwa ein Drittel des gesamten Gebiets erhalten. Doch seine Gesprächspartner schüttelten den Kopf.

»Wir verkaufen dieses Land nur in einem Stück. Entweder Sie gehen darauf ein oder verzichten darauf«, erklärte einer von ihnen.

Walther focht einen harten Kampf mit sich selbst aus und sagte sich schließlich, dass er zumindest nach dem Preis fragen konnte.

»Was soll es kosten?«

»Zehntausend Dollar«, antwortete der Beamte wie aus der Pistole geschossen.

Walther wandte sich mit einem missglückten Lachen ab. »Da müssen Sie sich einen anderen Narren suchen, der Ihnen so viel Geld für dieses Stück Prärie zahlt.«

»Fünftausend?«

»Ich kann mit Mühe dreieinhalbtausend Dollar zusammenbringen. Darum wollte ich auch nur diesen Streifen erstehen«, antwortete Walther.

Seine beiden Gesprächspartner zogen sich zurück und holten auch ihren Angestellten hinzu. Wortfetzen, die zu Walther drangen, zeigten ihm, dass sie uneins waren. Wenn sie das Stück Land an unwissende Siedler verkauften, konnten sie ein Vielfaches der dreieinhalbtausend Dollar erzielen. Andererseits war der Wert dieses Gebiets gering, und nach der Vertreibung der Komantschen, mit der sie fest rechneten, würden Millionen Acres guten Landes für Neusiedler zur Verfügung stehen. Unter den Umständen würde ihnen niemand auch nur ein Butterbrot für dieses Stück Land bieten.

Dieser Gedanke gab schließlich den Ausschlag. Die Herren kehrten zu Walther zurück.

»Abgemacht!«, sagte der Ranghöhere von ihnen. »Sie bekommen das Land für das Geld. Mein Schwager Lionbaker ist Landvermesser und wird Ihnen gerne zu Diensten sein!«

Walther begriff, dass dies eine Bedingung war, die ihn noch zusätzlich einige hundert Dollar kosten würde. Zudem traute er Everett Mainstone Lionbaker nicht, da dieser auch schon für Spencer gearbeitet hatte, allerdings würde dieser es nach ihrer ersten Begegnung nicht wagen, sich zu seinen Ungunsten zu vermessen.

»Ich würde mich freuen, wenn Mister Lionbaker mich morgen im Hotel aufsucht. Und jetzt sollten wir den Vertrag abschließen. Ich zahle heute tausend Dollar an und werde den Rest nach Abschluss der Vermessungsarbeiten begleichen!« Walther klang entschlossen, obwohl er wusste, dass dieser Kauf ihn finanziell an seine Grenzen führte. Nach dem Kauf würde er seinen Vaqueros und Rancharbeitern in der nächsten Zeit keine Löhne zahlen können und einige wichtige Anschaffungen hinausschieben müssen. Doch er konnte nicht mehr zurück.

5.

Als er das Verwaltungsgebäude verließ und in Richtung Hotel ging, fragte Walther sich, ob er klug gehandelt oder sich in ein Risiko gestürzt hatte, das ihm finanziell den Hals brechen konnte. Das Land, das er erworben hatte, war nur wenig kleiner als das Gebiet, das Spencer auf sich hatte eintragen lassen. Da es zu weit von seiner jetzigen Ranch entfernt lag, würde er dort Gebäude errichten und einen Teil seiner Vaqueros mit etlichen Rindern hinschicken müssen, um seinen Besitzanspruch zu bekräftigen. Aber außer Rindfleisch und Kuhhäuten würde er von dort nichts erhalten. Doch wenn weitere Siedler nach Texas kamen und in der Nähe Städte erbaut wurden, brauchten diese Fleisch, und er konnte die Kaufsumme für das Land in wenigen Jahren erwirtschaften.
Kurz vor dem Hotel sah er neben dem Gehsteig eine Indianerfamilie sitzen. Es waren ein Mann, eine Frau und ein Junge in Waldemars Alter. Alle drei wirkten heruntergekommen und starrten blicklos vor sich hin.
Zuerst wollte er an ihnen vorbeigehen, doch mit einem Mal stutzte er. Er blieb stehen und kramte in seinen Erinnerungen. Nach einer Weile konnte er sie einordnen. Es waren jene Leute, die Nizhoni und seinen beiden Söhne auf ihrer Flucht vor

Santa Anas Truppen geholfen hatten. Aus dem Gefühl heraus, ihnen etwas schuldig zu sein, wollte er dem Mann ein paar Dollarmünzen hinwerfen, hielt aber in der Bewegung inne. Mit einer solchen Tat würde er genauso verächtlich handeln wie viele andere Texaner auch.

»Ihr seid doch Kohani!«, sagte er zu dem Mann.

Der Indianer blickte mit einer müden Geste zu ihm auf. »Einst waren wir Kohani, doch nun sind wir nur noch Staub, den der Wind mit sich trägt. Auf dem Land, das uns einst ernährte, leben jetzt weiße Männer, und die gönnen uns nicht einmal ein Stück Brot, damit unser Sohn nicht Hunger leiden muss.«

»Ich habe euch vor ein paar Jahren getroffen. Damals seid ihr mehr gewesen«, stellte Walther fest.

»Unsere Brüder und Schwestern sind tot, erschossen und erhängt von weißen Männern, die sagten, es wäre Diebstahl, ihnen eine Kuh oder ein Pferd wegzunehmen, obwohl sie uns das Land weggenommen haben, das uns einst der große Geist als Heimstatt geschenkt hatte.«

Der Mann klang bitter, und das konnte Walther ihm nicht verdenken. In dem Moment schämte er sich, selbst ein weißer Mann zu sein. »Wenn du bereit bist, als Vaquero für mich zu arbeiten, kannst du mit deiner Familie mitkommen. Dein Weib kann meiner Frau im Haus helfen.« Mehr konnte Walther den drei Indianern nicht anbieten.

Die Augen der Frau leuchteten auf. »Mein Mann ein guter Reiter. Fangen Pferd, töten Büffel. Er für dich arbeiten. Ich auch! Sohn ebenfalls!«

Walther sah, dass sie Hoffnung schöpfte, und war froh, ihnen wenigstens in diesem kleinen Rahmen helfen zu können. Mit einer kurzen Bewegung des Kopfes wies er auf das Hotel. »Kommt mit! Ihr sollt etwas essen!«

Nun schüttelte die Frau den Kopf. »Nicht dort hinein! Weißer

Mann es nicht wollen. Wir bei Busch dort um die Ecke. Dort uns niemand verjagen.«
»Ich lasse euch zu essen bringen«, erklärte Walther und ging weiter. Im Hotel wies er Jones an, die Kohani mit Essen zu versorgen, und bestellte sich ebenfalls etwas. Als er im Speisesaal saß und sein Bier trank, hörte er aus dem nebenan gelegenen Saloon laute Musik und zwischendurch die Stimmen etlicher Männer, die den Kriegszug gegen die Komantschen ihren Worten zufolge bereits so gut wie gewonnen hatten.

6.

Auf der Ranch lief inzwischen alles seinen gewohnten Gang. Während Quique und Lope sich um die Herden kümmerten, sorgte Nizhoni dafür, dass die Rancharbeiter ihre Arbeit erledigten und pünktlich ihr Essen bekamen. Seit sie wusste, dass Spencer, der Todfeind ihrer verstorbenen Freundin Gisela, in der Nähe weilte, war sie aufmerksamer als früher und befahl, dass stets einer der Arbeiter in den Nächten Wache hielt.
»Ist das wirklich nötig?«, fragte Pepe, als er an diesem Abend zur Wache eingeteilt wurde. Zwar durfte sich der Posten am darauffolgenden Tag ausschlafen, doch vorher hieß es, die Nacht über die eigene Müdigkeit zu besiegen.
Nizhoni nickte mit entschlossener Miene. »Es ist nötig! Als Rachel gestern zu Besuch war, sagte sie, dass ihr Mann Reiter gesehen habe, die sich vor ihm zu verbergen suchten. Ich will nicht, dass wir überrascht werden.«
»Also gut!« Seufzend nahm Pepe die Flinte zur Hand und ver-

ließ das Haus, um auf das Dach des Anbaus zu steigen, auf dem Walther einen Ausguck hatte errichten lassen. Seine Waffe war weniger dazu da, auf Feinde zu schießen, als mit ihrem Klang die eigenen Leute zu alarmieren.
Da in den letzten Jahren Frieden geherrscht hatte, hielt Pepe Nizhonis Vorsicht für übertrieben. Doch sie befahl nun einmal während der Abwesenheit ihres Ehemanns auf der Ranch, und das hieß für ihn, sich die Nacht um die Ohren zu schlagen.
Es war ein warmer Tag gewesen, und auch in der Nacht kühlte es kaum ab. Daher bedauerte Pepe schon bald, dass er nichts zu trinken mit nach oben genommen hatte. Doch gerade als er die Leiter hinabsteigen wollte, um etwas zu holen, entdeckte er gegen das Licht des fast vollen Mondes einen Reiter. Es war ein Weißer, kein Indianer. Pepe schluckte und blickte noch einmal hin. Der Mann war nicht allein. Weitere Reiter tauchten auf, und sie näherten sich aus einer Richtung, aus der sie die Vaqueros mit ihren Herden hatten umgehen können.
Im ersten Moment wollte er die Flinte abfeuern. Doch damit hätte er den Fremden verraten, dass sie entdeckt worden waren. Stattdessen kletterte er rasch nach unten, eilte zum Wohnhaus und klopfte gegen die Tür.
»Señora! Rasch! Machen Sie auf! Fremde Reiter kommen!«, rief er so laut, wie er glaubte, es verantworten zu können.
Es war, als hätte Nizhoni nicht geschlafen, so rasch wurde ihm geöffnet. In der Hand hielt sie die reich geschmückte Doppelpistole, die Walther und Gisela einst über den Ozean mitgebracht hatten.
»Was sagst du?«, fragte sie angespannt.
»Ich habe Reiter gesehen, viele Reiter! Sie kommen auf uns zu!«
»Um diese Zeit können es keine Freunde sein. Nein, kein

Licht!« Das Letzte galt Josef, der die Glut auf dem Herd noch einmal anblasen wollte, um einen Fidibus zu entzünden.

Nizhoni lief nach draußen und kletterte selbst auf den Ausguck. Um eine Begegnung mit den Vaqueros zu vermeiden, hatten die Reiter den Fehler gemacht, sich mit dem Mond im Rücken der Farm zu nähern, und waren nun gut zu erkennen. Sie ritten langsam, um lautes Hufgetrappel zu vermeiden, und hielten Gewehre in der Hand.

Nizhoni nahm sich die Zeit, die Männer zu zählen, und kam auf ein Dutzend. Schnell verließ sie die Aussichtsplattform und befahl Pepe, die Rancharbeiter ins Hauptgebäude zu holen. Sie selbst lud in dem schwachen Schein, den die Glut auf dem Herd verbreitete, alle Waffen, die sich im Haus befanden.

Unterdessen war auch Waldemar wach geworden und drängte sich an sie. »Was ist, Mama?«, fragte er ängstlich.

»Böse Männer kommen! Du weißt, was du zu tun hast.«

Der Kleine nickte und eilte zu der Falltür, die in den Keller führte. Gleichzeitig nahm Josef Maggie aus ihrer Wiege und trug sie nach unten. Nachdem er Waldemar eingeschärft hatte, auf seine Schwester achtzugeben, stieg er wieder nach oben.

Nizhoni wies auf die Falltür. »Du bleibst bei deinen Geschwistern!«

»Willst du die Ranch allein verteidigen?«, fragte der Junge. »Du weißt, dass die Peones meistens danebenschießen.«

Das stimmte. Vor allem Pepe kniff, wenn er feuerte, die Augen fest zu und traf nicht einmal ein Scheunentor. Josef hingegen war ein guter Schütze. Doch durfte sie einem nicht ganz zehnjährigen Jungen zumuten, auf Menschen zu schießen? Nizhoni entschied sich von einem Augenblick auf den anderen.

»Náshdóítsoh ist ein Krieger. Also hol deine Flinte! Du schießt aber nur, wenn ich es dir sage.«

Der Junge eilte in den Anbau, in dem sich seine Kammer befand, und kehrte mit seiner Waffe zurück. Während er sie lud, verteilte Nizhoni die anderen Büchsen an die Rancharbeiter, öffnete einige Fensterläden jeweils einen Spalt weit und spähte hinaus.

Die Fremden ritten im Schritt auf den Hof ein. Da dies fast lautlos geschah, wurde Nizhoni klar, dass sie die Hufe ihrer Pferde mit Lappen umwickelt hatten, um nicht gehört zu werden. Trotzdem verzog sie verächtlich das Gesicht. Komantschen wären nicht so unvorsichtig gewesen, alle aus einer Richtung zu kommen wie diese Kerle. Gerade hielten sie etwa zwanzig Schritte vom Haupthaus entfernt an. Der, den Nizhoni für den Anführer hielt, sah sich um und wandte sich an seine Männer.

»Die schlafen noch alle süß und selig! Nehmt jetzt die Fackeln und zündet die Gebäude an. Danach verschwinden wir ungesehen.«

»Das wirst du nicht!«, murmelte Nizhoni, legte auf ihn an und feuerte. Ihre Kugel riss den Mann aus dem Sattel. Seine Kumpane blickten sich erschrocken um. Da knallte Josefs Flinte. Ein Mann zuckte zusammen, hielt sich aber auf seinem Pferd. Die Rancharbeiter schossen ebenfalls, und Nizhoni setzte ihre Doppelpistole ein. Zwar wurden nur drei der Kerle verletzt, aber das heftige Abwehrfeuer war zu viel für die Angreifer. Sie rissen ihre Pferde herum und gaben ihnen die Sporen.

Nizhoni nahm eine geladene Büchse und traf einen der Männer. Mit einem Aufschrei fiel dieser vom Pferd, humpelte dann aber hinter den anderen her und schrie verzweifelt, sie sollten ihn nicht im Stich lassen.

»Sind das Feiglinge!«, kommentierte Nizhoni die schmähliche Flucht und lud ihre Waffen neu.

Erst danach stieß sie die Haustür auf und blickte ins Freie. Der Mann, auf den sie als Ersten geschossen hatte, lag verkrümmt am Boden und rührte sich nicht. Trotzdem blieb sie vorsichtig und wies Josef an, im Haus zu bleiben. Sie entzündete eine Fackel an der Herdglut und warf diese durch die rasch geöffnete Tür ins Freie. Nun konnte sie erkennen, dass dem Mann die Büchse entglitten war und mehr als drei Yards von ihm entfernt auf dem Boden lag.

Da sie keinem der Rancharbeiter zutraute, kaltes Blut zu bewahren, schlüpfte sie selbst zur Tür hinaus und näherte sich dem Mann von hinten. Doch selbst als sie ihn anfasste und seine Pistole und sein Messer aus dem Gürtel zog, blieb er reglos liegen.

Nizhoni brauchte nur einen Augenblick, um zu erkennen, dass der Kerl tot war. In ihren Augen war dies die gerechte Strafe für den Versuch, schlafenden Menschen das Haus über dem Kopf anzuzünden.

Der andere Mann, den sie aus dem Sattel geholt hatte, war inzwischen etwa neunzig Yards vom Haus entfernt zusammengebrochen. Sie richtete ihre Flinte auf ihn und trat vorsichtig näher. Beim Sturz vom Pferd hatte der Mann seine Büchse und seine Pistole verloren. Auch war er zu benommen, um nach seinem Messer zu greifen.

Mit einem schnellen Griff brachte Nizhoni dieses in ihren Besitz und blickte auf den Kerl hinab. »Wer bist du, und wer hat euch geschickt?«, fragte sie scharf.

Der Mann stellte sich bewusstlos, doch Nizhoni merkte, dass er wach war.

»Auch gut!«, sagte sie und legte ihre Flinte außerhalb seiner Reichweite auf dem Boden. Dann kniete sie sich neben ihn, fasste seinen Haarschopf mit der Linken und setzte das Messer an seiner Stirn an.

Sie musste nicht einmal seine Haut ritzen, denn er begann zu schreien. »Nein, nicht skalpieren! Es sollte doch alles nur ein Scherz sein.«

»Ein sehr feuriger Scherz«, antwortete Nizhoni und verstärkte ihren Druck. »Rede jetzt! Oder du wirst mit blutendem Schädel zu den Geistern deiner Ahnen gehen.«

Die Vorstellung, die Kopfhaut abgezogen zu bekommen, ließ den Mann schaudern. Aber seine Verletzung war so schwer, dass er sich nicht zur Wehr setzen konnte. Daher überschlugen sich seine Worte fast.

»General Spencer hat uns geschickt! Wir sollten Fitchners Ranch anzünden. Damit wollte Spencer eine Schlappe ausgleichen, die er gegen den Kerl erlitten hat.«

»Es heißt General Fitchner!«, korrigierte Nizhoni ihn sanft. »Im Gegensatz zu Spencer ist dieser Rang echt, denn Sam Houston hat meinen Mann dazu ernannt.«

»Dein Mann?« Nun erst begriff der Kerl, dass eine Frau ihn überwältigt hatte, hatte er doch geglaubt, von einem indianischen Krieger überwunden worden zu sein. Die Erkenntnis half ihm jedoch nicht, denn ehe er sich's versah, hatten ihn zwei Rancharbeiter gefesselt und ins Haus gebracht. Da die Kugel noch in seiner Schulter steckte, ließ Nizhoni ihn auf den Tisch legen und befahl Pepe, den Herd anzuschüren, damit Wasser heiß gemacht werden konnte. Sie selbst winkte Josef zu sich.

»Náshdóítsoh war heute sehr tapfer! Reite jetzt zu den Vaqueros und richte ihnen aus, dass einige von ihnen die Schufte verfolgen sollen. Da mehrere der Kerle verletzt sind, werden sie sie einholen und gefangen nehmen können.«

»Das mache ich!« Josef warf noch einen Blick auf den Gefangenen, eilte hinaus und holte seinen Mustang aus dem Pferch. Wie ein Indianer schwang er sich auf den blanken Rücken des

Tieres und ritt, das Tier nur mit den Schenkeln lenkend, im vollen Galopp davon.
Nizhoni sah ihm nach, bis er verschwunden war, und machte sich daran, den Banditen zu verarzten. Seine Verletzung war schwer, und sie wusste nicht, ob er überleben würde. Auf jeden Fall aber hatte er zugegeben, dass Spencer hinter dem Überfall steckte. Da es niemanden gab, der die Gesetze in diesem Land durchsetzen konnte, bedeutete dies, dass Walther und sie nur auf sich selbst und ihre Freunde vertrauen konnten. Schon bald aber, das schwor sie sich, würde Spencer merken, dass er sich einen Gegner ausgesucht hatte, der bereit war, den Kampf aufzunehmen, und fähig, diesen auch siegreich zu beenden.

7.

Die Vaqueros hatten die Schüsse gehört und waren bereits auf dem Weg, als sie auf Josef trafen. Quique winkte ihm zu und hielt seinen Wallach neben dessen Mustang an.
»Was ist geschehen?«, fragte er besorgt.
»Ein paar Schurken wollten uns die Ranch über dem Kopf anzünden, aber Nizhoni und ich haben ihnen heimgeleuchtet. Jetzt sollen einige von euch den Kerlen folgen und zusehen, ob ihr noch ein paar einfangen könnt. Es müssten mehrere von ihnen verletzt sein«, berichtete der Junge.
»Das werden wir! Sechs von uns bleiben bei der Herde, für den Fall, dass es ein Ablenkungsmanöver gewesen ist und sie unsere Kühe stehlen wollen. Der Rest kommt mit mir! Du, Muchacho, reitest zu deiner Mutter zurück und passt auf sie auf!«

Josef nickte ernsthaft und ritt los. Einer der Vaqueros sah ihm lachend nach. »Ich glaube nicht, dass ein Mann die Señora beschützen muss. Sie schießt besser als jeder von uns und ist dabei kalt bis ins Mark.«

»Vorwärts!«, herrschte Quique ihn an und gab seinem Pferd die Sporen. »Die Banditen mögen zwar einen Vorsprung haben, aber unsere Pferde sind frisch. Also los, Compañeros! Oder wollt ihr, dass es heißt, die Señora müsste die Ranch allein beschützen, weil wir nicht dazu in der Lage waren?«

Jeder der Männer war ein ausgezeichneter Reiter, und sie kannten das Land gut genug, um selbst bei Nacht ihren Weg zu finden. Mit finsteren Gesichtern ritten sie Richtung Norden und hielten dabei nach ihren Gegnern Ausschau.

Auf einmal hörten sie Schüsse seitlich vor sich und wurden schneller. »Das muss von der Farm der Laballes kommen!«, rief Quique und zog seine Pistole.

Auch die anderen nahmen ihre Waffen zur Hand und galoppierten auf die sich im Mondlicht abzeichnenden Gebäude zu. Dort wurde immer noch geschossen. Dann ließ der entsetzte Aufschrei einer Frau ihnen das Blut in den Adern erstarren. Sie alle kannten Arlette Laballe als fröhliche, freundliche Frau, und sie in Gefahr zu wissen machte sie noch wütender.

Im ersten Schein des neuen Tages fegten sie auf den Hof der Farm und sahen dort ein halbes Dutzend Männer. Sie hatten zwei von Laballes Gäulen eingefangen und ihnen Sättel aufgelegt. Als die Kerle die Reiter sahen, rissen sie die Waffen heraus und feuerten.

Einer von Quiques Begleitern ließ sich im vollen Galopp aus dem Sattel fallen, kam aber sofort wieder auf die Beine und schoss seine Pistole ab. Auch Quique benützte seine Waffe

und hörte um sich herum das Krachen der Gewehre und Pistolen seiner Kameraden.
Das Feuergefecht war kurz, aber heftig. Drei Vaqueros wurden verwundet, aber dafür lagen schließlich vier Schurken tot auf dem Boden. Nur die beiden, die Laballes Pferde gestohlen hatten, entkamen ihnen.
Wütend schoss Quique hinter ihnen her, doch sie waren bereits außer Reichweite. »Wie viele können mir folgen?«, fragte er seine Männer.
Fünf hoben die Hand, während die drei Verletzten den Kopf schüttelten.
»Reitet los!«, sagte einer von ihnen. »Uns hat es nicht schwer erwischt. Ich habe mehr Angst um Laballe. Es ist eine Gemeinheit, zu sechst auf einen einzelnen Mann loszugehen. Wenn er wenigstens ein paar Peones gehabt hätte.«
Das Letzte hörten Quique und die Vaqueros, die ihm folgten, nicht mehr, denn sie trieben ihre Pferde an und setzten sich auf die Fährte der Banditen. Einer der Zurückgebliebenen verband den am schwersten getroffenen Vaquero, während der dritte, der einen Durchschuss in der Wade davongetragen hatte, zum Farmgebäude humpelte.
»Señor Laballe, sind Sie wohlauf?«, fragte er.
Es dauerte einen Augenblick, bis die Tür geöffnet wurde und Arlette Laballe herauskam. »Thomé ist verletzt. Ich hatte solche Angst! Diese Schurken!« Sie stammelte diese Worte unzusammenhängend und musste sich am Türpfosten festhalten.
Der Vaquero ging an ihr vorbei und sah Laballe auf seinem Bett sitzend vor. Blut lief dem Mann übers Gesicht und färbte seine Brust. Außerdem presste er sich die rechte Hand gegen die linke Schulter. Trotzdem grinste er noch.
»Hallo, Manolo! Ihr seid gerade noch rechtzeitig gekom-

men. Sonst hätten die Schufte mir das Lebenslicht ganz ausgeblasen.«
»Die Kerle haben unsere Ranch überfallen, wurden aber von der Señora verjagt. Jetzt sind sie über Ihre Farm hergefallen und haben Ihre Pferde gestohlen.«
»Diese verdammten Schurken!«, stieß Laballe wuterfüllt aus.
»Quique und einige der unseren sind den Pferdedieben auf den Fersen. Aber lassen Sie mich sehen, wo man Ihnen überall Löcher verpasst hat, damit ich sie zustopfen kann.«
»Dasselbe kannst du auch sagen«, antwortete Laballe, da das Blut aus Manolos Stiefel rann. »Weißt du was? Du verbindest mich, während Arlette dein Bein versorgt. Damit ist uns beiden geholfen.«
So geschah es auch. Währenddessen erklang draußen ein Schuss. Sofort griff Manolo zu seiner Pistole.
Da kam einer seiner beiden Kameraden herein. »In einem der Banditen war noch ein wenig Leben. Ich wollte ihn so krepieren lassen, doch Miguel meinte, er erschießt auch eine Kuh, die sich das Bein gebrochen hat, um sie zu erlösen.«
»Also sind alle vier tot! Wenn sich das herumspricht, werden solche Schufte in Zukunft einen weiten Bogen um unser Land machen!«
Manolo nickte zufrieden und versorgte Thomé Laballes Schulterwunde, die ihm gefährlicher dünkte als der Streifschuss am Kopf. Unterdessen hatte Arlette ihm den Stiefel ausgezogen und wickelte ihm einen sauberen Leinenstreifen um das Bein.
»Mehr kann ich nicht tun!«, sagte sie schließlich. »Du solltest dich, wenn du zur Ranch zurückkommst, noch einmal von Nizhoni verbinden lassen. Vielleicht kann sie auch nach meinem Thomé schauen.«
»Das wird sie gewiss!«, versprach der Vaquero und überließ

ihr die weitere Versorgung ihres Mannes. Dessen Verletzungen waren schwerer, doch er würde es, wie er hoffte, mit Hilfe Gottes und der Heiligen Jungfrau überstehen. Vor Schmerz aufstöhnend, hinkte Manolo aus dem Haus, um sich die toten Banditen anzusehen. Sein am wenigsten verletzter Kamerad hatte unterdessen die Gäule der Schurken eingefangen.

»Die Kerle haben den armen Tieren auf ihrer Flucht nicht einmal die Lappen von den Hufen genommen«, sagte er kopfschüttelnd.

»Danken wir dem Himmel dafür, denn hätten sie es getan, wären sie schneller hier gewesen und hätten Señor Laballe und vielleicht auch dessen Señora umgebracht«, antwortete Manolo, der erleichtert war, dass die Angreifer kopflos von der Fitchner-Ranch geflohen waren.

»Zwei Pferde sind verletzt und konnten nicht weiter. Deshalb haben diese Banditen Señor Laballes Pferde gestohlen«, erklärte Miguel weiter.

Manolo nickte mit verkniffener Miene. »Das war ein Fehler, denn ohne die Schüsse, die hier gefallen sind, hätten wir sie wohl verfehlt. Doch jetzt sitzt Quique ihnen auf den Fersen, und der lässt sie nicht entkommen.«

»Laut den Worten des kleinen José sollen es mehr Banditen gewesen sein. Wo mögen sich die anderen hingewandt haben? Nicht dass die Kerle eine der anderen Farmen überfallen!«, sagte Miguel besorgt.

»Ich hoffe, man hat die Schüsse überall gehört und ist wachsam«, erklärte Manolo.

Er lud dennoch seine Waffe und die seines stärker verletzten Freundes. Doch die Stunden vergingen, ohne dass ein Feind erschien. Stattdessen tauchten kurz vor Mittag Thierry Coureur und Albert Poulain mit einigen Nachbarn auf und sahen sich die Bescherung an.

»Das war gewiss Spencers Werk!«, rief Thierry empört. »Aber dafür wird er bezahlen.«
»Mit Zins und Zinseszinsen, Señor«, sagte Manolo. »Der Kerl ist ein elender Lump, der sich immer wieder Land aneignen will, das ihm nicht gehört. Wenn ich daran denke, wie er und seine Handlanger damals auf den Gräbern der armen Rosita Jemelin und ihrer Kinder herumgetrampelt sind, überkommt mich heute noch die Wut.«
»Sind welche von den Kerlen entkommen?«, fragte Thierry.
»Si, Señor! Zwei Mann, die Señor Laballes Pferde gestohlen haben. Quique ist ihnen mit den anderen nachgeritten. Ich hoffe, sie erwischen die Schufte.«
»Das hoffe ich auch!« Thierry nickte Manolo kurz zu und wandte sich an seine Begleiter. »Zwei Männer bleiben hier! Die anderen kommen mit mir.«
Sein Finger deutete auf Poulain und einen weiteren Mann, die schlechtesten Reiter in seinem Trupp. Er selbst ritt, so schnell sein Pferd ihn trug, nach Norden. Dorthin waren die Banditen geflohen, und dort lag Spencers Land.

8.

Die Flüchtlinge sahen bereits Spencerville vor sich, als Quique und dessen Reiter sie einholten. Während einer wütend fluchte, zog sein Kumpan seine Pistole und feuerte einen Schuss in die Luft ab, um ihre Freunde in der Stadt zu alarmieren. Dann ließ er die Waffe sinken und drehte sich mit höhnischer Miene zu Quique um.
»Du und deine verdammten Mexikaner solltet jetzt schleu-

nigst von hier verschwinden, sonst hängen unsere Freunde euch ohne langes Brimborium an den nächsten Ast!«
Quique streifte die Stadt mit einem schnellen Blick und sah, dass dort bereits Männer zusammenliefen und Pferde bestiegen. Mit einer gewissen Besorgnis musterte er dann die eigenen Tiere. Diese waren durch die Verfolgungsjagd erschöpft und würden kaum lange durchhalten, falls sie von Spencers Americanos verfolgt wurden. Dennoch war er nicht bereit, so kurz vor dem Ziel aufzugeben.
»Nehmt den beiden die Waffen ab und bindet ihnen die Hände auf den Rücken!«, befahl er barsch.
Seine Männer gehorchten sofort, und als zwei der Vaqueros auch noch die Zügel der gestohlenen Pferde an die eigenen Sättel banden und in Richtung Süden losritten, bekamen die Schufte es mit der Angst zu tun.
»He, du!«, begann einer. »Wenn ihr uns freilasst, sage ich meinen Kumpeln, dass sie euch in Ruhe lassen sollen!«
Das war gelogen, wie Quique mit einem kurzen Blick feststellte. Dem Kerl ging es nur darum, den eigenen Hals zu retten und den seines Kumpans.
Mit einem Grinsen, das dem Banditen unwillkürlich an das Zähnefletschen eines Wolfes erinnerte, zog Quique seine Pistole und richtete sie auf den Mann. »Wenn deine Kumpels uns zu nahe kommen, erschießen wir euch!«
»Nein! Das könnt ihr nicht tun!«, kreischte der zweite Bandit.
»Ich würde euch auch lieber aufhängen, so wie man es hier mit Pferdedieben macht. Aber wenn das nicht geht, müssen wir halt zwei Kugeln für euch opfern.«
Quique wollte die beiden keinesfalls davonkommen lassen, selbst wenn es bedeutete, dass er und seine Begleiter sich auf ein Feuergefecht mit den Stadtbewohnern einlassen mussten.

Da er hoffte, von den Siedlern in diesem Teil des French Settlements Unterstützung zu erhalten, zwang er den Pferden daher ein Tempo auf, das sie nicht lange durchhalten konnten. Aber mit jeder Meile, die sie nach Süden gelangten, trafen sie auf mehr eigene Farmen und konnten mehr Männer alarmieren.

Ein Blick nach hinten zeigte ihm, dass sie verfolgt wurden, doch es waren weniger Männer, als er befürchtet hatte.

»Wie es aussieht, bleiben einige eurer Freunde lieber zu Hause, als ihre gesunde Haut zu riskieren«, verspottete er die beiden Banditen.

Verzweifelt versuchten diese, im Sattel zu bleiben, denn die Vaqueros hatten ihnen gedroht, sie sofort zu erschießen, wenn sie sich zu Boden fallen ließen. Sie wagten auch nicht, den Ritt zu behindern, sondern hofften darauf, dass ihre Kumpane aufholen und sie befreien würden. Dennoch saß ihnen die Angst, vorher erschossen zu werden, wie Blei in den Gliedern.

»Verdammt, warum lasst ihr uns nicht frei? Wir halten die anderen auf. Ich verspreche es euch!«, flehte der Bandit mit den schlechteren Nerven.

Quique sah noch hinten und erkannte, dass ihre Verfolger nur langsam aufholten. Dennoch wurde es ein Ritt auf Messers Schneide. Die Amerikaner kamen immer näher, und schließlich konnte ihr erstes Pferd nicht mehr weiter. Sein Reiter zügelte es und wies nach vorne.

»Reitet weiter, Muchachos, ich sehe zu, dass ich die Kerle ein wenig aufhalten kann.«

»Los, hinter mir aufs Pferd und lass deinen Gaul laufen«, befahl Quique und streckte ihm die Hand entgegen. »Wir sind gleich bei O'Corras Farm. Dort können wir uns verschanzen, bis Unterstützung kommt.«

Der Vaquero gehorchte, und während Quiques Mustang unter

der doppelten Last protestierend schnaubte, lenkte dieser ihn zu der nahen Farm. Dort war man offenbar bereits aufmerksam geworden, denn Ean O'Corra und einer seiner Nachbarn, der ihn besucht hatte, hielten ihre Büchsen bereit.
»Hallo, Quique! Seid ihr für das Knallen und Schießen verantwortlich?«, fragte Ean mit einem Grinsen.
»Teilweise! Einige Schufte haben unsere Ranch überfallen, wurden aber blutig abgewiesen. Auf der Flucht haben sie Señor Laballe niedergeschossen und seine beiden Pferde geraubt. Wir konnten einige der Kerle erwischen, doch die beiden Pferdediebe haben es fast bis an die Grenze zu Spencers Land geschafft. Dort haben wir sie gestellt. Aber jetzt sind uns ihre Freunde aus der Stadt auf den Fersen!«
Ean hörte sich Quiques Bericht mit ernster Miene an und zeigte dann auf sein Haus. »Bringt die Schufte hinein und macht euch kampfbereit. Ich warte unterdessen hier und will sehen, ob die Kerle es tatsächlich wagen, meine Farm anzugreifen.«
»Sie bringen sich in Gefahr, Señor!«, warnte Quique ihn, und Eans Frau Letta bat ihn händeringend, ebenfalls ins Haus zu gehen.
Er schüttelte jedoch den Kopf. »Ich verkrieche mich nicht vor diesem Gesindel. Das hier ist mein Heim, und wer mit der Waffe in der Hand hier eindringt, ist ein Bandit!«
»Kommen Sie, Señora!« Quique stützte die weinende Letta und brachte sie ins Haus. Seine Vaqueros sperrten die Pferde in den Pferch, dann folgten sie ihm.
Ean setzte sich auf den Schaukelstuhl, den er aus Irland mitgebracht hatte, nahm die Büchse in die Hand und wartete.
Es dauerte nicht lange, da fegten die Spencer-Getreuen auf den Hof. Einer der Männer entdeckte Ean und riss seine Büchse hoch, um zu schießen. Sein Anführer schlug ihm die Waffe nieder.

»Halt, du Idiot! Das ist O'Corra. Wenn du den über den Haufen schießt, haben wir die gesamten Iren gegen uns!« Dann wandte er sich an Ean.
»Mister, von Ihnen wollen wir nichts. Wir wollen nur die paar dreckigen Mexikaner, die zwei unserer Freunde abgefangen und mitgenommen haben. Dafür werden wir sie dort an diese Bäume hängen!« Der Mann deutete auf mehrere große Pinien, die in der Nähe des Farmhauses standen.
Ean schüttelte den Kopf. »Das dort sind meine Bäume, und ich allein entscheide, wer dort aufgehängt wird und wer nicht. Was eure angeblichen Freunde betrifft, so sind es Banditen, die mehrere unserer Farmen überfallen und einen Freund von mir zusammengeschossen haben. Ich glaube eher, dass die beiden Kerle dort an meinen Bäumen aufgehängt werden!«
»Halt's Maul, verdammter Ire!«, fuhr der Mann auf, der auf Ean hatte schießen wollen. »Damit du es weißt: In dieser Gegend hat nur einer etwas zu sagen, und das ist General Spencer. Entweder ihr seid auf seiner Seite, oder ihr verschwindet besser von hier.«
»Das ist der Rat, den ich euch gebe! Zieht ab und lasst euch hier nie mehr blicken. Sonst muss ich doch ausprobieren, ob die Äste meiner Bäume stark genug sind, mehrere von euch zu tragen!« Nun kochte Ean vor Wut und spannte den Hahn seiner Büchse.
Sofort richteten Spencers Verbündete ihre Waffen auf ihn.
Der Ire lachte nur. »Versucht es! Einen von euch nehme ich mit, und etliche andere werden von meinen mexikanischen Freunden aus dem Sattel geholt. Ich glaube nicht, dass viele von euch übrig bleiben.«
Der Anführer der Städter zögerte. Wenn sie O'Corra erschossen, hatten sie das gesamte French Settlement gegen sich. Da-

bei hatte sein Boss Spencer gehofft, einen Keil zwischen die verschiedenen Siedlergruppen treiben und Fichtners Einfluss untergraben zu können.
»O'Corra, nehmen Sie Vernunft an!«, rief er. »Was kümmert Sie ein halbes Dutzend Mexikaner?«
»Sehr viel! Vor allen Dingen, wenn es Männer sind, die auf meiner Seite stehen«, antwortete Ean.
Er wirkte nun weitaus ruhiger, denn im Gegensatz zu seinen Gegnern sah er den Reitertrupp, der aus dem Süden herankam. Der große Mann mit dem hellen Schopf an der Spitze konnte nur Thierry Coureur sein.
»Ich sage es nur noch ein Mal! Entweder verlasst ihr jetzt meine Farm, oder ihr werdet die Folgen tragen müssen.«
»Welche Folgen?«, spottete der Städter.
»Dann sperr deine Ohren auf«, antwortete Ean gelassen.
Mittlerweile war der Hufschlag der Pferde, auf denen Thierry und seine Begleiter ritten, deutlich zu hören. Der Städter fuhr herum und begriff, dass sie in der Falle saßen. Vor ihnen war das Farmhaus, und hinter ihnen näherte sich eine Schar Reiter, die sie in die Zange nehmen würden.
»Was machen wir jetzt?«, fragte der Mann, der Ean über den Haufen hatte schießen wollen.
Der Ire nützte den Augenblick, in dem die Städter nur auf Thierrys Reiter achteten und nicht auf ihn, und schlüpfte ins Haus. Dort eilte er an ein Fenster und streckte den Lauf seiner Büchse hinaus. Er musste jedoch nicht schießen, denn die Städter hatten keine Lust, es auf ein Feuergefecht ankommen zu lassen. Fluchend spornte ihr Anführer seinen Gaul an und lenkte ihn, als er die Umzäunung hinter sich gelassen hatte, nach Norden. Seine Begleiter folgten ihm, so schnell sie konnten.
»Feiglinge sind sie auch noch«, kommentierte Quique ver-

ächtlich den Rückzug. In seiner Wut hätte er am liebsten auch diese Gruppe niedergekämpft.
Ean kannte die Städter besser als er und schüttelte den Kopf. »Ich würde sie nicht feige nennen. Die meisten von ihnen sind ehrliche Leute und wären gute Nachbarn. Doch Spencer hat sie beeinflusst und ihnen etlichen Unsinn ins Ohr geblasen. Es ist ihr Pech, dass sie seine Behauptungen für bare Münze nehmen.«
Unterdessen waren Thierry und dessen Begleiter herangekommen. »He! Wie steht es bei euch?«, rief der Normanne besorgt.
»Bestens!«, antwortete Ean und trat vor die Tür. »Ihr seid zur rechten Zeit gekommen. Lange hätte ich diese Burschen nicht mehr zurückhalten können. Stimmt es, dass Laballe erschossen worden ist?«
»Tot ist der gute Thomé Gott sei Dank nicht, wenn auch stark angekratzt«, antwortete Thierry. »Aber ich sehe, ihr habt seine Gäule zurückgeholt. Das wird ihn freuen.«
»Wir haben auch die beiden Pferdediebe, Señor«, meldete sich nun Quique, der eben das Haus verließ. Seine Kameraden folgten ihm und stießen dabei die beiden Banditen vor sich her. »Was machen wir mit denen? Immerhin gibt es hier keinen Richter, der sie aburteilen kann.«
»Sie haben Thomés Farm überfallen, diesen schwer verletzt und seine Pferde gestohlen. Dafür gibt es nur eine Strafe!« Thierry richtete seinen Blick auf die Baumgruppe, an deren Ästen die Städter vorhin noch Quique und seine Männer hatten aufhängen wollen.
Die beiden Schurken schrien entsetzt auf. »Das könnt ihr nicht tun!«, rief einer, und der andere bettelte um sein Leben.
»Wir können viel«, antwortete Thierry und befahl zwei Vaqueros, ihre Lassos in die Hand zu nehmen.

9.

Walther und seine Begleiter hatten Austin noch keine Meile hinter sich gelassen, da schloss ein Reiter zu ihnen auf. »Dachte doch, dass Sie es sind, Fitchner«, grüßte der Mann.

»Rudledge! Freut mich, Sie zu sehen. Ich dachte, Sie wären bei Lamars fabelhafter Armee«, antwortete Walther.

»Die haben gesagt, sie brauchen mich nicht. Hätten bessere Scouts. Glaube eher, dass es Lamars Kreaturen nicht passt, dass Old Sam Houston ein guter Freund von mir ist. Sollen sie sich eben ohne mich mit den Komantschen herumschlagen. Die werden ihnen ein Liedlein pfeifen, dass es nur so rauscht. Sind alles Idioten! Nicht die Komantschen, meine ich, sondern Präsident Lamars Offiziere! Glaube nicht, dass einer von denen am San Jacinto River dabei war. Sind meistens Neulinge, die in der Armee der Vereinigten Staaten Generals oder mindestens Colonels gewesen sein wollen und von denen jeder seinen Reden nach schon dreihundert Indianer erschossen hat.«

Rudledge klang verärgert und spöttisch zugleich. Er fasste sich jedoch wieder und sah Walther an. »Wollte fragen, ob ich in den nächsten Wochen bei Ihnen unterkommen kann. Die Hotels hier in der Stadt sind mir zu teuer. Könnte Ihren Cowboys beim Zureiten von Mustangs helfen.«

»Cowboys?« Für Walther waren es immer noch Vaqueros. Dann aber nickte er. »Sie sind mir willkommen, Rudledge, auch wenn Sie keine Pferde zureiten. Ich freue mich schon darauf, am Abend mit Ihnen zusammenzusitzen und über alte Zeiten zu plaudern.«

»Darauf freue ich mich auch«, antwortete Rudledge grinsend

und deutete auf das Indianerpaar und den Jungen, die bei Jones auf dem Wagen saßen.
»Wo haben Sie denn die aufgegabelt?«
»In Austin. Ich denke, es ist für die drei besser, wenn sie auf der Ranch arbeiten, als um Essen zu betteln.«
Rudledge nickte verstehend. »Es ist eine Schande, den Rothäuten das Land wegzunehmen und sie dann verhungern zu lassen. Eine Kugel wäre gnädiger. So aber lungern sie herum und saufen Schnaps, wenn sie ihn kriegen, obwohl sie ihn nicht vertragen. Habe letztens einen gesehen, der bot seine Tochter, eine wirklich hübsche Squaw, jedem Kerl für einen Becher voll Whisky an. Fand es widerlich, aber was soll man tun?«
»Sich selbst so zu verhalten, dass man stets in den Spiegel schauen kann«, sagte Walther.
»Habe aber keinen«, erklärte Rudledge mit einem kurzen Lachen. »Wenn ich das Gestrüpp um mein Gesicht weghaben will, gehe ich zum Barbier.«
»Bei uns gibt es keinen Barbier. Daher werden Sie sich selbst rasieren müssen. Ich leihe Ihnen auch einen Spiegel!« Walther zwinkerte dem Scout zu und fragte ihn, wie er Präsident Lamars Chancen einschätzte, die Komantschen aus dem östlichen und dem mittleren Teil von Texas zu vertreiben.
»Wird arg schiefgehen!«, antwortete Rudledge. »Lamars Männer werden durch die Prärie stolpern, ohne eine einzige Rothaut zu sehen. Dafür werden hinter ihnen die Farmen brennen. Sehe es kommen, und es tut mir um die armen Leute leid, die es ausbaden müssen. Sind einige ordentliche Kerle dabei. Und auch den Frauen und Kindern würde ich etwas anderes wünschen, als umgebracht und skalpiert zu werden.«
Der Scout klang so düster, dass Walther sich fragte, ob sie et-

was unternehmen sollten, um Mirabeau Lamar aufzuhalten. Doch die Mehrheit der Texaner hatte diesen Mann zum Präsidenten gewählt und stand hinter seinen Plänen.
»Ich habe für das French Settlement ein Abkommen mit den Komantschen getroffen. Solange wir uns nicht an dem Krieg gegen sie beteiligen, werden sie unsere Farmen nicht angreifen«, erklärte er Rudledge.
»War das Beste, was Sie tun konnten!« Rudledge nickte und fragte dann nach einigen Männern aus dem French Settlement, die er noch aus dem Krieg gegen die Mexikaner kannte.
So gut er konnte, gab Walther Antwort. Es erleichterte ihn, von etwas anderem reden zu können als von den bevorstehenden Auseinandersetzungen mit den Komantschen, und die beiden Männer mieden dieses Thema auch während des restlichen Ritts. Doch als sie am nächsten Tag die südlichsten Farmen des Siedlungsgebiets erreichten, wartete einer von Walthers Vaqueros auf sie.
»Die Señora schickt mich«, berichtete der Mann. »Es hat einen Überfall auf die Ranch gegeben und einen Kampf bei Señor Laballes Farm. Señor Laballe wurde schwer und drei unserer Vaqueros leicht verwundet. Mehr als wir haben die Americanos geblutet. Einer starb bei dem Angriff auf die Ranch, vier bei Señor Laballes Farm und zwei weitere hat Señor Coureur aufhängen lassen. Ein Gefangener ist noch auf der Ranch.«
Walther wurde bleich. »Wie geht es meiner Frau und den Kindern?«
»Denen ist nichts zugestoßen«, antwortete der Vaquero mit einem erleichterten Grinsen, das noch den Schrecken jener Nacht verriet. »Die Señora hat gemeinsam mit dem kleinen José und den Peones ein Dutzend Americanos vertrieben. Dann haben wir die Fliehenden verfolgt und bei Señor

Laballes Farm gestellt. Die Schufte hatten dort bereits Pferde gestohlen.«

Walther wechselte einen Blick mit Rudledge. »Ich will so rasch wie möglich nach Hause. Kommen Sie mit mir? Jones und Benito sollen uns langsamer folgen.«

»Kann verstehen, dass Sie nach Hause wollen. Würde es wohl auch tun, wenn ich ein Heim hätte und so eine Nachricht erhalten würde. Haben Sie eine Ahnung, wer hinter diesem Angriff stecken könnte?«

»Ich würde meinen gesamten Besitz darauf verwetten, dass es Spencer ist!«, rief Walther voller Groll.

»Habe gehört, dass die Spencer-Ratte wieder im Land sein soll. Hat sich beim neuen Präsidenten eingeschleimt und wird ihm wahrscheinlich ebenso viele Freiwillige aus Louisiana zubringen wie damals Old Sam Houston – nämlich gar keine! Aber kräftig dafür kassieren wird er. Diesen Betrüger sollte man an den höchsten Baum hängen, den man in Texas finden kann.«

Auch wenn Rudledge nicht wusste, weshalb Walther Spencer hasste, so verachtete er den Mann nicht minder, der den Texanern während ihres Freiheitskampfes gegen Mexiko sehr viel versprochen und nichts davon gehalten hatte.

»Dann sollten wir reiten!« Walther trieb seinen Hengst an und ritt an dem Haus vorbei, in dem sie eigentlich hatten übernachten wollen. Seufzend folgte Rudledge ihm. So ganz verstand der Scout die Ungeduld nicht, die seinen Begleiter erfasst hatte. Dies war auch vor gut drei Jahren so gewesen, als sie beide Walthers erste Frau Gisela, Nizhoni und den kleinen Josef gesucht hatten. Da er Walther kannte, richtete er sich auf einen langen, harten Ritt ein und tröstete sich damit, dass es auf der Fitchner-Ranch mit Sicherheit einen guten Tropfen zu trinken gab.

10.

Als Walther und Rudledge die Ranch erreichten, hatten sich dort fast vierzig Mann versammelt. Darunter waren einige Mexikaner, so auch Sanchez, der mehr vom Tequilabrennen lebte als von den Erzeugnissen seiner Äcker. Thierry war mit fast allen Freunden erschienen, die vor einem Jahrzehnt den Untergang der *Loire* überlebt hatten. Dazu kamen etliche Iren, Sizilianer und Polen. Alle führten ihre Waffen mit sich, und Walther spürte, dass sie ihm ausnahmslos folgen würden, wenn er sie nun dazu aufrief, Spencers Stadt anzugreifen.

Aber das wollte er nicht. Auch wenn Spencer einige Schurken bei sich hatte, so waren die meisten im Norden normale Siedler, gegen die er keine Feindschaft hegte. Wenn es notwendig war, würde er seinen Kampf gegen Spencer allein führen, aber nicht gegen jene, die in gutem Glauben in dieses Land gekommen waren, ihren Familien ein besseres Leben sichern zu können.

Walther stieg ab, zog kurz Nizhoni an sich, die mit Maggie auf dem Arm auf ihn zukam, und strich Josef und Waldemar über den Schopf. »Während meiner Abwesenheit habt ihr so einiges erlebt!«, sagte er.

»Das können Sie laut sagen, Mister Fitchner!«, mischte sich Ean O'Corra ein. »Die Schuld daran trägt O'Flannagan. Einer seiner Nachbarn dachte sich nichts Böses dabei, als er mit ihm sprach und dabei erwähnte, dass Sie nach Austin reiten würden. O'Flannagan hat es sofort an Spencer weitergetragen – an einen lumpigen Engländer! Dass ein Ire so tief sinken kann!«

»Wir sollten O'Flannagan und seine Schwäger aus dem French Settlement vertreiben«, schlug Thierry vor.

Walther schüttelte den Kopf. »Die vier haben das Land ebenso wie wir rechtmäßig in Besitz genommen. Wir können O'Flannagan bestrafen, wenn wir ihm eine schlimme Tat nachweisen können. Doch das Land können wir seiner Familie nicht wegnehmen.«

»Sie sind zu sehr ein Deutscher und versuchen, sich an Gesetze zu halten, obwohl es hier im weiten Umkreis niemanden gibt, der sie durchsetzen kann«, warf Rudledge ein. »Ich würde diese Kerle zum Teufel jagen und das Gesindel, das Spencer ins Land gebracht hat, gleich mit dazu.«

»Dann hätten wir einen Bürgerkrieg am Hals! Ich will diese Sache ohne überflüssiges Blutvergießen hinter uns bringen.« Walther klang scharf, denn er wollte nicht in einem Land leben, in dem sich niemand mehr an Recht und Ordnung hielt.

Da fasste Nizhoni nach seiner Hand. »Fahles Haar hat recht!«, rief sie erregt. »Wir müssen stark sein, um jeden Feind abwehren zu können. Doch wenn wir den Krieg in die Jagdgründe des Feindes tragen, dürfen wir uns keine zusätzlichen Gegner schaffen. Unser eigentlicher Feind ist ein einziger Mann, und alle anderen sind nur seine Handlanger. Selbst O'Flannagan würde sich wieder auf unsere Seite stellen, wenn er begreift, dass das, was Spencer macht, schlecht ist.«

»Das bezweifle ich«, murmelte Ean O'Corra, der seinem Nachbarn diesen Verrat nicht verzeihen konnte.

»Aber was sollen wir tun?«, fragte Thierry aufgebracht. »Wir können doch unsere Farmen nicht von diesem Gesindel überfallen lassen! Immerhin haben die Schufte den guten Thomé Laballe so zusammengeschossen, dass es noch nicht sicher ist, ob er überlebt.«

»Für diese Tat wird Spencer bezahlen«, versprach Walther. »Aber dafür müssen wir den Kerl erwischen. Bis jetzt wissen wir nicht, ob er sich in der von ihm gegründeten Stadt aufhält oder auf einer der Farmen.«

»Das überlassen Sie mir«, erklärte Rudledge. »Werde mich in diesem Rattennest ein wenig umsehen und herausfinden, wo die Oberratte sich versteckt hält.«

Walther nickte. »Das ist keine schlechte Idee! Vielleicht können Sie uns auch warnen, wenn Spencer wieder etwas vorhat. Wir anderen werden nun das tun, was ich schon vor einiger Zeit geraten habe: Wir stellen eine Patrouille auf, die die Grenzen unseres Siedlungsgebiets überwacht. Wenn Spencers Männer auftauchen sollten, werden wir sie mit heißem Blei empfangen.«

Mehr, sagte er sich, konnten sie ihm Augenblick nicht tun, wenn sie nicht Krieg mit allen Amerikanern anfangen wollten, die sich auf Spencers ergaunertem Land niedergelassen hatten.

Auch die anderen Männer beruhigten sich wieder. Selbst Thierry, der gelegentlich ein arger Heißsporn sein konnte, stimmte dieser Lösung zu.

»Du hast recht! Wir sind ehrliche Siedler und keine Räuberbande. Wenn Spencer oder dessen Schurken jedoch nur einen einzigen Schritt auf unser Land tun, werden sie es bereuen.«

»Spencer wird es auch bereuen, wenn einige seiner Männer es auf seinen Befehl hin tun und er zu Hause bleibt«, erklärte Walther und bekam von allen Seiten Zustimmung.

Auch Nizhoni war zufrieden und flüsterte ihm ins Ohr, dass er nicht nur ein großer Krieger, sondern auch ein weiser Häuptling wäre.

»Spencer hat etliche Leute verloren, und es wird ihm schwerfallen, die zu ersetzen«, setzte sie hinzu und wies ihn darauf hin, dass ihr Gefangener noch immer in einem Anbau des Hauses eingesperrt wäre.

»Den Kerl sehe ich mir später an. Jetzt aber würde ich gerne ein paar Stunden schlafen. Rudledge und ich sind die ganze Nacht durchgeritten, als wir von dem Überfall erfahren haben.«

»Hätte auch nichts dagegen, mich aufs Ohr zu hauen«, stimmte ihm der Scout zu. »Danach mache ich mich auf und suche nach der Spencer-Ratte. Sollte mir nicht krumm kommen, der Kerl. Müsste ihn sonst erschießen!« Rudledge lachte, als hätte er einen guten Witz erzählt, und ließ sich von Pepe in das Schlafhaus der Rancharbeiter führen.

Walther sprach noch kurz mit Thierry und Ean O'Corra, dann wollte auch er sich zurückziehen.

Da trat Leszek Tobolinski neben ihn. »Auf ein Wort, Herr Fichtner. Als wir hierhergekommen sind, hat mein Vater für jeden von uns Brüdern eine Siedlerstelle eintragen lassen. Wie vom Gesetz gefordert, haben wir auf jeder dieser Farmen eine Hütte errichtet und bewirtschaften je einen Teil des entsprechenden Landes. Der Rest liegt brach, bis wir ihn irgendwann einmal brauchen.«

Während Leszek redete, musste Walther sich ein Lächeln verkneifen. Da verheiratete Männer das Doppelte an Land erhalten hatten wie ledige, hatte Krzesimir Tobolinski rasch jedem seiner Söhne eine Braut besorgt, darunter auch dem gerade sechzehnjährigen Marek. Aber seine Söhne lebten noch unter dem Dach des Vaters und würden sich erst später auf den eigenen Farmen niederlassen.

Leszek wirkte besorgt. »Vor ein paar Tagen haben wir bemerkt, dass sich Leute auf unserem Brachland niedergelassen haben, obwohl wir unseren Besitz mit Pfählen markiert haben. Zuerst wollte Vater sie verjagen, doch als wir hörten, dass Ihre Ranch und Laballes Farm überfallen worden sind, wollten wir vorher mit Ihnen reden!«

»Fremde auf dem Land, das euch vertraglich zuerkannt wurde? Das darf nicht sein!«

»Es ist nicht der einzige Fall!«, warf Tonino Scharezzani ein. Obwohl er nach außen hin nur als Dolmetscher des Patrons der sizilianischen Siedler galt, weil dieser sich strikt weigerte, eine andere Sprache als seine eigene zu lernen, sahen ihn die meisten jungen Leute als eigentlichen Anführer ihrer Gruppe an. Seine Stimme war daher wichtig, und so forderte Walther ihn auf zu berichten.

»Etwa drei Meilen südlich der Grenze zu Spencers Gebiet haben mehrere Männer ebenfalls Brachland besetzt. Es liegt in der Nähe von O'Flannagans Farm. Ich nehme an, dass sie von dort unser Gebiet überwachen wollen.«

»Wem gehört dieses Stück Land?«, fragte Walther.

»Meinem Schwager Beppino. Er hat es vor einer guten Woche bemerkt, es mir aber gestern erst gesagt. Auch er hatte sein Grundstück mit Pfählen markiert«, berichtete Scharezzani.

»Beides kann kein Zufall sein!«, rief Walther aus. »Die Neusiedler haben die bestehenden Farmen gesehen und hätten erst fragen müssen, ob jemand bereit ist, ihnen Land zu verkaufen.«

»Da steckt gewiss Spencer dahinter!« Thierry langte unbewusst zu seiner Pistole, sah dann aber Walther an. »Was wollen wir tun?«

»Morgen Mittag sollen sich zwanzig Männer bei Tobolinskis Farm einfinden, aber so, dass sie von den Fremden nicht gesehen werden. Dann schauen wir uns die Leute an.«

»Und die, die sich auf Beppinos Land breitmachen?«, fragte Scharezzani.

»Die sind danach an der Reihe. Aber lasst mich erst einmal schlafen. Ausgeruht kann ich besser denken – und schießen!« Das Letzte setzte Walther mit einer gewissen Bissigkeit hinzu.

Ihm war klar, dass Spencer ihn mit diesen Stichen herausfordern wollte. Doch nach dem missglückten Überfall auf seine Farm und den Verlusten, die der Engländer dabei hatte hinnehmen müssen, lagen die Vorteile nun auf der eigenen Seite, und das gedachte er auszunützen.

11.

Als Walther zum Treffpunkt ritt, bemerkte er die Veränderungen deutlicher als sonst. Als Gisela und er vor knapp zehn Jahren in dieses Land gekommen waren, hatten sie eine Wildnis vorgefunden. Nun aber waren überall Felder zu sehen, auf denen Mais und andere Feldfrüchte wuchsen. Kühe weideten auf Wiesen, die von Gestrüpp und Dornen befreit worden waren, und gelegentlich sahen sie Ansiedlungen, die nicht mehr aus einer einfachen Hütte, sondern aus mehreren festen Gebäuden bestanden. Zwar gab es immer noch genug Brachland zwischen den einzelnen Farmen, doch die Siedler hatten diese Gegend innerhalb weniger Jahre entscheidend verändert.

Die nächste Generation würde es nicht mehr anders kennen, dachte er, als er auf Krzesimir Tobolinskis Hof einritt. Da der alte Patriarch mitsamt seinen Söhnen und deren Frauen auf einem Fleck wohnte, wirkte die Farm wie ein kleines Dorf. Die Gebäude waren mit einfachen Dachreitern und Figuren geschmückt, deren Bedeutung nur die hier lebenden Polen zu deuten wussten. In der Kleidung hingegen hatten Tobolinski und seine Sippe sich den hiesigen Verhältnissen angepasst. Sie trugen derbe Tuchhosen, karierte Hemden und leichte Lei-

nenwesten. Wenigstens die Stickereien erinnerten an die alte Heimat.
Der alte Tobolinski trat aus dem Haus, als er Walther und seine Begleiter bemerkte. »Es freut mich, dass Sie gekommen sind, Herr Fichtner, denn ich wollte nichts ohne Rücksprache mit Ihnen unternehmen.«
»Die Eindringlinge sind also immer noch da«, schloss Walther aus diesen Worten.
»Das sind sie – und es kommen immer wieder Männer zu ihnen und reiten wieder weg. Mein Marek hält sie unter Beobachtung, denn schließlich haben sie sich auf seinem Land eingenistet.«
Der alte Mann lachte böse und hob seine Büchse. »Kann sein, dass wir die brauchen. Einer der Männer, der diese Leute aufgesucht hat, ist der Verwalter von Spencers Besitz weiter im Norden.«
»Woher wissen Sie das?«, fragte Walther verwundert.
Tobolinskis Miene nahm einen pfiffigen Ausdruck an. »Wenn Menschen einander begegnen, die sich nicht feind sind, reden sie miteinander. Es gibt genügend Siedler jenseits der Grenze, die den Überfall auf Ihre Ranch und auf Laballes Farm nicht gutheißen. Sie wagen zwar nicht, sich gegen Spencer zu stellen, aber sie erzählen doch das eine oder andere, was wichtig sein kann.«
»Wissen Sie auch, wo Spencer ist?«, fragte Walther angespannt.
»Er soll sich etwa vierzig Meilen weiter im Norden aufhalten, und zwar auf der anderen Seite des Rio Colorado. Marek wollte hinreiten, aber ich habe es ihm verboten.«
»Das war auch besser so«, sagte Walther. »Um Spencer kümmern wir uns noch. Jetzt sind erst einmal die wilden Siedler dran. Sind alle gekommen, die ich darum gebeten habe?«
»Das sind sie – und noch einige mehr!« Tobolinski war anzu-

merken, wie zufrieden er war, weil ihn so viele Nachbarn unterstützten.
Nun winkte er den Männern. »Kommen Sie herein und essen Sie erst einmal etwas. Dann können wir losreiten. Meine Söhne werden sich inzwischen um die Pferde kümmern!«
Obwohl etliche Männer mit Walther gekommen waren, ließ Tobolinski sich nicht lumpen. Es gab Pfannkuchen, Rühreier und mit Fleisch gefüllte Teigtaschen. Dazu wurde ein scharfer Schnaps gereicht, den einer von Tobolinskis Nachbarn aus Mais und Weizen gebrannt hatte.
Zu Walthers Erleichterung trank keiner der Männer zu viel, und so konnten sie nach dem Essen aufbrechen. Unterwegs schlossen sich ihnen immer mehr Siedler an, so dass sie die Hütte der Fremden mit einem Trupp von über dreißig Leuten erreichten. Nur ein Narr, dachte Walther, würde sich mit so vielen auf ein Feuergefecht einlassen.
Der Mann, der widerrechtlich hier siedelte, war kein Narr. Er kam mit der Büchse in der Hand aus dem Haus, hielt die Waffe aber so, dass keiner sagen konnte, er hätte auf ihn gezielt. Hinter ihm trat eine Frau ins Freie, die wie er selbst nicht mehr ganz jung war und sichtlich Angst hatte.
Der Mann aber musterte den Trupp mit grimmiger Miene. »Was wollt ihr hier auf meinem Land?«
»Ihnen sagen, dass dies nicht Ihr Land ist«, antwortete Walther gelassen.
Der andere stieß einen Laut aus, der ein Lachen darstellen sollte. »Solche Scherze mag ich nicht. Daher verschwinden Sie, und zwar plötzlich!«
»Wenn hier jemand verschwindet, sind Sie es!« Walthers Stimme klang nun härter.
Der Mann zuckte kurz zusammen, blieb aber weiterhin frech. »Das Land hier gehört mir, und niemand wird mich von hier

vertreiben. Ich habe es von General Spencer gekauft, und der ist ein bedeutender Mann in Texas!«

Thierry begann zu lachen. »Sehen Sie diesen Hügel Richtung Norden, gut zwei Meilen weiter? Bis dorthin reicht unser Land. Erst dahinter beginnt das Gebiet, das Spencer sich erschwindelt hat. Wenn Sie siedeln wollen, müssen Sie es dort tun.«

»Das hier ist mein Land«, bellte der andere.

Walther merkte ihm jedoch an, dass er unsicher wurde. Noch wusste er nicht, ob der Mann von Spencer betrogen worden war oder sich in dessen Auftrag hier eingenistet hatte, um für diesen auszuprobieren, wie weit man gehen konnte.

»Das hier ist mein Land«, schaltete sich Marek Tobolinski ins Gespräch ein. »Und ich rate Ihnen, schleunigst von hier zu verschwinden. Mit Landdieben verfahren wir hier ebenso wie mit Pferdedieben. Wir hängen sie auf!«

Jetzt wurde der andere blass, war aber noch nicht bereit nachzugeben. Da fasste seine Frau ihn am Arm. »Bitte, Jezediah, mach dich nicht unglücklich! Man hat uns doch gewarnt, dass diese Franzosen und Mexikaner Wilde sind, die keine Fremden unter sich dulden.«

»Wären Sie keine Frau, würden Sie mir für die Wilden geradestehen!«, stieß Thierry wütend hervor. »Aber Ihr Mann hat diese Ausrede nicht. Er …«

Walther hob beschwichtigend die Hand. »Da Sie beide wussten, dass Sie widerrechtlich hier siedeln, sehe ich nicht ein, warum wir besondere Rücksicht walten lassen sollen«, sagte er zu dem Paar. »Los, Leute, fangt den Gaul des Mannes ein und spannt ihn vor seinen Wagen. Ladet alles auf, was ihr in der Hütte findet. Dann können sie zu ihrem General Spencer fahren. Tobolinski, können Sie die Hütte hier brauchen?«

Da der Pole den Kopf schüttelte, fuhr Walther fort. »Wenn ihr die Hütte leer geräumt hat, zündet sie an. Und nun macht! Wir haben noch einen weiteren Besuch vor uns.«

Er spürte die ohnmächtige Wut des Mannes und die Verzweiflung der Frau. Zwar empfand er ein gewisses Mitleid mit dem Paar, war aber dennoch nicht bereit, seine Entscheidung umzustoßen. Die beiden hatten sich von Spencer verführen lassen, fremdes Land zu besetzen, und mussten nun die Folgen tragen. Dabei durfte der Mann sich noch glücklich schätzen. In anderen Gegenden wurden Landräuber tatsächlich aufgeknüpft.

Unterdessen holten einige Siedler alles, was das Paar besaß, aus der Hütte und luden es vorsichtig auf den Wagen. Viel war es nicht, nur eine alte Truhe, etwas Hausrat und ein paar Decken. Sie waren arm gekommen und mussten arm weiterziehen.

Quique nahm dem wie erstarrt dastehenden Mann die Büchse aus der Hand und legte sie ebenfalls auf den Wagen. »Es wird Zeit zu fahren, Señor! Grüßen Sie Spencer von uns und sagen Sie ihm, wir warten nur darauf, dass er seine hässliche Visage hier irgendwo zeigt!«

Mit müden Bewegungen stieg die Frau auf den Wagen und sah dann ihren Mann an. »Komm, Jezediah, vielleicht finden wir woanders unser Glück.«

Es lag viel Bitterkeit in ihrer Stimme, doch Walther spürte, dass dieses Gefühl weniger ihm und seinen Männern galt als vielmehr ihrem Mann und dessen Pech, immer auf die Falschen zu setzen. Als die beiden losfuhren, wies die Frau nach Westen. Doch ihr Mann achtete nicht darauf und lenkte den Gaul nach Norden zu Spencers Stadt.

Mit einem Achselzucken wandte Walther sich an seine Begleiter. »Wären diese Leute offen zu uns gekommen, um nach Land zu fragen, sie hätten welches bekommen können. Doch auf diese Weise geht es nicht. Zündet die Hütte an! Danach reiten wir weiter.«

Thierry nickte und trat in das primitiv aus ein paar Brettern und Balken zusammengenagelte Haus. Flecken am Dach zeigten ihm, dass es durchgeregnet hatte, und an der Wand waren einige Löcher so groß, dass er die Hand durchstecken konnte. Mit angewiderter Miene blies er in die Glut auf dem Herd, hielt einen Ast hinein, bis dieser brannte, und entzündete damit das trockene Holz der Wände. Als die Hütte brannte, verließ er sie wieder und stieg draußen auf sein Pferd.

»Das waren keine richtigen Siedler«, berichtete er Walther. »Der Kerl wurde von Spencer geschickt, um uns zu provozieren. So, wie die Hütte gebaut war, hat er damit gerechnet, notfalls rasch von hier zu verschwinden.«

»Reiten wir weiter!« Walther warf der lichterloh brennenden Hütte einen letzten Blick zu und trieb seinen Hengst an. Noch wusste er nicht, was sie bei der anderen wilden Ansiedlung erwarten würde. Ließen Spencers Männer es auf ein Feuergefecht ankommen, oder würden sie ebenfalls widerstandslos abziehen?

Als sie am späten Abend die Stelle erreichten, waren dort nur noch die verkohlten Reste einer Hütte zu finden. Von Spencers Getreuen ließ sich keiner blicken.

»Auch gut!«, meine Walther. »Die Kerle wollten nicht warten, bis wir kommen.«

»Sie hatten wohl Angst, aufgeknüpft zu werden!«, meinte Thierry grinsend.

»Das kann schon sein! Auf jeden Fall haben Spencers Leute jetzt Angst vor uns. Wir müssen daher doppelt vorsichtig sein, denn falls sie uns noch einmal angreifen, wird es nicht offen geschehen. Doch wenn der erste Schuss fällt, werden wir uns nicht mehr damit begnügen, uns zu verteidigen. Dann geht es

Spencer an den Kragen!« Walthers Worte klangen wie ein Schwur, und er sprach damit aus, was alle dachten, die mit ihm geritten waren.

12.

Zwei Tage später kehrte Walther zu seiner Ranch zurück und wurde von Nizhoni und seinen Söhnen erleichtert begrüßt. Nur Maggie musterte ihn skeptisch. Für sie war die Mutter als Quell warmer, nahrhafter Milch weitaus wichtiger als ein Vater, der nicht oft zu Hause war. Sie ließ sich trotzdem von Walther auf den Arm nehmen und nach draußen tragen.

Lächelnd folgte Nizhoni den beiden und legte Walther die Hand auf die Schulter. »Es war gut, dass du jenes Siedlerpaar nur vertrieben und den Mann nicht getötet hast«, sagte sie leise.

»Die beiden taten mir leid. Doch sie hatten sich der falschen Seite angeschlossen und müssen die Folgen tragen.«

»Wird dieser Kampf mit Spencer denn ewig weitergehen?«

»Wenn es nach mir geht, werden wir ihn bald beenden.« Aus Walther sprach ein seit fünfundzwanzig Jahren genährter Hass auf den Mörder von Giselas Mutter und der Wille, ihn endlich für diese feige Tat zu bestrafen.

Nizhoni hatte von Gisela viel über jene Stunden erfahren, in denen ihre Freundin Vater und Mutter verloren hatte, und nickte nachdenklich. »Fahles Haar ist ein großer Krieger. Er wird dieses Stinktier fangen und töten.«

»Ich hoffe nur, er entkommt uns nicht noch einmal. Ich hätte ihn damals auf Jemelins Land erschießen sollen, anstatt ihn nur zu vertreiben.« Walther schüttelte sich und wechselte das Thema. »Wie geht es Thomé Laballe? Kommt er wieder auf die Beine?«

»Ich glaube ja«, sagte Nizhoni. »Gestern war ich bei ihm und habe seine Verbände gewechselt. Seine Wunden haben sich zum Glück nicht entzündet. Allerdings besitzt er links nur noch ein halbes Ohr. Den anderen Teil hat eine Kugel abgerissen. Seine Wunde in der Schulter war fast ein Durchschuss. Ich konnte die Kugel auf dem Rücken fühlen und herausschneiden.«

»Es wäre schade um ihn gewesen.« Noch während er es sagte, schüttelte Walther über sich selbst den Kopf. Thomé und Arlette Laballe waren ihm mit ihrer Triebhaftigkeit immer wieder unangenehm aufgefallen. Aber der Schiffbruch hatte ihr Schicksal aneinandergekettet, und er hätte auch dieses Paar nicht missen wollen.

»Weißt du, Nizhoni. Die beiden und ich – wir sind Überlebende der untergegangenen *Loire.* Das verbindet uns fast stärker als Blutsbande!«, sagte er nachdenklich.

»Man könnte Thierry für deinen jüngeren Bruder halten, so fest haltet ihr zusammen!«, sagte Nizhoni lächelnd.

Bevor Walther etwas darauf antworten konnte, sahen sie einen Trupp Reiter, der auf die Ranch zuhielt. Durch den Überfall misstrauisch geworden, schickte Walther Nizhoni und die Kinder ins Haus und ergriff seine Büchse. Benito und die drei verletzten Vaqueros, die unter Nizhonis Aufsicht ihre Wunden ausheilen sollten, nahmen ebenfalls ihre Waffen zur Hand und gingen in Deckung.

Walthers Anspannung wich ein wenig, als er den Anführer der Schar erkannte. Es war Silas Parker, der neuerdings Captain der Ranger war, die die Siedlungsgrenze in Texas bewachen sollten.

»Guten Tag, Parker! Was führt Sie in unsere Gegend?«, fragte er, nachdem der Ranger sein Pferd vor ihm angehalten hatte.
»Ich habe einen Haftbefehl gegen ein paar Ihrer Mexikaner«, antwortete Parker mit verkniffener Miene.
»Einen Haftbefehl?« Walthers Stimme klang scharf.
»Sie haben sicher nichts damit zu tun. Aber dieser Quique und ein paar seiner Kumpane haben aufrechte Bürger von Spencerville heimtückisch überfallen, mehrere ermordet und zwei von ihnen sogar aufgehängt. Deshalb muss ich sie mitnehmen.«
Parker war nicht ganz wohl dabei, denn vor ihm stand ein Mann, dessen Wort in Texas etwas galt. Doch die Anklage, die im Namen von General Spencer erhoben worden war, konnte er nicht ignorieren.
Im ersten Augenblick packe Walther die Wut, und er hätte Parker und dessen Männer am liebsten mit der Peitsche von seiner Ranch vertrieben. Dann aber beherrschte er sich und musterte den anderen mit einem eisigen Blick.
»Diese aufrechten Bürger, wie Sie sagen, haben meine Ranch überfallen und wollten sie anzünden. Als meine Frau und die Peones sie vertreiben konnten, haben die Kerle Thomé Laballes Farm überfallen, diesen niedergeschossen und seine Pferde gestohlen. Colonel Coureur konnte die Schurken noch auf unserem eigenen Grund und Boden abfangen und tat das, was jeder aufrechte Texaner mit solchem Gesindel macht: Er hat sie an den nächsten Baum gehängt.«
Parker schrumpfte sichtlich bei diesen Worten. Thierry Coureur zählte wie Walther zu den Männern von San Jacinto und damit zu jenen, die General Santa Anas Heer bezwungen und die Freiheit für Texas erkämpft hatten. Wenn Coureur befahl, zwei Männer aufzuhängen, so hatte dies mehr Gewicht, als wenn ein Vaquero es getan hätte.

»Das … das wusste ich nicht. Ich habe es anders gehört«, stotterte er.
Walthers Blick wurde womöglich noch vernichtender. »Sie haben etwas gehört und sich sofort auf die Seite jener Leute gegen uns Tejanos gestellt? Das wirft kein gutes Licht auf die Ranger!«
Er nannte bewusst den Ausdruck Tejanos, mit dem sich die mexikanischen Bewohner von Texas bezeichneten, um klarzumachen, dass seine Männer Bürger von Texas waren und keine Landfremden.
Einem der Ranger passte es nicht, dass sie so zurechtgewiesen wurden, und er griff zu seiner Pistole. »Sollen wir uns das gefallen lassen, Captain?«
»Lass die Waffe stecken, Jubal! Das hier ist General Fitchner, Mitglied des Senats von Texas und Anführer der Siedler in diesem Landstrich. Wenn er sagt, dass die Männer aus Spencerville seine Ranch überfallen haben, dann stimmt das auch.«
Parker ärgerte sich, weil Spencer versucht hatte, ihn in den Streit mit Fichtner hineinzuziehen, denn nun musste er wie ein geprügelter Hund von dannen ziehen und brauchte sich in dieser Gegend so schnell nicht mehr sehen zu lassen.
»Sie haben sicher Zeugen, General?«, fragte er, um einen Rest an Autorität zu bewahren.
»Sie können zu Laballe reiten und ihn fragen, ob er aus Vergnügen im Bett liegt!«, antwortete Walther eisig. »Wenn Ihnen das noch nicht reicht, wird Ihnen Colonel Coureur seine Version der Geschichte erzählen. Was den Überfall auf meine Ranch betrifft, so können Sie im Türstock und einem Fensterladen noch die Einschusslöcher der Kugeln sehen, die diese aufrechten Bürger auf meine Familie und meine Leute abgefeuert haben.«
Unwillkürlich blickte Parker hin, entdeckte die Spuren einer

erst kürzlich zurückliegenden Schießerei und beschloss, sich aus dem Ganzen herauszuhalten. Seinen Vorgesetzten würde er erklären, dass es sich um eine private Fehde handelte, die zu unterbinden er nicht in der Lage sei.

»Dann reiten wir wieder!«, erklärte er.

Walther blickte kurz zum Himmel hoch und schätzte, dass die Sonne in gut zwei Stunden untergehen würde. Weit würden die Ranger daher nicht kommen. Da er keine Feindschaft mit diesen Männern wollte, wies er auf das Gebäude, in dem seine Arbeiter schliefen.

»Wenn Sie wollen, können Sie die Nacht mit Ihren Leuten hierbleiben. Das heißt, wenn es Sie nicht stört, mit Tejanos unter einem Dach zu schlafen.«

Parker nahm diese Spitze hin, ohne darauf zu reagieren. Gleichzeitig sagte er sich, dass er von Walthers Arbeitern sicher mehr über diese Sache erfahren würde, und nickte.

»Danke, das ist sehr liebenswürdig von Ihnen. Los, absitzen!«

Keiner seiner Männer hatte etwas dagegen, hierzubleiben und Tortillas und Steaks essen zu können, da sie sich bei einer Übernachtung unter freiem Himmel mit ein paar trockenen Pfannkuchen hätten zufriedengeben müssen.

13.

Obwohl die Ranger sich manierlich aufführten, war Walther froh, als die Männer am nächsten Morgen aufbrachen. Er sah ihnen nach, bis sie in der Ferne verschwunden waren, und kehrte dann zu Nizhoni ins Haus zurück.

»Ich hoffe, dass Rudledge bald Nachricht bringt, wo sich

Spencer aufhält. Ich will die Sache zu Ende bringen!«, sagte er mit nachdenklicher Miene.

Seine Frau trat an seine Seite und schmiegte sich an ihn. »Fahles Haar wird Spencer besiegen! Der Mann soll sterben, damit Giselas Geist ohne Bitterkeit ins Himmelreich einziehen kann.«

Wie immer, wenn es um religiöse Dinge ging, mischte Nizhoni überliefertes Wissen ihres Volkes mit den Texten, die Father Patrick ihr beigebracht hatte. Mittlerweile konnte sie lesen und schreiben und verblüffte ihren Ehemann mit ihren Fortschritten.

Walther küsste sie auf die Wange und lächelte. »Wenn ich nicht mit Spencer fertig werden sollte, wirst du es tun.«

»Oder Josef! Er wird einmal ein Krieger werden wie du.«

Nizhonis Blick ruhte stolz auf dem Jungen, der trotz seiner zehn Jahre kühles Blut bewahrt hatte. Vor allem aber freute sie sich, dass er bei dem Überfall nicht blindlings auf die Banditen geschossen, sondern einen der Kerle mit einem gezielten Schuss verletzt hatte. Um jemanden zu töten, wäre er ihr doch noch zu jung gewesen.

»Ich wünschte, ich wüsste, was du denkst«, sagte Walther angesichts des zufriedenen Lächelns seiner Frau.

»Ich dachte eben, wie glücklich ich sein kann, dich und die Kinder zu haben! Da kann mich auch ein Spencer nicht schrecken.«

Nun musste Walther lachen, denn seiner Meinung nach war Nizhoni eine Frau, die vor nichts und niemandem Angst hatte. Er küsste sie erneut, kniff dann Josef sanft in die Wange und wollte sich eben Waldemar zuwenden, als Benito hereinplatzte.

»Señor! Señor Rudledge kommt zurück!«

Selten war Walther rascher auf dem Hof gewesen als diesmal.

Als er jedoch die Miene sah, die der Scout zeigte, schwand seine gute Laune. »Was ist passiert, dass Sie so grimmig dreinschauen?«
»Die Spencer-Ratte hat sich aus dem Staub gemacht und ist mit vier Männern Richtung Louisiana geritten. Hatte den Kerl schon vor dem Lauf, dachte dann aber daran, dass ich noch nie jemanden hinterrücks niedergeschossen habe.«
Rudledge spie aus, um den Staub aus dem Mund zu bringen, und sah Walther treuherzig an. »Nichts für ungut, aber ich konnte es nicht!«
»Das verstehe ich.« Walther nickte dem Scout lächelnd zu und wies dann Benito an, sich um Rudledges Pferd zu kümmern.
»Sie haben gewiss nichts gegen ein hübsches Glas Tequila oder Whiskey«, meinte er zu dem Scout. »Kommen Sie rein und erzählen Sie, was Sie in Erfahrung gebracht haben.«
»Gegen einen Schnaps oder zwei habe ich nichts«, antwortete der Scout und folgte ihm ins Haus. Nizhoni brachte eine Flasche und zwei Gläser und schenkte den Männern ein. Während sie selbst am Herd hantierte, um ein paar Tortillas für Rudledge zu backen, lauschte sie seinem Bericht.
»Bin gut in dieses Spencerville gekommen«, begann Rudledge. »Die Bewohner waren ganz aufgeregt und hatten Angst. Halten Sie und die Leute aus dem French Settlement für wüste Schurken, die gleich über sie herfallen würden. Etliche Familien haben sich bereits auf den Weg gemacht, um in das neue Siedlungsgebiet zu ziehen, das Präsident Lamar den Komantschen abnehmen will. Lust, eine Farm im French Settlement anzugreifen, hatte von denen keiner mehr. Auch Spencer nicht, der ebenfalls in der Stadt war. Sah so aus, als erwarte er, dass jede Minute auf ihn geschossen würde. Er hat dann beschlossen, hier einen neuen Verwalter einzusetzen und selbst nach Louisiana zurückzureiten. Habe mich daher auf die Lauer ge-

legt, um ihn zu erwischen, aber wie ich schon sagte, es ging nicht!«

Rudledge stieß einen entsagungsvollen Seufzer aus und trank sein Glas leer.

Walther hielt das seine in der Hand, ohne es an die Lippen zu führen. Zum dritten Mal hatte Spencer jetzt das Weite gesucht, doch bislang war er jedes Mal wiedergekommen. Es wird auch diesmal nicht anders sein, dachte er. Das hieß aber, dass er darauf vorbereitet sein musste, jederzeit aus dem Hinterhalt angegriffen zu werden, und das gefiel ihm ganz und gar nicht.

Dritter Teil

Ruf der Heimat

1.

Nizhoni zügelte ihre Schimmelstute und blickte zu Waldemar hinüber. Dieser saß auf einem kleinen Mustang und klammerte sich mit beiden Händen an die Mähne des Tieres. Seiner Miene war nicht abzulesen, ob ihm der Ritt nun gefiel oder nicht. Doch mit fünf Jahren war es an der Zeit, dass er lernte, allein auf einem Pferd zu sitzen.

Unterdessen umkreiste Josef die beiden und lenkte dabei seinen Mustang nur mit den Schenkeln, während er die Flinte schussbereit in der Hand hielt. Mit seinen elf Jahren war er bereits ein erfahrener Reiter und ein ebenso guter Schütze. Nach einer Weile schien er überzeugt zu sein, dass kein Feind in der Nähe war, und lenkte seinen Schecken an Nizhonis Seite.

»Ich glaube, wir sind weit genug gekommen. Lasst uns wieder zurückreiten«, schlug er vor.

Nach kurzer Überlegung nickte Nizhoni. »Du hast recht! Ma'iitsoh hat lange genug im Sattel gesessen. Außerdem sollten wir uns nicht zu weit von der Ranch entfernen. Zwar haben wir seit zwei Jahren nichts mehr von Spencer gehört, doch seine Kreaturen befinden sich noch immer nördlich unseres Settlements.«

»Sie haben sich aber nicht getraut, auch nur einen Schritt in unsere Richtung zu setzen«, spottete Josef und handelte sich einen tadelnden Blick seiner Stiefmutter ein.

»Ein guter Krieger unterschätzt seinen Feind niemals. Merke dir das, Náshdóítsoh!«
Josef nickte und ließ sein Pferd auf der Hinterhand wenden. Auch Waldemar stieß mit seinen kurzen Beinen gegen die Weichen seines Mustangs. Dieser trabte sofort an und ging dann in den Galopp. Zwar hielt der kleine Reiter sich gut, doch Nizhoni ließ ihre Stute neben seinem Pferd laufen, um jederzeit eingreifen zu können. Zufrieden sah sie, dass Josef Waldemar auf der anderen Seite begleitete.
Es war jedoch nicht nötig, dem Jungen zu helfen. Mit jeder Meile, die der Mustang lief, wurde Waldemar sicherer und lachte zuletzt, als er auf den Ranchhof preschte.
Pepe war gerade dabei, die Fensterläden mit der Farbe zu streichen, die sein Herr letztens in Austin besorgt hatte. Als er die Herrin mit den beiden Jungen herankommen sah, legte er den Pinsel weg und klatschte Beifall. »Bravo, Waldemaro! Du bist ein guter Reiter.«
»Sagen wir, er wird einmal ein guter Reiter werden«, wandte Josef altklug ein. »Gibt es was Neues von Vater?«
Da die drei die Ranch erst vor wenigen Stunden verlassen hatten, musste der Peon lächeln. »Nein, José! Es ist alles noch wie zuvor. Der Señor ist noch immer in Austin, um Präsident Houston zu beraten.«
»Hoffentlich kriegen sie den Frieden mit den Komantschen hin«, sagte Josef. »Ich würde gerne mal wieder zu ihnen reiten und Vater zusehen, wie er mit ihnen handelt.«
»Señor Rudledge hat bei seinem letzten Besuch erzählt, dass Präsident Houston mit den Häuptlingen verhandeln will, um diesen unsinnigen Krieg zu beenden«, erklärte Pepe.
Da es im French Settlement im Gegensatz zu anderen Gegenden in Texas keine Überfälle der Komantschen gegeben hatte, zuckte Nizhoni mit den Schultern. »Mirabeau Lamar war ein

Narr, diesen Kampf zu beginnen, obwohl jeder wissen musste, dass es dabei nichts zu gewinnen gibt.«

Sie trat an dem Peon vorbei ins Haus und sah sich Maggie gegenüber, die ihr mit ihren kurzen Beinen entgegeneilte. Die Kleine war nun zwei Jahre alt und kaum mehr im Haus zu halten. Nizhoni hob sie auf und drückte sie an sich. Das Mädchen lachte und schlang ihrer Mutter die Arme um den Hals.

»Ja, meine Gute, ich bin wieder zurück. Hat Singender Mund gut auf dich achtgegeben?«

Die Indianerin, die seit zwei Jahren ihre Bedienstete war, trat aus dem Anbau, in dem die Jungen schliefen, und nickte. »Hellauge war brav und wollte nur einmal zum Fluss. Ich habe sie ein wenig schwimmen lassen, aber nur an einer Stelle, an der mir das Wasser bis zu den Knien reichte!«

»Und, meine Kleine? Kannst du schon schwimmen?«, fragte Nizhoni ihre Tochter.

Diese schmiegte sich an sie und lächelte. »Hellauge Maggie gut schwimmen!«

»Es heißt, Maggie kann gut schwimmen«, korrigierte Nizhoni sie sanft und stellte sie wieder auf die Beine.

Da das Mädchen sehnsüchtig die Arme ausstreckte, nahm Josef sie auf den Arm. »Na, Fratz, hast du wirklich nichts angestellt?«

Maggie kniff die Lider zusammen und blinzelte. Hellauge, Maggie, Fratz – all diese Bezeichnungen verwirrten sie ein wenig, zumal ihr Vater gelegentlich Margarete sagte und damit ebenfalls sie meinte.

»Nichts angestellt!«, erklärte sie und bemühte sich dabei, Josef strafend anzusehen.

Dieser schwang sie durch die Luft, bis sie quietschte, und reichte sie dann an Singender Mund weiter. Im Gegensatz zu ihrer Herrin, die seit Jahren die Kleidung einer weißen Frau trug, bevorzugte die Magd indianische Tracht und wirkte mit ihrem Lederkleid und dem blauen Band um ihre Stirn ein wenig fremd in dem festen Haus. Sie war jedoch eine treue Seele, und Nizhoni freute sich, sie um sich zu haben. Nun musterte sie ihre Tochter, die den Beinamen Hellauge durchaus verdiente. Maggies Haar war so tiefschwarz wie das ihre, doch die Augen hatte sie vom Vater und wirkte damit trotz der etwas höheren Wangenknochen nordeuropäischer als die meisten Tejano-Kinder in der Nachbarschaft.

»Morgen gehen wir zusammen schwimmen«, versprach Nizhoni dem Mädchen, das sofort fröhlich »Schwimmen! Schwimmen!« krähte.

Unterdessen war Benito ins Haus getreten. Während Walthers Abwesenheit war es seine Aufgabe, über die Gebäude der Ranch zu wachen, und so bedachte er Nizhoni mit einem tadelnden Blick.

»Sie hätten nicht allein mit den Jungen ausreiten sollen, Señora. Ich oder einer der anderen Vaqueros hätten mitkommen und aufpassen müssen.«

»Ich kann gut selbst achtgeben«, antwortete Nizhoni mit einem feinen Lächeln.

Wegen ihrer Kleidung, die einer weißen Farmerin entsprach, schienen die Männer anzunehmen, sie wäre ebenso unsicher und hilfsbedürftig wie Rachel Coureur, Gertrude Poulain und die anderen Frauen in der Nachbarschaft. Aber sie war überzeugt, dass sie eine Gefahr eher erkennen würde als Benito oder die anderen Knechte. Nur Kreisender Adler, der Ehemann von Singendem Mund, war eine Ausnahme. Er war Anführer einer kleinen Stammesgruppe der Kohani-Indianer gewesen, bevor die Zunahme der weißen Bevölkerung den Stamm seines Jagdgebiets beraubt hatte. Nun arbeitete er als

Vaquero oder vielmehr als Pferdehirte auf der Ranch. Die meisten Rinder weideten nämlich mittlerweile auf dem neuen Land, das Walther gekauft hatte. Aus diesem Grund kam auch Quique nur noch selten zum Hauptgebäude, denn er verwaltete die Rinderranch und hielt dabei auch ein Auge auf Spencers Siedlung. Bei dem Gedanken an Spencer zuckte Nizhoni zusammen, schüttelte dann aber den Kopf und sagte sich, dass sie sich ihr Leben nicht von der Erinnerung an diesen Mann verdüstern lassen durfte.

»Ich glaube nicht, dass wir uns noch Sorgen machen müssen, Benito«, sagte sie. »Spencer hat sich seit zwei Jahren nicht mehr blicken lassen, und seine Siedlung ist beinahe eingegangen. Es wohnen nur noch ein halbes Dutzend Siedler jenseits unserer Grenzen, und die stellen keine Gefahr dar.«

»Es sähe anders aus, hätte Präsident Lamar die Komantschen vertreiben können. Dann würden auf Spencers Land jetzt mehr Menschen leben als hier«, wandte Benito ein.

Nizhoni zuckte mit den Schultern. »Es ist aber nicht so. Spencer hat auf der ganzen Linie verloren. Die Ranch, die sein Verwalter für ihn aufbauen wollte, ist von den Komantschen niedergebrannt und das Vieh geraubt worden. Danach haben die meisten seiner Siedler aus Angst das Gebiet verlassen, und die, die noch dort hausen, sind froh, wenn sie genug ernten, um sich und ihre Familien ernähren zu können.«

»Señor O'Corra sagt, die Spencer-Getreuen würden Rinder von uns stehlen«, erklärte Benito.

»Bis jetzt haben wir noch keinen dabei erwischt«, antwortete Nizhoni mit einer wegwerfenden Handbewegung. »Was ich weiß, ist, dass O'Flannagan einen der anderen Iren angebettelt hat, ihm eine alte Kuh zu überlassen, weil seine Ernte im letzten Jahr schlecht ausgefallen wäre.«

Benito begriff, dass er gegen die selbstbewusste Frau auch weiterhin den Kürzeren ziehen würde, und erklärte, dass er nach den Knechten schauen wolle, die draußen auf den Feldern arbeiteten.

»Mach das!«, sagte Nizhoni und ging in die Kammer, die sie mit Walther teilte, um sich umzuziehen. Als sie in einem einfachen Hauskleid in den Wohnraum zurückkam, stand dort Andreas Belcher, der einige Jahre lang ihr nächster Nachbar außerhalb des alten Gamuzana-Gebiets gewesen war. Der Mann war mittlerweile grau und knorrig geworden, aber er zwinkerte Nizhoni übermütig zu.

»Sie sehen immer noch so jung und frisch aus wie am ersten Tag, Frau Fichtner.« Als gebürtiger Deutscher sprach Belcher den Namen noch so aus, wie Walther es aus der Heimat gewohnt war, und nicht in der amerikanisierten Form, die sich langsam durchgesetzt hatte.

Nizhoni lächelte über das Kompliment und wies auf einen Stuhl. »Willkommen, Herr Belcher! Setzen Sie sich doch. Singender Mund wird Ihnen gleich etwas zu trinken und zu essen bringen.«

»Da sage ich nicht nein!« Belcher nahm Platz, wartete, bis die Indianerin ihm einen Becher Tequila und ein paar Burritos hingestellt hatte, und sah dann Nizhoni an.

»Walther ist wohl noch nicht aus Austin zurückgekehrt?«

»Nein, aber es kann nicht mehr lange dauern. Eigentlich wollte er schon letzte Woche zurück sein, doch Präsident Houston hat ihn gebeten, ihn bei den Verhandlungen mit den Komantschen zu unterstützen.«

»Hoffentlich wird etwas aus der Abmachung. Dieser Narr Lamar hat uns mit seinem Krieg ganz schön hineingeritten. Bei Ihnen im French Settlement ist zwar nichts passiert, aber bei uns wurden mehrere Farmen überfallen und einige Siedler umgebracht.« Belcher fand, dass er einen kräftigen Schluck Tequila benötigte, um die düsteren Erinnerungen wegzuspülen. Danach aß er mit gutem Appetit und hob die Nachricht, die er eigentlich Walther hatte zukommen lassen wollen, bis zuletzt auf.

Erst als Singender Mund alles bis auf die Tequilaflasche und sein Glas abgeräumt hatte, wandte er sich wieder Nizhoni zu.

»Den Kindern geht es gut, hoffe ich?«

»Das tut es. Josef ersetzt beinahe einen erwachsenen Mann, Waldemar lernt reiten und Maggie schwimmen.«

»Schwimmen? Die Kleine? Aber die muss doch untergehen wie ein Stein«, rief Belcher erstaunt.

»Maggie schwimmt ganz gut. Wie geht es übrigens Anneliese? Zwickt sie das Rheuma immer noch so stark?«, fragte Nizhoni.

»Dank der Medizin, die Sie ihr letztens zubereitet haben, geht es ihr wieder besser. Allerdings hat sie ihr Hotel in San Felipe aufgegeben. Es kommen nicht mehr genug Reisende in die Stadt, so dass es sich nicht mehr rentiert. Es strebt ja alles weiter gen Westen. Sogar mein Michael überlegt sich, ob er nicht am Guadalupe River siedeln soll, obwohl er eine hübsche Farm sein Eigen nennt und einer seiner Söhne später die meine erben wird.« Belcher klang bedrückt, denn bis jetzt lagen die beiden Farmen fast nebeneinander, und er konnte seine Enkelkinder so oft sehen, wie er wollte. Doch wenn sein Sohn fortzog, würden er und seine Frau allein zurückbleiben. Er schob diesen Gedanken beiseite und nahm sein Glas zur Hand, trank jedoch nicht.

»Ich habe Nachricht aus meiner Heimat bekommen«, begann er.

Nizhoni dachte sich nicht viel dabei und sagte nur: »Schön für Sie!«

»Mein Vetter Jochen hat mir geschrieben. Es gibt jetzt einen Verein in Deutschland, der die Ansiedlung von Deutschen hier in Texas fördern will. Es sind ganz hohe Herrschaften dabei, so der Fürst zu Leiningen, Graf Carl zu Castell, Prinz Friedrich von Preußen, der Fürst von Schwarzburg-Rudolstadt und etliche andere. Um die Not in unserem Heimatland zu lindern, wollen diese Herrschaften Land in Texas ankaufen und unsere Landsleute dorthin bringen, damit sie hier leben und sich ernähren können.«

Auch wenn Nizhoni eine Navajo war und sie nichts mit Deutschland selbst verband, so behandelten Friedrich und Anneliese Belcher sie wie eine der ihren. Immerhin sprach sie besser Deutsch als Englisch und hatte von Gisela gelernt, ihren Haushalt wie eine deutsche Hausfrau zu führen.

Für Nizhoni bedeutete die Nachricht jedoch wenig, da Walther die deutschen Siedler im alten Austin-Grant mied und, seit San Felipe de Austin in die Bedeutungslosigkeit versunken war, auch nur selten dorthin kam. Houston, die neue große Stadt in dieser Gegend, lag noch weiter entfernt als jener Ort, und da war der Weg nach Austin auf jeden Fall kürzer.

»Die Deutschen, die diese Leiningens, Castells und Preußens hierherschicken wollen, werden sich aber kaum in Ihrer oder unserer Gegend ansiedeln«, meinte Nizhoni. »Hier ist das meiste Land bereits verteilt. Nur weiter im Westen und Norden gibt es noch freies Land, doch dort schwärmen die Komantschen, und es wäre gewiss nicht klug, Ihre Landsleute dorthin zu bringen.«

»Ich bin sicher, dass den Herrschaften etwas einfallen wird. Es sind ja angesehene, reiche Männer, die genug Geld in die Hand nehmen werden, damit diese Siedlungsaktion ein Erfolg wird!«, erklärte Belcher mit Nachdruck. »Mein Vetter Jochen will übrigens auch mit deren Hilfe auswandern. Er schrieb mir, es wäre kein Leben mehr in der Heimat. Wer auch nur den Mund aufmacht und ein Wort sagt, das der Obrigkeit missfällt, findet sich im Zuchthaus wieder. Außerdem wird es immer schwerer, seinen Unterhalt zu verdienen, denn die Fabrikbesitzer drücken die Löhne für die Heimarbeiter. Mussten seine Frau und seine Tochter vor ein paar Jahren nur einen halben Tag arbeiten, um einen großen Laib Brot kaufen zu können, ist es jetzt schon ein ganzer.«

Auch während der weiteren Unterhaltung spürte Nizhoni, wie sehr Belcher von Gedanken an seine alte Heimat erfüllt war. Er erzählte, wie er dort gelebt und seine Anneliese kennengelernt hatte. Zuletzt nahm er das Angebot an, im Schlafhaus der Rancharbeiter zu übernachten. Bevor er dorthin ging, bat er Nizhoni, Walther seine Nachricht auszurichten und diesen zu bitten, dass er die Ansiedlung der Deutschen unterstützen möge.

2.

Belcher verabschiedete sich am nächsten Morgen, um nach Hause zu reiten, und zwei Tage später kam Walther aus Austin zurück. Als er vom Besuch des Nachbarn hörte, bedauerte er es, diesen nicht angetroffen zu haben. Die Nachricht von einer Gemeinschaft, die deutsche Siedler nach Texas bringen wollte, ließ ihn jedoch den Kopf schütteln.

»Diese Herrschaften sollten besser zusehen, dass sie die Lebensbedingungen in der Heimat verbessern, damit die Leute nicht auswandern müssen. Ich weiß, was es Gisela und mich gekostet hat, hierherzukommen, und wir haben unser Land umsonst erhalten. Hier aber müssen ganze Familien über den

Ozean gebracht, zu ihrem Siedlungsland transportiert und für die erste Zeit versorgt werden. Nur wenn diese Leiningens eine entsprechende Summe in die Hand nehmen, werden sie Erfolg haben.«

»Herr Belcher wäre enttäuscht, wenn es nicht gelingen würde«, wandte Nizhoni ein.

»Ich hoffe, dass die Menschen, die sich darauf einlassen, nicht enttäuscht werden.«

Nizhoni trat auf Walther zu und fasste seinen Arm. »Herr Belcher bittet dich mitzuhelfen, damit diese Ansiedlung gelingt.«

»Ich werde tun, was in meinen Möglichkeiten liegt«, antwortete Walther. »Doch in den nächsten Wochen kann ich auf keinen Fall nach Austin reiten, um mit Houston zu sprechen. Jetzt, da es einen – wenn auch brüchigen – Frieden mit den Komantschen gibt, will ich wieder mit ihnen handeln. Die letzten beiden Jahre sind uns hart genug angekommen, und wir schulden jedem unserer Vaqueros und Peones einen ganzen Jahreslohn. Außerdem brauchen wir dringend Werkzeug und du einiges an Hausrat.«

»So schlimm ist es bei mir nicht«, antwortete Nizhoni abwehrend.

»Aber du brauchst auch ein paar neue Kleider! Sage nicht, dass das nicht stimmt. Jede Frau braucht das.« Walther küsste sie lachend und wies dann auf die Kinder, die sich in der Nähe hielten, aber nicht wagten, die Erwachsenen zu stören.

»Jetzt will ich erst einmal unsere Lieben begrüßen. Heute Abend können wir weiterreden und auch anders unser Wiedersehen begehen.« Er grinste.

»Das werden wir!«, versprach Nizhoni und winkte Josef und Waldemar, näher zu treten. Bei Maggie brauchte sie das nicht, denn in dem Augenblick, in dem Singender Mund sie losließ, tapste diese bereits auf ihren Vater zu.

Während Walther die Kleine auf den Arm nahm und durch den Raum trug, dachte Nizhoni nach. »Kannst du überhaupt Waren für die Komantschen kaufen?«
»Ich habe zu diesem Zweck ein wenig Geld zurückgehalten«, erklärte Walther, »und immer, wenn ich günstig etwas erwerben konnte, es auch getan. Für den Anfang wird es reichen, daher breche ich morgen auf.«
Da der Frieden noch nicht sicher war, stellte eine solche Reise ein gefährliches Unterfangen dar. Nizhoni schluckte diesen Einwand jedoch hinunter. Ihr Mann war erfahren genug, und die Komantschen kannten ihn als ehrlichen und gerechten Mann.
»Darf ich mitkommen, Vater?«, fragte Josef gespannt.
Walther wollte schon ablehnen, besann sich dann aber anders. »Einige Komantschen werden sich daran erinnern, dass du beim letzten Mail dabei warst. Daher bist du ein Zeichen des Friedens und unseres guten Willens.«
»Danke!« Josefs Augen leuchteten erfreut auf.
Unterdessen drängte Waldemar sich an seinen Vater und blickte sehnsüchtig auf dessen Arme, die noch immer Maggie trugen. »Will auch hinauf!«, sagte er mit bittender Stimme.
Lachend reichte Walther seine Tochter an Nizhoni weiter und hob den Jungen hoch.
»Siehst du, jetzt halte ich dich im Arm!«, sagte er und ließ Waldemar durch die Luft sausen.
Der Junge lachte fröhlich und rief: »Jetzt bin ich der Kreisende Adler!«
»Bis dorthin dauert es noch ein bisschen. Aber gut, dass du mich erinnerst. Kreisender Adler soll Josef und mich zusammen mit Benito und Jones zu den Komantschen begleiten.«
»Ich werde Kreisendem Adler sagen, dass er Sie begleiten soll!«, antwortete Singender Mund. Da sich das Ehepaar selbst

um die Kinder kümmerte, sah die Kohani-Frau eine günstige Gelegenheit, ihren Ehemann draußen auf der Weide zu besuchen.

Nizhoni verstand die Sehnsucht von Singender Mund und nickte. »Tu das! Und richte auch Jones aus, dass er morgen früh hier sein soll.«

»Das werde ich!«, versprach die Indianerin und verschwand.

Josef sah ihr mit einem missmutigen Blick nach. »Ich hätte doch auch zu den Vaqueros reiten und den beiden Bescheid geben können.«

»Ich glaube nicht, dass Kreisender Adler sich über dein Auftauchen so sehr freuen würde, wie er es bei Singender Mund tun wird«, antwortete Nizhoni mit einem gelinden Spott und sah dann ihren Mann an. »Das sagst du doch auch, oder?«

»Ich würde nicht widersprechen!« Walther lachte hell auf, stellte Waldemar ab und zog Josef an sich, der mit beleidigter Miene neben ihm stand.

»In ein paar Jahren wirst du das begreifen, mein Junge. Jetzt aber sollten wir beide uns daranmachen, alles zusammenzusuchen, was wir an die Komantschen verkaufen wollen. Fünfhundert Dollar Gewinn sollten es schon sein. Wenn uns das gelingt, erhältst du eine richtige Büchse und kannst deine Flinte an Waldemar weitergeben.«

»Der ist doch noch viel zu klein dafür«, wandte Josef ein, begriff aber, dass er nur dann eine neue Büchse erhielt, wenn er seine alte abgab, und drehte sich zu Waldemar um.

»Ich werde dir beibringen, mit der Flinte umzugehen. Du musst aufpassen, dass du weder dich noch andere verletzt. Hast du verstanden?«

Der belehrende Tonfall gefiel seinem Bruder nicht, und er zog eine Schnute. Dann aber sah er, dass sein Vater und Ni-

zhoni zu Josefs Worten nickten, und lächelte. »Ich werde achtgeben!«
»Du aber auch!«, wies Walther seinen Ältesten an. »Sorge dafür, dass die Flinte nie geladen herumsteht.«
»Ich werde den Lauf immer leerfeuern«, versprach Josef.
Nizhoni und Walther wussten, dass der Junge verantwortungsbewusst genug war, sein Versprechen zu halten. Eine Waffe war nun einmal kein Spielzeug, auch wenn man in diesem Land so früh wie möglich lernen musste, damit umzugehen.

3.

An diesem Abend waren Nizhoni und Walther froh, dass sie in den letzten Jahren das Wohnhaus vergrößert und sich eine Schlafkammer eingerichtet hatten. Da Singender Mund bei ihrem Mann weilte, mussten sie zwar Maggie zu sich nehmen, doch die Kleine schlief rasch ein und wachte auch nicht auf, als vom Bett ihrer Eltern verdächtige Geräusche erklangen. Später lagen Nizhoni und Walther Hand in Hand auf dem Bett und besprachen miteinander, wie der Handel mit den Komantschen weitergehen konnte und was auf der Ranch am dringendsten erledigt werden musste. Schließlich kam Nizhoni auf das Problem zu sprechen, das sie am meisten bedrückte.
»Hat man wieder etwas von Spencer gehört?«
Walther schüttelte den Kopf, obwohl sie es nur fühlen und nicht sehen konnte. »Nein! Er soll sich noch immer in Louisiana aufhalten. Seine Pläne in Texas scheint er aufgegeben zu haben. Mehr als zwei Drittel des Landes, das er sich ergaunert

hat, liegen in den Jagdgründen, in denen sich die Komantschen behauptet haben, und sind daher für ihn wertlos, und der Rest seiner Kolonie dümpelt vor sich hin.«

»Er lässt dort aber immer noch Rinder züchten«, sagte Nizhoni.

»Doch er tut sich schwer, Cowboys zu finden, wie die Amerikaner die Vaqueros nennen. Nicht jeder hat die Nerven, auf einen möglichen Komantschenüberfall zu warten und dabei vielleicht sein Leben zu verlieren.«

»Aber jetzt, da wieder Frieden herrscht, könnte Spencer zurückkommen«, antwortete Nizhoni besorgt.

»Das wäre möglich, aber ich glaube es nicht. Auf diese Weise ist für Spencer nichts zu gewinnen. Außerdem hat er Angst, sich von mir oder einem unserer Leute eine Kugel einzufangen.«

Nizhoni fragte sich, ob Walther die Gefahr, die von Spencer ausging, nicht als zu gering erachtete. »Wir dürfen niemals in unserer Wachsamkeit nachlassen!«, beschwor sie ihren Mann.

»Das werden wir auch nicht.« Walther streichelte sie, um sie zu beruhigen. Er glaubte nicht, dass Spencer nach Texas zurückkehren würde. Immerhin hatte Sam Houston mittlerweile den glücklosen Lamar als Präsident abgelöst, und der mochte Männer wie Spencer oder Gertrude Poulains früheren Ehemann Jakob Schüdle überhaupt nicht. Die beiden hatten während des Freiheitskampfes der Texaner gegen Santa Ana sehr viel versprochen, aber nichts davon gehalten.

»Wir sollten schlafen«, sagte Walther. »Ich will morgen früh aufbrechen und hoffe, bei den Komantschen gute Geschäfte zu machen. Wir könnten es brauchen.«

»Gute Nacht!«, wünschte Nizhoni und kuschelte sich in die Kissen. Sie schlief rasch ein, während Walther erst nach einer

Weile in einen von wirren Träumen geplagten Schlaf fiel, in dem sich die Geister der Vergangenheit mit den Problemen der Gegenwart vermischten.

Als er am nächsten Morgen erwachte, fühlte er sich wie gerädert und war im ersten Augenblick verwundert, auf seiner Ranch in Texas aufzuwachen und nicht in dem kleinen Forsthaus in Renitz. Auch lag nicht Gisela an seiner Seite, sondern Nizhoni, und in ihrem kleinen Bettchen machte sich Maggie nun bemerkbar.

Walther stand vorsichtig auf, zog in dem Dämmerlicht, das durch die geschlossenen Fensterläden drang, seine Hose an und verließ das Zimmer. In der Küche war Singender Mund bereits dabei, im Herd Feuer zu machen.

»Ich weiß nicht, was mit der Kleinen ist. Sie meckert!«, sagte Walther zu ihr.

Die Indianerin musterte ihn mit einem tadelnden Blick. »Hellauge ist keine Ziege! Sie meckert nicht, sondern will nur frisches Moos um die Hüften.«

Damit drückte sie Walther die Scheite, mit denen sie den Herd schüren wollte, in die Hand und eilte in die Schlafkammer, um Maggie zu holen.

Mit einem leisen Stöhnen legte Walther das Holz auf die Glut und ging nach draußen, um sich am Brunnen zu waschen. Jones war bereits da und grinste ihn an.

»Guten Morgen, Mister Fitchner! Es wird ein schöner Tag heute, wie geschaffen, um zu den Komantschen zu reiten.«

»Guten Morgen, Jones! Da haben Sie recht. Nach dem Frühstück brechen wir auf.« Das kalte Wasser erfrischte Walther und spülte die Schatten der Vergangenheit fort.

Nun kam auch Josef aus dem Haus, um sich zu waschen. »Guten Morgen, Vater. Es wird heute ein schöner Tag werden.«

»Wie geschaffen, um zu den Komantschen zu reiten«, unterbrach Walther ihn lachend und sah sich um. »Wo sind Benito und Kreisender Adler?«

»Benito belädt den Wagen, und unser Adler sagte gestern, er werde rechtzeitig zu uns stoßen«, berichtete Jones.

»Das wird er auch, denn Singender Mund ist bereits hier.« Walther beendete seine Morgentoilette und kehrte ins Haus zurück. Mittlerweile war auch Nizhoni wach und hantierte in der Küche.

»Du hättest mich wecken sollen«, sagte sie, als er eintrat. »Jetzt dauert es länger mit dem Frühstück.«

»Das werden wir überleben!« Walther zog sie kurz an sich und küsste sie. Danach setzte er sich und wartete, bis der Kaffee aufgebrüht war und Nizhoni ihm die ersten Pfannkuchen vorlegte. Da dies sonst immer Singender Mund machte, blickte Walther sich erstaunt um.

»Ist deine Helferin vielleicht noch einmal zu ihrem Mann gegangen?«

Nizhoni schüttelte den Kopf. »Singender Mund kümmert sich um Maggie, denn sie quengelt ein wenig. Wenn ihr weg seid, werde ich nach ihr schauen.«

»Jones und die anderen essen drüben mit den Arbeitern und werden bald fertig sein. Wir sollten uns auch sputen!« Der letzte Satz galt Josef, der eben ins Haus kam.

Da Josef keinen Kaffee mochte, schenkte Nizhoni ihm Kräutertee in die Tasse und legte auch ihm mehrere Pfannkuchen, etwas Speck und eine Portion Rührei vor.

»Wir werden uns bald neue Hühner besorgen müssen. Zwei hat irgendein Raubzeug geholt, und drei weitere sind mittlerweile zu alt, um noch viel zu legen«, sagte sie zu Walther.

»Ich werde mich darum kümmern.« Er wandte sich an seinen Sohn. »Was meinst du, Josef, kriegst du eine Falle hin, in der du das Biest fängst, das uns an die Hühner geht?«

»Ich denke schon!« Der Junge grinste, denn wenn seine Falle versagte, würde er sich nachts auf die Lauer legen und den kleinen Räuber mit seiner Flinte erlegen. Nun aß er erst einmal sein Frühstück auf und brauchte kaum länger als sein Vater. Anschließend nahmen beide ihre Jacken und Waffen und verließen das Haus.
Nizhoni folgte ihnen und sah zu, wie sie auf ihre Pferde stiegen. »Reitet mit Glück!«, rief sie und freute sich über das Lächeln, das Walther ihr schenkte.

4.

Der Weg zu den Komantschen wurde Walther vergällt, da sie mehrfach auf die Überreste niedergebrannter Farmen stießen, in deren Nähe oft genug frische Gräber lagen. Obwohl deutlich zu sehen war, dass die Komantschen dieses Gebiet für sich beanspruchten, trafen sie am ersten Tag auf keinen einzigen von ihnen.
»Es ist nicht gut, weil wir keinen Komantschen sehen«, meinte Kreisender Adler, als Walther die Nachtwachen einteilte.
»Gewiss werden wir morgen auf welche stoßen!« Walther machte sich ebenfalls Sorgen, wollte dies aber nicht zeigen. Da sie zu fünft waren, bestimmte er, dass immer zwei Mann zusammen wachen sollten. Er selbst übernahm mit Kreisender Adler die letzte Wache im Morgengrauen. Wenn es hier Komantschen gab und diese sie angreifen wollten, würden sie es in der Zeit tun, in der das erste Licht des neuen Tages die Schatten der Nacht zu vertreiben begann.
Zu seiner Erleichterung geschah jedoch nichts, und sie konn-

ten nach einem kurzen Frühstück ihren Weg fortsetzen. Etwa zwei Stunden später meldete Josef, er habe den ersten Komantschen gesehen.
»Er ist schräg vor uns und hält sich in der Deckung jenes Gebüschs dort auf«, sagte er und zeigte in die entsprechende Richtung.
Walther war erleichtert, denn damit würde Häuptling Po'ha-bet'chy davon erfahren, dass er kam. Eine Stunde später meldete Kreisender Adler den nächsten Komantschen, und ab da wurden es stetig mehr. Sie hielten sich außerhalb der Schussweite und gefielen sich damit, jene Reiterkunststücke zu zeigen, für die ihr Volk berühmt war.
Plötzlich schüttelte Walther verwundert den Kopf. Einer der Komantschen war während einer waghalsigen Vorführung vom Pferd gestürzt und lag am Boden, während seine Freunde schallend lachten.
»Die Kerle sind besoffen!«, rief Jones verwundert.
»Das befürchte ich auch.« Walthers Besorgnis wuchs wieder, denn betrunken waren die Indianer unberechenbar. Es gab jedoch keine andere Möglichkeit, als einfach weiterzufahren. Würden sie jetzt umdrehen, riskierten sie einen Angriff. Selbst wenn sie diesen zurückschlagen konnten, war danach die Friedensabmachung, die er mit Po'ha-bet'chy getroffen hatte, nichts mehr wert.
»Wir tun so, als wäre alles in bester Ordnung«, wies Walther seinen Sohn und seine drei Begleiter an und ritt weiter auf jenen kleinen Fluss zu, an dem Po'ha-bet'chys Stamm öfter sein Lager aufschlug. Zu seiner Verwunderung wurden die Komantschen, die sie begleiteten, nicht mehr. Mittlerweile saß auch der, der vom Pferd gefallen war, wieder auf seinem Mustang, hatte aber sichtlich Schmerzen. Walther hoffte, dass seine Verletzungen nicht schwer waren. In ihrem betrunkenen

Zustand brauchten die Komantschen nur einen geringen Anlass, um über ihn und seine Begleiter herzufallen.
Seiner Besorgnis zum Trotz gelangten sie jedoch ohne Schwierigkeiten zu dem Lager am Bach der Hirschkuh. Die Anzahl der Zelte, die dort aufgebaut waren, erstaunte Walther. Ihm schien es, als habe sich das gesamte Volk der Komantschen an dieser Stelle versammelt. Von einigen Häuptlingen wie To'sa-mocho kannte er ihre eigenen Namen, von anderen nur die, die ihnen die Texaner gegeben hatten. Doch während die Häuptlinge sonst immer darauf geachtet hatten, ruhig und überlegen zu wirken, lachten sie jetzt wie kleine Kinder, stießen sich gegenseitig mit den Ellbogen an und waren so unsicher auf den Beinen, dass sie etliches an Schnaps getrunken haben mussten.
Als Po'ha-bet'chy auf Walther zutrat, verströmte auch er eine Alkoholfahne, hielt sich aber besser aufrecht als To'sa-mocho, der über die eigenen Beine stolperte und stürzte.
»Die Jagdgründe der Nemene sind wieder frei von weißen Männern, und Fahles Haar kommt, um zu handeln. Das ist gut!«, grüßte er.
»Nicht gut! Fahles Haar bringen nie Feuerwasser«, mischte To'sa-mocho sich ein.
Auch wenn er ein bedeutender Häuptling war, zeugte es von schlechtem Benehmen, Po'ha-bet'chy zu unterbrechen. Dieser kümmerte sich nicht darum, sondern schlug die Plane des Wagens zurück und musterte die Tauschwaren, die Walther mitgebracht hatte.
»Fahles Haar bringt gute Sachen, die Nemene brauchen können und die ihren Wert behalten, während Feuerwasser danach weg ist, als hätte man es ausgeschüttet«, erklärte er mit Nachdruck.
Damit entfachte er To'sa-mochos Zorn. »Feuerwasser gut!

Gibt Krieger Kraft und lässt uns die Geister unserer Ahnen sehen. Mexicanos gute Händler, weil bringen Feuerwasser und Donnerstöcke. Fahles Haar schlechter Händler, bringt nur Decken, Messer und Kram für Weiber.«

Für einen kurzen Moment sah es so aus, als würden die beiden Häuptlinge aufeinander losgehen, doch da winkte Po'ha-bet'chy ab, trat ein paar Schritte zurück und sah zu einigen Mexikanern hinüber, die breitbeinig näher kamen. Die Männer trugen schäbige Kleidung und aus der Form geratene Sombreros, doch die Pistolen in ihren Gürteln und ihre Messer blitzten wie neu. Ihr Anführer blieb neben To'sa-mocho stehen und wies mit hasserfüllter Miene auf Walther.

»Das da ist einer dieser dreckigen Americanos, die euch das Land wegnehmen wollen! Den lasst ihr am Leben?«

»To'sa-mocho hat viele Americanos getötet«, rief der Häuptling.

»Dann töte auch diesen! Hier, nimm diese Büchse. Wenn ihr gegen die Americanos in Tejas kämpft, bringe ich noch viel mehr davon.« Mit diesen Worten drückte der Mexikaner dem Komantschen Gewehr, Pulverhorn, Kugelbeutel und Ladestock in die Hand.

To'sa-mocho nahm alles entgegen und lud mit tapsigen Bewegungen die Waffe, übersah dabei aber, dass ihm die Kugel neben den Lauf fiel. Walther bemerkte es und blieb gelassen, während Po'ha-bet'chy sichtlich unruhig wurde. Den anderen Häuptling aufzuhalten, wagte der Komantsche allerdings nicht. Dafür traten Benito und Kreisender Adler zu Walther.

»Wenn dieser Kerl schießen will, jage ich ihm eine Kugel in den Kopf«, drohte der Mestize.

»Ihr tut gar nichts!«, befahl Walther, behielt aber den Häuptling im Auge.

To'sa-mocho spannte die Waffe und legte auf ihn an. Es war eine Brown Bess, eine Muskete, die mindestens vierzig Jahre alt war und nicht allzu genau schoss. Walther hatte diese Musketen zuerst bei Waterloo und zum zweiten Mal bei Santa Anas Armee erlebt. Im texanischen Freiheitskampf war sie den Büchsen der Texaner mit ihren gezogenen Läufen weit unterlegen gewesen. Trotzdem wäre er nicht so ruhig stehen geblieben, wenn To'sa-mocho die Waffe richtig geladen hätte. So sah er dem Häuptling zu, in dessen Händen der Musketenlauf hin und her schwankte.

»Jetzt du sterben!«, rief der Komantsche und drückte ab.

Es gab einen fürchterlichen Knall. Der Lauf der Muskete platzte, und der heiße Pulverdampf verbrühte To'sa-mochos Gesicht. Gleichzeitig drangen Splitter der zerspringenden Waffe in seinen Kopf, und er stürzte mit einem gellenden Schrei zu Boden. Da Komantschen bereits als Kinder angehalten wurden, keine Schmerzen zu zeigen, mussten die, die der Häuptling erlitt, entsetzlich sein.

»Bei Gott, was war das?«, rief Benito entsetzt.

»Die Muskete ist beim Schuss explodiert. Entweder war sie bereits beschädigt, oder To'sa-mocho hat in seinem Rausch zu viel Pulver geladen«, erklärte Walther.

»Er hätte Sie töten können, Señor!«

Walther schüttelte den Kopf. »Nein, das hätte er nicht! Er hat die Kugel nämlich nicht in den Lauf gebracht, und sie ist zu Boden gefallen.«

»Das haben Sie gesehen?«, rief Benito und zuckte im nächsten Augenblick unter dem Geheul zusammen, das die Komantschen anstimmten.

Po'ha-bet'chy eilte zu Walther und zerrte ihn mit sich. »Komm mit! Die anderen auch! Aber macht rasch.«

Ein Blick auf die tobenden Krieger zeigte Walther, dass es für ihn, seinen Sohn und ihre Begleiter besser war, von hier zu verschwinden. Sie folgten Po'ha-bet'chy in den Teil des Lagers, in dem dessen Zelt lag. Dort öffnete der Häuptling den Eingang.

»Geht hinein und kommt nicht wieder heraus, was auch immer geschieht! Ich sage euch, wann ihr mein Zelt verlassen dürft!«, ermahnte er seine Gäste.

»Und was ist, wenn wir pinkeln müssen?«, fragte Jones, der eben den Druck seiner Blase spürte.

»Dann lasst euch von Per'na-pe'ta ein Gefäß geben, aber bleibt in meinem Zelt!« Damit schob der Komantsche Walther und Josef hinein. Benito und Jones folgten ihnen. Letzterer fluchte leise, doch da sagte Po'ha-bet'chy etwas zu Per'na-pe'ta, und diese reichte Jones einen alten, ausgehöhlten Flaschenkürbis, in den er sich erleichtern konnte.

Die nächsten Stunden saßen die fünf mit Per'na-pe'ta und zwei weiteren Frauen im Zelt. Draußen tobten die Komantschenkrieger wie eine Horde Teufel, und sie hörten immer wieder schrille, schmerzerfüllte Schreie und das verzweifelte Flehen um Gnade in spanischer Sprache.

»Was machen die da?«, fragte Josef seinen Vater mit schreckensbleicher Miene.

»To'sa-mocho war ein angesehener Häuptling. Jetzt ist er schwer verletzt und wird vielleicht sogar sterben – und das durch eine Waffe, die von den mexikanischen Händlern hierhergebracht wurde.«

»Sie ist einfach explodiert«, warf Benito immer noch verwundert ein.

»Die Komantschen nehmen wahrscheinlich an, dass die Mexikaner ihnen schlechte Waffen gebracht haben und sie mit diesen gegen die Texaner hetzen wollten. Jetzt sehen sie die Händler als Betrüger an und werden sie bestrafen!«, fuhr Walther fort.

»Wie werden sie das tun?«, wollte der Junge wissen.
»Sie werden die mexikanischen Händler zu Tode martern, wie es bei ihnen der Brauch ist. Hätte Häuptling Po'ha-bet'chy uns nicht zu seinem Zelt gebracht, würden sie uns ebenfalls umbringen.«
Benito sah nicht gerade glücklich aus. Auch wenn mittlerweile eine Grenze zwischen Texas und Mexiko bestand, waren die Händler immer noch so etwas wie seine Landsleute. Dann aber erinnerte er sich daran, dass die Mexikaner die Komantschen gegen Walther hatten aufhetzen wollen, und winkte mit einer heftigen Bewegung ab.
»Sie haben das erhalten, was sie verdienen! Hätten sie die Komantschen dazu gebracht, die Abmachungen mit Houston zu brechen und die texanischen Siedlungen anzugreifen, wäre viel Blut geflossen und viele derer gestorben, die wir Freunde nennen.«
»Betrunken hätten sie auch vor dem French Settlement nicht haltgemacht«, setzte Walther hinzu.
Die Erklärung reichte aus, um Benito auch das letzte Mitgefühl für die Männer auszutreiben, deren Schreie immer lauter wurden und erst beim Anbruch des folgenden Tages verstummten.

5.

Als wäre nichts geschehen, begann Per'na-pe'ta am Morgen zu kochen und reichte Walther und den anderen eine Schüssel Brei, die sie sich teilen mussten, sowie mehrere Stücke getrockneten Büffelfleisches. Obwohl keinem danach war, etwas zu essen, zwangen sie sich, Brei und Fleisch hinunterzuwürgen, um die Indianerin nicht zu verärgern. Draußen tobten noch immer einige Komantschen, und sie hatten Angst, Per'na-pe'ta könnte diese auf sie hetzen, wenn sie sich beleidigt fühlte.

Danach hieß es erneut, sich in Geduld zu üben. Die Frauen verließen das Zelt, verschlossen es aber vor Walther und den anderen. Nur Kreisender Adler vermochte einen kurzen Blick hinauszuwerfen und schüttelte dann den Kopf. »Es liegen viele Krieger herum und rühren sich nicht.«

»Das liegt an dem Schnaps, den die Mexikaner gebracht haben, um mit dessen Hilfe die Komantschen gegen die Texaner aufzuhetzen«, erklärte Walther.

Jones wiegte nachdenklich den Kopf. »Seien Sie mir nicht böse, Mister Fitchner, aber an deren Stelle hätte ich es ebenso gemacht. Die Texaner haben den Mexikanern doch dieses Land weggenommen. Außerdem greifen die Komantschen auch mexikanisches Gebiet an. Was liegt da näher, als beide Feinde dazu zu bringen, sich gegenseitig umzubringen? Es hätte beinahe geklappt, wenn die Muskete nicht zersprungen wäre.«

»Was wäre gewesen, wenn To'sa-mocho geschossen hätte? Da er keine Kugel geladen hatte, hätte es so ausgesehen, als wären Sie kugelfest.« Benito versuchte zu grinsen, um die Anspannung, unter der sie alle litten, ein wenig zu lindern.

»Ich glaube nicht, dass es uns viel geholfen hätte, denn To'samocho hätte danach wahrscheinlich versucht herauszufinden, ob ich auch gegen Messerklingen gefeit bin«, antwortete Walther.

»Was Sie mit Gewissheit nicht sind«, meinte Jones mit verkniffener Miene. »Wahrscheinlich hätten sie uns alle umgebracht, und das auf eine möglichst unangenehme Weise.«

»Ihr glaubt, die mexikanischen Händler sind tot?« Josef schau-

derte bei dem Gedanken. Die Schreie der armen Kerle hallten immer noch in seinem Kopf.
Walther zog ihn an sich und hielt ihn fest. »Die Händler wollten Hass säen und haben Hass geerntet.«
»Ich würde keinem ein Gewehr in die Hand geben, der so besoffen war wie der Häuptling gestern«, erklärte Benito. »To'sa-mocho war nicht mehr in der Lage, das Pulver abzuschätzen, das er für einen Schuss brauchte.«
»Zu unserem Glück!«, warf Jones mit einem erleichterten Seufzer ein. »Ich will nicht sagen, dass ich jemandem vergönne, auf eine so elende Weise zu Tode geschunden zu werden. In dem Fall ging es jedoch darum, ob es uns trifft oder die anderen, und da ziehe ich die anderen vor.«
»Ich auch!« Benito stand auf und ging zum Zelteingang, wagte aber nicht, die Lederplane zurückzuschlagen.
»Ich hoffe, Po'ha-bet'chy kommt bald, sonst werde ich hier noch verrückt.«
»Er wird kommen«, versuchte Walther ihn zu beruhigen. Dabei hielt er es selbst kaum noch im Zelt aus. Die Warnung ihres Gastgebers war jedoch deutlich gewesen, und solange draußen noch Krieger auf den Beinen waren, bestand die Gefahr, dass diese bei ihnen dort weitermachen würden, wo sie mit den mexikanischen Händlern aufgehört hatten.
Mittags reichte ihnen Per'na-pe'ta erneut eine Kleinigkeit zu essen. Danach kehrte Po'ha-bet'chy endlich zurück. Seine Miene war sehr ernst, als er sich Walther zuwandte. »Kommt jetzt, seid aber ganz ruhig!«
Es klang wie ein Befehl, und Walther hielt es für besser, diesen zu befolgen. Als er aus dem Zelt trat, sah er mehrere Komantschen verkrümmt am Boden liegen. Zwei von ihnen hatten sich erbrochen und lagen im eigenen Dreck.
»Das ist das Feuerwasser!«, erklärte Po'ha-bet'chy voller

Groll. »Die Mexicanos haben mehrere Fässer davon gebracht, um uns dazu zu bringen, weiter gegen die weißen Männer in Texas Krieg zu führen. Hätten sie bessere Waffen mitgebracht, wäre es auch dazu gekommen.«

»Wie geht es To'sa-mocho?«, fragte Walther.

»Er lebt noch, doch er wird nicht mehr lange unter uns weilen.« Gerade als der Häuptling dies sagte, kamen sie an zwei Wagen vorbei, die halb verbrannt am Rande des Lagers standen. An den noch rauchenden Trümmern hingen mehrere verkohlte Gestalten.

»Sieh nicht hin!«, befahl Walther Josef. Selbst für ihn war der Anblick hart. Wie es aussah, hatten die Komantschen die mexikanischen Händler zuerst gemartert, anschließend an ihre Wagen gebunden und diese angezündet. Für die Männer hoffte Walther, dass sie zu dem Zeitpunkt bereits tot gewesen waren. Bei dem Gedanken, dass Josef, Jones, Benito und er ebenso hätten enden können, wurde ihm übel.

Als sie endlich an ihrem Wagen ankamen, stellten sie erleichtert fest, dass er nicht beschädigt war, allerdings hatten die Komantschen alles abgeladen und weggebracht, aber nur sehr wenig Tauschware neben ihn gelegt. Walthers Verzweiflung wuchs, als er daran dachte, dass dieser Handel mit einem schweren Verlust für ihn enden würde. Dabei hatte er sein letztes Geld in die verlorenen Waren gesteckt.

»Po'ha-bet'chy gibt dir für deine Waren zwanzig Mustangs«, erklärte der Häuptling eben.

Es erleichterte Walther ein wenig, denn dadurch würde er nicht ganz so viel Geld verlieren, wie er befürchtet hatte.

»Ich danke dir, Po'ha-bet'chy«, sagte er und wies Jones und Benito an, die paar Tauschwaren aufzuladen.

»Wenn du das nächste Mal kommst, werden weniger Sippen hier versammelt sein und auch kein Zorn mehr herrschen«,

versprach ihm Po'ha-bet'chy, als Walther die Pferde vor den Wagen spannte.
»Das wird gut sein«, erklärte Walther und hoffte, dass er bis dahin etwas Geld zusammenbekam, um Waren kaufen zu können, die er bei den Komantschen eintauschen konnte. Doch als er mit dem Gespann fertig war und sein eigenes Pferd satteln wollte, reichte ihm der Häuptling eine prall gefüllte Börse.
»Das ist das Geld des mexikanischen Händlers. Wir Komantschen brauchen es nicht. Kaufe gute Messer, Decken und Töpfe dafür!«
Walther nahm den Beutel in die Hand und starrte ihn an. Der Mann, dem er gehört hatte, war tot, und er kannte weder dessen Namen, noch wusste er, wo dieser herkam. Außerdem hatte der Mexikaner mit seinen Hetzereien und seinem Schnaps die Komantschen aufgehetzt und war damit schuld, dass sein eigener Handel so wenig gebracht hatte.
Daher steckte er das Geld ein und wandte sich an den Häuptling. »Ich danke dir, Po'ha-bet'chy! Wenn ich das nächste Mal komme, werde ich viele gute Dinge mitbringen.«
»Fahrt jetzt los und haltet auch die Nacht über nicht an. Schon bald werden die Krieger der Komantschen das Gift des Feuerwassers überwunden haben. Ich hoffe, To'sa-mochos Schicksal wird ihnen als Warnung dienen.« Po'ha-bet'chy trat zurück und sah zu, wie Jones den Bock des Wagens bestieg und die Peitsche über den Köpfen des Gespanns kreisen ließ.
Walther winkte noch einmal, denn trieb er seinen Hengst an und verließ das Lager am Bach der Hirschkuh.
Mit ängstlicher Miene ritt Josef neben ihm. »Warum haben sie das getan?«, fragte er.
»Es ist nun einmal ihre Art, ihre Feinde auf grausame Weise zu töten. Immerhin geben sie den mexikanischen Händlern die

Schuld daran, dass mit To'sa-mocho einer ihrer großen Häuptlinge umgekommen ist.«
»Daran ist To'sa-mocho selbst schuld. Er hat zu viel Pulver geladen«, wandte der Junge ein.
»Die Komantschen sehen es anders. To'sa-mocho war betrunken, und daher hätte der Mexikaner ihm niemals ein ungeladenes Gewehr in die Hand geben dürfen, sondern nur ein bereits geladenes.«
Josef sah seinen Vater irritiert an. »Aber dann hätte To'sa-mocho dich erschossen!«
»Darum ist es so, wie es gekommen ist, am besten. Wir leben noch, und dafür sollten wir Gott danken.« Walther zog seinen Hut, um seine Achtung vor dem Allmächtigen zu bekunden, und Benito schlug im Sattel das Kreuz. Ihnen allen steckte das Erlebte in den Knochen, und es dauerte lange, bis dieses Gefühl in den Hintergrund trat.

6.

Der – wenn auch noch unsichere – Frieden mit den Komantschen bot Walther die Gelegenheit, seinen Handel mit Po'ha-bet'chys Stamm wieder aufzunehmen. Doch auch andere zogen ihren Vorteil daraus, und einer davon war Spencer. Angesichts seiner bisherigen Erfahrungen wagte er sich nicht mehr selbst nach Texas, schickte aber seine Leute, die sich im südlichsten Teil des ihm zugeteilten Siedlungslandes direkt an den Grenzen zum French Settlement einnisteten.
Für Walther und seine Nachbarn hieß dies, ständig auf der Hut

zu sein. Spencers Männer waren keine normalen Siedler, mit denen sich notfalls hätte auskommen lassen, sondern versuchten, den irischen und polnischen Farmern, die der Grenze am nächsten lagen, durch kleine Nadelstiche zu schaden. So hatten sie erst vor kurzem auf Ean O'Corras Land eine Kuh geschlachtet, die besten Fleischstücke mitgenommen und den Rest liegen gelassen.

Um Spencer und seinen Männern klarzumachen, dass sie sich solche Aktionen nicht gefallen lassen würden, sammelte Walther einen Trupp von gut dreißig Mann und ritt mit ihnen nach Spencerville. Der Ort war einst als Zentrum einer größeren Siedlung geplant gewesen, wirkte jedoch nur noch schäbig. Etliche der Gebäude, die vor gut zwei Jahren errichtet worden waren, rotteten vor sich hin, weil sie niemand mehr bewohnte. Zu diesen gehörte auch der Laden. Da bis auf die O'Flannagan-Sippe keiner aus dem French Settlement mehr bei dem Händler gekauft hatte, war sein Geschäft eingegangen und er weggezogen.

Der Saloon war als einziges Gebäude noch halbwegs in Schuss. Mit dem angeschlossenen Hotel bot er durchreisenden Gästen eine Unterkunft, dazu Schnaps, Musik und einiges mehr. Da Walther die Kerle, die Eans Kuh getötet hatte, dort vermutete, stieg er vor dem Saloon aus dem Sattel und drehte sich kurz zu seinen Männern um.

»Die Hälfte kommt mit mir, die anderen sollen achtgeben, dass uns niemand in den Rücken fallen kann!«

»Das übernehme ich!« Thierry griff nach seiner Büchse und bestimmte mehrere Männer, die bei ihm bleiben sollten.

»Wir anderen gehen jetzt hinein!«, sagte Walther und schritt auf die Tür zu.

Gitarrenmusik füllte den Raum, begleitet von einer Frauenstimme, die ein frivoles Lied sang. Noch schien es, als hätte niemand ihr Kommen bemerkt. Doch daran glaubte Walther nicht und verhielt sich doppelt vorsichtig. Mit seiner Büchse in der Armbeuge trat er ein paar Schritte in den von Rauchschwaden durchzogenen Raum.

Niemand achtete auf ihn, sondern alle starrten auf eine große, leidlich hübsche Blondine in einem aufreizenden Kleid, die eben den Saum ihres Rocks lüftete und ihre Unterschenkel sehen ließ. Dabei sang sie mit recht guter Stimme von Liebe und Einsamkeit und davon, dass ein Mann und eine Frau auch Freude aneinander haben konnten, ohne verheiratet zu sein.

Erst als Walther tiefer in den Raum hineinging und ihm immer mehr seiner Männer folgten, stockte der Gitarrenspieler und verschwand durch einen Nebenausgang. Der Gesang verstummte.

»Lasst die Türen nicht aus den Augen«, schärfte Walther seinen Leuten ein und ging weiter bis zur Theke. Der Mann, der dahinter stand und die Gäste bediente, starrte ihn mit zuckenden Augenlidern an, bemühte sich aber um einen fröhlichen Tonfall.

»Ah, neue Gäste! Und gleich so viele! Da hoffe ich nur, dass mir der Whisky nicht ausgeht.«

»Wir sind nicht zum Trinken da«, antwortete Walther mit einem Lächeln, dem jede Wärme fehlte, »sondern wollen wissen, wer vor drei Tagen eine Kuh auf Ean O'Corras Land getötet und ihr Fleisch gestohlen hat.«

»Es werden wahrscheinlich die verdammten Komantschen gewesen sein«, meinte einer der Gäste spöttisch.

Es war ein hochgewachsener Mann, der Walther noch um einen halben Kopf überragte und Fäuste besaß, die so aussahen, als könne er damit jedes Hufeisen zu einem Knoten biegen. Sein Blick war lauernd, trotzdem bemühte er sich, seine Hände weit von seiner Pistole und seinem Messer zu halten.

»Ich bin sicher, dass der Kerl dabei war«, raunte Ean O'Corra Walther ins Ohr. »Mein Nachbar McDouglas berichtete mir, er hätte einen so großen Mann auf meinem Land gesehen.«
»Wer sind Sie?«, fragte Walther den Hünen.
»Bennett, Bill Bennett«, antwortete der Mann und grinste. »Wenn Sie hier keinen ausgeben wollen, halten Sie besser das Maul. Das hier ist unsere Stadt, und Sie haben hier nicht das Geringste zu sagen.«
Das war Walther doch ein wenig zu grob. Er trat auf den Mann zu und entdeckte mehrere Blutflecke auf der Hose seines Gegenübers. »Ich glaube, wir sollten uns hier ein wenig umsehen. Wenn wir frisches Rindfleisch finden, wissen wir, woran wir sind.«
»Sie haben hier überhaupt nichts herumzuschnüffeln!«, fuhr der Barkeeper auf.
Bennett hob beschwichtigend die Hand. »Lass ihn doch, Dave. Das Fleisch in deinem Keller hast du von mir. Ich habe vor drei Tagen eine Kuh geschlachtet und meinem Freund Dave ein paar Stücke davon gebracht. Steht leider nicht darauf, dass es von mir ist. Aber das dürfte es auf dem Fleisch eurer Kuh auch nicht.«
Walther war klar, dass der Kerl log. Wenn er jetzt nachgab und mit seinen Männern ergebnislos abzog, würden Bennett und dessen Kumpane immer unverschämter werden. Daher musterte er den Mann mit einem durchdringenden Blick.
»Es gibt eine ganz einfache Möglichkeit, uns zu beweisen, dass das Fleisch von Ihrer Kuh stammt, Mister Bennett. Sie brauchen uns nur die Haut des Tieres zu zeigen. Sicher wird Ihr Brandzeichen darauf zu sehen sein.«
Bennett zuckte zusammen, verzog dann aber das Gesicht zu einer Grimasse. »Ich habe das Zeug vergraben, denn es hat nichts getaugt.«

Das war eine Ausrede, das begriff jeder im Saloon. Einige Männer verdrückten sich in den Hintergrund, doch keiner von ihnen kam mit den Händen in die Nähe der eigenen Waffen. Nur Bennett und zwei weitere Männer standen Walther und Ean O'Corra noch gegenüber.

»Verdammt! Ich lasse mir nicht gefallen, dass du mich einen Viehdieb nennst!«, brüllte Bennett mit einem Mal. »Komm her, wenn du dich traust, es mit einem richtigen Mann aufzunehmen!«

Da mischte sich die Sängerin ein. »Aber, aber, meine Herren! Wer wird denn hier eine Schlägerei anfangen? Mister Bennett hat erklärt, dass er kein Viehdieb ist. Das müssen Sie akzeptieren, Mister. Kommen Sie, setzen Sie sich zu mir! Wir trinken einen oder zwei Whisky zusammen, und wenn Sie wollen, gehen wir anschließend nach oben. Es wird Ihnen mit mir besser gefallen als zu Hause mit Ihrer Frau.«

»Das glaube ich weniger! Außerdem ist mein Gespräch mit Mister Bennett noch nicht beendet.« Walther schob die Frau beiseite und wandte sich wieder dem Hünen zu.

»Ich sage immer noch, dass Sie O'Corras Kuh getötet haben.«

»Wir können auch gleich nach oben gehen, Mister«, rief die Sängerin dazuwischen und öffnete mit einer lasziven Bewegung ihr Mieder. Zwei pralle Brüste quollen hervor, mit großen rosa Brustwarzen, die wie kleine Stiele nach vorne ragten.

»Na, gefallen sie Ihnen?«, fragte sie anzüglich.

Walther hörte, wie einige seiner Männer keuchten und nur noch Augen für die Frau hatten. Daher warnte er seine Begleiter. »Gebt acht! Nicht, dass dieser Bennett und seine Kumpane zu den Waffen greifen. Und du ziehst dich wieder anständig an!«

Sein letzter Satz galt der Sängerin, doch die dachte nicht daran,

ihm zu gehorchen. Stattdessen zog sie jetzt ihr Kleid und ihre Unterröcke hoch, so dass er das dunkelblond gelockte Dreieck zwischen ihren Oberschenkeln sehen konnte.
»Na, wie ist es?«, fragte sie anzüglich. »Wenn du jetzt noch keinen Steifen in der Hose hast, kann dir keiner mehr helfen.«
Da lachte Bennett verächtlich auf. »Bei dem kommst du auf die Weise nicht zum Zug, Linda. Das ist Fitchner! Der steht nur auf Mösen von Indianerinnen.«
»Was? Der Kerl vögelt mit einer dreckigen Wilden herum? Pfui Teufel, sage ich da nur!«, kreischte sie und spuckte vor Walther aus.
Mit einem Schritt war Walther bei ihr und versetzte ihr eine schallende Ohrfeige. »Das ist, damit du dir in Gegenwart anderer eine bessere Sprache angewöhnst, und die ist für die Beleidigung meiner Frau.« Eine zweite, kaum weniger schwache Ohrfeige folgte.
»Das lasst ihr zu?«, schrie die Sängerin wuterfüllt auf und starrte die Saloon-Gäste auffordernd an.
»Der bekommt schon sein Fett!« Bennett packte einen Bierkrug und wollte ihn Walther auf den Schädel hauen. Mit einer weitaus schnelleren Bewegung stieß dieser mit dem Lauf seiner Büchse zu und traf den Hünen am Rippenansatz.
Es knirschte kurz, und Bennett schrie auf. »Verdammter Hund, du hast mir den Brustkorb eingeschlagen.«
»Dann könntest du nicht mehr so dumm daherreden«, antwortete Walther grimmig.
Insgeheim war er froh, auf diese Weise mit Bennett fertig geworden zu sein. Auf einen Faustkampf hätte er sich ungern eingelassen, zumal dieser auch noch gut zehn Jahre jünger war als er. Zwar fühlte Walther sich noch nicht als alter Mann, aber er spürte die vierzig Jahre seines Lebens langsam in den Knochen.

»Jetzt hört mir gut zu!«, rief er und stellte den Kolben seiner Büchse auf den Boden.
Im selben Augenblick krachte ein Schuss. Noch während Walther die eigene Waffe hochriss, sah er, wie der Barkeeper langsam nach vorne kippte. In den Händen hielt der Mann eine Schrotflinte, deren Lauf einen wirren Tanz vollführte, der etliche Männer dazu brachte, zur Seite zu hechten. Einen Augenblick lang wies der Lauf auf Walther, und er sah, wie der Barkeeper mit letzter Kraft den Hahn zurückzog. Eine weitere Kugel traf den Mann, und der Lauf schwang etwas zur Seite. Dann löste sich der Schrotschuss mit einem dumpfen Grollen.
Walther zog im ersten Schreck den Kopf ein, merkte aber rasch, dass er nicht getroffen worden war. Dafür wälzte Bennett sich schreiend am Boden, und direkt neben ihm lag die Sängerin Linda, deren Körper von der Schrotladung zerfetzt worden war.
»Die ist hin!«, sagte Quique mit gepresster Miene.
Er hielt noch immer die Pistole in der Hand, mit der er den ersten Schuss auf den Barkeeper abgefeuert hatte. Die zweite Kugel war aus Leszek Tobolinskis Lauf gekommen.
Während der Vaquero seine Waffe wieder lud, wies er mit dem Kinn auf die Tote und den Verletzten. »Auch wenn es eine Frau ist, so hat es doch die zwei Richtigen getroffen.«
Walther spürte, dass Leszek im Gegensatz zu Quique Gewissensbisse quälten, und legte ihm die Hand auf die Schulter. »Danke! Die Schrotladung hätte mich sonst voll getroffen. Ihr da hinten solltet euch um euren Kumpan kümmern, sonst verblutet er noch. Lasst es euch eine Warnung sein! Der Nächste von euch, der sich im French Settlement sehen lässt, wird am erstbesten Baum aufgeknüpft.«
Zwar wusste Walther nicht, wer von den Kerlen zusammen

mit Bennett Eans O'Corras Kuh getötet hatte. Doch eines war diesen Männern nun klar: Wer einen Siedler auf seinem Gebiet angriff, bekam es mit allen zu tun.
»Verdammt! Helft mir endlich! Ich verblute!«, hörte er Bennett schimpfen.
Walther trat neben ihn und blickte auf ihn herab. »Diesmal lasse ich dich noch davonkommen. Du solltest allerdings eine gesündere Gegend aufsuchen. Hier in Texas regnet es zu viel Blei!«
»Verfluchter Hund!«, stöhnte Bennett und griff zu seiner Pistole. Da klangen drei Schüsse auf, und die Kugeln, die von Ean O'Corra und zwei anderen Siedlern abgefeuert wurden, setzten seinem Leben ein Ende.
»Jetzt geht es mir besser!«, erklärte Ean und klopfte auf seine Büchse. »Es war eine verdammt gute Kuh, und es hätte mir in der Seele weh getan, den Kerl, der sie ohne Grund abgeschlachtet hat, laufenlassen zu müssen.«
»Es ist bedauerlich, dass die Frau umgekommen ist«, erklärte Walther.
»Es tut mir leid, dass ich den Barkeeper so schlecht getroffen habe, Señor«, sagte Quique. »Aber ich habe zu spät gesehen, dass er die Waffe unter der Theke hervorgezogen hat.«
»Du hast das Richtige getan, mein Freund. Mit dieser Waffe hätte der Kerl einige von uns getötet oder verletzt. Also ist es so, wie es gekommen ist, noch am besten. Was wir noch tun können, ist, die Frau ordentlich zu begraben. Fasst an!«
Walther trat einen Schritt zurück, so dass mehrere Siedler an ihm vorbeigehen konnten. Einer der Männer bedeckte den Leib der toten Sängerin mit einer Decke. »Es ist besser so«, meinte er. »Eine Decke kann ich mir wieder kaufen. Aber eine Frau sollte nicht einfach so verscharrt werden.«
»Du bekommst die Decke von mir«, versprach Walther und

verließ den Saloon. Er brauchte frische Luft und wollte für einen Augenblick allein sein.
An seiner Stelle betrat Thierry den Saloon und lobte Quique und Leszek Tobolinski, weil sie rechtzeitig reagiert hatten. Zwar bedauerte auch er den Tod der Frau, doch als Hure nahm sie keinen hohen Stellenwert bei ihm ein.
Es gab in Spencerville keine Kirche und auch keinen Friedhof. Daher bestimmte Walther einen Platz etwas außerhalb der verfallenden Stadt und trug einen Siedler, der geschickt in der Bearbeitung von Holz war, auf, ein Grabkreuz für die Sängerin anzufertigen. Da auch die Einheimischen, die eingeschüchtert mitgekommen waren, weder das Alter noch den Nachnamen der Frau kannten, standen nur ihr Vorname und das Datum ihres Todestags auf dem Kreuz. Doch das war mehr, als viele andere Tote in Texas erhielten. Bennett zu begraben überließen sie Spencers Leuten.

7.

Bennetts Tod sorgte erst einmal für Ruhe. Es dauerte etliche Wochen, bis Spencer vom Ende seines Verwalters in Texas erfuhr und einen neuen Vertreter schickte. Dieser Mann gab Spencerville auf und richtete sich zwanzig Meilen weiter im Nordwesten auf einer Farm ein, in deren Nähe sich im Lauf der nächsten Monate ein kleines Dorf entwickelte. Einige Familien aus der verlassenen Stadt siedelten sich dort an, doch die meisten derer, die von Bennetts Tod erfahren hatten, zogen weiter und suchten sich in anderen Teilen von Texas eine neue Bleibe.

Für Walther bedeutete dies eine halbwegs unbeschwerte Zeit, die er mit Nizhoni und den Kindern verbringen konnte. Das Geld des Mexikaners, das Po'ha-bet'chy ihm gegeben hatte, ermöglichte es ihm, seine Rinderherde zu vergrößern, so dass nun fast tausend Kühe auf seinem neuen Land weideten. Die Rinderranch, wie er sie nannte, bot Platz für die vielfache Zahl, doch so viele Rinder benötigte niemand in ganz Texas. Das musste Walther sich sagen, als er mit Nizhoni und Josef über die Weide ritt, um die Hütte zu erreichen, die seine Vaqueros sich als Unterkunft erbaut hatten.

Als diese in Sicht kam, zügelte Nizhoni ihre Stute. »Du solltest weitere Gebäude hier errichten, wenn wir uns hier öfter aufhalten sollen. So bleibt uns nur eine Ecke bei den Vaqueros oder der freie Himmel zum Schlafen.«

Walther war klar, dass sie auch darauf anspielte, mit ihm allein sein zu wollen, und nickte. »Das ist kein schlechter Gedanke! So sieht es hier aus wie auf einer schlecht geführten Farm. Dabei ist es der größte Besitz in diesem Teil von Texas, wenn man das auf Spencer eingetragene Land außer Acht lässt.«

»Es ist bedauerlich, dass nicht dieser Hund erschossen worden ist, sondern nur einer seiner Männer«, antwortete Nizhoni voller Hass.

»Wir sind bisher mit Spencers Handlangern fertig geworden und werden dies auch fürderhin tun«, erklärte Walther mit Nachdruck. »Irgendwann wird es auch Spencer selbst treffen.«

»Bis dorthin müssen wir vorsichtig sein. Das gilt auch für dich, Josef. Reite nicht so weit voraus!« Nizhonis Stimme klang gerade laut genug, dass der Junge es hören konnte. Dieser zügelte seinen Mustang und wartete, bis sie und sein Vater zu ihm aufgeschlossen hatten.

»Was soll hier schon passieren?«, fragte er lachend. »Quique und die anderen wissen, dass wir kommen, und haben sich sicher umgesehen.«
»Ein Krieger soll zwar mutig, aber stets vorsichtig sein!«, tadelte Nizhoni ihn. »Quiques Augen mögen scharf sein, doch auch er sieht nicht alles. Wenn sich ein Feind ins Land schleicht, könnte er dich oder einen von uns töten.«
Damit hatte sie zwar recht, doch Walther war nicht bereit, sein Leben nur in Angst vor einem Feind zu verbringen. »Spencer schreckt mich nicht. Wir werden mit ihm fertig! Immerhin hat er sich seit über zwei Jahren nicht mehr nach Texas getraut, sondern immer nur seine Handlanger geschickt. Doch schon Bennett, sein erster Verwalter, hat versagt.«
»Umso mehr wird Spencer versuchen, uns hinterrücks anzugreifen.« Nizhoni klang besorgt. Rote Krieger waren Meister der List, und so besaß sie einige Erfahrung, die sie an ihren Mann weitergeben wollte.
»Eine Kugel kann man nicht aufhalten. Wird man getroffen, so ist es Gottes Wille!«, antwortete Walther, der froh war, dass die Hütte seiner Vaqueros in Sicht kam und Quique ihnen entgegenritt.
»Willkommen, Señor, Señora! Willkommen, José!«, grüßte der Vormann lachend.
»Na, Quique, wie geht es?«, fragte Josef.
»Ausgezeichnet! Wir haben in der letzten Woche zwanzig neue Kälber bekommen. Außerdem haben wir drei Männer zum Teufel gejagt, die als Cowboys bei uns haben anfangen wollen. Es waren Americanos, und ich wette, dass sie im Sold dieses Spencers standen. Ich bin ihnen heimlich gefolgt und habe gesehen, dass sie zu dem neuen Dorf auf dem Spencer-Land geritten sind.«
Nizhoni warf Walther einen vielsagenden Blick zu. Für

Walther war es eine Überraschung. Offenbar hatte er sich zu sicher gefühlt.

»Danke, Quique!«, sagte er. »Passt weiterhin so gut auf.«

»Das tun wir, Señor! Ich habe übrigens zwei weitere Vaqueros eingestellt. Der eine ist ein Negro wie Jones, der andere ein halber Indio, und für beide lege ich meine Hand ins Feuer.«

»… und würdest sie dir kaum verbrennen. Ich vertraue deinem Urteil, Quique. Wenn du sagst, der Mann ist gut, dann ist er es auch.«

Walthers Zustimmung ließ Quique einen Zoll wachsen. »Ich habe sehr viel von Ihnen gelernt, Señor, und auch von der Señora. Ihr Blick ist unbestechlich, sie erkennt sofort, wer Freund ist und wer Feind.«

»Hebt mich nur nicht auf ein Podest. Es könnte sein, dass ich nicht mehr herabsteigen will«, antwortete Nizhoni lächelnd.

Walther fasste vom Sattel aus nach ihrer Hand. »Du bist die beste Ehefrau, die ich mir wünschen kann, und du kennst gewiss keinen Hochmut.«

Dann wandte er sich an Quique. »Die Señora hat vorgeschlagen, dass wir hier mehr Gebäude errichten sollten. Nur eine Hütte, in der ihr schlafen könnt, ist ihr zu wenig.«

»Uns reicht sie«, antwortete der Vormann, kratzte sich dann aber am Kopf. »Vielleicht wäre es gar nicht so schlecht, denn damit sähen die Leute, dass dies hier keine kleine Farm ist, sondern eine große Hacienda, deren Gebiet viele Meilen weit reicht. Wir müssen immer wieder Menschen vertreiben, die sich wild auf unserem Land ansiedeln wollen. Darum wollte ich Sie bitten, auch am Fluss eine Hütte errichten zu lassen. Alle, die kommen, sollen sehen, dass das Land dort ebenfalls Ihnen gehört.«

»Baut sie und errichtet auch an anderen Stellen Hütten, in denen ihr übernachten oder Unterschlupf bei Unwetter finden könnt. Weidet die Herde auf möglichst vielen Teilen unseres Landes, damit die Leute sehen, dass hier nichts mehr unbesiedelt ist.« Walther nickte, während Nizhoni eine bedenkliche Miene zeigte.

»Wenn die Rinder über die ganze Weide verteilt werden, stellen sie ein leichtes Opfer für Viehdiebe dar«, wandte sie ein.

Quique entblößte die Zähne zu einem Grinsen, das mehr einem Zähnefletschen glich. »Uns holt keiner eine Kuh aus der Herde, ohne den Preis zu zahlen, den wir dafür verlangen.«

Für Viehdiebe verhieß das nichts Gutes. Da es in weitem Umkreis keine Richter und Gefängnisse gab, war es sinnlos, Verbrecher den Behörden auszuliefern. Einsperren konnte man sie auch nicht, daher blieb oft nur der Strick, der um einen Hals gelegt und über einen kräftigen Ast geworfen wurde. Es war nicht die Art der Gerechtigkeit, die Walther sich gewünscht hatte, doch wer in Texas bestehen wollte, musste sich durchsetzen können.

Daher nickte er. »Macht es so, Quique. Wenn du noch ein paar Vaqueros brauchst, so schicke ich dir zwei oder drei Leute von der Ranch.«

Quique überlegte kurz und schüttelte den Kopf. »Wir sind eigentlich genug Männer hier. Oder … wartet, Señor! Vielleicht könnten Sie uns Benito überlassen. Der Bursche kann am besten von uns mit Säge und Hammer umgehen. Wir könnten ihn brauchen, um die Hütten zu bauen.«

»Sobald ich wieder zurück bin, werde ich ihn zu dir schicken«, versprach Walther.

Mittlerweile hatten sie die Hütte erreicht und stiegen ab.

Walther übergab seinen Hengst einem jungen Burschen, den Quique ebenfalls angeheuert hatte, und sah sich um. Das Gras stand hoch und würde dafür sorgen, dass seine Rinder rasch wuchsen. Bald würde es neue Kälber geben und damit noch mehr Rinder.

»Das sieht doch ganz gut aus«, meinte er zu Nizhoni.

Als diese nickte, glänzte Quiques Gesicht vor Freude. »Wir geben uns alle Mühe, damit die Rinder sich hier wohl fühlen. Eine zufriedene Kuh bekommt mehr Kälber.«

Walther verwickelte ihn in ein Gespräch über den Fortschritt der Herde, während Nizhoni um die Hütte herumging und sich umschaute. In der Ferne sah sie mehrere Vaqueros, die die Herde bewachten. Es wunderte sie nicht, dass einige Männer ihre Büchsen im Arm hielten. Außer Viehdieben und Komantschen, die sich nicht an die Abmachungen halten wollten, bedrohten auch Raubtiere und giftige Schlangen die Tiere. Da hieß es, auf der Hut zu sein.

Noch immer verstand Nizhoni nicht ganz, weshalb weiße Männer so viel Wert darauf legten, ein Stück Land ihr Eigen zu nennen. Doch so, wie ihr eigener Stamm und die Komantschen ihre Jagdgründe verteidigten, musste auch dieses Land gegen Fremde verteidigt werden, die ein begehrliches Auge darauf warfen. Dafür brauchte Fahles Haar tapfere Krieger um sich.

Nizhoni kehrte zur Hütte zurück und trat ein. Da die Vaqueros Walther und sie erwartet hatten, war der einzige Raum des Bauwerks halbwegs aufgeräumt. Trotzdem schüttelte sie angesichts der primitiven Umstände den Kopf. Die Kochstelle wurde sauber gehalten, und der in die Erde gegrabene Vorratskeller sah so aus, als ob man ihn ohne Probleme benutzen könnte. Doch die Vaqueros hatten kaum genug Platz für ihre einfachen Schlafstellen, und die Geräte, für die sie im Augen-

blick keine Verwendung hatten, hingen an etlichen in die Wand gehauenen Nägeln und Holzzapfen.
»Hier muss einiges geschehen«, sagte sie zu Walther, als dieser mit Quique und Josef hereinkam. »Die Männer benötigen eine bessere Unterkunft. Auch sollten sie nicht alle in einem Raum schlafen. Die Küche muss größer werden, und sie brauchen einen richtigen Koch, der sie versorgt.«
»Señora, Sie sind sehr gütig, aber wir kommen schon zurecht.« Quique wusste, dass Walther in den letzten zwei Jahren sehr sparsam hatte leben müssen, und wollte nicht, dass dieser Ausgaben tätigte, die nicht unbedingt nötig waren.
Das Silber des Mexikaners ermöglichte es Walther jedoch, lange hinausgeschobene Dinge zu erledigen. Daher stimmte er Nizhoni zu. »Wir machen es so, wie du es vorschlägst. Immerhin soll das hier einmal eine Ranch mit etlichen tausend Rindern werden. Da gehören bessere Gebäude hin als eine einfache Siedlerhütte.«
»Wir können sehr viel selbst machen«, meinte Quique.
»Ich weiß, dass ihr das tun werdet. Trotzdem werde ich euch einen Zimmermann schicken, der euch anleiten soll.« Walther nickte zufrieden und sah sich dann ebenfalls in der Hütte um.
»Wo können meine Frau und ich heute Nacht schlafen?«, fragte er.
»Wir dachten, wir hängen dort vorne einen Vorhang auf, damit die Señora ein wenig Privatsphäre hat«, antwortete Quique.
»Danke!« Nizhoni lächelte, doch ihre Gedanken eilten bereits weiter.
»Wir werden an diesem Ort ein Zimmer einrichten, in dem wir jederzeit schlafen können. Außerdem brauchen die Männer unbedingt einen eigenen Raum zum Essen. Es

geht nicht an, dass sie sich dabei auf ihre Betten setzen müssen.«

»Das habe ich mir auch schon gedacht«, stimmte Walther ihr zu.

»Ich möchte auch ein Zimmer hier haben, in dem ich und Waldemar schlafen können«, mischte sich Josef ein.

»Das sollst du bekommen.« Walther klopfte ihm auf die Schulter und ging hinaus.

Einer der Vaqueros sah Walther ins Freie treten und lenkte sein Pferd zu ihm. »Señor, ich habe einen Reiter gesehen, der genau hierherkommt!«

»Danke!« Aus alter Gewohnheit nahm Walther die Büchse zur Hand und prüfte, ob sie schussfertig war. Allerdings stellte er sie bald wieder weg, denn der Reiter entpuppte sich als Amos Rudledge, der wieder in Houstons Dienste getreten war, als dieser erneut zum Präsidenten gewählt worden war. Er ritt im flotten Trab auf die Hütte zu, hielt zehn Schritte davor seinen Gaul an und stieg steifbeinig aus dem Sattel.

»Good evening, Leute! Wenn ihr einen kleinen Schluck hättet, mit dem ich mir den Staub aus der Kehle spülen kann, wäre ich euch sehr verbunden. War nicht leicht, Sie zu finden, General. Dachte, Sie wären auf Ihrer Ranch am Rio Colorado, doch da waren Sie nicht, und so musste ich Ihre Spur bis hierher aufnehmen.«

»Ich bin auf meiner Ranch, alter Freund«, antwortete Walther lächelnd.

»Stimmt! Das Stückchen Land hier gehört ja auch Ihnen«, sagte Rudledge grinsend.

»Madam, Ihr Diener! Josef, du bist ja schon wieder gewachsen! He, Quique, wie geht es dir? Bewachst du Fitchners Rinder immer noch so scharf wie ein mexikanischer Caballero die Tugend seiner Tochter?«

»Versuchen Sie, eine unserer Kühe zu stehlen, dann werden Sie es erleben«, antwortete Quique grinsend.
Rudledge musste lachen. »Lieber nicht! Wie ich dich kenne, würdest du mich trotz unserer Freundschaft am nächsten Baum aufhängen lassen.«
Dann wandte er sich wieder Walther zu. »General, komme sozusagen im hochoffiziellen Auftrag. Soll Sie nach Austin holen. Old Sam Houston will mit Ihnen sprechen. Geht um irgendwelche Leute aus Deutschland, die sich in Texas ansiedeln wollen.«
»Was habe ich damit zu tun?«, fragte Walther mit einer abwehrenden Geste.
»Old Sam glaubt, dass Sie besser mit denen zurechtkämen als er! Um es ehrlich zu sagen, er kommt überhaupt nicht mit ihnen klar«, erklärte Rudledge feixend.
»Wenn der große Häuptling Houston deinen Rat brauchst, darfst du ihm diesen nicht verweigern«, mahnte Nizhoni Walther, weil dieser eine Miene zog, als würde er Rudledge am liebsten mit einer abschlägigen Antwort zum Präsidenten zurückschicken.
»Ihre Frau hat recht!«, sagte Rudledge. »Old Sam braucht nicht nur Ihren Rat, sondern auch Ihre Hilfe. Sie kennen doch die Leute aus Ihrer alten Heimat und können diesen eher begreiflich machen, wie die Dinge hier in Texas laufen.«
Walther atmete tief durch und nickte widerwillig. »Also gut! Ich werde nach Austin reiten. Vorher aber werde ich mir das Land hier ansehen und dann meine Frau und Josef wieder nach Hause bringen.«
»Das könnte doch ich übernehmen, Señor«, bot Quique an.
»Und wer passt dann auf meine Rinder auf?«, fragte Walther und brachte damit alle bis auf Quique zum Lachen. Der Vaquero starrte ihn zuerst verwirrt an, begriff dann aber, dass es

seinem Herrn darum ging, so lange mit seiner Familie zusammenbleiben zu können, wie es ihm möglich war.

8.

Seit seinem letzten Besuch war Austin wieder um etliche Häuser angewachsen, und Walther fand es beinahe erschreckend, in welcher Eile neue Siedler ins Land strömten. Jetzt wollten offenbar auch noch Deutsche in größerer Zahl hierherkommen. Houston hätte Belcher bitten sollen oder einen der anderen Deutschen, die schon länger hier leben, dachte er missmutig, als er auf den Amtssitz des Präsidenten zuritt.

Auch wenn Texas ein neuer und recht armer Staat war, so hatte Mirabeau Lamar darauf bestanden, dass seine Regierung und er als Präsident in repräsentativen Gebäuden untergebracht wurden. Jetzt saß Sam Houston in dem Haus, und Walther musste zuerst einem Wachtposten und dann einem Bediensteten Rede und Antwort stehen, bis er vorgelassen wurde.

»*Good morning,* Mister President«, grüßte Walther, als er in Houstons Arbeitszimmer geführt wurde. »Hier geht es ja zu wie am Hof eines europäischen Potentaten. Dabei glaubte ich, hier in Texas wären alle Menschen gleich.«

Houston lachte. »Einen gewissen Aufwand müssen wir schon betreiben, Fitchner. Oder soll ich die Vertreter anderer Staaten in einer Blockhütte empfangen? Solange die Vereinigten Staaten sich sträuben, uns in ihre Union aufzunehmen, sind wir auf das Wohlwollen von England, Frankreich und anderen Mächten angewiesen. Mexiko hat nicht vergessen, dass ihm dieses

Gebiet einmal gehört hat, und es sucht uns im Ausland zu schaden, wo es nur geht.«
»Nicht nur im Ausland«, antwortete Walther und berichtete von den mexikanischen Händlern, die die Komantschen gegen die Texaner hatten aufhetzen wollen.
»Wäre nicht die Muskete in To'sa-mochos Händen explodiert, wäre an der Siedlungsgrenze derzeit wahrscheinlich der Teufel los«, erklärte er abschließend.
Houston nickte mit ernster Miene. »Ich sagte doch, dass die Mexikaner nichts vergessen haben. Wenn sie sich stark genug fühlen, werden sie uns angreifen. Und wollen Sie wissen, was wir dagegen unternehmen können? Nichts! Die Staatskasse ist leer, und wir haben zudem Schulden bis über beide Ohren. Um es ganz offen zu sagen: Lamar hat den Staat ruiniert. Wir können uns weder eine Armee leisten noch die paar Leute besolden, die im Dienst des Landes stehen. Dazu gehöre auch ich. Würden uns nicht einige wichtige Personen in den Vereinigten Staaten, die uns unbedingt in der Union sehen wollen, immer wieder mit Geld aushelfen, könnte ich Ihnen nicht einmal einen Whisky anbieten.«
Noch während er es sagte, stellte Houston zwei Gläser auf den Tisch und füllte beide aus einer großen Flasche. »Auf Ihr Wohl, Fitchner! So gut wie das Gebräu Ihres Priesters schmeckt er zwar nicht, aber man kann ihn trinken.«
»Zum Wohl!« Walther trank einen Schluck und stellte das Glas wieder hin. »So, da bin ich, Mister President. Aus welchem Grund haben Sie mich holen lassen?«
Houston machte ein Gesicht, als hätte er Zahnschmerzen. »Es geht um ein paar deutsche Adelige, die unbedingt Land von mir haben wollen, um dort ihre Untertanen anzusiedeln. Wenn Sie mich fragen, haben diese Herren viele Flausen im Kopf, aber nur sehr wenig Verstand.«

»Es gibt genug freies Land in Texas. Im French Settlement könnten wir jederzeit fünfzig Siedlerstellen zu sechshundertvierzig Acres einrichten, wie sie jetzt in Texas vergeben werden.«

Walther wollte weitersprechen, doch da hob Houston die Hand. »Ihre Meinung in allen Ehren, aber das ist nicht das, was diese Herren Leiningen und Boos-Waldeck wünschen. Sie verlangen ein großes Stück für mehrere tausend Siedler, und zwar für sich allein! Doch solche Areale gibt es nur an der Indianergrenze, und das ist ihnen zu gefährlich. Lamar hat in seiner Zeit als Präsident einige Konzessionen an Leute erteilt, die Siedler dorthin bringen sollten. Allerdings sitzen dort die Komantschen, und die werden den Teufel tun, neue Siedlungen zu dulden. Sie selbst haben sich, wie ich gesehen habe, auch ein schönes Stück Land unter den Nagel gerissen, und das ohne die Verpflichtung, Siedler dorthin zu bringen. Von mir hätten Sie das nicht bekommen.«

Houstons Grinsen nahm den Worten die Schärfe. Dann schüttelte er in gespielter Verzweiflung den Kopf. »Ich habe keine Ahnung, wie Sie Lamars Beamte über den Tisch gezogen haben. Die Herren haben Ihnen das Land zu einem Drittel des Preises gegeben, den Henry Francis Fisher für sein Land im Indianergebiet bezahlt hat. Dabei hätte der Mann Siedler dorthin bringen müssen. Da er das jetzt nicht kann, drängt mich der Mann, seine Konzession zu verlängern.«

»Das Land dort ist wertlos für uns, denn die Komantschen werden niemanden in ihren Jagdgründen dulden«, antwortete Walther.

»Fisher hofft darauf, dass wir bald den Vereinigten Staaten beitreten können und deren Armee mit den Indianern fertig wird. Doch länger als ein oder zwei Jahre lasse ich ihm das Land nicht.« Houston winkte ärgerlich ab und wies dann durch das

Fenster auf ein Gebäude, über dessen Tür in schwungvollen Lettern »Hotel« prangte.

»Die deutschen Herren wohnen dort in den besten Zimmern. Nehmen Sie sich auch eins und verhandeln Sie mit ihnen.«

»Zahlt mir der Staat die Unterkunft?«, fragte Walther.

Houston schüttelte lachend den Kopf. »Ich habe Ihnen doch gesagt, dass wir pleite sind. Die paar Dollar werden Sie sich wohl noch leisten können. Sehen Sie es als kleine Entschädigung für den Staat an, weil Sie so billig an Ihr neues Land gekommen sind.«

Noch während Houston sprach, wurde die Tür geöffnet, und sein Sekretär blickte herein, um nachzusehen, ob das Gespräch bereits zu Ende wäre.

»Ich glaube, es ist alles gesagt, Fitchner. Nur eines: Wenn Sie richtig Eindruck auf Leiningen und seinen Begleiter machen wollen, lassen Sie sich eine Uniform schneidern und treten als General der texanischen Armee vor die beiden.«

»Einer Armee, die derzeit nur aus Generälen besteht, da Sie nachrangigen Offizieren und Mannschaften keinen Sold bezahlen können«, antwortete Walther spöttisch.

»Das müssen Sie Leiningen ja nicht auf die Nase binden«, antwortete Houston lachend und winkte seinen Sekretär heran. »Weihen Sie General Fitchner in die bisherigen Verhandlungen mit diesem – wie heißt er gleich wieder? – Verein zum Schutze deutscher Einwanderer in Texas ein. Sie, Fitchner, bringen diesem Leiningen bei, dass er und die anderen Potentaten in Deutschland nicht glauben sollen, sie könnten in unserer Republik eine Kolonie gründen und nach ihren Vorstellungen regieren. Mir sind Deutsche als Siedler willkommen, und sie sollen nach ihrer Fasson selig werden, wie es einer ihrer Könige ausgedrückt hat. Aber sie gehören verdammt noch mal zu Texas und haben die Gesetze unseres Landes zu achten.«

»Welche Gesetze?«, fragte Walther bissig. »Selbst hier in den Städten gibt es keine Polizei und kaum Richter. Was Ihre Texas Ranger angeht, so würde ich denen kein einziges Stück Rindvieh anvertrauen, denn es käme ohne Fell und bis auf die Knochen abgenagt ans Ziel.«

»Fitchner, wenn Sie so weitermachen, ernenne ich Sie noch zum Staatssekretär. Dann habe ich wenigstens jeden Tag was zum Lachen! Wie geht es übrigens Ihrer Frau und Maggie?«

»Ganz gut«, antwortete Walther.

Houston starrte in sein Glas und seufzte. »Sie haben es richtig gemacht und die Frau geheiratet, die zu Ihnen passt. Lassen Sie ruhig einige schimpfen, weil es sich um eine Indianerin handelt. Die sind oft besser als die weißen Frauen, sage ich Ihnen. Damals, nach der Sache in Tennessee, wäre ich beinahe vor die Hunde gegangen. Mein Stolz als Mann und meine Ehre lagen im Staub und ich mit dazu. Als ich es nicht mehr ertrug, habe ich mich zu den Cherokees geflüchtet und bin mehrere Jahre bei ihnen geblieben. Da war ein Mädchen, das mich wieder hingebogen hat. Wenn ich zu viel trank, hat sie mir einfach die Flasche weggenommen. Doch sonst war sie wie ein Engel, und die Nächte mit ihr waren einfach wunderbar. Nie wieder hat eine Frau mich so geliebt.«

»Warum haben Sie sie nicht geheiratet?«, fragte Walther.

»Sie wollte nicht von ihrem Volk weg, und ich wollte fort, um es all denen zu zeigen, die mich verlacht hatten. So ging es auseinander. Manchmal denke ich, ich hätte bleiben sollen.«

»Dann wäre Texas nicht das, was es heute ist. Sie waren der Einzige, der Santa Ana besiegen konnte«, wandte Walther ein.

»Darauf trinken wir – und dann muss ich weiterarbeiten.« Houston schenkte noch einmal nach und prostete Walther zu.

»Auf Ihr Wohl, Mister President!«, entgegnete Walther und folgte dann dem Mann, der ihn bei den Verhandlungen mit den Grafen Leiningen und Boos-Waldeck unterstützen sollte, nach draußen.

9.

Das Hotel wirkte feudal. Offensichtlich hatte der Besitzer all das, was in Texas nicht hergestellt wurde, aus New Orleans besorgt und dabei keine Kosten und Mühen gescheut. Wahrscheinlich hatte er wie so viele geglaubt, Lamar könnte die Komantschen vertreiben, und dann würden die Siedler Texas förmlich überschwemmen. Doch nach dem missglückten Krieg gegen die Eingeborenen tröpfelte der Siedlerstrom eher, und da waren einige tausend Auswanderer aus Deutschland durchaus willkommen.

Walther trat in die Halle, die von einem riesigen Spiegel und von Tapeten in Blau, Weiß und Rot beherrscht wurde, den Nationalfarben, die sich Texas mit den Vereinigten Staaten teilte. Nach einem kurzen Blick auf die Pracht wandte er sich dem Angestellten hinter der Rezeption zu.

»Ich brauche ein Zimmer für mehrere Tage!«

Da Walther die robuste Kleidung eines Mannes trug, der weiß, dass er mehrere Tage zu Pferd zurücklegen muss, betrachtete ihn der Hotelangestellte von oben herab. »Das einfachste Zimmer in diesem Hotel kostet pro Nacht fünf Dollar!«

Es lag Walther schon auf der Zunge zu sagen, dass dies Wucher sei. Dann aber dachte er, dass er Leiningen und Boos-Waldeck nicht mehr als drei Tage widmen würde, und schob dem Mann fünfzehn Dollar hin. Ein sechzehnter folgte dann als Trinkgeld.

»Wen darf ich eintragen?«, fragte der Angestellte etwas zuvorkommender als noch eben.
»General Walther Fichtner«, erklärte Walther, dem Houstons Rat noch im Ohr klang.
Er wusste selbst, dass in diesen Landen ein hoher Offiziersrang ebenso leicht Türen öffnete wie ein Adelsprädikat in der Alten Welt. Trotzdem würde er darauf verzichten, sich eine Uniform anfertigen zu lassen. Ihm lag nichts daran, unnütz Geld für ein Kleidungsstück auszugeben, das er vielleicht nur ein Mal im Leben anziehen würde. Auch sonst war er nicht bereit, wegen dieser Herren aus Deutschland Kompromisse einzugehen. Da Houstons Ruf dringend geklungen hatte, steckte er immer noch in der Kleidung, mit der er zu seiner Rinderranch geritten war.
Unterdessen schob ihm der Angestellte das Gästebuch hin. Einen Augenblick lang zögerte Walther, denn schrieb er sich als Fitchner ein. So nannten ihn die Texaner, und so sollten ihn die Gäste aus seiner alten Heimat auch kennenlernen.
Der Hotelangestellte war neu in Texas und hatte Walthers Namen noch nie gehört. Aber er benahm sich manierlich und rief einen Diener, der den Gast auf sein Zimmer bringen sollte.
»Aaron wird Ihr Gepäck tragen«, setzte er an Walther gewandt hinzu.
Walther klopfte lächelnd gegen seine Satteltaschen, die er über der Schulter trug. »Das ist mein Gepäck, und das kann ich selbst tragen.«
»Wie Sie wünschen«, sagte der Mann an der Anmeldung und setzte für sich ein »Hinterwäldler!« hinzu.
»Wenn Sie mir bitte folgen würden, Mister«, forderte der schwarzhäutige Hoteldiener Walther auf.
»Das heißt General«, wies ihn der Mann an der Hotelrezeption zurecht.

»Wenn Sie mir bitte folgen wollen, Mister General!« Das Gesicht des Schwarzen blieb unbewegt, doch Walther hatte das Gefühl, der Hoteldiener würde sich über den Mann an der Rezeption lustig machen.

»Danke!« Walther stieg hinter dem Schwarzen die Treppe hinauf und folgte ihm, bis sie die letzte Tür am Ende des Flurs erreichten.

»Hier, Mister General!«, sagte der Hoteldiener und öffnete die Tür.

Walther trat ein und fand sich in einer nicht allzu großen, aber sauberen Kammer mit einem Bett, einer Waschgarnitur und einem kleinen Schrank wieder. An der Wand hing ein Bild von George Washington, so als wolle der Hotelbesitzer den Anschluss von Texas an die Vereinigten Staaten förmlich herbeibeschwören.

»Mister Aaron«, sprach Walther den Hoteldiener höflich an.

»Aaron reicht, Mister General. Ich bin kein Mister, sondern ein …« Der Mann brach ab, und für einen Augenblick zuckte es schmerzlich in seinem Gesicht. Rasch hatte er sich wieder in seiner Gewalt. »Trotzdem danke, Sir!«

»Kannst du mir Wasser zum Waschen bringen und anschließend meine Sachen ausbürsten, damit sie wieder halbwegs sauber aussehen?«, fragte Walther.

Aaron nickte. »Selbstverständlich, Sir.«

»Das würde mich freuen!«

Walther begann sich auszuziehen, bis er nur noch in Unterhosen dastand, und reichte dem Hoteldiener Hemd, Weste, Rock und Hose.

»Sollte ich auch Ihre Stiefel putzen?«, fragte Aaron.

Nach einem kurzen Blick darauf stimmte Walther zu. »Das wäre wohl das Beste. Hier, das hast du dir verdient!« Damit reichte er dem anderen einen halben Dollar.

Aaron starrte darauf und steckte das Geldstück dann schnell weg. »Danke, Sir!«
Mit einem Lächeln nahm er Walthers Kleidung und die Stiefel an sich und verließ die Kammer. Kurz darauf kehrte er mit einem Eimer dampfenden Wassers zurück und goss die Waschschüssel voll.
»Geben Sie ein wenig acht. Das Wasser ist noch heiß«, warnte er.
»Danke! Eine Frage: Kannst du mich rasieren? Meine Bartstoppeln sind ein wenig zu lang geworden.«
»Aber natürlich, Sir!«
Während Aaron wieder verschwand, begann Walther sich zu waschen. Er musste vorsichtig sein, dann das Wasser war wirklich heiß. Danach fühlte er sich endlich wieder sauber und legte sich aufs Bett.
Es dauerte etwa eine Stunde, dann kam Aaron zurück. Die Stiefel glänzten, und auch Rock und Hose sahen wieder repräsentabel aus.
»Wenn Sie rasiert werden wollen, müssen Sie sich auf den Stuhl setzen, Sir, und stillhalten. Sonst geht womöglich noch eines Ihrer Ohren flöten.«
»Das würde mir nicht gefallen«, antwortete Walther gut gelaunt und nahm auf dem Stuhl Platz. Schon bald merkte er, dass er nicht der Erste war, den Aaron von seinen Bartstoppeln befreite. Der Mann hätte genauso gut als Barbier arbeiten können.
Als sie fertig waren und Walther sich wieder angezogen hatte, reichte er ihm noch einmal einen halben Dollar.
»Hier! Beim Barbier wäre ich auch nicht billiger davongekommen. Eine Bitte noch: Könntest du diesen Herren aus Deutschland mitteilen, dass General Walther Fitchner von der Armee von Texas sie zu sprechen wünscht?«

»Selbstverständlich, Sir. Das zweite Geldstück hätte es aber nicht gebraucht!«, antwortete Aaron.
»Ich habe dem Gimpel unten einen Dollar Trinkgeld gegeben, und der hat weitaus weniger gemacht als du.«
»Gimpel ist gut!« Der Hoteldiener lachte und ging dann los, um Walthers Auftrag auszuführen.
Diesmal dauerte es etwas länger, bis er zurückkam und meldete, dass die Grafen Leiningen und Boos-Waldeck bereit seien, den texanischen General zu empfangen.
»Die Herren werden aber enttäuscht sein, wenn sie Sie sehen, Sir. Die beiden tun nämlich so, als wollten sie nicht nur den Präsidenten von Texas, sondern auch den der Vereinigten Staaten von Amerika empfangen.«
Walther lachte. »Sie werden mich so nehmen müssen, wie ich bin.«
»Es wird ihnen nicht gefallen, Sir«, warnte Aaron, doch Walther zuckte mit den Achseln und bat ihn, ihn zu den Herren aus Deutschland zu bringen.
Graf Leiningen hatte einen Rock aus Samt, eine seidene Halsbinde und eng anliegende Hosen angezogen. Dazu trug er, obwohl er in seinem eigenen Zimmer weilte, einen hohen Zylinderhut. Sein Begleiter Boos-Waldeck stand ihm bezüglich seiner Kleidung in nichts nach. Die Halsbinden der beiden Herren zierten prachtvolle Krawattennadeln, und ihre Schuhe mochten hier im Hotel angehen, waren aber bereits für die Straßen von Austin ungeeignet.
Beide sahen zunächst an Walther vorbei, als glaubten sie, es würde noch jemand eintreten. Walther amüsierte es, denn wie es aussah, hatten sich die adeligen Herrschaften in Deutschland seit seiner und Giselas Flucht nicht verändert, sondern waren noch genauso überheblich wie damals.
»Wenn ich mich vorstellen darf, Walther Fitchner, General der

Armee von Texas, derzeit außer Dienst«, begann er das Gespräch.

Boos-Waldeck zuckte leicht zusammen, und Leiningen musterte Walther mit einem vernichtenden Blick. »Ich muss sagen, mein Herr, dass Ihr Aufzug nicht meinen Vorstellungen entspricht!«

»Präsident Houston hat mich gebeten, die weiteren Verhandlungen für ihn zu führen, da ich des Deutschen mächtig bin und daher für mehr Klarheit in unseren Gesprächen sorgen kann«, antwortete Walther gelassen.

»Sie sprechen Deutsch?« Unwillkürlich wechselte Boos-Waldeck in seine Muttersprache über.

»Ja, das tue ich!«, antwortete Walther ebenfalls auf Deutsch.

»Ich habe Präsident Houston meine Bedingungen sehr deutlich zum Ausdruck gebracht, und ich gehe auch nicht davon ab«, begann Leiningen mit einer großen Portion Überheblichkeit.

»Sie wollen hier in Texas Land für deutsche Siedler erwerben. Darüber lässt sich reden«, erklärte Walther.

»Ich habe meine Bedingungen genannt. Und ich erwarte, dass die Republik Texas sie akzeptiert«, fuhr Leiningen in arrogantem Tonfall fort.

»Ich habe diese Bedingungen gelesen. Sie wollen ein zusammenhängendes Stück Land, das nur von Deutschen besiedelt werden darf, eine eigene Gerichtsbarkeit bekommt und eine von den texanischen Behörden unabhängige Verwaltung besitzen soll. Abgesehen davon, dass kein Land der Welt einen solchen Eingriff in seine Hoheitsrechte dulden würde, ist es auch aus praktischen Gründen nicht machbar. Es gibt in den bereits besiedelten Landstrichen von Texas kein zusammenhängendes Gebiet der geforderten Größe, sondern nur jenseits der Grenze im Komantschenland. Dort zu siedeln wäre jedoch Wahn-

sinn. Die Republik Texas ist aber bereit, Ihnen an einigen Stellen geeignetes Siedlungsland zuzuweisen. So kann ich Ihnen in dem Landstrich, in dem ich lebe, fünfzig Siedlungsstellen der gewünschten Größe zur Verfügung stellen.«
Walther hoffte, dass die beiden Herren Vernunft annehmen würden, doch Leiningen fuhr wütend auf. »Fünfzig Siedlerstellen? Bei Gott, unsere Vereinigung will Tausende von Siedlern nach Texas bringen, vielleicht sogar Zehntausende! Und da bieten Sie uns lumpige fünfzig Siedlerstellen an? Das ist impertinent, mein Herr!«
»Diese fünfzig Siedlerstellen liegen in dem Gebiet, für das ich verantwortlich bin. Über ganz Texas verteilt können Sie mehrere tausend Siedlerstellen haben. Diese werden für die erste Zeit wohl reichen«, erklärte Walther mit eisiger Stimme.
Leiningen musterte ihn, als hätte er einen Wurm vor sich. »Ich bin nicht bereit, meine Landsleute so zu verteilen. Sie sollen auf ihrem eigenen Land gemäß ihren Sitten und Traditionen leben können und keine Halbwilden werden, wie Sie anscheinend einer sind.«
Angesichts dieser Beleidigung musste Walther an sich halten, um nicht mit gleicher Münze heimzuzahlen. Er atmete tief durch und machte eine wegwerfende Handbewegung. »Angesichts Ihrer Haltung ist jedes weitere Gespräch sinnlos. Entweder siedeln Ihre Leute so in Texas an, wie Präsident Houston und ich es Ihnen vorgeschlagen haben, oder Sie müssen es auf eine Weise tun, bei der die Behörden von Texas Sie nicht unterstützen werden. Damit adieu, meine Herren!«
Ohne weiter auf Leiningen und Boos-Waldeck zu achten, verließ Walther das Zimmer und stieg nach unten, um Houston aufzusuchen und ihm vom Scheitern der Unterhandlungen zu berichten. Dabei dachte er, dass er sein Zimmer für zwei Nächte zu lang bezahlt hatte, denn wenn die beiden Herren aus

Deutschland nicht von ihren Forderungen abgingen, konnte er genauso gut am nächsten Tag nach Hause reiten.
Als er unten am Empfang vorbeiging, stand dort ein Mann in einem übertrieben eleganten Anzug. »Sind die Herren aus Deutschland noch anwesend?«, fragte dieser gerade.
Neugierig geworden, blieb Walther stehen, während der Mann am Empfang nach Aaron rief und diesen damit beauftragte, den neuen Gast zu den deutschen Grafen zu führen. Während dies geschah, warf Walther einen Blick auf das Gästebuch, das dort noch aufgeschlagen lag. Unter seinem eigenen Namen stand in schwungvoller Schrift »Alexandre Bourgeois d'Orvanne«.
Walther fragte sich, was der Franzose bei Leiningen und Boos-Waldeck wollte, zuckte dann aber mit den Schultern und sagte sich, dass ihn dies nichts mehr anging. Er hatte Houstons Wunsch erfüllt und mit den Herren gesprochen. Da die beiden Edelmänner jedoch nicht zu Kompromissen bereit waren, mussten sie sehen, wie sie ihre Landsleute auf eigene Faust in Texas ansiedelten. Allerdings bezweifelte er, dass sie dabei besonders erfolgreich sein würden.
Er schob diesen Gedanken schnell beiseite und freute sich darauf, bald wieder bei Nizhoni und den Kindern zu sein.

Vierter Teil

Die Geister der Vergangenheit

1.

Das war ein gutes Jahr, Señor! Wir haben so viele Kälber wie noch nie zuvor, und der junge José macht sich ausgezeichnet als Vaquero!«

Quique war der Stolz auf das Erreichte anzusehen. Auch Walther war zufrieden. Das Jahr 1843 war ebenso erfolgreich gewesen wie das vorige. Sein Handel mit den Komantschen lief nach anfänglichen Problemen wieder sehr gut, und die Zeit, in der er jeden Cent hatte umdrehen müssen, war zumindest vorerst vorüber. Er hatte auch wieder neues Land erworben, weil vier weitere Siedler im French Settlement aufgegeben hatten, um woanders ihr Glück zu versuchen. Bislang hatte er die Grundstücke noch nicht weiterverkauft, denn er fürchtete immer noch, Spencer könnte versuchen, es über Mittelsmänner in seinen Besitz zu bringen, um ihm auf Dauer schaden zu können.

»Señor, Sie hören ja gar nicht zu!«

Die tadelnde Stimme seines Vormanns riss Walther aus seinen Gedanken. »Es tut mir leid, Quique, aber ich habe an die beiden letzten Jahre gedacht. Aber etwas anderes ist mir aufgefallen. Soll ich dich vor den anderen Vaqueros nicht besser mit deinem Nachnamen anreden? Es würde dir mehr Autorität verleihen.«

Zwar hielt Quique dies für unnötig, da seine Vaqueros ihn

auch so als ihren Anführer achteten. Dann aber dachte er, dass er ja auch mit den europäischen Siedlern des French Settlements und sogar mit amerikanischen Texanern zu tun hatte, und nickte.
»Wenn Sie meinen, dass es so richtig ist, Señor, dann nennen Sie mich eben Azor!«
»Also Habicht«, antwortete Walther, der den spanischen Begriff kannte.
»So hieß mein Vater. Ein Habicht ist ein stolzer Vogel, und sein Auge sieht alles. So will auch ich sein, ein stolzer Vaquero, der seinem Herrn dient und alles entdeckt, was seiner anvertrauten Herde Schaden zufügen könnte.«
Es lag so viel Wärme in Quiques Worten, dass Walther gerührt war. »Ab sofort bist du für mich Señor Azor«, sagte er und reichte Quique die Hand.
Dieser ergriff sie, schüttelte aber gleichzeitig den Kopf. »Lassen Sie das Señor weg, Señor, und sagen Sie nur dann Azor zu mir, wenn Fremde dabei sind. Sonst bin ich immer noch der Quique, der kaum älter war, als José es jetzt ist, als ich bei Ihnen als Vaquero angefangen habe.«
»Das ist wahr! Was Josef betrifft: Du sagst, der Junge macht sich gut?«, fragte Walther.
Sein Vormann nickte. »José ist ein besserer Reiter als die meisten von uns und auch ein besserer Schütze. Erst vor zwei Tagen hat er einen Kojoten erwischt, der mit seinen Brüdern und Schwestern ein neugeborenes Kalb fangen wollte. Sie hätten sehen müssen, wie die anderen Kojoten gelaufen sind, als ihr Anführer tot umgefallen ist. Der Schuss ging genau ins Auge! Selbst Sie hätten ihn nicht besser treffen können.«
»Es wird Nizhoni freuen, dies zu hören. Es war ihr Vorschlag, Josef hierherzuschicken, damit er unter deiner Anleitung lernt, Verantwortung für die Tiere zu übernehmen.«

»Grüßen Sie die Señora von mir, wenn Sie nach Hause kommen, Señor, und auch den kleinen Waldemaro und die kleine Maggie!«

Quique lächelte versonnen. Er war unverheiratet und hatte auch nicht vor, sich in absehbarer Zeit eine Braut zu suchen. Dafür aber liebte er die Kinder seines Herrn und freute sich jedes Mal, wenn er hörte, dass es ihnen gutging. Es machte ihn stolz, dass Walther ihm seinen Ältesten anvertraut hatte, und er wollte alles tun, damit Josef ein guter Rindermann wurde.

»Das werde ich!«, antwortete Walther, dem der kleine Gedankenausflug seines Vormanns nicht entgangen war. »Wo ist eigentlich der Junge? Ich wollte ihn sehen, bevor ich wieder nach Hause reite.«

»José hält sich ein paar Meilen weiter im Westen auf. Dort liegt ein Dornengestrüpp, in das sich ein paar Kühe verzogen haben, um zu kalben. Jetzt sollen José und Benito die Tiere wieder herausholen. Es wird nicht leicht sein, denn die Dornen sind lang und spitz. Außerdem mögen Kühe es gar nicht, wenn man ihren Kälbern zu nahe kommt. Es sind gute Mütter, müssen Sie wissen.«

Walther wusste selbst, welche Probleme die Dornenwälder bereiteten. Für seinen Sohn musste es eine reizvolle Aufgabe sein, etwas zu vollbringen, was selbst erfahrenen Vaqueros den Schweiß auf die Stirn trieb.

»Ein paar Meilen, sagst du? Ich glaube, die kann mein Rappe heute noch zurücklegen.«

»Ich komme mit!«, erklärte Quique, ging zu seinem Pferd und zog den Sattelgurt fest.

»Hat man noch etwas von Spencer gehört?«, fragte er, als sie losritten.

»Er hat seine Landrechte noch einmal erneuern lassen, bevor

sie verfallen konnten. Aber das ist schon ein Jahr her. Ich glaube, er wird auf Dauer nur die Ranch behalten, die sein neuer Verwalter an der Grenze zu den Komantschen aufgebaut hat.«

»Ich habe mit dem Mann geredet. Er scheint in Ordnung zu sein.« Quique grinste verlegen, denn eigentlich galten alle auf dem Spencer-Gebiet als potenzielle Feinde.

»Mich würde das freuen, auch wenn es mich ärgert, dass Spencer seiner gerechten Strafe entkommen kann.«

Für Walther war diese Angelegenheit noch nicht ausgestanden, aber solange Nicodemus Spencer sich in Louisiana aufhielt, war der Mann seinem Zugriff entzogen.

»Wenn wir ihn nicht bestrafen können, so wird Gott es tun«, antwortete Quique und ließ sein Pferd in Galopp fallen.

Walther folgte ihm und sah zufrieden, dass sein schwarzer Hengst allmählich aufholte. Auch das Pferd seines Vormanns war ein ausgezeichnetes Tier. Beide entstammten sowohl edelrassigen spanischen Pferden wie auch wilden Mustangs und waren schnell und ausdauernd. Quiques Wallach war zudem für die Arbeit mit Rindern geeignet und vermochte deren spitzen Hörnern mit Leichtigkeit auszuweichen. Diese Fähigkeit ging seinem eigenen Hengst ab, doch er brauchte ihn, um zwischen seinen beiden Ranches hin- und herreiten und Austin aufsuchen zu können.

»Dort liegt das Dornengestrüpp!«

Erneut riss Quique Walther aus seinen Überlegungen. Nun sah dieser einen ausgedehnten Dornenwald vor sich, der die meisten Farmer wohl längst zur Aufgabe gezwungen hätte. Sich bewegende Äste zeigten, dass sich etwas darin tat, und dann entdeckte Walther auch seinen Sohn. Dieser beugte sich eben nach unten, packte etwas und hob es auf sein Pferd. Es war ein neugeborenes Kalb. Dessen Mutter ließ ein zorniges

Brüllen hören und stürmte auf den Jungen los, ohne auf die spitzen Dornen zu achten.
Josef wendete sein Pferd und trieb es auf das Ende des Gestrüpps zu. Voller Wut brüllend, folgte ihm die Kuh, doch es gelang ihm, einen Augenblick eher als sie den Dornenwald zu verlassen. Kaum war die Kuh im Freien, ging sie auf Josefs Pferd los. Mit einer eleganten Drehung wich das Tier den zustoßenden Hörnern aus. Gleichzeitig stellte Josef das Kalb wieder auf den Boden und ritt einmal im Bogen darum herum, damit die Mutter ihr Kind sehen konnte. Sofort erlosch die Angriffslust der Kuh, und sie lief zu ihrem Kalb, das wacklig auf die Beine kam und nach ihrem Euter suchte.
Lachend ritt Josef auf seinen Vater und Quique zu und grüßte. »Na, wie habe ich das gemacht?«, fragte er.
Walther musterte seinen Sohn, der ganz in Leder gekleidet auf dem Pferd saß und seine Beine durch lederne Überhosen geschützt hatte. Der Hut auf seinem Kopf sah aus, als würde er gleichzeitig als Regen- und Sonnenschutz wie auch als Tränkeeimer für sein Pferd dienen. Auch den Gaul hatte er mit einer Lederschürze gegen die Dornen geschützt.
»Das war gute Arbeit, mein Sohn, aber auch gefährlich. Die Kuh hätte mit ihren Hörnern den Bauch deines Pferdes aufschlitzen können.«
»Keine Sorge, Señor. José weiß genau, wie nahe ihm eine Kuh kommen darf«, warf Quique ein.
Davon war Walther überzeugt, doch seine Besorgnis als Vater war nun einmal stärker. »Du versprichst mir, dass du achtgibst!«, befahl er seinem Sohn.
»Das mache ich!« Josef lachte, warf dann einen Blick auf den Dornenwald und grinste. »Ein Viehzeug ist noch drinnen. Es hat den armen Benito bereits zur Verzweiflung getrieben. Jetzt werde ich schauen, ob ich es herausholen kann!« Ohne

eine Antwort abzuwarten, ritt er wieder in das Dornengestrüpp hinein.

»Wir haben ein paar Schneisen in den Dornenwald geschlagen«, erklärte Quique, während Walther und er Josef zusahen. »Aber viel hilft das auch nicht, denn die Kühe verbergen ihre Kälber im größten Dickicht.«

»Ich hoffe, der Junge macht keinen Fehler!« Walther fiel es nicht leicht, seinen Sohn solchen Gefahren ausgesetzt zu sehen. In seiner Erinnerung war Josef immer noch der kleine Junge, der mit Gisela und Nizhoni vor Santa Anas Truppen geflohen war. Dabei zählte er jetzt dreizehn Jahre und war damit alt genug, um mit den Vaqueros zu reiten.

Josefs Jubelruf ließ ihn aufblicken. Der Junge hatte sich eben das Kalb geholt und ritt nun wieder auf sie zu. Hinter ihm brach eine zornige Kuh durch die Dornenbüsche. Augenblicke lang glaubte Walther, das Tier würde seinen Sohn einholen. Doch da schoss dessen Pferd aus dem Gestrüpp heraus und vollzog eine Drehung, während der Josef das Kalb auf den Boden stellte. Diesmal gab die Kuh jedoch nicht so leicht auf und zwang Ross und Reiter zu einigen raschen Ausweichmanövern. Bald aber war die Wut der Kuh verraucht, und sie folgte dem leisen Ruf des hungrigen Kalbes, um es zu säugen.

»Benito wird Augen machen, wenn er das sieht«, rief Josef fröhlich.

»Du solltest die beiden Kühe von den Dornen wegtreiben, sonst verschwinden sie samt ihren Kälbern wieder darin«, riet Quique dem Jungen.

Dieser nickte und nahm sein Lasso zur Hand. Da die Kälber noch tranken, wartete er noch ein wenig, dann trieb er die Muttertiere mit leichten Schlägen des Seilendes von dem Gestrüpp weg.

»Er ist ein Sohn, wie Sie ihn sich nur wünschen können«, lobte Quique Josef, als dieser außer Hörweite war.
»Er ist mir ein wenig zu übermütig«, erklärte Walther. Im Grunde seines Herzens war er jedoch stolz auf den Jungen. Tief durchatmend sah er Quique an. »Pass auf ihn auf!«
»Das tue ich, Señor. Obwohl es eigentlich nicht nötig wäre. José ist sehr verständig für sein Alter. Das ist nicht zuletzt das Verdienst der Señora, die ihn so erzogen hat. Richten Sie ihr meine Grüße aus, Señor, und sagen Sie ihr, dass ich mich um den Jungen kümmern werde.«
»Das werde ich!«, versprach Walther und wies in die Richtung, in der die Gebäude der Rinderranch lagen. »Wir sollten zurückreiten. Langsam bekomme ich Hunger.«

2.

Zufrieden, weil auf seiner zweiten Ranch alles zum Besten stand, kehrte Walther auf seinen alten Besitz am Rio Colorado zurück. Das nächste Mal, sagte er sich, würde er Waldemar mitnehmen. Zwar war der Kleine kein so guter Reiter, wie Josef es mit sieben Jahren gewesen war, doch er würde auf diesem Ritt an Sicherheit und Erfahrung gewinnen. Auch Maggie ritt bereits und war fast noch mutiger als der drei Jahre ältere Waldemar.
Walther sagte sich, dass er die Kleine in Zukunft ein wenig an die Leine legen musste. Sonst bestand die Gefahr, dass sie zu Schaden kam. Mit diesem Gedanken ritt er auf den Ranchhof ein und sah als Erstes mehrere fremde Pferde im Pferch. Eines davon war Andreas Belchers Reitpferd.

Neugierig geworden, stieg er ab, reichte die Zügel seines Hengstes einem Peon und trat auf das Haus zu. Bevor er die Tür erreichte, stürmten Waldemar und Maggie heraus.
»Papa, Herr Belcher ist da, und er hat Männer bei sich, die genauso reden wie er«, rief der Junge.
Walther fing Maggie auf, die durch zu große Eile stolperte, und hob sie auf den Arm. Sie lachte und zog an seinem Hut. Bevor dieser zu Boden fallen konnte, hielt Walther ihn mit der anderen Hand fest und sah Waldemar an.
»Ich glaube, du musst mir die Tür aufmachen. Ich selbst kann es nicht!«
»Du könntest Hellauge absetzen!« Waldemar war noch nicht so groß, dass er nicht an Maggies Stelle selbst von seinem Vater hätte getragen werden wollen.
»Du bist auch ein Hellauge«, antwortete Walther lachend.
In der Hinsicht kam Waldemar mehr nach ihm, während sich Josef immer mehr zu einem Ebenbild seines Großvaters mütterlicherseits auswuchs, des bayerischen Regimentswachtmeisters Josef Fürnagl. Bei diesem Gedanken erinnerte Walther sich nach langer Zeit wieder einmal an jene schreckliche Schlacht bei dem flandrischen Dorf Waterloo, in der die englischen und preußischen Truppen Napoleons Armee endgültig niedergerungen hatten. Damals war Josef Fürnagl im Kampf gefallen und seine Frau, Giselas Mutter, von dem englischen Leichenfledderer Nicodemus Spencer umgebracht worden. Dies war eine Schuld, die er wohl nie mehr würde einfordern können.
Unwillig schnaubend, weil er ausgerechnet in diesem Moment wieder an die Schrecken der Vergangenheit denken musste, trat Walther durch die Tür, die sein jüngerer Sohn ihm aufhielt, und sah sich kurz darauf Nizhoni gegenüber. Sie wirkte ein wenig besorgt, als sie ihm Maggie abnahm.

»Willkommen zurück, Walther. Es tut mir leid, aber könntest du dich rasch frisch machen und umziehen? Wir haben Gäste, die seit gestern auf dich warten.«
»Wer ist es?«, wollte Walther wissen.
»Sie kamen mit Herrn Belcher. Ich nehme an, sie stammen aus deiner Heimat, denn sie sprechen die ganze Zeit deutsch miteinander. Aber sie waren nicht immer sehr höflich. Wie es aussieht, nehmen sie nicht an, dass die Kinder und ich ebenfalls des Deutschen mächtig sind.«
Sie ging zwar nicht in die Details, doch Walther merkte an ihrer Miene, dass sich die Fremden über eine Indianerin als Hausherrin gewundert und dies mit drastischen Bemerkungen kommentiert hatten. Der Umstand machte ihm die Gäste nicht gerade sympathisch. Er überlegte schon, so, wie er war, zu ihnen zu gehen, begriff dann aber auch Nizhonis Beweggründe. Gerade weil man sie als Wilde bezeichnet hatte, wollte sie, dass er sich ordentlich kleidete.
»Wasser steht bereits in deiner Kammer. Ich habe dich gesehen, als du auf die Ranch zugeritten bist«, erklärte Nizhoni und gab ihm damit erneut das Gefühl, genau die Frau geheiratet zu haben, die zu ihm passte.
Tief durchatmend betrat er die gemeinsame Schlafkammer, zog sich dort aus und wusch sich gründlich. Nachdem er sich neu eingekleidet hatte, verließ er das Zimmer wieder und öffnete die Tür des Raumes, der das Äquivalent zu einer guten Stube in seiner Heimat darstellte. Er hatte sich dafür von einem deutschen Schreiner in Industry einen großen Tisch, acht Stühle und eine Anrichte fertigen lassen und war nun froh darum. Die Wände waren mit Büffelfellen und indianischem Schmuck behangen und machten deutlich, dass sie sich hier nicht in Deutschland, sondern mitten in Texas befanden.
Außer Belcher waren noch drei Herren anwesend. Diese wa-

ren gediegen, aber konservativ gekleidet und unterhielten sich miteinander, ohne den Farmer in ihr Gespräch einzubeziehen.
»Guten Tag!«, grüßte Walther.
Während Belcher aufatmete, fuhren die drei anderen Männer herum und starrten ihn an. Die Verblüffung auf ihren Gesichtern zeigte Walther, dass Nizhonis Plan aufgegangen war. Seine an die mexikanische Tracht angelehnte Kleidung mochte in ihren Augen exotisch wirken, zeigte ihn aber als Mann, der sowohl Geld wie auch Macht besaß. Die anderen hatten augenscheinlich damit gerechnet, er würde sich ebenso derb und altväterlich kleiden wie Belcher, dem der Farmer auch in seinem guten Rock anzusehen war.
»Sie sind Fitchner oder, besser gesagt, Fichtner?«, fragte einer der Herren.
»General Fitchner«, erklärte Walther, dem die nicht gerade höfliche Bemerkung etwas aufstieß.
»Ach ja, ich hörte, Sie hätten den Kampf gegen die mexikanische Armee mitgemacht. Wird wohl keine besonders bedeutende Schlacht gewesen sein«, fuhr der Sprecher im gleichen Tonfall fort.
»Für uns war sie bedeutend, und für Sie auch, denn sonst wären Sie heute nicht hier!« Walther sagte sich, dass es aus einem Wald so zurückschallte, wie man hineinrief.
»Präsident Houston hat uns an Sie verwiesen«, fuhr nun einer der beiden anderen Herren höflicher fort. »Er meinte, Sie könnten uns helfen.«
»Dafür müsste ich zuerst wissen, worum es geht!« Walther blieb skeptisch, denn er hatte Victor von Leiningens Auftritt in Austin nicht vergessen. Der, den er für den Höhergestellten der drei hielt, erschien ihm wie ein Spiegelbild des arroganten Grafen.
Der Mann, der eben gesprochen hatte, deutete eine leichte Ver-

beugung an. »Erlauben Sie, dass ich uns vorstelle. Dies ist Graf Grenzberg-Malchendorff, dies Baron Mayendenk, und ich bin Philipp Schröter, der Sekretär der beiden Herren.«

»Angenehm!« Es war zwar eine Lüge, aber Walther brachte sie glaubhaft vor.

»Es geht um die Ziele des Vereins zum Schutz deutscher Einwanderer in Texas«, fuhr Schröter fort. »Sie werden vielleicht wissen, dass ein erster Versuch, ein entsprechend großes Stück Siedlungsland zu erwerben, gescheitert ist.«

Ein mahnendes Räuspern Grenzberg-Malchendorffs begleitete den letzten Satz seines Sekretärs. Wie es aussah, war der Herr keiner, der eine Niederlage zugeben wollte.

Walther hatte sich seit seinem Gespräch mit Graf Leiningen nicht mehr um diesen Siedlungsverein gekümmert und wusste daher nicht, wie sich deren Pläne in der Zwischenzeit entwickelt hatten.

»Klären Sie mich bitte auf. Ich weiß nur, dass Graf Leiningen ein großes Stück Land zu erwerben hoffte«, sagte er.

Schröter blickte kurz zu seinem Herrn und sah dessen abwehrende Miene. Allerdings spürte er, dass er aufrichtig sein musste, wenn er die Hilfe ihres Gastgebers erhalten wollte. »Ein angeblicher französischer Baron bot unserem Verein ein entsprechendes Landstück an. Wir vertrauten ihm und erfuhren erst später, dass dessen Anrecht auf das Gebiet längst erloschen war. Aber da waren die Ersten unserer Siedler bereits auf den Weg geschickt worden. Wir müssen nun zusehen, diese so rasch wie möglich mit Land zu versorgen.«

»Die texanische Regierung vergibt immer noch Landrechte«, erklärte Walther.

»Aber nicht zu unseren Bedingungen«, warf Grenzberg-Malchendorff verärgert ein.

Also war auch er an Sam Houston gescheitert, dachte Walther

mit einem Hauch Schadenfreude. Diese verlor sich jedoch, als er an die Menschen dachte, die voller Hoffnung ihre Heimat aufgegeben hatten, um hier in Texas ein neues Leben zu beginnen.

»Sie sollten Ihre Bedingungen ein wenig mäßigen, wenn Sie mit der texanischen Regierung zu einer Übereinkunft gelangen wollen«, schlug er vor.

An Grenzberg-Malchendorffs Gesicht sah er, dass er den wunden Punkt dieser Gruppierung getroffen hatte. Einige Herren waren wohl dazu bereit, Kompromisse zu schließen, andere wie dieser Graf jedoch nicht.

»Bedauerlicherweise war es Prinz Carl von Solms-Braunfels nicht möglich, mit hierherzukommen, da ihn die Verhandlungen mit der Regierung von Texas und den Vertretern einiger Küstenorte, in denen unsere Siedler an Land gehen werden, in Anspruch nehmen.« Schröters Worten war anzumerken, dass er sich lieber diesen Herrn als Begleiter gewünscht hätte als den Grafen Grenzberg-Malchendorff.

»Wegen dieser Siedler kommen wir auch zu Ihnen. Den Unterlagen, die Graf Boos-Waldeck in die Heimat zurückbrachte, war zu entnehmen, dass Sie Land für fünfzig Siedlerstellen angeboten haben. Da wir derzeit noch Gespräche über das endgültige Ansiedlungsgebiet führen, müssen die Siedler, die nach Texas kommen, vorerst irgendwo untergebracht werden. Dafür benötigen wir keine vollständigen Siedlerstellen. Es reicht, wenn jede Familie vorerst gerade genug Land erhält, dass sie sich davon ernähren kann. Dafür brauchen wir nur zehn, maximal zwanzig Morgen pro Familie, und so könnten wir auf Ihren fünfzig Siedlerstellen mehrere hundert unterbringen.«

Es lag so viel Verzweiflung in Schröters Worten, dass Walther es bedauerte, sich nie mehr um diesen Ansiedlungsverein gekümmert zu haben.

Da sprang sein Nachbar Andreas Belcher Schröter bei. »Mein Schwager gehört zu den ersten Auswanderern, Herr Fichtner. Ich würde mich freuen, wenn Sie ihm eine Unterkunft bieten könnten.«

»Wenn Ihr Schwager sich hier ansiedeln will, kann er eine ganze Siedlerstelle haben«, erklärte Walther. »Doch nun zu dem, was Herr Schröter eben sagte: Es reicht nicht, den Menschen einfach ein Stück Land zu geben. Sie brauchen auch ein Dach über dem Kopf. Außerdem muss der Boden erst unter den Pflug genommen werden. Diese schwere Arbeit für Neuankömmlinge zu machen, die nur ein paar Monate hier bleiben, erscheint mir wenig sinnvoll.«

Walther holte die Karte des alten Gamuzana-Gebiets hervor und legte sie auf den Tisch. »Sehen Sie! Durch den Ankauf weiterer Farmen kann ich Ihnen heute zweiundsechzig Siedlerstellen anbieten. Da etliche Altsiedler bereit sind, Teile ihres Grund und Bodens zu veräußern, könnten sich gut einhundert Ihrer Auswandererfamilien fest hier ansiedeln, und Sie bräuchten sich nicht weiter um diese Menschen zu kümmern!«

»Herr Fichtner hat recht«, stimmte Belcher ihm zu. »Es kommt weitaus billiger, hier einhundert Familien anzusiedeln, als für mehrere hundert Familien Hütten zu bauen, die sie nur kurzzeitig bewohnen.«

»Das kommt nicht in Frage! Unser Ziel ist es, ein geschlossenes Siedlungsgebiet nur für Deutsche einzurichten, und davon gehen wir nicht ab«, antwortete Grenzberg-Malchendorff in hochmütigem Tonfall. »Wir haben das entsprechende Gebiet bereits ins Auge gefasst. Es müssen nur noch ein paar Formalitäten erledigt werden. Bis dorthin gilt es, die ersten Siedler, die in Kürze Texas erreichen werden, vorläufig unterzubringen.«

»Vielleicht sollten wir trotzdem Herrn Fichtners Vorschlag folgen und hundert Familien in dieser Gegend ansiedeln«, warf Baron Mayendenk ein.

Grenzberg-Malchendorff überlegte kurz und sah dann Walther an. »Das können wir tun. Aber Sie müssen uns garantieren, dass diese Familien ein zusammengehörendes Stück Land erhalten und keine Ausländer zwischen ihnen leben.«

»Das ist unmöglich!«, rief Walther ungehalten. »Die Siedlungsstellen sind über das gesamt Gebiet verstreut. Sie können jetzt nicht unseren Altsiedlern sagen, sie sollen ihre Farmen verlassen und sich anderswo wieder ansiedeln, nur weil Sie ein zusammenhängendes Stück Land haben wollen.«

»Wir sollten uns die Möglichkeit trotzdem offenhalten«, wiederholte Mayendenk.

Nach Walthers Einschätzung wuchsen den Herren ihre Probleme so über den Kopf, dass der Baron bereit war, nach jedem Strohhalm zu greifen.

Grenzberg-Malchendorff schüttelte jedoch den Kopf. »Ich werde diese Art der Besiedlung nicht akzeptieren! Das habe ich Prinz Solms bereits gesagt.« Dann kniff er die Augen zusammen und musterte Walther durchdringend. »Sie heißen Fichtner? Diesen Namen habe ich schon einmal gehört! Mein Vetter Renitz erwähnte ihn kurz vor meiner Abreise aus Deutschland. Ich muss ihn doch mal fragen, was es damit auf sich hat.«

Der Name Renitz fraß sich wie Salzsäure in Walthers Gedanken. Vor gut dreizehn Jahren hatten Gisela und er wegen des Grafensohnes Diebold von Renitz die Heimat verlassen müssen und gehofft, diesen Namen nie mehr zu hören. Jetzt stand ihm auf einmal ein Verwandter des Mannes gegenüber, der ihn viele Jahre lang tyrannisiert und seiner ersten Frau Gisela nachgestellt hatte. Am liebsten hätte er Grenzberg-Malchendorff aufgefordert, seinen Besitz sofort zu verlassen. Doch da waren die deutschen Auswanderer, die einer ungewissen Zukunft entgegensahen, und dieser Verantwortung wollte er sich nicht entziehen.

»Wie ich sagte, stehen in dem Gebiet, in dem ich Einfluss habe, zweiundsechzig Siedlerstellen zur Verfügung. Wenn Sie es wünschen, werde ich mich umhören, welcher meiner Nachbarn bereit ist, weiteres Land zu verkaufen.«

»Was ist mit Ihnen, Herr Fichtner? Sie haben doch auch mehr Land, als Sie brauchen«, rief Belcher aus.

»Die von mir genannten zweiundsechzig Parzellen liegen auf dem Land, das ich von jenen Siedlern angekauft habe, die anderswohin ziehen wollten, und sind zum Teil schon urbar gemacht worden«, erklärte Walther eisig.

Es waren Grundstücke, die über das ganze French Settlement verteilt lagen. Zuerst hatte er es den abwanderungswilligen Leuten abgekauft, damit diese nicht mittellos fortziehen mussten, und später, um zu verhindern, dass sich Männer hier einnisten konnten, die von Spencer geschickt worden waren. Er war jedoch bereit, dieses Land an deutsche Siedler zu verkaufen, denn er konnte es nicht selbst bewirtschaften. Die Summe, die er für die Farmen bekäme, würde ihm beim Aufbau seiner beiden Ranches zugutekommen.

»Wir werden die Nacht über hierbleiben und morgen zur Küste zurückkehren. Ich will dieses barbarische Land so rasch wie möglich wieder verlassen«, sagte Grenzberg-Malchendorff in die entstandene Stille hinein. »Verstehe sowieso nicht, wieso brave deutsche Bürger hierher wollen.«

»Dann hätten Sie nicht diesem Siedlungsverein beitreten dürfen«, antwortete Walther ätzend und sagte sich, dass er drei Kreuze schlagen würde, wenn dieser Besuch die Ranch wieder verlassen hatte.

3.

Nizhoni spürte, dass etwas ihren Mann belastete. Der Blick, den er Belcher und den drei Deutschen nachsandte, drückte tiefe Verzweiflung aus. Irgendetwas hatte ihn stark aufgewühlt. Sie machte jedoch nicht den Fehler, sofort in ihn zu dringen, sondern ließ den Tag verstreichen. Auch als sie schließlich im Bett lagen, sprach sie nicht sofort dieses Thema an, sondern kuschelte sich an ihn, zupfte spielerisch an den Haaren auf seiner Brust und rieb mit ihrem Oberschenkel an einer ganz speziellen Stelle.

Dies blieb nicht ohne Wirkung. Walther spürte, wie seine Lust erwachte und für den Augenblick seine Sorgen vertrieb. Sanft glitten seine Hände über ihren Körper, und wenig später schob er sich auf sie.

»Ich liebe dich!«, flüsterte er.

Seine Worte machten Nizhoni glücklich, auch wenn sie wusste, dass ein Teil seiner Liebe für immer Gisela gelten würde. Doch sie teilte gerne mit ihrer Freundin, denn auch so war Walther besser zu ihr als die meisten Männer in der Nachbarschaft zu ihren Frauen. Selbst Thierry ließ manchmal seine Hand auf Rachels Hinterteil klatschen, aber das Weib, so sagte Nizhoni sich, hatte es auch verdient. Sie schob diesen Gedanken schnell von sich und empfing Walther so zärtlich und hingebungsvoll, wie sie nur konnte. Er entspannte sich in ihren Armen, und die geteilte Lust stärkte das feste Band zwischen ihnen.

Als sie um einiges später nebeneinanderlagen und sich bei den Händen hielten, kam Nizhoni auf die in ihren Augen eigenartigen Gäste zu sprechen. »Es waren seltsame Männer, nicht wahr?«

»Du meinst Grenzberg-was-weiß-ich und seine Begleiter? Schröter ginge ja noch, doch sein Herr ist ein elender Narr, der den Posten eines Abgesandten dieses Siedlungsvereins erhalten hat, ohne im Geringsten dafür geeignet zu sein. Dies war auch bei Graf Leiningen der Fall, den kennenzulernen ich vor zwei Jahren das Vergnügen hatte.«
Es lag genug Ironie in Walthers Worten, um seiner Frau zu zeigen, was er von solchen Männern hielt – nämlich gar nichts.
»Vor zwei Jahren hat es dich aber nicht so berührt«, bohrte Nizhoni nun weiter.
Walther spürte einen Stich in seinem Innern, sagte sich aber, dass es besser war, darüber zu sprechen, als alles in sich hineinzufressen.
»Dieser Graf Grenzberg-Bindestrich ist ein Verwandter des Grafen Renitz, auf dessen Besitz Gisela und ich aufgewachsen sind. Der alte Renitz war ein aufrechter Mann, doch im Alter hat sich sein Geist verwirrt, und so konnte seine Ehefrau schalten und walten, wie es ihr passte. Sie hasste Gisela und mich, weil ihr Gemahl uns mochte und ich im Unterricht besser war als ihr Sohn.«
»Sie hat dir sehr weh getan, nicht wahr?«, fragte Nizhoni.
»Elfreda von Renitz hat alles unternommen, um Gisela und mich zu demütigen – und ihr Sohn Diebold war ein elender Schuft. Gisela und ich mussten überstürzt heiraten, weil er ihr nachgestellt hat. Doch auch danach hat er sie nicht in Ruhe gelassen. Als ich im Auftrag der Gräfin einen Holzverkauf zum Abschluss bringen musste, ist Diebold von Renitz in das Forsthaus eingedrungen, welches Gisela und ich bewohnten, um ihr Gewalt anzutun. Ich bin früher nach Hause gekommen, als er es erwartet hatte, und habe ihn an der Tat hindern können. Aus Hass hat er Gisela und mich mit seiner Doppelpistole erschießen wollen. Meine Büchse war jedoch geladen,

und als er Gisela aus den Augen ließ, um mich umzubringen, hat sie die Waffe genommen und auf ihn abgefeuert.«

»Sie hat ihn hoffentlich erschossen!«, rief Nizhoni rachsüchtig.

»Er war tot! Obwohl wir in Notwehr gehandelt hatten, mussten Gisela und ich Hals über Kopf fliehen, denn der Einfluss der Gräfin hätte vor Gericht ausgereicht, um uns beide zum Tod durch das Fallbeil zu verurteilen.«

Während Walther erleichtert aufatmete, weil er das, was ihn bedrückte, endlich einmal hatte aussprechen können, gingen Nizhonis Gedanken weiter. Sie erinnerte sich an Giselas Verhalten und deren verzweifelten Wunsch, einen weiteren Sohn zu gebären, obwohl ihr klar war, dass sie damit ihr Leben aufs Spiel setzen würde. Hatte dieser Diebold von Renitz sie vielleicht schon früher vergewaltigt? Dann hatte sie wohl befürchtet, Josef könnte von diesem Mann gezeugt worden sein.

Nizhoni dachte an den Jungen und schüttelte den Kopf. In vielen Teilen seines Verhaltens und seiner Gesten war er Walthers Ebenbild, und das konnte er nicht alles von ihm abgeschaut haben. Außerdem war er ein mutiger Bursche und konnte von keinem Feigling abstammen, wie Diebold von Renitz einer gewesen sein musste. Daher, so sagte sie sich, würde sie diese Überlegung vor Walther verschweigen. Stattdessen forderte sie ihn auf, ihr mehr über seine und Giselas Jugend zu erzählen.

»Wenn ich das tue, kommen wir heute Nacht aber nicht mehr zum Schlafen«, meinte er mit einem leisen Auflachen.

»Du musst auch nicht alles auf einmal erzählen«, antwortete sie. »Wir haben noch viele Nächte vor uns, in denen wir uns lieben und miteinander reden können. Für heute mag es genug sein. Du aber solltest dein Herz nicht mit Dingen beschweren, die so lange vergangen sind.«

»Wenn die Nachricht von Diebolds Tod hierher gelangt, werden mich alle für einen Raubmörder halten!«, sagte Walther düster.
»Wer das tut, ist ein Narr!«, erklärte Nizhoni mit Nachdruck. »Du bist General Walther Fitchner, der Santa Ana, den großen Häuptling von Mexiko, besiegt hat. Du hast viel Land, viele Rinder und viele Vaqueros, die bereit sind, jeden an einen Baum zu hängen, der schlecht über dich spricht! Also brauchst du keine Angst vor einem Grafen Grenzberg oder einem Grafen Renitz haben.«
Ihr flammender Appell vertrieb einen Teil der dunklen Wolken, die sich um Walther geballt hatten.
»Du hast recht!«, antwortete er. »Renitz ist Vergangenheit. Wir leben jetzt in Texas, und nur das ist wichtig.«
»Dann ist es gut!«, antwortete Nizhoni und strich ihm über die Stirn. »Schlaf jetzt und denke immer daran: Diebold von Renitz war ein Schuft und hat sein Ende verdient!«
Vielleicht mehr, als du glaubst, dachte sie. Doch das war Giselas Geheimnis, und sie hatte kein Recht, es aufzudecken.

4.

Die nächsten Tage verliefen ruhig, auch wenn Thierry und seine Frau mit ihren Töchtern zu Besuch kamen. Stolz berichtete Rachel, dass sie wieder schwanger wäre und diesmal gewiss einen Sohn zur Welt bringen würde. Abigail und Thamar, mittlerweile sieben und sechs Jahre alt, saßen dabei wie Schafe nebeneinander. In den Gedanken ihrer Mutter schienen sie nur noch einen nachgeordneten Rang einzuneh-

men, weil diese all ihre Hoffnungen auf das ungeborene Kind richtete. Im Stillen wünschte Nizhoni ihr, eine weitere Tochter zu gebären.
Nicht lange, da kam Thierry auf den Grund seines Besuchs zu sprechen. »Lucien will seine Farm aufgeben. Man hat ihm einen Anteil an einem Schoner angeboten, und da ist die Sehnsucht nach der See in ihm so heftig geworden, dass er einschlagen will. Er würde mit Ruth nach Galveston ziehen und ihr dort ein Haus kaufen, in dem sie wohnen kann, während er als Steuermann über die Meere segelt.«
»Das ist gewiss keine schlechte Entscheidung von ihm, auch wenn Rachel gewiss traurig sein wird, wenn ihre Schwester von hier wegzieht«, antwortete Walther.
»So schlimm ist das nicht!«, warf Thierrys Frau ein. »Ruth ist die Schwester, mit der ich mich immer am wenigsten verstanden habe. Daher kann ich gut damit leben, dass sie in Zukunft in Galveston lebt. Aber deswegen sind wir nicht gekommen.«
Es war ein Wink mit dem Zaunpfahl an ihren Mann, endlich zur Sache zu kommen. Thierry atmete tief durch und sah dann auf seine Hände. »Es ist so, dass ich gerne Luciens Farm erwerben würde. Da ich in den letzten zwei Jahren bereits einige kleinere Grundstücke gekauft habe, fehlt mir dafür jedoch das Geld. Jetzt wollte ich dich fragen, ob du es mir leihen würdest.«
Der Verstand sagte Walther, dass er die Farm selbst kaufen sollte, zumal er von seinem Freund keine Zinsen nehmen konnte. Doch Thierry hatte ihm so oft beigestanden, dass es undenkbar war, ihm den Kredit zu verweigern.
»Darüber können wir reden«, sagte er nachdenklich. »Wie viel brauchst du?«
Die Summe, die Thierry ihm nun nannte, erschien ihm zu

hoch für die Farm. Sein Freund bemerkte seinen Vorbehalt und hob in einer hilflosen Geste die Arme. »Lucien braucht das Geld für das Haus und seinen Anteil am Schiff. Auch soll Ruth während seiner Abwesenheit von dem Rest leben können. Wenn er nicht genug für seine Farm bekommt, muss er die Sache aufgeben.«

»Ich kann Lucien verstehen«, sagte Walther. »Er war Seemann und hat sich nur deshalb hier angesiedelt, weil ihm Hernando de Gamuzana das Land angeboten hat. Für mich ist es ohnehin ein Wunder, dass er es so lange hier ausgehalten hat. Da er das Hauptverdienst an unserer Rettung von der *Loire* hat, soll ihm das Geld gegönnt sein.«

Walther hörte Thierry aufatmen und sah, wie Rachels Gesicht vor Stolz aufblühte. Ihr Mann hatte die eigene Farm bereits mit viel Geschick erweitert. Nun würden sie mit Abstand die zweitgrößten Landbesitzer im French Settlement werden.

Zwar war Nizhoni diese Art von Stolz fremd, doch freute sie sich, weil ihr Mann Thierry helfen wollte. Ein großer Häuptling zeichnete sich nicht nur durch Tapferkeit aus, sondern auch dadurch, dass er seine Krieger ihrem Wert nach belohnte, und Thierry hatte diese Belohnung verdient.

Auch Walther begriff, dass er nicht nur selbst Land kaufen konnte, sondern auch den anderen Siedlern unter die Arme greifen musste. Immerhin hatte er von Hernando de Gamuzana viel mehr Land erhalten als diese und zudem die um einiges größere Hacienda von Diego Jemelin geerbt. Er stand auf, ging in die Schlafkammer, in der er sein Geld aufbewahrte, und zählte die Summe ab. Als er sie kurz darauf Thierry übergab, sah dieser so erleichtert aus, als wäre er im Zweifel gewesen, ob er das Geld bekäme.

»Wir sollten es jetzt schriftlich festhalten«, sagte Thierry.

»Glaubst du wirklich, dass das zwischen uns beiden nötig

ist?«, fragte Walther, weil er glaubte, Thierry vertrauen zu können.

Einen Augenblick lang blieb Thierry wie erstarrt sitzen, dann sprang er auf und umarmte Walther stürmisch. »Du bist ein Freund, wie man ihn sich besser nicht wünschen kann! Ich sage dir, meine Frau und meine Kinder sollen sterben, wenn ich dir dies jemals vergesse.«

»Sage keine so starken Worte! Gott mag das nicht«, mahnte Walther ihn. »Wir sind Freunde, und das wollen wir bleiben.«

»Für alle Zeit!«, erklärte Thierry und umarmte ihn erneut.

Rachel saß zufrieden lächelnd auf ihren Stuhl und spann ihre eigenen Pläne. Immerhin hatten Thierry und sie zwei Töchter und Walther zwei Söhne. In ihren Gedanken sah sie eine der Töchter bereits als neue Herrin auf dieser Ranch an der Seite des Jungen, der diesen Besitz einmal erben würde. Da fiel ihr ein, dass Walther einige Dutzend Meilen entfernt noch eine Rinderranch besaß, und glaubte ihre Töchter, so klein sie noch waren, bereits für ihr Leben versorgt.

Etwas belustigt verfolgte Nizhoni Rachels beredtes Mienenspiel und maß den Blicken, mit denen diese ihre Töchter und Waldemar betrachtete, genau die Bedeutung zu, die ihr innewohnte. Doch bis die beiden Brüder sich einmal ein Weib nehmen würden, floss noch viel Wasser den Rio Colorado hinab. Wenn sie es genau nahm, gefiel ihr der Gedanke, einer der Jungen könnte eine von Rachels Töchtern wählen, nicht besonders. Vor allem Abigail war auf dem Weg, das getreue Abbild ihrer Mutter zu werden.

»Über was sinnst du nach?«, fragte Walther, dem das nachdenkliche Gesicht seiner Frau aufgefallen war.

Nizhoni lächelte etwas verlegen. »Über die Zukunft und über das, was sie uns noch bringen wird.«

»Darüber habe ich auch nachgedacht«, rief Rachel aus, um

rasch in die gleiche Kerbe zu schlagen. »Es wäre doch schön, wenn eure Jungs unsere Mädels heiraten würden, oder wenigstens einer.«
»Ich glaube nicht, dass einer von ihnen gleich zwei Frauen heiraten kann«, warf Thierry ein, um das zu offensichtliche Drängen seiner Frau mit einem Scherz zu dämpfen.
»So habe ich es nicht gemeint!«, antwortete Rachel giftig.
»Ich halte es für ein wenig verfrüht, bereits jetzt darüber nachzudenken! Lasst die Kinder erst einmal groß werden, bevor wir darüber reden«, erklärte Walther beschwichtigend.
»Aber wir reden darüber!« Rachel nahm seine Worte als halbes Zugeständnis und sah ihren Mann mit einem überlegenen Blick an. Na, wie habe ich das gemacht?, schien sie zu fragen. Seufzend schüttelte Thierry den Kopf. Irgendwie hätte Gott die Frauen weniger kompliziert schaffen können, dachte er. Ihre Töchter waren noch Kinder, und wenn sie einmal heirateten, sollten sie mindestens sechzehn, besser noch achtzehn Jahre alt sein. Bis dorthin war wirklich noch ein bisschen Zeit. Er kannte seine Frau jedoch gut genug, um zu wissen, dass Rachel von ihren Plänen nicht ablassen würde, und konnte nur hoffen, dass die Freundschaft zu Walther, die eben durch den Kredit bekräftigt worden war, nicht darunter litt.

5.

Etliche Monate vergingen, und noch immer herrschte Frieden im French Settlement. Mittlerweile hatte Lucien seine Farm an Thierry verkauft und war nach Galveston gezogen. Durch die Grundstücke, die er für seine Verdienste im Freiheitskampf gegen Mexiko erhalten hatte, besaß Thierry nun sechsmal so viel Land, wie Hernando de Gamuzana ihm vor fast vierzehn Jahren zugewiesen hatte, und achtzehnmal so viel, wie ein Siedler im heutigen Texas von der Regierung erhielt. Rachel kostete diese Tatsache weidlich aus und behandelte ihre Nachbarinnen von den kleineren Farmen beinahe wie Untergebene.

Von den Deutschen des Siedlervereins hatte Walther lange nichts mehr gehört, dachte aber öfter daran, als ihm lieb war. Am Morgen eines sonnigen Tages sah er Friedrich Belcher auf die Ranch zureiten. Der Farmer zog ein Gesicht wie sieben Tage Regenwetter, und so befürchtete Walther bereits, der Frau oder dem Sohn des Mannes wäre etwas Schlimmes zugestoßen.

»Guten Tag, Nachbar! Was führt Sie zu mir?«, fragte er, als er Belcher auf der Veranda seines Wohnhauses empfing.

»Kann ich mit Ihnen reden, Herr Fichtner?«, fragte Belcher mit heiserer Stimme.

Walther stieß ein kurzes Lachen aus. »Sie können jederzeit mit mir reden. Worum geht es denn?«

»Um meinen Schwager, der mittlerweile in Texas angelangt ist. Und um diesen Mainzer Adelsverein!«

»Was für einen Verein?«, fragte Walther, der diesen Begriff noch nie gehört hatte.

»Das sind diese Herren, die Siedler nach Texas schicken wollen. Sie nennen sich Verein zum Schutze der deutschen Ansiedler in Texas, aber da der Sitz dieser Vereinigung in Mainz ist, wird er im Volksmund Mainzer Adelsverein genannt. Ich war doch schon vor ein paar Monaten wegen dieser Sache bei Ihnen. Die ersten Auswanderer sind in Texas angekommen, aber die maßgebenden Leute haben nicht das geringste Stück Land für sie. Jetzt sollen sie an der Küste in Zelten hausen, bis

sie etwas gefunden haben. Mein Schwager schreibt, er und seine Freunde seien völlig verzweifelt. Einige ihrer Begleiter sind bereits an Gelbfieber gestorben. Sie wollen nur noch weg.«
Walther überlegte kurz und schlug dann mit der Faust gegen die Türbalken. »So ist es eben, wenn Abkunft und Name mehr gelten als Können und Verstand. Dabei hätte dieser Verein hier in Texas genug Land für billiges Geld ankaufen können. Aber nein, die Herrschaften wollten unbedingt, dass ihre Siedler unter sich bleiben und wohl auch weiter unter ihrer Herrschaft leben sollen. Statt sich auf Kompromisse einzulassen, haben sie das Kind mit dem Bade ausgeschüttet.«
»Ich würde Ihnen gerne widersprechen, Nachbar, doch leider haben Sie recht. Die ganze Aktion wurde stümperhaft durchgeführt. Mein Schwager schreibt, in Deutschland hätten die Herren so getan, als besäßen sie genug Land, um die Bevölkerung eines ganzen Herzogtums ansiedeln zu können. Unterwegs aber hat er gehört, dass Graf Leiningen auf einen elenden Schwindler hereingefallen ist und von diesem Landrechte gekauft hat, die längst verfallen waren. Sein Nachfolger Solms-Braunfels versucht jetzt verzweifelt, die Siedler in ein anderes Gebiet zu bringen, doch das liegt dreihundert Meilen von der Küste entfernt.«
»Und ist damit Komantschengebiet«, fiel Walther dem Nachbarn ins Wort.
»Das auch!«, sagte Belcher seufzend. »Schlimmer ist jedoch, dass es keine Möglichkeit gibt, diese dreihundert Meilen zu bewältigen. Es fehlen Fuhrwerke, Vorräte, Werkzeuge, eigentlich alles, was die Auswanderer brauchen. Solms-Braunfels hat nun ein kleines Stück Land am Guadalupe River angekauft. Dort sollen die Auswanderer vorerst haltmachen. Jeder soll zehn Morgen Land bekommen, um sich ernähren zu können. Dabei hat man ihnen über sechshundert Morgen versprochen.

Doch selbst dorthin müssen die Einwanderer zu Fuß gehen und die Sachen schleppen, die sie aus der alten Heimat mitgebracht haben.«

Das Ganze klang so abstrus, dass Walther es zunächst nicht glauben wollte. Doch als Belcher ihm die letzten Briefe seines Schwagers reichte, begriff er, dass die Herren Leiningen, Grenzberg-Malchendorff und wie sie alle hießen, sich als vollkommen unfähig erwiesen hatten. Wäre es nur um diese selbst und deren Besitz gegangen, hätte er lediglich mit den Schultern gezuckt. Doch jetzt saßen mehr als tausend Menschen an der Küste fest und wussten nicht, was aus ihnen werden sollte.

»Das ist schlimm«, sagte er schließlich.

Belcher nickte mit betroffener Miene. »Das ist es wirklich. Deshalb frage ich Sie, ob Ihr Angebot noch gilt, dass deutsche Siedler hier in Ihrem Gebiet Land erhalten können. Mein Schwager würde es gerne annehmen. Er hat dem Adelsverein einiges Geld bezahlen müssen für Überfahrt und als Preis für das Land, das er erhalten sollte. Das Geld für das Land will er von Solms-Braunfels wiederhaben und dafür hier Grund und Boden kaufen. Das lassen Sie doch zu, oder nicht?«

Er klang so verzweifelt, dass Walther aus Stein hätte sein müssen, um abzulehnen. »Ihr Schwager und auch andere Deutsche sind mir willkommen«, sagte er. »Schreiben Sie ihnen das!«

»Ich werde selbst hinreiten und mit meinem Schwager und seinen Freunden reden. Ihnen wird ein Stein vom Herzen fallen!«

Belcher war nicht so impulsiv wie Thierry, um Walther zu umarmen, doch er fasste dessen Rechte und drückte sie voller Dankbarkeit. »Ich wusste doch, dass ich mich auf Sie verlassen kann!«

»Dann bringen Sie Ihren Schwager hierher. Sagen Sie ihm aber, dass er hier nicht weniger arbeiten muss als zu Hause, wenn er

auf einen grünen Zweig kommen will.« Walther klopfte Belcher auf die Schulter und sah dann, wie dieser aus dem Haus eilte und sich unverzüglich in den Sattel schwang.
Unterdessen kam Nizhoni aus der Küche, in der sie mit Singender Mund zusammen einen Imbiss zusammengestellt hatte, und fand nun ihren Mann allein im Zimmer vor. »Wo ist Herr Belcher hin?«, fragte sie verwundert.
»Der würde am liebsten heute noch bis zur Küste reiten, um seinen Schwager zu holen.«
Nizhoni schüttelte verwundert den Kopf. »Aber bis zur Küste braucht er mehrere Tage! Weshalb hat er es dann so eilig, dass ihm nicht einmal die Zeit bleibt, eine Kleinigkeit bei uns zu essen?«
Da sie ein wenig gekränkt klang, erklärte Walther ihr, wie dilettantisch die Herren vom Mainzer Adelsverein die Auswanderung von Deutschen in die Wege geleitet hatten. Zuerst konnte Nizhoni es nicht begreifen, dann aber schlug sie sich mit der flachen Hand gegen die Stirn.
»Diese Männer sind furchtbar dumm! Wie können sie Land kaufen, das keiner von ihnen gesehen hat, und sich dann auch noch betrügen lassen?«
»Vielleicht haben sie angenommen, ihre Geschäftspartner wären ebensolche Ehrenmänner wie sie«, antwortete Walther voller Spott. »Ihre Vertrauensseligkeit schreit ebenso zum Himmel wie ihre Dummheit. Das Schlimme ist nur, dass andere ihre Fehler ausbaden müssen. Viele Familien haben sich auf ihren Aufruf hin zur Auswanderung entschlossen und sind nun an der Küste von Texas gescheitert.«
»Es ist gut, dass du Belchers Schwager eingeladen hast, ins French Settlement zu kommen. Hier können er, seine Frau und seine Kinder leben, ohne dass dumme Leute über sie beschließen.« Nizhoni musterte ihren Mann mit zufriedenem

Stolz, denn er hatte ihrer Meinung nach auch jetzt das Richtige getan.
»Ich werde nach Austin reiten und Lionbaker holen müssen, damit er die neuen Siedlerstellen abmisst und in die Karten einträgt«, sagte Walther, doch Nizhoni schüttelte den Kopf.
»Du kannst Jones schicken!«
»Ich will ihm keine solchen Arbeiten zumuten. Er ist Vaquero und kein Knecht.«
»Gerade mit solchen Aufträgen erweist du ihm deine Achtung. Er kann den Wagen nehmen und auf dem Heimweg einige Sachen besorgen, die wir dringend brauchen.«
Gegen Nizhonis Argumente kam Walther nicht an, und so stimmte er lachend zu.

6.

Die Sache mit den deutschen Siedlern beschäftigte Walther mehr, als er geglaubt hatte. Noch während er auf eine Antwort von Belcher und dessen Schwager wartete, entschloss er sich, nach Austin zu reiten und dort nachzusehen, was Carl von Solms-Braunfels bislang für seine Schutzbefohlenen erreicht hatte. Als ihm die aktuelle Karte mit den Landrechten in Texas vorgelegt wurde, entdeckte er nur ein kleines Grundstück an der Küste sowie ein etwas größeres Gebiet weiter im Binnenland, das auf den Verein zum Schutz deutscher Einwanderer in Texas eingetragen war. Solms-Braunfels hatte dieses Stück Land voller Bescheidenheit Neu-Braunfels genannt. Zudem entdeckte Walther eine nur noch wenige Wochen gültige Siedlungslizenz für Henry Fisher. Das Gebiet befand sich fast vollständig im Komantschenland und war daher für die Besiedlung denkbar ungeeignet. Auch die Landrechte, die Nicodemus Spencer etwas weiter östlich an sich gebracht hatte, lagen zum größten Teil in den Jagdgründen der Komantschen. Nur Spencers Ranch und seine neue Siedlung, die wieder Spencerville hieß, gehörten noch zum Grenzgebiet der texanischen Besiedlung.

Während Walther sich fragte, wie der Mainzer Adelsverein Tausende von Auswanderern versorgen und zu Land verhelfen wollte, fand in der Stadt Indianola eine Zusammenkunft statt, auf die Graf Grenzberg-Malchendorff, der nach Solms-Braunfels' Rückkehr nach Deutschland als dessen Vertreter in Texas geblieben war, große Hoffnungen setzte. Auch an diesem Tag war er gekleidet, als müsse er am Hofe des Großherzogs von Baden oder des Königs von Württemberg erscheinen.

Neben Grenzberg-Malchendorff saß ein hochgewachsener, hagerer Mann mit einem scharf geschnittenen Gesicht unter exakt gestutzten blonden Haaren. Dieser war ähnlich gekleidet wie der Graf und wirkte so, als würde ihn das, was hier besprochen wurde, nicht im Geringsten interessieren.

Anders als er beugte Grenzberg-Malchendorffs Sekretär Schröter sich aufmerksam über die Karten, die einer der beiden Amerikaner vor ihnen ausbereitete. »Sie sagen, dieses Gebiet hier wäre leicht zu erreichen?«, fragte er.

»Wenn ich es Ihnen sage!«, antwortete dieser in einem leicht englisch eingefärbten Deutsch. »Das Gebiet liegt nicht so weit von der Küste entfernt wie der Fisher-Miller-Grant, den Prinz Solms-Braunfels zu favorisieren scheint. Auch können Sie auf dem Weg zu diesem Landstrich bestehende Straßen benützen und müssen nicht durch die Wildnis ziehen. Es gibt dort bereits eine Stadt, in der sich Ihre Siedler versorgen können.«

»Sie meinen Spencerville, Herr Schüdle?«, fragte Schröter und deutete auf einen entsprechenden Eintrag auf der Karte, der aussah, als läge dort eine der bedeutendsten Städte von Texas.
»Genau diesen Ort meine ich«, sagte James Shuddle, der sich für das Gespräch mit den deutschen Adeligen wieder Jakob Schüdle nannte.
»Das Land liegt nicht weit von dem Gebiet entfernt, das uns General Fitchner angeboten hat«, sagte Schröter erfreut.
Bei der Nennung dieses Namens stieß der Fremde, der bislang gelangweilt herumgesessen hatte, einen wuterfüllten Ruf aus. Sofort sahen ihn die beiden Amerikaner an.
»Sie kennen Fichtner?«, fragte Jakob Schüdle.
»Kennen? Nein! Aber gehört habe ich von ihm – zumindest, wenn es der Gleiche ist, den Sie meinen. Kennen Sie ihn denn?«
»Kennen direkt nicht«, antwortete Schüdle mit verzogenem Gesicht. »General Spencer kann Ihnen mehr Auskünfte über ihn erteilen. Aber dafür müssen die Gespräche auf Englisch weitergeführt werden, da der General des Deutschen nicht mächtig ist.«
»Habe mal einen Lord Spencer kennengelernt. Ein famoser Bursche«, erklärte Grenzberg-Malchendorffs Begleiter nun auf Englisch.
»Mein Vetter!«, log Nicodemus Spencer ungerührt. »Aber ich habe das Gefühl, dass Sie mehr von diesem Fitchner oder Fichtner, wie er auch immer heißen mag, wissen.«
»Das kann man wohl sagen! Ein Walther Fichtner hat meinen Vetter Diebold von Renitz umgebracht. Es war ein heimtückischer Raubmord, der nie gesühnt werden konnte. Ich würde dem Kerl gerne beibringen, dass man einen Renitz nicht ungestraft erschießen darf.«
»Das muss dieser Mann sein!«, rief Schüdle aus. »Er hat mehrere Angestellte von General Spencer, darunter auch dessen

Verwalter, von seinen verdammten mexikanischen Cowboys einfach aufhängen lassen.«

»So ein Schuft! Es wird an der Zeit, dass dem Kerl das Handwerk gelegt wird.« Clemens von Renitz hieb mit der Faust auf die Stuhllehne und sah aus, als würde er sich am liebsten auf ein Pferd schwingen und zur Fitchner-Ranch reiten.

»Verzeihen Sie, Herr Graf, aber wir sollten den Zweck dieses Gesprächs nicht vergessen. Es geht um Siedlungsland für unsere Auswanderer, nicht um persönliche Rachegefühle!« Schröter wagte mit diesem Einwand viel, denn Clemens von Renitz war auch ein Vetter seines Herrn, und er traute diesem zu, ihn einfach hier in Texas zurückzulassen, wenn er einen der Edelleute verärgerte.

»Das können Sie übernehmen, Schröter! Fertigen Sie mit Herrn Schüdle einen Vertrag aus. General Spencer und ich werden ihn hinterher unterschreiben. Das ist doch auch in Ihrem Sinn, General?«

Das Letzte galt Spencer, der sofort nickte. »Gerne! Es gibt allerdings ein paar Bedingungen, auf die ich bestehen muss.«

»Und die wären?« Graf Grenzberg-Malchendorff gefiel es gar nicht, plötzlich Bedingungen gestellt zu bekommen. Doch um bei den höherrangigen Mitgliedern des Siedlungsvereins Eindruck zu machen, musste er bessere Ergebnisse vorweisen können als Solms-Braunfels oder gar Graf Leiningen.

»Es geht um die nächsten Senatswahlen in Texas. Sie müssen vertraglich zusichern, dass Ihre Siedler hier ausnahmslos für Mister Schüdle stimmen. Ich will, dass er in den Senat gewählt wird. Dort kann er sehr viel für Ihre Leute bewirken.«

»Wer ist der bisherige Senator?«, fragte Schröter ahnungsvoll.

»Fitchner!« Spencer stieß den Namen voller Hass aus und hörte im nächsten Moment Clemens von Renitz auflachen.

»Um den Mann machen Sie sich keine Sorgen! Der lebt bei der nächsten Wahl nicht mehr.«

»Sie können Herrn Fichtner nicht einfach über den Haufen schießen. Immerhin ist er ein texanischer General«, wandte Schröter ein.

»Dann gibt es eben ein Duell! Ich will betonen, dass ich als ausgezeichneter Schütze gelte«, antwortete Clemens von Renitz ungerührt.

»Das ist Fichtner aber auch«, murmelte Schüdle vor sich hin. Er hatte nicht vergessen, dass es hieß, dieser Mann habe sogar Jim Bowie im Wettschießen besiegt. Doch das war nichts, was diesen aufgeblasenen deutschen Grafen etwas anging.

»Fichtner war Waldhüter und später Förster bei meinem Onkel Medard von Renitz. Später heiratete er eine Bedienstete auf Schloss Renitz, die zu seiner Komplizin bei dem Raubmord an meinem Vetter wurde. Obwohl sie sofort verfolgt wurden, gelang es dem Paar zu entkommen. Erst durch meinen Vetter Grenzberg-Malchendorff haben wir erfahren, wohin die beiden geflohen sind«, berichtete Renitz und griff zu seinem Weinglas, das ein aufmerksamer Diener eben wieder gefüllt hatte.

Dann sah er Spencer an. »Mich würde interessieren, was der Kerl bisher in diesem abscheulichen Land gemacht hat!«

Clemens von Renitz ist ein noch schlechterer Diplomat als Grenzberg-Malchendorff, dachte Schröter und war ebenso gespannt auf Spencers Antwort wie Renitz selbst.

Spencer überlegte kurz und bog die Lippen zu einem verächtlichen Lächeln. »Fitchner soll vor etwas mehr als einem Dutzend Jahren hier in Texas gelandet sein und von den damals noch mexikanischen Behörden unter Vortäuschung falscher Tatsachen ein großes Stück Land erhalten haben. Dank wusste er Mexiko dafür keinen, denn er schloss sich als einer der Ersten Sam Houston an, der mit aller Macht Texas' Loslösung von Mexiko betrieb. Er gab vor, Hauptmann oder Major der preußischen Armee gewesen zu sein, und erhielt daher sofort den Rang eines Obersten der texanischen Armee. Später wurde er sogar zum General ernannt.«

»Welch ein Hohn!«, rief Renitz aus. »Er war ein lumpiger Trommelbub im Regiment meines Oheims Medard von Renitz.«

Die Worte trafen Nicodemus Spencer wie ein Schlag. Drei Jahrzehnte waren mit einem Mal wie weggewischt, und er sah sich wieder auf dem Schlachtfeld von Waterloo, wo er die toten und schwer verwundeten Soldaten ausplünderte. Dort hatte er ein Weib, das ihm in die Quere gekommen war, erstochen und war dafür beinahe von einem preußischen Oberst aufgehängt worden. Er war dem Tod nur entgangen, weil sein eigener Major früh genug erschienen war und sich gegen den Preußen durchgesetzt hatte. Damals war ein Trommelbub dabei gewesen. Als er Fichtners damaliges Aussehen mit seinen letzten Erinnerungen an den Mann verglich, fragte er sich, weshalb er den Kerl nicht schon früher erkannt hatte. Damit aber besaß der Kampf dieses Mannes gegen ihn tiefere Motive als nur die Rivalität um Land.

»Ich frage mich, ob Sie bei einem solchen Subjekt wirklich auf ein Duell bestehen sollten«, sagte Spencer zu Renitz, nachdem er seine erste Überraschung überwunden hatte. »Am besten, Sie reiten hin, erschießen ihn – und damit hat sich die Sache.«

»Wenn Sie das tun, werden Herrn Fichtners Ehefrau und seine Vaqueros Sie am nächsten Baum aufhängen, ohne sich darum zu scheren, ob Sie ein deutscher Graf sind oder nicht!«, warnte Schröter Renitz auf Deutsch und fing sich dafür einen bösen Blick von Schüdle ein.

»Diese Mörderin lebt also auch noch?«, fragte Renitz bissig.
»Herr Schröter meinte sicher Fichtners zweite Frau. Es soll sich um eine Wilde handeln – eine Komantschin!«, warf Schüdle spöttisch ein.
»Eine Wilde, sagen Sie?«
Renitz ließ erkennen, dass ihm dies nicht gefiel. Eine europäische Frau würde schreiend über dem Leichnam ihres Mannes zusammenbrechen, doch eine Indianerin hielt er für fähig, ihn gefangen nehmen und zu Tode martern zu lassen. Für Augenblicke erwog er, sein Vorhaben aufzugeben. Dann aber schüttelte er den Kopf. Er war nicht über den Ozean gekommen, um wie ein geprügelter Hund wieder nach Hause zu schleichen.
»Ich brauche einen Führer, der mich zu Fichtners Besitz bringt«, forderte er mit Nachdruck.
»Ich werde Ihnen einen besorgen«, versprach Schüdle.
Grenzberg-Malchendorff blickte auf seine Uhr und sah dann Spencer an. »Ich bitte die Herren, uns jetzt zu entschuldigen. Graf Renitz und ich wollen ins Theater. Heute treten französische Tänzerinnen auf. Sie sind *formidable,* wie ich bemerken möchte. Sie, General, sind selbstverständlich mein Gast. Schröter, Sie werden mit Herrn Schüdle den Siedlungsvertrag aushandeln. Ich gebe Ihnen den ausdrücklichen Befehl, alle Bedingungen, die er in General Spencers Namen nennt, zu akzeptieren. Meine Herren, auf Wiedersehen!«
»Ich werde auch gehen und mich umziehen. Sie können mich in einer Stunde im Theater erwarten!« Spencer nickte Grenzberg-Malchendorff und Renitz kurz zu und verließ den Raum. Bevor die beiden deutschen Edelleute aufbrachen, sprach Schröter seinen Herrn an. »Verzeihen Sie, Herr Graf, aber ein Problem ist noch nicht besprochen worden. Mehrere Siedler haben erklärt, dass sie nicht warten wollen, bis die Gesellschaft

ihnen zu Land verhilft. Sie verlangen das Geld zurück, das sie in der Heimat für den Landkauf vorgestreckt haben, und wollen sich auf Herrn Fichtners Land niederlassen.«
»Das geht auf keinen Fall!«, rief Schüdle aus. »Dies muss in dem Vertrag mit General Spencer ausdrücklich untersagt werden. Sonst stellt er sein Gebiet nicht für die Besiedlung zur Verfügung.«
»Sie hören es, Schröter! Es wird so gemacht, wie Herr Schüdle es will.« Damit trat Grenzberg-Malchendorff zur Tür und ging hinaus. Clemens von Renitz folgte ihm und überlegte dabei, wie er Walther Fichtner am besten bestrafen konnte.
Schüdle wartete, bis die beiden gegangen waren, und grinste Schröter an. »Sie haben Graf Grenzberg gehört. Der Vertrag wird genauso ausgefüllt, wie ich es Ihnen diktiere, und kein Jota anders.«
Mit einem unguten Gefühl ergriff Schröter einen Bogen Stempelpapier und eine Feder und begann zu schreiben. Zunächst sah Schüdle ihm nur zu, wie er die Überschrift und die einzelnen Vertragspartner zu Papier brachte. Als Schröter jedoch zum ersten Punkt des Vertrags kam, griff er ein. So verbot er dem Verein zum Schutz deutscher Ansiedler in Texas, auch nur einen einzigen ihrer Auswanderer im French Settlement anzusiedeln. Zwar hätten Spencer und er nichts gegen einen Spion gehabt, der Walther Fichtner für sie überwachen konnte, doch hielt er die Deutschen nicht für zuverlässig genug. Außerdem hätten Neusiedler, die dort mit ihren Nachbarn ins Gespräch kamen, rasch erfahren, dass ihnen niemand vorschreiben konnte, für welchen Kandidaten sie bei der Senatswahl stimmen sollten. Es war ihnen jedoch wichtig, dass Schüdle Walther Fichtner als Senator dieses Wahlbezirks ablöste. Daran, dass Graf Renitz diesen Mann erschießen könnte, glaubte Schüdle nicht. Doch wenn der Graf durch Walther

Fichtners Hand starb, würde dies für die deutschen Neusiedler ein weiterer Grund sein, gegen ihn zu stimmen.
Mehrfach versuchte Schröter, einige Punkte, über die bereits gesprochen worden war, in den Vertrag aufzunehmen. Schüdle ließ jedoch nicht zu, dass die Grenzen des versprochenen Gebiets genau bezeichnet wurden. Außerdem verhinderte er einen Eintrag, dass Spencer oder er die einhundert Ochsenkarren zur Verfügung stellen mussten, welche die Siedler an ihr Ziel bringen sollten. Dabei hatte er im Gespräch mit Grenzberg-Malchendorff so getan, als wäre es ihm ein Leichtes, diese zu besorgen.
Schröter verfluchte in Gedanken seinen Herrn, der jetzt, da Prinz Solms-Braunfels nach Deutschland zurückgekehrt war, dessen Planungen nicht so vorantrieb, wie ihm aufgetragen worden war, sondern nach seinem Gutdünken handelte. Grenzberg-Malchendorffs Befehl war jedoch eindeutig gewesen. Er hatte das zu schreiben, was Schüdle von ihm forderte, und wenn es ihm noch so sehr gegen den Strich ging.

7.

Im Grunde interessierte Grenzberg-Malchendorff sich nicht für die Auswanderer, denen er zu Land und einem erträglichen Auskommen verhelfen sollte. Als er mit Clemens von Renitz seinen privaten Salon betrat und sich von seinem Kammerdiener die Abendgarderobe bereitlegen ließ, sah er seinen Gast mit einem amüsierten Lachen an.
»Ich verstehe ja, dass Sie diesen Fichtner für seine Tat zur Verantwortung ziehen wollen. Doch eigentlich müssten Sie die-

sem Kerl dankbar sein. Hätte er nicht Ihren Vetter Diebold erschossen, wären Sie heute nicht Graf auf Renitz.«

»Ich hätte es vorgezogen, Medard von Renitz auf andere Weise als Majoratsherr nachfolgen zu können«, antwortete Graf Clemens grimmig. »So aber gibt es immer wieder Leute, die behaupten, mein Vater hätte den damaligen Förster auf Renitz zu seiner Tat angestiftet und ihm hinterher geholfen, das Land zu verlassen. Dieses Gerede kann ich nur unterbinden, wenn ich diesen Schurken eigenhändig bestrafe.«

»Ich kannte Graf Diebold! Er war etwas arg von sich eingenommen und hätte sich über kurz oder lang einem Duell stellen müssen, und das wäre besser für Sie gewesen. Wenigstens hatte Ihr Vater die Genugtuung, als Graf auf Renitz zu sterben.«

Grenzberg-Malchendorff wollte seinen Gast damit aufmuntern, doch dieser winkte ab. »Leider hatte mein Vater diese Genugtuung nicht! Er starb vor vier Jahren, und Medard von Renitz hat noch zwei Jahre länger gelebt. Das war ein wunderlicher Kerl, der von April bis Oktober in einem Militärzelt gehaust hat, weil er überzeugt war, er stünde noch im Krieg mit Napoleon. Wir haben zwei Diener bei ihm gelassen, die ihm in den Uniformen seines alten Regiments aufwarten mussten. Von denen hat er sich jeden Tag auf sein Pferd helfen und dreimal um den Gutshof herumführen lassen. Das war dann sein Tagesmarsch!«

Bei der Erinnerung musste Renitz lachen, wurde aber sofort wieder ernst. »Ein Urteil über meinen Vetter Diebold will ich mir nicht erlauben. Er hat uns allerdings einen großen Gefallen getan, indem er kurz vor seinem Tod beantragt hatte, seinen Vater wegen geistiger Verwirrtheit für unzurechnungsfähig zu erklären. Das half uns, seinen Besitz noch zu seinen Lebzeiten zu übernehmen. Hätte Gräfin Elfreda weiterhin das Sagen ge-

habt, wäre wohl nicht viel für uns übrig geblieben, denn sie liebte das Reisen und den Aufenthalt in mondänen Bädern. Mein Vater hatte damals viel mit dieser Frau auszustehen. Doch schließlich ist es uns gelungen, sie loszuwerden. Soweit ich weiß, hat sie gehofft, bald eine zweite Ehe eingehen zu können, denn sie war immerhin zwanzig Jahre jünger als ihr Ehemann, und dieser kränkelte zu jener Zeit. Doch er wurde so alt wie Methusalem und starb erst mit über achtzig.
Aber lassen wir dieses unerquickliche Thema und wenden uns den französischen Tänzerinnen zu. Die Hübschen werden nach dem Tanz gewiss Zeit haben, uns ein wenig Gesellschaft zu leisten.«
Clemens von Renitz zwinkerte seinem Vetter verschwörerisch zu. Zwar waren sie beide verheiratet, aber hier in der Ferne konnten sie weitaus ungenierter die Gesellschaft bereitwilliger Damen suchen als zu Hause. Auch Grenzberg-Malchendorff hatte vor, sich an diesem Tag einer der Französinnen zu bedienen.
»Dieses Texas ist ein wildes und unzivilisiertes Land, doch gelegentlich findet ein Mann von Welt auch hier die Entspannung, die er sucht«, sagte er lächelnd.
Renitz blickte auf die Uhr. »Dann wollen wir uns auf die Suche begeben! Wenn wir zu lange säumen, befindet sich General Spencer bereits im Theater und wird uns der Unhöflichkeit zeihen.«
»Ein echter Gentleman, dieser Spencer, und vor allem ein echter englischer General, während sich hier in Texas jeder Trommelbub mit diesem Rang schmücken kann.« Grenzberg-Malchendorff verzog angewidert das Gesicht und fuhr dann seinen Kammerdiener an, sich zu sputen.
Auch Renitz ließ sich von seinem Kammerdiener beim Umkleiden helfen, und so konnten die beiden Herren das Hotel

bald verlassen. Als sie am Konferenzzimmer vorbeikamen, sahen sie, dass Schüdle und Schröter noch immer zusammensaßen und den Vertrag ausfüllten.

»Ich bin froh, dass General Spencer sich so hilfsbereit gezeigt hat«, kommentierte Grenzberg-Malchendorff die Szene. »So können wir die bislang eingetroffenen Auswanderer in Kürze in ihre neue Heimat bringen lassen und sind sie endlich los. Außerdem grenzt General Spencers Land an den Fisher-Miller-Grant, den Solms-Braunfels erwerben will. Damit wird unsere deutsche Kolonie in Texas größer als zunächst geplant. Die Spitzen unseres Vereins werden sehr zufrieden sein.«

»Das werden sie gewiss, Vetter«, stimmte ihm Renitz zu, den im Augenblick die französischen Tänzerinnen weitaus mehr interessierten als die Auswanderer in ihren Zelten vor der Stadt.

8.

Nach seinem Abstecher nach Austin war Walther wieder zu seiner Ranch am Rio Colorado zurückgekehrt und wartete auf eine Nachricht von Belcher, wann die ersten Siedler hier eintreffen sollten. Er sprach auch mit einigen Nachbarn, von denen er wusste, dass sie einen Teil ihrer Grundstücke gerne verkaufen würden, damit noch mehr Auswanderer hier im French Settlement eine Heimat finden konnten.

Nizhoni merkte ihm seine Unruhe an und brachte eines Abends das Gespräch darauf. »Du bist in letzter Zeit sehr viel unterwegs.«

»Ich versuche, genug Siedlerstellen zu besorgen. Die Neuankömmlinge aus meiner alten Heimat werden sie brauchen.«
»Du denkst wohl oft an deine Heimat?«, fragte Nizhoni.
»Nein, ich … nun gut, ja. Immerhin bin ich dort aufgewachsen und habe fast dreißig Jahre dort gelebt.«
»Schmerzt es dich, dass du sie verlassen musstest?«, fragte Nizhoni weiter.
»Nein! Ich habe mich sehr viele Jahre danach gesehnt, das Joch der Knechtschaft, das Elfreda von Renitz und ihr Sohn Diebold mir aufgelastet haben, abzuwerfen. Allerdings hätte ich mir gewünscht, unter anderen Umständen auswandern zu können.«
In Walthers Gesicht zuckte es, denn er erlebte noch einmal den Augenblick, in dem Diebold von Renitz seine Pistole auf ihn gerichtet hatte und bereit gewesen war, ihn zu erschießen. Nur Giselas beherztes Eingreifen hatte ihm damals das Leben gerettet.
»Weißt du, Gisela und ich haben Freunde zurückgelassen, die glauben müssen, wir hätten Graf Diebold ermordet!«, setzte er nachdenklich hinzu.
»Dieser Diebold war ein böser Mann und hat erhalten, was er verdiente. Du aber solltest daran denken, dass dies hier Texas ist und nicht deine alte Heimat. Du bist diesen Leuten nichts schuldig.«
»Das verstehst du nicht!«, antwortete Walther gequält. »Es sind immerhin meine Landsleute, und es geht ihnen schlecht.«
»Bist du daran schuld?«, fragte Nizhoni und lächelte, als Walther den Kopf schüttelte.
»Na also!«, fuhr sie fort. »Damit kannst du auch warten, bis man an dich herantritt und dich um Hilfe bittet. Für die Ersten, die kommen sollten, steht genug Land bereit. Weiteres kann angekauft werden, wenn es nötig ist. Doch du erwirbst

jetzt schon Land, obwohl du nicht weißt, wie viele deiner Landsleute deine Hilfe brauchen. Was willst du damit anfangen, wenn niemand kommt?«

Nizhoni hat recht, dachte Walther. Doch er fühlte sich verpflichtet, etwas für die Auswanderer aus Deutschland zu tun. Allerdings konnte er es sich nicht leisten, weiteres Land anzukaufen, denn sein Bargeld nahm immer mehr ab.

»Ich danke dir, dass du mir den Kopf zurechtgesetzt hast«, sagte er lächelnd. »Ich war besessen davon, Land für die Siedler zu besorgen. Dabei ist das wirklich nicht meine Aufgabe, sondern die der Herren vom Mainzer Adelsverein. Vielleicht werde ich Belchers Schwager Land auf Kredit geben, aber für die weiteren Siedlerstellen werden mich die Herren Solms-Braunfels, Grenzberg-Malchendorff und wie sie alle heißen, entschädigen müssen.«

Dies war, fand Nizhoni, ein weiser Entschluss, und sie küsste ihren Mann. »Fahles Haar ist ein großer Krieger und ein großer Häuptling. Er wird stets das Richtige tun.«

»Als Erstes werde ich heute Nacht im Bett auf deine Seite hinüberkrabbeln und dafür sorgen, dass du mich auch für einen großen Liebhaber hältst«, raunte Walther ihr anzüglich ins Ohr.

Nizhoni sah ihn mit einem schelmischen Lächeln an. »Ich würde auch nichts anderes erwarten.«

9.

Seit diesem Gespräch war es für Walther leichter. Zwar wartete er immer noch auf die ersten deutschen Siedler, kümmerte sich aber wieder mehr um seinen eigenen Besitz und ritt regelmäßig zur Rinderranch hinüber. Schließlich nahm er auch Waldemar mit und fand, dass der Junge sich auf dem langen Ritt sehr gut hielt. Auch auf jener Ranch war alles in Ordnung. Wie Quique ihm berichtete, gab es nur noch gelegentlich Reibereien mit amerikanischen Siedlern, die nicht hinnehmen wollten, dass sie Tejanos Rede und Antwort stehen mussten. Die Vaqueros wiesen Neuankömmlinge zwar freundlich, aber nachdrücklich darauf hin, dass sie sich auf General Fitchners Land befänden und es besser für sie wäre, sich eine eigene Siedlerstelle zu suchen.

»Das Gebiet am Fluss zieht diese Leute an wie Kuhscheiße die Fliegen«, erklärte der Vormann. »Aber wir brauchen die Stelle für die Rinder, weil es dort das ganze Jahr über Wasser gibt. Daher haben wir uns gedacht, wir sollten unser Hauptquartier dort einrichten. Für Sie ist es etwas weiter zu reiten, wenn Sie nach dem Rechten sehen wollen. Aber wir beweisen Fremden damit, dass sie an der Stelle nichts verloren haben.«

»Macht das!«, erklärte Walther, obwohl er dafür wieder in die Tasche greifen musste.

»Übrigens hat sich Josés Anwesenheit bereits bewährt«, fuhr Quique fort. »Einer der wilden Siedler wurde fuchsteufelswild und zog seine Pistole. Ich hätte ihn erschießen müssen, doch als er einen blonden Jungen bei uns sah, glaubte er uns, dass wir keine lumpigen mexikanischen Grasfresser, sondern die Vaqueros eines texanischen Generals sind.«

Quique grinste, als hätte er einen Witz erzählt, doch Walther ärgerte sich über die Amerikaner, die seine Leute beleidigten und mit Waffen bedrohten. »Lasst euch nichts gefallen!«, sagte er zu Quique. »In meiner Heimat gibt es ein Sprichwort, dass es so aus dem Wald herausschallt, wie man hineinruft.«

»Señor, wir kriegen das schon hin! Wenn ich jeden Americano erschießen wollte, der mir schief kommt, müssten Sie mir ein ganzes Fuder Pulver und Blei besorgen. Die Texaner wissen, dass das hier Ihr Land ist und wir Ihre Leute sind. Nur die Americanos, die frisch ins Land kommen, bellen manchmal wie ein dummer Köter. Man darf sie nicht ernst nehmen.«

»Trotzdem solltet ihr euch nicht beschimpfen lassen«, antwortete Walther, war aber insgeheim froh, dass sein Vormann so besonnen reagierte. Wenn hier wirklich Amerikaner erschossen wurden, würde es zum Streit mit den umliegenden Siedlungen kommen, und das wollte er nicht.

»Ich werde Schilder anfertigen lassen, die ihr an den Grenzen des Ranchlands an Pfosten nageln könnt«, sagte er zu Quique. »Diese Schilder werden allen zeigen, dass dies hier unser Land ist. Wer nur durchreisen will, soll es tun, dabei aber höflich bleiben. Wer die Schilder umstößt oder versucht, hier wild zu siedeln, den jagt davon.«

»Das machen wir, Señor!« Quique nickte zufrieden. Es gab zwei Straßen, die über das Gebiet der Ranch führten, und da waren diese Schilder an der Grenze genau das Richtige, um einige Americanos von Dummheiten abzuhalten.

»Noch etwas, Señor: Sie brauchen nicht zu glauben, dass wir José unvernünftigerweise einer Gefahr aussetzen. Der Americano wäre gestorben, bevor er auch nur mit der Wimper gezuckt hätte. Das schwöre ich Ihnen beim Leben meiner Mutter!«

»Du vergisst, dass sie bereits tot ist«, antwortete Walther lachend. Er mochte Quique und vertraute ihm mehr als jedem anderen Menschen mit Ausnahme von Nizhoni.

»Oh, das habe ich wirklich vergessen!« Einen Augenblick lang wirkte Quique zerknirscht, sah dann aber, dass Walther lachte, und atmete wieder auf.

»Die Herde ist weiter gewachsen, Señor. Sie können ruhig hundert oder zweihundert Rinder verkaufen.«
Die Nachricht erleichterte Walther, zumal er auch schon Abnehmer gefunden zu haben glaubte. Die deutschen Siedler brauchten Nahrung, bis sie die ersten Ernten einfahren konnten, und da waren Rinder, die auf eigenen Beinen bis zu den Kochtöpfen laufen konnten, besser geeignet als Mais, Bohnen oder andere Lebensmittel, die erst mühsam dorthin transportiert werden mussten.
»Ich werde mich darum kümmern«, sagte er zu Quique und machte sich auf zu einem Kontrollritt über die Ranch.
Dabei kam Walther auch zum Ufer des Llano River. Er konnte verstehen, dass dieses Stück Land Siedler reizte. Für seine Rinder bedeutete der Fluss jedoch das Überleben in einer trockenen Zeit. Daher wandte er sich an Quique.
»Wir sollten das Zentrum der Ranch tatsächlich hierher verlegen, auch wenn das Land drüben nicht mehr uns gehört.«
»Oh doch, das gehört es – noch eine ganze Meile weit!« Quique klang erstaunt.
Walther schüttelte verblüfft den Kopf. »Wie kommt das?«
»Señor Lionbaker hat das Gebiet doch ausgemessen und dabei bemerkt, dass auf der Karte, die man ihm gegeben hatte, dieser Bogen des Flusses nicht richtig eingezeichnet war. Daher hat er das Gebiet bis zu jenen beiden Hügeln dort drüben ebenfalls unserer Ranch zugeschlagen.«
»Er hätte das Stück Land ja auch als seinen Lohn selbst behalten können«, meinte Walther kopfschüttelnd.
»Señor Lionbaker wollte seinen Anteil ein Stück weiter flussabwärts, weiter weg von den Komantschen. Das kann er nämlich teurer verkaufen.« Quique zwinkerte Walther bei diesen Worten fröhlich zu.
Der aber dachte sich, dass Landvermesser, die für ihre Arbeit

oft nur mit einem Anteil des ausgemessenen Landes bezahlt wurden, sehr auf ihren eigenen Vorteil bedacht waren. Andererseits leisteten diese Männer auch wertvolle Arbeit, indem sie das Land kartierten und die einzelnen Besitztümer eintrugen. Damit verhinderten sie sinnlosen Streit um angeblich freies Siedlungsland. Dort, wo bislang noch nichts ausgemessen worden war, gab es häufiger solche Kämpfe, und diese gingen oft blutig aus. Das, so hoffte Walther, würde ihnen erspart bleiben.

»Reiten wir weiter!«, forderte er Quique auf.

Der Vormann nickte und schlug den Weg an der Südgrenze der Ranch ein. Auf dem Ritt sahen sie in der Ferne Dächer von Häusern, die Walther noch nicht kannte, und wenig später trafen sie auf eine Farm, deren Gebäude nur wenige Steinwürfe von der eigenen Grenze entfernt lagen. Ein Mann und ein Junge schlugen eben Pfosten in den Boden, um einen Pferch zu errichten. Als sie Walther und Quique bemerkten, legte der Farmer den schweren Holzschlegel aus der Hand und kam auf die beiden zu.

»Schätze, Sie sind Fitchner!«, begann er mit angespannter Miene. »Habe gehört, dass Sie ein verdammt harter Hund sein sollen. Aber mir imponiert das nicht.«

»Solange Sie die Grenze nicht überschreiten, haben Sie nichts zu befürchten«, antwortete Quique, bevor Walther etwas sagen konnte. Es klang wie eine Warnung.

Der andere verzog das Gesicht noch mehr. »Ich weiß nicht, wofür Sie so viel Land brauchen«, sprach er Walther direkt an. »Sie können doch ohnehin nichts damit anfangen.«

»Ich glaube doch«, sagte Walther, der nicht so recht wusste, ob der Mann auf Streit aus war oder nur seine eigene Position verteidigen wollte.

Erneut mischte Quique sich ein. »Sie errichten Ihren Pferch

verdammt nahe an unserem Land. Aber solange Sie keine Rinder mit unserem Brandzeichen darin einsperren, können Sie hineinstellen, was Sie wollen!«

»Mein Pferch geht dich gar nichts an, du dreckiger Mexikaner«, fuhr ihn der Farmer an.

»Aber mich, wenn meine Rinder darin sind! Mein Verwalter hier, Mister Azor, wird darauf achten, dass dies nicht geschieht.«

Für Walther war klar, dass dieser Mann seinen Pferch nicht ohne Grund fast an die Grenze gebaut hatte. Viele Neusiedler fingen die verwilderten Rinder ein, die zurückgeblieben waren, als nach Santa Anas Niederlage etliche Mexikaner Texas verlassen hatten. Auch wenn diese Tiere sich an vielen Stellen vermehrt hatten, gab es hier keine mehr, denn Quique und seinen Männern war es gelungen, das gesamte Vieh in der Nähe der Ranch einzufangen und mit ihrem Brandzeichen zu versehen.

Der Farmer schwankte, ob er weiterpoltern oder wieder gehen sollte, und entschied sich für Letzteres. Während er nach seinem Schlegel ergriff und seinen Sohn anschnauzte, den Pfahl gerade zu halten, schüttelte Quique den Kopf.

»Wir werden diesen Mann irgendwann einmal aufhängen müssen, denn er wird seine Pfoten nicht von unseren Rindern lassen. Benito hat ihn bereits beobachtet, wie er sich in der Nacht an unsere Herde herangeschlichen hat. Damals hat der Mann sich noch nicht getraut, eine Kuh wegzutreiben. Aber lange wird er damit nicht mehr warten.«

»Wenn der Mann eine Kuh wegholt, weil er Fleisch braucht, da seine Familie sonst verhungern würde, dann sagt ihm, dass er den Preis des Tieres abarbeiten soll. Tut er es nicht, jagt ihn beim nächsten Mal, wenn ihr ihn auf unserem Land antrefft, über die Grenze. Kommt er noch ein drittes Mal, dann stellt ihn vor die Wahl, seine Farm zu verkaufen und sein Glück woanders zu versuchen oder an einem festen Ast zu baumeln.«

»Das werden wir tun, Señor. Es macht keine Freude, so einen armen Wicht aufzuhängen. Etwas anderes wäre, wenn er mit Spencer im Bunde ist. Dann würde ich ihm persönlich die Schlinge um den Hals legen.«

Quique hatte den Überfall auf die Ranch am Rio Colorado weder vergessen noch verziehen, und Walther begriff, dass sein Vormann – so nachsichtig er sonst auch sein mochte – in diesem Fall gnadenlos durchgreifen würde. Aber gegen einen Feind wie Nicodemus Spencer war dies das einzig richtige Vorgehen.

10.

Walther blieb noch zwei Tage auf seiner Rinderfarm. Seine Söhne sah er dabei nur selten, denn beide waren meistens unterwegs. Obwohl er sich freute, dass Josef sich des Jüngeren annahm, machte er sich doch Sorgen. Das Land war wild und nur zum Teil erschlossen. Da mochten viele Gefahren auf einen dreizehn- und einen siebenjährigen Jungen lauern.

Am letzten Abend platzten die beiden kurz vor der Dunkelheit in das Hauptgebäude der Ranch. Waldemar hielt eine tote Klapperschlange in den Händen, die so groß war, dass er sie kaum tragen konnte. »Die habe ich erwischt«, rief er fröhlich.

»Waldi hat nur einen einzigen Schuss gebraucht!«, setzte Josef

stolz hinzu. »Ich hatte meine Flinte ebenfalls in der Hand, aber ich musste nicht eingreifen.«
»Wie weit war die Klapperschlange von euch entfernt?«, fragte Walther.
»Drei oder vier Yards«, erklärte Josef. »Weit genug weg, damit ich auch zum Schuss gekommen wäre, wenn Waldi das Biest verfehlt hätte. Hat er aber nicht. Ich habe ihm vorgeschlagen, er soll sich aus der Haut einen Gürtel machen lassen.«
»Glaubst du, dass Mama das macht?«, fragte Waldemar.
»Das glaube ich schon. Sie dürfte sehr stolz auf dich sein, kleiner Wolf, und auch auf dich, Puma!« Walther nannte seine Söhne bei den Tiernamen, die Nizhoni ihnen vor Jahren gegeben hatte, um ihnen seine Achtung zu zeigen.
Dann zog er beide an sich. »Ihr dürft niemals übermütig werden. Versprecht mir das!«
»Das werden wir auch nicht, Vater!« Josef lächelte zufrieden. Es war zwar nicht leicht für ihn gewesen, auf die schöne Klapperschlangenhaut zu verzichten. Doch er war stolz auf seinen kleinen Bruder, der keine Angst gezeigt hatte, als das Tier nur wenige Schritte von ihnen entfernt aufgetaucht war. Außerdem, so sagte er sich, gab es noch mehr Klapperschlangen, und er würde die schönste und größte davon fangen. Vielleicht reichte deren Haut nicht nur für einen Gürtel, sondern auch dafür, seine nächsten Stiefel damit zu verzieren.
»Es ist schön, dass du da gewesen bist und Waldemar mitgebracht hast, Vater. Aber das nächste Mal nehmt ihr auch Nizhoni und Maggie mit. Ich würde die beiden gerne wiedersehen!« Josef rieb sich über die Augen, denn er vermisste seine Mutter und seine Schwester. Dann aber sagte er sich, dass er ein Mann war, und lachte über sich selbst.

»Richte ihnen Grüße aus und sage ihnen, dass sie, wenn sie hierherkommen, die besten Steaks in ganz Texas essen werden!«

»Das mache ich!«, versprach Walther.

Als Quique und Benito hinzukamen, entspann sich eine fröhliche Unterhaltung, und sie gingen spät ins Bett. Am nächsten Morgen brachen Walther und Waldemar nach einem rasch eingenommenen Frühstück auf. Von diesem Teil der Rinderranch aus war der Weg zur Ranch am Rio Colorado mit guten Pferden in einem langen Tagesritt zu schaffen. Wenn das Zentrum an den Llano River verlegt worden war, würden sie in diesen Gebäuden übernachten müssen, dachte Walther, während er und sein jüngerer Sohn in stetem Trab der Fitchner-Ranch zustrebten.

Waldemar hielt sich noch besser als beim Herritt. Wie es aussieht, hatte er von seinem Bruder einiges gelernt, dachte Walther insgeheim und freute sich daran.

Als sie gegen Abend auf den Hof der Ranch einritten, war es dort so still, dass Walther sich besorgt und mit wachsendem Misstrauen umsah, bevor er sich aus dem Sattel schwang.

Pepe kam ihm entgegen und nahm ihm mit gesenktem Kopf die Zügel ab, doch Walther sah, dass die Wangen des Peons nass waren.

»Was ist los?«, fragte Walther erschrocken.

»Die Kleine! Maggie! Sie ist vorgestern krank geworden und heute Morgen gestorben.« Ein erneuter Tränenstrom brach aus Pepes Augen. Wie alle auf der Ranch hatte er Walthers und Nizhonis Tochter geliebt.

Walther fühlte sich, als hätte man ihn mit einem Vorschlaghammer bearbeitet. Er taumelte und musste sich an einen Pfosten klammern. »Aber das kann doch nicht sein! Maggie war gesund und munter, als ich weggeritten bin. Mir hat sie noch gesagt, sie wolle das nächste Mal unbedingt mitkommen.«

Die Tränen überwältigten nun auch ihn, und er überließ es Pepe, sich um Waldemar zu kümmern, der immer noch auf seinem Mustang saß und nicht begreifen konnte, dass seine kleine Schwester nie mehr mit ihm spielen würde.

Mit müden Schritten trat Walther ins Haus. Die Vorhänge waren zugezogen, und seine Augen gewöhnten sich erst allmählich an das Dämmerlicht. In der Küche entdeckte er Singender Mund. Sie saß am Tisch, den Kopf auf die Arme gebettet, und weinte.

Das Wohnzimmer war leer, ebenso die Kammer, in der Waldemar schlief. Erst im Schlafzimmer traf er Nizhoni an. Sie trug ihr bestes Kleid, und ihr Gesicht war so starr wie aus Marmor gemeißelt. Regungslos saß sie vor dem Bettchen, in dem ihre tote Tochter ruhte, und sang mit leiser Stimme ein Lied in der Sprache ihres Volkes.

Walther wollte sie nicht stören, doch da wandte sie sich ihm zu, und ihre Stimme klang wie zerbrechendes Glas. »Die Geister unserer Ahnen haben Hellauge zu sich gerufen! Möge die Heilige Jungfrau sich ihrer annehmen und sie zur Rechten von Jesus Christus führen.«

»Gisela wird sie an ihr Herz drücken und für sie sorgen.« Mit tränenverschleierten Augen beugte Walther sich über das Bettchen, in dem Maggie wie ein kleiner Engel aufgebahrt war. Nichts an ihr deutete auf eine Krankheit hin.

Warum hat sie sterben müssen?, fuhr es ihm durch den Kopf. Sie war ein so fröhliches Kind – und das sichtbare Band der Liebe, die ihn mit Nizhoni verband. Er spürte, dass seine Frau seine Nähe brauchte, und schloss sie in die Arme.

Nizhoni lehnte sich an ihn und blickte auf ihre Tochter. Es war bereits das zweite Kind, das sie verloren hatte, und sie fragte sich, ob die Geister ihres Volkes sie verflucht hatten, weil sie so fern der Heimat weilte. Die Sehnsucht nach den Bergen und Tälern des Navajolands stieg in ihr empor, und sie wünschte sich, auf ihre Schimmelstute steigen und alles hinter sich zurücklassen zu können. Aber Walther brauchte sie, und das galt auch für Waldemar und Josef. Es war ihre Aufgabe und ihr Schicksal, bei ihnen zu bleiben und ihr Leben mit ihnen zu teilen.

»Wir wollen sie begraben«, sagte sie und nahm den kleinen Leichnam auf die Arme.

»Sollten wir nicht besser Father Patrick rufen?«

»Es ist deine Aufgabe als Vater, unser Kind zu begraben«, antwortete Nizhoni bestimmt. »Der Schamane mag später ein Gebet an Maggies Grab sprechen.«

Walther spürte, wie ernst es ihr war, und öffnete ihr die Tür. Die beiden verließen das Haus, und während Walther eine Schaufel aus dem Schuppen holte, trug Nizhoni ihre Tochter zu jener Stelle, an der sie vor einigen Jahren Giselas sterbliche Überreste begraben hatten. Sie erinnerte sich nur zu gut, wie sie die Stelle wiedergefunden hatte, an der ihre Freundin gestorben war. Mit Walthers Hilfe und der von Jones hatte sie den Leichnam auf ihren Besitz bringen lassen und erneut zur Ruhe gebettet. Nun würde Maggie neben Walthers erster Frau ruhen. Nizhoni sprach ein Gebet für beide und sah zu, wie ihr Mann mit müden Bewegungen das Grab schaufelte. Die Rancharbeiter, Singender Mund und Waldemar sammelten sich um sie und starrten stumm auf das Grab, das Schaufel um Schaufel tiefer wurde.

Für Walther war der Schmerz fast unerträglich, und er haderte mit sich, weil er zur Rinderranch geritten war, obwohl seine kleine Maggie ihn gebraucht hätte. Immer wieder musste er innehalten und seine feuchten Augen mit den Ärmeln auswi-

schen, um wieder etwas sehen zu können. Dabei blickte er seine Frau an, die mit einem Gesicht aus Stein neben ihm stand und ihre tote Tochter auf den Armen hielt.
Waldemar hielt sich an Nizhonis Kleid fest, während ihm die Tränen über die Wangen rannen. Verzweifelt fragte sich der Kleine, ob nicht er an Maggies Tod schuld war, weil er sich bei ihrer Geburt einen Bruder gewünscht hatte.
»Verzeih mir, Maggie! Bitte verzeih mir!«, flüsterte er leise.
»Was hast du, kleiner Wolf?«, fragte Nizhoni.
Der Junge sagte es ihr, und zum ersten Mal zeigte sich eine Regung in ihrem Gesicht.
»Du trägst keine Schuld, kleiner Wolf! Auch wenn du dir ein Brüderchen gewünscht hast, hast du Hellauge ebenso sehr geliebt wie dein Vater und ich.«
Nach einer Weile legte Walther die Schaufel weg und sah Nizhoni an. Diese reichte ihm das tote Kind und trat einen Schritt zurück. Während Walther Maggie in die Erde bettete, kämpfte er erneut gegen die Tränen an. Waldemar weinte noch immer, und Nizhoni sah schier zur Salzsäule erstarrt zu, wie ihre Tochter eins mit der Erde wurde. Dann senkte sie den Kopf und kehrte ins Haus zurück.
Walther wandte sich seinen Arbeitern zu. »Josef und die anderen müssen erfahren, was passiert ist. Einer von euch soll morgen zur Rinderranch reiten und es ihnen sagen. Ich würde es gerne selbst tun, aber ich kann mein Weib nicht allein lassen.«
»Keine Sorge, Señor, das machen wir schon – und wenn ich selbst reiten müsste!«, erklärte Pepe.
Da alle seine Angst vor Pferden kannten, hätte es zu anderen Zeiten schallendes Gelächter gegeben. Doch an diesem Tag blieben alle stumm.

11.

Am Abend lagen Walther und Nizhoni Hand in Hand in ihrem Bett. Obwohl keiner von ihnen etwas sagte, fühlten sie sich in ihrer Trauer einander enger verbunden als jemals zuvor. Walther schlief erst sehr spät ein, und bei Nizhoni dauerte es noch länger, bis die Erschöpfung sie überwältigte.

Am nächsten Morgen kam den beiden die Welt so trüb vor, als läge ein Schleier vor der Sonne. Den ganzen Tag wich Waldemar nicht von Nizhonis Rocksaum, und sie musste ihn trotz ihres eigenen Schmerzes immer wieder trösten. Walther fühlte den Verlust der Tochter wie eine tiefe Wunde und blieb den ganzen Vormittag am Tisch sitzen, weil er sich zu nichts imstande fühlte.

Nizhoni spürte seine Verzweiflung und überlegte, ob sie ihm nicht eine Arbeit auftragen konnte, die ihm ein wenig über seine Trauer hinweghelfen konnte. Ihr selbst brachte die Arbeit jedoch keine Linderung. Daher überließ sie Singender Mund das Kochen und setzte sich zu Walther, um gemeinsam mit ihm zu trauern.

Das Mittagessen verlief in lähmender Stille. Keiner von ihnen hatte Hunger, und so musste Singender Mund fast alles wieder wegräumen. Da sie sich auch um Waldemar kümmerte, schien es nichts zu geben, was Nizhonis und Walthers Trauer stören konnte.

Am Nachmittag erschienen jedoch mehrere Reiter und zügelten ihre Pferde auf dem Ranchhof. Als Walther durch das Fenster schaute, erkannte er unter ihnen Andreas Belcher, und bei diesem befanden sich zwei Männer. Einer davon war ein Texas Ranger, der andere sah mit seinem Reitanzug nach europäischer Mode, seinem Zylinderhut und den hohen Stiefeln wie ein Geck aus. Während er die Zügel seines Pferdes mit der linken führte, hielt er in der rechten Hand eine kräftige Reitpeitsche.

»Was wollen denn die Leute hier? Kann man nicht einmal in Ruhe um sein Kind trauern?«, stöhnte Walther, trat aber dann doch vor das Haus.

»Das hier ist Herr Fichtner«, erklärte Belcher gerade dem Gecken.

In dem Glauben, einen Abgesandten des Mainzer Adelsvereins vor sich zu sehen, trat Walther auf den Mann zu. Der Geck starrte ihn an, holte dann blitzschnell aus und schlug mit der Reitpeitsche auf ihn ein.

Im ersten Augenblick war Walther zu überrascht, um zu reagieren, aber nach dem zweiten Hieb entriss er dem Angreifer die Peitsche. Noch während er das Ding beiseiteschleuderte, packte er den Kerl mit der anderen Hand und holte ihn aus dem Sattel.

Bevor Clemens von Renitz begriff, wie ihm geschah, landete er im Staub. Noch während er sich aufraffte, war Walther bei ihm und nahm ihm die Pistole ab.

Clemens von Renitz war mit dem Vorsatz gekommen, Walther wie einen renitenten Knecht zu züchtigen und ihn anschließend niederzuschießen. Nun stand dieser wie ein Turm vor ihm und hielt seine eigene Pistole auf ihn gerichtet.

»Verflucht!«, stöhnte er auf Deutsch.

»Wer bist du und was hast du dir dabei gedacht?«, fragte Walther ihn in der gleichen Sprache. »Rede rasch, bevor ich die Geduld verliere!«

Der Ranger schnaubte und hob die Hände. »Tut mir leid, General! Ich habe mit dem Kerl nichts zu tun. Ich sollte ihn nur hierher begleiten.«

»Ich habe nicht Sie gefragt, sondern den da!« Walthers Blick durchbohrte Renitz.
Dieser kämpfte sich wieder auf die Beine und überlegte verzweifelt, wie er sich aus der Affäre ziehen konnte, ohne völlig das Gesicht zu verlieren.
»Du bist ein elender Mörder, Fichtner! Du hast meinen Vetter Diebold hinterrücks umgebracht, und dafür werde ich dich zur Rechenschaft ziehen!«, stieß er voller Wut hervor.
Walther berührte unbewusst die Striemen, die die Reitpeitsche auf seiner Stirn hinterlassen hatten. »Und für das werde ich dich zur Rechenschaft ziehen!«
Renitz wich ein paar Schritte zurück. »Ich werde mich nicht mit dir raufen, du Mordbube! Da du es hier in diesem elenden Land zu Besitz und einem militärischen Rang gebracht hast, kannst du mir ein Duell nicht verweigern. Ich fordere dich auf zwanzig Schritte mit Pistolen! Du bist es zwar nicht wert, aber ich muss es um meiner Ehre willen tun.«
»Wer bist du überhaupt?«, fragte Walther scharf.
»Clemens, Graf Renitz auf Renitz, der Nachfolger und Erbe von Graf Medard«, antwortete sein Gegner mit dem Stolz eines Mannes, der sich durch seine adelige Geburt weit über die meisten Menschen erhaben dünkte.
Von diesem Verwandten des alten Grafen hatte Walther nie etwas gehört. Er musterte den hasserfüllten Adeligen mit eisigem Blick und antwortete ihm ebenfalls auf Deutsch. »Dann soll es so sein! Ich sehe, Sie haben eine zweiläufige Waffe mitgebracht. Nizhoni, lade die Doppelpistole! Auf zwanzig Schritt und ein Schuss, so will der Herr Graf es wohl haben. Belcher, Sie zählen die Strecke ab. Ich will es hinter mich bringen.«
Während Nizhoni im Haus verschwand, um die Waffe schussfertig zu machen, stieg Belcher vom Pferd und sah Walther mit einem verzweifelten Blick an.

»Das habe ich nicht gewusst, Nachbar. Ich dachte, der Graf wollte mit Ihnen wegen der Siedlungen verhandeln. Sonst hätte ich ihn nie hierher begleitet! Ich …«

»Messen Sie die zwanzig Schritte aus!«, fuhr Walther ihn grimmig an.

In seinem Herzen herrschten Trauer und Schmerz um Maggie, und da tauchte ausgerechnet ein Renitz auf, um jene alte Rechnung zu begleichen. In seinem Zorn hätte er den Mann am liebsten niedergeschossen.

Nizhoni hatte die Doppelpistole geladen, die einst Diebold von Renitz gehört hatte, und reichte Walther die Waffe. Nachdem ihr Mann einen kurzen Blick darauf geworfen hatte, krauste er die Stirn.

»Du hast beide Läufe geladen«, sagte er und wandte sich an Graf Clemens. »Machen wir es auf einen Schuss oder zwei?«

»Auf einen!« Clemens von Renitz war sich seiner Schießkünste sicher und glaubte, Walther mit einer Kugel erledigen zu können.

»Dann soll jeder von uns einen Schuss abfeuern!« Walther redete Graf Clemens höflicher an als vorher, blieb aber in der Sache hart. Er reichte dem Ranger seine Pistole und die des Grafen zur Überprüfung.

»Soll ich je einen Lauf abschießen?«, fragte der Ranger.

Clemens von Renitz entriss ihm seine Waffe und schüttelte den Kopf. »Wir können beide Läufe geladen lassen. Mehr als einen Schuss brauche ich nicht, um diesen feigen Mörder zu bestrafen!«

»Auch gut!« Walther zuckte mit den Schultern, nahm seine Pistole entgegen und stellte sich am westlichen Ende der Strecke auf, die Belcher ausgemessen hatte. Dieser hatte achtgegeben, dass keiner der Duellanten durch die Sonne geblendet werden konnte. Walther kniff trotzdem ein wenig die Augen

zusammen und wartete, bis auch sein Gegner Aufstellung genommen hatte.
»Ranger, Sie geben das Zeichen! Sobald Sie die Hand senken, schießen wir. Ist das Ihnen recht, Renitz?«
Graf Clemens nickte, spürte aber, dass dieses Duell anders war als die beiden, die er bereits erfolgreich bestritten hatte. Sein Gegner zeigte nicht das geringste Anzeichen von Angst oder Nervosität, sondern strahlte eine Ruhe aus, die ihm eine Gänsehaut über den Rücken trieb. Nun erinnerte Renitz sich daran, dass Walther Fichtner nicht nur als Trommelbube an der Schlacht von Waterloo teilgenommen, sondern auch erfolgreich im Texanisch-Mexikanischen Krieg gekämpft hatte. Außerdem hatte sein Begleiter, der zwar Angehöriger einer Polizeitruppe war, aber wie ein Buschräuber aussah, ihm einige Geschichten über General Fitchner erzählt. Da war von gewonnenen Schießwettbewerben die Rede gewesen, von Männern, die im Auftrag dieses Mannes erschossen oder aufgehängt worden sein sollten, und von wilden Indianern, die jeden Weißen umbrachten, Walther Fichtner aber einen großen Krieger nannten und ihm in weitem Bogen aus dem Weg gingen.
Nun bedauerte Graf Clemens es, auf die Nachricht seines Verwandten Grenzberg-Malchendorff hin die weite Reise über den Ozean angetreten zu haben. Wenn er hier starb, würde das Geschlecht derer von Renitz mit ihm erlöschen.
»Sind Sie bereit?«
Beinahe hätte Clemens von Renitz die Frage des Rangers überhört. Er befeuchtete sich die trockenen Lippen mit der Zunge und würgte ein »Ja!« hervor.
»Ich bin bereit«, hörte er seinen Gegner sagen. Es klang hart und gnadenlos.
»Dann achtet auf meine Hand! Sobald sie sich auf Höhe mei-

nes Gürtels befindet, dürft ihr schießen.« Der Ranger hob den Arm und ließ ihn langsam sinken. Daher mussten die beiden Duellanten nicht nur auf ihren Gegner, sondern auch auf ihren Schiedsrichter achten, der sich in weiser Voraussicht ein Stück seitlich von ihnen aufgestellt hatte.

Clemens von Renitz krümmte den Zeigefinger um den Abzugsbügel seiner Pistole. Ich muss schneller sein als Fichtner, durchfuhr es ihn. Bei Gott, ich muss schneller sein als er! Während er seine Waffe auf Walther richtete, wanderte sein Blick zu dem Ranger hin. Dessen Hand war jetzt schon auf Höhe der Brust und sank. Gleich würde sie …

Da knallte ein Schuss. Renitz bemerkte, dass Walther einen Augenblick lang zusammenzuckte, und begriff dann erst, dass er selbst abgedrückt hatte. Als er seinen Gegner musterte, entdeckte er keinen Einschuss auf dessen Brust. Die Kugel hatte nur Fichtners Oberarm gestreift. Die Wunde war nicht einmal tief genug, um richtig zu bluten.

Gleich wird er schießen, dachte Renitz voller Schrecken. Da sein Gegner sich nun beim Zielen Zeit lassen konnte, würde er bald starr und kalt hier liegen. Da fiel ihm ein, dass auch der zweite Lauf seiner Pistole geladen war, und er feuerte diesen ab, ohne daran zu denken, dass er selbst auf nur einem Schuss bestanden hatte.

Diesmal riss es Walther heftiger. Er spürte den Einschlag in seiner Schulter, blickte kurz hin und stieß die Luft durch die Zähne. Die Kugel saß hoch genug, um die Lunge nicht zu verletzen, aber auch tief genug, so dass sein Schultergelenk wahrscheinlich keinen Schaden genommen hatte. Im Augenblick tat die Verletzung nicht einmal weh. Mit einem bitteren Lächeln richtete er seine Waffe auf seinen Gegner und sah, wie Renitz mit schreckensbleicher Miene Schritt für Schritt zurückwich.

Die Angst, die er in den Augen des Mannes las, ernüchterte Walther. Was hatte er gewonnen, wenn er den neuen Graf Renitz erschoss?, fragte er sich. Damit änderte sich nicht das Geringste.
»Sie sind ein elender Feigling, Renitz! Sie haben geschossen, bevor das Zeichen kam, und Ihren zweiten Schuss abgefeuert, obwohl ich an der Reihe gewesen wäre. Aber in dieser Waffe habe ich zwei Kugeln, die für Sie bestimmt sind.«
»Ich … ich …«, stammelte Clemens von Renitz, brachte aber kein Wort mehr heraus. Die beiden runden Öffnungen von Walthers Pistole zielten genau auf seine Stirn, und auf diese Entfernung konnte sein Gegner nicht danebenschießen. Voller Angst ließ Renitz seine nutzlos gewordene Pistole fallen und wich immer weiter zurück.
»He, das ist gegen die Spielregeln!«, rief der Ranger ihm nach, doch Renitz brachte es nicht fertig, stehen zu bleiben. Er rannte auf seinen Gaul zu, schwang sich in den Sattel und rammte dem Tier noch in der gleichen Bewegung die Sporen in die Weichen.
Während der Hengst mit einem gequälten Wiehern losgaloppierte, klangen Renitz Walthers nächste Worte in den Ohren.
»Verschwinden Sie und lassen Sie sich nie mehr bei mir blicken, sonst schieße ich Sie nieder wie einen tollwütigen Hund!«
Dann wandte Walther sich an Belcher und den Ranger. »Kommen Sie herein! Sie haben gewiss Hunger und Durst.«
»Würde ich ja gerne«, antwortete der Ranger. »Aber ich muss mich um diesen famosen deutschen Grafen kümmern. Bei Gott, ist das ein feiger Sack!«
Mit verärgerter Miene, weil ihm ein Biwak unter freiem Himmel bevorstand, stieg der Ranger auf sein Pferd und trabte hinter Renitz her.

Belcher sah ihm kurz nach und kam dann mit trauriger Miene auf Walther zu. »Es tut mir leid, aber ich dachte wirklich, der Mann würde mit Ihnen verhandeln wollen.«

»Schon gut!«, wehrte Walther ab, der nun den brennenden Schmerz in seiner Schulterwunde spürte. »Nizhoni, ich glaube, du wirst dich um meine Verletzung kümmern müssen.«

»Ich stütze Sie, Nachbar«, rief Belcher und fasste Walther unter, froh, ihm nun helfen zu können.

Nizhoni kam heran und steckte die alte Waffe, die von allen nur die Großvaterpistole genannt wurde, in eine an ihrem Kleid angebrachte Tasche.

»Hätte dieser Mann dich getötet, hätte ich sein Leben genommen«, sagte sie voller Ernst und erinnerte Belcher daran, dass sie nach moralischen Regeln lebte, die seinesgleichen unbekannt waren.

Während Nizhoni ihren Arm unter der anderen Schulter ihres Mannes durchschob und ihn gemeinsam mit Belcher ins Haus brachte, kämpfte sie mit einem plötzlichen Anfall von Übelkeit. Es war nicht das erste Mal, denn in den letzten Tagen war ihr ebenfalls schlecht geworden, doch sie hatte in ihrer Sorge um Maggie und in ihrer Trauer nicht darauf geachtet. Nun lauschte sie in sich hinein und fragte sich, ob die Geister ihrer Ahnen sie trösten wollten, indem sie neues Leben in ihr wachsen ließen. Sie hoffte es auch um Walthers willen, denn er hatte Maggie ebenso sehr geliebt wie sie selbst, und ein weiteres Kind würde seine und ihre Trauer ein wenig lindern.

Fünfter Teil

Ein Stern unter Sternen

1.

Das Abkommen mit Grenzbach-Malchendorff brachte für Spencer einen ersten Erfolg, denn die Stimmen der deutschen Auswanderer, die der Graf ihm versprochen hatte, wurden tatsächlich dem Wahlbezirk zugeteilt, den Walther seit Jahren im Senat von Texas vertrat. Mit ihnen gewann dessen Gegenkandidat James Shuddle alias Jakob Schüdle die Senatswahl haushoch. Dabei hing die überwiegende Masse seiner Wähler noch immer an der Küste fest, und es bestand wenig Aussicht darauf, dass diese je in das von Spencer versprochene Siedlungsland ziehen konnten.

In seiner Funktion als Senator durfte Schüdle 1846 das Gesetz gutheißen, das den weißen Stern von Texas zu einem von vielen Sternen auf der Flagge der Vereinigten Staaten von Amerika machte. Während die beiden vorhergehenden Präsidenten der USA einen Beitritt von Texas abgelehnt hatten, nahm der neu gewählte Präsident James K. Polk die Chance wahr, die sich ihm mit dem Beitrittsgesuch der Texaner bot.

Noch bevor das Gesetz den Senat und den Kongress passiert hatte, rückten Unionstruppen in Texas ein. Präsident Polk wollte sich jedoch nicht mit der ehemaligen mexikanischen Teilrepublik Tejas zufriedengeben, sondern ließ von General Zachary Taylor auch das zur mexikanischen Provinz Tamau-

lipas zählende Gebiet zwischen dem Rio Nueces und dem Rio Grande besetzen, wohl wissend, dass die Republik Mexiko dies als Kriegsgrund ansehen würde.
Im French Settlement interessierten sich nur wenige für die Geschehnisse im Süden. Walther war es trotz des Ankaufs von Land, das er dann doch nicht an den Mainzer Adelsverein hatte weiterveräußern können, mit viel Mühe gelungen, seine Kreditwürdigkeit zu erhalten. Auch war die Trauer um die kleine Maggie mittlerweile ein wenig gewichen, denn sieben Monate nach deren Tod hatte Nizhoni eine weitere Tochter geboren. Die Kleine, die auf den Namen Margarete getauft worden war, lief bereits auf ihren kurzen, stämmigen Beinen umher. Im Gegensatz zu ihrer Schwester hatte sie dunkelblaue Augen und eine Haarfarbe, die Waldemar, wenn er sich wieder einmal über sie geärgert hatte, als feuerrot bezeichnete.
Auch an diesem Tag stand Gretel, wie sie von allen auf der Ranch gerufen wurde, auf dem Hof und zeigte mit den ausgestreckten Armen an, dass Waldemar sie auf sein Pferd heben solle.
»Musst du immer so lästig sein?«, stöhnte der Junge. Er wollte zur ehemaligen Jemelin-Hacienda reiten, auf der unter Lopes Aufsicht Pferde gezüchtet wurden, und da konnte er seine kleine Schwester wirklich nicht brauchen.
»Singender Mund, kannst du mich von diesem kleinen Ungeheuer befreien?«, rief er, denn er befürchtete, Gretel könnte unter die Hufe seines Mustangs geraten.
Die indianische Magd warf ihm einen tadelnden Blick zu. »Du sollst zu Abendsonne nicht böse Worte sagen!«
»Tut mir leid!«, antwortete der Junge. »Aber ich will zu Lope und den Pferden. Da kann ich Gretel nicht mitnehmen.«
»Ich nehme Abendsonne!« Singender Mund eilte heran und

erwischte Gretel, bevor diese ihr entkommen konnte. Als sie das Mädchen hochhob, hieb es mit kleinen Fäusten zornig auf sie ein.
»Will Pferd!«, stieß sie hervor.
»Wenn Mama dich sieht, bekommt Abendsonne Haue auf den Hintern!«, erklärte Singender Mund streng und sah zufrieden, wie die Kleine in ihren Armen ruhig wurde.
Wegen ihrer Haarfarbe hatte Nizhoni ihrer Tochter den Beinamen Abendsonne gegeben. Allerdings hätte nach Ansicht von Singender Mund Feuerkopf besser zu dem Mädchen gepasst. Aus Angst, dieses Kind ebenso zu verlieren wie seine Schwester, hatte vor allem Walther der Kleinen zu viel durchgehen lassen. Gewohnt, mit ihrer kräftigen Stimme sofort Aufmerksamkeit zu erregen, wollte Gretel nun, da sie laufen konnte, keinerlei Zügel dulden. Im Grunde gab es nur einen Menschen, bei dem sie parierte, und das war die Mutter.
»Will Pferd!«, sagte Gretel jetzt in forderndem Ton und sah sehnsüchtig hinter Waldemar her, der erleichtert davonritt.
»Gib sie mir, Singender Mund!«, wies Walther die Indianerin an. »Ich nehme Gretel vor mich in den Sattel und reite ein kleines Stück mit ihr. Du kannst sie später ins Haus zurückbringen.«
Singender Munds Blick verriet Walther, dass sie ihn für zu weich hielt. Dies warf auch Nizhoni ihm häufig vor. Er liebte dieses Kind jedoch so sehr, dass er es nicht traurig sehen wollte. Darum stieg er auf sein Pferd, ließ sich die Kleine reichen und trabte gemütlich zum Ranchtor hinaus.
Gretel jubelte und haschte nach den Zügeln. Doch da tippte Walther ihr auf die Finger. »Dafür bist du noch zu klein. Außerdem brauchst du deine Hände, um dich an der Mähne festzuhalten! Tu das, sonst reiten wir zurück und ich gebe dich wieder Singender Mund!«

Als das Mädchen ihm gehorchte, lobte er Gretel und hielt sie mit der linken Hand fest, um in den Galopp überzugehen. Im gleichen Alter hatten sowohl Waldemar wie auch Maggie bei dieser Geschwindigkeit Angst bekommen, doch Gretel jauchzte begeistert und stieß, als ihr Vater den Hengst wieder zügelte, einen enttäuschten Ruf aus.

»Ich glaube, das reicht für heute«, erklärte Walther und wendete das Tier, um wieder zur Ranch zurückzureiten.

Als er durchs Tor ritt, stand Nizhoni mit in die Hüften gestemmten Händen vor der Tür und blickte ihnen entgegen. Ehe sie mit ihrem Mann schimpfen konnte, sah sie jedoch, wie glücklich er war, und schluckte die Worte, die ihr auf der Zunge lagen, hinunter.

»Das war aber ein kurzer Ausritt«, sagte sie statt eines Tadels mit leichtem Spott.

»Ich hatte Gretel bei mir. Da wollte ich nicht so weit reiten«, antwortete ihr Mann und hob seine widerstrebende Tochter vom Pferd. Es half Gretel auch nichts, dass sie sich mit den Händen in der Mähne des Hengstes festkrallte.

Ihre Mutter sah es und hob mahnend den Zeigefinger. »Was habe ich dir heute Morgen gesagt?«

»Ich gehorche Papa, Mama und Singender Mund!«, kam es kleinlaut zurück.

»Und, gehorchst du eben Papa?«, fragte Nizhoni weiter.

Die Kleine schüttelte den Kopf, ohne jedoch besondere Schuldgefühle zu zeigen.

»Aber du wirst ihm gehorchen!« Nizhoni nahm ihre Tochter entgegen und sah zufrieden, wie deren Hände sich von der Pferdemähne lösten. Dann sah sie zu Walther hoch.

»Wir haben Besuch. Es ist Herr Belcher!«

»Andreas Belcher?«, fragte Walther verwundert nach, denn seit dem Duell mit Clemens von Renitz und dem geschei-

terten Ansiedlungsvorhaben vor drei Jahren hatten Belcher und er sich nur noch ein- oder zweimal gegenseitig besucht.
Mit einem kurzen Durchatmen schwang er sich aus dem Sattel, reichte die Zügel einem seiner Peones und folgte Nizhoni ins Haus.
Belcher saß in der guten Stube, ein Glas Wein in der Hand, und wirkte verunsichert. »Hallo, Nachbar! Ich dachte, ich müsste doch wieder einmal zu Ihnen kommen.«
»Das freut mich«, antwortete Walther. »Wie geht es Ihrer Frau?«
»Anneliese lässt Sie grüßen. Ihr geht es gut und meinem Michael auch. Meinem Schwager hingegen weniger!« Belcher seufzte, denn er hatte verzweifelt versucht, den Verwandten davon zu überzeugen, Walthers Angebot, hier im French Settlement zu siedeln, anzunehmen. Da sein Schwager sein vorgestrecktes Geld jedoch vergebens von Grenzberg-Malchendorff zurückgefordert hatte, war er bei den anderen Auswanderern geblieben und hatte auf das Land gewartet, das ihm der Verein zum Schutz deutscher Ansiedler in Texas versprochen hatte.
»Was ist mit ihm?«, fragte Walther.
»Er ist tot. Zwar hat er es noch bis zu der Siedlung Neu-Braunfels geschafft, doch andere Siedler, die nach ihm kamen, hatten das Gelbfieber von der Küste mitgebracht. Einige Auswanderer, darunter mein Schwager und mein ältester Neffe, sind daran zugrunde gegangen. Meine Schwester hat die Krankheit zwar überstanden, ist aber noch sehr schwach und vermag mit ihren überlebenden Kindern von acht und zehn Jahren nicht einmal das kleine Stück Land zu bewirtschaften, das der Adelsverein ihnen in Neu-Braunfels zur Verfügung gestellt hat.«

»Das tut mir leid.« Walther reichte Belcher seine Rechte und bekundete ihm seine Anteilnahme.
»Ich will meine Schwester zu mir holen. Aber sollte sie wieder heiraten, brauchen sie und ihr neuer Mann Land, von dem sie leben können. Den Versprechungen des Prinzen Solms-Braunfels und der anderen Herren glaubt von uns keiner mehr. Ich weiß, dass meine Bitte unverschämt klingt, nachdem die Stimmen der deutschen Auswanderer Sie um Ihren Senatssitz gebracht haben«, fuhr Belcher ängstlich fort.
»Ich finde Ihre Bitte nicht unverschämt. Ihr Schwager und die anderen Auswanderer konnten nichts dafür, dass Spencer und Schüdle diesen famosen Grenzberg-Malchendorff über den Tisch gezogen haben. Ich frage mich allerdings, ob es in diesem Mainzer Auswandererverein nur unfähige Narren gibt, die auf jeden Betrüger und Spekulanten hereinfallen«, antwortete Walther voller Verachtung auf die adeligen Herren, die so viele Deutsche dazu gebracht hatten, sich und ihre Zukunft ihnen anzuvertrauen.
Auch Belcher schüttelte traurig den Kopf. »Es ist wirklich zum Haareraufen, Herr Fichtner. Graf Leiningen fällt auf diesen Betrüger d'Orvanne herein und kauft diesem wertlose Landrechte ab. Doch statt sich dies eine Lehre sein zu lassen, erwirbt Solms-Braunfels von Henry Fisher Land, das innerhalb von drei Monaten hätte besiedelt werden sollen, da sonst die Rechte verfallen würden – was sie mittlerweile auch getan haben. Das Schlimmste aber ist, dass Grenzberg-Malchendorff sich von Spencer und Schüdle die Rechte an dessen Land aufschwatzen ließen.«
»Und die sind mittlerweile ebenso verfallen, weil Spencer nicht in der Lage war, genügend Siedler hinzubringen«, erklärte Walther mit grimmigem Spott. »Spencer hat sich die Landrechte gesichert, weil er dachte, Präsident Lamar

würde 1839 die Komantschen vertreiben. Um möglichst viel Land zu bekommen, hat er nur einen kleinen Teil davon unmittelbar erworben und sich für den überwiegenden Rest zum Empressario ernennen lassen. Doch als solcher ist er ebenso gescheitert wie mit seinen anderen Unternehmungen hier in Texas. Da konnte ihm auch Schüdles Senatssitz nicht helfen.«

In Walthers Stimme schwang eine klammheimliche Schadenfreude mit. Es hatte ihn doch gekränkt, nicht mehr in den Senat gewählt worden zu sein. Dann aber erinnerte er sich an Belchers Frage und nickte.

»Wenn Ihre Schwester hier siedeln will, ist sie mir willkommen, ob mit einem neuen Ehemann oder ohne!«

»Danke! Ich wusste, dass ich mich auf Sie verlassen kann«, antwortete Belcher, wirkte dabei aber so erleichtert, als habe er genau das nicht geglaubt. In der Gegend, in der er lebte, wurde gutes Farmland knapp und war daher teuer, doch hier im French Settlement konnte seine Schwester für das gleiche Geld viermal so viel Land erwerben.

»Ich hoffe, Sie sind mir nicht böse, wenn ich gleich morgen früh nach Hause reite. Aber ich möchte meiner Schwester und auch meiner Frau die gute Nachricht überbringen.«

Am liebsten hätte Belcher sich noch am gleichen Tag aufs Pferd geschwungen, doch die sechzig Meilen zu seiner Farm waren in den wenigen Stunden, die diesem Tag noch blieben, nicht zu schaffen.

»Ich freue mich, mich noch ein wenig mit Ihnen unterhalten zu können«, antwortete Walther und merkte, dass ihm ernst damit war. Der Schatten, der sich auf seine Beziehung zu den Belchers gelegt hatte, war während des Gesprächs geschwunden.

2.

Wie angekündigt verließ Belcher die Ranch nach einem raschen, aber reichhaltigen Frühstück. Nizhoni hatte ihn zunächst noch ein wenig misstrauisch betrachtet, doch er stieg wieder in ihrer Achtung, als er Gretel bewunderte und sich auch nicht an ihrem kecken Wesen störte.

Der Tag begann mit Sonnenschein, doch im Süden standen bereits Wolken, die Regen ankündigten. Zu Mittag zog der Himmel sich zu, und kurz darauf schüttete es wie aus Kübeln. Selbst Gretel suchte im Haus Schutz, allerdings erst, nachdem sie bis auf die Haut nass geworden war. Als ihre Mutter sie abgetrocknet und neu angekleidet hatte, hockte sie in der Küche und sah Singender Mund zu, die Tortillas für das Abendessen buk.

Walther saß unterdessen in der guten Stube, hatte die Karte des Siedlungsgebiets vor sich auf dem Tisch und überlegte, welches Stück Land er den Belchers überlassen sollte. Als er einen Blick durch das Fenster warf, sah er durch den Regenvorhang, wie ein Reiter auf dem Ranchhof anhielt. Erst auf den zweiten Blick erkannte er Sanchez, jenen mexikanischen Siedler, dessen Tequila im Settlement höchstes Ansehen genoss.

Verwundert, weil der Mann bei einem solchen Wetter zu ihm kam, stand Walther auf und ging zur Tür. »Kommen Sie herein«, forderte er den triefnassen Mann auf.

Sanchez kam auf das Haus zu und zog noch draußen seinen Sombrero vom Kopf. »Verzeihen Sie, Señor, aber ich dachte, es ist besser, wenn ich vorher mit Ihnen spreche.«

»Vorher?« Walthers Neugier stieg, und er bat den Mann in die gute Stube, obwohl das Regenwasser noch immer wie in Bächen aus dessen Poncho und vom Sombrero lief. Als er San-

chez jedoch aufforderte, sich zu setzen, schüttelte dieser den Kopf.
»Es ist vielleicht besser, wenn ich stehen bleibe, Señor. Es tut mir auch sehr leid, dass es so kommen musste, aber ich …« Sanchez machte eine kurze Pause, bevor er weitersprach. »Aber ich kann nicht mehr hier leben.«
»Was ist geschehen?«, fragte Walther besorgt.
»Nichts ist direkt geschehen, Señor. Aber ich möchte wieder in eine Cantina gehen können, ohne dass man mir sagt, ich hätte darin nichts verloren, und ich will auch nicht weiter zur Seite treten müssen, wenn ein Americano mir entgegenkommt und mich einen schmierigen Mexikaner nennt, obwohl er selbst nach seiner Geburt zum letzten Mal gebadet worden ist.«
Walther hatte von ähnlichen Vorfällen gehört, aber nicht erwartet, dass Männer des eigenen Siedlungsgebiets davon betroffen wären. »Wo war das?«, fragte er zornig. »Dem Besitzer dieser Cantina oder dieses Saloons werde ich ein paar deutliche Worte sagen und auch jedem anderen, der glaubt, er müsse sich hier aufspielen!«
»Bitte regen Sie sich nicht auf, Señor. Sie würden gegen Windmühlen kämpfen, so wie dieser Don Quixcotl. Die Americanos haben hier das Sagen, und Sie würden sich nur Feinde machen, wenn Sie sich gegen sie stellen. Quique, Lope, Benito und die meisten anderen Ihrer Leute sind Tejanos, also in diesem Land geboren worden und aufgewachsen. Ihnen ist das wahre Mexiko immer fremd geblieben. Aber ich bin ein Siedler und stamme aus dem Süden. Damals bin ich Don Ramón de Gamuzanas Ruf gefolgt, hier eine neue Heimat zu finden. Doch dieses Texas ist keine Heimat mehr. Daher will ich meine Farm verkaufen und nach Santa Fe ziehen. Der Bruder meiner Frau lebt dort und wird mir helfen. Ich brauche nur ein bisschen Geld und würde mich freuen, wenn Sie

meine Farm kaufen könnten. Ein Americano würde mich nur betrügen.«

Walther spürte, dass es sinnlos wäre, Sanchez zum Bleiben überreden zu wollen. Der Mann hatte lange mit sich gerungen und sich nun entschieden. Für ihn selbst wurde die Sache problematisch, denn er hatte bereits zu viel Geld für Land ausgegeben, mit dem er im Grunde nichts anfangen konnte. Sanchez' Farm lag ebenfalls weit im Süden, und man musste einen ganzen Tag stramm reiten, um sie zu erreichen. Trotzdem wusste er, dass er den Mann nicht einfach wegschicken konnte.

»Warten Sie einen Augenblick!«, sagte er und verließ die Stube. Als er wieder zurückkam, trug er die kleine Truhe bei sich, in der er sein Geld aufbewahrte. Sanchez hatte unterdessen ein Glas Tequila und ein paar Burritos erhalten und aß und trank abwechselnd.

Als Walther die Geldkiste öffnete, lagen erbärmlich wenige Münzen darin. Er nahm heraus, was er glaubte entbehren zu können, und schob es Sanchez hin. »Mehr kann ich Ihnen nicht für Ihre Farm anbieten, Señor Sanchez. Vielleicht sollten Sie sich doch einen anderen Käufer suchen.«

Sanchez musterte das Geld beklommen, nickte aber. »Das reicht schon, Señor! Es ist mehr, als mir ein Americano geben würde. Schreiben Sie den Vertrag, und ich unterzeichne ihn.«

Während Walther Papier, Tinte und Feder aus dem Wandschrank holte, kam er sich schlecht vor. Sanchez' Farm war um einiges mehr wert, und er wünschte sich, er hätte nicht so viel Land für deutsche Siedler gekauft, die dann doch nicht gekommen waren. Als er den Kaufvertrag fertig hatte, wies er auf eine Klausel, die er noch hinzugesetzt hatte.

»Hier steht, dass Sie noch einmal fünfhundert Dollar erhalten, falls ich Ihre Farm mit Gewinn weiterverkaufen kann.«

»Das ist sehr nett von Ihnen, Señor. Aber ich werde wohl nicht mehr in dieses Land kommen, um das Geld abzuholen. Wenn Sie so freundlich sind, geben Sie es armen Mexicanos, die hier in Tejas bleiben wollen. Und nun leben Sie wohl! Wären alle meine Nachbarn so wie Sie, müsste ich nicht gehen. Das wollte ich noch gesagt haben.«

Sanchez reichte Walther die Hand, verließ das Haus und stieg trotz des Regens und der späten Stunde wieder in den Sattel. Als er losreiten wollte, hielt er nach wenigen Schritten wieder an und griff in seiner Satteltasche.

»Fast hätte ich es vergessen, Señor. Das wollte ich Ihnen noch mitbringen!« Damit reichte er Walther drei Flaschen seines Tequilas, hob noch einmal grüßend die Hand und ritt in die aufziehende Dunkelheit hinein.

»Ich hätte ihn auffordern sollen, hier zu übernachten«, sagte Walther zu Nizhoni, die sich zu ihm gesellt hatte.

»Er wäre nicht geblieben«, antwortete sie leise und deutete auf mehrere kleine Schmuckstücke in ihrer Hand, die er ihr im Lauf der Jahre geschenkt hatte.

»Was soll das?«, fragte Walther verblüfft.

»Sanchez dürfte nicht der einzige Mexicano bleiben, der zu dir kommen wird«, antwortete Nizhoni traurig. »Sie alle werden Geld brauchen, wenn sie fortgehen.«

Der Schmuck war zwar nur ein paar Dollar wert, aber in der jetzigen Situation konnte Walther jeden einzelnen Cent brauchen. Trotzdem schmerzte es ihn, dass seine Frau die schönen Dinge hergeben musste, die er so gerne an ihr gesehen hatte.

»Aber warum wollen sie fort? Wir leben doch alle gut hier«, sagte er mit einer gewissen Enttäuschung.

»Weil sie Männer sind und kein Mann es ertragen kann, wenn andere ihn quälen und demütigen. Das müsstest du doch am besten verstehen!« Nizhonis Stimme klang sanft, doch ihre Worte entführten Walther wieder in seine alte Heimat. Prompt sah er sich mit dem Hut in der Hand vor Gräfin Elfreda stehen, die ihm mit hochmütigen Gesten Befehle erteilte.

Mit einem tiefen Seufzer nickte er. »Ja, Nizhoni! Das verstehe ich sehr gut.«

Nizhoni behielt mit ihrer Prophezeiung recht. In den nächsten Wochen kamen immer wieder mexikanische Siedler zur Ranch, um Walther ihre Farmen anzubieten. Aus Geldmangel hätte er hart bleiben und sie abweisen müssen, doch er brachte es nicht übers Herz. Durch den Verkauf von einzelnen Pferden und Rindern kam gelegentlich etwas Geld ins Haus, und das gab er sofort wieder aus. Dabei bezahlte er den Mexikanern oft weniger, als ein Spekulant es getan hätte. Doch die Männer, die einst Hernando de Gamuzana in dieses Land gefolgt waren, gaben sich damit zufrieden. Für sie stellte es den letzten Sieg über die verhassten Americanos dar, denn Walther musste ihnen hoch und heilig versprechen, ihr Land nicht an diese weiterzuverkaufen.

Als er eines Abends die paar Dollar zählte, die ihm noch geblieben war, sah er mit einem verkniffenen Lächeln zu Nizhoni auf. »Jetzt darf wirklich keiner mehr kommen. Ich könnte ihm nichts mehr geben.«

»Die Mexicanos, die in ihre alte Heimat zurückwollten, sind wohl alle hier gewesen. Doch was willst du nun tun? Du kannst all das Land nicht behalten, und an Americanos darfst du es nicht verkaufen.«

Abmachungen und Verträge waren für Nizhoni etwas Heiliges, und sie wollte nicht, dass Walther dagegen verstieß.

»Ich werde ein paar Landstücke südlich der alten Jemelin-Hacienda zu dieser hinzuschlagen und ein paar Stellen an der

Grenze des Settlements zu unserer Rinderfarm. Das ist immer noch besser, als das Land einfach so liegen zu lassen.«
»Du willst das ganze Land behalten?«, wunderte Nizhoni sich. Walther lachte bitter auf. »Was soll ich sonst tun? Wenn ich das Land leer lasse, reißt es sich womöglich Spencer unter den Nagel, und wir müssen uns erneut mit ihm herumschlagen. Und wenn nicht, kommen womöglich wilde Siedler, und wir haben mit denen Ärger!«
»Dafür wirst du viele Mustangs und gefleckte Büffel züchten müssen.«
»Genug, um einmal die großen Städte ernähren zu können, die in diesem Land entstehen werden«, erklärte Walther, obwohl er derzeit nicht einmal wusste, wie er einhundert Rinder an den Mann bringen konnte.
»Du denkst zu viel an morgen und zu wenig an das, was heute ist«, ermahnte Nizhoni ihn. »Wir sollten zu Bett gehen und etwas anderes im Sinn haben als Silbermünzen und Land, auf dem gefleckte Büffel weiden sollen, deren Großmütter noch nicht geboren wurden.«
Walther lachte leise auf. »Du hast wie immer recht!«
»Außerdem solltest du dich mehr um Waldemar kümmern. Im Gegensatz zu Gretel kommt er nicht auf dich zu, um sein Recht einzufordern.« Nizhonis Lächeln nahm ihren Worten ein wenig die Spitze. Doch erschien es ihr wichtig, dass Walther sich auch um seinen jüngeren Sohn kümmerte und nicht nur um ihre Tochter.
»Ich werde morgen mit ihm ausreiten«, versprach er.
»Mit Gretel vor dir auf dem Pferd!« Nizhoni kannte ihren Mann gut genug, um zu wissen, dass er dem Betteln des Mädchens nicht widerstehen konnte. Dabei war sie selbst stolz auf ihre Tochter, die nicht nur Mut bewies, sondern mittlerweile auch ganz gut sprechen konnte. Mit dem Hören war es eine

andere Sache, doch würde sie dem Mädchen schon noch Gehorsam beibringen.
Walther warf einen kurzen Blick zu Waldemar, der in einer Ecke des Zimmers saß und selbstvergessen in einem Buch las. Da Gretel sich missachtet fühlte, wollte sie zu ihrem Bruder. Doch da stand Nizhoni geschmeidig auf und fing ihre Tochter ein.
»Du wirst Waldemar in Ruhe lassen.«
»Will spielen!«, maulte die Kleine.
»Wenn du so weitermachst, spielt meine Hand auch – und zwar auf deinem Hintern!« Zwar hatte Nizhoni ihre Tochter bislang noch nie geschlagen, doch die Drohung half auch diesmal.
Gretel setzte sich auf ihren Schoß, lehnte sich gegen sie und lächelte sie an. »Mama lieb!«
»Aber nur, wenn du auch lieb bist!«, antwortete Nizhoni und streichelte Gretel übers Haar. Es knisterte leise und sah im Schein der Lampen so aus, als würde es Funken sprühen. Einen Augenblick lang dachte Nizhoni an ihre tote Tochter und den Sohn, der den Tag seiner Geburt nicht überlebt hatte. Von einer plötzlichen Traurigkeit erfasst, sang sie ein altes Lied ihres Volkes und dachte daran, dass ihr Leben nun hier stattfand und sie glücklich sein musste, weil sie ihren Mann, dessen Söhne und die gemeinsame Tochter hatte.

3.

Nachdem einige Tage lang kein Mexikaner mehr gekommen war, um seine Farm zum Kauf anzubieten, beschloss Walther, nach Austin zu reiten und die Käufe rechtswirksam eintragen zu lassen. Eingedenk Nizhonis Rat, sich mehr um Waldemar zu kümmern, nahm er den Jungen mit. Gretel war gar nicht damit einverstanden, diesmal zu Hause bleiben zu müssen, wenn ihr Vater und ihr Bruder wegritten, und brüllte sich schier die Seele aus dem Leib.

Während Walther verzweifelt auf seinem Hengst saß und nicht wusste, was er sagen sollte, bogen sich Nizhonis Lippen im gelinden Spott. Sie hatte ihren Mann oft genug gewarnt, die Kleine nicht zu sehr zu verwöhnen. Nun sah er selbst, wohin dies führte.

»Reitet! Um Abendsonne kümmere ich mich!«, sagte sie und nannte Gretel mit dem Beinamen, den sie ihr gegeben hatte.

Erleichtert trieb Walther sein Pferd an und ritt zum Ranchtor hinaus. Als er sich kurz umdrehte, sah er Nizhoni, die ihrer Tochter eben den Rücken kehrte und dies beibehielt, so sehr die Kleine auch versuchte, vor sie zu kommen. Gretel war dadurch so verdattert, dass sie ganz zu schreien vergaß.

»Keine Sorge, Papa! Mama kriegt Gretel schon hin. Das hat sie bei mir und Josef auch geschafft«, sagte Waldemar lachend.

»Ihr seid aber auch bei weitem braver gewesen als Gretel«, antwortete Walther.

Der Junge schmunzelte, denn auch er schrieb die meiste Schuld an Gretels Eigensinn der Nachgiebigkeit seines Vaters zu. Es wäre ganz gut, dachte er, wenn dieser ein paar Wochen fortbliebe. Dann würde Gretel sich bald besser benehmen. Dies offen zu sagen, traute er sich jedoch nicht. Stattdessen freute er sich auf den Ritt und auf die große Stadt Austin, von der er schon viel gehört hatte. Nun würde er sie endlich kennenlernen.

Da Waldemar bereits bis zur Rinderranch mitgeritten war, hielt er sich auch diesmal gut im Sattel. Die Nacht verbrachten sie auf Sanchez' Farm, die gelegentlich von ein paar Vaqueros

aufgesucht wurde. In der Hütte roch es immer noch nach dem Schnaps, den der Mexikaner einst gebrannt hatte. Auch wenn Walther das Zeug nur hie und da und dann auch nur mäßig getrunken hatte, so schmerzte es ihn doch, dass dieser Mann durch die Dummheit und Überheblichkeit amerikanischer Siedler gezwungen worden war, das Land zu verlassen.
Texas hat sich nicht zum Besseren gewandelt, seit wir die Unabhängigkeit von Mexiko errungen haben, dachte er. Nun stand der nächste Wandel bevor, denn der einsame Stern von Texas war zu einem Stern unter vielen im Banner der Vereinigten Staaten geworden.
In welchem Umfang dies schon geschehen war, begriff Walther, als Waldemar und er am nächsten Tag Austin erreichten und in die Stadt einritten. Überall sah man Soldaten in blauen Röcken, und vor etlichen Häusern, darunter auch vor dem, das er aufsuchen wollte, standen Posten. Walther hielt seinen Hengst davor an, stieg ab und reichte Waldemar die Zügel.
»Halte du den Gaul, bis ich zurückkomme. Es wird nicht lange dauern!«
Walther trat auf das Gebäude zu, ohne die beiden Wachtposten zu beachten. Die sahen sich kurz an und kreuzten ihre Musketen vor seiner Brust.
»He, Mister, so geht das nicht!«
»Ich bin hierhergekommen, um mein Land eintragen zu lassen, und das werde ich auch«, antwortete Walther scharf.
»He, Mister, so können Sie mit uns nicht reden!«
»Seid ruhig, und zwar sofort!«, klang da Sam Houstons Stimme auf. Der einstige Präsident von Texas kam auf einen Gehstock gestützt heran und sah die beiden Soldaten kopfschüttelnd an.
»Bevor ihr das Maul aufreißt, solltet ihr zuerst einmal nachdenken, wer vor euch steht. Das hier ist General Fitchner, der

mit mir zusammen Santa Ana verbleut hat. Die Höflichkeit hätte geboten, ihm zu sagen, dass das Landbüro jetzt in dem Haus da drüben zu finden ist, anstatt ehrbare Bürger zu beleidigen!«

Die beiden Soldaten zogen die Köpfe ein, und einer bequemte sich dann, Antwort zu geben. »Entschuldigen Sie, Sir, aber das hier ist das Hauptquartier von General Taylor. Die Landnahmebehörde von Texas ist jetzt dort drüben untergebracht.«

Sein Zeigefinger wies auf das Haus, das auch Sam Houston bezeichnet hatte. Dieser reichte Walther nun die Hand und verzog die Lippen zu etwas, das einem Grinsen gleichkommen sollte.

»Wenn Sie nichts dagegen haben, begleite ich Sie. Anschließend könnten wir zusammen einen Whisky trinken. Sie können übrigens in meinem Haus übernachten, denn hier gibt es kein freies Hotelbett mehr. Alles ist vom Militär besetzt oder von den Leuten, die den Soldaten folgen wie Schmeißfliegen einer Kuhherde. Ihr spezieller Freund Schüdle zählt im Übrigen auch dazu. Er hat seinen Senatssitz verloren, weil man ihm Betrug bei der Wahl nachweisen konnte. Sie sollten sich bei der nächsten Wahl wieder aufstellen lassen.« Houston zwinkerte Walther kurz zu und hakte sich dann kurzerhand bei ihm ein.

Walther schüttelte den Kopf. »Jetzt muss ich mich erst einmal um meinen Besitz kümmern. Daher habe ich überlegt, Thierry Coureur aufzufordern, für den Senat zu kandidieren.«

»Auch kein schlechter Mann!«, fand Houston und führte Walther zur Siedlungsbehörde.

Waldemar blieb nichts anderes übrig, als mit dem Pferd seines Vaters am Zügel hinter den beiden herzureiten und erneut zu warten. Wie vorhergesagt, brauchte Walther nicht lange, bis er fertig war. Doch als er mit Houston wieder auf die Straße trat, kratzte sich der Ex-Präsident am Kopf.

»Wenn ich es nicht besser wüsste, würde ich sagen, Sie sind ein noch schlimmerer Spekulant als Ihr spezieller Freund Spencer. Mit dem, was Sie heute haben eintragen lassen, besitzen Sie jetzt mehr als ein Drittel des alten Gamuzana-Gebiets.«

»Ich schwöre bei Gott, dass es mir lieber wäre, die Farmen würden noch denen gehören, die sie aufgebaut haben«, antwortete Walther düster.

»Es waren Mexikaner, nicht wahr? Es ist eine verdammte Schweinerei, dass jeder Strauchdieb aus Alabama hier mehr gilt als ein braver Farmer mexikanischer Abkunft. So habe ich mir mein Texas eigentlich nicht vorgestellt. Aber was soll man machen?«

Houston zuckte resignierend mit den Achseln. Die neue Politik, der sich auch Texas beugen musste, da es nun zu den Vereinigten Staaten gehörte, gefiel ihm ganz und gar nicht. Doch weder er noch ein anderer hier im Land besaß die Möglichkeit, dies zu ändern. Präsident James K. Polk im fernen Washington hatte seine eigenen Vorstellungen, und dazu gehörte mit Sicherheit kein friedliches Miteinander mit Mexiko.

»Weshalb sind hier so viele Soldaten unterwegs? Wir haben uns doch freiwillig den Vereinigten Staaten angeschlossen und müssen nicht besetzt werden«, fragte Walther.

»Die Soldaten sollen uns auch nicht besetzen. Ich sage Ihnen, Fitchner: Noch bevor zwei Monate um sind, befinden wir uns im Krieg mit Mexiko. General Taylor hat Captain Hawkins befohlen, bis an den Rio Grande vorzurücken und dem mexikanischen Kommandanten in Matamoros zu erklären, dass dieser Fluss ab sofort die Grenze zwischen beiden Nationen bildet.«

»Aber das Gebiet gehört doch zur mexikanischen Provinz Tamaulipas und hat nie zu Texas gezählt«, wandte Walther ein.

»Das interessiert die Herren in Washington nicht, denn die haben ihre eigenen Pläne. Aber darüber sollten wir uns nicht den Kopf zerbrechen. Kommen Sie mit, und du, Junior, ebenfalls.« Houston lachte und ging voraus. Von tausend Gedanken geplagt, folgte ihm Walther. Ein Krieg mit Mexiko erschien ihm sinnlos, weil der nördliche Teil der Provinz Tamaulipas nur aus wenigen hundert Quadratmeilen trockenen Landes bestand, das höchstens für die Rinderzucht geeignet war. Es zu besetzen musste den Stolz jedes Mexikaners verletzen und würde mit Sicherheit jenen Krieg auslösen, den Sam Houston am Horizont drohen sah.

4.

Die Lage in Austin war nicht so angenehm, dass Walther länger als notwendig dort bleiben wollte. Rasch hatte er begriffen, wie dankbar er Sam Houston für dessen Einladung sein musste, denn durch die große Anzahl an Soldaten und Offizieren, aber auch durch Geschäftsleute, Reporter und andere Schlachtenbummler hatten die Hotelpreise derartige Höhen erreicht, dass er sich mit seinem leeren Geldbeutel nicht einmal ein Zimmer für eine einzige Nacht hätte leisten können.

Ihm gingen auch die Soldaten auf die Nerven und vor allem die Offiziere, die glaubten, nicht nur Mexikaner müssten ihnen ausweichen, wenn sie im Glanz ihrer Uniformen daherkamen. Als ihn ein Leutnant eines Freiwilligenregiments aus Arkansas vor Houstons Haustür absichtlich anrempelte, platzte Walther der Kragen, und er versetzte dem Kerl eine solche Ohrfeige, dass der Mann sich auf den Hosenboden setzte.

»He, du!«, brüllte der Leutnant, sprang auf und griff nach sei-

ner Pistole. Bevor er sie jedoch ziehen konnte, blickte er bereits in die kreisrunde Öffnung von Walthers Waffe.
Die Kameraden des Offiziers wagten nicht, einzugreifen. »Mister, es war nicht nett von Ihnen, den armen Zeb Burke niederzuschlagen. Schätze, er wird von Ihnen Genugtuung fordern«, sagte einer in dem Bestreben, Walther davon abzuhalten, seinen Kameraden einfach niederzuschießen. Ein anderer Offizier zog in der Deckung seiner Freunde die eigene Waffe und wollte sie auf Walther anlegen.
Da klang eine glockenhelle Stimme auf. »Das würde ich nicht tun, Mister! Ich habe Sie genau im Visier!« Waldemar war auf die Szene aufmerksam geworden, hatte seine Flinte aus dem Sattelholster gezogen und auf den Mann gerichtet.
Sofort ließ der Offizier seine Pistole los, als wäre deren Lauf glühend geworden. Auf die kurze Entfernung konnte selbst ein Kind nicht danebenschießen. Für einige Augenblicke herrschte ein unsicheres Patt, das sich jederzeit in einer Katastrophe entladen konnte.
Da trat Houston aus dem Haus, sah den Tumult vor seiner eigenen Tür und kam rasch näher. »Was ist denn hier los?«
»Der Kerl hier hat mich absichtlich angerempelt und will jetzt nicht akzeptieren, dass man sich hier in Texas dafür eine Ohrfeige einfängt«, erklärte Walther.
»Es war eine gewaltige Ohrfeige. Er hat den armen Zeb förmlich zu Boden geschmettert«, rief einer der Offiziere.
Houston musterte Walthers Gegner und grinste. »Du kannst froh sein, dass General Fitchner dich nur niedergeschlagen und nicht gleich erschossen hat, mein Sohn. In Texas macht man das nämlich mit Leutnants, die einen Colonel oder General anrempeln, mag es absichtlich oder unabsichtlich sein!«
»General?«, stotterte Zebulon Burke.
»General Walther Fitchner von der texanischen Armee. Zu

deiner Information: Fitchner und ich haben die Mexikaner bereits im Krieg geschlagen, und das ist etwas, was ihr Teigjungen noch vor euch habt. Und jetzt verschwindet, sonst erzähle ich General Taylor, welche Lümmel sich unter seinem Kommando herumtreiben.«

Obwohl Houston derzeit keinen Regierungsrang in Texas einnahm, reichte sein Einfluss weit. Das wussten auch die jungen Offiziere. Zwei von ihnen fassten den grummelnden Burke bei den Armen und zerrten ihn mit sich.

»Wenn ich diese Kerle so betrachte, hoffe ich direkt, dass sie bald an die Grenze kommandiert werden und ihnen die mexikanischen Kugeln nur so um die Ohren fliegen«, sagte Houston voller Verachtung. Dann klopfte er Walther auf die Schulter. »Es wird einigen hier in Austin gefallen, dass Sie diesem Lümmel eins auf die Rübe gegeben haben.«

»Ohne Waldemar hätte die Sache schlimm ausgehen können, denn einer der Offiziere wollte mich aus dem Hinterhalt niederschießen«, wandte Walther ein.

»Ich sagte doch, dass es Gesindel ist«, erklärte Houston.

Unterdessen kam Waldemar heran und grinste die beiden fröhlich an. »Dabei war meine Flinte nicht geladen! Ich hätte gar nicht schießen können.«

Houston musste lachen. »Wie alt ist der Junge mittlerweile? Zehn? Dieser Apfel ist wahrlich nicht weit vom Stamm gefallen.« Er zwinkerte Walther zu und strich Waldemar übers Haar. »Gut gemacht! Da sieht man, dass selbst ein Junge aus Texas so einen Arkansasschnösel in die Tasche steckt. Aber kommt beide herein. Ich habe Neuigkeiten für Sie, Fitchner.«

»Mein Bedarf an Neuigkeiten ist eigentlich gedeckt«, antwortete Walther.

Houston lachte nur und gab, als sie im Haus waren, seinem

Diener den Befehl, eine Flasche Whisky für sich und Walther zu bringen und für Waldemar eine Limonade.
»Für Whisky bist du noch ein wenig zu jung, mein Guter«, meinte er zu dem Jungen und wandte sich dann Walther zu.
»Zack Taylor will von unseren Erfahrungen im Kampf gegen die Mexikaner profitieren. Daher wollte er mich davon überzeugen, ihn auf seinem Feldzug zu begleiten. Ich sagte ihm, dass ich für solche Scherze langsam zu alt werde, und habe Sie vorgeschlagen. Da die Kerle vor einem Zivilisten, wie wir eben sehen konnten, keinen Respekt haben, werden Sie sich doch eine Uniform schneidern lassen. Nehmen Sie sich die der Offiziere der Vereinigten Staaten zum Vorbild, aber so, dass Zack Taylors Männer merken, dass Sie Texaner sind.«
»Mein Geldbeutel ist derzeit so leer, dass ich mir in dieser Stadt weder ein Zimmer noch eine richtige Mahlzeit leisten kann. Da sagen Sie, ich soll mir eine Uniform schneidern lassen!«, rief Walther kopfschüttelnd.
»Das ist das Zweite, was ich Ihnen mitteilen will. Eine Armee besteht aus vielen Menschen, und die wollen auch etwas essen. Da Taylors Soldaten nicht von den Staaten aus versorgt werden können und die Mexikaner ihnen sicher nichts geben werden, habe ich Sie ins Spiel gebracht. Zack Taylors Generalquartiermeister will hier in Texas Rinder kaufen, die als lebende Steaks mit der Truppe ziehen sollen, bis sie geschlachtet werden. Ich wollte schon Rudledge losschicken, um Sie zu holen, aber das hat sich ja nun glücklicherweise erledigt. Daher kann ich dem Quartiermeister gleich mitteilen lassen, dass er einen seiner Männer schicken kann, um mit Ihnen zu verhandeln. Danach haben Sie genug Geld, um sich ein paar Dutzend Uniformen anpassen zu lassen.«
Houston lachte zufrieden. Auch wenn er den Krieg, den Zachary Taylor im Auftrag Präsident Polks herbeiführen sollte,

für falsch hielt, so hatte er doch nichts dagegen, wenn seine Freunde daran verdienten.
Für Walther war diese Nachricht mehr als nur ein Strohhalm. Wenn es ihm gelang, hundert Rinder zu zehn oder fünfzehn Dollar das Stück zu verkaufen, konnte er seinen Peones und Vaqueros wenigstens einen Teil des ausstehenden Lohnes bezahlen und Nizhoni einige der Waren besorgen, die sie dringend für den Haushalt benötigte. Vielleicht blieb sogar etwas übrig, mit dem er ihr wieder ein kleines Schmuckstück kaufen konnte.
Sam Houston bemerkte, dass Walthers Gedanken ihrer eigenen Wege gingen, und fragte daher Waldemar, ob dieser mit ihm Karten spielen wolle.
»Gerne«, antwortete der Junge.
Während Houston die Karten herausholte und mischte, kehrte Walther aus seinen Überlegungen in die Gegenwart zurück und meinte, dass er ebenfalls mitspielen würde.
»Dann können wenigstens wir beiden Alten uns gegen diesen jungen Burschen zusammentun«, meinte Houston grinsend. »Wozu der imstande ist, hat er gezeigt, als er ein halbes Dutzend Offiziere der US-Armee geblufft hat.«
»Aber ihr könnt doch nicht zu zweit gegen mich spielen«, rief Waldemar, merkte dann aber selbst, dass es nur ein Scherz gewesen war, und fiel in das Gelächter der beiden Erwachsenen ein.
Es war noch keine weitere Stunde vergangen, da klopfte es an die Tür. Houstons Diener öffnete und brachte einen stämmigen Mann in der Offiziersuniform der Vereinigten Staaten herein.
»Major Ezra Malden, Sir«, meldete er mit getragener Stimme.
Houston begrüßte den Offizier leutselig. »Ah! Sie kommen sicher wegen der Kühe! Wollen Sie einen Drink?«

»Wenn es keine Umstände macht, gerne!«, antwortete Malden.
Der Diener hatte bereits ein Glas aus dem Schrank geholt, und Houston goss es voll, bis es fast überlief. Dann füllte er auch sein Glas und das von Walther. »Auf unser aller Wohl und auf die Armee der Vereinigten Staaten!«
»Auf die Armee!«, rief der Major und trank das Glas in einem Zug leer.
»Und auf unser Wohl!«, mahnte Houston ihn und schenkte ihm nach.
Malden nahm es und hob es hoch. »Auf unser Wohl und die Armee!«
Während der Major das Glas auch beim zweiten Mal bis auf den Grund leerte, hielt Walther sich beim Trinken zurück.
»Sie wollen Rinder von mir kaufen?«, fragte er noch ein wenig ungläubig.
»Sofern Sie der Rancher Fitchner sind und uns so viele Rinder liefern können, wie wir brauchen«, antwortete Malden und warf dabei einen schrägen Blick auf sein leeres Glas. Houston bemerkte es und füllte es erneut.
»Ich glaube schon, dass ich genug liefern kann«, erklärte Walther.
»Das hoffe ich. Die Armee der Vereinigten Staaten wird nämlich nicht mit hundert Leuten wegen je fünf Kühen reden, sondern nur mit einem, der fünfhundert Kühe auf einmal verkaufen kann.«
»Fünfhundert Kühe?« Walther riss es fast vom Stuhl. Das wären mindestens fünftausend Dollar und damit genug Geld, um der finanziellen Klemme, in der er steckte, ein für alle Mal zu entkommen.
»Sie haben sicher dieselben dürren Viecher mit den langen Hörnern, die hier herumlaufen. Mehr als zwanzig Dollar kann ich für das Stück nicht zahlen.«

Zwanzig mal fünfhundert macht zehntausend Dollar, durchfuhr es Walther, und er nickte dem Major zu.
»Ich glaube, wir kommen ins Geschäft. Sie bekommen Ihre fünfhundert Rinder.«
»Da wir mit möglichen Verlusten und einem gewissen Schwund rechnen müssen, sollten es besser siebenhundert Rinder sein. Sie müssen uns die Tiere innerhalb von drei Wochen bei San Patricio am Nueces River übergeben. Schaffen Sie das?«
»Ich werde es schaffen«, antwortete Walther, obwohl er nicht die geringste Ahnung hatte, wie lange so ein Rindertreiben dauern konnte. Doch wenn er dieses Angebot ausschlug, würde er noch jahrelang mit jedem Cent knapsen und möglicherweise irgendwann dann doch Land an Siedler verkaufen müssen, die mit Spencer im Bunde sein konnten.
»Ich habe den Vertrag bereits aufgesetzt. Sie müssen ihn nur noch unterschreiben!« Damit zog der Major einen Umschlag hervor und entnahm diesem mehrere Blätter. Walther las sie aufmerksam und sah, dass sie genau das enthielten, was er eben gehört hatte.
Als Houstons Diener ihm eine Feder zum Unterschreiben reichte, musste Walther an sich halten, um nicht vor Aufregung zu zittern. Dieser Vertrag bedeutete genug Geld für ihn, um seine beiden Ranches weiter ausbauen zu können. Nun bedauerte er es, dass Malden nicht drei oder besser vier Monate früher zu ihm gekommen war, denn dann hätte er Sanchez und den anderen mexikanischen Farmern bessere Preise für ihr Land zahlen können.
»Am zwanzigsten Mai erwarte ich Sie und Ihre Rinder am Nueces River«, erklärte Malden zufrieden. Er trank noch ein Glas, stand dann auf und deutete zur Tür. »Wenn die Herren mich jetzt entschuldigen würden! Als Quartiermeister in der

Armee der Vereinigten Staaten muss ich für alles sorgen, von der Schreibfeder des Generals bis hin zum Stiefel des letzten Infanteristen.«

»Guten Abend!«, wünschte Houston dem Major und wartete, bis dieser das Haus verlassen hatte. Als er sich dann an Walther wandte, wirkte er ernst.

»Sie haben nur drei Wochen Zeit, um die Rinder abzuliefern. Glauben Sie, Sie könnten das schaffen?«

»Ich werde auf jeden Fall alles tun, damit es klappt. Daher werden Waldemar und ich gleich morgen früh aufbrechen. Ich danke Ihnen für Ihre Gastfreundschaft und hoffe, sie einmal erwidern zu können.«

»Die Gelegenheit kommt gewiss! Sobald Sie die Kühe losgeworden sind, können Sie sich bei General Taylor melden. Wir dürfen nur die Uniform nicht vergessen, sonst hält er Sie für einen lumpigen Zivilisten und pfeift auf das, was Sie ihm raten.«

»Wenn ich morgen noch zum Schneider gehen soll, verliere ich zu viel Zeit«, wandte Walther ein.

»Ich glaube, so viel Einfluss habe ich noch, den Schneider zu bewegen, dass er sich heute Abend noch hierher bemüht. Das gilt auch für den Storebesitzer, der Ihnen einen neuen Hut verpassen soll. Wenn Sie mit Ihrer Herde hier vorbeikommen, können Sie das Zeug abholen lassen. Ich lege Ihnen das Geld aus, und Sie können es mir später zurückgeben – mit einer oder zwei Flaschen Whisky Ihres irischen Pfarrers für die Zinsen.«

»Nennen Sie sein Gebräu niemals Whisky. Für ihn als echten Iren heißt es Whiskey, und er nimmt es den Engländern und euch Amerikanern verdammt übel, dass ihr ihm das e zwischen dem k und dem y geklaut habt!« Walther hatte einen Scherz machen wollen, sah aber, wie Houston den Kopf schüttelte.

»Mein lieber Fitchner, Texas gehört jetzt zu den Vereinigten Staaten, falls Sie das vergessen haben sollten. Also sind Sie ebenfalls Amerikaner! Um das zu werden, haben Sie doch damals Ihre Heimat verlassen, oder irre ich mich?«
»Sie irren sich nicht.« Walther lachte kurz und schüttelte dann selbst den Kopf. »Gisela und ich wollten nach Boston oder New York, und unser Kapitän, dieser Schurke, ließ uns auch in dem Glauben, er würde dorthin segeln. Dabei war sein Ziel New Orleans.«
»Das Sie aber nicht erreicht haben, weil ein Sturm Sie an die Küste von Texas geweht hat.« Houston füllte ihre Gläser noch einmal und hob das seine hoch.
»Auf Texas und auf die paar anderen Staaten, mit denen wir jetzt die Vereinigten Staaten bilden!«
»Auf Texas!«, antwortete Walther und sah zu, wie Houston seinen Diener losschickte, um den Schneider und den Händler zu holen, die ihm zu einer Uniform und einem angemessenen Hut verhelfen sollten.

5.

Walther und Waldemar verließen Austin in aller Herrgottsfrühe und ritten so schnell, dass sie die Ranch am Rio Colorado bereits gegen Mittag des nächsten Tages erreichten. Noch während Walther aus dem Sattel stieg, rief er Pepe zu sich.
»Es muss sofort ein Bote zu Quique reiten und ihm mitteilen, dass er siebenhundert Rinder zusammentreiben soll. Die können wir an die Armee verkaufen.«
»Si, Señor!« Obwohl der Befehl eilte, übernahm Pepe die Zü-

gel der beiden Pferde, reichte sie an einen seiner Untergebenen weiter und deutete auf einen jungen Burschen.
»Du nimmst dir ein Pferd, reitest zu Señor Azor und sagst ihm das mit den siebenhundert Rindern. Beeile dich!«
Der Peon wusste, dass er die Rinderranch an diesem Tag nicht mehr erreichen würde und wahrscheinlich unter freiem Himmel übernachten musste. Dennoch lief er zum Korral, holte dort einen ausdauernden Mustang heraus und sattelte ihn. Keine Viertelstunde nachdem Walther nach Hause gekommen war, ritt sein Bote nach Westen.
Walther trat in die Küche, in der Nizhoni und Singender Mund gerade das Essen zubereiteten, und wurde von seiner Tochter stürmisch umarmt.
»Papa wieder da!«, rief Gretel ihrer Mutter zu.
»Das sehe ich selbst, mein Kind«, antwortete Nizhoni und musterte ihren Mann durchdringend. Etwas war geschehen, das spürte sie, doch es konnte nichts Schlechtes ein.
»Du hast eine Nachricht für mich, nicht wahr?«, fragte sie.
»Dir kann ich wohl gar nichts verheimlichen«, antwortete Walther lachend. »Die Armee der Vereinigten Staaten hat siebenhundert Rinder von mir gekauft. Allerdings muss ich die Tiere in weniger als drei Wochen bis zum Rio Nueces treiben.«
»Drei Wochen? Das wird knapp!«
»Aus diesem Grund habe ich bereits einen Boten losgeschickt, um Quique Bescheid zu geben. Ich werde morgen früh aufbrechen und zu den Männern stoßen.«
Zuerst nickte Nizhoni, doch dann brachte sie einen Einwand.
»Für siebenhundert Rinder brauchst du etliche Treiber. Trotzdem darfst du nicht alle Vaqueros mitnehmen. Auch Quique sollte zurückbleiben, um die restlichen Rinder zu bewachen. Sonst wären sie bei eurer Rückkehr wohl alle weg.«
»Das stimmt!« Walthers Gesicht spannte sich an, denn daran

hatte er nicht gedacht. »Damit kann ich höchstens fünf oder sechs Männer mitnehmen, und das sind verdammt wenige, zumal einer den Proviantwagen fahren muss. Das soll Jones übernehmen. Der kann auch kochen!«

»Damit geht er dir beim Treiben ab«, sagte Nizhoni. »Unsere Männer sind es nicht gewohnt, Rinder so weit zu treiben. Daher sollten genug Hirten dabei sein.«

»Wer soll deiner Meinung nach dann den Proviantwagen fahren und für uns kochen, etwa Singender Mund?« Walthers Stimme klang etwas scharf, doch Nizhoni lächelte nur.

»Das wäre nicht gut, denn du brauchst Kreisender Adler als Scout, damit er dich vor Stellen warnen kann, an denen der Herdentrieb gefährlich sein könnte. Wäre seine Frau dabei, würde er zu nahe bei ihr und dem Küchenwagen bleiben. Das wiederum würde die anderen Vaqueros ärgern, die keine Frauen haben, und zu Unfrieden führen. Daher werde ich den Küchenwagen fahren. Du weißt, ich kann es! Immerhin hast du selbst mich gelehrt, ein Gespann zu lenken.«

Das stimmte zwar, aber in Walthers Augen war es ein Unding, dass seine Frau mitkommen wollte. »Das geht nicht!«, rief er aus. »Du hast selbst gesagt, dass die Vaqueros es nicht gerne sehen, wenn ein Paar mit ihnen zieht.«

»Das gilt für die Vaqueros selbst, aber nicht für einen Caballero. Du bist ihr Herr. Daher werden sie höflich sein.« Nizhonis Miene machte deutlich, dass sie sich nicht abweisen lassen würde.

Trotzdem versuchte Walther, es ihr auszureden. »Was ist mit Waldemar und Gretel? Willst du sie hier unter der Aufsicht von Singender Mund zurücklassen?«

»Die beiden kommen mit! Waldemar kann dir als Bote dienen, und Gretel stecke ich in einen Korb, damit ihr während der Fahrt nichts passieren kann.«

»Aber …«, begann Walther, sah dann Nizhonis Blick auf sich gerichtet und begriff, dass Widerspruch sinnlos war.
Seufzend setzte er sich an den Tisch. »Jetzt wäre mir etwas zu trinken und zu essen recht.«
»Selbstverständlich!« Nizhoni tischte ihm auf, sagte dabei Waldemar, dass dieser sich waschen solle, und wollte wieder in die Küche zurückkehren.
Da hielt die Stimme des Jungen sie auf. »Muss Papa sich nicht waschen?«
»Ich hoffe, er nimmt sich ein Beispiel an dir«, antwortete Nizhoni lächelnd und schlüpfte zur Tür hinaus.
Walther und Waldemar nickten einander zu und verließen gehorsam das Haus. Während sie sich am Brunnen Gesicht und Hände wuschen, hörten sie, wie Nizhoni Pepe anwies, dafür zu sorgen, dass am nächsten Morgen ein robuster Wagen mit genug Vorräten bereitstand, um die Hirten auf dem Viehtrieb zu versorgen. Sie selbst kehrten, nachdem sie sauber waren, ins Haus zurück, um zu essen. Der eilige Ritt hatte sie erschöpft, doch ihre Gedanken galten dem großen Abenteuer, das vor ihnen lag. Siebenhundert Rinder mehr als zweihundert Meilen weit zu treiben war ein Wagnis, doch Walther wusste, dass ihm nichts anderes übrigblieb, wenn er je wieder auf die Beine kommen wollte.
Während er aß, suchte sein Blick Waldemar. »Wir werden heute noch packen. Viel darf es nicht sein, weil wir es auf Nizhonis Wagen laden müssen. Satteltaschen können wir beim Treiben der Rinder nicht brauchen.«
»Ihr benötigt warme Sachen für kalte Nächte, Decken zum Schlafen, aber sonst nichts. Zum Zähneputzen könnt ihr Stücke von Zweigen nehmen, die ihr auffasert. Seife nehme ich mit.« Nizhoni war ins Haus zurückgekehrt und hatte Walthers Worte vernommen. Nun erklärte sie ihm und Waldemar, was

sie an Vorräten und Gepäck für das Treiben sinnvoll hielt und was nicht. Ihre Erfahrung war größer als die ihres Mannes, denn sie hatte sowohl bei ihrem Volk wie auch bei den Komantschen gelernt, dass zu viel Ballast nur hinderlich war.
»Ein Ersatzhemd muss reichen – und eine Ersatzunterhose«, schlug Walther vor.
»Mehr aber nicht«, antwortete Nizhoni nach kurzem Nachdenken. »Allerdings werde ich unterwegs nicht zum Waschen kommen, weil wir die Rinder rasch treiben müssen.«
»Zu rasch aber auch nicht, sonst hungert das Vieh und kommt vom Fleisch«, wandte Walther ein.
»Um es rechtzeitig zu schaffen, müssen wir mindestens fünfzehn Meilen am Tag zurücklegen. Gleichzeitig sollten wir uns darauf einrichten, dass wir dieses Ziel nicht an jedem Tag schaffen.« Nizhoni klang mahnend, denn sie mussten die Armee erreichen, bevor diese weitergezogen war.
Dies war Walther durchaus bewusst, und so stimmte er ihr zu, als sie das Gepäck für alle beschränkte. Sich selbst nahm Nizhoni nicht aus, auch wenn sie wusste, dass sie sich bei diesem Viehtrieb mehr als ein Mal nach einem Bad sehnen würde. Doch ebenso wie Walther sah sie in dem Treck eine gute Gelegenheit, endlich genug Geld in der Hand zu halten und sich nicht mehr in fast allem einschränken zu müssen.

6.

Am nächsten Morgen war Nizhoni als Erste aufbruchsbereit. Da Walther und Waldemar sie bald einholen würden, nahm sie Gretel, setzte diese in den Korb, den Pepe auf dem

Bock des Wagens festgebunden hatte, und schwang sich neben ihre Tochter.

»Halte dich gut fest, Abendsonne!«, mahnte sie das Mädchen, während sie ihre Peitsche schwang und einen kurzen Blick auf die Flinte warf, die schlussbereit in einem Lederholster am Bock befestigt war. Auch wenn sie nicht glaubte, dass ihnen in der Nähe der Ranch Gefahr drohte, so wollte sie auf alles vorbereitet sein.

Das Gespann zog an, und sie verließen unter Gretels jubelnden Rufen den Ranchhof. Mit einem leichteren Wagen hätten sie es vielleicht schaffen können, die Rinderfarm bis kurz nach Sonnenuntergang zu erreichen. Doch das Gefährt war robust gebaut und zudem voll beladen. Nizhoni ließ die Pferde daher meist im Schritt gehen und nur selten in einen leichten Trab fallen. Ihrer Schätzung nach würde sie nicht vor dem Abend des nächsten Tages ihr Ziel erreichen. Damit aber waren schon vier der einundzwanzig Tage vergangen, die die Frist ihnen ließ, ohne dass auch nur eine einzige Kuh einen Schritt in Richtung Mexiko getan hatte. Zu ihrem Leidwesen kannte Nizhoni das Land nicht, durch das sie ziehen mussten, und konnte nur hoffen, dass Kreisender Adler sich als guter Scout erwies.

Nach einiger Zeit hörte sie hinter sich fröhliche Rufe. Gretel stellte sich in ihrem Korb auf und winkte glucksend nach hinten.

»Papa und Waldemar!«

Unwillkürlich atmete Nizhoni auf. So ganz allein unterwegs war ihr nicht sonderlich wohl zumute gewesen. Jetzt lächelte sie ihrem Mann und ihrem Stiefsohn zu und ließ ihre Pferde erneut ein Stück traben.

»Du solltest das Gespann nicht erschöpfen. Immerhin liegt ein langer Weg vor ihm«, mahnte Walther besorgt.

Nizhoni schüttelte lachend den Kopf. »Ich wechsle die Pferde auf der Rinderranch. Jetzt gilt es erst einmal, rasch hinzukommen.«

»Du denkst aber auch an alles«, rief Walther bewundernd aus. »So können wir es wirklich schaffen, vor morgen Nachmittag dort zu sein. Hoffentlich haben Josef, Quique und unsre Vaqueros die Herde schon zusammengetrieben. Sonst verlieren wir einen weiteren Tag.«

»Hat Quique dich schon einmal enttäuscht?«, fragte Nizhoni lächelnd.

»Nein, warum …?« Noch während Walther fragte, musste er selbst lachen. »Du meinst, er wird fertig sein.«

»Natürlich! Wir werden übermorgen mit der ganzen Herde aufbrechen und sie bis zum Rio Nueces treiben. Danach, mein lieber Mann, hast du so viele von den Gold- und Silbermünzen, die ihr Bleichgesichter so liebt, dass sie dir nie mehr ausgehen.«

»Verspotte mich ruhig!«, antwortete Walther lachend. »Unsere Kinder werden uns einmal dankbar sein, wenn sie mehr von uns erben als eine kleine Hütte und gerade genug Land, um eine Kuh füttern zu können.«

Mittlerweile hatte Nizhoni begriffen, dass die weißen Männer ihren Wert meist durch ihren Besitz bestimmten und nicht durch Mut oder Tapferkeit im Kampf. Wer bei ihnen die Pferde oder gefleckten Büffel eines anderen weißen Mannes stahl, wurde nicht als geschickter Krieger bezeichnet, sondern als Dieb aufgehängt. Ganz kam sie mit dieser Art zu leben nicht zurecht, aber da es Walther Freude machte, nahm sie es hin.

Während sie redeten, stellte Nizhoni fest, dass ihr Mann die Umgebung genau im Auge behielt und seine Büchse geladen über den Sattel gelegt hatte. Auch wenn sie schon etliche Jahre nichts mehr von Nicodemus Spencer gehört hatten, so blieb er

doch auf der Hut. Ihr gefiel seine Haltung, zeigte sie ihr doch, dass Fahles Haar noch immer der umsichtige Krieger und Häuptling war, als den sie ihn kennengelernt hatte.
Die Nacht verbrachten sie mehrere Meilen von der nächsten Farm entfernt am Rand eines Wäldchens. Nizhoni genoss es, ein Lagerfeuer zu entzünden und zum Abendessen Pfannkuchen zu backen. Selbst Gretel griff herzhaft zu und schlief schon bald mit kugelrundem Bäuchlein ein. Auch bei Waldemar gewann die Müdigkeit bald die Oberhand. Während Nizhoni eine Decke über ihn breitete, sah sie zu den Sternen auf.
»Siehst du, wie viele es sind?«, fragte sie Walther.
Dieser nickte. »Es sind sehr viele Sterne, und sie erinnern mich daran, dass ich während meiner Studienzeit einige astronomische Berechnungen machen musste. Ich hätte klüger sein und Josef auf eine Schule schicken sollen, damit er ebenfalls hätte studieren können.«
»Du hast ihn gelehrt, Buchstaben zu malen und zu rechnen. Was braucht er mehr?«, fragte Nizhoni, die froh war, trotz anfänglicher Schwierigkeiten nun Texte in deutscher Sprache fließend lesen und schreiben zu können. Mit dem Englischen tat sie sich schon schwerer.
»Es gibt sehr viel mehr zu lernen«, antwortete Walther leise. »Wer weiß, vielleicht schicke ich Waldemar auf eine höhere Schule.«
»Wenn du glaubst, dass es ihm gefällt …« Nizhoni begriff nicht, wozu es gut sein sollte, wenn ein Junge fern von seiner Familie Dinge lernte, die er im späteren Leben nie mehr brauchte. War es nicht wichtiger, dass Waldemar Rinder züchten, die Krankheiten der Tiere bestimmen und behandeln konnte und darüber hinaus ein ehrlicher und aufrechter Mann wurde?

Dies sagte sie Walther auch und sah im Schein des Lagerfeuers, dass er nachdenklich nickte.
»Vielleicht werden erst unsere Enkel wieder studieren können. Doch wir sollten alles tun, damit es auch dazu kommt.«
»Fahles Haar wird das Richtige entscheiden«, sagte Nizhoni lächelnd und lehnte sich an ihn. »Wer von uns übernimmt die erste Wache?«
»Glaubst du, dass es nötig sein wird?«, fragte Walther. »Wir haben doch niemanden gesehen!«
»Ich fürchte nicht die Männer, die wir sehen, sondern die, die wir nicht sehen«, antwortete Nizhoni. »Schon so mancher ist gestorben, weil er zwar Augen hatte, sie aber im entscheidenden Augenblick nicht benutzt hat.«
»Dann werde ich mich hinlegen. Wecke mich gegen Mitternacht, damit ich dich ablösen kann!« Walther küsste sie auf die Wange, wickelte sich in seine Decke und streckte sich neben den schlafenden Kindern aus. Einen Augenblick lang sah Nizhoni ihm zu, nahm dann ihre Flinte und machte ihre erste Runde ums Lager. Doch während ihrer Wache blieb alles still.
Auch Walther entdeckte bei seiner Wache nichts Aufregenderes als einen in der Ferne heulenden Kojoten. Damit seine Frau ein wenig länger schlafen konnte, legte er im Morgengrauen mehrere Stück Holz in das Lagerfeuer und machte Wasser heiß, um einen von Nizhonis Kräutertees aufzubrühen. Er selbst hätte sich zwar Kaffee gewünscht, doch seine Frau trank ihn nicht, und Waldemar mochte ihn auch nicht besonders. Anschließend nahm er die Pfanne zur Hand und mischte Wasser und Teig, um Pfannkuchen zu backen.
Nizhoni erwachte, als ihr der Duft des ersten Pfannkuchens in die Nase stieg. Rasch stand sie auf und sah Walther tadelnd an. »Du hättest mich wecken müssen!«

»Warum? Traust du mir nicht zu, ein paar Pfannkuchen zu backen?«, fragte er lachend.
Nizhoni fiel in sein Lachen ein und sah immer noch amüsiert nach den Kindern. Waldemar wurde gerade wach, während Gretel noch schlief.
»Aufwachen, du Schlafmütze!«, sagte Nizhoni lächelnd und zupfte an der Decke, in die Gretel eingewickelt war.
»Ich habe Durst, Singender Mund. Bring mir was zu trinken!«, plapperte das Mädchen noch im Halbschlaf.
»Singender Mund ist zu Hause, und wir sind hier in der Wildnis«, erklärte Nizhoni ihrer Tochter mit mühevoll bewahrtem Ernst.
»Dann bring du mir was«, meinte das Mädchen.
»Erst werden wir uns waschen!« Resolut schälte Nizhoni ihre Tochter aus der Decke und ging mit ihr zu dem Teich, in dessen Nähe sie lagerten.
Unterdessen buk Walther mit Waldemars Hilfe genug Pfannkuchen für alle und häufte sie auf einem Blechteller auf.
»Sollen wir Nizhoni bitten, uns etwas von dem Sirup zu geben, den sie mitgenommen hat?«, fragte Walther.
»Sie würden auf alle Fälle besser schmecken«, antwortete der Junge und trank seine erste Tasse Tee.
Wenig später kehrten Nizhoni und Gretel zurück. Die Kleine hatte sichtlich Hunger und ließ sich den Pfannkuchen schmecken.
Es blieb ihnen jedoch keine Zeit, gemütlich zu essen. Nizhoni wusch die Teller und rieb die Pfanne mit Sand aus, um das Fett zu entfernen, damit es nicht ranzig wurde. Währenddessen sattelten Walther und Waldemar ihre Pferde und schirrten den Wagen an.
Das Land dehnte sich schier endlos vor ihnen. Gelegentlich trafen sie auf Buschwerk, seltener auf einen Baum oder

gar ein Wäldchen. Dafür aber wuchs um sie herum genug Gras, um Hunderte und Tausende Rinder ernähren zu können.
»Wie weit ist es noch?«, fragte Nizhoni etwas später am Vormittag.
»Gegen Mittag müssten wir die alten Ranchgebäude erreichen. Auf jeden Fall befinden wir uns bereits auf unserem eigenen Land«, antwortete Walther.
Da klang Waldemars Stimme auf. »Ich sehe Reiter!«
Während Walther die Büchse hob, lachte der Junge fröhlich auf. »Es sind Josef und Falkenschwinge!«
Jetzt erkannte auch Walther die beiden. Josef ritt an der Spitze, doch der Sohn von Singender Mund und Kreisender Adler hielt auf seinem Mustang gut mit. Er war etwa so alt wie Waldemar und half seinem Vater und dessen Vormann Lope zumeist auf der Pferderanch, wie Diego Jemelins alte Hacienda mittlerweile genannt wurde. Ihn hier zu sehen überraschte Walther ein wenig. Doch als er Nizhonis zufriedenes Lächeln sah, begriff er, dass sie Vater und Sohn hierhergeschickt hatte, um beim Treiben zu helfen.
»Hallo, Vater! Hallo, Nizhoni! Schön, euch zu sehen!«, rief Josef bereits von weitem. Er preschte heran, zügelte sein Pferd im letzten Augenblick und sah sie fröhlich lachend an.
»Na, Waldi, wie geht's?«, fragte er grinsend und musterte Gretel erstaunt. »Bei Gott, Kleine, bist du inzwischen groß geworden! Du kommst doch nicht etwa mit?«
»Abendsonne geht mit auf Kriegspfad«, antwortete das Mädchen ganz wie ein großer Häuptling.
»Ich werde für euch kochen und wollte Gretel nicht allein zu Hause lassen«, erklärte Nizhoni.
Walther interessierte sich weniger fürs Kochen und für Gretel als für die Vorbereitungen, die bereits getroffen waren. »Wie

sieht es aus? Seid ihr mit dem Zusammentreiben der Herde schon gut vorwärtsgekommen?«

»Wir sind fertig, Vater. Die Rinder, die du verkaufen willst, lagern bereits an der Südgrenze der Ranch. Im Grunde warten wir nur noch auf euch. Falkenschwinge und ich sind euch entgegengeritten, um euch zu sagen, dass ihr nicht zu den Ranchgebäuden reiten müsst. Wenn ihr erst am Nachmittag gekommen wärt, hättet ihr dort übernachten müssen und erst morgen zu uns aufschließen können. Dadurch hätten wir einen halben Tag fürs Treiben verloren. So aber können wir gleich morgen früh aufbrechen.«

»Das habt ihr gut gemacht!«, lobte Walther und musterte zufrieden seinen Sohn. Da er ihn nur noch alle paar Wochen sah, stellte er nun rascher fest, wie der Junge sich veränderte. Mit seinen sechzehn Jahren war er jetzt fast schon so groß wie er und würde ihn wahrscheinlich bald überragen. Josef wirkte noch schlaksig, doch seine breiten Schultern und die kräftigen Hände wiesen darauf hin, dass er einmal wie sein Großvater Josef Fürnagl aussehen würde. Auch sein Haar war so hell wie das des bayerischen Wachtmeisters und seine Augen genauso blau.

Walther war überrascht, als er feststellen musste, dass sein ältester Sohn im Begriff war, erwachsen zu werden. Noch ein paar Jahre, dann würde er heiraten wollen. Walther fragte sich, wie es sein würde, Großvater zu sein. Dabei fühlte er sich noch gar nicht so alt. Andererseits wurde er bald fünfundvierzig und würde wahrscheinlich die fünfzig überschritten haben, bis Josef zum ersten Mal Vater wurde.

»Was ist mit dir?« Nizhonis Stimme rief Walther aus seinem Sinnieren.

»Ach, nichts!«, meinte er. Sein Lächeln zeigte seiner Frau jedoch, dass er an etwas Schönes gedacht hatte, und das freute sie.

Nizhoni lächelte versonnen, dachte aber sofort wieder an die vor ihnen liegende Strecke. »Ich wollte eigentlich zur Rinderranch, weil ich zwei Ersatzpferde für den Wagen brauche.«
»Nicht nötig, Nizhoni. An die haben wir gedacht und zwei besonders kräftige Gäule mitgenommen«, antwortete Josef.
»Dann bringt uns zur Herde!«, antwortete sie.
Noch während Josef nickte, streckte Gretel gebieterisch die Arme aus. »Will auf Pferd!«
Auch er war gegen den Charme des kleinen Biestes nicht gefeit und hob Gretel zu sich auf den Mustang.
Seufzend schüttelte Nizhoni den Kopf. »Wenn sie das auch während des Treibens macht, bedauere ich, Gretel mitgenommen zu haben.«

7.

Quique, Josef und die anderen Vaqueros hatten ausgezeichnete Arbeit geleistet. Die Herde graste friedlich, während drei Reiter Wache hielten und dafür sorgten, dass sich kein Tier von dannen machte. Die restlichen Vaqueros hatten unweit der Herde an einem kleinen Bach Lager bezogen und überprüften ihre Ausrüstung. Als sie Walther sahen, warfen sie ihre Hüte in die Luft und jubelten. Jahrelang hatten sie Rinder gezüchtet, doch deren Verkauf hatte kaum ausgereicht, ihre Löhne zu bezahlen. Jetzt sah es so aus, als wären die mageren Zeiten endlich vorbei.
»Willkommen, Señora, Señor!« Anders als Josef wunderte Quique sich nicht, Nizhoni zu sehen, denn er kannte ihren festen Willen. Er war froh darum, denn solange sie den Kü-

chenwagen fuhr, hatten sie einen Reiter mehr für die Herde. Auch Waldemar war ihm willkommen, konnte der Junge doch ebenso wie Falkenschwinge als Bote eingesetzt werden. Gretels Anwesenheit nahm er mit Gleichmut hin, weil er wusste, dass Nizhoni auf ihre Tochter achtgeben würde.

Nach der Begrüßung ritten Walther und Quique einmal um die Herde herum, und der Vormann erklärte, wie er sich den Viehtrieb vorstellte. »Die Herde muss während des Treibens eng zusammengehalten werden. Zwei Vaqueros werden am Ende reiten und dafür sorgen, dass kein Tier zurückbleibt. An beiden Flanken sollen je zwei Reiter die Rinder, die ausbrechen wollen, wieder zurückscheuchen. Ein Vaquero muss an der Spitze der Herde mit einem Leittier an der Leine reiten. Wir haben eine alte Kuh ausgesucht, die beim Wechsel der Weide schon öfter die Herde angeführt hat. Diese Aufgabe übernimmt Jones. Eine gute Meile voraus muss ein Reiter auf Hindernisse achten und darauf, ob sich böse Buben in der Nähe herumtreiben. Kreisender Adler wird unser Scout sein und die Strecke des nächsten Tages abreiten. Er muss Furten über die Flüsse suchen und Weideland, auf dem die Rinder am Nachmittag fressen können, ohne dass ein Siedler mit seiner Flinte herumballert.«

»Du hast dir viele Gedanken gemacht«, sagte Walther anerkennend.

»Viel habe ich von meinem Vater gelernt. Er hat als Vaquero bei Don Hernando gearbeitet und war dabei, als dieser mit mehreren hundert Rindern von Tamaulipas aus nach Tejas aufgebrochen ist.«

Quiques Bescheidenheit rührte Walther, und er reichte seinem Vormann die Hand. »Ich könnte mir keinen besseren Rindermann als dich wünschen. Allerdings wirst du nicht mitkommen können, sondern hier nach dem Rechten sehen.«

»Das habe ich mir schon gedacht«, antwortete Quique seufzend. »Ich werde mit zwei Mann zurückbleiben und dafür sorgen, dass niemand den zurückbleibenden Rindern zu nahe kommt.«
»Nur zu dritt wird das schwer sein. Vielleicht sollten wir doch nicht so viele Männer mit auf das Treiben nehmen!«
»Señor, das geht nicht. Sie müssen nicht nur auf die Rinder achtgeben, sondern auch auf Bandidos. Gerade im Süden haben die Americanos viele mexikanische Grundbesitzer vertrieben. Einige dieser Leute könnten glauben, Ihre Herde wäre eine hübsche kleine Entschädigung für das verlorene Land.«
Obwohl er selbst mexikanischer Abkunft war, wollte Quique unter allen Umständen verhindern, dass die Herde auf diese Weise verlorenging.
»Aber einer könnte doch zurückbleiben, wenn ich seine Aufgabe übernehme«, wandte Walther ein, doch Quique schüttelte den Kopf.
»Sie müssen bei dem Wagen bleiben, Señor, und die Señora beschützen, und die kleine Margarita. José erhält die Aufgabe, die Herde immer wieder zu umkreisen, Tiere zurückzubringen, die doch entkommen sind, und auch nach Feinden Ausschau zu halten. Er ist unser bester Reiter.«
Walther hätte Quique gerne mehr Leute zurückgelassen, aber er begriff selbst, dass es so am klügsten war. »Ich wollte, du könntest mitkommen. Du hast die meiste Erfahrung von uns allen.«
»Meine Erfahrung ist das, was ich von meinem Vater weiß, und das habe ich an José, Miguel, Manolo, Jones und die anderen weitergegeben. Sie wissen daher genauso viel wie ich.«
Gerade das bezweifelte Walther. Er benötigte Quiques Anwesenheit jedoch auf der Ranch, denn er traute keinem anderen

seiner Vaqueros zu, sie in dieser schwierigen Phase leiten zu können.

»Dann machen wir es so«, sagte er mit einem missglückten Lachen. »Aber nun zur Treibherde! Glaubst du, dass alle Tiere durchhalten?«

»Das weiß nur Gott, und der wird es uns nicht sagen. Ich habe zwanzig Rinder mehr zusammengetrieben, damit Sie eventuelle Verluste auf dem Weg ersetzen können. Außerdem habe ich dafür gesorgt, dass vor allem Stiere und alte Kühe, die keine Kälber mehr bekommen, verkauft werden. Bei den Rindern, die zurückbleiben, sind acht von zehn Kühe, so dass es nächstes Jahr kaum weniger Kälber geben wird als heuer.«

Also hatte Quique viel weiter gedacht als er selbst, sagte Walther sich und fühlte sich tief in der Schuld seines Vormanns. Er würde ihm nicht nur mit einer Prämie, sondern auch mit einem kleinen Geschenk danken.

Er reichte ihm die Hand. »Du hast ausgezeichnete Arbeit geleistet, mein Freund. Das werde ich dir nicht vergessen.«

»Señor, ich habe die Urgroßmütter und den Urgroßvater der meisten dieser Rinder von San Felipe de Guzmán bis zu unserem Rancho am Rio Colorado getrieben, und Sie haben mich immer wie einen Freund behandelt. Das werde ich niemals vergessen!«

Quiques Augen schimmerten feucht. Wenn er in eine Cantina oder einen Saloon trat, forderte ihn niemand auf zu verschwinden. Wer es doch versuchte, wurde von anderen rasch zum Schweigen gebracht. Das verdankte er der Tatsache, Vormann auf einer Ranch des Generals und früheren Senators Fichtner zu sein. Andere Tejanos hatten weniger Glück als er. Er wischte sich kurz über die Augen und sah Walther ruhig an.

»Wir sollten zurück ins Lager reiten. Es wird Steaks geben und

Tortillas. Morgen früh geht es los, Señor! Wir haben die Tiere heute schon ein paar Meilen getrieben, damit sie sich daran gewöhnen. Trotzdem sollten Sie sie morgen nicht über zehn Meilen zurücklegen lassen. Nach zwei oder drei Tagen können Sie dann zwanzig Meilen machen. Die letzten drei oder vier Tage sollten Sie die Tiere wieder schonen.«
»Wenn ich dir zuhöre, tut es mir doppelt leid, dass du nicht mitkommen kannst, Quique«, antwortete Walther mit einem leisen Seufzer. »Deine Erfahrung wäre sehr wertvoll für uns.«
»Sie werden es auch ohne mich schaffen, Señor. Sie sind ein Mann, wie es nur wenige hier in Tejas gibt. Ich bin stolz darauf, Ihr Vaquero zu sein, und unsere anderen Vaqueros sind es auch.«

8.

Am nächsten Morgen hieß es, die Herde, die noch ruhte, auf die Beine zu bringen, ohne dass sie in Panik geriet und einfach drauflos stürmte. Dabei mussten alle bis auf Nizhoni mithelfen. Sie saß mit Gretel zusammen auf dem Bock des Küchenwagens und sah zu, wie sich die Rinder langsam in Marsch setzten. Die Tiere durften nicht zu schnell getrieben werden, damit die Herde nicht außer Kontrolle geriet. Auch würde General Taylors Quartiermeister für Tiere, die vom Treiben erschöpft waren und nur noch aus Haut und Knochen bestanden, mit Sicherheit keine zwanzig Dollar pro Stück bezahlen.
Nachdem die Rinder endlich unterwegs waren, gesellte Walther sich zu Nizhoni. »Ich glaube, du kannst jetzt aufbrechen!«
Nizhoni wies mit verkniffener Miene auf die Staubwolke, die

von den Tieren aufgewirbelt wurde. »Ich habe keine Lust, die ganze Zeit in diesem Staub zu fahren. Warum können wir uns nicht vor die Herde setzen?«
»Quique hält es für zu gefährlich! Wenn die Herde durchgeht, würde sie den Wagen umstoßen und alles niedertrampeln.«
Das musste Nizhoni akzeptieren. Daher überprüfte sie die Richtung, in die der Wind die Staubwolke trieb, und lenkte ihr Gespann auf die andere Seite. »So wird es gehen«, meinte sie zu Walther, als sie einige hundert Yards seitlich hinter der Herde herfuhr.
»Du bist eine ebenso kluge und wie praktische Frau«, lobte Walther sie und fragte sich gleichzeitig, ob es bis San Patricio seine Aufgabe sein sollte, den Wagen zu begleiten.
Kurz darauf überquerten sie die Grenze des Ranchlands und sahen zur Linken eine Farm. Ihr Besitzer hieß Jenkins und war einer jener Farmer, deren Geschick gerade eben ausreichte, um sich und seine Familie zu ernähren. Bereits eine schlechte Ernte würde diese Menschen in den Ruin treiben, und so stellten Rinder, die man des Nachts unbemerkt stehlen konnte, eine große Verlockung dar.
Walther ging es nicht um eine Kuh. Hier hätte man sich in nachbarschaftlicher Weise einigen können. Schließlich hatte er im French Settlement auch immer wieder anderen Siedlern geholfen. Doch wer nicht ehrlich und offen zu ihm kam, sondern das Vieh stahl, musste damit rechnen, dass er sich damit keine Freunde schuf.
Auch an diesem Tag standen Vater und Sohn Jenkins in der Nähe der Grenze und sahen zu, wie die Herde an ihrer Farm vorbeigetrieben wurde, ohne dass auch nur ein Huf ihr eigenes Land berührte.
»Ich fürchte, dass Jenkins Quique Probleme bereiten wird«, meinte Walther zu Nizhoni.

»Quique ist ein kluger Mann, was jener Farmer dort nicht zu sein scheint.« Nizhoni sah Jenkins nur von der Ferne, aber sie spürte seine Anspannung und nahm auch wahr, dass er immer wieder prüfende Blicke nach Norden warf. Noch auffälliger machte es sein Sohn, der die Reiter zählte, die die Herde begleiteten, und dann eifrig auf seinen Vater einredete.
»Ich hätte Quique sagen sollen, dass er die Tiere, die wir behalten haben, auf die nördlichen Weiden treiben soll«, meinte Walther besorgt.
»Im Norden wären die Rinder zu nahe an Spencers Land. Wenn dessen Männer sie überfallen, stehen Quique und seine beiden Vaqueros auf verlorenem Posten. Daher ist es besser, die Rinder bleiben jener Gegend fern!« Nizhoni lächelte, denn Walther machte sich in ihren Augen zu viele Gedanken über das, was geschehen konnte.
Nun atmete er tief durch und nickte. »Du hast recht! Wir sollten Jenkins fürs Erste vergessen. Für uns gilt es, den Rio Nueces mit möglichst der gesamten Herde zu erreichen.«
»Das werden wir! Immerhin führt Fahles Haar uns an, und er ist ein großer Krieger und Häuptling, wenn du es noch nicht wissen solltest.« Gutmütiger Spott strahlte aus Nizhonis Augen, aber auch das Vertrauen in ihren Mann, alle Schwierigkeiten meistern zu können.
Walther lächelte geschmeichelt und ritt ein Stück voraus. Plötzlich zügelte er seinen Hengst und kniff die Augen zusammen. Da kommt doch ein Reiter, stellte er fest und hob seine Büchse. Dann aber erkannte er Amos Rudledge und senkte die Waffe.
Der Scout trabte auf ihn zu und grüßte grinsend. »Guten Morgen, General! Sie sind einen Tag schneller unterwegs, als ich geschätzt habe.«
»Freut mich, Sie zu sehen, Rudledge. Wie geht's?«

»Ganz gut! Und Ihnen hoffentlich auch. Sagen Sie bloß, dieses Küken da im Korb ist die kleine Gretel. Sie haben aber Mut, Frau und Tochter mitzunehmen!«

Mittlerweile war Nizhoni nahe genug herangekommen, um sich an dem Gespräch beteiligen zu können, und musste hell auflachen. »Wir brauchen jeden Mann bei der Herde, Mister Rudledge. Daher habe ich beschlossen, für die Leute zu kochen!«

»Wollen Sie weiter nach Norden?«, fragte Walther den Scout.

Noch immer grinsend, schüttelte Rudledge den Kopf. »Nein, ich will zu Ihnen. Old Sam Houston sagte, dass Sie Ihr Vieh an den Nueces River treiben wollen. Meinte außerdem, ich sollte Ihnen helfen. Kenne die Gegend und kann Ihnen den besten Weg zeigen.«

»Das wäre großartig!«, rief Walther aus.

Unterdessen war auch Josef auf Rudledge aufmerksam geworden und trabte heran. »Schön, Sie zu treffen, Mister Rudledge. Sie kennen doch die Strecke nach Süden und können uns gewiss sagen, wie wir ziehen sollen.«

»Nicht nur das, mein Junge! Ich komme sogar mit euch. Übrigens haben Sie mich auch später am Hals, Fitchner. Old Sam meinte, als General der nicht mehr existierenden Armee von Texas bräuchten Sie ein Faktotum, das Ihnen die Uniform ausbürstet und die Stiefel putzt, und ist dabei auf mich gekommen«, sagte Rudledge fröhlich.

Walther reichte dem Scout die Hand. »Freut mich, dass Sie mitkommen. Und noch etwas, wenn ich Ihnen zu überheblich werde, dann holen Sie mich auf den Boden der Tatsachen zurück.«

»Mache ich, und zwar mit dem Lasso!« Rudledge reichte ihm die Hand und wies nach Südwesten. »Wir sollten Austin in dieser Richtung umgehen. Da gibt es weniger Siedlungen und

Farmen. Die paar Meilen, die dieser Weg länger ist, holen wir leicht wieder herein.«

»Ich muss nach Austin, um die dumme Uniform abzuholen«, wandte Walther ein.

»Machen Sie sich um die keine Sorge! Old Sam hat versprochen, sie nach San Patricio zu schicken. Vorher brauchen Sie das Ding nicht, es sei denn, Sie wollen, dass Ihre Kühe vor Ihnen Haltung annehmen.«

Nun mussten alle lachen. Sie waren froh, den erfahrenen Scout bei sich zu haben, denn damit sparten sie den Vorreiter, der den Weg für den nächsten Tag erkunden sollte. Walther überlegte kurz, ob er einen Vaquero zu Quique zurückschicken sollte, sagte sich dann aber, dass sein Vormann dies als Misstrauensbeweis ansehen konnte, und ließ es sein.

»Dann reiten Sie mal an die Spitze und zeigen den Kühen den Weg. Josef soll den Vaqueros die Nachricht bringen, dass Sie jetzt unser Führer sind.«

»Das machen die beiden Buben«, antwortete Walthers Ältester lachend und winkte Waldemar und Falkenschwinge zu sich, die neugierig näher gekommen waren. Nachdem er ihnen erklärt hatte, was sie tun sollten, ritt er mit Rudledge zusammen nach vorne, um die Spitze des Zuges zu übernehmen.

»Náshdóítsoh beweist, dass er der Sohn eines großen Häuptlings ist«, sagte Nizhoni lächelnd.

Gelegentlich nannte sie im Gespräch mit ihrem Mann die Namen, die sie den Kindern gegeben hatte, besonders, wenn sie die Jungen lobte. Puma war ein sehr passender Name für Josef, der immer mehr zeigte, dass er einmal ein guter Anführer sein würde.

»Er hätte auch selbst mit den Vaqueros reden können. Immerhin soll er die Herde umkreisen und nicht wie ein General vor-

neweg reiten!« In Walthers Stimme klang Unmut mit, doch Nizhoni schüttelte nachsichtig den Kopf.
»Josef gibt den beiden Knaben das Gefühl, wichtig zu sein. Außerdem lernen sie, von Vaquero zu Vaquero zu reiten und diesen die Befehle zu überbringen. Er selbst erfüllt ebenfalls seine Aufgabe!« Sie wies nach vorne, wo Josef sich eben zurückfallen ließ und sein Pferd im Bogen um die Herde lenkte. Dabei trieb er ein Rind, das ausgebüxt war, wieder zurück und winkte gleichzeitig den Vaqueros fröhlich zu.

9.

Rudledges Anwesenheit erwies sich als Glücksfall, denn der Scout kannte nicht nur den besten Weg, sondern auch viele der Siedler in den Gegenden, welche sie passieren mussten. Obwohl er eine Strecke wählte, die größtenteils durch unbewohntes Land führte, erregte die Herde aus über siebenhundert Rindern Aufsehen. Immer wieder kamen Neugierige, um das ungewohnte Schauspiel zu sehen. Junge Burschen machten sich einen Spaß daraus, ein paar Stunden mit der Herde zu reiten und mit den Vaqueros zu reden. Auch wenn die meisten von Walthers Männern mexikanischer Abkunft waren, verstanden diese mittlerweile genug Englisch, um sich verständigen zu können.
Einige Farmer, die sich in weiser Voraussicht mehr Land gesichert hatten als andere, gesellten sich zu Walther. Manche kannten ihn noch von ihrem gemeinsamen Kampf gegen Santa Ana und dessen Armee, und andere hatten von ihm gehört. Doch alle bewegte die Frage, ob sie in Zukunft

nicht doch mehr auf Rinderzucht als auf Ackerbau setzen sollten.
»Da kann ich Ihnen schlecht einen Rat geben, da ich beides betreibe«, antwortete Walther einer Gruppe von Farmern aus der Gegend von San Antonio. »Bislang hat sich die Rinderzucht für mich wenig gelohnt. Das hier ist die erste große Herde, die ich verkaufen kann. Es wird vielleicht anders werden, wenn mehr Menschen ins Land strömen und die Städte bevölkern. Austin wächst in beeindruckender Schnelle, und ich habe mir sagen lassen, dass es andernorts ebenso ist.«
»San Antonio ist auch größer geworden«, meinte einer der Farmer. »Rinder hätten halt den Vorteil, dass man sie, wenn man genug Land hat, einfach laufen lassen kann.«
»Dann freuen sich Nachbarn, durchziehende Reisende und gelegentlich auftauchende Indianer über die Beute«, wandte Walther ein.
Der Mann warf einen kurzen Blick auf ein in der Nähe laufendes Rind und grinste. »Ich sehe, Sie haben Ihre Kühe mit Brandzeichen versehen. Da kann man sie schlecht stehlen!«
»Aber man kann sie schlachten und die Haut vergraben«, antwortete Walther. »Glauben Sie nicht, das würde nicht geschehen. Wenn der Mensch Hunger hat, fragt er nicht danach, wem das Rind gehört, dessen Fleisch er in den Kochtopf steckt.«
»Sie wollen uns doch nur bange machen, um allein Rinder züchten und daran verdienen zu können«, antwortete der Farmer lachend.
»Das will ich nicht. Immerhin liegen etliche Meilen zwischen meiner Ranch und der Ihren.«
Walther wurde dieser Gespräche mit ihrem immer gleichen Inhalt müde. Trotzdem bemühte er sich, verbindlich zu bleiben. Nachdem die Farmer sich verabschiedet hatten, wandte er sich wieder seiner Herde zu. »Wenn ich Rudledge richtig verstan-

den habe, müssen wir heute den San Antonio River durchqueren. Ich hoffe, die Tiere kommen gut hinüber. Der letzte Fluss hat Hochwasser geführt und uns vor einige Probleme gestellt«, sagte er zu Nizhoni.

»Trotzdem haben wir kein Tier verloren«, sagte Nizhoni, um ihn zu beruhigen. In ihren Augen machte sich Walther einfach zu viele Sorgen. Selbst wenn sie ein Dutzend Rinder verlieren würden, besaßen sie immer noch genug, um sie an die Armee verkaufen zu können.

Josef kam heran und winkte. »Vater, Mister Rudledge rät euch, diesmal vorauszufahren und den Fluss vor der Herde zu überqueren. Sonst bleibt ihr mit dem Wagen in dem Schlamm stecken, den die Rinder aufwühlen werden!«

»Ist gut, Junge!«, antwortete Walther und sah seine Frau an. »Hast du gehört, was Josef uns mitgeteilt hat?«

Als Antwort schwang Nizhoni ihre Peitsche und ließ das Gespann antraben.

Bis zum Fluss war es nicht mehr weit. Walther und Josef ritten neben dem Wagen her und erreichten die Furt, die Rudledge für den Übergang ausgesucht hatte. Das schmutzig braune Wasser stand recht hoch, und daher zögerte Nizhoni hineinzufahren.

»Nicht so zaghaft, Mrs. Fitchner! Das Wasser geht höchstens bis zum Wagenkasten. Da kommen Sie leicht durch«, rief der Scout von der anderen Flussseite herüber.

Nun biss Nizhoni die Zähne zusammen und fuhr weiter. »Du hältst dich fest!«, befahl sie Gretel.

Doch da kam Josef dicht an den Wagen heran, hob das Mädchen aus dem Korb und setzte es auf sein Pferd. »So ist es besser! Nun kannst dich ganz und gar auf das Gespann konzentrieren«, meinte er lachend.

»Gib du gut auf die Kleine acht!«, antwortete Nizhoni und

lenkte ihre Pferde ins Wasser. Denen gefiel der Fluss gar nicht, und sie versuchten auszuweichen.
»Wollt ihr wohl, ihr Zossen!«, schimpfte Nizhoni und ließ die Peitsche über den Pferdeohren knallen.
»So wird das nichts«, erklärte Walther und ritt nach vorne, packte das Führpferd am Halfter und drängte es mit seinem größeren Hengst vorwärts. Mit einem protestierenden Wiehern ging der Gaul weiter in den Fluss.
»Nicht anhalten! Sonst sinkt ihr ein«, warnte Rudledge.
Walther nickte verkniffen und trieb sein Pferd an, dem das Wasser bereits bis zum Bauch stand. Es stieg noch höher, und so musterte Walther den Wagen mit einem besorgten Blick. Noch rollten die Räder, aber wie lange? Er bedauerte, dass das Gefährt nicht schwimmen würde, doch dafür war es zu schwer beladen. Wenn es im Flusssand versackte und sie es nicht mehr herausbrachten, würden ihre gesamten Vorräte zum Teufel gehen.
Im nächsten Augenblick sah Walther seinen Sohn auf der anderen Seite des Gespanns auftauchen. Josef lenkte seinen Mustang nur mit den Schenkeln, denn mit einer Hand hielt er Gretel fest und mit der anderen packte er den Zügel des zweiten Gespannpferdes.
»Weiter jetzt!«, rief er den Gäulen zu.
Diese stemmten sich gegen die Flut und zogen den Wagen prustend vorwärts.
»Das macht ihr gut!«, hörte Walther Rudledges Stimme. Doch da wollte eines der Zugpferde nicht mehr.
»Nimm die Peitsche«, befahl er Nizhoni und zuckte im nächsten Augenblick zusammen, als seine Frau die Peitsche direkt neben seinem Kopf knallen ließ. Prompt stemmte sich das Pferd wieder gegen die Zugseile, und kurz darauf hatte der Wagen festen Boden erreicht.

Nizhoni atmete erleichtert auf und wandte sich ihrem Mann zu. »Na, wie habe ich das geschafft?«
»Ausgezeichnet, Mrs. Fitchner!«, meinte Rudledge, bevor Walther etwas sagen konnte. »Jetzt sollten Sie nur noch ein wenig zur Seite fahren, damit die Kühe herüber können.«
Als Nizhoni einen Blick zurückwarf, sah sie die Herde bereits kommen. Rasch nahm sie Gretel in Empfang und ließ die Peitschenschnur beinahe spielerisch über den Köpfen ihrer Pferde tanzen. Diese zogen sofort an und legten sogar einen leichten Trab hin.
»Eine prachtvolle Frau!«, sagte Rudledge zu Walther. »Ich kenne wenige weiße Frauen, die es auch nur entfernt mit Ihrer Indianerin aufnehmen können.«
»Ich danke Gott, dass er sie mir geschenkt hat«, antwortete Walther mit sanfter Stimme. »Nizhoni habe ich vor sechzehn Jahren kennengelernt. Damals habe ich sie als Amme für Josef gekauft. Nun bin ich fast zehn Jahre mit ihr verheiratet und habe keine einzige Minute davon bereut.«
»Das freut mich! Aber jetzt sollten wir uns um die Herde kümmern. Ihre Boys werden Hilfe brauchen, wenn sie die widerspenstigen Biester alle über den Fluss bringen wollen.«
Rudledge trabte zur Furt und sah, dass die ersten Rinder bereits im Wasser waren. Einige davon ließen sich einfach von der Flut mittragen, so dass Manolo und Miguel, die sie auf dieser Seite flankierten, es allein nicht mehr schafften, sie zum anderen Ufer zu treiben.
»Ich glaube, da sollten wir mit anpacken«, meinte Rudledge grinsend und trieb seinen Mustang in den Fluss. Walther folgte ihm und hieb mit dem Lassoende auf ein paar besonders widerspenstige Rinder ein.
»Ja, so geht es!«, hörte er Jones, der mit der Leitkuh an der Leine eben das andere Ufer erreicht hatte. Das Tier schüttel-

te sich wie ein Hund und brüllte empört. Sofort wandten die anderen Rinder ihr die Köpfe zu und strebten in ihre Richtung.

Für Walther und die anderen wurde es nun leichter. Ein Tier entkam ihnen jedoch und trieb flussabwärts. Sofort setzte ihm Josef nach, schwang sein Lasso und ließ es durch die Luft sausen. Er warf die Schlinge so geschickt, dass sie sich zwar um die Hörner des Tieres legte, aber nicht um dessen Hals. So konnte er den jungen Bullen hinter sich herziehen und erreichte zusammen mit den letzten Nachzüglern das trockene Ufer. Dort löste er das Lasso mit einer geschickten Bewegung wieder und sah erleichtert zu, wie ihn das Rind kurz beäugte und dann hinter den anderen Tieren herlief.

»Das war die schlimmste Stelle auf dem ganzen Weg«, erklärte Rudledge. »Wir sollten die Herde noch zwei oder drei Meilen weitertreiben und dann grasen lassen.«

»Wenn ich Sie so höre, habe ich das Gefühl, Sie wären ein ausgezeichneter Rindermann«, warf Walther ein.

»Ich und ein Rindermann!«, rief Rudledge lachend. »Ich schlage das nur vor, weil ich nach so einem schweren Flussübergang auch nicht mehr weit reiten würde!«

»Dann wollen wir hoffen, dass unsere Kühe genauso denken wie Sie«, antwortete Josef und wies nach vorne. »Nizhoni fährt weiter. Du solltest daher wieder deinen Posten einnehmen, Vater.«

»He! Hier erteile immer noch ich die Befehle«, erklärte Walther und musste sich dabei das Lachen verkneifen. Josef hatte sich auf diesem Viehtrieb bewährt, und die Vaqueros akzeptierten ihn trotz seiner Jugend als Anführer. Daher war er stolz auf seinen Ältesten, aber auch auf Waldemar. Ebenso wie Falkenschwinge war der Junge ihnen eine große Hilfe ge-

wesen, und laut Manolo hatten die beiden einen ganzen Mann ersetzt.
Während er seinen Gedanken nachhing, lenkte er seinen Hengst an Nizhonis Seite und sah sie zufrieden auf ihrem Bock sitzen. Sie kitzelte Gretel ein wenig und schaute lächelnd auf, als Walthers Schatten über sie fiel.
»Bald haben wir es geschafft!«
»Rudledge schätzt, dass wir noch fünf Tage brauchen, wenn wir gemütlich treiben, und vier, wenn wir es eiliger haben.«
»Haben wir es eiliger?«, fragte Nizhoni.
Walther schüttelte lachend den Kopf. »Nein, das haben wir nicht. Eigentlich bin ich sogar ein bisschen traurig, weil der Viehtrieb so bald endet. Auch wenn es viel Arbeit macht, so ist es doch schön, wieder einmal die ganze Familie um sich zu haben.«
»Das ist es!«, stimmte Nizhoni ihm zu. »Übrigens hat auch Gretel kräftig mitgeholfen und den Pfannkuchenteig gerührt.«
»Das habe ich, und ich werde es verdammt noch mal weiterhin tun«, erklärte das Mädchen munter.
»So etwas sagt man nicht!«, wies Walther die Kleine zurecht.
»Josef sagt es auch!«, verteidigte sich Gretel.
»Dann muss ich ihm ebenfalls die Ohren langziehen, wie jetzt dir.« Bei diesen Worten griff Walther zu ihr hinüber und zupfte sie am Ohr.
Gretel sah ihn lachend an. »Das hat aber gar nicht weh getan!«
»Wenigstens hat sie jetzt nicht verdammt gesagt«, sagte Walther und schwor sich, von nun an bei Gretels Erziehung etwas strenger zu sein. Vorher musste er die Rinder zur Armee bringen und anschließend General Taylor aufsuchen. Dabei war er sicher, dass dieser sich nicht im Geringsten für seine Erfahrungen mit der mexikanischen Armee interessieren würde.

10.

Auf ihrem weiteren Weg trafen sie immer wieder auf Soldaten, die gleich ihnen nach Süden zogen. Walther ahnte, dass dies ein gänzlich anderer Krieg sein würde als jener, in dem Sam Houston und er für die Freiheit von Texas gefochten hatten. Beinahe fühlte er sich an die Zeit erinnert, in der er als Trommelbub in Medard von Renitz' Regiment mitgezogen war.
Während der nächsten Tage wurden sie sowohl von Kavallerie als auch von Fußtruppen und Geschützbatterien überholt. Einige Infanteristen schimpften über den Staub, den die Rinder aufwirbelten und durch den ihre Unteroffiziere sie gnadenlos hetzten.
Als Rudledge das hörte, grinste er die Männer an. »Was wollt ihr Doughboys eigentlich? Den Staub gibt es hier auch ohne die Kühe, und das kostenlos. Seht euch nur an! Ihr schaut aus, als hätte man euch alle in Mehl gewälzt. Um die Rinder solltet ihr froh sein, denn die werden einmal in euren Mägen landen. In Mexiko gibt es nämlich nur Kakteen, und aus denen kann man kein gutes Steak braten.«
Einer der Soldaten lachte. »Ein Steak? Schön wär's! Wahrscheinlicher wandern die Viecher in den Bohneneintopf, mit dem Präsident Polk uns Soldaten ernährt. Sehen eh aus, als wären sie verdammt zäh!«
»Ein Eintopf mit zähem Fleisch ist immer noch besser als einer ohne«, antwortete Rudledge.
Da die Soldaten schneller marschierten, als die Herde zog, endete das Gespräch nach kurzer Zeit, und die Soldaten entschwanden in der Ferne.
»Old James Polk bietet ja einiges auf, um den Mexikanern Angst einzujagen«, meinte Rudledge anschließend zu Walther.

»Wir waren anno sechsunddreißig schlechter dran und haben trotzdem gewonnen«, antwortete Walther. »Allerdings wird Taylor, falls die Mexikaner nicht besser ausgerüstet sind als damals, mit dieser Armee bis nach Mexico City durchmarschieren, ohne eine einzige Schlacht zu verlieren.«
»So weit reichen die Rinder nicht, die wir ihm bringen«, meinte Rudledge lachend und wies dann nach vorne. »Da kommt Waldemar angeprescht. Es wird doch nichts passiert sein?«
»Ich hoffe nicht!« Walther gab seinem Hengst die Sporen, um seinem Sohn entgegenzureiten. Dieser wurde langsamer und schwang seinen Hut.
»Vater, es sind einige Offiziere aufgetaucht, die sagen, sie würden sich ab jetzt um die Rinder kümmern.«
»Wo?«, fragte Walther und sah dann selbst drei Reiter, die langsam auf sie zukamen. Einer davon war Ezra Malden, den er bereits in Austin kennengelernt hatte.
Malden zügelte nun sein Pferd und wartete, bis Walther ihn erreicht hatte. »Freut mich, dass Sie es zwei Tage früher geschafft haben als abgemacht. Wir haben Befehl, vorzurücken. Diese verdammten Mexikaner haben unsere Truppen am Rio Grande beschossen. Das wollen wir ihnen heimzahlen!«
»Sie wollen die Herde übernehmen?«, fragte Walther, da ihm dies wichtiger war als die Pläne der Armee.
»Ja, das wollen wir!«, antwortete Malden selbstbewusst.
»Zu dritt?«, fragte Walther verwundert. »Wir selbst sind über ein Dutzend Leute, und die braucht es auch, um die Tiere über einen Fluss zu treiben. Das dort vorne ist doch der Rio Nueces?«
»So ist es. Sie müssen die Rinder noch auf die andere Seite bringen. Dort übernimmt sie die Armee. Keine Sorge, wir haben eine Pontonbrücke gebaut! Also werden weder Sie noch

Ihre Tiere nass!« Malden grüßte und ritt dann langsam in Richtung Fluss zurück.

Rudledge sah ihm belustigt nach. »Der Mann ist gut! Wir sollen die Kühe über eine schwankende Brücke treiben? Glaube nicht, dass ihnen das gefallen wird.«

»Das kriegen wir schon hin, Vater«, warf Josef ein, der neugierig näher gekommen war. »Wir werden die Herde weiter auseinanderziehen. Allerdings müssen alle mithelfen, auch Waldemar und Falkenschwinge, damit die Viecher nicht ausrücken!«

Die Schulung durch Quique trägt Früchte, dachte Walther. Der Junge versteht bereits weitaus mehr von Rindern als ich. Einen Augenblick empfand er sogar Neid, lachte dann über sich selbst. Immerhin war Josef sein Sohn und würde ihm einmal nachfolgen. Da war es gut, dass er sein Gewerbe verstand.

»Was machen wir mit Nizhoni?«, fragte Josef. »Soll sie diesmal hinter der Herde bleiben?«

»Ich fahre mit Gretel voraus. Da dort drüben die Armee lagert, besteht wohl keine Gefahr«, antwortete seine Stiefmutter und lenkte ihr Gespann hinter den Offizieren her.

»Wir warten, bis meine Frau drüben ist, dann treiben wir die Herde langsam auf die Brücke zu«, erklärte Walther und war zufrieden, da Josef zustimmend nickte.

11.

Während Walther und die anderen sich aufteilten, um die Herde unter Kontrolle zu halten, überquerte Nizhoni mit Gretel die Brücke und sah kurz darauf das Lager der amerikanischen Armee vor sich. Zwar standen Posten am Tor, doch es fuhren, gingen und ritten so viele Menschen aus und ein, dass niemand ernsthaft kontrolliert wurde. Auch Nizhoni gelangte mit ihrem Gespann ins Lager, ohne aufgehalten zu werden. Nachdem sie einen Platz für ihr Fuhrwerk gefunden hatte, stieg sie vom Bock, um sich ein wenig die Beine zu vertreten. Als sie Gretel herabheben wollte, sah sie, dass diese in ihrem Korb eingeschlafen war, und ließ sie liegen.

Vor einem Zelt in der Nähe saßen junge Offiziere auf Kisten. Jeder von ihnen hielt einen Becher in der Hand, und auf einer weiteren Kiste standen mehrere Flaschen. Eben hielt einer mit bereits schwerer Stimme einen Vortrag, wie sie die Mexikaner bis nach Mexico City jagen würde. Da entdeckte er Nizhoni und schnalzte mit der Zunge.

»He, Freunde, seht euch die an! Die ist nicht schlecht, das sagt ihr doch auch?«

Seine Saufkumpane drehten sich um und nickten. »Die ist wirklich nicht übel. Sie ist zwar ziemlich hell, aber ich wette um fünf Dollar, dass es sich um eine Rote handelt.«

»Eine Indianerin, sagst du? So eine wollte ich schon immer einmal rammeln. Könnt ihr nicht ein wenig spazieren gehen, damit ich das Zelt für mich allein habe?« Der Sprecher stand auf und ging mit staksigen Schritten auf Nizhoni zu.

Einer seiner Kameraden schüttelte lachend den Kopf. »Der gute Zeb ist so blau, dass er heute keinen mehr hochkriegt.«

»Wetten wir darum?«, fragte ein junger Leutnant.

»Fünf Dollar, dann bist du dabei!«

»Gut, und ich werde gewinnen. Zeb kann noch so besoffen sein, doch wenn er auf einem Weib liegt, bekommt er immer einen Steifen!« Der Soldat sah sich schon im Besitz der Dollars.

Da erreichte Zebulon Burke Nizhoni und legte den Arm um

sie. »Du kommst mir heute gerade recht. Ich bin scharf wie ein Schlachtermesser!«
Nizhoni entwand sich mit einer geschickten Bewegung seinem Griff und wollte zu ihrem Wagen zurückkehren, doch Burke folgte ihr und hielt sie fest.
»Hat dir keiner beigebracht, dass du die Beine breitmachen musst, wenn ein Offizier der Vereinigten Staaten dich vögeln will?«
»Ich glaube eher, dass du dir bessere Manieren angewöhnen solltest!«, gab Nizhoni wutentbrannt zurück.
»Du hast mich mit Sir anzureden, rote Hure!«, bellte Zeb und wollte sie zu dem Zelt zerren, das er mit seinen Kameraden teilte. Da hörte er ein metallisches Knacken und sah nach unten. Die Indianerin hielt eine zweiläufige Pistole in der Hand und zielte damit auf seinen Bauch.
»Du lässt mich jetzt los und verschwindest! Sonst muss ich abdrücken, und du wirst der erste Tote bei diesem Feldzug gegen Mexiko sein.«
Nizhoni klang so ernst, dass Zebulon Burke sogar in seinem Vollrausch begriff, dass sie ihn umgehend niederschießen würde. Voller Angst ließ er sie los und taumelte mehrere Schritte zurück. Der Doppellauf der Pistole folgte seinen Bewegungen, bis er weit genug weg war, dann steckte Nizhoni die Waffe mit einer geschmeidigen Bewegung weg und stieg auf den Bock ihres Wagens.
Für Burke war die Niederlage doppelt beschämend. Er hatte gegen eine Frau den Kürzeren gezogen, und nun lachten ihn auch noch seine Kameraden aus.
»Das war wohl nichts, was?«, spottete sein Kamerad und streckte die rechte Hand aus, in die der Leutnant mit säuerlicher Miene fünf Dollar hinein zählte.
»Dieses vermaledeite Biest! Das lasse ich mir nicht gefallen!

Ich …« Burke brach ab und zog seine Pistole. Bevor er jedoch auf Nizhoni anlegen konnte, zerrte ihn einer seiner Kameraden zurück.

»Bist du verrückt geworden? Wenn du die Frau umbringst, kommst du vors Kriegsgericht.«

»Und wennschon! Mein Onkel paukt mich schon heraus.« Burke wollte sich nicht aufhalten lassen, doch da stieß einer seiner Kameraden einen Fluch aus.

»Da kommt der Quartiermeister. Was will der von der Indianerin?«

Ezra Maldens Anblick ernüchterte Zebulon Burke. Eine Indianerin zu erschießen war eine Sache. Es jedoch bei einer Frau zu tun, die mit einem Quartiermeister der Armee der Vereinigten Staaten bekannt war, eine andere. Mit einer Verwünschung steckte er seine Pistole ein und ließ sich wieder auf die Kiste nieder.

»Schenk ein, Harry! Ich brauche was zu trinken, sonst platze ich noch.«

»Nimm's nicht so schwer!«, tröstete ihn sein Kamerad. »Wir kommen bald nach Mexiko, und das ist Feindesland. Da kannst du jedem hübschen Mädchen die Pistole vor die Nase halten und ihm sagen, es soll sich für dich hinlegen.«

»Und Indianerinnen soll es dort auch geben, und zwar mehr als bei uns!«, pflichtete ihm einer seiner Kameraden bei.

Unterdessen hatte die Herde die Brücke passiert und wurde von einigen dafür abgestellten Soldaten auf einem Platz zusammengetrieben. Einer von Maldens Untergebenen trat auf Walther zu und deutete auf Manolo und die anderen Vaqueros.

»Sie haben Mexikaner dabei. Diese dürfen das Lager nicht betreten. Militärische Geheimhaltung, Sie verstehen?«

Walther nickte. »Klar und deutlich!«

Er zog ein paar Münzen aus der Tasche und reichte sie Ma-

nolo. »Hier, geht in die Cantina und esst etwas. Rudledge, Waldemar, ihr kommt mit mir! Josef, du bleibst bei unseren Männern.«
Nach einem kurzen Gruß zog Walther seinen Hengst herum und ritt ins Lager. Kurz darauf erreichte er Nizhonis Wagen und stieg ab.
»Wir haben es geschafft! Die Rinder sind abgeliefert, und jetzt brauche ich nur noch das Geld.«
»Das bekommen Sie gleich, Mister. Es müssen nur noch die Rinder gezählt werden«, erklärte Malden, der Walther für einen x-beliebigen texanischen Rancher hielt.
»Es müssten etwas über siebenhundert sein«, sagte Walther.
»Die Armee hat genau siebenhundert Stück bestellt. Daher kann ich nicht für mehr Tiere bezahlen.« Malden klang zufrieden, denn er würde die überzähligen Rinder auch in Rechnung stellen, das Geld aber selbst behalten. Schließlich war es nicht billig, einen Sohn nach West Point zu schicken.
Weder Walther noch Nizhoni bemerkten den Mann, der eben die Lagergasse herankam und bei ihrem Anblick hinter einem Zelt in Deckung ging. Es war James Shuddle alias Jakob Schüdle, der im Auftrag seines Freundes Spencer als Armeelieferant auftrat. Nun hörte er interessiert zu, was Walther mit Malden besprach und wie er dann zu Nizhoni sagte, sie solle mit den Vaqueros nach Hause reiten, während er bei der Armee bleiben müsse, um General Taylor zu beraten.

Sechster Teil

Niemals aufgeben

1.

Da die Armee der Vereinigten Staaten unverzüglich zum Rio Grande vorrücken sollte, kam für Nizhoni und Walther bereits am nächsten Morgen die Zeit des Abschieds. Walther trug nun die Uniform, die Sam Houston ihm besorgt hatte, und fühlte sich fremd darin. Daher zupfte er daran herum, bis Nizhoni den Kopf schüttelte.

»Warum ziehst du so ein unbequemes Gewand an, wenn du es nicht magst?«

»Die Uniform eines Offiziers entspricht den Federn eines Komantschenhäuptlings. Ohne ist man nur ein ganz normaler Mensch.«

»Du bist ein ganz normaler Mensch!«, rief seine Frau verwundert.

Walther antwortete mit einem misslungenen Lächeln. »Für dich und unsere Freunde bin ich es. Doch das hier ist die Armee der Vereinigten Staaten, und da gelten andere Regeln. Ohne diese Uniform würde man mich nicht einmal zu General Taylor vorlassen.«

»Die Krieger des großen Häuptlings in Washington haben dumme Regeln«, fand Nizhoni und schüttelte nochmals den Kopf, als er den Säbelgurt umlegte. »Wozu brauchst du dieses lange Messer?«

»Ich hoffe, dass ich es gar nicht brauche. Sam Houston hat mir den Säbel geliehen, denn ohne so ein Ding fühlt ein Offizier sich nackt. Nur Ärzte tragen keinen.«

»Ich sage, die Regeln sind dumm! Und ich wünschte, du müsstest nicht hierbleiben«, sagte Nizhoni und umarmte Walther.

»Ich wünschte es mir auch. Aber Sam Houston hat es eingefädelt, und ich will ihn nicht enttäuschen. Es ist wohl der Preis dafür, dass wir die Rinder an die Armee verkaufen konnten. Bis auf ein paar Dollar, die ich eingesteckt habe, ist das Geld dafür dort in der Satteltasche. Pass gut darauf auf!«

»Das werde ich.«

Walthers Gedanken reichten bereits weiter. »Bis zur Rinderranch begleiten dich noch alle Vaqueros. Da dürfte nichts passieren. Aber beim letzten Stück von der Rinderranch nach Hause müssen du und die beiden Jungen achtgeben. Nimm dir noch ein paar Männer mit, die dich und Gretel beschützen.«

»Das werde ich«, wiederholte Nizhoni und überlegte, ob sie Walther von dem Vorfall am Nachmittag zuvor berichten sollte. Da sah sie durch die offene Zeltplane Zebulon Burke vorbeigehen und stupste ihren Mann an.

»Siehst du diesen Offizier? Er glaubte gestern, sich mir gegenüber Frechheiten erlauben zu dürfen. Ich habe ihn mit meiner Pistole vom Gegenteil überzeugt. Sieh dich vor! Möglicherweise wird er sich dafür an dir rächen wollen.«

Walther stieß einen leisen Fluch aus und wandte sich schon zur Tür, um Burke zur Rede zu stellen. Der Verstand sagte ihm jedoch, dass es besser war, seine Frau aus dem Spiel zu lassen.

»Ich werde den Kerl im Auge behalten. Außerdem habe ich ja noch Rudledge an meiner Seite. Du solltest jetzt aufbrechen. Schau, da kommt Josef! Also warten unsere Vaqueros bereits vor dem Tor.«

»Komm bald wieder!«, flüsterte Nizhoni und gab ihm einen

Kuss. Dann hakte sie sich bei ihm unter und ließ sich hinausführen.

Einige Soldaten und Offiziere verzogen das Gesicht, als sie das Paar sahen. Bei der Fahrt auf dem offenen Bock war Nizhonis Haut von der Sonne dunkler geworden, und sie sah nun wieder mehr wie eine Indianerin aus.

Zebulon Burke stieß eine Verwünschung aus. »Was denkt dieser Kerl sich, diese Wilde so herumzuführen. Bei uns nennt man so einen Kerl einen lumpigen Squawman.«

»Du kannst ihn ja so nennen. Beschwere dich dann aber nicht, wenn er dich auf der Stelle niederschießt«, warnte ihn sein Freund Harry. »Ich habe von Mister Shuddle Sachen über Fitchner gehört, da fallen dir die Ohren ab! Der hat aufrechte Amerikaner kurzerhand aufhängen lassen, nur weil sie einen seiner Vaqueros einen dreckigen Mexikaner genannt haben.«

Der junge Offizier war am vergangenen Abend mit Jakob Schüdle ins Gespräch gekommen und erzählte nun dessen Flunkereien weiter. Weder er noch Burke ahnten, dass Schüdle einiges zusammengelogen hatte, um Walther in ein schlechtes Licht zu rücken. Da Spencers Kumpan Zebulon Burkes schmähliche Niederlage gegen Nizhoni mitbekommen hatte, hoffte er, dass Präsident Polks leicht erregbarer Neffe mit Walther aneinandergeraten würde. Schüdles Pläne aber gingen noch weiter. Während er gut versteckt zusah, wie Walther mit Nizhoni und seinen Söhnen das Lager verließ, rief er einen seiner Begleiter zu sich.

»Siehst du das Paar dort mit den beiden Lümmeln, Hosea?«

»Ich sehe es, Mister Shuddle. Das ist doch eine Rote?«

»Vor allem ist sie die Ehefrau von Fitchner. Wie es aussieht, will sie mit ihren Cowboys nach Hause reiten, während ihr Mann hier bei der Armee bleibt, um General Taylors Hofnarren zu spielen. Das ist die Gelegenheit, auf die wir seit Jahren gewartet haben. Du wirst heute noch aufbrechen und so rasch wie möglich zur Spencer-Ranch reiten. Kauf dir notfalls unterwegs einen neuen Gaul, wenn der alte unter dir zusammenbricht. Sag Luke Dyson, er soll alle unsere Jungs zusammenrufen und dafür sorgen, dass Mistress Fitchner nicht auf der Ranch am Rio Colorado ankommt.«

Hosea nickte grinsend. »Das werde ich, Mister Shuddle. Der gute Luke hat nicht vergessen, dass sein Bruder von Fitchners Mexikanern über den Haufen geknallt worden ist. Daher wird er sich die Gelegenheit nicht entgehen lassen, es diesem Lumpen heimzuzahlen.«

»Viel Glück!« Schüdle klopfte Hosea auf die Schulter und sah dann zu Walther und Nizhoni hinüber, die eben das Lagertor passierten. Schon mehrmals hatte Walther verhindert, dass Spencer und er in Texas Fuß fassen konnten, und dafür würde der Kerl jetzt bezahlen. Dann dachte er an das Geld, das Walther mit Sicherheit nicht hier im Lager bei sich behalten würde, und fand, dass diese Summe sich als nette Zusatzeinnahme für Spencer und ihn erweisen könnte. Um zu verhindern, dass Luke Dyson, Hosea und die anderen die Dollars verschwinden ließen, musste er sich allerdings selbst um die Angelegenheit kümmern. Deshalb würde er seine Geschäfte mit der Armee so rasch wie möglich beenden und ebenfalls nach Norden reiten.

2.

Quique war ein mutiger Mann, doch derzeit fühlte er sich nicht wohl in seiner Haut. Das lag weniger an der Herde, die er zu bewachen hatte, als vielmehr an den Män-

nern, die von Norden kommend immer wieder über das Gebiet der Fitchner-Ranch ritten und sich dabei demonstrativ sehen ließen.
»Gewiss sind das Spencers Schurken«, sagte er zu den beiden Männern, die ihm als Vaqueros geblieben waren.
»Einer von uns sollte zur Ranch am Rio Colorado reiten und von dort Verstärkung holen«, schlug Nando vor.
Quique schüttelte den Kopf. »Auf der Farm sind nur noch ein paar Peones, und bei der Pferdeherde musste Lope schon auf Kreisender Adler und dessen Sohn verzichten. Wenn er uns zwei Männer schickt, befindet er sich in derselben Lage wie wir jetzt. Sollten Spencers Getreue das merken, fallen sie über ihn her und stehlen die Pferde. Der Verlust wäre weitaus höher, als wenn wir einen Teil unserer Kühe verlieren.«
»Aber wenn sie uns überfallen, schießen sie uns schneller zusammen, als wir A sagen können«, erklärte Nando besorgt.
»Sollen wir vielleicht die Herde im Stich lassen und an den Rio Colorado fliehen?«, fragte Quique mit beißendem Spott.
»Nein, das nicht«, antwortete Nando, obwohl er genau das am liebsten tun würde.
»Wir werden unsere Herde verteidigen, und wenn dieser vermaledeite Spencer uns sämtliche Schurken der Welt auf den Hals hetzt«, rief Quique, der fest entschlossen war, die Sache durchzuziehen.
»Sollten wir sie nicht besser nach Osten zur Hauptranch am Rio Colorado treiben?«, fragte einer seiner Männer.
»Zu dritt schaffen wir das nicht. Wir können sie nur hier ein wenig in Bewegung halten. Wir nehmen alles mit, was wir brauchen, und lassen die Hütten zurück. Werden die niedergebrannt, können wir sie wieder aufbauen. Die Herde selbst treiben wir jeden Tag drei, vier Meilen weiter. Wenn einzelne Tiere entkommen, müssen wir sie eben später wieder einfangen.«

»Wenn sie bis dorthin nicht in Jenkins' Suppentopf oder in dem eines anderen Siedlers gelandet sind.«
»Das müssen wir in Kauf nehmen. Es ist besser, ein paar Tiere zu verlieren als alle!« Damit war für Quique alles gesagt. Vasco, der bislang geschwiegen hatte, hob jetzt nachdenklich die Hand.
»Wir dürfen nicht nur auf Spencers Leute schauen. Als ich gestern Nacht Wache geritten bin, habe ich zwei Männer gesehen, die sich unserer Herde genähert haben, habe sie dann aber nicht mehr entdeckt. Daher wollte ich heute bei Tageslicht nach Spuren suchen.«
»Dann machen wir das gemeinsam, denn wir dürfen uns ab jetzt nicht mehr trennen. Ich will nicht, dass man uns einzeln erwischt. Also, Muchachos, auf in die Sättel und haltet eure Büchsen und Pistolen bereit!« Quique lachte, doch es lag keine echte Heiterkeit darin. Die Aufgabe, die Walther ihm übertragen hatte, erschien ihm kaum zu bewältigen. Dennoch wollte er alles tun, um sie zu erfüllen.
»Was ist mit unseren Ersatzpferden?«, fragte Vasco.
»Die nehmen wir mit und fesseln ihnen auf der Weide die Vorderbeine, dass sie zwar fressen, aber nicht davonlaufen können.« Quique suchte seine Sachen zusammen, stopfte sie in eine Satteltasche und stieg dann auf seinen Wallach, der sich für das Rindertreiben besser eignete als ein Hengst.
Die beiden Vaqueros folgten seinem Beispiel, und so ritten sie kurz darauf los. Zuerst schauten sie nach der Herde, doch die graste ruhig, und so konnten sie nach den Spuren der beiden Männer suchen, die Vasco in der Nacht gesehen hatte.
Als sie schon kurz davor waren, aufzugeben, hielt Quique sein Pferd an und starrte auf eine sandige Stelle, auf der unzweifelhaft die Abdrücke von derben Stiefeln zu sehen waren, wie Siedler sie trugen. Er folgte der Spur, die nur teilweise zu er-

kennen war, und entdeckte schließlich eine Stelle, an der sie scharf abknickte und auf ein Dornengebüsch zuhielt.

»Wie es aussieht, haben die Kerle dich an dieser Stelle gesehen und sich in den Dornen versteckt«, erklärte Quique und deutete auf einen Stofffetzen, der an einem der Büsche hing. Als er sich zur Seite beugte und diesen an sich nahm, sah er, dass sich ein Knopf daran befand.

»Amigos, dieser Knopf hat gewiss Freunde, und nach denen sollten wir suchen«, meinte er.

Da begann Nando zu fluchen. »Diese Hunde! Schaut hierher! Da haben sie mehrere Rinder weggetrieben.«

Als Quique die Stelle erreichte, stieg er aus dem Sattel, um sich die Spuren anzusehen. »Es sind drei Kühe, sie wurden von zwei Männern mit derben Stiefeln nach Süden getrieben. Wenn das nicht unser Freund Jenkins mit seinem Sohn war, könnt ihr mich im nächsten Jahr Esel nennen!«, sagte er mit einem harten Auflachen. Er funkelte seine beiden Reiter auffordernd an. »Worauf warten wir noch, Muchachos? Es wäre unhöflich, Mister Jenkins nicht zu besuchen.«

»Ich glaube nicht, dass er sich freuen wird«, antwortete einer der Vaqueros und gab seinem Pferd die Sporen.

Mit einem schrillen Kriegsruf trieb nun auch Quique seinen Wallach an. Da sie sich bereits im Süden der Rinderranch aufhielten, brauchten sie nur ein paar Stunden, um Jenkins' Farm zu erreichen. Schon von weitem sahen sie, dass einige Rinder in dessen Pferch standen.

»Das sind mehr als drei!«, rief Vasco grimmig.

Quique nickte mit angespannter Miene. »Jenkins glaubt anscheinend, dass er jetzt, da die meisten unserer Leute mit Señor Fichtner geritten sind, gefahrlos unsere Kühe stehlen kann. Kommt, Amigos, wir werden ihn eines Besseren belehren!«

Mit diesen Worten nahm er die Büchse zur Hand und machte sie schussfertig. Auch seine Kameraden griffen nach ihren Waffen. Sie waren nur zu dritt und konnten sich daher keinen Angriff auf das Farmhaus erlauben, das von Jenkins und seinem Sohn mit Leichtigkeit verteidigt werden konnte. Der Pferch mit den Rindern lag jedoch weit genug vom Haus entfernt, so dass ihnen nur ein Zufallstreffer gefährlich werden konnte.

»Nehmt die Lassos, Compañeros. Wir werden diesen Korral ein wenig zerlegen!« Grinsend ritt Quique weiter und hörte gleich darauf einen Schuss. Die Kugel strich jedoch weit über ihn hinweg.

»Der gute Mister Jenkins wird anscheinend nervös, Amigos. Aber er schießt nicht gut!« Ohne sich von den Kugeln stören zu lassen, die nicht weit von ihnen die Erde aufstieben ließen, legte Quique sein Lasso um einen Pfosten des Pferchs und zog daran. Es dauerte einen Augenblick, dann gab der Pfahl nach. Nach zwei weiteren Pfählen war der Weg für die Rinder frei.

Während seine Kameraden die Tiere heraustrieben, winkte Quique in Richtung des Farmhauses. »Versuchen Sie das nie wieder, Mister Jenkins. Das nächste Mal hängen Sie!«

»Verfluchter Mexikaner!«, hörte er den Farmer schreien. Ein weiterer Schuss knallte, doch auch diese Kugel klatschte irgendwo in den Boden.

»Quique, eine der Kühe hat kein Brandzeichen!«, meldete sich Nando.

Der Vormann überlegte kurz und spie dann wütend aus. »Lasst das Viehzeug hier zurück! Ich bin zwar sicher, dass es auch zu unserer Herde gehört hat, aber ohne Brandzeichen können wir das nicht beweisen.«

Noch während er es sagte, trieb Nando die Kuh mit dem Lassoende in Richtung des Pferchs und ließ das Tier dort

stehen. Quique wandte sich unterdessen noch einmal dem Farmhaus zu.
»Die Kuh bleibt hier, weil sie kein Brandzeichen trägt. Im Gegensatz zu Ihnen sind wir keine Viehdiebe, Mister Jenkins. Ich kann Ihnen aber sagen, dass General Fitchner nicht erfreut sein wird, wenn er das hört. Und damit Adiós und Hasta la vista!«
Mit einem spöttischen Lachen riss Quique seinen Wallach herum und entging um Haaresbreite der nächsten, besser gezielten Kugel des Farmers.

3.

Walther blickte voller Sehnsucht hinter Nizhonis Wagen her, der über die Pontonbrücke nach Norden fuhr. Am liebsten hätte er sie begleitet, und das nicht nur wegen des Geldes, das sie bei sich trug. Josef und die Vaqueros waren Schutz genug auf dem Weg in die Heimat, zumal sich mit Kreisender Adler ein ausgezeichneter Späher unter ihnen befand.
Diese Männer waren seine Welt, die Soldaten um sich herum aber verstand er kaum. Zwar sprachen sie Englisch, doch ihre militärischen Ausdrücke und ihr Drill waren ihm fremd. Da Sam Houston ihm jedoch diese Aufgabe übertragen hatte, drehte er sich um und schlenderte in Richtung des Zeltes, in dem sich Zachary Taylor, der Befehlshaber dieser Armee, aufhielt.
Während er in Gedanken versunken durch das Lager wanderte, verließ ein wie ein Cowboy gekleideter Reiter das Lager. Bei diesem handelte es sich um Schüdles Boten Hosea. Schüd-

le selbst suchte rasch noch einige Offiziere auf, die über den Ankauf von Versorgungsgütern zu entscheiden hatten, und schloss seine Geschäfte mit einem Gewinn ab, der um einiges unter dem lag, den Spencer und er sich erhofft hatten. Ihm war es jedoch wichtiger, Walthers Frau zu folgen und dafür zu sorgen, dass deren Dollars in seiner und Spencers Tasche landeten. Sonst bestand die Gefahr, dass Luke Dyson und dessen Männer sich mit der Beute in die Büsche schlugen.

Als Walther Taylors Zelt erreichte, schien der Posten, der davor stand, nicht zu wissen, was er von ihm zu halten hatte. Zwar trug er eine Uniform, doch unterschied diese sich in einigen Einzelheiten von denen, die die Generäle der US-Armee trugen.

»Wen darf ich melden, Sir?«, fragte der Mann.

»Walther Fitchner, General der Armee von Texas«, antwortete Walther laut genug, damit es im Zelt gehört werden musste.

»Der ehemaligen Armee von Texas!«, scholl es bärbeißig aus dem Zelt. Ein Arm wurde sichtbar, der die Plane des Zelteingangs beiseitezog, und danach ein grauhaariger Kopf. »Kommen Sie herein, Fitchner. Glaube zwar, dass wir die Mexikaner auch ohne Sie schlagen können, aber es ist immer gut, wenn man den Jungs sagen kann, da ist ein Mann, der mit dem Feind schon einmal fertig geworden ist. Also werdet ihr es wohl auch schaffen!«

Walther deutete einen militärischen Gruß an und trat ein. »General, Ihr ergebenster Diener!«, sagte er.

Taylor, ein älterer Mann mit mürrischer Miene, wies auf einen Klappstuhl in einer Ecke des Zeltes. »Nehmen Sie den. Wenn Sie etwas trinken wollen, müssen Sie sich selbst bedienen. Ich habe meinen Adjutanten weggeschickt, um meine Befehle für den Vormarsch zu überbringen. Die Mexikaner haben das Feuer auf unsere Truppen eröffnet, die ich unter Captain

Hawkins Kommando an den Rio Grande bei Matamoros geschickt habe, um dem dortigen mexikanischen Befehlshaber Arista mitzuteilen, dass Texas von nun an ein Bestandteil der Vereinigten Staaten von Amerika sein wird und weitere Aktionen mexikanischer Truppen und Freischärler nördlich des Rio Grande einen Kriegsgrund darstellen.«
»Ich bin sicher, dass die Mexikaner das Vorrücken nordamerikanischer Truppen als Kriegsgrund ansehen«, antwortete Walther. »Das Gebiet zwischen hier und dem Rio Grande hat nie zu Texas gehört, sondern zum mexikanischen Bundesstaat Tamaulipas, und die Mexikaner werden dieses Gebiet nicht kampflos preisgeben.«
Taylor winkte mit einem kurzen Lachen ab. »Der Rio Grande ist die beste Grenze zwischen uns und Mexiko. Präsident Polk hat mir die entsprechenden Vollmachten erteilt, jede mexikanische Aggression gegen unsere Truppen, die das Gebiet nördlich des Flusses besetzen, mit entsprechenden Mitteln zu beantworten.«
»Dann werden Sie mit Ihren Truppen sehr weit marschieren und eine Schlacht gegen die Mexikaner nach der anderen schlagen müssen«, gab Walther kühl zurück.
»Ein, zwei harte Hiebe und sie werden kuschen!« Taylor zuckte mit den Schultern und deutete auf die Karte, die auf einem zusammenklappbaren Tisch lag.
»Wie gut kennen Sie die Gegend südlich des Rio Grande?«
»Gar nicht. Ich habe mich immer nördlich davon aufgehalten.«
»Ich hörte, sie wären 1836 dabei gewesen. Das muss ja das reinste Taubenschießen gewesen sein«, fuhr Taylor fort.
»Damals begingen General Santa Ana und seine Offiziere einige entscheidende Fehler. Aber Sie können nicht damit rechnen, dass die Mexikaner diese wiederholen. Rechnen Sie lieber

mit erbitterter Gegenwehr. Außerdem dürfen Sie den Stolz dieser Leute nicht vergessen. Die mexikanische Armee wird nicht aufgeben, bis sie endgültig besiegt ist – und das heißt, Ihre Armee wird schließlich auch Mexico City erobern und besetzen müssen.«

Walthers Einwand brachte Zachary Taylor zum Lachen. »Jetzt malen Sie den Teufel nicht an die Wand, Fitchner. Die mexikanische Armee hat im Kampf gegen euch Texaner nicht viel getaugt und ist in der Zwischenzeit kaum besser geworden.«

»Wenn Sie meinen!« Walther nahm es insgeheim übel, dass Taylor jeden seiner Einwände als unsinnig abtat. Im Gegensatz zu ihm kannte er die Mexikaner.

»Sie sind heute Abend mein Gast, General. Ich stelle Ihnen bei der Gelegenheit meine Offiziere vor. Es wird Sie hoffentlich nicht stören, dass sich auch ein Leutnant darunter befindet. Zebulon Burke ist jedoch ein Neffe des Präsidenten und wird nach Abschluss dieser Kampagne sicher befördert werden.«

»Danke, General! Ich fühle mich geehrt«, antwortete Walther nicht ganz wahrheitsgemäß und fand, dass dieser Feldzug für ihn nicht gerade gut anfing. Burke war der Kerl, mit dem er in Austin aneinandergeraten war, und dieser hatte am Vortag zudem seine Frau beleidigt.

4.

Im Gegensatz zum Herdentrieb stellte die Heimreise zur Rinderranch für Nizhoni und ihre Begleiter geradezu eine Erholung dar. Miguel, Manolo und die anderen überschlugen sich beinahe, sie und Gretel zu bedienen. Jones half ihr beim Kochen und brachte ihr neue Rezepte bei, während Waldemar von Kreisender Adler noch mehr von dem lernte, was ein guter Fährtensucher wissen musste. In Abwesenheit seines Vaters führte Josef die Gruppe an, war aber klug genug, auf seine Stiefmutter und den Rat der erfahrenen Vaqueros zu hören.

Als sie die Grenzen des eigenen Landes erreichten und schon bald darauf die neu errichteten Hütten am Llano River vor sich sahen, war die Stimmung immer noch gut, trübte sich aber bald ein, denn von Quique und dessen beiden Helfern war keine Spur zu finden.

»Hoffentlich ist ihnen nichts passiert!«, rief Manolo besorgt.

»Sie dürften sich bei der Herde aufhalten«, antwortete Nizhoni und wandte sich an Kreisender Adler. »Kannst du zusehen, ob du die drei findest?«

Der Indianer nickte entschlossen.

»Ich komme mit!«, rief Falkenschwinge und schloss sich seinem Vater an.

Als Waldemar den beiden folgte, wollte Nizhoni ihn schon zurückrufen. Dann aber sagte sie sich, dass sie den Jungen nicht wie ein kleines Kind behandeln durfte, und winkte Miguel zu sich.

»Reite mit zwei weiteren Männern hinter ihnen her für den Fall, dass Spencers Leute Quique und die anderen angegriffen haben und sich noch auf unserer Weide aufhalten.«

»Wenn unseren Freunden etwas geschehen ist, werden die Schuldigen es bedauern«, antwortete der Vaquero und eilte hinaus. Draußen schwang er sich in den Sattel seines Wallachs und rief zwei seiner Kameraden zu, mit ihm zu kommen.

Nizhoni sah die drei losreiten und ein Stück vor ihnen Krei-

sender Adler, Waldemar und Falkenschwinge in einer lockeren Formation dahingaloppieren. Es beruhigte sie, dass ihr Stiefsohn hinter den beiden Indianern reiten musste. In der Hinsicht konnte sie sich auf Kreisender Adler ebenso verlassen wie auf Quique, Miguel oder Manolo.
Ohne etwas von der Besorgnis seiner Stiefmutter zu ahnen, ritt Waldemar etwas seitlich versetzt hinter den beiden Indianern und spähte über das Land. Noch sah er keine Rinder, aber Spuren verrieten ihm, dass etliche Tiere noch vor wenigen Tagen hier geweidet haben mussten.
Kreisender Adler schien dies ebenso zu sehen, denn er bog jetzt leicht nach Süden ab und wies einige Zeit später nach vorne. »Dort sind gefleckte Büffel und ein Reiter. Es muss einer von uns sein, denn Vaqueros von Bleichgesichtern sehen anders aus!«
»Es ist Quique!«, rief Waldemar und stellte sich im Sattel auf. »He, Quique! Wir sind zurück!«
Nun reagierte der Reiter und kam auf sie zu. Zunächst hielt er noch die Büchse schussbereit, senkte sie aber, als er die drei erkannte. »Waldemaro! Kreisender Adler! Falkenschwinge! Welche Freude, euch zu sehen!«
»Wie geht es?«, fragte Waldemar, als sie Quique erreicht hatten.
»Jetzt, da ihr wieder hier seid, ausgezeichnet. Die letzten vier Wochen waren hart – mit wenig Schlaf und viel Arbeit, aber wir haben es geschafft. Ganz zu Anfang hatte Jenkins mehrere Rinder weggetrieben. Meine Amigos und ich haben sie zwar zurückholen können, mussten aber eine Kuh dort lassen, weil sie kein Brandzeichen aufwies. Irgendwie müssen wir dieses Vieh übersehen haben. Señor Fitchner soll es mir vom Lohn abziehen. Es war meine Schuld.«
»Jetzt mach mal halblang!«, wandte Waldemar ein. »Es gibt

hier einiges an Dornengestrüpp, in denen sich so ein Viehzeug verstecken kann. Da kann man dir keinen Vorwurf machen, dafür aber Jenkins, weil er seine Pfoten nicht von den Tieren lassen konnte.«

»Wir haben seinen Korral niedergerissen und unsere Rinder wieder herausgetrieben. Er hat zwar geschossen, aber nicht getroffen!« Quique grinste, doch sowohl Waldemar wie auch Kreisender Adler und dessen Sohn begriffen, dass es eine heikle Angelegenheit gewesen sein musste.

Als kurz darauf Josef zu ihnen aufschloss, der Miguel und dessen Kameraden gefolgt war, und hörte, was geschehen war, wurde er sehr zornig.

»Man sollte es diesem Jenkins heimzahlen!«, rief er und drohte mit geballter Faust in die Richtung, in der er dessen Farm wusste.

Quique wiegte unschlüssig den Kopf. »Ich weiß nicht, ob wir die Americanos im Süden dadurch verärgern sollen, indem wir einen der ihren aufhängen. Wir haben auch Spencers Männer gesehen, die von Norden her auf unser Land eingedrungen sind. Es kann sein, dass dieser Schuft wieder etwas vorhat.«

»Das werden wir zu verhindern wissen!«, antwortete Josef selbstbewusst. Ihm war Jenkins im Augenblick wichtiger, und er wollte den Mann nicht so einfach davonkommen lassen.

»Los, Leute, es sind nur ein paar Meilen bis zu Jenkins' Farm. Wir sollten uns dort zumindest blicken lassen!« Mit diesen Worten ritt er an.

Quique streckte noch den Arm aus, um ihn aufzuhalten, ließ es aber sein. Wahrscheinlich war es wirklich besser, Jenkins zu demonstrieren, dass die Mannschaft der Rinderranch wieder vollzählig war. Vor unbedachten Handlungen, so nahm er an, würde er Josef abhalten können.

Auf dem weiteren Weg wurde Josef ruhiger, und er fragte sich, was er eigentlich bei Jenkins tun sollte. Wenn er den Mann aufhängen ließ, würden sie sich die Feindschaft von dessen Freunden und Nachbarn zuziehen. Doch das konnten sie sich Spencers wegen nicht leisten.

Die Sonne stand bereits weit im Westen, als sie die Grenze der eigenen Weide erreichten. Jenkins hatte einen neuen Korral näher an seinem Farmhaus errichtet. Die Kuh ohne Brandzeichen und ein vielleicht zwei Monate altes Kalb standen darin. Als Quique es sah, fing er zu fluchen an.

»Das Kalb muss diese Canalla in einer der letzten Nächte gestohlen haben. Der Teufel soll ihn holen!«

»Es hat noch kein Brandzeichen. Also können wir es nicht beweisen«, antwortete Josef mit einer gewissen Bewunderung für die Frechheit des Farmers. Dulden aber wollte er diese auf Dauer nicht.

»Wir sollten nicht zu nahe ans Farmgebäude reiten. Ich will nicht, dass dir etwas geschieht, José, und Waldemaro ebenfalls nicht. Ich traue Jenkins zu, dass er auf euch schießt«, warnte Quique.

»Wir bleiben auf unserer Seite der Grenze. Jenkins' Hütte liegt so nahe, dass er uns hören kann«, antwortete Josef und hielt sein Pferd vor einem Pfahl an, der die Grenze markieren sollte.

Da fluchte Quique recht unchristlich. »Dieser Bastard hat den Pfahl versetzt! Beim letzten Mal stand er dort bei jenem Busch.«

»Dann setzen wir ihn wieder dort ein!« Josef beugte sich aus dem Sattel und zerrte an dem Pfahl, doch er konnte ihn erst aus der Erde lösen, als Quique ihm half.

Gemeinsam ritten sie auf die Stelle zu, an der der Pfahl gestanden hatte, und entdeckten dort das Loch, in das er gehörte.

»Jenkins mag dreist und mutig sein, aber er ist auch dumm«, spottete Quique, als er vom Pferd stieg und den Pfahl wieder in den Boden steckte.
Josef nickte und blickte zu der Farm hinüber. Jenkins und sein Sohn standen, die Büchsen in der Hand, auf dem Hof. Die Waffen halfen ihnen jedoch wenig, weil sie nicht bis zu den Vaqueros trugen. Daher mussten sie voller Wut zusehen, wie Miguel den Grenzpfahl mit einem Knüppel wieder in die Erde trieb. Da Josef das noch nicht genug war, befahl er den anderen, zurückzubleiben, und ritt auf Jenkins und dessen Sohn zu.
»Ich weiß nicht, ob das klug ist, José«, rief Quique ihm nach.
»Ich glaube nicht, dass Jenkins es riskieren kann, auf mich zu schießen. Er weiß, dass ihr danach sowohl ihn wie auch seinen Sohn an dem Pekannussbaum neben seinem Haus aufhängen werdet«, antwortete Josef.
So war es auch. Jenkins befahl seinem Sohn, die Büchse zu senken, und stellte seine eigene mit dem Kolben auf den Boden. Dann sah er Josef aus zusammengekniffenen Augen an. Dieser trug die schlichte Tracht der Vaqueros, doch unter seinem Sombrero stahlen sich blonde Locken hervor, und sein Gesicht war zwar von der Sonne gebräunt, zeigte aber zusammen mit den hellen Augen deutlich, dass er kein Mexikaner war.
»Verdammter Kerl! Ich würde ihm am liebsten eine Kugel verpassen«, schimpfte sein Sohn.
»Das wirst du bleibenlassen, Jim«, fuhr ihn sein Vater an. Die sechs Reiter an der Grenze bewiesen ihm deutlich, dass Walthers Vaqueros zurückgekommen waren. Damit war die Gelegenheit, sich heimlich Kälber und noch ungebrannte Rinder von deren Weide zu holen, fürs Erste verstrichen.
Josef hielt seinen Mustang zehn Schritte vor Jenkins an und blickte auf den Mann hinab. »Hören Sie, Jenkins. Ich habe

nichts dagegen, dass Sie versuchen, mit Ihrer Farm auf die Beine zu kommen. Allerdings mag ich es gar nicht, wenn dies auf unsere Kosten geht. Daher mache ich Ihnen einen Vorschlag: Wenn Ihr Sohn bei uns als Ranchhelfer arbeitet, bekommt er für jeden Monat ein Kalb und zusätzlich fünf Dollar als Lohn. Sie können sich damit eine kleine Herde heranziehen und werden irgendwann so viel verdienen, dass die Menschen in der Stadt die Hüte vor Ihnen ziehen.
Sie können natürlich auch versuchen, sich heimlich ein paar Kälber zu holen. Auch wenn Sie das eine oder andere Mal Glück dabei haben sollten: Irgendwann wird man Sie erwischen, und dann sehe ich schwarz für Sie!«
Josef musterte den Farmer, der angestrengt nachzudenken schien, und schätzte auch dessen Sohn ab. Jim Jenkins war etwa in seinem Alter, einen oder zwei Zoll kleiner als er, wirkte aber breiter, weil er die untersetzte Figur seines Vaters geerbt hatte. Die Farbe seiner Haare lag zwischen Mausgrau und einem matten Braun, und die haselnussbraunen Augen in dem breitflächigen Gesicht standen ein wenig vor.
»Kann ich einen Tag darüber nachdenken, Josef Fitchner?«, fragte Jenkins.
»Ich gehe nicht als Knecht zu diesen dreckigen Mexikanern!«, fuhr sein Sohn auf.
»Du hältst den Mund, Jim. Ein Kalb und fünf Dollar im Monat auf die Weise zu bekommen hat etwas für sich!« Im Grunde war Jenkins' Entscheidung bereits gefallen. Auch wenn er mit aller Gewalt reich werden wollte, war die Angst, bei seinen Viehdiebstählen von Walthers Vaqueros erwischt zu werden, doch zu groß.
»Morgen bekommen Sie meine Antwort«, sagte er zu Josef und nahm seinem Sohn die Büchse ab, um zu verhindern, dass der Junge eine Dummheit beging.

5.

Nördlich von Walthers Rinderranch lag jenes Gebiet, das Nicodemus Spencer sich vom texanischen Staat hatte überschreiben lassen. Die Hoffnungen, dieses Land auch besiedeln zu können, hatte der Mann jedoch fallenlassen müssen, da es zu den Jagdgründen der Komantschen gehörte und es dem damaligen texanischen Präsidenten Mirabeau B. Lamar nicht gelungen war, die Indianer zu vertreiben. Nach dem Auslaufen seiner Siedlungskonzession waren Spencer lediglich das Gebiet seiner geplanten Ranch und die Stadt geblieben, die nach ihrer Verlegung an die Grenzen der Ranch nur noch als Dorf mit weniger als fünfzig Einwohnern existierte. Sogar den Grenzsaum zum French Settlement hatte Spencer verloren, so dass sich ein mehrere Meilen breiter Streifen Niemandsland zwischen seinem Besitz und den ersten Farmen des ehemaligen Gamuzana-Gebietes erstreckte.

Da Spencer bislang kaum einen Cent in seinen Besitz gesteckt hatte, liefen dort nur ein paar Rinder herum, und seine Männer hatten genug Zeit, sich im Saloon des Dorfes aufzuhalten, der als einziges Geschäft florierte. An diesem Tag hatte Jakob Schüdle alle Männer zusammengeholt, die Spencer oder ihm irgendwie verpflichtet waren. Außer den sieben Cowboys und dem Verwalter der Ranch waren dies Morgan O'Flannagan und seine drei Schwäger sowie sechs Dorfbewohner. Mit ihm selbst waren es neunzehn Mann, und dies, davon war er überzeugt, würde für sein Vorhaben ausreichen.

»Also, Leute, lasst euch noch einmal einschenken«, begann er und hob selbst sein Glas. »Auf euren Boss Nicodemus Spencer und darauf, dass wir es Fitchner und dessen Bande bald heimzahlen können!«

»Wenn es so weit ist, sind wir mit dabei«, rief O'Flannagan aus. Seit er und seine Verwandten sich von den anderen Siedlern des French Settlements getrennt hatten, lebten sie mehr schlecht als recht auf ihren Farmen. Mittlerweile hatten sie Schulden bei dem hiesigen Saloon-Besitzer angehäuft, der nebenbei einen kleinen Store betrieb, und dieser drängte immer stärker auf deren Bezahlung.

»Ich bin auch dabei!« Luke Dyson war zwar nicht der Verwalter der Ranch, dafür aber Spencers Vertrauensmann und damit der eigentliche Anführer der Cowboys.

Im Gegensatz zu ihm hob der Verwalter abwehrend die Hände. »Mister Spencer sollte sich besser um seine Ranch kümmern, als einen Privatkrieg mit General Fitchner zu führen.«

Da er Spencer nur als Mister ansprach, Walther hingegen General nannte, fuhr Schüdle wütend auf. »Du solltest besser den Mund halten! General Spencer will diesen elenden Fitchner am Boden sehen, und das wird bei allen dreigeschwänzten Teufeln auch geschehen!«

»Hosea erwähnte schon, dass Sie einen Plan hätten«, warf Dyson hoffnungsvoll ein. »Der Kerl soll für den Tod meines Bruders zahlen und auch für die Schrotkugeln, die er mir und Greg verpasst hat.«

In Dysons Stimme schwang die Wut mit, dass sein Vetter Greg mit seiner Familie nach Südwesten gezogen war und dort als Farmer lebte. Von einem Kampf gegen Fitchner wollte dieser nach den bisherigen Erfahrungen nichts mehr wissen.

»Auch dafür wird er bezahlen«, murmelte Luke Dyson leise vor sich hin.

»Dann sind wir uns ja einig!«, erklärte Schüdle mit genug Nachdruck, um die Männer, die noch zögerten, auf seine Seite zu ziehen. »Fitchners Leute werden bald auf die Ranch am

Llano River zurückkehren. Seine Squaw wird aber nicht dort bleiben, sondern zu ihrem Hauptbesitz am Rio Colorado weiterreisen. Mit dem Wagen braucht sie dafür mehr als einen Tag, und das werden wir ausnützen.«

»Einen Überfall auf eine Frau halte ich für Dummheit«, wandte der Verwalter ein. »Ganz Texas wird darüber empört sein.«

»Um eine dreckige Indianerin wird sich schon keiner scheren!« Schüdle machte eine verächtliche Geste und ließ noch einmal nachschenken. »Seit Jahren sitzen wir hier herum und warten, dass wir diesem Lumpenhund eins zwischen die Zähne geben können. Diese Chance will ich nicht verpassen.«

»Sie haben nicht hier gewartet, sondern es sich in Louisiana gutgehen lassen«, wandte der Verwalter ein.

»Halt's Maul!«, fuhr Luke Dyson den Mann an, der offiziell sein Vorgesetzter war. Dann wandte er sich wieder an Schüdle. »Wir holen uns das Weib und werden erst einmal unseren Spaß damit haben, bevor ich ihr eigenhändig eine Kugel verpasse!«

»Das gefällt mir nicht!«, raunte einer der Dörfler seinem Nachbarn zu.

»Mir auch nicht. Wir sollten zusehen, dass wir hier wegkommen«, antwortete dieser.

Während der Verwalter weitere Einwände vorbrachte und die Aufmerksamkeit auf sich zog, verdrückten sich die beiden Männer immer weiter nach hinten und verschwanden schließlich durch den Nebeneingang. Zwei weitere Bewohner von Spencerville folgten ihnen, ebenso einer von O'Flannagans Schwägern. Dieser schüttelte sich, als er draußen vor dem Saloon in den Sattel des alten Gauls stieg, der ihm sowohl als Zug- wie auch als Reitpferd diente. Zwar war er, nachdem O'Flannagan sich mit Walther entzweit hatte, seinem Verwandten gefolgt, doch bei einem Überfall auf eine Frau wollte er nicht mitmachen.

Während er langsam in Richtung seiner Farm ritt, überlegte er, ob er nicht Ean O'Corra oder einem der anderen irischen Siedler mitteilen sollte, was Schüdle und Dyson planten. Doch die Angst, von den Schurken als Verräter angesehen und abgeknallt zu werden, war zu groß. Daher beschloss er, so zu tun, als wüsste er von nichts.

Im Saloon ging unterdessen der Streit zwischen Dyson und seinem Vorgesetzten weiter. Als es dem Verwalter zu dumm wurde, schlug er mit der Faust auf den Tisch.

»Ich habe nichts dagegen, einen zu aufmüpfigen Nachbarn in die Schranken zu weisen. Aber das, was ihr vorhabt, ist ein Verbrechen, und daran wird sich keiner meiner Cowboys beteiligen!«

Für einen Augenblick sah es so aus, als würde er seine Männer auf seine Seite ziehen. Doch da zog Dyson mit einem höhnischen Lachen seine Pistole und richtete sie auf ihn.

»Wir sind aber nicht deine Cowboys, sondern die von General Spencer. Wenn der sagt, wir sollen Fitchner eins zwischen die Hörner geben, tun wir das auch.«

Der Verwalter starrte auf die Pistole und sah an Dysons Blick, dass dieser kurz davorstand abzudrücken. Daher zuckte er mit den Schultern. »Von dem Augenblick an seid ihr auch nicht mehr meine Cowboys. Ich gebe den Job auf!«

Die Hände betont von seiner eigenen Waffe fernhaltend, drehte er sich um und ging zur Saloontür. Als er sie erreichte und öffnete, schoss Dyson ihm in den Rücken. Der Mann zuckte zusammen, versuchte noch, sich umzudrehen, und stürzte dann haltlos hinaus auf die Straße.

»War das nötig, Luke?«, fragte einer der Cowboys. »Wir sind doch immer gut mit ihm ausgekommen.«

»Das Schwein hätte uns mit Sicherheit an Fitchners Leute verraten«, gab Dyson wütend zurück. »Oder seid ihr scharf darauf, euch ein paar Kugeln einzufangen, nur weil jemand diese Bastarde gewarnt hat?«

»Nein, das nicht«, antwortete der Cowboy. »Aber mir gefällt es trotzdem nicht, eine Frau zu überfallen. Wenn wir sie wirklich als Geisel nehmen, muss sie anständig behandelt werden. Sonst mache ich nicht mit.«

»Von dir lasse ich mir nichts sagen«, schäumte Dyson auf.

Nun hielt Schüdle es für geraten, eingreifen. »Streitet euch nicht! Was mit der Frau geschehen soll, wird General Spencer entscheiden. Aus dem Grund werden wir, wenn wir sie abgefangen haben, nach Louisiana reiten und sie zu ihm bringen. Bis dahin wird sie in Ruhe gelassen.«

Schüdle warf Luke Dyson einen warnenden Blick zu. Immerhin war er selbst Spencers rechte Hand, und der andere hatte ihm zu gehorchen.

Dyson kannte Spencer und dessen Hass auf Walther Fitchner, und daher grinste er nur. Sein Boss würde ihm die Indianerin überlassen, da kam es auf die paar Tage, die er bis dorthin warten musste, wirklich nicht an. Außerdem beruhigten Schüdles Worte das Gewissen der anderen. Zwar hatte sich nur ein Cowboy gegen den Überfall ausgesprochen, doch vor einer Vergewaltigung schreckten einige zurück.

»Wir machen es so, wie Mister Schüdle sagt!«, erklärte Dyson. »Wir fangen das Fitchner-Weibsstück ab und bringen es zu General Spencer.«

»Wie wollen wir vorgehen?«, fragte O'Flannagan, der das Fehlen eines seiner Schwäger bislang nicht bemerkt hatte.

»Das werdet ihr gleich erfahren«, antwortete Dyson mit einem zufriedenen Grinsen. »Vorher aber noch etwas anderes! Wer glaubt, er könnte das Fitchner-Weibsstück warnen, der sollte wissen, dass ich ihm danach die Gedärme bei lebendigem Leib aus dem Bauch reißen werde!«

Die Warnung schlug ein. Mit dem Mord an ihrem Verwalter hatte Dyson bewiesen, wozu er fähig war. Außerdem, so sagten sich einige, war Fitchner selbst schuld, wenn die Sache so aus dem Gleis geriet. Schließlich hätte er sich nicht gegen Spencer stellen müssen. Daher beugten sich nun alle nach vorne, als Dyson ihnen erklärte, wie sie Nizhoni und deren Begleitung abfangen würden.

6.

Nizhoni war drei Tage auf der Rinderranch geblieben und hatte dort einige Änderungen in die Wege geleitet, die ihr als unabdingbar erschienen. Da sie jedoch das Geld, das Walther für ihre Rinder erhalten hatte, bald nach Hause bringen wollte, beschloss sie, am nächsten Tag aufzubrechen. Zuerst hatte sie überlegt, zu reiten, um die Strecke an einem Tag bewältigen zu können. Dann aber erinnerte sie sich, dass die neuen Ranchgebäude am Llano River lagen und damit noch ein ganzes Stück weiter von zu Hause weg als die ersten, mehr im Zentrum des Ranchlands errichteten Häuser. Außerdem wurde der Wagen nicht hier gebraucht, sondern auf ihrem Besitz am Rio Colorado.
»Wir werden morgen Nachmittag Scharezzanis Farm erreichen und dort übernachten«, erklärte sie Quique und Josef am Abend.
Der Vormann nickte mit zuversichtlicher Miene. »Señor Scharezzani ist ein braver Mann. Dort könnt ihr bleiben.«
Zwar hätte er Nizhoni, Waldemar und die kleine Gretel am liebsten selbst zu der Ranch am Rio Colorado gebracht, doch

das hatte sie ihm ausgeredet. Er wurde hier gebraucht, schon um Jenkins und den anderen Nachbarn zu zeigen, dass die Rinderranch gut bewacht wurde.
»Wer wird Sie begleiten, Señora?«, fragte Quique.
»Josef will uns begleiten, außerdem werden Kreisender Adler und Falkenschwinge mitkommen. Das müsste eigentlich reichen«, antwortete Nizhoni.
»Ein Mann, ein junger Bursche und zwei Knaben als Eskorte sind zu wenig, Señora. Ich werde Ihnen Miguel und Manolo mitgeben.«
Nizhoni überlegte kurz und nickte. »Also gut, machen wir es so. Aber jetzt sollten wir uns schlafen legen. Es ist spät, und ich will morgen sehr bald aufbrechen.«
»Gute Nacht, Señora!« Quique setzte seinen Hut wieder auf und verließ die Hütte. Auch Josef ging zur Tür. »Gute Nacht, Nizhoni. Schlaf gut, Maus!« Das Letzte galt Gretel, die neugierig hinter ihrer Mutter hervorlugte.
»Wo ist Waldemar?«, fragte Nizhoni, da Josefs Bruder bislang nicht aufgetaucht war.
»Der will heute noch einmal unter freiem Himmel schlafen und hat sich daher seine Decke geholt«, antwortete Josef lächelnd.
»Ihr Jungen seid doch alle gleich. In seinem Alter hast du das auch gemacht!« Nizhoni lächelte ebenfalls und blickte ihrem Stiefsohn nach, bis er die Tür der Hütte hinter sich geschlossen hatte. In dem aus Baumstämmen errichteten Gebäude wurde eigentlich nur gekocht. Die Vaqueros schliefen in einem anderen Bau, der ein Stück abseits lag, um vor einem möglichen Brand in der Küche sicher zu sein.
Während sie ihre Decken auslegte, galten ihre Gedanken Walther, und sie fragte sich, wie es ihm bei den Soldaten des großen Häuptlings in Washington ergehen mochte. Noch in

diesen Überlegungen verstrickt, bettete sie Gretel auf eines der provisorischen Betten, legte sich selbst hin und löschte die Lampe. Ihre Gedanken ließen sich jedoch nicht so ausblasen wie das Licht. Die Zeit verging, ohne dass sie einschlafen konnte. Fast war ihr, als würden ihre Sinne eine nahende Gefahr spüren. Da sie jedoch so gut wie zu Hause war, bezog sie dieses Gefühl nicht auf sich, sondern auf Walther. Ihr Mann war im Begriff, zusammen mit einer Armee, die nicht die seine war, ein fremdes Land zu betreten.

Wie viel kann da passieren?, fragte sie sich. Da waren die Mexikaner, die mit Sicherheit Widerstand leisten würden, aber noch mehr als diese fürchtete sie Zebulon Burke und dessen Freunde.

»Fahles Haar ist ein großer Krieger. Er wird mit diesen Hunden fertig werden«, murmelte sie leise und hörte, wie Gretel sich regte. Um das Kind nicht zu wecken, versuchte Nizhoni, ruhig liegen zu bleiben und an etwas Angenehmeres zu denken als an amerikanische Leutnants, die Frechheit mit Mut verwechselten.

Irgendwann musste sie dann doch eingeschlafen sein, denn sie erwachte durch ein heftiges Pochen an der Tür. Noch während sie sich aufrichtete, hörte sie Waldemar rufen.

»Mama, bist du schon wach?«

»Noch nicht ganz! Aber wenn du so weiter klopfst, werde ich es bald sein«, antwortete Nizhoni und kämpfte sich auf die Beine. Als sie das Fenster öffnete, sah sie am Stand der Sonne, dass sie um diese Zeit schon hatte aufbrechen wollen.

Waldemar sprang übermütig herein und grinste. »Wir sind alle schon fertig und warten nur noch auf dich und Gretel!«

»Warum habt ihr mich nicht eher geweckt?« Nizhoni stöhnte und versuchte die Müdigkeit loszuwerden, die wie Blei in ihren Gliedern steckte.

Dann sah sie Waldemar an. »Weißt du was? Du wirst Tee für Gretel und mich kochen und Pfannkuchen backen. Unterdessen machen wir uns zurecht.«
»Draußen gibt es bereits Pfannkuchen und Steaks. Jones hat sie am Lagerfeuer gemacht, weil wir dich nicht stören wollten!«, erklärte Waldemar, während er den Herd anschürte.
Nizhoni nickte und streifte ihr Kleid über, um Wasser zu holen. Als sie vor die Tür trat, stand dort bereits ein voller Eimer.
»Den hat Josef gebracht«, berichtete Waldemar munter.
»Danke!« Nizhoni zog sich zurück, um sich und Gretel zu waschen, und war gerade damit fertig, als Waldemar den Kräutertee aufgoss und die Hütte verließ, um Pfannkuchen und ein großes Steak für seine Stiefmutter zu holen.
Als er wiederkam, blies Nizhoni in die dampfende Blechtasse. »Wenn du willst, kannst du Gretel füttern. Schneide ihr das Fleisch und die Pfannkuchen aber schön klein, damit sie sich nicht verschluckt«, sagte sie zu Waldemar.
»Mach ich! Komm, Maus.«
Waldemar schnappte sich Gretel, setzte sie auf einen Hocker und begann, ihr das Frühstück vorzuschneiden. Er ging dabei so sorgsam vor, dass Nizhoni zufrieden nickte. Der Junge mochte etwas bedächtiger sein als Josef, aber er half ihr, wo er konnte. Da er sich um seine Schwester kümmerte, wurden sie rasch fertig, und während Waldemar die Kleine hinaustrug, zog Nizhoni ihre Weste an und hängte sich die Satteltasche mit dem wertvollen Inhalt über die Schulter. Nachdem sie den Wagen bestiegen hatte, überprüfte sie, ob ihre Flinte geladen war, und steckte die Doppelpistole in die dafür vorgesehene Rocktasche. Da Diebold von Renitz diese einst als Waffe für die Reise erstanden hatte, war sie kleiner und zierlicher als gewöhnliche Pistolen. Aus diesem Grund hatte Walther sie zuerst Gisela und nach deren Tod ihr überlassen.

Nizhoni wunderte sich, dass sie ausgerechnet an diesem Tag so intensiv an ihre verstorbene Freundin denken musste. Auch das erschien ihr wie eine Warnung, und sie beschloss, auf diesem Ritt besonders achtzugeben.
Josef saß bereits auf seinem Mustang und lenkte diesen neben den Wagen. »Wenn du so weit bist, können wir aufbrechen!«
»Ich bin so weit!« Nizhoni ergriff die Zügel des Pferdegespanns, nahm die Peitsche und ließ sie knallen.
Die Pferde zogen an, und unter fröhlichen Rufen der Vaqueros ging es los. Quique begleitete sie noch ein Stück und verabschiedete sich bei den alten Gebäuden der Rinderranch, die nur noch als Unterkunft dienten, wenn sich die Herde in dieser Gegend aufhielt.
Nizhoni ließ anhalten, um nachzusehen, ob man an dieser Stelle etwas ändern musste, damit man sich wohl fühlte. Aber sie fand nichts zu beanstanden und stieg nach einer kurzen Pause wieder auf den Wagen. Dabei entdeckte sie, dass es Kreisender Adler nicht gutzugehen schien. Er hing mittlerweile ganz schief auf seinem Pferd und erbrach sich immer wieder.
Besorgt, er könnte krank sein, wollte Nizhoni zu ihm hin. Doch da hielt Josef sie auf.
»Ihm fehlt nichts! Die Vaqueros haben sich nur einen Scherz erlaubt und ihn gestern Abend mit Tequila abgefüllt. Spätestens morgen ist er wieder auf dem Damm.«
»Die Vaqueros waren dumm!«, schalt Nizhoni. »Sie wissen doch, dass Kreisender Adler keinen Schnaps verträgt. Ihn betrunken zu machen war gemein! Ich werde es deinem Vater sagen, wenn er wiederkommt.«
Josef zog den Kopf ein. »Bitte, petze nicht! Es sollte doch nur ein Spaß sein. Ich werde dafür sorgen, dass Manolo und die anderen sich dafür bei Kreisender Adler entschuldigen.«

»Sie dürfen das nie wieder tun!«, warnte Nizhoni ihren Stiefsohn.
»Das werden sie auch nicht«, versprach Josef und zügelte sein Pferd, so dass er ein wenig zurückblieb. Miguel schloss zu ihm auf und sah ihn mit verkniffener Miene an.
»Wie es sich anhört, ist die Señora zornig!«
»Es ist wegen Kreisender Adler. Nizhoni passt es nicht, dass ihr ihn gestern Abend betrunken gemacht habt!« Josef ärgerte sich, weil er nicht eingegriffen hatte. Doch er hatte den Vaqueros nach dem langen, harten Viehtrieb den Spaß nicht verderben wollen.
»Sie ist zwar eine Señora, aber bei den Indios aufgewachsen und hat wahrscheinlich erlebt, wie schlimm es ist, wenn die Männer von schlechten Händlern noch schlechteren Schnaps bekommen. Unser Tequila war aber gut«, verteidigte Miguel sich. »Ich habe nicht viel weniger getrunken als unser taumelnder Adler, aber ich habe nicht einmal Kopfschmerzen.«
»Ich glaube nicht, dass Nizhoni das als Milderungsgrund durchgehen lässt«, erklärte Josef mit einem schiefen Grinsen. »Sie ist nun einmal eine Frau und sieht einiges anders als wir Männer.«
Miguel begann zu lachen. »Wir Männer? Werde erst einmal trocken hinter den Ohren, dann darfst du das sagen. Aber das wird noch ein paar Jahre dauern! Du musst noch lernen, eine hübsche Señorita zu küssen, und spüren, wie weich ihr Leib ist – und noch ein paar Dinge mehr. Dann erst, mein Freund, bist du ein richtiger Mann.«
Mit seinen sechzehn Jahren kam Josef sich bereits sehr erwachsen vor und reagierte daher beleidigt. Er war schließlich ein ausgezeichneter Reiter und Schütze und hatte sich während des Viehtriebs als Stellvertreter seines Vaters bewährt. Die hübschen Mädchen sah er derzeit noch als nebensächlich

an. Natürlich hatte er mal Lust, mit ihnen zu reden und auch ein wenig zu tändeln. Küssen ging auch noch, aber mehr sollte es nicht sein. Immerhin konnte ein Mädchen schwanger werden, und das hieß, es heiraten zu müssen. Danach stand ihm derzeit wahrlich nicht der Sinn.

Seinen Beteuerungen zum Trotz war Miguel auch nicht ganz einsatzfähig. Am schlimmsten war jedoch, dass es Kreisender Adler so schlechtging, dass er die Umsicht, mit der er sonst über das Land ritt, vollkommen vermissen ließ. Josef achtete in seinem Ärger ebenfalls nicht so auf die Umgebung, wie es nötig gewesen wäre, und da Falkenschwinge sich mehr um seinen Vater kümmerte, als auf ihren Weg zu achten, bemerkte niemand die kleine Staubwolke, die seitlich von ihnen aufstob.

Am späten Nachmittag erreichten sie die erste Farm im French Settlement. Nizhoni überlegte, ob sie nicht an dieser Stelle übernachten sollten. Sie kannte die Leute jedoch kaum und wusste nicht mehr über sie, als dass sie zu den sizilianischen Siedlern gehörten, die zusammen mit Tonino Scharezzani in dieses Land gekommen waren. Daher beschloss sie, die paar Meilen bis zu Scharezzanis Ranch weiterzufahren.

Kreisender Adler warf noch einen traurigen Blick auf die hinter ihnen entschwindende Farmhütte und erbrach wieder gelbe Galle. Ihm war so schwindlig, dass er sich kaum noch auf seinem Mustang halten konnte. Auch Miguel kämpfte mit seiner Müdigkeit und schwor sich, den Tequila beim nächsten Mal vor einem langen Ritt zu meiden.

»Bald haben wir es geschafft«, sagte Josef, um die beiden aufzumuntern. Sein Ärger war mittlerweile verraucht, und er amüsierte sich über Miguel, der immer wieder zu seiner Feldflasche griff und zu trinken versuchte, obwohl das Gefäß längst leer war.

»Hier, nimm meine!«, bot er ihm lachend an.
»Muchas gracias!« Der Vaquero atmete auf und nahm die Feldflasche entgegen. Sie war noch etwa zu einem Viertel gefüllt, und er trank sie durstig leer. Erst danach begriff er, dass Josef selbst noch nicht getrunken hatte, und reichte die Flasche mit einem entschuldigenden Lächeln zurück.
»Tut mir leid, Amigo! Ich hätte nicht so gierig sein dürfen.«
»Mach dir mal keine Sorgen. In weniger als einer Stunde sind wir bei Scharezzani und kriegen genug Wasser zum Trinken. Dort können wir auch unsere Feldflaschen für den restlichen Weg füllen.«
»Du bist ein guter Kumpel, José!«, lobte Miguel und blickte sehnsüchtig nach vorne, in der Hoffnung, dass Scharezzanis Farm endlich auftauchte.
Als Nizhoni wenig später auf den Farmhof einfuhr, empfing Tonino Scharezzani sie erfreut. »Willkommen, Signora! Es ist mir eine Ehre, Sie begrüßen zu können. Hola, Giuseppe, ist alles gutgegangen? Habt ihr die Rinder zur Armee bringen können?«
»Klar!«, antwortete Josef, während er vom Pferd sprang und dem Sizilianer die Hand reichte. »Jetzt wollen wir bei Ihnen übernachten, Mister Scharezzani. Wenn es Ihnen recht ist, heißt das.«
»Als wenn es mir nicht recht wäre!«, rief Scharezzani lachend. »Es ist mir sogar sehr recht. Kommt herein, gleich gibt es Bohnen und Brot. Oder wollt ihr nur noch Fleisch essen, weil ihr unterwegs nichts anderes hattet?«
»Bohnen und Brot kommen uns gerade recht«, antwortete Nizhoni, während sie Gretel zu Waldemar hinabreichte und selbst vom Wagen stieg. Die Satteltasche mit den fast vierzehntausend Dollar nahm sie mit.
Scharezzanis Wohnhaus bestand aus zwei Räumen, von denen

der vordere als Küche, Wohnraum und Schlafkammer für die beiden Kinder diente, während der Farmer mit seiner Frau in der kleineren Kammer weiter hinten schlief. Dieses Zimmer räumten die Scharezzanis nun für Nizhoni und Gretel. Sie selbst wollten vorne bei ihren Kindern schlafen, während Josef, Waldemar und die anderen einen Platz im Schuppen zugewiesen bekamen.

Nach dem Abendessen saßen sie noch ein wenig zusammen – bis auf Kreisender Adler, der sich sofort hingelegt hatte. Josef erzählte von dem Viehtrieb und von den Soldaten, die sie im Feldlager gesehen hatten. Wenn der junge Bursche zu viel flunkerte, warf Nizhoni ein paar Worte ein, um ihn wieder auf den Boden der Tatsachen zurückzuholen, doch im Großen und Ganzen war es eine angenehme Unterhaltung. Als die Sonne als blutiger Ball im Westen unterging, fühlte Nizhoni, wie die Anspannung von ihr wich. Sie hatten das French Settlement erreicht und befanden sich im Haus eines Freundes. Trotzdem blickte sie, als Josef, die beiden Jungen und die Vaqueros aufstanden, um in den Schuppen hinüberzugehen, prüfend über das Land.

»Sollten wir nicht besser Wachen aufstellen?«, fragte sie Miguel.

Dieser spürte seine Müdigkeit mittlerweile doppelt und war froh, sich ausschlafen zu können. »Ich glaube nicht, dass uns hier etwas zustoßen kann. Es sind mehr als zwanzig Meilen bis zu den nördlichen Grenzen des alten Gamuzana-Landes und noch einige mehr bis zu Spencers Ranch. Außerdem dürften die Leute dort gar nicht wissen, dass wir wieder zurück sind. Wären sie auf Ärger aus gewesen, hätten sie Quique und unsere beiden Kameraden während unserer Abwesenheit überfallen.«

Nizhoni fragte sich, ob sie auf einer Nachtwache bestehen

sollte, sagte sich aber, dass sie wohl zu ängstlich war. Das Farmhaus war wie eine Festung gebaut, und der Stall sah so aus, als könnten sich dort mehrere Leute gegen eine halbe Armee verteidigen.

»Gute Nacht!«, wünschte sie daher den anderen und kehrte ins Haus zurück.

Die Scharezzanis hatten ihre Kinder bereits zu Bett gebracht und breiteten ihre Decken aus, um sich ebenfalls schlafen zu legen.

»Ich kann auch mit Gretel hier schlafen«, bot Nizhoni noch einmal an, doch Tonino Scharezzani schüttelte den Kopf.

»Signora, ich würde mich schämen, Sie auf einer einfachen Decke vor dem Herd schlafen zu lassen. Ihr Mann hat so viel für uns getan.«

»Also gut!« Nizhoni war zu müde, um sich wegen solcher Kleinigkeiten zu streiten, daher ging sie mit einer Kerze in der Hand in den angrenzenden Raum. Während sie ihr Kleid auszog, sah sie auf Gretel herab, die bereits süß und selig schlummerte.

»Es ist alles gut«, murmelte sie, legte sich ebenfalls hin und blies die Kerze aus.

7.

Luke Dyson dachte an den misslungenen Überfall auf Walthers Ranch am Rio Colorado und beschloss, diesmal anders vorzugehen. »Hört mir zu, Leute«, sagte er zu seinen Männern. »Wir werden den Teufel tun und einfach drauflosreiten. Das ist schon beim letzten Mal schiefgegangen. Diesmal lassen wir die Pferde eine halbe Meile von der Farm entfernt zurück, in der die Fitchner-Squaw übernachtet, und gehen den Rest zu Fuß.«

Einige Cowboys verzogen das Gesicht, und einer stellte die Frage, die allen auf der Zunge lag.

»Woher wissen wir, auf welcher Farm Fitchners Leute über Nacht bleiben werden?«

»Ich habe Hosea losgeschickt. Der ist trotz seines christlichen Namens ein halber Komantsche, und den entdeckt keiner, wenn er es nicht will. Er wird die Squaw überwachen und uns Bescheid geben. Ich schätze, dass sie bei Scharezzani bleiben werden. O'Flannagan meinte, der wäre ein besonders guter Freund von Fitchner.«

»Das stimmt!«, rief O'Flannagan eilfertig. »Scharezzani ist so etwas wie der Anführer der italienischen Siedler und gehört zusammen mit Ean O'Corra, dem Franzosen Coureur und dem Polen Tobolinski zu Fitchners engsten Freunden. Wenn Fitchner im French Settlement unterwegs ist, kehrt er meistens bei einem von denen ein.«

»Da hört ihr es! Tobolinskis und O'Corras Farmen liegen weiter nördlich, und die von Coureur befindet sich schon zu nahe an Fitchners Ranch am Rio Colorado. Also wird seine Squaw bei Scharezzani übernachten.«

Luke Dyson grinste. Nach gut zehn Jahren, in denen Spencer und er immer wieder gegen Fitchner den Kürzeren gezogen hatten, sah er endlich eine Chance, sich zu rächen.

»Wo treffen wir uns mit Hosea?«, fragte Schüdle, der mitgeritten war, um die Satteltasche mit dem Geld in Verwahrung zu nehmen. Natürlich musste er seinen Komplizen ein paar Dollar abgeben, aber es ging sie nichts an, wie viel Geld die Squaw mit sich führte.

»Etwa zwei Meilen weiter steht ein einsamer Baum. Dort warten wir auf ihn«, antwortete Dyson.

»Hoffentlich sieht uns dort keiner«, sagte einer der Männer besorgt.
Dyson drehte sich verächtlich zu ihm um. »Da müsste jemand schon Eulenaugen haben. Es wird bald dunkel.«
»Aber wird Hosea uns dort finden?«
»Ich sagte doch, er ist ein halber Komantsche. Der findet alles, was er will.« Dyson lachte schallend und versetzte dem Mann einen leichten Schlag. »Jetzt mach dir nicht in die Hose, sonst rümpft dein Pferd die Nüstern. Mister Schüdle hat jedem von uns einhundert Dollar versprochen, wenn wir die Fitchner-Squaw und ihre Brut fangen. Die willst du dir doch verdienen, oder etwa nicht?«
»Doch, klar!«, antwortete der Mann ohne besonderen Nachdruck. Zwar machte er bei der Sache mit, weil er nicht auskonnte, aber wenn es ernst wurde, wollte er den anderen den Vortritt lassen.
Dyson las ihm diese Absicht vom Gesicht ab und sagte sich, dass der Mann Pech haben würde. Entweder verdiente er sich die hundert Dollar so, wie es sich gehörte, oder er würde irgendwo in der Prärie in einem flachen Grab vermodern.
Beim letzten Schein der Sonne erreichten sie den einsamen Baum, den Wind und Wetter so bizarr verformt hatten, dass er in der aufziehenden Nacht wie ein zorniger Riese wirkte. Dysons Getreue waren hartgesottene Kerle, die sich nicht so leicht fürchteten, dennoch warfen einige scheue Blicke auf den Baum, als könne dieser jeden Moment lebendig werden.
»Was machen wir mit den Pferden? Lassen wir sie grasen?«, fragte ein Cowboy.
Dyson tippte sich an die Stirn und lachte. »Bist du übergeschnappt? Es kann sein, dass wir sehr schnell von hier verschwinden müssen. Da haben wir keine Zeit, die Zossen zu suchen und ihnen auch noch das Zaumzeug anzulegen.«

»Ist ja schon gut!«, brummte der Cowboy und zog sich ein paar Yards zurück.
»Ich hoffe, Hosea kommt bald«, sagte Schüdle zu Dyson.
»Mir ist es gleich, ob er in einer halben Stunde, um Mitternacht oder kurz vor Morgengrauen kommt, Hauptsache, er bringt die Nachricht, die wir brauchen«, gab Dyson bissig zurück und richtete sich ebenso wie die anderen darauf ein, länger warten zu müssen.
Seinen eigenen Worten zum Trotz war Dyson nicht weniger angespannt als seine Kumpane. Er hatte darauf verzichtet, Nizhoni und ihre Begleiter bereits auf dem Gebiet der Rinderranch zu überfallen, weil sie dort noch recht aufmerksam gewesen wären. Hier aber, auf vertrautem Terrain, würde ihre Wachsamkeit nachlassen. Dennoch gab es etliches, was er nicht beeinflussen konnte. Was war, wenn sein Spion Hosea entdeckt und unschädlich gemacht worden war? Dann würden sie morgen früh noch hier sitzen und müssten zusehen, wie ihr Opfer sich aus dem Staub machte.
Gerade als Dyson sich den schlechtesten Fall ausmalte, glaubte er neben sich ein Geräusch zu hören. Noch während er zu seiner Pistole griff, berührte die Schneide eines Messers seinen Hals.
»Ich würde an deiner Stelle nicht schießen. Damit warnst du nur die Fitchner-Squaw und ihre Leute«, vernahm er Hoseas spöttische Stimme. Dann verschwand das Messer wieder, und er sah den Halbindianer schattenhaft vor sich stehen.
»Na, bin ich nicht gut?«, fragte Hosea mit einem leisen Lachen. »Wenn ich mich an dich heranschleichen konnte, werde ich das auch bei Scharezzani schaffen.«
»Du bist ein Idiot!«, schimpfte Dyson, den es fuchste, übertölpelt worden zu sein.
»Du wirst anders von mir reden, wenn ich dir sage, was ich

alles herausgefunden habe«, antwortete Hosea lachend. »Hör mir gut zu! Und ihr anderen auch! Die Fitchner-Squaw übernachtet tatsächlich bei Scharezzani. Die Söhne ihres Mannes und ihre restlichen Begleiter schlafen im Schuppen. Sechs Mann, die leise genug sind, müssten die Kerle mit ihren Messern erledigen können.«

»Und die Squaw?«, fragte Dyson, weil ihm diese Beute wichtiger war.

»Die schläft mit ihrer Tochter bei den Scharezzanis im Haus. Leider werden wir die Tür aufbrechen müssen. Wenn die drinnen noch ein paar Schüsse abgeben können, hört man das weit!« In Hoseas Stimme schwang Besorgnis mit, denn wenn Scharezzanis Nachbarn alarmiert wurden, würden sie sich unter Umständen den Fluchtweg freischießen müssen.

»Das ist kein Problem«, warf O'Flannagan ein. »Ich habe mitgeholfen, Scharezzanis Haus zu errichten. Die Tür wird innen nur mit einem Fallriegel verschlossen. Wenn man ein schmales Messer in den Spalt zwischen den Türbrettern schiebt, müsste man den Riegel hochheben können.«

»Los, Leute! Prüft eure Messer, ob eines schmal genug ist«, wies Dyson seine Männer an.

»Das meine müsste es sein. Ich habe bei uns schon ein paarmal den Riegel hochheben müssen, weil unser Jüngster, kaum dass er laufen konnte, die Angewohnheit hatte, das Ding vorzulegen«, antwortete O'Flannagan und wurde durch Dysons anerkennendes Schulterklopfen belohnt.

»Wir machen es so, wie Hosea vorgeschlagen hat. Reine Messerarbeit und kein einziger Schuss! Verstanden?«

»Ich weiß nicht, ob es gut ist, wenn wir Kinder und Halbwüchsige umbringen«, wandte der Zweifler ein.

»Tun wir doch gar nicht!«, antwortete Dyson spöttisch. »Ich habe einen Beutel mit ein paar Utensilien dabei, die wir auf

Scharezzanis Farm vergessen werden. Ein paar Pfeile, ein Messer, alles von den Komantschen. Es wird daher so aussehen, als hätten Rothäute die Bewohner überfallen.«

»Mir passt es trotzdem nicht«, murmelte der andere vor sich hin.

Dyson beschloss, diesen Meckerer so bald wie möglich aus dem Weg zu räumen. Sonst würde der Kerl spätestens dann alles ausplaudern, wenn er zu viel getrunken hatte.

»Noch eins!«, setzte er hinzu. »Fitchners jüngeren Sohn sollten wir ebenfalls mitnehmen. Drei Geiseln sind besser als zwei, verstanden. Der Rest …« Dyson sprach den Satz nicht aus, doch sein Lachen verriet allen, was er meinte.

»Wie ist Ihr Plan?«, wollte Schüdle wissen. Obwohl er in der Vergangenheit etliche betrogen und um ihr Geld gebracht hatte, fühlte er sich unter diesen rauhen Gesellen fehl am Platz.

»Wir reiten bis auf eine halbe Meile an Scharezzanis Farm heran. Den Rest legen wir zu Fuß zurück, und zwar ohne Sporen an den Stiefeln. Habt ihr verstanden? Vier von uns bleiben bei den Pferden und kommen mit diesen nach, wenn alles erledigt ist«, setzte Dyson nun hinzu. »Sie, Mister Schüdle, gehören zu dieser Gruppe.«

Schüdle schüttelte den Kopf, obwohl sein Gegenüber das nicht sehen konnte. »Ich komme mit, Dyson! Die Frau hat etwas bei sich, das Spencer gehört.«

Sich selbst wollte er nicht nennen, denn der Einzige, vor dem Dyson Respekt hatte, war Spencer, obwohl dieser sich aus Furcht vor Walther Fichtner seit Jahren nicht mehr nach Texas gewagt hatte. Doch wenn dieser Streich gelang, würde Spencer zurückkommen und ein großer Mann in diesem Land werden – und er mit dazu. Zufrieden mit dieser Zukunftsaussicht legte Schüdle seine Sporen ab.

Da drückte ihm einer der Männer etwas in die Hand. »Hier!

Ich habe gesehen, dass Sie kein Messer haben. Es ist besser, ich leihe Ihnen meines, für den Fall, dass Sie es brauchen.«
»Danke!«, würgte Schüdle hervor, hätte das Messer beinahe jedoch fallen gelassen, denn es schien in seiner Hand zu brennen. Da er sich in diesem Wolfsrudel keine Schwäche leisten durfte, steckte er das Ding ein und ritt hinter Dyson her.

8.

Auf Scharezzanis Farm war es ruhig geworden. Nur aus dem Schuppen klang das gequälte Schnarchen von Kreisender Adler, der noch immer an den Nachwirkungen seines Rausches litt. Miguel und sein Kamerad waren ebenfalls müde und schliefen tief und fest. Josef, der auf einigen Bündeln Stroh an der Rückwand des Raumes lag, hatte ein wenig gebraucht, um einschlafen zu können, und wurde nun von unruhigen Träumen gequält. Anders als er schliefen die beiden Jungen, die es sich weiter vorne auf einem Heuhaufen bequem gemacht hatten, mit lächelnden Gesichtern.
Keiner von ihnen nahm die leisen Schritte wahr, die sich dem Schuppen näherten. Wie von Geisterhand wurde ein Flügel des Tores geöffnet, und von Hosea angeführt, traten sechs Männer fast lautlos hinein. Die Dunkelheit erschwerte es ihnen, ihre Opfer zu finden, doch genau in dem für sie richtigen Augenblick kam der Mond hinter einer Wolke hervor und schien durch die Öffnung.
»Schnell, bevor einer erwacht!«, raunte Hosea den Komplizen zu, trat neben Miguel und stach mit dem Messer zu.
Der Vaquero öffnete noch den Mund, schnappte unwillkürlich

nach Luft und verstummte dann für immer. Nicht besser erging es Manolo, der durch Dysons Klinge starb. Auch Kreisender Adlers Schnarchen brach mit einem Schlag ab. Im rückwärtigen Teil des Schuppens vernahm Josef die Geräusche, die das Morden verursachte, und wollte noch im Halbschlaf zu seiner Pistole greifen. Da war einer der Schurken bei ihm und hämmerte ihm den Messergriff gegen den Schädel. Noch während Josef ins Dunkel glitt, holte der andere mit der Klinge aus. Den Stich spürte der Junge nicht mehr.

»Jetzt die kleinen Bengel! Ersteht aber nicht den Falschen«, befahl Dyson leise.

»Keine Sorge«, antwortete Hosea grinsend und huschte auf Waldemar und Falkenschwinge zu. Mit einem kurzen Zug seines Messers schnitt er dem jungen Indianer die Kehle durch und presste dann seine linke Hand auf Waldemars Mund.

»Los, fesselt ihn!«, rief er seinen Kumpanen zu.

Waldemar war abrupt wach geworden und kämpfte gegen die Hand an, die ihn zu ersticken drohte. Dann packten ihn weitere Arme und rissen ihn herum. Du musst schreien, durchfuhr es ihn, als Hosea für einen Augenblick die Hand von seinem Mund nahm. Bevor er jedoch einen Laut von sich geben konnte, schob ihm der Halbindianer einen Fetzen Tuch in den Mund und band ihm einen weiteren Fetzen um den Kopf, so dass er den Knebel nicht mit der Zunge herausstoßen konnte. Trotzdem versuchte der Junge, laut zu stöhnen. Hosea bemerkte es früh genug und schlug ihn mit dem Messergriff bewusstlos.

»So, den hätten wir. Jetzt brauchen wir noch die Squaw mit ihrem Balg«, erklärte Dyson und verließ zufrieden den Schuppen.

O'Flannagan stand bereits mit dem Messer in der Hand vor der Haustür. Im Licht des Mondes sah Dyson ihn zittern.

Kurz entschlossen nahm er ihm die Klinge ab und forderte ihn leise auf, ihm zu sagen, wo der Riegel wäre.
»Hier«, antwortete O'Flannagan viel zu laut und deutete auf eine Stelle etwa in halber Höhe der Tür.
Dyson hätte ihn am liebsten niedergeschlagen, verzichtete aber darauf und tastete mit zusammengebissenen Zähnen nach einem Spalt zwischen den Brettern. Als er einen fand, schob er die Klinge hinein. Diese war einen Hauch zu breit und ließ sich nur mühsam hochziehen. Dyson hielt inne und lauschte, ob sich drinnen etwas rührte. Da er nichts hörte, bewegte er die Klinge weiter, bis er den Riegel gefunden hatte und diesen langsam hochdrückte.
Die Tür gab so überraschend nach, dass Dyson schnell zugreifen musste, damit sie nicht gegen die Wand knallte. Erleichtert klemmte er sie mit dem Indianermesser fest, das er als Beweisstück für einen Überfall durch die Komantschen zurücklassen wollte.
Nur wenige Schritte vor ihm lag das Ehepaar Scharezzani mit ihren beiden Kindern. Noch hatten sie nichts gehört. Doch als Dyson, Hosea und ein weiterer Mann zu ihnen schlichen, öffnete Tonino Scharezzani die Augen. Noch während er sich wunderte, weshalb die Tür offen stand, rammte Hosea ihm die Klinge in den Leib.
Der Mann, der Scharezzanis Frau töten sollte, zögerte einen Augenblick. »Die Rothäute vergewaltigen meistens die weißen Frauen bei ihren Überfällen«, raunte er Dyson zu. »Wir sollten sie daher noch ein wenig leben lassen!«
Statt einer Antwort stach Dyson mit dem Messer zu, und die Frau, die der Armut in ihrer Heimat hatte entfliehen wollen, starb an der Seite ihres Mannes. Dann tötete Dyson die beiden Kinder und winkte seinen Begleitern, ihm zu folgen.
Die vergangene Nacht fast ohne Schlaf und die anstrengende

Fahrt ließen Nizhoni tiefer schlafen als sonst. Als ihr Instinkt sie weckte, war es zu spät. Dyson stand bereits im Raum und richtete seine Pistole auf sie, während Hosea nach Gretel griff und sie aus dem Bett zerrte.
»Wenn du auch nur mit der Wimper zuckst, bringen wir die Kleine um – und dann bist du dran!«, drohte Dyson.
Nizhoni versuchte, einen klaren Gedanken zu fassen, doch in ihrem Kopf hallte nur die Angst um Gretel und ihre beiden Stiefsöhne. »Wo sind Josef und Waldemar?«, fragte sie mit mühsam beherrschter Stimme.
»Vielleicht haben wir die schon umgebracht!«, höhnte Dyson.
Als Nizhoni das hörte, griff sie trotz der drohenden Pistole zu ihrer Waffe. Bevor sie diese jedoch auf Dyson anschlagen konnte, trat Hosea sie ihr aus der Hand. Die Pistole flog durch die Luft und prallte gegen die Wand. Erschrocken zog Dyson den Kopf ein, doch der Knall eines Schusses unterblieb.
Aufatmend bückte er sich nach der Pistole und sicherte sie. Dann erst wandte er sich wieder Nizhoni zu. »Das war verdammt unvernünftig. Wir sollten deinem Balg dafür den Hals umdrehen!«
»Halt den Mund!«, fuhr Hosea ihn an. »Mit Drohungen machst du sie nur noch wilder. Sie ist keine weiße Frau, sondern eine Komantschin und wird kämpfen, bis sie tot ist – oder du!«
Dyson unterdrückte eine wuterfüllte Antwort, denn in dieser Hinsicht besaß der Halbindianer mehr Erfahrung als er. Daher nickte er brummend und packte nun selbst zu, um Nizhoni zu fesseln. Zuerst schlug diese nach den zugreifenden Händen, doch dann hob Hosea die greinende Gretel in die Höhe.
»Wenn du dich ergibst, passiert deiner Tochter nichts«, rief er.
Nizhoni wusste nicht, was sie tun sollte. Schließlich aber ge-

wann die Sorge um Josef, Waldemar und Gretel die Oberhand, und sie ließ sich ohne Gegenwehr fesseln.

Erst als sie auch geknebelt war, wandte Hosea sich Dyson zu.

»Du hast dich sehr dumm benommen! Wenn die Frau zum Schuss gekommen wäre, hätte sie einen von uns töten oder verletzen können. Außerdem hätten wir dann das ganze Farmergesindel der Umgebung am Hals gehabt.«

Während Nizhoni mit sich haderte, weil sie nicht hatte abdrücken können, winkte Dyson überheblich ab.

»Jetzt hab dich nicht so! Es ist doch alles gutgegangen, und wir haben die Squaw, ihren Balg und den Jungen. Also sollten wir schleunigst von hier verschwinden. Vorher aber richtet alles so her, dass es so aussieht, als hätten Komantschen dieser Ranch einen Besuch abgestattet!«

Nach diesen Worten packte Dyson Nizhoni und stieß sie vor sich her ins Freie. Draußen standen weitere Männer, die erleichtert schienen, als sie Dyson mit seiner Gefangenen sahen.

»Hank, du holst die Pferde!«, befahl Dyson.

Statt loszugehen, zog der angesprochene Mann seine Pistole und wollte einen Schuss abfeuern.

Dyson entriss ihm die Waffe und versetzte ihm einen Schlag.

»Idiot! Warum, glaubst du, haben wir das Ganze mit dem Messer gemacht? Willst du jetzt die Farmer in der Nachbarschaft mit deiner Kanone alarmieren?«

»Tut mir leid, daran habe ich nicht gedacht«, stotterte Hank und machte sich auf den Weg.

»Ihr anderen helft Hosea dabei, alles so herzurichten, dass die Leute glauben, die Komantschen hätten die Farm überfallen«, wies Dyson die übrigen Männer an.

»Heißt das, wir sollen die Toten auch skalpieren?«, fragte einer schaudernd.

Dyson nickte. »Zumindest ein paar! Wo ist der Junge?«

»Dort!«, kam die Antwort.
Nizhoni versuchte in dem schwachen Mondlicht zu erkennen, wer dort lag. Es war Waldemar, und er rührte sich nicht. Ihr Herz zog sich zusammen, und sie stöhnte trotz ihres Knebels verzweifelt auf.
Ein anderer Mann brachte Gretel herbei. Obwohl sie nur wenig älter als zwei Jahre war, hatten die Männer auch sie gefesselt und geknebelt. Sie weinte nicht mehr, doch Nizhoni sah, wie ihre Kiefer mahlten.
Unterdessen traten zwei Männer in den Schuppen und begannen damit, den Toten die Kopfhaut abzuziehen. Miguel, Manolo und Kreisender Adler lagen auf der dem Tor zugewandten Seite und waren daher leicht zu erreichen. Als einer der Kerle jedoch tiefer hineinging, fand er nur Falkenschwinge. Er skalpierte ihn, hatte aber keine Lust, in der Dunkelheit nach Josef zu suchen, und verließ die Scheune wieder.
»So, wir wären fertig! Jetzt brauchen wir nur noch ein paar Pfeile herumliegen zu lassen, dann können wir abhauen«, meinte er zu Dyson.
Der nickte angespannt und lauschte in die Ferne. Schon bald vernahm er Hufschlag, doch es waren die eigenen Pferde.
»Setzt die Gefangenen auf ein paar der Gäule, die hier im Korral herumstehen! Dann können wir abhauen, sobald Hank und die anderen hier sind!«, rief er Hosea zu und fluchte gleich darauf, weil Schüdle eine Laterne anzündete und damit zum Haus ging.
»Hey! Hier wird nichts in Brand gesteckt! Oder wollen Sie der ganzen Umgebung signalisieren, dass hier etwas geschehen ist?«
»Ich will nichts in Flammen aufgehen lassen, sondern nur etwas suchen! Dazu brauche ich Licht«, antwortete Schüdle und ging weiter.

Als er eintrat, waren zwei Männer gerade dabei, der Leiche der toten Frau die Kleider von Leib zu reißen.
»Ihr wollt sie doch nicht etwa noch schänden?«, entfuhr es Schüdle.
»Glaubst du, ich mache mit einer Toten rum?«, fragte einer der Kerle bissig. »Es muss nur so aussehen, als wenn sie richtig hergenommen worden wäre!«
Das wollte Schüdle sich nicht ansehen und wandte sich dem Nebenraum zu. Er brauchte eine Weile, bis er die unter Decken versteckte Satteltasche fand. Am liebsten hätte er die Dollars herausgenommen und gezählt. Aber das hätten die anderen sehen können, und so begnügte er sich mit einem kurzen Blick in die Tasche. Als er die dicken, in Papier eingeschlagenen Bündel sah, grinste er und zog die Riemen der Satteltasche wieder fest.
Während er das Haus verließ, warf er unwillkürlich einen Blick auf die tote Frau, und ihm wurde beinahe übel. Ihr Schoß war voller Blut, und da sie skalpiert worden war, leuchtete ihm ein kahler, roter Schädel entgegen.
So schnell er konnte, eilte Schüdle ins Freie, wo mittlerweile die Pferde bereitstanden. Nizhoni saß im Sattel eines der eigenen Pferde, während der noch immer bewusstlose Waldemar einfach über einen anderen Gaul gelegt worden war. Gretel hatte Hosea Nizhoni auf den Rücken gebunden.
»Fertig?«, fragte Dyson, als Schüdle herauskam.
Dieser nickte verkniffen. »Ja!«
»Dann können wir losreiten!« Ohne zu warten, bis der andere im Sattel war, trieb Dyson seinen Gaul an. Im Augenblick schien der Mond wieder so hell, dass sie ihre Umgebung erkennen und die Pferde traben lassen konnten.
Da Dyson die Zügel von Nizhonis Pferd an seinem Sattel befestigt hatte, musste es mitlaufen. Sie selbst war völlig hilflos

und ertrank beinahe in einem See aus Elend. Da man Josef nicht mitgenommen hatte, gab es für sie nur eine Erklärung: Diese Schurken hatten ihn umgebracht! Verzweifelt fragte sie sich, wie sie Walther über diesen Verlust hinweghelfen konnte. Sie begriff allerdings rasch, dass es derzeit andere Probleme für sie gab. Waldemar und Gretel lebten noch, und sie sah es als ihre Pflicht an, wenigstens die beiden zu retten. Doch wie ihr das gelingen sollte, wusste sie im Augenblick noch nicht.

9.

Das Erste, was Josef spürte, war ein höllischer Schmerz. Sein Kopf dröhnte, als hätte ihm jemand mit einem Hammer darauf geschlagen, und in seiner Schulter schien eine glühende Stange zu stecken. Was war passiert?, fragte er sich, dämmerte aber zu schnell wieder weg, bevor er eine Antwort darauf fand.

Als er wieder erwachte, begriff er, dass er zwischen den Strohbündeln in einer feuchten Lache lag. Einen Augenblick später roch er Blut. War es sein Blut?, fragte er sich und versuchte sich aufzurichten. Sofort schoss ihm eine Schmerzwelle durch die linke Schulter. Also war er verletzt. Er tastete mit der rechten Hand nach seinem Kopf. Dort war nur eine dicke Beule zu spüren, aber nicht die Nässe von Blut.

»Es ist also die Schulter!«, murmelte er und erschrak bei seinen eigenen Worten. Wenn die Lunge getroffen war, würde er die Verletzung kaum überleben. »Rede nicht, sondern handle! Du musst die Blutung stillen, sonst bist du auf jeden Fall tot«, schalt er sich selbst.

Er presste seine Rechte gegen die Verletzung und biss sich beim Aufstehen vor Schmerz die Lippen zusammen. Zunächst sah er alles wie durch einen Schleier. Langsam aber schwand seine Benommenheit, und er sah im Schein des durch das offene Tor dringenden Mondlichts Miguels und Falkenschwinges Leichen vor sich liegen.

Das Entsetzen fuhr ihm durch sämtliche Glieder. »Waldemar!«, rief er und sah sich im Schuppen um. Aber er entdeckte nur die starren Körper von Kreisender Adler und Manolo. Sein Bruder war nirgends zu finden. Verwirrt, auch mit einem Hauch von Hoffnung, Waldemar könnte entkommen sein, verließ er den Schuppen und sah draußen mehrere Pfeile auf dem Boden.

»Komantschen?«, murmelte er verwundert, entdeckte dann Pferdespuren und stellte fest, dass die Hufe beschlagen waren.

»Keine Komantschen!«, korrigierte er sich und ging steifbeinig auf das Haus zu. Auch hier stand die Tür offen. Da die Banditen ohne Lampe oder Fackel hatten arbeiten müssen, waren alle Fensterläden geöffnet worden, um das Mondlicht einzulassen.

Beim Anblick des toten Ehepaars und seiner Kinder schossen Josef die Tränen in die Augen, und er zitterte vor Angst, als er die zweite Kammer betrat. Die war jedoch leer. Verwirrt versuchte er sich einen Reim darauf zu machen, begriff aber rasch, dass es nun vordringlich war, seine Wunde zu versorgen. Die Kraft, sein Hemd auszuziehen, hatte er nicht. Daher presste er ein Stück Stoff auf seine Schulter und band es mit einem langen Schal fest, der auf der Anrichte lag.

»Was jetzt?«, fragte er sich.

Es sah so aus, als hätten Nizhoni und seine Geschwister entweder fliehen können, oder sie waren verschleppt worden.

Also musste er erst einmal Hilfe für sich selbst finden und Verbündete, die nach ihnen suchten.
Josef verließ das Haus wieder und überprüfte draußen die Spuren. Im Mondlicht war nicht viel zu sehen, doch er fand heraus, dass die Schurken, die Scharezzanis Farm überfallen hatten, nach Nordosten geritten waren. Damit konnten es mit Sicherheit keine Komantschen gewesen sein. Zudem fehlten zwei der eigenen Pferde. Dies bestätigte seine Befürchtung, dass Nizhoni, Waldemar und Gretel entführt worden waren.
In seinem Zustand war er nicht in der Lage, ihnen zu folgen. Zudem spürte er, dass er nicht mehr lange durchhalten würde. Steifbeinig stakste er zum Korral, öffnete diesen unter entsetzlichen Mühen und stieß einen leisen Pfiff aus.
Sein Mustang kam auf ihn zu und rieb den Kopf an seiner Schulter. Der Schmerz ließ Josef aufschreien. Erschrocken wich das Pferd zurück, kam dann aber nach einem weiteren Lockruf wieder heran.
Auch mit Sattel und Steigbügel wäre Josef der Aufstieg schwergefallen. Auf den blanken Rücken des Mustangs zu klettern war schier unmöglich. Sein Pferd war jedoch von Komantschen ausgebildet worden, und er hatte in der Vergangenheit immer wieder einige ihrer Tricks mit ihm geübt. Mit ein paar Worten brachte er das Tier dazu, sich hinzulegen, setzte sich dann auf seinen Rücken und krallte sich mit der Rechten an der Mähne fest.
»Steh auf!«, befahl er.
Als der Mustang mit einem Ruck auf die Beine kam, verlor er beinahe den Halt, aber irgendwie gelang es ihm, oben zu bleiben.
»Los, vorwärts!«, stöhnte er und berührte mit der Ferse leicht die Flanke des Pferdes.

Dann versuchte er sich daran zu erinnern, wo die nächste Farm lag. Sein Kopf war jedoch wie in Watte gepackt, und so hoffte er einfach nur, früh genug Gebäude zu sehen und darauf zureiten zu können.

Die klare Nacht und das Mondlicht halfen seinem Mustang, rasch vorwärtszukommen. Zwar tauchte schon bald am Horizont ein Farmhaus auf, doch Josef schaffte es nicht, sein Pferd dorthin zu lenken. Halb ohnmächtig ließ er das Tier einfach laufen. Daher hielt es erst nach einem Ritt von mehreren Stunden auf ein Anwesen aus mehreren festen Gebäuden zu. Es war die Ranch von Thierry Coureur, der sich im Gegensatz zu den meisten anderen Siedlern einige Knechte halten konnte. Einer davon wurde durch die Hufschläge wach, öffnete die Tür der Hütte, in der er mit seinen Kameraden schlief, und starrte verblüfft auf den Mustang und die zusammengesunkene Gestalt darauf.

»He, Tom! Jeremie! Aufwachen! Da ist etwas passiert!«, rief er und eilte barfuß und in Hemd und Unterhosen hinaus.

»Was ist los?«, fragte einer seiner Kameraden und eilte zu Hilfe. Gemeinsam hoben sie Josef von seinem Pferd, während der dritte Knecht zu Thierrys Wohnhaus eilte und wie wild gegen die Tür klopfte.

»Mister Coureur, kommen Sie rasch. Hier ist ein Verwundeter!«

»Bei Gott, das ist Joe Fitchner!«, rief Tom erschrocken.

Thierry Coureur riss die Tür auf, sah seine Männer mit dem Verletzten und wies seine Frau an, eine Lampe anzuzünden.

»Legt ihn auf den Tisch! Da können wir ihn am besten versorgen«, befahl er seinen Männern und zog dann erst seine Hose an.

Rachel und die beiden Töchter flatterten wie aufgescheuchte Hühner in ihren Nachthemden herum. Bald aber überwand

die Frau ihren Schreck und begann mit geschickten Fingern, Josefs Wunde freizulegen.
»Wir müssen ihn rasch verbinden, denn er hat viel Blut verloren«, sagte sie zu ihrem Mann und ließ sich von Abigail die Whiskeyflasche geben.
Josef stöhnte vor Schmerz, als sie die scharfe Flüssigkeit auf seine Wunde schüttete. Es half ihm jedoch, wieder etwas wacher zu werden. »Wo bin ich?«, fragte er mit matter Stimme.
»Bei mir!«, antwortete Thierry und trat in den Schein der Lampe. »Junge, was ist passiert?«
»Wir wollten bei Scharezzani übernachten und sind dort überfallen worden. Ich weiß nicht, wie es kam, aber die Banditen haben uns vollkommen überrascht. Die meisten sind tot, darunter auch Scharezzani und seine gesamte Familie, Miguel, Kreisender Adler, Falkenschwinge …« Beim Aufzählen kämpfte Josef mit den Tränen, sagte sich dann aber, dass es wichtiger war, von denen zu berichten, die er noch am Leben wähnte.
»Wie es aussieht, haben die Kerle Nizhoni, Waldemar und Gretel mitgenommen. Sie sind in nordöstlicher Richtung geritten. Da sie den Überfall den Komantschen in die Schuhe schieben wollten, haben sie ein paar Indianerutensilien zurückgelassen. Aber ihre Pferde waren beschlagen.«
Josef wollte noch mehr sagen, doch seine Kraft war erschöpft, und er dämmerte von einem Augenblick zum anderen weg.
Thierry stellte noch einige Fragen, bis er merkte, dass er im Augenblick keine Antwort erhalten würde. Mit einem Ruck stand er auf und sah seine Frau an. »Rachel, du kümmerst dich um den Jungen. Wir Männer haben jetzt anderes zu tun!«

Er nahm seine Büchse und prüfte, ob sie geladen war. Dann wandte er sich an seine drei Knechte. »Wir alarmieren die Nachbarn und treffen uns alle auf Ean O'Corras Farm. Ruft so viele Männer zusammen, wie ihr könnt. Wir wissen nicht, wie groß die Bande ist, mit der wir es zu tun bekommen.«
»Wir sind schon unterwegs!«, rief Tom und eilte davon. Seine Kameraden folgten ihm auf dem Fuß.
Thierry brauchte nur wenig länger. Doch als er das Haus verlassen wollte, fasste Rachel ihn am Arm. »Sei bitte vorsichtig!«
»Keine Sorge, ich gebe schon auf mich acht«, antwortete er und verließ das Haus.
Rachel sah zu, wie er und seine Männer auf ihre Pferde stiegen und in verschiedene Richtungen losritten. Dann wandte sie sich wieder dem Verletzten zu und legte ihm einen festen Verband an. Als sie damit fertig war, musterte sie Josef prüfend. Er sah bleich aus, und sie wusste nicht, ob er überleben würde. Doch wenn er es tat, sollte er die Pflege durch sie und ihre Töchter in bester Erinnerung behalten.
»Abigail! Thamar! Helft mit, Joe auf mein Bett zu legen«, befahl sie und griff selbst zu. Auch wenn die Mädchen erst zehn und neun Jahre zählten, so waren sie doch kräftig genug, um gemeinsam mit ihrer Mutter den jungen Burschen zu tragen. Als Josef im Bett lag, schürte Rachel den Herd an und stellte den Wasserkessel in die Flammen.
Während sie getrocknete Kräuter aus einem Lederbeutel zog, sah sie ihre Älteste auffordernd an. »Abigail, du wirst dich in den nächsten Tagen nur um Joe kümmern! Ich koche jetzt eine Medizin, die ich von Nizhoni erhalten habe. Jedes Mal, wenn er aufwacht, sorgst du dafür, dass er einen ganzen Becher voll davon trinkt. Hast du verstanden?«
Das Mädchen nickte unglücklich, denn Josef hatte sie in der Vergangenheit oft geärgert. Der Wille ihrer Mutter war jedoch

Gesetz, und so holte sie sich einen Stuhl, um sich neben das Bett zu setzen.

»Mach gefälligst ein fröhlicheres Gesicht«, schalt ihre Mutter. »Josef soll sich freuen, dich zu sehen, und nicht glauben, dass er uns unwillkommen ist.«

In Gedanken setzte sie hinzu, dass er dies ganz und gar nicht war. Abigail war zwar noch viel zu jung zum Heiraten, doch er sollte spüren, wie sehr sie sich um ihn sorgte. Dies konnte in sechs oder sieben Jahren für ihn den Ausschlag geben, um ihre Hand anzuhalten. Wenn er überlebte, schränkte sie ein. Doch diesen Gedanken wollte sie im Augenblick nicht zulassen.

Während seine Frau sich ihren Überlegungen hingab, ritt Thierry voller Zorn zu seinem nächsten Nachbarn. Der Morgen war mittlerweile angebrochen, und so war Albert Poulain bereits bei der Arbeit.

»Leg den Hammer aus der Hand, Albert, und nimm deine Flinte! Cécile soll unterdessen dein Pferd satteln und Gertrude dir Vorräte für zwei Tage einpacken«, rief Thierry ihm zu.

»Was ist geschehen?«, fragte Poulain erschrocken.

»Scharezzanis Farm ist überfallen worden. Er und seine gesamte Familie sind tot, ebenso mehrere von Walthers Leuten. Nizhoni und die Kinder sind verschwunden. Josef ist schwer verletzt zu uns gekommen, um uns Nachricht zu bringen.«

»Wer kann das gewesen sein?«, fragte Poulain weiter.

Thierrys Blick wanderte nach Norden. »Zurückgelassene Spuren sollten auf die Komantschen hindeuten, doch waren es Reiter auf beschlagenen Pferden, und die werden wir auf Spencers Land finden, das schwöre ich dir!«

»Ich bin gleich so weit«, erklärte Poulain und warf seinen Hammer in eine Ecke.

»Wir treffen uns auf O'Corras Farm. Informiere jeden, auf den du triffst«, rief Thierry ihm noch zu, als er anritt.

10.

Die Entführer hatten es eilig, und sie nahmen nicht die geringste Rücksicht auf ihre Gefangenen. Bei Nizhoni ging es noch, denn trotz der unter dem Pferdebauch zusammengebundenen Füße und den gefesselten Händen gelang es ihr, sich auf dem schnell laufenden Gaul zu halten. Anders sah es jedoch bei Waldemar aus. Mittlerweile war er aus seiner Bewusstlosigkeit erwacht, hing aber noch immer bäuchlings über dem Sattel und würgte mehrmals. Verzweifelt kämpfte er gegen den Brechreiz an, denn er war geknebelt und würde daher am eigenen Erbrochenen ersticken.

»Der Kleine geht uns noch drauf. Sollten wir nicht besser den Knebel herausnehmen?«, fragte Hosea Dyson.

Sein Anführer schüttelte den Kopf. »Der bleibt so, damit er uns nicht mit seinem Schreien verraten kann.«

Noch befanden sie sich im French Settlement und sahen am Horizont Farmen wie kleine Festungen aus Holz auftauchen und wieder hinter dem Horizont versinken. Nicht zuletzt wegen dieser Siedlerstellen waren Dyson und seine Männer gezwungen, Umwege zu reiten, da sie nicht bemerkt werden wollten. Nach dem erfolgreichen Überfall wollte niemand von ihnen noch etwas riskieren.

Während des scharfen Ritts prägte Nizhoni sich die Gesichter der Schurken ein, um sie jederzeit wiedererkennen zu können. Mittlerweile war es hell geworden, und sie spürte, dass ihre Verfolger nervös wurden. Ein Trupp dieser Größe konnte kaum unbemerkt durchs Land reiten, und daher waren die Männer sichtlich froh, als die Grenzen des French Settlements hinter ihnen zurückblieben.

»Geschafft!«, rief Jakob Schüdle und schloss zu Dyson auf.

»Wir sollten auf der Ranch die Pferde wechseln und sofort weiterreiten. Je schneller wir in Louisiana sind, umso besser ist es!«
Zwar hatte Schüdle recht, dennoch schüttelte Dyson den Kopf. »Auf der Ranch sind nicht genug Ersatzpferde.«
»Es brauchen ja nicht alle mitzukommen. Fünf Männer genügen«, drängte Schüdle weiter, denn er wollte fort aus diesem Land. Auch wenn Walther Fichtner an der mexikanischen Grenze weilte, gab es genug Siedler im French Settlement, die ihnen die Hölle heißmachen konnten.
Als er das zu Dyson sagte, lachte dieser schallend auf. »Sie haben anscheinend vergessen, dass die bösen Komantschen Scharezzanis Farm überfallen haben. Keiner der blöden Schollenbrecher wird uns verdächtigen. Daher werden wir bis morgen früh auf der Ranch bleiben und dann mit frischen Gäulen nach Louisiana aufbrechen.«
Schüdle begriff, dass er den Mann nicht umstimmen konnte, und ließ sich grummelnd zurückfallen. Einen kurzen Moment sah er dabei in Nizhonis Augen und las darin einen solchen Hass, dass es ihn schüttelte. Diese Frau, sagte er sich, durfte nie mehr freikommen, denn sie würde sich mit nicht weniger zufriedengeben als mit seinem Kopf.
Nach einiger Zeit entdeckte Nizhoni in der Ferne einige Häuser. Das also ist Spencers Stadt, dachte sie. Sie hatte San Felipe de Austin kennengelernt und auch die neue Hauptstadt Austin, doch im Gegensatz zu diesen Städten war Spencerville ein ödes, heruntergekommenes Nest, dessen Gebäude zum guten Teil schon zerfielen.
Wenige Meilen weiter erreichten sie die Ranch. Auch diese Hütten sahen so aus, als hätten Spencers Leute sie rasch aus ein paar krummen Brettern zusammengenagelt. Auf dem Hof sprang Dyson vom Pferd und trat auf Nizhoni zu.

»Du würdest mir sicher gerne die Augen auskratzen, was? Aber dazu wird es nicht kommen. Und denke ja nicht, dass ich mit dir schon fertig bin. Ich werde noch meinen Spaß mit dir haben, bevor ich dir eine Kugel in den Schädel jage.«
Der Mann ist dumm, dachte Nizhoni. Er muss doch wissen, dass diese Drohungen mich dazu bringen werden, alles zu versuchen, um freizukommen. Im Augenblick bestand jedoch keine Gelegenheit dazu. Dyson durchtrennte ihre Fußfesseln und zerrte sie vom Pferd. Doch solange ihre Hände auf den Rücken gebunden waren, konnte sie nichts unternehmen.
Hosea band Waldemar los und hob diesen vom Pferd. Es ging dem Jungen jedoch so schlecht, dass er ihn ins Haus tragen musste. Dort wies Dyson aufs Geratewohl auf eine Tür.
»Steckt sie in die Kammer da und fesselt ihr die Beine wieder.«
»Und die Kleine?«, fragte einer der Männer.
»Die fesselt ebenfalls!«
»Kann man den Raum zusperren?«, fragte Schüdle und öffnete die Nebentür, hinter der sich sein Zimmer befand.
Dyson schüttelte den Kopf. »Die Tür hat keinen Riegel. Aber keine Sorge! Das Weibsstück entkommt uns nicht. Die Riemen sind fest, und selbst wenn sie sie durchbeißen könnte, wäre das Fenster zu klein zum Hinausklettern. Sie müsste sich schon durch den Raum hier schleichen. Aber da sitzen wir und feiern erst einmal unseren Erfolg!«
Auf seine Handbewegung hin brachte einer der Cowboys mehrere Flaschen und stellte sie auf den Tisch. Ein paar Männer kümmerten sich noch um die Pferde, während der Rest sich setzte und die erste Flasche kreisen ließ.
Als Hosea zum Schnaps greifen wollte, mischte sich Dyson ein. »Saufen kannst du auch in Louisiana! Du hältst erst einmal draußen Wache. Ich glaube zwar nicht, dass uns jemand gesehen hat, aber wir sollten trotzdem vorsichtig sein.«

Dann schleifte er Nizhoni in die Kammer, band ihr mit Hilfe eines Kumpans die Beine zusammen und ging dann lachend wieder hinaus. Hosea legte Waldemar neben Nizhoni hin, fesselte den Jungen und Gretel neu und verschwand ebenfalls.

Nizhoni lauschte den lauter werdenden Stimmen vor der Tür und begriff, dass die Männer sich betranken. Gab ihr dies eine Chance? Wenn sie das Besäufnis da draußen nutzen wollte, musste sie ihre Fesseln loswerden. In ihr überwog im Augenblick die Sorge um Waldemar, doch wegen des Knebels konnte sie ihn nicht fragen, wie es ihm ging. Daher musste sie als Erstes dieses verdammte Ding loswerden. Sie sah sich um und stellte fest, dass die Kammer bis auf den Staub am Boden und etlichen Spinnweben in den Ecken leer war. Noch während sie enttäuscht stöhnte, fiel ihr ein Nagel ins Auge, den jemand in die Wand geschlagen hatte.

Mühsam rutschte sie zu der Stelle hin, stemmte sich trotz ihrer gefesselten Arme und Beine an der Wand hoch und fuhr mit dem Gesicht an dem krummen Stück Eisen entlang. Zwar riss sie sich die Wange auf, schaffte es aber, das um den Mund gewickelte Tuch mit Hilfe des Nagels nach unten zu schieben. Als ihre Lippen frei waren, spuckte sie den Lappen aus, den man ihr in den Mund gesteckt hatte, und rutschte an der Wand wieder nach unten. Kurz darauf lag sie neben Waldemar.

»Wenn du wach bist, dann nicke!«, bat sie.

Zu ihrer Erleichterung bewegte der Junge den Kopf.

»Gott sei Dank!« Nizhoni atmete auf und erteilte ihm dann ihre Anweisungen. »Dreh dich jetzt so, dass du mit dem Rücken zu mir liegst, und versuche, noch ein Stück näher an meinen Kopf zu kommen. Ich werde deine Fesseln mit meinen Zähnen lösen!«

Sofort zog Waldemar die Beine an und kroch nun ebenso wie sie vorhin wie eine Raupe über den Boden, bis er richtig lag.

»Halt!«, befahl Nizhoni in dem Augenblick und fasste mit ihren Zähnen die Schnur, mit der seine Hände gefesselt waren. Diese bestand nicht aus Hanf, sondern aus geflochtenem Leder und ließ sich daher leichter zerkauen. Dennoch schien eine halbe Ewigkeit zu vergehen, bis sie die Fessel durchgetrennt hatte.

Waldemar zog seine Arme nach vorne und entfernte als Erstes seinen Knebel. »Du hast mich gebissen!«, beschwerte er sich.

»Ich hätte mir eine Hand abgenagt, um freizukommen«, wies sie ihn zurecht. »Jetzt beeile dich und löse meine Handfesseln!«

Bevor Waldemar dies tat, befreite er seine Füße und drehte sich dann grinsend zu ihr um. »Das hast du ausgezeichnet gemacht. Aber selbst wenn wir frei sind, müssten wir durch den vorderen Raum, und dort halten sich die ganzen Schurken auf!«

»Sie trinken Schnaps und werden hoffentlich bald schlafen«, antwortete Nizhoni, obwohl es auch dann kaum möglich sein würde, das Haus unbemerkt zu verlassen. Dazu kam, dass sie noch ihre Pferde holen mussten, denn zu Fuß würden sie nicht weit kommen.

Unterdessen nestelte Waldemar an ihren Fesseln und befreite schließlich ihre Hände.

»Was ist mit Josef?«, fragte er.

Ein Schatten überzog Nizhonis Gesicht. »Ich weiß es nicht! Sie haben ihn jedenfalls nicht mitgenommen.«

»Dann ist er tot!« Waldemars Stimme erstarb beinahe bei diesen Worten.

»Dafür werden sie bezahlen! Jeder Einzelne von ihnen!«, erklärte Nizhoni und öffnete ihre Fußfesseln. Dann zog sie Gretel an sich.

»Ich nehme dir jetzt den Knebel ab, meine Kleine. Du darfst aber weder schreien noch weinen. Hast du mich verstanden?«
Gretel nickte und blieb tatsächlich still, als sie losgebunden wurde. Unterdessen sah Waldemar sich in der Kammer um und schnaufte enttäuscht.
»Hier gibt es wirklich nichts, was wir als Waffe benützen könnten.«
»Es sind mehr als zehn Schurken. Da hilft uns auch keine Pistole«, antwortete Nizhoni und nahm das Fenster in Augenschein. Für sie war es zu klein, aber vielleicht konnten die Kinder hinausklettern. Der Gedanke, dass Waldemar und Gretel meilenweit durch das Land laufen müssten, um Hilfe zu bekommen, ließ sie vor dieser Idee zurückschrecken. Nun schlich sie zur Tür und lauschte. Die Gespräche waren leiser geworden, und sie hörte sogar ein paar Männer schnarchen.
Nach einer Weile war Schüdles Stimme zu vernehmen. »Ich lege mich jetzt hin, damit ich morgen früh auf die Beine komme.«
»Machen Sie das!«, antwortete Dyson mit schwerer Stimme. Dann verstummte auch er.
Nizhoni wartete ihrer Schätzung nach fast eine Stunde, bis von draußen kein anderes Geräusch außer dem Schnarchen mehrerer Männer hereindrang. Dann wagte sie, die Tür einen Spalt weit zu öffnen. Als Erstes sah sie Dyson. Er lag auf einer Pritsche und schnarchte am lautesten.
Als Nizhoni die Tür weiter öffnete, konnte sie auch die anderen Männer erblicken. Mutiger geworden, trat sie in den Raum und sah sich um. Wenige Herzschläge später entdeckte sie ihre Pistole und ihr Messer und steckte die Waffen ein. Dann holte sie Waldemar und Gretel mit einem Winken zu sich.
Sie waren schon fast bei der Haustür, als Nizhoni stehen blieb.

Wenn sie einfach so flohen, würde das Geld, das ihr Mann für die Rinder erhalten hatte, hier zurückbleiben.
Mit entschlossener Miene näherte sie sich der Tür, durch die bei ihrer Ankunft Schüdle getreten war, und blickte vorsichtig hinein. Der Mann lag auf einem schäbigen Bett und schnarchte leise vor sich hin. Die Satteltasche lag auf dem Boden, doch hatte er sich den Riemen einmal um die Hand geschlungen.
Nizhoni war nicht bereit, ihm das Geld zu überlassen. Da sie ihm die Satteltasche nicht abnehmen konnte, öffnete sie sie und holte ein Geldbündel nach dem anderen heraus. Mangels eines anderen Platzes stopfte sie diese unter ihre Bluse und huschte dann leise wie eine Maus aus dem Zimmer. Die Kinder waren starr wie Statuen stehen geblieben, aber als sie auf sie zutrat, öffnete Waldemar die Haustür einen Spalt, spähte nach draußen und zog ein langes Gesicht.
»Beim Schuppen steht eine Wache«, raunte er Nizhoni zu.
Seine Stiefmutter hatte es nicht anders erwartet und zuckte die Achseln. Dann blickte sie selbst durch den Türspalt und überlegte. Der Mann stand mit dem Rücken zum Haus und starrte in die Ferne. Sollten sie versuchen, an ihm vorbeizuschleichen, würde er sie entdecken.
Mit einer entschlossenen Geste zog sie ihr Messer und winkte die Kinder zu sich. »Ich werde mich um den Wächter kümmern. Ihr seht zu, dass ihr so leise wie möglich zum Korral lauft. Im Notfall hebst du Gretel auf den Mustang und fliehst mit ihr. Vielleicht seid ihr schnell genug, diesen Banditen zu entkommen.«
Viele Chancen hatten die Kinder nicht, doch sie wollte alles tun, um sie zu retten. Mit diesem Vorsatz verließ sie das Haus und schlich auf Zehenspitzen auf den Mann zu. Hosea hatte sich an einen Pfosten gelehnt, hielt die rechte Hand auf dem Kolben seiner Pistole und kaute auf einem Grashalm herum.

Nizhoni starb fast vor Angst, dass er sie zu früh hören könnte. Doch als sie nur noch wenige Schritte von ihm entfernt war, wieherte ein Pferd durchdringend.
Hosea blickte unwillkürlich zum Korral, sah aber nichts und stieß einen leisen Fluch aus. Der kurze Augenblick reichte Nizhoni aus, um hinter ihn zu gelangen. Mit aller Kraft schwang sie das Messer und stieß es ihm in den Leib.
Mit einem ersterbenden Laut sank der Halbindianer zu Boden. Er war nicht der erste Mensch, den Nizhoni getötet hatte, doch sie hatte noch nie ein Messer dazu benutzt. Einen Augenblick lang zitterte sie, weil Aufregung und Schwäche sie zu übermannen drohten. Dann aber sagte sie sich, dass dieser Mann mitgeholfen hatte, Josef, Tonino Scharezzanis gesamte Familie und ihre Vaqueros umzubringen, und der Gedanke verscheuchte ihr Schuldgefühl. So schnell sie konnte, eilte sie zum Korral und hielt Waldemar auf, der eben seinen Mustang satteln wollte.
»Keine Sättel! Nur Zügel und Zaumzeug. Es dauert sonst zu lange«, erklärte sie ihm und fing Miguels Wallach ein, auf dem die Schurken sie hierhergebracht hatten. Nachdem Nizhoni dem Tier die Zügel angelegt hatte, hob sie Gretel auf dessen Rücken, half anschließend Waldemar auf einen Mustang und führte beide Pferde von der Ranch weg. Erst nach einigen hundert Yards schwang sie sich selbst auf den Wallach und reichte Waldemar die Zügel seines Pferdes.
»Wir werden noch ein Stück im Schritt reiten, damit uns keiner hören kann. Bei dem Baum dort vorne können wir schneller werden. Mit etwas Glück bricht die Nacht herein, bevor die Schurken merken, dass wir ihnen entschlüpft sind.«
Sowohl sie wie auch Waldemar wussten, dass zwischen Spencers Ranch und dem French Settlement etliche Meilen lagen. Dennoch hoffte Nizhoni, einen der befreundeten Farmer zu

erreichen und bei ihm in Sicherheit zu sein. Eines aber schwor sie sich in dieser Stunde: Schüdle und die anderen Schurken würden für das, was sie getan hatten, teuer bezahlen.
Die drei waren noch keine Stunde unterwegs, als Nizhoni innehielt und lauschte. Vor ihnen erklang Hufgetrappel, und es kam immer näher. Mittlerweile dämmerte der Abend herauf, und sie konnte den Reitertrupp mehr ahnen als sehen. Während sie die Pistole zog, bedeutete sie Waldemar, hinter ihr zu bleiben.
»Wenn es Feinde sind, müssen wir sehr schnell sein«, sagte sie zu dem Jungen und wies nach Westen, der einzigen Richtung, in der sie noch fliehen konnten.
»Sollten wir nicht besser gleich losreiten?«, fragte Waldemar besorgt.
»Noch nicht! Ich will wissen, was das für Leute sind.« Nizhoni glaubte in der Dämmerung den großrahmigen Hengst zu erkennen, den Thierry Coureur meistens ritt. Wenn er es war, nahte Rettung. Je näher der Reitertrupp kam, umso sicherer wurde sie. Da Waldemar und sie ihre Pferde ruhig hielten, waren sie für die anderen nur ein Schatten am Horizont, und so wäre der Trupp beinahe an ihnen vorbeigeritten.
Doch als Nizhoni nicht nur Thierry Coureur, sondern auch Albert Poulain und Ean O'Corra erkannte, begann sie zu rufen.
»Thierry, hier sind wir!«
Der Normanne riss sein Pferd so abrupt herum, dass der hinter ihm reitende Leszek Tobolinski beinahe gegen ihn geprallt wäre.
»Nizhoni, bist du es?« Es klang ebenso verwundert wie erleichtert.
»Ja, ich bin es mit Waldemar und Gretel«, antwortete Nizhoni.
»Ihr seid diesen Schurken entkommen!«

»So ist es! Sie haben getrunken und sind eingeschlafen. Ich konnte Waldemars Fessel lösen und er mich losbinden. Den Wächter habe ich getötet. Wenn wir rasch handeln, können wir sie alle fangen.«

»Und ob wir das tun!« Thierry lachte grimmig und wollte wissen, mit wie vielen Männern sie es zu tun hätten.

»Gut ein Dutzend, soweit ich feststellen konnte«, erklärte Nizhoni und stellte dann die Frage, die sie am meisten bewegte: »Woher habt ihr gewusst, dass Spencers Schurken uns entführt hatten?«

»Von Josef! Er kam blutend wie ein Schwein und schwer verletzt bei uns an und konnte uns alarmieren. Sonst hätten wir später wahrscheinlich die Komantschen verdächtigt.«

»Josef lebt!« Nizhoni wurde von einer unendlichen Erleichterung erfasst. Dann aber dachte sie an die Toten, die auf Scharezzanis Farm zurückgeblieben waren, und ihre Miene wurde hart.

»Wir reiten noch ein Stück im Trab auf Spencers Ranch zu, legen die letzte Meile aber im Schritt zurück, damit man uns nicht hört. Ich will nicht, dass noch mehr von uns sterben müssen.«

»Dann nichts wie los!« Seinen Worten zum Trotz wartete Thierry, bis Nizhoni die Spitze übernommen hatte, und folgte ihr als Erster. Die hereinbrechende Nacht sorgte dafür, dass sie bald langsamer reiten mussten. Daher dauerte es für Nizhoni beinahe zu lange, bis sich die Gebäude der Ranch aus der Dunkelheit schälten.

»Hier steigen wir ab und lassen die Pferde zurück«, erklärte sie und rutschte von ihrem Gaul hinunter. »Vier Mann sollen auf die Pferde aufpassen. Waldemar, du bleibst mit Gretel ebenfalls hier!«

»Aber …«, begann der Junge, doch da fuhr ihm seine Stiefmutter über den Mund.

»Gretel hat bei einem Feuergefecht nichts verloren! Und wer soll auf sie aufpassen, wenn nicht du?«, antwortete Nizhoni, die die Kinder keiner Gefahr mehr aussetzen wollte.
Während sie mit Thierry und den anderen Siedlern auf die Farm zuging, zählte sie kurz ihre Schar. Es waren etwas mehr als dreißig und damit genug Männer, um die Banditen niederzukämpfen.
Angespannt richtete sie ihre Blicke nach vorne. Im Ranchgebäude war es dunkel, so als würden die Schurken noch immer schlafen. Plötzlich aber war Licht zu sehen, und nur wenige Augenblicke später wurde die Haustür aufgerissen.

11.

Als Luke Dyson erwachte, war es stockdunkel. Verärgert dachte er, dass wenigstens einer seiner Männer vernünftig genug hätte sein müssen, die Lampe anzuzünden. Vor sich hin schimpfend, stand er auf und suchte nach ihr. Dabei stieß er mit dem Schienbein gegen etwas Scharfkantiges. Kurz danach hatte er die Lampe gefunden und brannte den Docht mit Hilfe seines Lunten-Feuerzeugs an. Als der Lichtschein den Raum erhellte, sah er die anderen schlafend herumliegen.
»Verdammt! Wir hätten nicht so viel saufen sollen«, stöhnte er und entdeckte dann die offene Tür der Kammer, hinter der sie Nizhoni und die Kinder eingesperrt hatten. Mit ein paar Schritten war er dort, schaute in den Raum und fluchte wüst.
Da glaubte er auf dem Hof ein Geräusch zu hören, eilte zur Haustür, riss sie auf und entdeckte eine Bewegung. Voller Wut feuerte er seine Pistole auf einen Schatten ab und sah dann

mindestens ein Dutzend Mündungsblitze aufzucken. Die Wucht der einschlagenden Kugeln trieb ihn ins Haus zurück. Seine Kumpane schreckten vom Knallen der Schüsse hoch und sahen ihren Anführer zu Boden stürzen und regungslos liegen bleiben. Dabei zerbrach die Lampe, die Dyson in der Hand hielt. Brennendes Öl ergoss sich über die ausgedörrten Dielen des Fußbodens, und sofort schlugen Flammen hoch.

»Wir müssen löschen!«, rief einer der Männer und wollte zur Tür hinaus, um vom Brunnen Wasser zu holen. Mehrere Schüsse krachten, und er stürzte wie ein umfallender Mehlsack zu Boden.

Die anderen Männer sahen sich erschrocken an. »Was ist los?«, fragte Jakob Schüdle mit schreckensbleicher Miene.

»Die Indianersquaw! Sie ist entkommen!«, rief einer der Männer, der eben die offene Tür entdeckt und in die Kammer geschaut hatte.

»Verdammt! Was machen wir jetzt?«, fragte Schüdle, während zwei Männer versuchten, die Flammen mit ihren Jacken auszuschlagen. Doch diese fingen ebenfalls Feuer, und so schleuderte einer seine Jacke beiseite. Zu seinem Pech traf er eine noch fast volle Schnapsflasche, die zu Boden fiel und zerbrach. Ihr Inhalt ergoss sich über das glimmende Kleidungsstück, das sofort hell aufloderte.

»Verdammter Idiot!«, schrie einer seiner Kumpane wütend. Doch auch er wusste nicht, wie sie den sich ausbreitenden Brand löschen sollten. Mit verkniffener Miene wandte er sich den anderen zu. »Lange halten wir es hier herinnen nicht mehr aus. Vier sollten aus allen Rohren durch die Fenster schießen, der Rest stürmt mit der Pistole in der Hand hinaus.«

»Und lässt sich abknallen wie ein Hase«, murmelte einer. Doch als er an eines der Fenster treten wollte, um aus der sicheren Deckung heraus schießen zu können, standen dort bereits

Schüdle, O'Flannagan und dessen zwei Schwäger und schoben die Läufe ihrer Gewehre durch die Öffnung.
»Los jetzt!«, befahl ein Cowboy.
Schüdle und die O'Flannagans begannen sofort zu schießen und benützten dabei nicht nur ihre eigenen Büchsen, sondern auch die der anderen, die sich auf ihre Handfeuerwaffen verlassen wollten.
Die Banditen warteten, bis die vierte Salve abgefeuert war, dann stürmten sie auf den Hof. Nach ein paar Schritten begriffen sie jedoch, dass sie nicht den Hauch einer Chance hatten. Ihre Gegner waren in der Dunkelheit nicht zu sehen, während sie selbst vor dem mittlerweile lichterloh brennenden Ranchgebäude ein deutliches Ziel boten.
Tatsächlich war es das reinste Hasenschießen. Auch Nizhoni feuerte ihre Doppelpistole ab und sah voller Genugtuung, dass der Mann, den sie getroffen hatte, nicht mehr aufstand.
Nach wenigen Minuten war es vorbei. Kein einziger Bandit war weiter als zwanzig Yards gekommen, und die einzige Verletzung bei den Belagerern bestand aus einem Streifschuss am Arm, den Leszek Tobolinski davongetragen hatte.
Als der letzte Schuss verstummt war, erklang aus dem Ranchgebäude eine Stimme, die nichts Menschliches mehr an sich hatte. »Nicht schießen! Wir ergeben uns!«
Mehrere Gewehre wurden durch die Fenster ins Freie geworfen, dann tauchte der Erste in der Tür auf. Er hielt die Hände hoch über dem Kopf, wagte es aber nicht, sofort ins Freie zu treten. Da die Hitze jedoch unerträglich wurde, gab ihm der hinter ihm Stehende einen Stoß. Der Mann stolperte nach vorne, und da nicht geschossen wurde, folgten ihm die drei anderen so rasch, dass sie einander anrempelten und stürzten. Als sie sich wieder aufgerafft und einige Schritte zwischen sich und die Flammen gelegt hatten, sahen sie sich Nizhoni, Thierry

und fast drei Dutzend Siedlern aus dem French Settlement gegenüber.
»Ihr verdammten Mörder! Euch soll der Teufel holen!«, brüllte Thierry die vier an.
Schüdle krümmte sich und sah ihn von unten her an. »Wir sind unschuldig! Dyson hat uns gezwungen, mit ihm zu reiten. Wir haben nur auf die Pferde achtgegeben. Mit dem Überfall auf Scharezzanis Farm haben wir nichts zu tun.«
»Stimmt, so ist es!«, setzte Morgen O'Flannagan entsetzt hinzu und sah dann O'Corra und die anderen Iren an. »Wir sind doch Landsleute! Ihr könnt mich doch nicht einfach über den Haufen schießen. Ich habe euch nichts getan.«
Mit einer verächtlichen Geste wandte Thierry sich an Nizhoni. »Was sagst du?«
»Schüdle lügt! Aber selbst dann, wenn sie nur die Pferde gehalten hätten: Sie waren dabei!«
Thierry nickte, so als hätte sie seine eigene Überlegung bestätigt.
»Hängt sie auf!«, befahl er mit eisiger Stimme.
»Nein, tut das nicht!«, kreischte Schüdle. »Ich gebe euch tausend Dollar, wenn ihr mich laufen lasst, zehntausend Dollar!«
»Können deine Dollars verlorenes Leben zurückbringen?«, fragte Nizhoni leise und trat zur Seite, damit die Siedler den Mann packen und zum nächsten Baum schleifen konnten. Einige Augenblicke gellten Schüdles Schreie noch über das Land, dann brachen sie mit einem Schlag ab.

Siebter Teil

Krieg und Frieden

1.

Bereits nach kurzer Zeit war Walther zu der Ansicht gelangt, dass seine Anwesenheit bei Zachary Taylors Armee sinnlos war. Wenn er Vorschläge vorbrachte, wussten einige der Offiziere es besser. Manche verhöhnten ihn sogar offen, wenn er zur Vorsicht riet.

An diesem Sommerabend saßen sie in lockerer Runde zusammen und ließen sich sogar von der Anwesenheit ihres Kommandeurs nicht davon abhalten, sich an Walther zu reiben. Der Grund waren die ersten leichten Erfolge gegen die Mexikaner, aber auch die Hetzereien von Zebulon Burke und seinen Kameraden aus dem Arkansas-Freiwilligenregiment.

»Hören Sie, Fitchner! Mit Ihren Märchen können Sie vielleicht kleine Jungs erschrecken. Aber wir haben selbst gesehen, was von diesen katholischen Schwarzköpfen zu halten ist«, spottete Captain Clyde.

»Sie werden anders reden, wenn Sie einmal der mexikanischen Kavallerie auf geeignetem Gelände gegenüberstehen, Clyde!«

Da der andere ihn auch nur mit Namen angesprochen hatte, sah Walther keinen Grund, dessen Rang zu nennen.

Das Gesicht des Offiziers färbte sich burgunderrot. »Für Sie immer noch Captain Clyde, Fitchner!«

»Für Sie immer noch General Fitchner, Clyde«, konterte Walther gelassen.

»General! Für die paar Mann, die Sie im Scharmützel gegen Santa Ana befehligt haben, ist der Rang eines Sergeanten ausreichend!«
Durch Clydes Anfälle verärgert, fuhr General Taylor diesem in die Parade. »Entweder entschuldigen Sie sich jetzt bei General Fitchner, Captain, oder Sie werden das Zelt verlassen!«
Für Augenblicke sah es so als, als wolle Clyde auch seinem Kommandanten Widerworte geben, dann aber stürzte er schnaubend hinaus.
»Es tut mir leid, Fitchner! Ich weiß nicht, was in diese Burschen gefahren ist. Eigentlich sind sie ganz in Ordnung, aber anscheinend bekommt ihnen die mexikanische Luft nicht – oder der Tequila, den wir bei unserem Vormarsch erbeutet haben.«
Zachary Taylor versuchte, die Angelegenheit auf eine scherzhafte Ebene zu schieben, doch Walther wusste nur zu gut, dass Präsident Polks Neffe Zebulon Burke die anderen Offiziere gegen ihn aufhetzte.
»Ist die mexikanische Kavallerie wirklich so gut, wie Sie sagen?«, fragte Captain Robert E. Lee, um von dem unangenehmen Thema abzulenken.
»Die mexikanische Reiterei zählt zu den besten der Welt. In ihr dienen Caballeros, keine Peones. Es sind Männer, deren Väter bereits etwas in Mexiko galten. Alle sind ausgezeichnete Reiter und mit Lanze, Säbel und Pistole gleichermaßen vertraut. Auf einem passenden Schlachtfeld würden sie die gleiche Anzahl Ihrer Kavalleristen in Stücke hauen«, erklärte Walther.
Captain Lee lachte etwas gezwungen auf. »Jetzt machen Sie mal halblang, General. Unsere Kavallerie ist auch nicht schlecht.«
»Dann warten Sie mal ein Reitergefecht mit den Mexikanern ab. Die mexikanische Infanterie ist der Ihren unterlegen, denn

Ihre Truppen sind besser bewaffnet, besser ausgebildet und verfügen über eine höhere Kampfmoral. Solange Sie keiner vielfachen Übermacht gegenüberstehen, werden Sie die mexikanischen Fußtruppen in jeder Schlacht schlagen. Sie müssen nur dafür sorgen, dass die feindliche Kavallerie nicht entscheidend eingreifen kann.«

Diesen Vortrag hatte Walther schon ein paarmal gehalten, und zum ersten Mal sah es so aus, als würden Taylor und seine Offiziere sich dafür interessieren.

Robert E. Lee brachte allerdings einen weiteren Einwand. »Sie sprechen immer so von unseren Truppen, als wenn Sie selbst nicht zu uns gehören würden, sondern der Militärbeobachter eines fremden Staates wären.«

Walther drehte sich mit einem spöttischen Lächeln zu dem Hauptmann um. »Ich bin in erster Linie Texaner, und das gehört noch nicht so lange zu den Vereinigten Staaten, als dass wir uns daran gewöhnt hätten, Bürger dieses Landes zu sein. Außerdem geben mir Offiziere wie Clyde und Burke nicht das Gefühl, in Ihren Reihen willkommen zu sein.«

»Die beiden sind Heißsporne, aber sonst in Ordnung«, tat Taylor seine Worte ab. »Bis jetzt haben wir uns mit den Mexikanern nur ein paar Scharmützel geliefert. Sie sind zurückgewichen, wir nachgerückt, ohne dass eine Entscheidung gefallen wäre. Das fuchst die jungen Burschen. Sie wollen mit dem Säbel in der Hand die feindlichen Linien durchbrechen und einen entscheidenden Sieg erringen.«

»Dafür werden Sie Mexico City erobern müssen«, prophezeite Walther erneut und erntete Kopfschütteln.

»Ich sage Ihnen, Fitchner, es braucht nur eine einzige entscheidende Schlacht, und Mexiko liegt am Boden«, erklärte Robert E. Lee lächelnd.

»Wenn Sie meinen!« Walther verlor die Lust, weiterhin Kassandra zu spielen. Allerdings bemerkte er, dass Zachary Taylor im Gegensatz zu den meisten anderen Offizieren nicht lachte.

»Ich würde General Fitchners Erfahrung nicht so einfach beiseiteschieben«, sagte der Kommandeur nach einer kurzen Pause. »Mit unserer Kavallerie ist wirklich kein Staat zu machen. Das soll kein Vorwurf an Sie sein, meine Herren. Aber wir Amerikaner sind ein Volk der Farmer und Handwerker und keine Leute, die von Jugend auf das Ziel haben, ein guter Reitersoldat zu werden. Einige unserer Rekruten mussten erst lernen, wie man auf einem Gaul sitzt. Damit sollten wir eine Reiterschlacht nach Möglichkeit vermeiden. Ja, was gibt es, Grant?«

Das Letzte galt einem Leutnant, der in das Zelt trat und salutierte.

»Sir, unsere Aufklärer melden, dass die mexikanischen Truppen sich in Monterrey verschanzen. Allerdings zieht General Ampudia starke Kavallerieeinheiten zusammen. Es könnte daher sein, dass er vorrückt«, erklärte der Mann.

Taylor stand auf und nahm die Karte zur Hand. »Was, meinen Sie, Fitchner, führen die Mexikaner im Schilde? Zuerst meldeten unsere Späher, dass Ampudia den Befehl erhalten habe, weitere Gefechte zu vermeiden und sich ins Landesinnere zurückzuziehen. Jetzt hören wir, dass er Monterrey befestigt und vielleicht sogar die Schlacht auf freiem Feld suchen will.«

»Um herauszufinden, was Ampudia will, müssten Sie ihn selbst fragen. Allerdings würde er Ihnen wohl kaum die richtige Antwort geben. Meiner Meinung nach versucht er, uns in dieser Gegend aufzuhalten. Die Landschaft, die wir hier auf der Karte sehen, dürfte für seine Reiterei geeignet sein. Gelingt es ihm, uns hier zu einer Schlacht zu zwingen, können Sie Ihren weiteren Vormarsch vergessen.«

Walther nahm kein Blatt mehr vor den Mund. Sollen ihn die

Offiziere doch verspotten, sagte er sich. Die Mexikaner würden ihnen schon zeigen, ob er recht hatte oder nicht.
Diesmal lachte keiner. Captain Lee beugte sich sogar vor, um die Karte genauer sehen zu können. Auch Taylor wirkte hochkonzentriert und wies mit dem rechten Zeigefinger auf die Straßen, die nach Monterrey führten.
»Meine Herren, wir werden unseren Vormarsch beschleunigen, um Ampudia keine Zeit zu geben, seine Position zu verbessern. Captain Lee, Sie schicken Patrouillen aus! Ich will informiert werden, wenn die Mexikaner sich in Bewegung setzen. Achten Sie vor allem auf deren Kavallerie. Wie General Fitchner eben sagte, darf sie uns nicht auf freiem Feld erwischen.«
Während der General und sein Stab ihre Pläne besprachen, lehnte Walther sich in seinem Stuhl zurück und hatte zum ersten Mal, seit er sich der Armee angeschlossen hatte, das Gefühl, dass man ihn ernst nahm.

2.

Zur selben Zeit, aber etliche Meilen weiter im Süden, beugte sich Pedro de Ampudia, der Befehlshaber der mexikanischen Truppen in Monterrey, ebenfalls über eine Landkarte.
»Meine Herren!«, rief er mit durchdringender Stimme. »Es wird Zeit, dass wir den Americanos die Rechnung dafür präsentieren, dass sie den geheiligten Boden unseres Vaterlands mit ihrer Gegenwart beschmutzen.«
»Die Regierung verlangt, dass wir uns nach Saltillo zurückziehen«, wandte einer der anwesenden Offiziere ein.

Ampudia stieß wütend die Luft aus, bevor er Antwort gab. »Die Regierung befindet sich fern von hier in der Ciudad de Mexico und hat keine Ahnung, was hier im Norden geschieht. Wir können die Americanos schlagen! Ich habe alle Kommandanten der hier stationierten Truppen aufgefordert, mich zu unterstützen. Wenn wir durch die Garnisonen von Torreón und Saltillo verstärkt werden, sind wir unseren Feinden fast um das Doppelte überlegen. Unsere Kavallerie übertrifft die der Americanos sogar um das Vierfache. Wir müssen sie auf einem für uns günstigen Gelände erwarten und zuschlagen.«

Noch während Ampudia diese eindringliche Rede hielt, stach sein Finger auf einen Punkt der Karte, der ihm vielversprechend erschien.

»Dies hier ist eine geeignete Stelle! Um sie vor den Americanos zu erreichen, werden wir uns morgen auf den Marsch begeben. Coronel Arranza, Ihr Regiment übernimmt die Vorhut! Sollte der Feind schneller vorrücken als erwartet, verwickeln Sie ihn in Scharmützel, vermeiden aber eine offene Schlacht!«

»Si, General!« Der Angesprochene, ein schlanker, gutaussehender Offizier um die dreißig, salutierte.

Ein anderer schüttelte jedoch den Kopf. »Verzeihen Sie, General, aber mein Regiment ist nach unseren beiden Niederlagen gegen die Americanos noch nicht einsatzbereit. Ich habe weder die angeforderten Ersatztruppen erhalten noch ausreichend Munition oder Verpflegung. Wenn Sie mir befehlen, morgen auszurücken, kann ich das höchstens mit zweihundert kampffähigen Männern tun!«

»Mir geht es ähnlich wie Coronel Mendoza«, erklärte ein weiterer Offizier. »Zwar stand mein Regiment bis jetzt noch nicht im Gefecht, aber ich musste zwei Kompanien an General Quintero abgeben. Zwei weitere Kompanien wurden wegen der Eile, in der ich nach Norden marschieren musste, gar nicht erst aufgestellt. Ich verfüge damit nur über zwei Kompanien statt der geforderten sechs.«

Das Gesicht des Generals wurde mit jeder Wortmeldung länger. Mit einem verzweifelten Blick sah er auf die Karte und begriff, dass sein Plan, Zachary Taylors Truppen vor Monterrey entgegenzutreten, zu scheitern drohte.

»Señores, wenn bis morgen Abend keine Verstärkung eingetroffen ist, bleibt uns nichts anderes übrig, als uns hier in Monterrey zu verschanzen. Ich bete zu Gott, dem Allmächtigen, dass uns dies erspart bleibt.«

»Wir müssen den Feind auf offenem Feld angreifen! Es wäre Wahnsinn, unsere Kavallerie hier in der Stadt einzusperren. Wir säßen wie Ratten in der Falle!«, rief Juan de Arranza empört aus.

»Mäßigen Sie sich, Coronel!«, befahl Ampudia ihm. »Allein kann die Kavallerie den Feind nicht besiegen. Dazu brauchen wir auch Infanterie. Hoffen wir also auf Verstärkung. Meine Herren, machen wir uns an die Arbeit.«

Ampudias Worte machten deutlich, dass die Besprechung beendet war. Während die meisten Offiziere das Zimmer verließen, versuchte Arranza seinen Kommandanten noch einmal davon zu überzeugen, dass es besser sei, vorzurücken.

»Es tut mir leid, aber unsere Fußtruppen sind zu schwach. Sie würden einen Angriff der Americanos nicht überstehen«, erklärte Juan de Ampudia mit einem traurigen Lächeln.

»Dann lassen Sie wenigstens mein Regiment ausrücken. Wir werden den Feind in Scharmützel verwickeln und ausbluten lassen«, bat Arranza.

Erneut schüttelte der General den Kopf. »Ich kann es mir nicht leisten, Ihre Truppe in einen aussichtslosen Kampf zu schicken. Wenn der Feind vor Monterrey erscheint, brauche ich Ihre Reiter für Ausfälle und die Sicherung des Nachschubs.«

»General …«, begann Arranza erneut, doch sein Vorgesetzter hob die Hand.

»Es tut mir leid, das ist mein letztes Wort!«

Juan de Arranza salutierte mit eisiger Miene und verließ nun ebenfalls den Raum. Draußen traf er auf ein paar Offiziere, die bereits gegen Taylors Armee im Feld gestanden hatten. Im Bewusstsein der Unterlegenheit der eigenen Truppen waren sie erleichtert, den Feind diesmal hinter Wällen und Mauern empfangen zu können.

Nachdem Arranza ihnen eine Weile zugehört hatte, ergriff er das Wort. »Meine Freunde, wir sollten die Lücken in euren Regimentern durch Freiwillige aus Monterrey und der Umgebung auffüllen und dem Feind auf geeignetem Boden gegenübertreten.«

Der Oberst, der eines der ausgedünnten Infanterieregimenter führte, drehte sich mit abweisender Miene zu ihm um. »Und womit sollen wir diese Leute bewaffnen, etwa mit Mistgabeln? Unsere Magazine sind so leer, dass jeder meiner Soldados bei der letzten Munitionsausgabe nur Pulver für höchstens drei oder vier Schuss erhalten hat. Musketen sind überhaupt keine mehr vorhanden.«

Arranza spürte die Verzweiflung seiner Kameraden und fluchte. »Die Regierung sollte weniger streiten als die Armee so ausrüsten, dass wir die Americanos schlagen können. Ohne Musketen und Pulver treiben die uns immer weiter nach Süden, bis wir irgendwann einmal hinter den Mauern der Ciudad de Mexico stehen.«

»Ich sage, Santa Ana muss wieder Präsident werden! Er ist ein großer General und wird uns zum Sieg führen«, rief ein Major aus.

»Santa Ana ist ein Gimpel, der nicht einmal ein einziges Regiment ordentlich zu führen versteht!«, gab Arranza zornerfüllt zurück. »Erinnert euch nur daran, wie dumm er sich von den Texanern in die Falle hat locken lassen! Die Familie meines Schwiegervaters hat damals sehr viel Land in Tejas verloren.«

»Einen solchen Fehler wird Santa Ana mit Sicherheit nicht noch einmal begehen«, antwortete einer seiner Kameraden.

Jener Offizier, der als Erster Santa Ana als Oberkommandierenden gefordert hatte, fuhr zornig auf. »Die Niederlage am Rio de San Jacinto war nicht die Schuld des Generals, sondern die einiger unfähiger Offiziere! Die Kerle waren zu dumm, die richtigen Befehle zu erteilen! Hätten sie es getan, hätte Präsident Antonio López de Santa Ana die Texaner zu Paaren getrieben.«

Es entspann sich ein Streit zwischen Anhängern und Gegnern von Santa Ana, aus dem Arranza sich nach kurzer Zeit zurückzog. Mit einer verärgerten Geste verließ er Ampudias Hauptquartier, stieg auf seinen Hengst, den sein Bursche rasch heranführte, und ritt die Straße entlang zu dem nahe gelegenen Haus seines Schwiegervaters. Dort eilten ihm sofort mehrere Diener entgegen. Nachdem er abgestiegen war, übernahm einer die Zügel des Pferdes und führte es weg. Ein anderer öffnete die Tür des Hauses, während der Majordomo seines Schwiegervaters ihm vorauseilte, um anzukündigen, dass der junge Herr erschienen sei.

Als Juan de Arranza kurz darauf das Zimmer betrat, in dem seine Schwiegereltern und seine Frau sich aufhielten, sah er drei Augenpaare neugierig auf sich gerichtet.

»Nun, wie hat Ampudia sich entschieden?«, fragte sein Schwiegervater.

»Ich bedauere, keine gute Nachricht bringen zu können«, erklärte Arranza. »Mein Regiment wäre zum Ausrücken bereit, doch die Infanterie wird schlecht geführt und ist nicht fähig, den Americanos auf offenem Feld entgegenzutreten.«

»Daran ist nur Santa Ana und seine absolut überflüssige Niederlage gegen Houstons Texaner schuld!«, rief der alte Herr voller Groll.

»Santa Ana hat damals sehr dumm verloren, das stimmt. Aber die Präsidenten, die nach ihm kamen, haben es nicht besser gemacht. Sie hätten Tejas unbedingt zurückerobern müssen. Stattdessen haben sie gezögert und jede Chance vergeben.«

Arranza wusste, dass sein Schwiegervater einen tiefen Groll auf Santa Ana hegte, wollte aber nicht alle Schuld auf den General abwälzen. Jede weitere Regierung in der Ciudad de Mexico hatte so getan, als läge Tejas in weiter Ferne, fast auf einem fremden Kontinent. Dabei hätten sie wissen müssen, dass die Americanos sich nicht mit diesem Stück Land begnügen würden.

»Denkt an Alta California, Don Hernando! Dort leben ebenfalls viele dieser verfluchten Männer aus dem Norden und empören sich gegen die Republik Mexiko«, erklärte er seinem Schwiegervater.

Hernando da Gamuzana, einst Alcalde von San Felipe de Guzmán und Großgrundbesitzer in der Provinz Tejas, ballte seine Rechte zornig zur Faust. »In Alta California leben genug Mexicanos, um jeden Aufstand dieses undankbaren Gesindels unterbinden zu können!«

»Aber nur an der Küste, nicht im Binnenland! Dort gibt es nur einzelne Städte und sehr viele wilde Indios«, wandte sein Schwiegersohn ein.

Juan de Arranza war nicht so optimistisch wie der alte Herr. Nach seinem Dafürhalten war Mexiko zu sehr durch Korruption und Vetternwirtschaft geschwächt. Selbst hier in Monterrey fehlte es an Soldaten, Musketen und Munition, die angesichts des Truppenaufmarschs der Americanos dringend gebraucht wurden.

Mit trauriger Miene betrachtete er seine Frau, deren gewölbter Leib deutlich zeigte, dass sie nach sieben Jahren Ehe endlich kurz davorstand, Mutter zu werden. Er strich ihr sanft über die Wange und wandte sich wieder seinem Schwiegervater zu.

»Don Hernando, ich bitte Sie, die Damen aus der Stadt zu bringen, bevor die Americanos vor Monterrey erscheinen. Das Leben in einer belagerten Stadt ist nicht schön, und ich möchte es weder Doña Elvira noch Mercedes zumuten.«

»Sie glauben, es kommt so schlimm?«, fragte Gamuzana erschüttert.

Sein Schwiegersohn nickte bedrückt. »Die Regierung lässt uns im Stich, Don Hernando, indem sie ihre Truppen überall hinschickt, nur nicht zu uns, obwohl sie hier dringend benötigt würden. Doña Elvira, Mercedes, verzeiht bitte, dass ich dieses Thema vor euren Ohren anspreche, doch erscheint es mir wichtig, euch in Sicherheit zu wissen.«

»Schon gut!«, beruhigte ihn seine Schwiegermutter, während seine Frau ihre Hände an ihren Leib legte und mit den Tränen kämpfte.

»Jetzt müssen wir schon wieder vor diesen verfluchten Americanos fliehen, so wie damals in San Felipe de Guzmán!«, rief sie schluchzend aus.

»Damals war es mehr eine Flucht vor Santa Ana. Mit den Americanos hätten wir auskommen können«, warf Don Hernando grollend ein.

»Diesmal ist es eine Flucht! Die Vorhut der Americanos wird Monterrey in wenigen Tagen erreichen. Eine Kutsche wäre dann ein leichtes Ziel für diese Barbaren.« Juan de Arranza at-

mete tief durch und lächelte dann seiner Frau zu. »Tu mir den Gefallen und verlasse morgen die Stadt. Ich werde ruhiger sein, wenn ich dich in Sicherheit weiß.«
»Ich werde alles für die Reise vorbereiten lassen! Kämpfen Sie tapfer, mein Sohn, und kehren Sie gesund zu uns zurück.« Hernando de Gamuzana umarmte seinen Schwiegersohn und rief dann seinen Haushofmeister zu sich.
»Bereite alles vor, damit wir morgen nach der Frühmesse die Stadt verlassen können.«
»Si, Don Hernando!«, antwortete der Mann und fragte sich, was aus Mexiko werden sollte, wenn selbst sein Herr nicht mehr an einen Sieg glaubte.

3.

Eines musste Walther den Offizieren der US-Armee zugestehen: Die Planung ihres Vormarsches war ausgezeichnet. Schon früh am Morgen war die Truppe unterwegs und legte beachtliche Strecken zurück. Trotzdem war die Versorgung der Offiziere und Mannschaften gut, und es musste niemand hungern oder in der Nacht frieren.
Walther selbst ritt untertags neben Zachary Taylor, der auch auf dem Marsch Ordonnanzen empfing, Befehle erteilte und sich um alles kümmerte. Als er einen weiteren Boten weggeschickt hatte, fand er sogar Zeit für ein Gespräch.
»Wir kommen gut voran, meinen Sie nicht auch, Fitchner?«
»Das stimmt, General! Allerdings machen es uns die Mexikaner auch leicht«, antwortete Walther.
»Unsere Aufklärer berichten, Ampudia würde sich immer

noch in Monterrey befinden. Wie es aussieht, will er die offene Feldschlacht meiden. Was halten Sie davon?«
Walther überlegte kurz und zuckte dann mit den Achseln. »Wahrscheinlich verfügt Ampudia nicht über die Truppen, die er für eine Feldschlacht benötigt – oder er hat Gründe, die wir nicht einschätzen können.«
»Wir wissen, dass seine Kavallerie stark ist. Berichten zufolge ist Colonel Arranza mit einem voll ausgerüsteten Dragonerregiment zu seinen Truppen gestoßen. Kennen Sie Arranza?«
Als Walther den Kopf schüttelte, fuhr Taylor fort. »Er ist erst dreißig, aber schon Oberst. In einem Land wie Mexiko heißt das, dass er entweder ein ausgezeichneter Offizier sein muss oder über die besten Verbindungen verfügt. Sein Schwiegervater war übrigens ein hohes Tier in Texas, als es noch zu Mexiko gehörte. Sie haben sicher von ihm gehört. Es handelt sich um Hernando de Gamuzana!«
»Don Hernando?«, rief Walther überrascht. »Den kenne ich freilich. Er war der Mann, der mir und den anderen Überlebenden der *Loire* zu unserem Land am Rio Colorado verholfen hat. Wenn Arranza sein Schwiegersohn ist, so hat er wirklich ausgezeichnete Verbindungen. Zu Ihrem Leidwesen muss ich jedoch hinzufügen, dass er auch ein ausgezeichneter Offizier sein muss. Don Hernando hätte seine einzige Tochter und Erbin niemals einem Blender gegeben.«
»Es hört sich fast so an, als würden Sie Gamuzana bewundern?«, fragte General Taylor verblüfft.
»Don Hernando ist ein Ehrenmann vom Scheitel bis zur Sohle«, erklärte Walther mit einem wehmütigen Lächeln. »Ich habe es damals sehr bedauert, dass er sich nicht unserer Sache angeschlossen hat, sondern neutral bleiben wollte. Das hat ihn seinen gesamten Besitz in Texas gekostet.«
»Damit haben er und sein Schwiegersohn keinen Grund, uns zu

lieben.« Zachary Taylor lachte hart auf und blickte dann nach vorne. »Schätze, dass Arranza uns noch einige Steine in den Weg rollen wird. Da können sich die jungen Böcke mal die Hörner abstoßen. Ich habe Captain Clyde damit beauftragt, die Vorhut zu übernehmen. Ich weiß, dass Sie ihn und Zeb Burke nicht mögen. Aber es sind Kampfhähne, und sie werden den Mexikanern herausgeben, wenn diese ihnen einschenken sollten.«
Walther merkte dem General an, dass dieser hoffte, die jungen Offiziere würden sich zusammenreißen und sich besser benehmen, doch das bezweifelte er. Zebulon Burke ließ viel zu sehr heraushängen, der Neffe des Präsidenten zu sein, und zwang damit auch ranghöheren Offizieren seinen Willen auf. Es bestand allgemein die Befürchtung, eine böse Bemerkung über einen Kameraden seinem Onkel gegenüber würde eine Karriere ruinieren.
»Was meinen Sie? Werden Clyde und seine Arkansas-Boys mit Arranzas Reitern fertig?«, fragte Zachary Taylor in das entstandene Schweigen hinein.
»Wenn Arranza sie ernsthaft angreift, nein. Zudem kennen die Mexikaner das Gelände«, erklärte Walther nachdenklich.
»Bis jetzt wurden noch keine Scharmützel gemeldet. Dabei werden wir Monterrey morgen Vormittag erreichen«, wandte Taylor ein.
»Das wundert mich. An Ampudias Stelle hätte ich Ihren Truppen die gesamte Kavallerie auf den Hals gehetzt. Eine Armee auf dem Marsch ist verwundbar, das müsste er eigentlich wissen.«
»Wenn wir ihn gefangen nehmen, können Sie ihn ja fragen. Aber da kommt ja Ihr Faktotum!« Taylor grinste und wies nach vorne, wo Amos Rudledge auf sie zukam.
»Na, Rudledge, was gibt es?«, fragte Walther.
»Nichts! Die Mexikaner bleiben, von kleinen Aufklärungs-

trupps abgesehen, in der Stadt. Die Burschen vom Arkansas-Regiment spotten schon, dass sie morgen durch Monterrey hindurchmarschieren und Ampudias Armee dabei wie Hühner vor sich herscheuchen werden.«

»Sie sind nicht dieser Ansicht?«, mischte sich Taylor ein.

»Schätze, dass wir ganz schön mit unseren Zähnen nagen müssen, um die Mauern von Monterrey kleinzukriegen. Ampudia will sie, wie mir ein Mexikaner erzählte, auf Teufel komm raus verteidigen.« Dabei grinste Rudledge, als würde er einen guten Witz erzählen.

Taylor sah ihn überrascht an. »Sie haben mit einem Mexikaner gesprochen?«

»War kein übler Kerl! Habe ihm in der Cantina einen Drink spendiert, und da wurde er direkt redselig«, berichtete Rudledge fröhlich.

»Hat er etwas für uns Relevantes gesagt?«, wollte der General wissen.

»Wie man's nimmt! Ampudias Heer soll etwa so groß sein wie das unsere, vielleicht einen Hauch größer. Seine Infanterie ist jedoch zum Erbrechen schlecht. Ein Teil der Truppen, die er gebraucht hätte, wurde nach Saltillo geschickt, andere Regimenter haben San Luis Potosí gar nicht erst verlassen. Halte es für eine hirnrissige Idee von ihm, sich in Monterrey zu verschanzen, denn er besitzt weder die Truppen, um uns angreifen zu können, noch genügend Vorräte, um eine längere Belagerung durchzustehen.«

»Und das alles hat Ihnen dieser Mexikaner erzählt?«, fragte General Taylor ungläubig.

»Hat er!«, sagte Rudledge grinsend. »Vor allem ärgert er sich, dass Ampudia Colonel Arranzas Regiment an die Leine gelegt hat, anstatt sie auf uns Amerikaner zu hetzen. Aber der mexikanische Befehlshaber ist der Ansicht, dass er diese frischen

Truppen zur Verteidigung der Stadt braucht, und will sie daher nicht in sinnlosen Scharmützeln dezimieren lassen.«
»Das ist ein fataler Fehler!«, rief Walther aus und hörte Zachary Taylor lachen.
»Die meisten Schlachten, Fitchner, werden nicht von dem General mit dem größeren Feldherrengenie gewonnen, sondern von dem, der weniger Fehler macht als sein Gegner. Ampudia hat einen Fehler gemacht, und den werden wir ausnützen. Wäre doch gelacht, wenn wir Monterrey nicht einnehmen könnten. Man stelle sich nur vor, Kavallerie als Festungstruppen! Das ist in etwa so, als würde man aus Matrosen eine berittene Einheit aufstellen.«
Jetzt musste auch Walther lachen. Trotzdem fragte er sich, wie die Mexikaner ihr Land verteidigen wollten, wenn die Entscheidungsträger einen Fehler nach dem anderen machten. An Pedro de Ampudias Stelle hätte er Monterrey aufgegeben und sich nach Saltillo zurückgezogen, um sich mit den dort stationierten Truppen zu vereinigen und die vom Marsch durch das Feindesland erschöpfte Armee der Vereinigten Staaten mit Übermacht angreifen und vernichten zu können. Doch Stolz und ein übersteigertes Ehrgefühl vereint mit der Rivalität der einzelnen Befehlshaber mussten zwangsläufig in einer Katastrophe enden.

4.

Das also ist Monterrey«, stellte Zachary Taylor fest.
Er stand vor seinem Zelt und blickte auf die Stadt, die dem Aussehen nach in großer Eile verteidigungsbereit gemacht worden war.

»Wird eine harte Nuss werden, aber ich schätze, dass wir sie knacken«, fuhr der General an Walther gewandt fort.

Walther nickte mit einem beklommenen Gefühl. Anders als im alten Tejas war dieser Teil von Mexiko weitaus dichter besiedelt. Allein hier in Monterrey lebten wahrscheinlich mehr Mexikaner als beim Ausbruch des texanischen Unabhängigkeitskrieges im gesamten Gebiet von Tejas. Diese Menschen während einer Belagerung zu ernähren war ein Ding der Unmöglichkeit.

»Sie sollten Ampudia auffordern, die Stadt zu evakuieren, sonst werden viele Zivilisten sterben«, erklärte er Taylor.

»Ich werde ihn auffordern, die Stadt zu übergeben«, antwortete der General mit verkniffener Miene.

»Wenn hier zu viele Zivilisten sterben, wird ein Aufschrei durch ganz Mexiko gehen, und Sie haben morgen auch noch den letzten Peon mit einer Mistforke gegen sich!«

Zachary Taylors Gesicht wurde womöglich noch faltiger als sonst. »Da könnten Sie verdammt recht haben. Die Mexikaner sind Nachfahren von spanischen Siedlern, die sich mit Indios vermischt haben. Ich habe einiges über Napoleons Kriege in Europa gelesen, und da war auch von den Feldzügen in Spanien die Rede. Damals haben die Spanier den Franzosen stark eingeheizt, und zwar nicht auf dem Schlachtfeld, sondern mit dem kleinen Krieg, wie sie ihn nennen.«

Walther übersetzte den Ausdruck ins Spanische. »Nicht Guerra, sondern Guerilla!«

»Das Gelände in Spanien hat sich gut dafür geeignet, den Feind in kleinen, irregulären Einheiten zu attackieren und sich sofort wieder zurückzuziehen. Dieses Land hier sieht mit seinen Bergen und Schluchten nicht anders aus. Daher werde ich erst einmal die mexikanischen Forts am Rande der Stadt angreifen. Wenn wir die einnehmen, wird der Druck auf Ampudia immer größer. Der Vorteil ist zudem, dass wir an jeder Stelle, die wir uns vornehmen, mit überlegenen Kräften agieren können.«

»Das ist ein guter Plan«, erklärte Walther. »Ein solches Vorgehen wird viele Mexikaner dazu bewegen, die Stadt zu verlassen. Ihre Truppen sollten zwar die Zufahrtsstraßen nach Monterrey überwachen, aber fliehende Zivilisten nicht aufhalten. Zwingen Sie diese, in der Stadt zu bleiben, werden sich die meisten Ampudias Truppen als Freiwillige anschließen. Fast jeder Mann ab einer gewissen Stellung besitzt mindestens eine Flinte oder eine Pistole.«

»Das ist hier nicht anders als bei uns. Ich glaube, wenn heute eine mexikanische Truppe nach Texas eindringen würde, würde ihnen innerhalb weniger Tage eine Miliz von einigen tausend Texanern gegenüberstehen.« Zachary Taylor nickte und beschloss, die entsprechenden Befehle auszugeben.

»Wollen Sie sich ein wenig umsehen?«, fragte er Walther. »Solange Sie auf dem Gelände bleiben, die unsere Truppen bereits kontrollieren, dürfte nichts geschehen.«

»Das Angebot nehme ich gerne an.« Gewohnt, nach eigenem Willen über das Land zu reiten, fühlte Walther sich als Teil dieser Armee eingeengt, und er wusste, dass es Amos Rudledge nicht anders erging.

Nachdem er sich von General Taylor verabschiedet hatte, suchte er den Scout und fand diesen bei den Pferden.

»Na, Fitchner, haben Sie auch Lust auf einen kleinen Ausritt?«, fragte Rudledge grinsend.

»Ich wollte Sie gerade fragen, ob Sie mich begleiten wollen.« Walther nickte dem Scout zu und sattelte seinen Hengst.

Ein paar Soldaten, die dazu verdonnert worden waren, die Pferde zu versorgen, sahen ihn verblüfft zu, denn in der Armee gab es kaum einen Offizier, der dies eigenhändig tat. Selbst

schlichte Leutnants wie Zebulon Burke überließen diese Arbeit ihren Burschen.
Ohne auf die Männer zu achten, schwang Walther sich auf seinen Hengst, nahm seine Büchse entgegen, die Rudledge ihm reichte, und trabte zum Lagertor hinaus.
»Zu nahe an die Stadt sollten wir nicht heranreiten«, meinte er zu Rudledge.
Der Scout lachte hart auf. »Selbst wenn Arranzas Dragoner keine Lust auf einen kleinen Ausflug haben, könnten sie uns doch eine Kugel verpassen. Das würde mir aber gar nicht gefallen, denn im Ernst gesagt ist das hier nicht mein Krieg und auch nicht der Ihre, sondern der von Zachary Taylor und Präsident Polk.«
»Da haben Sie verdammt recht!« Walther schüttelte unwillig den Kopf, hatte sich dann aber wieder in der Gewalt und ließ den Hengst galoppieren. Es war ein Ritt über die jetzt im September von der Sonne hart gebrannte Erde, die nur noch wenig Grün trug.
»Wenn der Vormarsch noch lange dauert, wird die Armee Schwierigkeiten bekommen, ihre Pferde ausreichend zu füttern«, sagte er, als Rudledge zu ihm aufgeschlossen hatte.
»Nicht nur die Pferde«, antwortete der Scout. »Sie werden auch den Soldaten den Futtertrog höher hängen müssen. Je tiefer Zack Taylor in Mexiko eindringt, umso mehr mexikanische Boys werden sich berufen fühlen, die Nachschubwagen zu überfallen und seine Boten abzufangen. Auf diesem Weg wird der General niemals bis nach Mexico City kommen.«
Rudledge schüttelte den Kopf, denn wie Walther war er der Meinung, dass Mexiko in diesem Krieg erst kapitulieren würde, wenn seine Hauptstadt eingenommen war.
»Die Sache mit Texas war für die meisten Mexikaner nicht mehr als ein Mückenstich«, fuhr der Scout fort. »Für die Men-

schen war Texas ein Land, in dem es mehr Klapperschlangen als Mexikaner und mehr wilde Indianer als Klapperschlangen gab. Dieser Angriff aber trifft ihren Nerv.«

Walther nickte. »So ist es! Aber wir beide können nichts dagegen unternehmen. Ich wollte, Houston hätte mich nicht dazu überredet, mit Taylors Armee zu reiten.«

»Der alte Sam weiß, wie man jemanden dazu bringt, das zu tun, was er will«, antwortete Rudledge lachend. Er wollte noch mehr sagen, entdeckte aber weiter vorne eine Kutsche, die Monterrey südwärts verlassen wollte. Ein Trupp amerikanischer Dragoner verlegte ihr eben den Weg, die Karabiner schussbereit in der Hand.

»Ich schätze, wir sollten eingreifen«, erklärte Walther und trieb seinen Hengst an. Kurz darauf erreichte er die Kutsche und sah, wie einer der Soldaten den Schlag aufriss und die Insassen mit der Waffe bedrohte.

»Herauskommen, alle!«, bellte er.

Ein älterer Herr, der Walther bekannt vorkam, stieg mit erhobenen Händen aus der Kutsche. »Lassen Sie bitte die Damen sitzen«, bat er in einem fast akzentfreien Englisch.

»Nichts da! Die Weiber sollen auch rauskommen«, fuhr der Amerikaner ihn an.

Walther kannte die Ehrenbegriffe der mexikanischen Oberschicht und wusste, welche Beleidigung es für die Damen darstellte, wenn sie rauh behandelt würden.

»Was ist hier los, Sergeant?«, fragte Walther den Anführer der Gruppe. Dieser sah ihn erst jetzt und wurde unsicher. Zwar war Walther kein bestallter Offizier der eigenen Armee, trug aber die Uniform eines Generals und weilte als Taylors Gast bei der Truppe. Dem Mann war zwar bewusst, dass einige jüngere Offiziere ihre Abneigung gegen den Texaner offen zeigten, aber dies änderte nichts an der Tatsache, dass er selbst Ser-

geant war und Walther den offiziell anerkannten Rang eines Generals trug.
»Sir, wir haben diese Kutsche aufgehalten, um zu verhindern, dass diese Leute Konterbande aus der Stadt herausschmuggeln«, erklärte er mit einem Rest an Frechheit.
»Konterbande herausschmuggeln?« Walther lachte kurz auf. »Wie ich es sehe, wird Monterrey von unseren Truppen belagert. Um die mexikanischen Verteidiger zu unterstützen, müsste daher etwas hinein-, aber nicht herausgeschmuggelt werden.«
»Diese Leute können Befehle an andere mexikanische Einheiten bei sich haben«, versuchte der Sergeant sich herauszureden.
»Ich gebe Ihnen mein Ehrenwort, dass wir keinerlei militärische Befehle bei uns haben und auch keine mündlichen Anweisungen überbringen sollen«, erklärte der alte Herr mit beherrschter Stimme.
Walther war jetzt sicher, Hernando de Gamuzana vor sich zu sehen. In den gut zehn Jahren seit ihrer letzten Begegnung war der ehemalige Alcalde von San Felipe de Guzmán alt geworden. Doch er war immer noch ein stolzer Caballero und würde sich lieber erschießen lassen, als Unrecht zu erdulden.
»Ich glaube dem Mann«, sagte er zu dem Sergeanten. »Er bringt nur seine Familie aus der Stadt. Das ist etwas, das Sie als pflichtbewusster Familienvater auch tun würden.«
»Aber ...«, begann der Sergeant, doch Walther hob die Hand. »Sie kennen General Taylors letzte Anweisung noch nicht, nach der Zivilpersonen die Stadt unbehelligt verlassen dürfen.«
Danach wandte Walther sich an Gamuzana. »Señor, steigen Sie bitte wieder ein und fahren Sie weiter. Die Armee der Vereinigten Staaten führt keinen Krieg gegen die Bevölke-

rung der Republik Mexiko, sondern verteidigt ihre Ansprüche an der gemeinsamen Grenze gegen die Truppen Ihrer Regierung!«

Gamuzana hatte ihn wegen seiner Uniform nicht sofort erkannt. Nun aber zog er die Augenbrauen zusammen und rettete sich in ein kurzes Auflachen. »Ich wusste nicht, dass die Vereinigten Staaten die gemeinsame Grenze hier bei Monterrey sehen!«

»Es geht um die Grenze am Rio Grande. Solange Ihre Regierung nicht darin einwilligt, wird der Krieg weitergehen«, sagte Walther mit einer gewissen Traurigkeit.

»Der Regierung der Vereinigten Staaten geht es nicht nur um den Rio Bravo del Norte, den Sie Rio Grande nennen, sondern um viel mehr. So wie sie uns Tejas entrissen hat, so will sie uns auch Alta California entreißen. Daher wird der Krieg noch lange dauern und viele Opfer kosten. Ist es das wert?« Gamuzana klang empört, war aber sichtlich froh, dass Walther zu seinen Gunsten eingegriffen hatte.

»Danke, Señor!«, sagte er leise und stieg wieder in den Wagen. Ohne auf eine Anweisung ihres Sergeanten zu warten, gaben die Dragoner den Weg frei, und die Kutsche rollte an. Walther sah ihr nach und kämpfte mit den Bildern der Vergangenheit, die unwillkürlich in ihm aufsteigen wollten.

In der Kutsche sah Elvira de Gamuzana die amerikanischen Dragoner hinter ihnen zurückbleiben und atmete erleichtert auf. »Es gibt bei diesem rüpelhaften Volk im Norden doch gelegentlich einen Ehrenmann!«

Um Gamuzanas Lippen spielte ein melancholisches Lächeln. »Dieser Offizier ist ein Ehrenmann. Ihr kennt ihn übrigens. Es handelt sich um Waltero Fichtner, der damals mit der *Loire* nach Tejas kam. Er sah mir nicht so aus, als würde ihm dieser Krieg Freude machen.«

»Fichtner? Der Mann der lieben Gisela?« Elvira de Gamuzana seufzte, weil sie sich an schönere Zeiten erinnert fühlte, und wandte sich ihrer Tochter zu. »Wie geht es dir, Mercedes? Ich hoffe, die Frechheit dieser rüpelhaften Americanos hat dir nicht geschadet.«

»Mir geht es gut, Mama«, antwortete ihre Tochter und fasste nach ihrer Hand.

»Ohne Señor Fichtners Eingreifen wären wir nicht so glimpflich davongekommen«, sagte Gamuzana und fand daher, dass es kein Fehler gewesen war, Walther, Gisela und den anderen Überlebenden der *Loire* eine neue Heimat gegeben zu haben.

5.

Walther und Rudledge ritten ein Stück weiter auf die Berge zu, als der Scout auf ein Dorf mit einer kleinen Kirche wies, deren Glocke eben Sturm läutete.

»Da scheint einiges los zu sein. Schätze, wir sollten Abstand halten. Nicht dass die Mexikaner glauben, sie könnten den Krieg gewinnen, indem sie uns beide über den Haufen schießen.«

»Wir sind weit genug geritten!« Walther wollte bereits sein Pferd wenden, als in dem Dorf Schüsse abgefeuert wurden. Gellende Hilfeschreie klangen zu ihnen herüber, sowie das verzweifelte Flehen um Gnade, das nach weiteren Schüssen verstummte.

»Was mag dort vor sich gehen?«, fragte Rudledge verwirrt.

»Entweder wir schauen nach – oder wir vergessen es!«, sagte Walther in das erneute Knallen von Schüssen hinein.

»Zu meinem Pech bin ich ein verdammt neugieriger Mensch!«

Rudledge grinste verkniffen und sah Walther an. »Was meinen Sie, sollen wir nachschauen?«

»Wenn es Sie so zwickt, sollten wir es tun.«

Mit diesen Worten lenkte Walther seinen Hengst auf das Dorf zu und nahm seine Büchse zur Hand. Als sie die ersten Häuser erreichten, war es dort totenstill. Pulverdampf zog durch die Straßen und beeinträchtigte die Sicht. Plötzlich sahen sie den ersten Toten vor sich. Es war ein alter, grauhaariger Mexikaner. Nur wenige Schritte weiter lag ein Junge, der kaum älter als zwölf Jahre alt sein konnte. Auch er war tot.

»Verfluchte Büffelscheiße!«, stieß Rudledge hervor. »Wer bringt hier Alte und Kinder um?«

»Ich schätze, der dort gehört dazu.« Walther wies auf einen jungen amerikanischen Soldaten, der an einer Hauswand lehnte und sich heftig erbrach. Neben ihm lag eine Muskete, der Ladestock steckte noch im Lauf.

»Was ist hier geschehen?«, fuhr Walther den Soldaten an.

»Ich weiß nicht«, stöhnte dieser. »Plötzlich wurde überall geschossen, und die Leute fielen um. Und mir ist schlecht!« Damit erbrach er sich erneut.

»Von dem erfahren wir nichts«, brummte Rudledge unwillig.

Walthers Blick wurde wie magisch von der Kirche angezogen. Die Glocken im Turm läuteten längst nicht mehr, und aus einem zerschossenen Fenster drang Pulverrauch. Steifbeinig stieg er aus dem Sattel, wickelte die Zügel um einen Pfosten und trat auf die Kirche zu.

Vor dem Tor lagen weitere Leichen, alte Frauen, Männer, denen die langen Jahre ihres Lebens die Haare gebleicht und die Gesichter zerfurcht hatte, und immer wieder Kinder. Beim Anblick eines toten Mädchens in Gretels Alter zuckte Walther zusammen.

Es konnten jedoch nicht alle Einwohner tot sein, denn eben

drangen der gellende Schrei einer Frau aus der Kirche und das betrunkene Lachen von Männern, die sich auf Englisch unterhielten. Nun hielt Walther nichts mehr zurück. Mit ein paar Schritten war er bei der Kirche und trat ein.

Unter den noch leicht hin und her schwingenden Zugseilen der Glocken sah er den Pfarrer erschossen am Boden liegen. In der Kirche stand ein knappes Dutzend Soldaten um eine junge, nackte Frau herum und feuerten ihren Kameraden an, der sie eben vergewaltigte. Sie wimmerte nur noch leise und hatte die Hände vor der Brust gefaltet, als würde sie beten.

Ohne nachzudenken, brach Walther durch den Kreis, packte den Kerl und riss ihn hoch. Bevor der überhaupt begriff, wie ihm geschah, versetzte Walther ihm mehrere harte Faustschläge und erkannte dann erst, dass es sich um Leutnant Zebulon Burke handelte. In dem Augenblick war es Walther gleichgültig, ob der andere ein Neffe des Präsidenten war oder nicht, sondern verprügelte den Burschen nach Strich und Faden.

Burke versuchte sich zu wehren, aber er hatte Walthers Zorn nichts entgegenzusetzen, obwohl er nur halb so alt war wie dieser.

»He, was soll das? Warum schlagen Sie den armen Zeb?«, fragte einer der Soldaten verdattert. Ein anderer griff zu seiner Pistole, um Walther niederzuschießen. Doch als er abdrückte, merkte er, dass sie leer geschossen war. Bevor er sie erneut laden konnte, hallte Rudledges Stimme laut durch das Kirchenschiff. »Den Ersten von euch, der sich rührt, schieße ich mit meiner Büchse nieder, den Zweiten mit meiner Pistole, und für den traurigen Rest reicht mein Bowie-Knife.«

Die Kerle waren betrunken und von ihrem Blutbad enthemmt,

wollten aber ihre eigene Haut nicht riskieren. Daher sahen sie zu, wie Walther den Leutnant mit harten Schwingern durch die Kirche trieb. Als Burke durch die Tür fliehen wollte, reckte Rudledge ihm den Lauf seiner Büchse entgegen.

»Hiergeblieben, Freundchen. Und Sie, Fitchner, können aufhören, ihn zu verprügeln. Ich denke, er sollte auf eigenen Beinen ins Lager laufen können!«

»Gut!« Walther ließ von Burke ab und holte seine Büchse, die er neben der nackten Frau liegengelassen hatte.

»Sie können jetzt aufstehen und sich etwas anziehen. Es wird Ihnen niemand mehr etwas zuleide tun!«, sagte er auf Spanisch zu ihr.

Die Frau gehorchte und raffte ihre zerfetzte Kleidung an sich. Dann sah sie ihn mit einem Blick an, der ihn an eine verwundete Hirschkuh erinnerte, und lief wie gehetzt aus der Kirche.

»Und nun zu euch!«, sagte Walther und wandte sich den Soldaten zu. »Ihr werdet jetzt mitkommen und General Taylor Rede und Antwort stehen. Du da« – das galt Burke – »kommst ebenfalls mit!«

Da er und Rudledge die Büchsen in der Hand hielten, während die eigenen Waffen leergeschossen waren, blieb den Soldaten nichts anderes übrig, als zu gehorchen. Ihr Kamerad, der sich vorhin erbrochen hatte, war mittlerweile auch herangekommen und begriff überhaupt nichts mehr.

»Du kümmerst dich um eure Pferde und bringst sie ins Lager zurück. Ihr anderen werdet zu Fuß dorthin gehen. Schlaft aber unterwegs nicht ein, sonst werden wir euch Beine machen«, erklärte Walther und stieg auf seinen Hengst. Auch Rudledge schwang sich in den Sattel und drohte mit seiner Waffe.

»Vorwärts marsch! Und glaubt nicht, dass uns viel daran liegt, euch alle heil und gesund bei General Taylor abzuliefern!«

6.

Als Zachary Taylor die Gruppe ins Lager kommen sah, verzog er das Gesicht, als wäre ihm ein Pferd auf den Fuß gestiegen. Zebulon Burke und seinen Kameraden steckte der Fußmarsch in den Knochen, außerdem waren die meisten von ihnen ängstlich und verwirrt. Der General starrte Burke an, dessen Gesicht so wirkte, als hätte ihn ein Riese geohrfeigt. Ein Auge war ganz zugeschwollen, das andere zur Hälfte. Eine dicke Blutkruste zog sich von den Lippen bis zum Hals hinab, und seine Nase war zu einer Knolle verformt.

Mit einer Handbewegung verscheuchte Taylor die in der Nähe herumlungernden Soldaten und befahl seinem Adjutanten, die Gruppe in sein Zelt zu führen. Er musterte die Waffen in Walthers und Rudledges Händen und begriff, dass ihm einige üble Minuten bevorstanden.

»Also, was ist los?«, fragte er, kaum dass sein Adjutant den Zelteingang geschlossen hatte.

»Dieser verdammte Texaner ist hinterrücks über mich hergefallen und hat mich niedergeschlagen. Dafür verlange ich Genugtuung!«, stieß Zebulon Burke hasserfüllt hervor.

Da Taylor Walther als ausgeglichenen Menschen kennengelernt hatte, den nichts so leicht aus der Ruhe bringen konnte, blickte er erstaunt auf. »Stimmt das wirklich?«

Walther stützte sich auf den Lauf seiner Büchse und sah Taylor durchdringend an. »Mister Rudledge und ich sind auf unserem Ausritt auf ein kleines mexikanisches Dorf gestoßen, in dem man etliche Bewohner vom Greis bis zum Säugling erschossen hatte. Diese Männer fanden wir in der Kirche. Sie haben den Priester umgebracht …«

»Einen katholischen Pfaffen, um den es nicht schade ist!«, unterbrach Burke ihn.
»Halten Sie den Mund, Leutnant!«, fuhr Taylor ihn an.
Unterdessen setzte Walther seinen Bericht wird. »Wir trafen Leutnant Burke dabei an, wie er eine Frau vergewaltigte. Seine Kameraden warteten darauf, ebenfalls über die Frau herfallen zu können! Wenn die Armee so vorgeht, werden sich die Mexikaner mit allem gegen Sie stellen, was sie aufbringen können, und Sie haben den kleinen Krieg, den Guerilla, in einer Art und Weise am Hals, wie Sie es sich schlimmer nicht vorstellen können.«
»Das ist eine schwerwiegende Beschuldigung, die Sie vors Kriegsgericht bringen kann, Leutnant. Dann hilft es Ihnen auch nichts mehr, dass Sie der Neffe des Präsidenten sind«, sagte General Taylor verärgert.
»Es waren doch nur ein paar lumpige Mexikaner!«, rief Burke empört.
Taylor mäßigte mühsam seine Stimme, denn er wollte nicht, dass das halbe Lager Zeuge dieser Unterredung wurde. »Ein solches Verhalten ist eines Offiziers in der Armee eines zivilisierten Landes unwürdig! Außerdem hat General Fitchner vollkommen recht, wenn er sagt, dass bei den Mexikanern durch solche Greueltaten der Wille zum Widerstand gestärkt wird. Die Soldaten kämpfen dann nicht mehr nur, weil ihre Offiziere es ihnen befehlen, sondern weil sie verhindern wollen, dass ihre Verwandten umgebracht und ihre Frauen und Töchter vergewaltigt werden. Und noch etwas! Vergessen Sie sehr schnell, dass Sie für die Prügel, die Sie bezogen haben, Genugtuung verlangen wollen. Ein Leutnant kann keinen General zum Duell fordern, es sei denn, sein kommandierender Offizier gestattet dies, und ich werde es bestimmt nicht tun. Meine Herren, Sie alle stehen unter Arrest. Wegtreten!«

Während seine Kameraden beklommen das Zelt verließen, funkelte Zebulon Burke Walther wütend an. »Die Schläge vergesse ich dir nicht!«
»Ihnen, Leutnant! Einen General spricht man mit Sie an, und jetzt verschwinden Sie in Ihr Zelt und kommen erst wieder heraus, wenn ich Ihnen die Erlaubnis dazu erteile!«
Burke wollte aufbegehren und verließ das Zelt erst, als Taylor die Wache rief.
Der General sah ihm nach und schüttelte den Kopf. »Diese verdammten Hitzköpfe aus Arkansas! Ihre Texaner sind übrigens auch nicht besser. Die Kerle mussten wir gestern mit vorgehaltenen Bajonetten davon abhalten, ein ähnliches Massaker zu veranstalten, wie Sie es Leutnant Burke und seinen Leuten vorwerfen. Ganz kann ich so etwas nicht verhindern, dafür stehen wir nun einmal im Krieg. So werden es auch die meisten Offiziere sehen, die ich für ein Kriegsgerichtsverfahren gegen den Leutnant zusammenholen könnte. Kaum einer von ihnen wird einem jungen Mann wegen ein paar toter Mexikaner die Karriere ruinieren wollen, zumal er ein Neffe des Präsidenten ist.«
»Ich dachte, in den Vereinigten Staaten würden alle Männer danach beurteilt, was sie sind, und nicht, was ihr Vater oder in diesem Fall ihr Onkel ist!«, antwortete Walther erbittert.
»In unserem Land kann jeder aus eigener Kraft alles werden, einschließlich Präsident der Vereinigten Staaten. Sie sind doch das beste Beispiel dafür. Soviel ich gehört habe, sind Sie als mittelloser Schiffbrüchiger an der Küste von Texas gestrandet und zählen jetzt zu den größten Grundbesitzern dieses Bundesstaats. Ihre Söhne werden einmal davon profitieren.« Der General war für einen Augenblick laut geworden, hob dann aber begütigend die Hand. »Ich will damit nicht sagen, dass ich Leutnant Burkes Verhalten entschuldigen will. Was der Mann

getan hat, ist nicht nur ein Verbrechen, sondern auch eine Sauerei, die uns auf unserem weiteren Vormarsch noch teuer zu stehen kommen wird. Trotzdem kann ich den Leutnant nicht so bestrafen, wie ich es gerne täte. Eines aber versichere ich Ihnen: Er wird bei der Belagerung von Monterrey und auf dem weiteren Feldzug noch Blut und Wasser schwitzen.«

»Heißt das, Sie wollen ihn einfach so davonkommen lassen?«, fragte Walther empört.

»Sie hören mir nicht zu!«, tadelte Taylor ihn. »Ich sagte, dass ich den Burschen zwiebeln werde, bis er sich wünscht, das Wort Mexiko niemals gehört zu haben. Auch kann er die Beförderung, die sein Onkel bei diesem Feldzug für ihn erhofft hat, vorerst vergessen.«

»Das ist eine zu leichte Strafe für sein Verbrechen!«, gab Walther verärgert zurück.

Taylor schüttelte mit einem verkniffenen Lächeln den Kopf. »Was wollen Sie? Ich gebe den Mexikanern bei den nächsten Kämpfen die Gelegenheit, ihn zu erschießen. Mehr kann ich in dieser Sache nicht tun. Aber nun geht es um Sie. Sie würden mit Sicherheit noch einmal mit dem Leutnant oder dessen Kameraden aneinandergeraten, wenn Sie bei der Armee bleiben. Aber ich will weder, dass Sie einen von denen erschießen, noch dass Sie selbst erschossen werden. Daher muss ich Sie bitten, das Lager mit dem ersten Transport, der nach Norden abgeht, zu verlassen. Ich halte die Kerle so lange unter Arrest.«

Zuerst wollte Walther aufbegehren, sagte sich dann aber, dass ihn wirklich nichts mehr bei dieser Armee hielt, und nickte. »Es wird wohl das Beste sein, denn sonst würde ich diesen Lumpen irgendwann niederschießen. Sie erlauben, dass ich mich zurückziehe, um zu packen, General?«

»Erlaubnis gewährt!« Taylor trat auf Walther zu und streckte ihm die Hand entgegen. »Es tut mir leid, dass es so gekommen ist. Auch wenn es nicht so aussah, so habe ich mir Ihre Ratschläge stets zu Herzen genommen und sie dem Präsidenten mitgeteilt. Leben Sie wohl, Fitchner, und denken Sie nicht allzu schlecht von mir.«

»Natürlich nicht!«, antwortete Walther und ergriff die dargebotene Hand. »Ich wünsche Ihnen viel Erfolg, General, uns allen aber einen baldigen Frieden.«

»Den es Ihren eigenen Worten zufolge erst geben wird, wenn wir die Hauptstadt von Mexiko erobert haben.« Taylor lachte bellend, verabschiedete sich dann auch von Rudledge, der dem Ganzen mit stoischer Miene gefolgt war, und wandte sich wieder seinen Karten zu.

Walther verließ zusammen mit dem Scout das Zelt des Generals und begab sich zu seiner Unterkunft. Noch während er sich nachdenklich auf den Klappstuhl setzte, den die Armee ihm zur Verfügung gestellt hatte, begann Rudledge bereits mit dem Packen. Nach einer Weile hielt er inne und drehte sich zu Walther um.

»Sollen wir wirklich hierbleiben und warten, bis die Armee uns wie ein Gepäckstück, das keiner mehr braucht, nach Texas zurückbringt?«

»Da haben Sie verdammt recht, Rudledge! Wir beide sind Manns genug, alleine zu reiten.« Mit einer energischen Bewegung erhob Walther sich und zog seine Uniform aus.

Der Scout sah grinsend zu, wie Walther anschließend die derbe Kleidung eines Rindermanns überstreifte, die er während des Viehtriebs getragen hatte.

»So sehen Sie wenigstens wieder wie ein richtiger Texaner aus«, sagte er und blickte dann zum Zelteingang hinaus. »Es bleibt noch ein paar Stunden hell! Meinen Sie nicht, wir sollten das ausnutzen?«

Walther verstaute seine Uniform und den Rest seiner Habe in

seinen Satteltaschen, hängte sich diese über die Schulter und ergriff seine Büchse.
»Kommen Sie, Rudledge. Texas wartet auf uns!«

7.

Walther hatte die Ranch vor Mitte April verlassen. Nun war es bereits tief im Oktober, und er fühlte sich, als wären seit seinem Aufbruch Jahre vergangen. Als er auf den Hof ritt, erwartete er, Pepe zu sehen, der ihm die Zügel abnehmen sollte, und Nizhoni, die sich gewiss über seine Rückkehr freuen würde. Doch auf der Ranch blieb alles still.
Verwundert stieg er ab. Da öffnete sich endlich die Haustür, und Josef trat heraus. Walther wollte ihm schon zuwinken, da sah er, wie blass und schmal sein Sohn geworden war. Aus Angst, es könnte eine Krankheit ausgebrochen sein und einige seiner Lieben der armen Maggie ins Grab gefolgt sein, wagte er kaum, die Fragen zu stellen, die ihn am meisten bewegten.
»Wie geht es euch? Ist etwas geschehen?«
»Vater! Schön, dass du wieder da bist!« Josef wirkte glücklich und erleichtert, als er auf Walther zutrat und ihn umarmte.
»Josef, was ist mit dir? Du siehst so blass aus.«
»Das ist eine längere Geschichte, und sie hat mit Spencer zu tun. Aber willst du nicht hereinkommen und etwas essen? Du hast sicher Hunger.«
»Ich esse erst, wenn ich weiß, was hier geschehen ist«, rief Walther erregt. »Wo ist Nizhoni? Wo sind Waldemar und Gretel?«
Josef spürte die Besorgnis seines Vaters und lächelte beruhi-

gend. »Denen ist nichts passiert. Nizhoni ist bei Rachel Coureur und hilft ihr einzukochen. Gretel ist bei ihr, und Waldemar ist zur alten Jemelin-Hacienda geritten, um Lope zu sagen, dass wir zweihundert Pferde an die Armee verkaufen können. Es ist dir doch recht? Die besten Zuchtstuten behalten wir natürlich.«

»Freilich ist es mir recht!«, antwortete Walther, der sich im Augenblick weniger für die Pferde interessierte, sondern für das, was während seiner Abwesenheit geschehen war. Als er ins Haus trat, erschien Singender Mund und brachte ihm Wasser, damit er sich waschen konnte. Die Indianerin wirkte dabei so in sich gekehrt, dass Walther unwillkürlich zu Josef hinsah.

»Kreisender Adler und Falkenschwinge sind tot«, erklärte sein Sohn. »Ebenso Miguel, Manolo und die Scharezzanis. Spencers Männer haben uns auf dem Heimweg von der Rinderranch überfallen, unsere Begleiter getötet und Nizhoni, Waldemar und Gretel entführt. Ich wurde verletzt, konnte aber noch bis zur Coureur-Ranch reiten und dort Bescheid geben. Rachel hat mich verbunden, und ihre und Abigails Pflege haben mir das Leben gerettet – zusammen mit Nizhonis Medizin.«

In den nächsten Minuten berichtete Josef, was sich damals abgespielt hatte, und vergaß auch nicht, seine Stiefmutter und seine Geschwister zu loben. »Nizhoni war einfach wunderbar! Wie sie es geschafft hat, sich, Gretel und Waldemar zu befreien und den Schurken zu entkommen, das macht ihr so leicht keiner nach. Wären sie gefangen geblieben, hätten die Schurken sie als Geiseln verwendet. So aber konnten Mister Coureur und unsere Miliz die Kerle niederkämpfen. O'Flannagan, zwei seiner Schwäger und Jakob Schüdle wurden gefangen und anschließend aufgehängt.«

Walther nickte in Gedanken. Gleichzeitig bedauerte er, dass es ihm bisher nicht gelungen war, die Bedrohung durch Spencer ein für alle Mal zu beenden. Vielleicht sollte er nach Louisiana reiten, den Kerl suchen und niederschießen. Doch solange Spencer dort Unterstützung erhielt, war dies keine Lösung. Außerdem fühlte er sich nicht zum Mörder berufen.

»Verflucht! Es müsste doch eine Möglichkeit geben, mit diesem Kerl fertig zu werden!«, rief er voller Zorn und hieb mit der Faust auf den Tisch.

Er erschreckte Singender Mund so sehr, dass diese die Teller fallen ließ, die sie eben auf den Tisch hatte stellen wollen. Als sie verzweifelt auf die Scherben am Boden starrte, trat Walther neben sie. »Du kannst nichts dafür! Das war meine Schuld. Es tut mir leid, besonders um deinen Mann und deinen Sohn.«

»Die beiden werden dort, wo sie jetzt sind, glücklicher sein als hier, wo Bleichgesichter ihnen verbieten, den Boden zu betreten, auf dem unser Volk so viele Generationen gelebt hat«, antwortete die Frau herb.

»Ich achte und ehre Kreisender Adler und Falkenschwinge. Ihr Tod darf nicht umsonst gewesen sein«, sagte Walther leise.

Singender Mund sah mit bitterer Miene zu ihm auf. »Die Männer, die sie getötet haben, haben dafür bezahlt. Doch in meinem Herzen ist eine Wunde, die nicht heilen will. Fast wünschte ich, in die Prärie hinauszugehen und dort auf den Tod zu warten. Doch um uns herum ist nicht mehr die Prärie, die ich einst kannte. Dort, wo einst die Büffel weideten, reißen weiße Männer mit ihren Pflügen die Erde auf und töten die Büffel, wenn diese noch einmal hierherkommen.«

»Ich kann nur versuchen, dir zu helfen. Wenn du etwas brauchst oder willst, dann sage es mir!«

Mit bekümmerter Miene setzte Walther sich und wartete, bis

Singender Mund neue Teller gebracht hatte. So hatte er sich seine Heimkehr nicht vorgestellt, und er haderte mit sich, weil er sich von Sam Houston hatte überreden lassen, mit der Armee zu ziehen. Dort war er nicht glücklich gewesen, und hier hätte man ihn dringend gebraucht.

Walther war mit dem Essen noch nicht fertig, als es draußen laut wurde. Noch während er aufsah, riss jemand die Tür auf, und Nizhoni stürmte herein.

»Fahles Haar! Du bist zurück!«, rief sie und schlang die Arme um ihn.

»Nizhoni! Ich … ich hätte nicht wegbleiben dürfen«, brachte er mühsam heraus.

»Du meinst, wegen der Sache mit Spencers Männern? Wahrscheinlich hätten sie ein anderes Mal zugeschlagen, und dann wäre es möglicherweise schlimmer ausgegangen«, versuchte Nizhoni ihn zu beruhigen.

»Trotzdem …« Zu mehr kam Walther nicht, da sie ihm mit einem Kuss den Mund verschloss.

Fast im gleichen Augenblick zupfte jemand an Walthers Hosenbein. Als er nach unten schaute, war es Gretel. Im ersten Augenblick hatte er Mühe, sie wiederzuerkennen, denn sie war in dem halben Jahr ein schönes Stück gewachsen. Das galt auch für ihr Haar, das ihr mittlerweile wie schimmerndes Kupfer bis auf den Rücken fiel.

»Papa, hast du uns etwas mitgebracht?«, fragte sie.

Nizhoni streifte sie mit einem tadelnden Blick. »Ist das die Begrüßung für deinen Vater?«

Neben ihr musste Josef leise zu lachen. »Du kannst nicht leugnen, dass sie sich gebessert hat. Immerhin hat sie uns gesagt und nicht mehr mir, wie sie es früher getan hat.«

Nun musste Walther ebenfalls lächeln. Auch wenn die Rückkehr anders verlaufen war, als er erhofft hatte, so war es doch

schön, Nizhoni und die Kinder wieder um sich zu haben. Ihm fehlte jetzt nur noch Waldemar. Doch bevor er nach diesem fragen konnte, tauchte der Junge auf und grinste fröhlich.
»Hallo, Papa! Du bist es wirklich! Einer unserer Vaqueros meinte, er hätte dich gesehen – und dann hat mich nichts mehr bei Lope gehalten.«
»Wie geht es eigentlich Thierry?«, fragte Walther. »Ich werde in den nächsten Tagen zu ihm reiten und mich bei ihm für die Hilfe bedanken, die er euch hat zukommen lassen!«
»Ihm geht es gut. Hätte er gewusst, dass du zurückgekommen bist, hätte er uns sicher begleitet, und Rachel wäre gewiss mitgekommen – samt ihren Töchtern!«
Nizhoni klang so ablehnend, dass Walther sie verwundert anblickte. »Was hast du denn? Josefs Worten zufolge haben Rachel und ihre Töchter sich rührend um ihn gekümmert, als er verletzt war. Dafür müssen wir ihnen dankbar sein.«
»Dankbarkeit bedeutet aber nicht, dass man sich mit Haut und Haaren verpflichten muss«, antwortete Nizhoni bissig. »Rachel ist mir zu sehr darauf aus, Josef als Schwiegersohn zu gewinnen. Was Abigail betrifft, so sieht sich dieses kleine, berechnende Biest trotz ihrer gerade mal elf Jahre bereits als Josefs zukünftige Ehefrau.«
»Oh Gott!«, stöhnte Walther und begriff, dass hier ein Kampf stattfand, den seine Frau mit Rachel austrug. Da musste er Sorge tragen, nicht zwischen die Fronten zu geraten.
Josef sah so aus, als wünschte er sich an jeden anderen Ort der Welt, sagte aber nichts, während Waldemar grinsend berichtete, dass sich, wenn er bei den Coureurs zu Gast war, jeder dritte Satz von Rachel um seinen Bruder drehen würde.
Die Einzige, die das alles kaltließ, war Gretel, die endlich wissen wollte, welches Geschenk der Vater für sie mitgebracht hatte.

8.

Die Tage vergingen, und schon bald war es Walther, als sei er nie fort gewesen. Josef ging es immer besser, und er war nicht mehr davon abzuhalten, auf seinen Mustang zu steigen und in der Umgebung der Ranch herumzureiten. Am meisten freute Walther sich auf die Nächte mit Nizhoni, in denen sie sich nicht nur liebten, sondern auch viel miteinander besprachen. So riet ihm seine Frau, das Geld, das sie für die Rinder erhalten hatten und für die verkauften Pferde erwarten konnten, zum größten Teil wieder in Land anzulegen. Zwar verstand sie noch immer nicht recht, weshalb die weißen Männer die Prärie aufteilen mussten, doch da dies geschah, wollte sie genug Land für die eigene Sippe, um jederzeit von einer Stelle zur anderen wechseln zu können, wenn es notwendig wurde.

»Aber welches Land sollten wir kaufen?«, fragte Walther nachdenklich, während Nizhoni sich nackt an ihn kuschelte.

»Vielleicht sollten wir ein wenig das tun, was laut Father Patrick Adam und Eva getan haben, um das Menschengeschlecht zu erzeugen«, neckte sie ihn.

»Sag das nicht noch einmal!«, warnte Walther sie und fasste nach ihren Brüsten.

»Dir muss man es auch nicht zweimal sagen.« Nizhoni kicherte, denn diese Zweisamkeit hatte sie in den Monaten seiner Abwesenheit vermisst. Sie spreizte die Beine, spürte, wie Walther sich dazwischenschob und vorsichtig in sie eindrang.

»Ich liebe dich!«, flüsterte sie und gab sich ganz der Zweisamkeit hin, die sie miteinander teilten.

Auch Walther dachte in diesen Minuten nur an sie beide. Doch

als sie danach Hand in Hand nebeneinanderlagen, wiederholte er seine Frage.
»Welches Land sollen wir kaufen?«
Nizhoni überlegte kurz, ergriff dann seine Hand und wies damit noch Norden. »Wie wäre es mit dem Land, das Spencer besessen hat? Mister Lionbaker hat geschrieben, dass unser Feind es verkaufen will, da er sowohl Angst vor den Komantschen wie auch vor dir hat!«
»Ich gebe diesem Schuft keinen Cent, geschweige denn Geld für dieses Land!«, rief Walther empört. »Wir werden auch woanders etwas finden.«
»Das werden wir«, sagte Nizhoni mit einem Lächeln in der Stimme.
Sie verstand den Hass ihres Mannes auf Spencer, allerdings war dessen Besitz das nächstgelegene Stück freies Land, das groß genug war, um dort eine Ranch ähnlich den beiden aufzubauen, die sie bisher besaßen. Walther ließ sich jedoch nicht überzeugen, und so legten sie sich schließlich schlafen.
Am nächsten Morgen war Walther unruhig. Als sie alle beim Frühstück saßen, sah er Nizhoni und Josef an.
»Ich habe vor, in etwa einer Stunde nach Austin aufzubrechen. Nizhoni, du wirst gewiss etwas kaufen wollen, und für dich, Josef, wäre es eine Gelegenheit, zu erproben, wie weit du schon wieder reiten kannst. Wenn es nicht mehr geht, kannst du neben Nizhoni auf dem Bock Platz nehmen.«
Während seine Frau und sein Ältester nickten, stöhnte Waldemar enttäuscht auf. »Ich möchte auch mitfahren! Gretel nehmt ihr ja sicher auch mit.«
»Nein, das tun wir nicht. Sie bleibt mit dir zu Hause. Singender Mund wird sich um euch kümmern. Keine Widerrede!«, sagte Nizhoni, als der Junge nicht nachgeben wollte. Dann legte sie ihre Rechte auf Walthers Hand. »Es ist für Singender

Mund wichtig, dass sie die Kinder um sich hat. Es wird ihr helfen, sich nicht zu tief in ihrem Schmerz um ihren eigenen Sohn zu vergraben.«

Dagegen konnte auch Waldemar nichts sagen. Trotzdem schniefte er ein wenig, als sein Vater nach dem Frühstück die Pferde satteln und den Wagen anspannen ließ. Gretel war mit der Entscheidung ihrer Eltern ebenfalls nicht einverstanden, dachte dann aber, dass Singender Mund ihr mit Sicherheit mehr durchgehen ließ als ihre Mutter, und kehrte daher mit hocherhobenem Kopf in das Haus zurück.

»So eine Range!«, sagte Walther kopfschüttelnd. »Sie hätte uns wenigstens noch verabschieden können.«

»Wenn wir wieder zurückkommen, freut sie sich gewiss. Sie trotzt nie lange«, erklärte Nizhoni lächelnd.

»Das würde ich ihr auch nicht geraten haben!« Mit dieser Drohung ließ Walther seinen Hengst antraben und ritt vor dem Wagen zum Ranchtor hinaus.

Nizhoni folgte ihm und schwang dabei fröhlich die Peitsche. Jetzt, da ihr Mann zurückgekommen war, fühlte sie sich wieder glücklich. Dabei vergaß sie aber jene nicht, die noch immer Trauer trugen, und beschloss, Singender Mund in der Stadt etwas Schönes zu kaufen. Sie überlegte außerdem, ob es nicht einen Mann gab, der für ihre Dienerin der richtige Ehemann war. Noch war Singender Mund nicht zu alt, um noch einmal Kinder bekommen zu können, und wenn sie ein Kleines auf den Armen wiegte, würde die Trauer in ihrem Herzen zumindest abnehmen.

Einen Augenblick dachte sie auch an Rachel. Obwohl sie mittlerweile ihren Frieden mit Thierrys Frau geschlossen hatte, wollte sie nicht, dass diese Josef einredete, er müsse Abigail aus Dankbarkeit für die Pflege, die diese ihm hatte angedeihen lassen, in einigen Jahren vor den Traualtar führen. Aber das waren alles Dinge, die Männer nicht verstanden. Als Thierrys Freund würde Walther eine Verbindung beider Familien gewiss begrüßen. Doch wenn Josef eine von Rachels Töchtern heiratete, sollte es ihrer Ansicht nach die Jüngere sein. Thamar war bei weitem nicht so herrisch wie ihre Mutter oder Schwester, allerdings auch weniger hübsch als Abigail. Bei dem Gedanken lachte Nizhoni über sich selbst. Das Mädchen war gerade mal zehn Jahre alt und würde sich in einigen Jahren wahrscheinlich herausgemacht haben.

»So wie du aussiehst, wälzt du große Probleme vor dir her!« Walthers Bemerkung beendete Nizhonis Überlegungen, und sie sah ihn lächelnd an.

»So groß sind sie noch nicht, aber sie werden noch wachsen.«

»Kann ich dir helfen?«, fragte ihr Mann.

Noch immer lächelnd, schüttelte Nizhoni den Kopf. »Im Augenblick nicht. Aber wenn es so weit ist, werde ich es dir sagen! Doch sag, wo ist Josef? Er wird doch nicht bereits vom Pferd gefallen sein?« Sie blickte sich um, ohne ihren Stiefsohn zu entdecken.

»Du siehst in die falsche Richtung«, sagte Walther mit einem Schmunzeln. »Josef ist uns ein wenig vorausgeritten. Er wird an der Jemelin-Hacienda auf uns warten.«

»Es ist seltsam! Rosita und Diego Jemelin liegen seit mehr als zehn Jahren unter der Erde, und wir reden so, als würde die Hacienda immer noch ihnen gehören.« Trauer schwang in Nizhonis Stimme mit, denn sie hatte das Paar und seine Kinder gemocht. Dabei waren sie ebenso tot wie Tonino Scharezzani, dessen Frau und deren Kinder.

»Ich habe geschworen, die beiden nie zu vergessen«, antwortete Walther mit belegter Stimme, »denn wir haben ihnen sehr viel zu verdanken. Wenn wir noch ein Kind hätten, würde ich es Diego nennen, wenn es ein Junge wäre, oder Rosita.«

»Noch ein Kind?« Nizhonis Trauer schwand, und sie lächelte versonnen. »Möglich wäre es. Meine Mutter war zehn Sommer älter als ich, als sie meine jüngste Schwester zur Welt gebracht hat. Aber sprechen wir von etwas anderem. Es ist nicht gut, es herbeizureden, denn das mögen die Geister nicht.«
»Was wünschst du dir in Austin?«, wollte Walther wissen, da ihm auf die Schnelle nichts Besseres einfiel.
Nizhoni überlegte kurz und wies dann nach vorne. »Das werde ich sehen, wenn wir in der Stadt sind und ich im Store stehe. Auf jeden Fall brauchen wir Stoff, damit ich neue Kleider für Gretel nähen kann. Sie wächst aus den ihren arg heraus.«
»Ich fragte, was du dir wünschst«, neckte Walther sie.
»Dass deine Liebe zu mir nie erlischt«, antwortete Nizhoni und ließ dann die Peitsche über den Köpfen ihres Gespanns kreisen. »Komm jetzt!«, rief sie Walther zu, »sonst muss Josef noch länger auf uns warten.«

9.

Austin war seit Walthers letztem Besuch weiter gewachsen, und die Preise in den Hotels hätten ihn in früheren Zeiten dazu gebracht, unter freiem Himmel zu schlafen. Mittlerweile aber besaß er genug Geld, um nicht mehr auf jeden Cent achten zu müssen. Da er Nizhoni ein wenig Luxus bieten wollte, wählte er das gleiche Hotel wie damals bei seinen Verhandlungen mit Grenzberg-Malchendorff.
Der schwarze Hoteldiener Aaron erkannte ihn sofort wieder

und begrüßte ihn lachend. »Willkommen, General! Sie waren lange nicht mehr hier.«

»Freut mich, dich zu sehen, Aaron. Wie geht es?«, fragte Walther leutselig.

»Ganz gut! Noch zwei, drei Jahre, dann kann ich mich freikaufen, und wenn ich dann viel arbeite und spare, vielleicht auch ein Mädchen heiraten, das mir gefällt!«

»Ich wünsche dir Glück!« Walther klopfte dem Mann auf die Schulter und ging zur Rezeption. Dort musste er ein wenig warten.

Nizhoni, die sich in dieser Umgebung unsicher fühlte, klammerte sich an ihn.

»Ist dieser Negro ein Sklave?«, fragte sie leise.

»Ja! Dabei wäre er als freier Mann weitaus mehr wert. So aber muss er eine Arbeit machen, die weit unter seinen Fähigkeiten liegt«, antwortete Walther nachdenklich. Er überlegte, ob er Aaron nicht selbst kaufen und danach freilassen sollte. Doch wenn er einmal damit begann, wo sollte er aufhören?

Unterdessen war eine Dame in einem feinen Taftkleid und Krinoline auf Walther und Nizhoni aufmerksam geworden und starrte beide angewidert an. »Das ist doch eine Indianerin! Was hat die Wilde hier zu suchen?«, rief sie mit einer Lautstärke, die in der ganzen Empfangshalle des Hotels zu hören war.

Ihr Begleiter musterte Walther, der ein wenig jünger war als er und um einiges kräftiger aussah, und zog den Kopf ein. Aber er wagte es nicht, seine Frau zurechtzuweisen. Im Gegensatz dazu hüstelte der Mann an der Rezeption kurz und begann mit einem gequälten Lächeln zu sprechen.

»Dieser Herr hier ist General Walther Fitchner, ein Held des texanischen Unabhängigkeitskrieges und einer der reichsten Männer von Texas. Außerdem, wie ich betonen möchte, ein sehr enger Freund von Sam Houston, dem ehemaligen Präsidenten, und langjähriges Mitglied im Senat von Texas.«

»Deswegen ist die Frau an seiner Seite immer noch eine dreckige Rote. Mit so einer schlafe ich nicht unter einem Dach!«, gab die Frau scharf zurück.

»Dann muss ich Sie und Ihren Gatten bitten, sich eine andere Unterkunft zu suchen.«

Der Empfangschef des Hotels wollte es sich weder mit Walther noch mit Sam Houston verderben und zog daher das Gästebuch, in das der Ehemann der Dame sich eben einschreiben wollte, wieder an sich.

»Das ist eine Unverschämtheit! Das werde ich meiner Schwägerin in Boston schreiben«, rief die Frau empört.

»Das bleibt Ihnen überlassen. Wenn Sie jetzt beiseitetreten würden, damit General Fitchner sich eintragen kann!«

»Annabelle, bitte! Die anderen Hotels in dieser Stadt sind gerade mal bessere Löcher. Es soll dort sogar Wanzen geben«, sagte der Ehemann der Dame in der Hoffnung, sie beruhigen zu können. Doch diese maß Nizhoni mit einem vernichtenden Blick und rauschte zur Tür. »Lieber Wanzen im Bett als eine Wilde im Nebenzimmer!« Mit diesen Worten verließ sie das Haus. Ihr Mann starrte zuerst hinter ihr her und dann auf die vier großen Koffer, die mitten im Raum standen. Da Aaron sich rasch genug verdrückt hatte und sich auch kein anderer Hoteldiener sehen ließ, blieb dem Mann nichts anderes übrig, als das Gepäck selbst hinauszuschleppen.

»Willkommen, General! Schön, Sie wieder in der Stadt zu sehen!« Der Empfangschef grüßte so fröhlich, als hätte es den unangenehmen Zwischenfall nie gegeben.

»Guten Tag! Ich benötige diesmal zwei Zimmer, denn ich habe

meinen Sohn dabei. Wo ist er denn? Josef?« Noch während Walther sich umsah, kam Josef in die Halle.
»Vater, was glaubst du, wem ich eben über den Weg gelaufen bin? Herrn Belcher! Er freut sich sehr, dich hier zu treffen, und will dich einem Mann vorstellen, dem sehr daran gelegen ist, mit dir zu reden.«
»Vielleicht hat seine Schwester einen neuen Ehemann gefunden«, mutmaßte Walther und trug sich, Nizhoni und Josef ins Gästebuch ein. Als sie nach oben stiegen, folgten ihnen etliche Blicke. Nicht alle Gäste waren mit der Anwesenheit einer Indianerin im Hotel einverstanden, doch die Bemerkung des Empfangschefs, die Walthers Person betraf, ließ sie schweigen. Jene, die schon länger in Texas lebten, hatten bereits von General Fitchner gehört und auch davon, dass dieser wenig Federlesens mit Leuten machte, die sich gegen ihn stellten, und die Neubürger sagten sich, dass Texas eben noch ein wildes Land mit eigenartigen Sitten wäre. Immerhin gab es etliche wohlhabende Texaner, die mit mexikanischen Frauen verheiratet waren, und sogar einige reiche mexikanische Landbesitzer, die mit Stolz darauf hinwiesen, dass ihre Familien bereits seit Jahrhunderten hier in Texas ansässig waren.
Walther fand ihr Zimmer noch luxuriöser ausgestattet als bei seinem letzten Besuch. Die Betten waren breit und weich, für die Garderobe stand ein Schrank zur Verfügung, und es gab sogar einen Waschtisch mit einer Porzellanschüssel. Ein in einem Schränkchen verborgenes Nachtgeschirr sorgte dafür, dass die Gäste nicht in der Nacht den Abtritt am anderen Ende des Hotels aufsuchen mussten.
Als Walther daran dachte, dass es wohl zu Aarons Aufgaben zählte, diese Gefäße am Morgen zu entleeren, schüttelte er den Kopf. Der Mann mochte zwar eine dunkle Haut haben, aber es gab genug Weiße, deren Verstand bei weitem geringer war als

der seine. Doch die erhielten wegen ihrer Hautfarbe die besseren Jobs.

Mit einem Achselzucken wandte er sich Nizhoni zu. »Gefällt es dir hier?«

»Wenn du eine ehrliche Antwort hören willst: Nein! Die Leute sind dumm und böse.«

»Böse würde ich nicht sagen, aber borniert. Doch interessiert mich jetzt mehr, wen Belcher uns vorstellen will.« Walther zog Nizhoni an sich und streichelte sie. »Ich liebe dich und nichts, was andere je sagen werden, kann dies ändern.«

»Ich weiß!«, antwortete sie und lächelte. »Du bist Fahles Haar, ein großer Häuptling und Krieger, und kein Männchen, das einer zornigen Frau die Koffer hinterhertragen muss.«

Verblüfft sah Walther sie an und musste schallend lachen. »Ich hoffe, dass es in dem Hotel, in dem diese Leute jetzt logieren werden, tatsächlich Wanzen gibt. Hier sucht man sie jedenfalls vergebens.«

Noch während die beiden sich über diesen Gedanken amüsierten, klopfte es an die Tür, und sie hörten Aarons Stimme. »Mister General, Sir! Mister Belcher bittet Sie, in den Salon zu kommen.«

»Danke, Aaron! Richten Sie Herrn Belcher aus, dass ich in wenigen Minuten kommen werde.« Walther öffnete kurz die Tür und steckte dem Hoteldiener einen Dime zu. Dieser lächelte erfreut und eilte wieder davon.

»Du solltest dich umziehen«, riet Nizhoni, da Walther noch immer die derbe Reisekleidung trug.

Ihr Mann winkte jedoch ab. »Belcher kennt mich so, und wer bei ihm ist, muss damit zurechtkommen.«

Er küsste seine Frau auf die Wange und verließ das Zimmer.

Wenige Minuten später trat er in den Salon und entdeckte Belcher auf Anhieb. Dieser steckte in seinem feinsten Anzug und hatte sich sogar eine Schleife um den Hals gebunden. Auch der Herr bei ihm war gut gekleidet, und für einen Augenblick bedauerte Walther es, sich nicht umgezogen zu haben. Dann aber straffte er die Schultern und trat auf die beiden zu.

»Guten Tag, Nachbar, wie geht es?«

Bevor Belcher darauf antworten konnte, erhob sich dessen Begleiter und sah Walther interessiert an. »Sie sind Herr Fichtner? Ich muss sagen, Sie entsprechen genau dem Bild, das ich mir von Ihnen gemacht habe.«

»Darf ich vorstellen? Freiherr Otfried Hans von Meusebach, der dritte Vertreter des Vereins zum Schutz deutscher Auswanderer in Texas und zweiter Generalkommissar dieses Vereins«, sagte Belcher hastig, um seiner Pflicht nachzukommen.

Walthers Liebe zu deutschen Edelleuten war nach seinen Erfahrungen in der Heimat, aber auch mit Graf Leiningen und dem Grafen Grenzbach-Malchendorff äußerst gering, und er nahm eine abwehrende Haltung an.

»Sie wünschen?«, fragte er unhöflich knapp.

»Mit Ihnen zu sprechen und zu einer Übereinkunft zu kommen. Es geht um die armen Menschen, die auf die Versprechungen des Adelsvereins hin ihre Heimat verlassen haben, um hier in Texas eine neue Heimat zu finden«, erklärte Meusebach und bat Walther, sich zu setzen. »Trinken Sie Bier oder etwas Stärkeres?«

»Bier genügt!« Walther sagte sich, dass er seine Zeche selbst zahlen würde, hörte dann aber zu, als Meusebach zu berichten begann.

»Die Lage der deutschen Auswanderer, die sich unserem Verein anvertraut haben, ist schlichtweg katastrophal«, bekannte Meusebach mit ernster Miene. »Es fehlt an Geld, an Land, an gutem Willen, an eigentlich allem. Ich will hier nichts beschönigen. Graf Boos-Waldeck, der mit Graf Leiningen zusammen die Lage hier eruieren sollte, hat die Herren des Vereins davor gewarnt, die Auswanderung in Angriff zu nehmen. Leider hat man nicht auf ihn, sondern auf Leiningen gehört. Dieser ging jedoch einem Betrüger auf den Leim und sein Nachfolger Solms-Braunfels leider ebenfalls. Daher wurde viel Geld für nichts ausgegeben – oder für Landrechte, die bereits verfallen waren. Inzwischen hatten sich aber Hunderte von Familien auf den Weg gemacht und sitzen nun an der Küste von Texas fest.«

»Das weiß ich«, sagte Walther, als Meusebach eine kurze Pause einlegte.

»Solms-Braunfels gelang es noch, ein Stück Land zu erwerben, das als Zwischenstation in das eigentliche Siedlungsgebiet gedacht war«, fuhr Meusebach fort.

»Ja, Neu-Braunfels«, kommentierte Walther mit einem kurzen Lachen.

»Auf jeden Fall war es ein Fortschritt angesichts der Zustände an der Küste. Dort sind etliche am Gelbfieber und anderen Krankheiten gestorben«, gab Meusebach zu.

»Darunter auch mein Schwager«, warf Belcher ein.

»Und was hat das alles mit mir zu tun?«, fragte Walther.

»Sie hatten Leiningen und später auch Grenzberg-Malchendorff Land für Siedler angeboten. Beide haben abgelehnt, da sie von einer großen deutschen Kolonie träumten, die in Texas entstehen sollte. Wenn Ihr Angebot noch gilt, würde ich Sie bitten, uns zu helfen. Zwar haben wir von der Regierung von Texas eine neue Landzuweisung erhalten, doch es ist unmöglich, alle Auswanderer dorthin zu schaffen. Uns fehlen Transportmöglichkeiten, Vorräte und vor allem ein Friede mit den Komantschen.«

Meusebach verstummte einen Augenblick und fasste dann nach Walthers Hand. »Herr Belcher sagte, dass Sie selbst in

Frieden mit den Komantschen leben und mit ihnen Handel treiben. Ich möchte, dass Sie mir helfen, mit den Anführern der Komantschen zu sprechen. Vielleicht kann ich sie davon überzeugen, unsere Kolonie in Frieden zu lassen. Es soll auch nicht umsonst sein. Wir sind bereit, den Indianern von den Erzeugnissen unseres Landes abzugeben und mit ihnen in guter Nachbarschaft zu leben.«

»Bitte, Herr Fichtner, tun Sie es für unsere armen Landsleute!« Belcher hatte Clemens von Renitz erlebt und wusste nicht, ob Walther seine Abneigung gegen deutsche Adelige auch auf Meusebach ausdehnen würde.

Nach kurzem Nachdenken nickte Walther. »Ich werde die Komantschen aufsuchen und sie fragen, ob sie zu einem Treffen mit Ihnen bereit sind. Aber nun zu etwas anderem: Sie sagten, dass ich auf Sie so wirke, wie Sie sich mich vorgestellt haben.«

Meusebach hob lächelnd sein Glas. »Sie haben Clemens von Renitz kennengelernt. Ein aufgeblasener Kerl, wenn Sie mich fragen, und im Grunde seines Herzens ein Feigling. Er ist vor einiger Zeit hierhergekommen und sehr rasch wieder zurückgekehrt. Im Vorfeld hatte er erklärte, er würde Sie für den Tod seines Vetters Diebold von Renitz zur Rechenschaft ziehen. Bei seiner Rückkehr behauptete er dann, Sie hätten ihn auf Knien um Ihr Leben angefleht, und er hätte aus Mitleid mit Ihrer Frau und Ihren Kindern darauf verzichtet, Sie zu erschießen.«

»So ein Lump!«, entfuhr es Walther.

»Ich kenne Clemens von Renitz gut genug, um zu wissen, dass er aus den genannten Gründen niemals Pardon gegeben hätte. Also musste die Sache sich ganz anders zugetragen haben. Sie sehen mir ganz so aus wie ein Mann, der einen Renitz in die Schranken zu weisen vermag.«

Meusebach stieß mit Walther an. »Auf Ihr Wohl und darauf,

dass Clemens von Renitz die Begegnung mit Ihnen so schnell nicht vergessen wird.«

»Ich glaube nicht, dass er das tut«, sagte Belcher breit grinsend. »Bei Gott, hat der um sein Leben gefleht, nachdem er selbst zweimal zu früh geschossen und Herrn Fichtner verwundet hat.«

»Ich sagte doch, der Mann ist ein Feigling!« Meusebach wurde wieder ernst und streckte Walther die Hand hin. »Danke, dass Sie uns helfen wollen! Die Armen werden froh sein, wenn sie ein wenig Land besitzen und ein Dach über dem Kopf.«

»Das werden sie bekommen«, sagte Walther und erwiderte den Händedruck. Danach bat er, sich verabschieden zu dürfen, da er sich umziehen wolle.

»Selbstverständlich, Herr Fichtner. Ich erwarte Sie und Ihre Frau Gemahlin in einer Stunde beim Abendessen. Dann können wir weiter über diese Sache reden.«

»Herrn Fichtners ältester Sohn ist ebenfalls mitgekommen«, sagte Belcher zu dem Freiherrn.

Meusebach nickte unwillkürlich. »Ihr Sohn ist natürlich ebenfalls eingeladen.«

»Danke! Und nun auf Wiedersehen.« Walther verließ den Raum und kehrte in sein Zimmer zurück. Dort warteten Nizhoni und Josef bereits neugierig auf ihn.

»Was wollte dieser deutsche Freiherr von dir?«, fragte sein Sohn, bevor er selbst den Mund auftun konnte.

»Land zum Siedeln«, erklärte Walther. »Herr von Meusebach will etliche Dutzend Familien auf dem Land ansiedeln, das ich in den letzten Jahren für diesen Zweck angekauft habe, ohne dass es je dazu kam.«

»Wir werden also nicht lange hier in der Stadt bleiben?«, fragte Nizhoni hoffnungsvoll, da sie sich unter so vielen Leuten nicht wohl fühlte.

»Ein paar Tage werden es schon sein. Ich muss noch einige Gespräche mit Herrn von Meusebach führen. Er braucht Ochsenkarren und Vorräte für die Siedler, und ich will ihm helfen, sie zu erwerben. Außerdem will ich dich bei deinen Einkäufen begleiten.«
»Das könnte doch ich übernehmen, Vater«, wandte Josef ein.
Walther schüttelte mit einem leicht bissigen Lächeln den Kopf. »In vier oder fünf Jahren würde ich sagen: Ja, tu das! Doch jetzt sollen die Leute sehen, zu wem Nizhoni gehört. Sollte einer sein Maul auftun, weiß ich, wie ich es zu stopfen habe. Das musst du erst noch lernen.«
»Du sagst, es kommen nun doch deutsche Siedler ins French Settlement?«, fragte Nizhoni, die dieses Thema weitaus mehr interessierte als ihre Einkäufe, und ihr Blick streifte Josef. Deutsche Siedler bedeuteten auch deutsche Mädchen, und wenn eines davon ihrem Stiefsohn gefiel, war dies in ihren Augen weitaus besser als eine Braut, die Rachel zur Mutter hatte.
»Herr von Meusebach will die ersten Siedler noch in diesem Monat auf die Reise schicken. Ich werde daher wohl auch mit Lionbaker sprechen müssen, damit er das Land neu vermisst und es eintragen lässt. Aber nun kommt nach unten. Der Freiherr hat uns zum Essen eingeladen, und ich will mir die Gelegenheit nicht entgehen lassen, jedem zu zeigen, dass meine Frau zu mir gehört und ich jedes dumme Gerede entsprechend beantworten werde.«
Mit einem liebevollen Blick sah Nizhoni zu Walther auf. Er war ein Mann, wie sie ihn sich nur wünschen konnte, sagte sie sich, und ein versonnenes Lächeln trat auf ihre Lippen. Noch war sie nicht sicher, doch wenn die Geister ihrer Ahnen und Walthers Gott gnädig waren, würden Josef, Waldemar und Gretel in sieben Monaten ein Geschwisterchen bekommen.

10.

Die Zeit ist in erschreckender Eile vergangen, dachte Walther, als er den Kalender betrachtete, den Meusebach ihm geschenkt hatte. Mittlerweile war der Februar des Jahres 1847 angebrochen, und in wenigen Jahren würde er fünfzig Jahre alt werden. Bis jetzt hatte er wenig auf sein Alter gegeben, doch allmählich merkte er, dass er nicht mehr so gelenkig war wie früher. Daher gefiel es ihm, dass Josef ihm etliche Aufgaben abnehmen konnte. Mittlerweile war sein Sohn völlig wiederhergestellt und leitete die Ansiedlung der deutschen Auswanderer im French Settlement.

Ihm selbst stand eine andere Aufgabe bevor. Tief durchatmend trat er neben Nizhoni und legte ihr den rechten Arm um die Taille. Noch wirkte seine Frau recht schlank, doch unter dem Kleid wölbte sich ihr Bauch schon etwas. Walther fühlte eine Dankbarkeit sowohl ihr wie auch dem Schicksal gegenüber, das ihn so reich beschenkt hatte.

»Herr von Meusebach wird bald kommen. Dann reiten wir zu den Komantschen. Po'ha-bet'chy hat versprochen, die großen Häuptlinge zu den Verhandlungen einzuladen. Ich hoffe, wir haben Erfolg«, sagte er leise.

Nizhoni drehte sich zu ihm um und legte ihm die Hände an die Wangen. »Du wirst Erfolg haben! Die Komantschen kennen dich seit vielen Jahren und wissen, dass dein Wort fest wie ein Felsen steht. Wenn du ihnen rätst, mit den deutschen Siedlern Frieden zu halten, werden sie es tun.«

»Wenn es nur um die Siedler hier im Settlement gehen würde! Aber Meusebach will ein Gebiet weiter im Westen ebenfalls besiedeln. Dort leben andere Stämme der Komantschen, die mit Po'ha-bet'chys Leuten kaum etwas zu tun haben.«

»Du machst dir wie immer viel zu viele Sorgen. Komm, wasch dich, und dann frühstücken wir.«
Diesem sanften Druck hatte Walther nichts entgegenzusetzen, und so trat er an die Waschschüssel. Seine Frau fing unterdessen Gretel ein, die knapp drei Jahre zählte und so flink war, dass Singender Mund sie nicht mehr erwischen konnte.
»Du musst dich auch waschen«, erklärte Nizhoni ihrer Tochter und nahm einen Lappen zur Hand.
Gretel murrte zwar ein wenig, ließ aber die Prozedur über sich ergehen und zupfte dann ihren Vater am Bein. »Trägst du mich?«
Während Nizhoni nur den Kopf schüttelte, nahm Walther seine Tochter auf den Arm und trug sie mit in die Stube, in der Singender Mund bereits die ersten Pfannkuchen auf den Tisch stellte.
Als Walther Gretel eine Tasse Kräutertee eingoss, sah seine Tochter neugierig zu ihm auf. »Kommt heute der Mäusebart?«
»Das darfst du nicht sagen!«, tadelte Walther sie. »Der Herr heißt Meusebach und wäre sehr beleidigt, wenn er Mäusebart hören würde.«
Nizhoni war eben in den Raum gekommen und sah ihre Tochter seufzend an. »Es wird wirklich an der Zeit, dass Gretel ein Geschwisterchen bekommt, damit sie nicht mehr glaubt, die gesamte Welt müsse sich um sie drehen.«
Bei dem Wort Geschwisterchen zog Gretel eine Schnute. Große Brüder wie Josef und Waldemar gingen ja noch, denn die nahmen sie mit aufs Pferd oder konnten ihr so köstliche Dinge wie Kekse aus den Dosen holen, die ihre Mutter ganz nach oben gestellt hatte. Aber eine kleine Schwester oder ein kleiner Bruder, der die ganze Aufmerksamkeit ihrer Eltern auf sich lenken würde, war gar nicht nach ihrem Sinn.

»Ich mag kein Geschwisterchen«, sagte sie mürrisch und verlangte Marmelade für ihren Pfannkuchen.
»Wie sagt man?«, fragte ihr Vater mit gekünstelter Strenge.
»Bitte!«, antwortete die Kleine mit einem schmelzenden Lächeln, dem er nicht widerstehen konnte.
Dennoch war Walther froh, als Waldemar hereinkam, der nach den Pferden geschaut hatte. »Es ist alles in Ordnung, Papa. Wenn Herr Meusebach wirklich heute kommt, können wir morgen aufbrechen.«
»Will auch mitkommen!«, begehrte Gretel auf.
»Das kannst du gerne tun. Aber dann lassen wir dich bei den Komantschen zurück«, drohte Waldemar, dem die muntere Dreijährige über den Kopf zu wachsen drohte.
»Das darfst du nicht sagen!«, antwortete Gretel im tadelnden Tonfall. »Papa und Mama wären traurig – und Josef auch!«
»Range!«, stöhnte Waldemar und gab sich wieder einmal geschlagen.
Trotz dieses Beginns verlief das Frühstück harmonisch. Anschließend ging Walther nach draußen und überprüfte den Wagen mit den Geschenken, die sie den Komantschen mitbringen wollten. Meusebach hatte ihm völlig freie Hand gelassen. Also war der neue Vertreter des Mainzer Adelsvereins in Texas zumindest in dieser Hinsicht von anderem Kaliber als seine Vorgänger Leiningen und Solms-Braunfels.
Meusebach ließ sich im Gegensatz zu diesen nicht von windigen Geschäftemachern einwickeln. Mit dem Geld, das bei diesem Vorhaben vergeudet worden war, hätten etliche hundert Siedlerstellen eingerichtet werden können. Meusebach hingegen stand mit fast leeren Händen da, und wenn die Geldgeber des Vereins nicht noch einmal kräftig in ihre Kassen griffen, würde die groß angelegte, aber schlecht durchgeführte Aus-

wanderung Deutscher nach Texas ein Desaster bleiben und eingestellt werden müssen.

Walther wusste nicht, ob er dies bedauern sollte oder nicht. In den siebzehn Jahren, die er nun in Texas lebte, waren seine Bindungen an die alte Heimat brüchig geworden. Das Deutsch, das er sprach, hörte sich anders an als das der Siedler, die nun im French Settlement eintrafen, und von ihren Festen kannte er kaum eines.

Mit einer Handbewegung schüttelte er diesen Gedanken ab und befahl einem der Knechte, seinen Hengst zu satteln.

»Komm, Waldemar, wir reiten Herrn von Meusebach entgegen!«, sagte er zu seinem Sohn.

»Dann sollten wir uns beeilen, bevor Gretel es bemerkt. Sonst will sie ebenfalls mitkommen.« Waldemar rief seinen Mustang zu sich und sattelte ihn selbst.

Als er sich in den Sattel schwang, war auch sein Vater so weit. Nach einem raschen Blick zur Tür und einem erleichterten Grinsen, weil Gretel nirgends zu sehen war, lenkten die beiden ihre Pferde zum Hof hinaus.

»Was glaubst du, Vater? Werden die Komantschen auf einen Frieden mit Herrn von Meusebachs Siedlern eingehen?«, fragte Waldemar, als sie an frisch gepflügten Feldern vorbeiritten, auf denen bald Mais wachsen würde.

»Ich hoffe es«, antwortete Walther. »Po'ha-bet'chy war jedenfalls der Ansicht, dass sich die meisten der großen Häuptlinge dazu bewegen ließen.«

»Auf jeden Fall freue ich mich, dass ich diesmal mitkommen kann!« Waldemar lachte fröhlich und ließ seinen Mustang in den Galopp fallen. Obwohl sein Pferd kürzere Beine hatte als Walthers Hengst, musste dieser sich strecken, um mithalten zu können.

Einige Zeit später entdeckten sie eine Reitergruppe, die auf sie

zuhielt. Aus Gewohnheit griff Walther zu seiner Büchse, senkte sie jedoch, als er Andreas Belcher an der Spitze entdeckte. Gleich hinter diesem ritt Otfried von Meusebach, der nun auf Walther aufmerksam wurde und winkte. Dann erschienen mehrere Männer, unter denen Walther Philipp Schröter, Graf Grenzberg-Malchendorffs ehemaligen Sekretär erkannte.
»Guten Tag, Herr Fichtner!«, rief Meusebach, als sie sich trafen. »Es freut mich außerordentlich, Sie zu sehen. Was meinen Sie, werden die Indianer mit sich reden lassen?«
»Diese Frage wurde mir in den letzten Tagen schön öfter gestellt, Herr von Meusebach«, antwortete Walther lachend.
»Lassen Sie dieses ›von‹. Nennen Sie mich Meusebach. Schließlich sind wir hier in einem Land, in dem der alte Adel weniger gilt als ein Mann, der sich aus eigener Kraft emporgearbeitet hat wie Sie.«
Meusebach reichte Walther vom Sattel aus die Hand und stellte dann seine Begleiter vor. Es handelte sich um Vertreter der Siedler, die einmal am Rande des Komantschengebiets leben wollten.
Walther sah etliche neugierige Blicke auf sich gerichtet. Auch wenn die deutschen Siedler meistens unter sich blieben, so hatten sie doch einiges über General Fitchner gehört. Außerdem würde er ihr direkter Nachbar werden, denn der Landstrich, den Meusebach von der texanischen Regierung zur Besiedlung erhalten hatte, grenzte direkt an dessen Rinderranch.
»Sie leben schon länger in diesem Land?«, fragte einer der Männer.
»Seit etwa siebzehn Jahren«, erklärte Walther.
»Und wie ist es hier?«, bohrte der andere weiter.
»Man kann mit ehrlicher Arbeit zu etwas kommen, wenn man klug genug ist, nicht denjenigen auf den Leim zu gehen, die nicht mit ehrlicher Arbeit reich werden wollen.«

»Das ist wohl auf die Herren des Adelsvereins gemünzt, die sich von dem angeblichen französischen Baron d'Orvanne und von Henry Fisher an der Nase haben herumführen lassen«, warf Meusebach lachend ein. »Aber keine Sorge, Herr Fichtner. Unsere neuen Landrechte sind vollkommen in Ordnung. Wir müssen nur noch zu einer Übereinkunft mit der Nation der Komantschen kommen. Wenn die Indianer Frieden halten, können sich unsere Auswanderer zwischen dem Pedernales River und dem Concho River ansiedeln.«

»Das halte ich für etwas hoch gegriffen«, wandte Walther ein. »Dieses Gebiet ist größer als die meisten deutschen Fürstentümer. Es zu besiedeln dürfte die Möglichkeiten Ihres Vereins weit übersteigen!«

»Sie verstehen es, einem Mut zu machen«, sagte einer der Siedler säuerlich.

»Ich sage nur die Wahrheit. In dem von Herrn Meusebach genannten Landstrich könnten Sie Tausende von Auswanderern ansiedeln, und es bliebe immer noch das meiste Land frei. Beginnen Sie an einer Ecke und breiten sich dann aus. Das ist der Rat, den ich Ihnen geben kann. Wenn sich die Siedler zu sehr verstreuen, reizen Sie nur einzelne Gruppen der Komantschen, doch die eine oder andere Farm zu überfallen.« Walther wollte den Neusiedlern von Anfang an klarmachen, was sie erwartete, und er sah zu seiner Zufriedenheit, dass Meusebach dazu nickte.

»Aber lassen wir dieses Thema für heute. Jetzt werde ich Ihnen erst einmal erklären, wie Sie sich den Komantschen gegenüber zu verhalten haben. Auch wenn Sie diese Leute für Wilde halten, so sind es doch Menschen mit einer eigenen Würde und einem Stolz, der dem eines deutschen Grafen in nichts nachsteht. Die Komantschen sind die Herren der Prärie, und es ist weder den Spaniern noch den Mexikanern, noch den amerika-

nischen Siedlern in Texas gelungen, sie zu besiegen oder zu unterwerfen.«
»Sie sollen sehr blutrünstig sein, habe ich mir sagen lassen«, meinte einer von Meusebachs Begleitern.
»Wenn Sie Angst vor den Komantschen haben, hätten Sie in der Heimat bleiben müssen«, antwortete Walther und schalt sich dann selbst der Überheblichkeit. Er hatte sich ebenfalls erst in diesem Land zurechtfinden müssen. Daher lächelte er jetzt und wies in die Richtung, in der seine Hauptranch lag.
»Kommen Sie! Wenn wir bei mir zu Hause ankommen, steht gewiss schon das Essen auf dem Tisch.«

11.

Auf der Ranch entspannten sich die Deutschen wieder, denn an diesem Ort bekamen sie vorgeführt, was man in diesem Land mit harter Arbeit und einem gewissen Geschick erreichen konnte. Da Nizhoni zudem nach einigen von Gisela erhaltenen Rezepten gekocht hatte, stellte sie auch das Essen zufrieden. Den Rest des Tages benützte Walther, um noch einmal alles zu überprüfen, obwohl er es bereits mehrfach getan hatte, und seinen Gästen zu erklären, wie sie sich den Komantschen gegenüber zu verhalten hatten. Dabei half ihm Nizhoni, die ein gutes halbes Jahr bei diesem Volk gelebt hatte.
Als sie am nächsten Morgen aufbrachen, reiste die Hoffnung mit ihnen. Um den friedlichen Zweck ihres Besuchs zu bekunden, ritt Nizhoni auf ihrer Schimmelstute an Walthers Seite. Das Gespann lenkte auch diesmal wieder Jones. Den dunkelhäutigen Mann schien etwas zu bewegen, denn er sah immer

wieder zu Walther hin. Schließlich zügelte dieser seinen Hengst und ritt neben dem Wagen her.
»Gibt es etwas, Jones? Haben wir nicht richtig geladen?«
Der Schwarze schüttelte den Kopf. »Nein, Mister Fitchner, mit der Ladung ist alles in Ordnung. Es ist nur so, ich …«
Er atmete kurz durch und hob dann in einer hilflosen Geste die Hände. »Es geht um Singender Mund. Nach dem Tod ihres Mannes und ihres Sohnes ist sie doch ganz allein, und da dachte ich, das sollte nicht so sein. Ich habe gestern mit ihr geredet, und da meinte sie, dass sie die Decke mit mir teilen würde, wie man bei ihrem Volk sagt. Natürlich würden wir uns von Father Patrick trauen lassen, wie es sich für gute Christenmenschen gehört. Das heißt – wenn Sie damit einverstanden sind!«
Walther sah den Mann an, der ihm so viele Jahre treu gedient hatte, und nickte. »Du bist ein freier Mann, Jones, und keiner kann dir verbieten, die Frau zu heiraten, die dazu bereit ist.«
Für einen Augenblick dachte Walther daran, wie er in der alten Heimat Medard von Renitz um die Erlaubnis hatte bitten müssen, Gisela heiraten zu dürfen. Diese Zeiten waren wenigstens hier in Texas vorbei.
»Du wirst dann auf der Hauptranch wohnen und arbeiten«, fuhr er fort. »Singender Mund und du, ihr könnt euch ein kleines Häuschen bauen und dort als Frau und Mann zusammenleben. Es ist gut, wenn sie wieder Freude am Leben findet.«
»Danke, Sir!« Jones strahlte über das ganze Gesicht und sang dann ein fröhliches Lied.
Walthers Gedanken hingegen wanderten, ohne an einer Stelle zu verweilen, und erst als Waldemar aufgeregt nach vorne deutete, kehrte er wieder in die Gegenwart zurück. Schnell winkte er Meusebach zu sich.
»Die ersten Komantschen sind da! Bleiben Sie ruhig und greifen Sie nicht zu den Waffen. Sie lieben es, ihre Künste als Rei-

ter und Krieger zu zeigen«, sagte er und übernahm wieder die Spitze des Trupps.

Kurze Zeit später preschten die ersten Komantschen mit schrillen Rufen auf die Gruppe zu. Meusebachs Gesicht nahm einen besorgen Ausdruck an, doch ebenso wie die anderen nahm er sich ein Beispiel an Walthers stoischer Ruhe. Dieser ließ sich seine Besorgnis nur nicht anmerken und entspannte sich erst, als Po'ha-bet'chy mit einem federgeschmückten Stab in der Hand auf sie zuritt und sie begrüßte.

»Sei uns willkommen, Fahles Haar, und deine Brüder mit dir. Die Häuptlinge der Nemene, darunter auch Buffalo Hump und Santana – wie die weißen Männer sie nennen –, haben sich versammelt und sind gewillt, den Häuptling deiner Brüder anzuhören. Wenn seine Worte sind wie der sanfte Frühlingswind, der die Herzen erfreut, wird Frieden herrschen zwischen dem Volk der Nemene und den Brüdern von Fahles Haar!«

Walther nickte erleichtert und wandte sich Meusebach zu. »Ich habe das Meine getan. Jetzt ist es Ihre Aufgabe, die Komantschen von Ihren friedlichen Absichten zu überzeugen!«

Meusebach sah ihn einen Augenblick unsicher an und ging die paar Schritte zu Po'ha-bet'chy. In seiner Anspannung hätte er dem Häuptling beinahe die Hand entgegengestreckt. Aber er erinnerte sich früh genug an Walthers Rat und hob sie zum Friedensgruß. Als er zu sprechen begann, hatte er sich wieder in der Gewalt. Einige Erklärungen musste Walther übersetzen, doch im Großen und Ganzen schienen die Komantschen zufrieden zu sein.

»Die Brüder von Fahles Haar mögen sich an das Ratsfeuer setzen«, erklärte Po'ha-bet'chy schließlich. Es erleichterte Walther, denn das hieß, die Häuptlinge der Komantschen waren bereit, sich Meusebachs Vorschläge nicht nur anzuhören, sondern auch darüber zu reden.

»Meine Brüder danken dem stolzen Volk der Komantschen«, antwortete er und forderte Meusebach, die Vertreter der deutschen Siedler und die anderen Männer auf, die mit ihm gekommen waren, sich im Halbkreis um das lodernde Feuer zu setzen. Den anderen Halbkreis nahmen die Häuptlinge und Ältesten der Komantschen ein. Eine langstielige Pfeife ging um, und jeder Indianer blies den Rauch zum Boden und zum Himmel. Als Meusebach die Pfeife erhielt und daran sog, keuchte er ein wenig, tat es dann aber den Häuptlingen nach und reichte die Pfeife an Walther weiter.
Das Beispiel der beiden brachte die anderen weißen Männer dazu, die Zeremonie mit dem Ernst hinter sich zu bringen, der angesichts der Komantschen nötig war. Damit war das Eis gebrochen, und Po'ha-bet'chy forderte Meusebach im Namen aller Häuptlinge auf, ihnen seine Vorschläge bezüglich der geplanten Siedlung zu unterbreiten.
Hier zeigte es sich, dass Walthers Rat, sich vorerst mit einem Zipfel des von der texanischen Regierung zur Verfügung gestellten Landes zu begnügen, richtig gewesen war. Die Komantschen erkannten, dass die Deutschen nur einen Bruchteil ihrer Jagdgründe für sich wünschten, und als Meusebach ihnen versprach, sie dafür nicht nur durch eine einmalige Summe, sondern über Jahre hinweg mit einem Teil ihrer Erzeugnisse zu entschädigen, stimmten alle Häuptlinge einem Frieden zu.
Während Walther erleichtert dabeisaß und nur noch gelegentlich eingreifen musste, um das eine oder andere Wort zu erklären, ging Nizhoni zu den Frauen hinüber, die ein Stück entfernt den Männern am Ratsfeuer zusahen. Es dauerte einige Augenblicke, bis sie Per'na-pe'ta erkannte und sich zu ihr gesellte.
»Nizhoni!«, rief die Komantschin verwundert aus, denn in

ihren Augen schienen die Jahre an der Navajo vorbeigegangen zu sein. Die beiden Frauen umarmten sich, und Per'na-pe'ta führte Nizhoni zum Ufer des Baches und fasste dort ihre Hände.

»Ich freue mich, dich zu sehen«, sagte Nizhoni lächelnd und reichte der Komantschin einige Glasperlen, die sie für diesen Zweck mitgenommen hatte.

»Fahles Haar, dein Mann, ein großer Krieger«, erklärte Per'na-pe'ta mit großem Ernst.

»Das ist er«, antwortete Nizhoni mit sichtlichem Stolz und fragte nach Stammesangehörigen, die sie von ihrer Zeit bei den Komantschen her noch kannte.

Achter Teil

Die letzte Barrikade

1.

Während die Truppen der Vereinigten Staaten von Amerika immer weiter in Mexiko vordrangen und die Komantschen am San Saba River mit den deutschen Siedlern Frieden schlossen, verschlechterte sich auf der anderen Seite des Atlantiks die Situation der Bürger, die nach persönlicher Freiheit und politischer Mitsprache strebten. Hatte es zunächst so ausgesehen, als würde der Wille des Volkes die uralten Fesseln sprengen, so erwies sich die Herrschaft der Fürsten und Könige schließlich als stärker. Das Militär war gewohnt zu gehorchen und warf in Monaten harter Kämpfe den Aufstand der Bürger nieder. Zuletzt blieb nur noch das Großherzogtum Baden in der Hand der Revolutionäre. Doch bald marschierten auch in dieses Land preußische und württembergische Soldaten ein, um Großherzog Leopolds Thron mit ihren Bajonetten zu stützen. Dem entschlossenen Vorgehen der Armee hatten die Freiheitskämpfer nur ihren Mut und einige wenige Waffen entgegenzusetzen.

Am dreiundzwanzigsten Juli im Jahre des Herrn 1849 rückten die preußischen Truppen gegen den letzten Stützpunkt der Aufständischen, die Festung Rastatt, vor. Immer wieder hallte das Feuer der Kanonen dumpf über die Stadt. Das knappe Dutzend Bewaffneter, die eine Barrikade am anderen Ende von Rastatt bewachten, zuckten bei jedem Knall zusammen und blickten einander verzweifelt an. Unter ihnen waren zwei alte Freunde, die sich an dieser Stelle nach mehr als zwanzig Jahren wiedergesehen hatten.

»Jetzt sind sie nochmals ein Stück näher gekommen«, sagte Landolf Freihart gerade mit bleicher Miene.

»Es sieht so aus, als würden sie die Stadt von der anderen Seite her angreifen«, antwortete Stephan Thode, ein hochgewachsener, hagerer Mann mit scharfen Gesichtszügen.

»Was sollen wir tun?«, fragte ein dritter. »Der Kampf ist verloren! Wenn wir hierbleiben, erschießen uns die Preußen auf der Stelle.«

Thode warf ihm einen verächtlichen Blick zu. »Wenn du daran denkst zu fliehen, so wirst du bald an jeder Hausecke deinen Steckbrief angeschlagen sehen. Irgendwann wird dich einer verraten, und dann haben sie dich trotzdem. Mir ist es lieber, durch eine Kugel zu sterben als durch das Fallbeil!«

»Mi... mir a...uch«, stimmte ihm Landolf Freihart zu, der vor Aufregung in sein früheres Stottern zurückfiel. »Mi... mir tun nu... nur mein Weib und meine Kinder leid.« Langsam besserte seine Aussprache sich wieder.

Thode zog eine spöttische Miene. »Wenn dir so viel an deiner Familie liegt, dann hättest du weiterhin den braven Untertan spielen und ›Hoch, mein Fürst!‹ rufen müssen. Doch die Freiheit wird einem nicht geschenkt, sondern kostet Blut! Ich gebe das meine gerne für ein freies und gerechtes Deutschland.«

»Das aber so rasch nicht kommen wird! Du hörst doch selbst, wie die Reaktion das zarte Pflänzchen der Demokratie von den Stiefeln ihrer Soldaten zertreten lässt!« Dem Sprecher war anzusehen, dass er sich an jeden anderen Ort der Welt wünschte als an diesen. Einige der Umstehenden nickten, und einer

zeigte auf den Auwald der Murg, der sich unweit ihrer Barrikade erstreckte.
»Dort könnten wir uns verstecken, wenn die Soldaten kommen!«
»Was hilft das?«, fragte Thode. »Spätestens morgen werden sie hier jeden Stein umdrehen, hinter jedem Strauch nachsehen und uns wie wilde Tiere hetzen. Lieber sterbe ich im Kampf für die Freiheit, so dass spätere Generationen noch sagen können: Seht, das war Stephan Thode! Er kämpfte für seine Ideale und starb für sie.«
»Wenn du unbedingt hier sterben willst, soll es mir recht sein. Ich habe keine Lust dazu!« Der Sprecher lehnte die alte Schrotflinte, mit der er sich bewaffnet hatte, gegen die Barrikade und eilte davon.
Stephan Thode sah ihm mit einer verächtlichen Handbewegung nach. »Bei solchen Memmen ist es kein Wunder, dass der Kampf um die Freiheit hier in Deutschland verlorengegangen ist. Die Franzosen waren da anders. Die haben ihren König geköpft. Aber hier rollen nur unsere Köpfe!«
Mehrere der Freiwilligen, die die Barrikade verteidigen sollten, zuckten bei diesen harschen Worten zusammen.
Dann aber schüttelte einer den Kopf. »Ich hab Weib und Kind zu Hause! Warum soll ich mich für eine verlorene Sache umbringen lassen?«
Nun legte auch er seine Waffe weg und ging. Als direkt hinter den nächsten Häusern Gewehrfeuer aufklang, verlor auch der Rest den Mut und verschwand. Schließlich blieben nur Stephan Thode und sein Freund Landolf Freihart zurück.
»Du sagst, du hast Frau und Kinder. Warum gehst du nicht auch?«, fragte Thode schroff.
»Vielleicht, weil ich nicht den Rest meines Lebens daran zurückdenken will, dich hier im Stich gelassen zu haben«, ant-

wortete Landolf nachdenklich. »Vielleicht auch, weil ich meiner Frau und meinen Kindern ersparen will zuzusehen, wie ich verhaftet und kurze Zeit später entweder vor ein Peloton gestellt oder geköpft werde.«

Thode seufzte und schüttelte dann den Kopf. »Wir hätten beide den Mut aufbringen und nach Amerika auswandern sollen. Dort hätten wir ein anderes Leben führen können als hier. Erinnerst du dich, wie ich damals in Göttingen davon gesprochen habe? All die Jahre habe ich immer wieder daran gedacht, dieses elende Dasein hier in Deutschland hinter mir zu lassen und mir drüben eine neue Existenz aufzubauen. Nun werde ich hier an dieser verfluchten Barrikade mein nutzloses Leben aushauchen, und es wird sein, als hätte es mich nie gegeben.«

»Was hast du eigentlich gemacht, nachdem du damals nicht mehr an die Universität zurückgekommen bist?«, wollte Landolf wissen.

»Nach dem Tod meines Vaters waren meine Mutter und ich ganz von der Gnade eines Onkels abhängig. Der Mann war jedoch ein vorbildlicher Untertan, der jedem Beamten des Landesherrn und diesem selbst in den Arsch gekrochen ist. Er hat uns erklärt, ich hätte ihn mit meiner Teilnahme am Protest der Studenten schwer enttäuscht, und seine Hand von mir abgezogen. Meiner Mutter gelang es schließlich, für mich eine Anstellung als Kommis eines reichen Fabrikanten zu ergattern. Dort durfte ich für einen Hungerlohn Listen und Rechnungen schreiben und vor meinem Brotherrn, dessen Frau und den beiden Söhnen buckeln. Die Tochter musste ich mit ›gnädiges Fräulein‹ anreden, ganz so, als wenn sie von Adel gewesen wäre. Mittlerweile ist sie es auch, denn ihr Vater hat sie an einen verarmten Baron verheiratet, der sein arg schäbig gewordenes Wappenschild durch ihre Mitgift aufpolieren konnte.«

»Hast du kein Weib und keine Kinder?«, fragte Landolf weiter.
»Ich hatte ein Weib und einen Sohn. Aber sie sind vor zehn Jahren an der Cholera gestorben.« Auf Thodes Gesicht zuckte es, und Landolf ahnte, dass sein Freund den Tod suchte, um dieser Welt, die so bitter mit ihm verfahren war, zu entkommen.
»Bei Gott, welche Ideale besaßen wir damals in Göttingen!«, fuhr Thode fort. »Erinnerst du dich noch daran?«
Landolf nickte. »Nur zu gut! Um dieser Ideale willen stehen wir hier und fechten einen Kampf aus, in dem es nur ein Ende geben kann.«
»Wir waren damals zu dritt«, fuhr Thode fort, »du, ich und Thomas, nein Walther Tanne.«
»Fichte«, korrigierte Landolf ihn.
»Fichtner! Ja, so hieß er. Weißt du noch, wie ich ihn verspottet habe, weil er von seinem Grafen abhängig war und in Göttingen sogar noch als Student dessen Sohn als Leibdiener aufwarten musste? Inzwischen kann Walther der Verwalter der gräflichen Besitzungen mit einem Gehalt von mehreren tausend Talern im Jahr sein, während ich …« Thode brach ab und sah Landolf an. »Hast du jemals wieder etwas von Walther gehört?«
Landolf schüttelte den Kopf. »Nein! Ich musste kurz nach dir die Universität in Göttingen verlassen, hatte aber das Glück, in Freiburg fertig studieren zu können. Ich bin dann hier in Baden hängengeblieben, zuerst als Hilfslehrer einer Primärschule und später als ordentlich bestallter Lehrer an einem Gymnasium.«
Da die anderen Männer fort waren, vermochte Landolf seinen Sprachfehler wieder zu beherrschen.
»Du sagtest, du hättest Kinder?«, fuhr Thode fort.
Landolf nickte. »Ja, einen Jungen von acht Jahren und ein Mädchen von vier.«

»Und trotzdem hast du von Anfang an den Dreifarb ergriffen und für die Rechte des Volkes gekämpft!« Thodes Stimme klang bewundernd. »Dein Einsatz wäre eines besseren Ergebnisses wert. Stattdessen warten wir hier auf einen Feind, der uns dutzendfach überlegen sein wird.«

»Kannst du mir sagen, weshalb alles so enden musste?«, fragte Landolf seufzend. »Es hat doch so gut begonnen. In allen Teilen unseres Vaterlands neigten die Fürsten das Haupt vor dem Willen des Volkes, und in Frankfurt am Main konnte das erste frei gewählte Parlament zusammentreten.«

Thode verzog den Mund. »So einfach, wie du es sagst, war es nicht. Auch diese Zugeständnisse mussten wir mit Blut erkämpfen!«

»Aber wir hofften auf die Einsicht der Fürsten, dass sie nicht länger gegen den Willen des Volkes regieren können, und auf ein gemeinsames deutsches Vaterland. Es hätte wie England sein können, mit einer konstitutionellen Monarchie und einem Parlament mit zwei Häusern. Waren diese Forderungen denn so abscheulich?«, wollte Landolf wissen.

Sein Freund blickte in Richtung der Stadt, in der noch immer die Kanonen der Preußen ertönten. »Für diese von Gott verfluchten Generäle und Obersten anscheinend ja.«

»In Wien wurde Metternich gestürzt, in Berlin bekundete König Friedrich Wilhelm IV. den Märtyrern der Revolution seinen Respekt. Alles schien gut. Und doch sitzen wir beide jetzt hinter der letzten Barrikade. Warum?«

Mit einem Achselzucken wandte Thode sich um und blickte die Straße entlang. »Wie es aussieht, haben die Preußen den Durchbruch geschafft! Ich sehe die ersten Soldaten herankommen!«

»Warum sind wir gescheitert, Stephan? Warum gelang uns nicht, was den Engländern und den Franzosen gelang, nämlich die Könige und den hohen Adel dazu zu bringen, uns eine Verfassung zu geben und damit die Rechte des Volkes anzuerkennen?«

»Die Engländer haben ihren König Karl I. geköpft, die Franzosen Ludwig XVI. Sie wussten, wie man eine Revolution macht. Nur der deutsche Michel hat sich auf die Versprechungen dieser Wilhelms, Ludwigs und wie sie alle heißen, verlassen. Mit der einen Hand reichten sie uns scheinbar alles, was wir von ihnen forderten, und mit der anderen zogen sie den Säbel, um ihn uns überzuziehen.« Thode lachte bitter auf. »Wir haben uns einlullen lassen, Landolf. Bis wir merkten, welch hinterhältiges Spiel diese Hohenzollern, Zähringer, Wittelsbacher und so weiter mit uns trieben, war es zu spät. In Berlin brach die Revolution unter den Salven dieses verfluchten Wilhelm zusammen, der sogar noch stolz darauf ist, dass man ihn den Kartätschenprinzen nennt. Danach regierten die Bajonette. Hier in Baden haben wir uns am längsten gehalten. Doch wir stehen auf verlorenem Posten!«

Gerade so, als wollten sie seine Worte bestätigen, klangen ganz in der Nähe Gewehrschüsse auf, und eine Kugel schlug in die Barrikade ein. Landolf und Thode duckten sich unwillkürlich und griffen zu ihren Waffen. Als sie vorsichtig nach vorne spähten, entdeckten sie einen Mann, der mit schleppenden Schritten auf sie zukam. Er trug Gehrock und Zylinder, als wollte er zu einem Fest, doch die Jagdflinte in seiner Hand passte nicht zu seiner Kleidung.

Eben schwankte er unter dem Einschlag einer Kugel, die ihn in den Rücken traf.

»Das ist einer der Unsrigen! Wir müssen ihm Feuerschutz geben«, rief Landolf erregt, schätzte die Entfernung zu den Bewaffneten in blauen Waffenröcken, die den Zylinderträger verfolgten, und schoss.

Thode feuerte ebenfalls seine Waffe ab und griff nach einer der Flinten, die von geflohenen Revolutionären zurückgelassen worden waren. Auch Landolf schoss alle Gewehre ab, die er erreichen konnte, und sah erleichtert, dass die Verfolger sich zurückzogen.

»Die haben wohl nicht erwartet, dass ihnen hier noch Kugeln um die Ohren fliegen würden«, meinte er grinsend zu seinem Freund.

Thode lud die abgeschossenen Waffen neu und nickte. »Kümmere du dich um unseren Kameraden! Ich bereite alles vor, damit wir die Knechte der Reaktion auch beim nächsten Mal gebührend empfangen können.«

Unterdessen war der Flüchtling herangekommen, taumelte aber und wäre gestürzt, wenn Landolf ihn nicht rechtzeitig aufgefangen hätte. Mit schmerzverzerrtem Gesicht sah ihn der Verletzte an. »Seid ihr nur noch zu zweit hier?«

»Die anderen haben Fersengeld gegeben«, antwortete Thode harsch. »Wir aber werden die Freiheit bis zum Letzten verteidigen. Ah, da kommen die Schurken wieder!« Er packte die Waffe, die er eben geladen hatte, schlug sie an und schoss. Weiter hinten stürzte einer der Soldaten zu Boden. Obwohl dessen Kameraden das Feuer erwiderten, blieb Thode aufrecht stehen und schoss eine weitere Waffe ab. Plötzlich ließ er diese fallen und sank langsam nieder.

»Wie es aussieht, hat es mich erwischt!«, sagte er mit einem seltsam zufriedenen Gesichtsausdruck.

Landolf schoss aus der Deckung heraus auf die Soldaten. Einer schrie auf, er sei getroffen, und humpelte davon. Nachdem Landolf zwei weitere Flinten abgefeuert hatte, zogen sich auch die anderen zurück, um auf Verstärkung zu warten.

»Wir haben ein paar Minuten herausgeschlagen«, sagte Landolf zu Thode und merkte erst jetzt, dass sein Freund mit seiner Frau und seinem Sohn vereint war. Mit einem schmerzlichen Gefühl schloss er ihm die Augen und lud dann die Waffen neu. Dabei sah er den Verwundeten an, der sich zu ihnen durchgeschlagen hatte. »Wie steht unsere Sache?«

»Es ist vorbei!«, antwortete der Verletzte mit schwacher Stimme. »Die Festung ist gestürmt, und die Preußen rücken in Rastatt ein. Jetzt durchsuchen sie alle Häuser, um jeden aufrechten Patrioten zu fangen. Einige von uns haben sie schon ohne Gericht und Urteil erschossen.«

»Das wird wohl auch unser Schicksal sein«, antwortete Landolf mit einer gewissen Traurigkeit. »Was meinen Sie, soll ich Sie verbinden, damit wir die Barrikade ein wenig länger halten können?«

»Tun Sie das!«, bat der Mann und versuchte, die Knöpfe seines Gehrocks zu öffnen.

Landolf musste ihm dabei helfen und ihm dieses Kleidungsstück ebenso ausziehen wie die Weste. Doch als er das blutdurchtränkte Hemd entfernte, begriff er, dass er dem Mann nicht mehr helfen konnte.

»Sie hat es schlimm erwischt«, sagte er leise. »Eine Kugel steckt in der Lunge, die andere weiter unten im Leib. Schon jede einzelne würde Sie das Leben kosten.«

»Sind Sie Arzt?«, fragte der Verletzte erbleichend.

»Nein, Gymnasiallehrer! Aber ich habe genug über Wunden gelesen, um dieses Urteil fällen zu können. Sie werden noch in dieser Stunde vor unserem himmlischen Richter stehen.«

»Ich hätte auf meinen Bruder hören sollen«, stöhnte der Verletzte. »Es sagte mir, unsere Sache sei verloren und ich solle ins Ausland fliehen. Dazu gab er mir sogar das hier«. Dabei kramte der Mann mit der Linken in seinem Rock und holte

einen gestempelten Pass heraus, bei dem noch der Name fehlte.
»Jetzt ist alles vorbei und verloren!« Die Augen des Verwundeten füllten sich mit Tränen. Gleichzeitig stieß er bei jedem Atemzug einen feinen, roten Nebel aus, der sich auf Kinn und Brust niederschlug.
»Ich sehe Gevatter Tod schon vor mir«, flüsterte er mit ersterbender Stimme. »Gleich ist es so weit. Haben Sie Familie?«
Der Themenwechsel verwirrte Landolf. »Ja, ich habe eine Frau, einen Sohn und eine Tochter.«
»Dann nehmen Sie den Pass, tragen einen Namen ein und verlassen dieses unglückliche Deutschland, das so vielen Menschen Leid gebracht hat. Möge Gott mir diese Tat vergelten und die Strafe für meine Sünden mildern.« Der Verletzte drückte Landolf das Papier in die Hand und sank zurück.
Landolf starrte verwirrt auf den Pass, in dem nur noch der Name eingetragen werden musste, und bewunderte gleichzeitig dessen Besitzer, der dem Kampf um die Freiheit den Vorzug vor schnöder Flucht gegeben hatte.
Da brachten laute Kommandos ihn dazu, über die Barrikade zu spähen. Einige hundert Schritte entfernt machte sich eine ganze Kompanie preußischer Grenadiere bereit, seine Barrikade zu stürmen.
»Eine Kompanie gegen einen Einzigen? Das ist kein gutes Verhältnis«, murmelte Landolf vor sich hin.
Er sah noch einmal den Mann an, der ihm den Pass gegeben hatte. Dessen Kopf war zurückgesunken, und als Landolf ihn an der Schulter fasste, begriff er, dass ein Toter vor ihm lag.
Sein Blick suchte noch einmal die Preußen, dann starrte er zu dem nahen Auwald der Murg hinüber. Nach Baden-Baden,

wo er seine Familie wusste, waren es etwas mehr als zwei deutsche Meilen, vielleicht drei, wenn er Umwege in Kauf nehmen musste. Doch wenn er noch länger wartete, würde er nicht mehr von hier fortkommen.

Es war, als würden seine Beine ihrem eigenen Willen folgen, denn er begann auf einmal zu rennen. Dabei erwartete er jeden Augenblick, Schüsse zu hören und harte Einschläge in seinem Rücken zu spüren. Doch die Preußen wurden eben von ihrem Offizier vergattert, und so sah keiner zur Barrikade hinüber. Als sie kurz darauf mit gefälltem Bajonett vorrückten, blieb alles still, und sie fanden hinter der letzten Barrikade nur zwei Leichen vor.

2.

Bei seiner Flucht rannte Landolf Freihart so schnell und so lange wie niemals zuvor in seinem Leben. Ihm kam zugute, dass er die Gegend durch die vielen Wanderungen kannte, die er zusammen mit seiner Frau und in den letzten Jahren auch mit seinem Sohn unternommen hatte. Immer wieder blickte er über die Schulter nach hinten, konnte aber nirgends die verhassten blauen Waffenröcke der preußischen Soldaten entdecken. Anscheinend hielten sie sich noch in Rastatt auf, um dort nach Patrioten zu suchen.

Als er Baden-Baden erreichte, krümmte Landolf sich vor Seitenstechen, und sein Hemd war unter seinem Rock klitschnass geschwitzt. So darf ich mich von keinem Gendarmen sehen lassen, dachte er und nützte seine Ortskenntnisse aus, um unbemerkt in die Stadt zu gelangen.

Wenig später erreichte er das Haus, in dem seine Wohnung lag,

stieg die Treppe empor und klopfte vorsichtig an die Tür. Es dauerte ein wenig, bis sich jemand meldete.
»Wer ist da?«
Es war seine Frau. Landolf atmete auf und antwortete leise, dass er es sei. Als er eingelassen wurde, bemerkte er am anderen Ende des Flurs eine Bewegung, so als hätte dort jemand die Tür einen Spalt geöffnet, um herauszuspähen. Da er nicht nur Freunde besaß, hieß dies, rasch zu handeln.
»Mein Gott, was ist geschehen? Es ist Blut an dir!«, rief seine Frau erschrocken.
Landolf blickte an sich herab und merkte jetzt erst, dass der blutgeschwängerte Atem des Sterbenden seinen Rock und sein Hemd gefärbt hatten. Rasch zog er beides aus und sah seine Frau mit einem verzweifelten Blick an.
»Es waren die Preußen! Sie haben alle Barrikaden gestürmt und viele wackere Patrioten getötet. Ich war bis zuletzt bei meiner Barrikade, doch als alle anderen gefallen waren, konnte ich nicht mehr bleiben. Ein Sterbender gab mir dies hier. Er hat es von seinem Bruder erhalten, der ein hoher Beamter des Großherzogs sein muss.«
Mit diesen Worten zog Landolf den Blankopass heraus. Da er ihn unter seinen Rock gesteckt hatte, überkam ihn einen Augenblick lang die Angst, dieser könnte ebenfalls blutverschmiert sein. Doch als er ihn auf den Tisch legte, glänzte das Blatt jungfräulich weiß.
»Was ist das?«, fragte seine Frau verwundert.
»Ein gestempelter Pass! Ich muss nur noch den Namen eintragen, unter dem wir fliehen werden. Reich mir Feder und Tinte, meine Liebe. Von dem, was ich jetzt tue, hängt mein Leben und unser aller Schicksal ab.«
Während seine Frau das Schreibzeug holte, wusch Landolf das Gesicht, Arme und Oberkörper und überlegte dabei, welchen

Namen er wählen sollte. Sein eigener ging nicht, denn der würde bereits jetzt auf jeder Fahndungsliste stehen. Als er schließlich die Feder in die Hand nahm, wollte er bereits Walther Fichtner eintragen, nach seinem Freund aus alten Studienzeiten. Dann aber entschloss er sich, beim Vornamen das H wegzulassen und machte aus Fichtner eine Fichte.

Als schließlich der Name Walter Fichte, eine erfundene Adresse in Karlsruhe und sein Geburtstag in dem Pass standen, erweiterte er diesen auf seine Ehefrau und die beiden Kinder. Damit, so sagte er sich, konnten sie die Flucht wagen. Allerdings mussten sie schnell sein.

Mit diesem Gedanken zog er das Hemd an, das seine Frau ihm reichte, sah, dass diese bereits zwei Reisetaschen gepackt hatte, und fühlte sich beschämt. Während er über einem falschen Namen gebrütet hatte, hatte sie alles vorbereitet, damit sie das Haus verlassen konnten. Gerade zog sie der vierjährigen Wigburg ein Kleid an, das für die Strapazen einer langen Reise geeignet war. Der achtjährige Meinrad tat dies selbst, brauchte aber jemanden, der ihm die Schuhe schnürte.

Landolf half ihm und sah ihn durchdringend an. »Du bist doch schon ein kluger Junge, nicht wahr, Meini?«, fragte er und erhielt ein Nicken zur Antwort.

»Wir müssen jetzt alle sehr schnell fort, und es darf keiner wissen, wer wir sind. Wenn dich also jemand fragt, wie du heißt, dann antworte Meinrad Fichte. Fichte wie der Baum, verstehst du?« Am liebsten hätte Landolf dem Jungen auch einen anderen Vornamen gegeben, doch das wagte er nicht. Der falsche Familienname war schon schwierig genug für den Jungen.

»Also, wie heißt du?«, fragte er.

»Meinrad Fichte«, sagte der Junge.

»Sehr gut! Vergiss es nicht wieder!« Landolf tätschelte die

Wange seines Sohnes und wandte sich seiner Frau zu. »Wir dürfen nichts mitnehmen, was uns verraten kann, keine Briefe, keine Notizen, rein gar nichts!«
Herlind Freihart nickte mit ängstlicher Miene. »Was willst du tun, Landolf?«
»Erst einmal den Staub dieses Landes von den Füßen schütteln. Lass uns zur Poststation gehen. Wir nehmen die erste Kutsche, die diese Stadt verlässt.«
Landolf hatte noch keine Idee, wohin ihr Weg führen sollte. Da fiel ihm Stephan Thodes Wunsch ein, nach Amerika auszuwandern. Auch sein ehemaliger Studienkollege Walther Fichtner hatte davon gesprochen, dass die Neue Welt sein Ziel sei, sobald er genug Geld für die Reise gespart habe. Dieser Gedanke nistete sich in seinem Kopf ein. Davon aber würde er seiner Frau und den Kindern erst erzählen, wenn sie Deutschland hinter sich gelassen hatten.
Landolf trat noch einmal in das eheliche Schlafzimmer und zog aus dem hintersten Winkel eines Schubladenschranks einen prall gefüllten Geldbeutel heraus. Da er sowohl den Banken wie auch allen Banknoten misstraut hatte, bestanden seine Ersparnisse aus Gold- und Silbermünzen. Nun war er froh um seine Umsicht, denn dieses Geld konnte er überall auf der Welt eintauschen.
Er steckte den Beutel ein, atmete noch einmal tief durch und trat dann mit beiden Reisetaschen in der Hand auf den Flur. Wie bei seinem Kommen hatte er den Eindruck, als würde ihn jemand aus der anderen Wohnung heraus beobachten. Das hieß für ihn, die Stadt so rasch wie möglich zu verlassen, denn von dieser Stunde an musste er mit Verrat und Verhaftung rechnen.
Während er mit entschlossener Miene aus dem Haus trat, ohne sich noch einmal umzudrehen, rannen seiner Frau bei dem Ge-

danken an all das, was sie zurücklassen mussten, die Tränen über die Wangen. Auch die kleine Wigburg wirkte gedrückt. Meinrad hingegen stapfte tapfer hinter seinem Vater her und wiederholte in Gedanken immer wieder den Namen, den er von nun an Fremden nennen sollte. »Meinrad Fichte, Meinrad Fichte, Meinrad ...«

Er brach ab und beschloss, das Meinrad auf Meini abzukürzen. Wie er seinen Vater verstanden hatte, war es wichtig, dass niemand sie erkannte. Dies wunderte ihn, denn hier in Baden-Baden wusste jeder, wer sie waren. Aber er wollte alles tun, was der Vater von ihm verlangte.

Das Problem, mit dem sein Sohn sich beschäftigte, sah auch Landolf auf sich zukommen. Es gab zu viele, die wussten, wer er war, und einige von ihnen würden es mitbekommen, wenn er in die Postkutsche stieg. Mit Sicherheit würde der eine oder andere ihn verraten, um sich bei den preußischen Besatzern beliebt zu machen. Daher entschloss er sich, nicht hier in Baden-Baden abzufahren, sondern in dem Dorf Ötigheim. Dort kannten ihn nur wenige, und keiner von ihnen hatte mit der Postkutschenstation zu tun.

Wigburg maulte, als sie die Stadt durch eine schmale Gasse verließen, die zu ihrem Glück nicht vom Militär abgesperrt worden war, und über die Felder in Richtung Ötigheim gingen. Schließlich nahm Herlind ihre Tochter auf den Arm und trug sie ein Stück. Meinrad hielt sich tapfer an der Seite seines Vaters und sagte sich, dass etwas wirklich Schlimmes passiert sein musste, sonst würden sie nicht jetzt, da es bereits auf den Abend zuging, von zu Hause fortgehen. Er hatte seine Eltern bereits auf längeren Wanderungen begleitet, so machte ihm der Weg bis Ötigheim nicht viel aus.

Doch schon am Ortseingang stießen sie auf erste Schwierigkeiten. Ein preußischer Militärposten war dort aufgezogen,

und der Korporal, der die Männer befehligte, sah ihnen misstrauisch entgegen. Da es unmöglich war, mit Frau und Kindern zu entkommen, ging Landolf einfach weiter.
»Nur Mut!«, raunte er Herlind zu, die die Kleine hochhob, um ihr erschrockenes Gesicht hinter dem Kind zu verbergen.
»Halt, stehen bleiben!«, brüllte der Preuße, als Landolf und seine Familie den Posten erreicht hatten.
Alle drei hielten an. »Guten Tag!«, grüßte Landolf. »Was ist denn hier los? Letzte Woche waren hier noch keine Soldaten.«
»Aber dafür Aufrührer und Rebellen, was?«, fragte der Korporal höhnisch.
Landolf schüttelte den Kopf. »Als wir am letzten Sonntag hier beim Winzer Wein getrunken haben, haben wir keinen gesehen. Da waren nur die Leute, die immer da waren.«
Während er es sagte, schwitzte er Blut und Wasser. Was war, wenn der Preuße darauf bestand, den Winzer als Zeugen zu vernehmen? Zwar hatte er früher öfter bei ihm ein Glas Wein getrunken, war aber seit Wochen nicht mehr dort gewesen. Wenn dies aufkam, war er verdächtig.
»Wo willst du hin?«, fragte der Korporal weiter, als stünde ein lumpiger Rekrut vor ihm.
»Zur Postkutschenstation«, antwortete Landolf wahrheitsgemäß.
»Dann soll sich der Herr Kommissär um euch kümmern. Passieren lassen!« Das Letzte galt den beiden Soldaten, die nun ihre Gewehre senkten.
Obwohl man ihnen den Weg freigegeben hatte, wagte Landolf nicht, aufzuatmen. Wie es aussah, würde er ein weiteres Mal Rede und Antwort stehen müssen, und das einem Mann, der die Verantwortung nicht auf andere schieben würde.

»Besten Dank!«, sagte er zu dem Korporal und ging weiter. Herlind folgte ihm so rasch, als hätte sie Angst, selbst verhaftet zu werden, während Meinrad noch einen Augenblick stehen blieb. »Sie tragen eine schmucke Uniform, Herr Offizier. Wenn ich groß bin, werde ich auch Soldat!«
Der Korporal lächelte geschmeichelt und tätschelte Meinrad die Schulter. »So ist es recht, mein Junge. Preußen und die anderen Staaten brauchen tapfere Soldaten, damit solche Aufwiegler wie Gustav Struve und Lorenz Brentano sich kein zweites Mal gegen die von Gott gegebene Ordnung erheben können.«
»Danke!« Mit einem scheinbar fröhlichen Lächeln eilte Meinrad hinter seinen Eltern her und erreichte sie kurz vor der Poststation.

3.

Die Zahl der Soldaten, die dort Posten bezogen hatten, erschreckte Landolf, und er fragte sich, ob er nicht doch besser das Wagnis hätte eingehen sollen, in Baden-Baden eine Passage zu suchen. Dann wurde ihm klar, dass in der Stadt wahrscheinlich noch mehr Militär zu finden war als in diesem kleinen Ort, und schritt mit beherrschter Miene auf die Poststation zu.
Seine Frau hatte sich wieder in der Gewalt und rang sich ein Lächeln ab, während Meinrad wie ein kleiner Springinsfeld an den Soldaten vorbeihopste und sie mit großen Augen betrachtete.
Landolf blickte sich um und sah eine Postkutsche, deren Fahrgäste eben einstiegen. Ein Beamter in Uniform stand dabei und

kontrollierte ihre Pässe. Dann reichte er diese zurück und gab dem Kutscher das Zeichen abzufahren.
»Wegen diesem ganzen Kladderadatsch bin ich eh schon eine Stunde zu spät dran«, schimpfte der Kutscher, während er seine Peitsche schwang.
Der Beamte trat einen Schritt zurück, um nicht versehentlich getroffen zu werden, und verzog höhnisch das Gesicht. »Sei froh, dass du überhaupt noch fahren kannst! Wenn es nach mir ginge, wäre der ganze Postbetrieb in Baden eingestellt worden, bis wir den letzten Aufrührer gefangen und seiner gerechten Strafe zugeführt haben.«
Er erhielt keine Antwort mehr, denn die Kutsche rollte zum Tor der Poststation hinaus und war kurz darauf nicht mehr zu sehen.
»Verzeihen Sie, wohin fährt diese Kutsche? Nicht dass es die ist, die wir hätten nehmen müssen«, wandte Landolf sich an den Mann.
Der Beamte musterte ihn mit einem strengen Blick. »Sie wissen, dass jeder, der in dieser Zeit eine Reise antritt, verdächtig ist, zu den Schurken zu gehören, die sich gegen ihren von Gott gegebenen Fürsten erhoben haben?«
»Das wusste ich nicht«, antwortete Landolf scheinbar verwundert.
»Dann kommen Sie mal mit. Wenn Ihr Name auf meiner Liste steht, bekommen Sie sogar eine Freifahrt, und zwar ins nächste Zuchthaus!« Der Beamte lachte bellend und wies Landolf und dessen Familie an, ihm in das Innere der Poststation zu folgen.
»Es ist unsere Pflicht, alle Aufrührer ausfindig zu machen und zu fangen! Und nun geben Sie mir Ihren Pass«, sagte er in der Stube, die er für sich reklamiert hatte, und streckte fordernd die Hand aus.

Landolf war nicht ganz wohl, als er dem Mann seinen Pass übergab. Was war, wenn er irgendetwas vergessen hatte?

»Sie heißen?« Die Frage kam wie aus der Pistole geschossen.

»Walter Fichte«, gab Landolf zurück.

»Ihre Frau heißt Herlind?«

Während Landolf nickte, platzte Meinrad heraus. »Und ich bin Meini Fichte!«

»Meini, bitte!«, tadelte Herlind ihren Sohn.

»Ihr Gepäck!« Der Uniformierte deutete gebieterisch auf einen Tisch, auf den Landolf daraufhin seine Reisetaschen stellte.

Der Beamte rief einen seiner Untergebenen herein. »Schuster, sehen Sie nach, ob diese Reisenden verdächtiges Material bei sich führen. Ich prüfe unterdessen, ob der Herr hier zur Fahndung ansteht!«

»Sehr wohl, Herr Kommissär. Aber was soll ich mit den Reisenden machen, die nach Straßburg reisen wollen?«, antwortete der Mann, während er zur Tür hereinkam.

»Lass sie fahren. Sie werden an den Grenzen noch einmal überprüft. An der zu Frankreich ganz besonders!« Der Beamte verschwand, dafür öffnete sein Untergebener die Reisetaschen und wühlte in den darin verstauten Kleidungsstücken herum. Doch außer einer Bibel fand er nichts. Etwas enttäuscht ließ er die Sachen auf dem Tisch liegen und sah Landolf an.

»Sie können die Taschen wieder einräumen.«

»Das übernehme ich. Mein Lieber, hältst du derweil Wigburg?« Ohne auf eine Antwort zu warten, drückte Herlind ihrem Mann die Tochter in die Arme und nahm die Gelegenheit wahr, ihr Gepäck etwas sorgfältiger einzupacken als in Baden-Baden, wo sie viel zu nervös dazu gewesen war.

Während dieses kurzen Wortwechsels kehrte der Kommissär

zurück. Er musterte Landolf kurz, blickte dann wieder in seine Liste und murmelte etwas, das wie »dieser Fichte kann es nicht sein« klang. Damit nicht zufrieden, trat er zu einem Schrank und holte einen Packen Steckbriefe heraus, die durch ein Schild aus Pappe mit dem Buchstaben F gekennzeichnet waren. Auch hier ging er mit aller Gründlichkeit vor und las dabei einige der Namen leise mit.

Landolf hörte »Feurich, Feyen, Fichte, noch mal Fichte, Fichtner« und hoffte, dass kein Walter Fichte mit seinem Signalement steckbrieflich gesucht wurde.

Schließlich legte der Beamte einen Teil des Packens beiseite. Als Landolf einen Blick darauf werfen konnte, las dieser unwillkürlich den obersten Steckbrief und glaubte, seinen Augen nicht trauen zu können.

»Walther Fichtner samt Eheweib Gisela, geborene Fürnagl, gesucht wegen Raubmords« stand da!

Sollte es wirklich der Walther Fichtner sein, den er in seiner Studienzeit in Göttingen kennengelernt hatte?, fragte Landolf sich. Das konnte er sich nicht vorstellen. Ihm war Walther immer als sehr besonnen und sogar etwas zögerlich erschienen. Auf jeden Fall war sein ehemaliger Studienkollege nicht der Mann, der einen Raubmord begehen würde. Sein in Rastatt gefallener Freund Stephan Thode hatte Walther sogar als argen Bedenkenträger verspottet. Und doch stand hier, dass Walther Fichtner und seine Frau den Grafen Diebold von Renitz ermordet und beraubt haben sollten.

Renitz war der Name dieses unsäglichen Grafensohnes gewesen, der mit Walther zusammen studiert und ihn wie seinen Lakaien behandelt hatte. Was mochte sich noch alles zwischen den beiden Männern zugetragen haben?, fragte Landolf sich. Eine Antwort darauf würde er wohl nie erhalten, denn er konnte feststellen, dass man den Steckbrief bereits vor zwan-

zig Jahren ausgestellt hatte. Es verriet ihm aber auch, dass man in diesen Landen niemanden vergaß, der den preußischen Behörden jemals aufgefallen war.
Ein Grund mehr, dieses Deutschland zu verlassen, dachte er und hätte beinahe die Frage des Kommissärs überhört.
»Wohin wollen Sie reisen?«
Eigentlich hatte Landolf vorgehabt, Baden auf dem schnellsten Weg zu verlassen, und der führte nach Frankreich. Doch der Bemerkung zufolge, die er vorhin aufgeschnappt hatte, wurden Reisende an jener Grenze besonders scharf überprüft. Er musste daher ein anderes Ziel nennen.
»Nach Basel«, erklärte er nach einem fast zu langen Zögern.
»Basel?« Der Beamte wurde nun doch misstrauisch.
Meinrad bemerkte es und nickte eifrig. »Wir wollen meine Oma besuchen!«
Landolf hätte seinen Sohn küssen können, denn dessen schlagfertige Antwort beseitigte den Argwohn des Kommissärs wenigstens zu einem Teil.
»Ich werde in Ihrem Pass eintragen, dass Sie die badische Grenze bei Basel überqueren werden. Die Kutsche dorthin wird bald ankommen. In der Zwischenzeit können Sie in der Poststation noch eine kleine Erfrischung zu sich nehmen. Hier, Ihr Pass!«
»Danke!« Zu sehr wagte Landolf nicht aufzuatmen, um sich nicht selbst verdächtig zu machen. Er steckte seinen Pass ein, fasste beide Reisetaschen und sah sich zu seiner Frau um.
»Komm, meine Liebe! Das war eben ein sehr guter Rat, denn ich hätte nichts gegen einen Krug Bier und ein Wurstbrot einzuwenden.«
Noch während er es sagte, wurde Landolf fast schlecht vor Hunger, und er erinnerte sich daran, dass er seit mindestens vierundzwanzig Stunden nichts mehr gegessen hatte.

Herlind und die Kinder hatten nur gefrühstückt, und so rief Wigburg, dass sie ebenfalls Hunger habe.
»Vielleicht gibt es hier die Würstchen, die wir letztens beim Winzer bekommen haben«, sagte Meinrad und leckte sich die Lippen.
Da der Kommissär neue Reisende auf die Poststation zukommen sah, scheuchte er Landolf und dessen Familie aus dem Zimmer und schritt mit gewichtiger Miene auf die drei Männer zu, die eben die Poststation betraten.
Beklommen betraten Landolf und die Seinen den Gasthof, der zur Poststation gehörte, und als sie an einem Tisch saßen, sah er sich seinen Pass an. Der Eintrag war eindeutig. Wenn er versuchte, Baden an einer anderen Stelle zu verlassen als an der Grenze zu Basel, würde man ihn als flüchtigen Revolutionär ansehen und verhaften. Damit stand ihnen nur der Weg in die Schweiz offen.

4.

Mehrere Schnitten Brot, einige Scheiben von der guten Leberwurst, die der Posthalter zu machen verstand, und ein Krug Bier kräftigten Landolfs Nerven so weit, dass er mit ruhiger Miene in die Postkutsche einsteigen konnte, die ihn samt Frau und Kindern in die Schweiz bringen würde.
Die Reisenden, die direkt nach ihm gekommen waren, befanden sich immer noch in dem Raum, in dem sie überprüft wurden. Als die Kutsche anrollte, hörte Landolf eine laute Stimme im Befehlston, woraufhin mehrere Soldaten mit vorgehaltenen Gewehren in die Poststation eilten. Wie es aussah, standen die Namen der Fremden auf der Liste des Kommissärs.

Landolf schämte sich wegen des Blankopasses, den er von einem unbekannten Kameraden erhalten hatte. Mit diesem Papier war es ihm gelungen, diese Kutsche unter falschem Namen zu besteigen. Andere hatten weniger Glück und würden in den Kerkern der Reaktion vergebens darauf hoffen, milde Richter vorzufinden.

Ein Blick auf seine Frau, die nur mühsam die Tränen zurückhielt, und auf seine Kinder beseitigte seine Skrupel. Er war es ihnen schuldig, dass sie in Freiheit und Sicherheit leben konnten. Für die anderen, die nicht hatten entkommen können, würde er beten. Bei dem Gedanken fiel ihm ein, dass auch er noch nicht in Sicherheit war. Um bei Basel über die Grenze zu gelangen, mussten sie halb Baden durchqueren, und das würde Tage dauern.

Am schlimmsten fand Landolf jedoch, dass sie ins Ungewisse hinein flohen. Er hatte sich nie für Amerika interessiert und wusste daher nicht, wie sie dorthin kommen sollten. Aber in Europa konnten sie nicht bleiben. Die Schweiz erschien ihm zu unsicher, da er den Preußen zutraute, auch dort einzumarschieren, Österreich-Ungarn wurde von demselben reaktionären Ungeist regiert wie die meisten deutschen Länder, und nach Frankreich lockte ihn wenig, da er die Sprache dort nicht verstand und daher kein Auskommen in diesem Land finden würde, mit dem er sich und seine Familie ernähren konnte.

Uns bleibt wirklich nur Amerika, dachte er seufzend. Er würde also das Wagnis eingehen, mit Herlind und den Kindern ein Schiff zu besteigen, das ihn dorthin brachte. Wenigstens beherrschte er die englische Sprache gut genug, um dort einen neuen Anfang wagen zu können.

»So machen wir es!«, rief er aus und sah sofort die Augen seiner Frau und der Kinder auf sich gerichtet.

»Was ist, mein lieber Mann?«, fragte Herlind besorgt.
»Ach, nichts!« Landolfs Lächeln zeigte den anderen, dass da doch etwas war. Sie begriffen aber auch, dass er nicht hier in der Kutsche darüber reden durfte, weil sich außer ihnen drei weitere Personen darin befanden. Diese Passagiere waren den Bemerkungen nach, die sie untereinander austauschten, ganz gewiss keine Freunde der geschlagenen Revolutionäre.
Einer der Männer wandte sich schließlich an Landolf. »Sie sind gewiss auch dankbar, dass das preußische und württembergische Militär mit diesen Lumpenhunden aufgeräumt hat, die unseren geliebten Großherzog Leopold vertrieben haben?«
»Ja, allerdings!«, antwortete Landolf. »Mich stört nur, dass Seine Königliche Hoheit, Großherzog Leopold, mit einer preußischen Uniform bekleidet nach Baden zurückgekehrt ist. Er hätte es in der Uniform des Oberbefehlshabers der badischen Truppen tun sollen.«
»Gemach, gemach!«, wandte da der zweite Mann ein. »Seine Königliche Hoheit hat damit nur seinen Dank an das Königreich Preußen bekundet, ohne dessen Hilfe er die Herrschaft über unser Land an diese Schurken ohne Ehre und Gewissen verloren hätte.«
»Außerdem«, fügte der dritte hinzu, »ist es mir immer noch lieber, er ist in einer preußischen Uniform zurückgekehrt als in einer württembergischen.«
»Da gebe ich Ihnen vollkommen recht!« Landolf wurde das Gespräch etwas zu heikel, und so war er froh, dass die drei, die einander wohl kannten, ihn nur noch gelegentlich mit einbezogen. Dafür spürte er die unausgesprochenen Fragen seiner Frau und der Kinder. Doch eine Antwort darauf musste warten, bis sie einen Ort erreichten, an dem nicht ein falsches Wort ihr Verhängnis nach sich ziehen konnte.

Während der weiteren Fahrt kämpfte Landolf gegen die Versuchung an, die Expresspost zu nehmen und auch die Nächte durchzufahren. Doch für eine Familie, die nur eine Verwandte besuchen wollte, wäre dies zu auffällig gewesen. Außerdem wurden deren Passagiere gewiss besonders streng kontrolliert und Verdächtige sofort standrechtlich erschossen.

Bei der ersten Übernachtung konnte er nicht nur wegen der feuchten Betten kaum schlafen und war am nächsten Morgen so müde, dass er in der Kutsche immer wieder gegen den Schlaf ankämpfte. Gegen Mittag verließen die drei anderen Passagiere die Kutsche. Dafür stieg eine Familie mit Kindermädchen und vier Kindern ein, so dass es sehr eng wurde. Herlind hatte ihre Tochter schon während der bisherigen Fahrt zumeist auf dem Schoß gehalten. Nun musste Landolf auch Meinrad auf den Schoß nehmen, damit das älteste Mädchen der neuen Fahrgäste Platz fand. Deren Mutter und das Kindermädchen kümmerten sich um die drei anderen Kinder, während der Familienvater die beiden mit seiner wuchtigen Gestalt in die Ecken drückte. Zu Landolfs Erleichterung war der Mann nicht besonders redselig und begnügte sich mit ein paar Bemerkungen, in denen er anklingen ließ, ein wohlhabender Kaufmann zu sein. Für die Revolution und die Revolutionäre hatte er ebenfalls nichts übrig, da sie seinen Worten nach den Handel im Land gestört hätten. Die Familie blieb nur einen Tag in der Kutsche und stieg bei Freiburg aus.

Landolf und seine Familie fuhren weiter. Gelegentlich wurde die Kutsche angehalten, und die Passagiere wurden überprüft, doch der selbst ausgestellte Pass erfüllte seinen Zweck. Landolf hatte sich darin in weiser Voraussicht weder als preußischer noch als Badener Untertan eingetragen. Dennoch erfasste ihn jedes Mal die Angst, irgendjemand könnte ihn erkennen. Seine Frau blieb schweigsam, und Wigburg hielt ebenfalls, wie von der Mutter gebeten, den Mund. Mit Verwunderung bemerkte Landolf, dass Meinrad sich besser schlug als er. Für einen achtjährigen Jungen war dies beachtlich, brachte er doch mit seinen Bemerkungen und seiner offen zur Schau gestellten Bewunderung für die Uniformen und Waffen der Soldaten und Gendarmen diese immer wieder dazu, sich mehr mit ihm zu beschäftigen als mit dem Vater.

Als nach schier endlosen Meilen die Kutsche zum letzten Mal auf Badener Boden anhielt und sie das Zollhaus von Basel vor sich sahen, befahl Landolf sich selbst, sich zusammenzunehmen und keine Unruhe zu zeigen. Das war auch notwendig, denn der Badener Zöllner, der sie kontrollierte, fragte barsch nach der Adresse in Basel, an der die Großmutter lebte, die sie besuchen wollten. Landolf brachte es sogar fertig zu lächeln und nannte dem Beamten eine der Straßen, durch die er bei einer Reise vor mehreren Jahren gekommen war. Kurz darauf erhielt er seinen Pass zurück und durfte wieder einsteigen. Als die Kutsche nach kurzer Fahrt das nächste Mal hielt, sah er Zöllner in Schweizer Uniformen vor sich.

»Alle aussteigen!«, befahl der Offizier mit starkem Dialekt.

Landolf, seine Familie und die restlichen Reisenden gehorchten und sahen sich misstrauischen Blicken ausgesetzt.

»Mitkommen!«, erklang es barsch.

Von den Reisetaschen behindert, stolperte Landolf in ein kleines Gebäude mit dem Wappen des Kantons Basel und wurde dabei von den anderen Passagieren überholt. Er musste sich hinter diesen anstellen und sah zu, wie die Zöllner deren Koffer und Reisetaschen genau durchsuchten. Dabei bekam er mit, wie streng der Offizier die Reisenden verhörte. Er schien alles über den Zweck ihrer Reise wissen zu wollen und stellte auch Fragen, die deren Herkunft und ihre politische Tätigkeit in den letzten Monaten betraf.

»Unruhestifter und Störenfriede«, fuhr der Offizier fort, »können wir hier keine brauchen. Es sind schon zu viele davon über die Grenze gekommen. Haben Sie Geld?«

Jeder der Reisenden zog seine Brieftasche oder Geldbörse und wies sie vor. Auch Landolf tat es und erntete ein zufriedenes Nicken.

»Bettler und Hausierer werden ebenfalls über die Kantonsgrenzen expediert«, fuhr der Offizier fort, während er die Pässe kontrollierte und schließlich abstempelte.

»Haben die Herrschaften zu verzollende Ware dabei?«, fragte er seine Untergebenen.

Einer der Zöllner wies auf den großen Koffer eines Reisenden. »Der Herr hier hat Sachen dabei, die er als Warenmuster bezeichnet. Es sind aber zu viele der gleichen Sorte, das ist verdächtig. Die anderen Herrschaften haben keine Ware zu verzollen.«

»Sie können weiterreisen! Der Herr hier hingegen wird sich erklären müssen«, sagte der Offizier und reichte den anderen, darunter auch Landolf, ihre Pässe zurück.

Anders als bei ihrer Abreise in Ötigheim verstauten die Schweizer Zöllner das Gepäck wieder ordentlich in den Koffern und Reisetaschen. Daher konnte Landolf seine beiden Taschen nehmen und gelangte als Erster ins Freie. Kurz darauf saß er mit seiner Familie wieder in der Kutsche. Drei weitere Passagiere folgten ihnen, während der vierte den Stimmen nach, die sie hörten, ein lautstarkes Rededuell mit dem Zolloffizier ausfocht.

Der Kutscher sah auf seine Taschenuhr und zuckte dann mit

den Schultern. »Der Herr da drinnen wird wohl die nächste Kutsche nehmen müssen, denn ich muss weiter, wenn ich meinen Fahrplan einhalten will!« Nach diesen Worten schwang er seine Peitsche, und die Postkutsche rollte an.

Erst jetzt begriff Landolf so richtig, dass ihre Flucht gelungen war. Sie hatten Baden und damit alle Verfolger hinter sich gelassen. Wenig später überquerte die Kutsche den Rhein, und als sie schließlich an der Poststation anhielt, stieg Landolf aus und atmete tief durch.

»So, Kinder, fühlt sich der Atem der Freiheit an«, sagte er zu Meinrad und Wigburg und sah dann seine Frau an. »Du bist das tapferste und liebste Eheweib, das ich mir vorstellen kann!«

Um Herlinds Lippen spielte ein erleichtertes Lächeln. »Im Augenblick bin ich das hungrigste Eheweib, das du dir vorstellen kannst, mein Lieber!«

»Dagegen, glaube ich, kann man leicht etwas tun«, antwortete Landolf und wies mit dem Kinn auf den Gasthof, der zur Poststation gehörte.

5.

Trotz der gelungenen Flucht zwang Landolf sich, nicht übermütig zu werden. Außerdem schuldete er seiner Frau eine Erklärung, wie es weitergehen sollte. Dies aber fiel ihm nicht gerade leicht. Herlind war in Baden-Baden geboren und hatte die fünfunddreißig Jahre ihres bisherigen Lebens dort verbracht. Für sie war bereits Basel fremd, und sie tat sich schwer, den eigenartigen Dialekt zu verstehen, den die Menschen in dieser Stadt sprachen. Ihr nun zu sagen, dass dies erst der Anfang einer Reise sein würde, die auch noch über den Ozean führen würde, wagte er zunächst nicht.

Sie blieben erst einmal in der Poststation und nahmen ein Zimmer für zwei Nächte. Landolf wollte seiner Frau und seinen Kindern einen Tag Erholung gönnen, benötigte aber auch Zeit, um über seine Lage nachdenken zu können. Einen Augenblick lang überlegte er, ob er nicht doch in der Schweiz bleiben sollte. Doch sobald ihn jemand erkannte und seinen richtigen Namen preisgab, würde man ihn als Unruhestifter und Störenfried ansehen, den es über die Kantonsgrenzen zu expedieren galt, wie der Zolloffizier es ausgedrückt hatte.

Als die Nacht hereinbrach, war Landolf noch immer zu keinem Ergebnis gekommen. Er stieg mit seiner Frau nach oben zu dem Zimmer, das ihnen und den Kindern zugewiesen worden war. Wigburg und Meinrad schliefen bereits, und so stellten sie die Lampe so hin, dass die Kinder davon nicht wach wurden.

Mit bedrückter Miene fasste Herlind nach Landolfs Hand. »Es ist schlimm, dass wir die Heimat verlassen mussten, ohne dass wir uns von unseren Freunden und Verwandten verabschieden konnten.«

Landolf wusste, wie sehr sie an ihrer Familie hing, und bewunderte sie umso mehr, weil sie ihm ohne Bedenken gefolgt war.

»Ja, es ist schrecklich!«, stimmte er ihr leise zu. »Sobald wir die Gelegenheit finden, werden wir ihnen schreiben.«

»Das können wir doch morgen tun«, schlug seine Frau vor.

Nachdenklich schüttelte Landolf den Kopf. »Basel liegt mir noch zu nahe an Baden. Ich würde gerne von einer ferneren Stadt aus schreiben.«

»Du willst noch weiter reisen?« Herlind klang erschrocken.

»Wollen?«, antwortete Landolf mit einem leisen Auflachen. »Wenn es dem Wollen nach ginge, säßen wir beide noch in Baden-Baden und würden glücklich miteinander leben. Doch das ist unmöglich. Auf meinen Kopf ist mit Sicherheit ein Preis ausgesetzt, und wir sind noch so nahe an der Heimat, dass mich jemand erkennen und versuchen könnte, sich dieses Blutgeld zu verdienen.«
Er sah seine Frau ängstlich an, denn er erwartete Vorwürfe, weil er sich den Revolutionären angeschlossen hatte.
Doch Herlind spürte seine Verzweiflung und legte die Arme um ihn. »Weißt du noch, was ich bei unserer Trauung geschworen habe? Wo du hingehst, will auch ich hingehen! Jetzt ist die Zeit dafür gekommen.«
Landolf sah die Tränen, die ihr in die Augen stiegen, und küsste sie weg. »Ich liebe dich, Herlind! Ich habe dich immer geliebt«, flüsterte er und zog sie so fest an sich, dass sie kaum mehr Luft bekam.
Sie nahm seine innere Zerrissenheit wahr und begriff, dass er sie niemals so sehr gebraucht hatte wie in dieser Stunde. Nach einem Blick auf die schlafenden Kinder löste sie sich ein wenig aus seinen Armen und strich ihm über die Stirn.
»Wenn wir leise sind, können wir eins sein mit unserer Liebe! Es wird dir guttun, mein Geliebter, und dir zeigen, wie sehr ich dir vertraue.«
Während ihrer Flucht war Landolf keinen Augenblick lang auf den Gedanken gekommen, sich bei seiner Frau als Ehemann zu beweisen, und ihn wunderte, dass sie sich ihm ausgerechnet jetzt anbot. Dann aber fühlte er, wie seine Sehnsucht nach ihr wuchs.
»Nur zu gerne«, flüsterte er ihr ins Ohr. »Allerdings werden wir wirklich leise sein müssen, damit die Kleinen nicht aufwachen.«

Schweigend zog Herlind sich aus. Als sie nur noch im Hemd im Raum stand, drehte sie die Lampe so, dass diese das Bett nicht mehr erhellte. Dann sah sie ihren Mann mit einem auffordernden Lächeln an.

»Du solltest dich auch entkleiden, mein Lieber. Oder willst du in Rock, Hosen und Schuhen zu Bett gehen? Es wäre etwas hinderlich bei dem, was wir vorhaben, würde ich behaupten.«

Ihre Worte lösten Landolfs Erstarrung. Kurz darauf stand er nackt vor ihr.

Herlinds Augenbrauen wanderten etwas nach oben. »Willst du nicht dein Nachthemd anziehen?«

»Nein!«, antwortete er. »Und ich möchte dich bitten, auch das deine abzulegen. Ich will dich an mir fühlen, so wie Gott uns beide geschaffen hat.«

Herlind hielt die Forderung für frivol, denn in ihrer Ehe hatte es ihnen bisher gereicht, ihre Nachthemden zu schürzen. Aber sie gab nach und zog ihr Hemd über den Kopf. Dabei wandte sie ihrem Mann die Kehrseite zu. Doch allein der Schwung ihrer Hüften und ihres Gesäßes entflammte seine Lust, und er konnte es kaum erwarten, bis sie sich hingelegt hatte. Mit gepressten Atemzügen folgte er ihr ins Bett.

»Sei bitte leiser«, bat Herlind. »Ich will nicht, dass Meini und Burgi erwachen und uns so sehen.«

»Verzeih!« Landolf zügelte sich etwas und streichelte ihr über die Brüste. Bisher hatte er sie nur gesehen, wenn sie die Kinder gestillt hatte. Doch als er sie jetzt mit seinen Händen berührte, war es für ihn wie ein Geschenk von ihr.

»Du bist so wunderschön!«, flüsterte er ihr ins Ohr und glitt zwischen ihre gespreizten Schenkel.

»Das sagst du, obwohl du mich gar nicht sehen kannst«, neckte sie ihn und spürte, wie etwas gegen eine empfindliche Stelle ihres Körpers drückte und langsam in sie eindrang. Nun war sie es, die ein Keuchen unterdrücken musste. Irgendwie fühlte es sich, da sie seinen nackten Leib an dem ihren spürte, doch etwas anders an als früher. Es hatte ihr zwar immer gefallen, sich mit ihm zu vereinen, doch nun empfand sie es beinahe wie einen Rausch und gab sich ganz seinen sanften Bewegungen hin.

Als sie einige Zeit später immer noch nackt nebeneinanderlagen, näherte sie ihren Mund seinem Ohr. »Vielleicht sollten wir es in Zukunft immer so tun und die dummen Nachthemden weglassen.«

Kaum hatte sie es gesagt, schämte sie sich ihrer Worte. Was musste Landolf nur von ihr halten, wenn sie sich so anzüglich benahm?

Landolf hatte durch ihre Hingabe seinen Mut und seine Ruhe wiedergefunden. Er küsste sie und knabberte dann zärtlich an ihrem Ohr. »Auch mir gefällt es so viel besser. Weiß der Teufel, wie wir dazu kamen, immer die Nachthemden anzubehalten.«

»Weil mein Onkel, der Pfarrer, behauptet hat, dass es so sittsamer sei, und wir uns daran gehalten haben.« Herlind gluckste leise bei dem Gedanken, was ihr gestrenger Verwandter dazu sagen würde, dass sie Haut an Haut mit ihrem Ehemann lag. Beinahe widerwillig stand sie auf und zog das bewusste Kleidungsstück an.

»Du solltest es auch tun«, raunte sie ihrem Mann zu. »Nicht dass die Kinder aufwachen und uns nackt sehen.«

»Du meinst mich, denn du hast bereits dein Nachthemd an!« Landolf lachte leise und streifte sich das seine über.

Als sie wieder eng aneinandergekuschelt im Bett lagen, stellte Herlind die Frage, die sie am meisten bewegte. »Wohin willst du eigentlich fliehen?«

»Du meinst reisen! Die Flucht haben wir hinter uns. Jetzt gilt es nur noch, unser Ziel zu bestimmen und es aufzusuchen«, korrigierte ihr Mann sie.
»Und was ist unser Ziel?«, bohrte Herlind weiter.
»In Deutschland konnten wir nicht bleiben, weil dort die reaktionären Regime von Preußen und Österreich das Sagen haben. Einem anderen Fürsten will ich auch nicht dienen, und die Schweiz liegt zu nahe an der Heimat. Daher dachte ich, es wäre am besten, wenn wir in die Vereinigten Staaten von Amerika auswandern.«
Jetzt war es ausgesprochen, dachte Landolf und hörte im nächsten Augenblick den entsetzten Ausruf seiner Frau.
»Amerika? Aber das ist doch furchtbar weit weg!«
»Es ist die neue Heimat vieler Deutscher geworden, die in den letzten Jahren das Land verlassen mussten«, antwortete Landolf, um sie zu beruhigen.
»Aber die Leute dort sprechen eine fremde Sprache, die du nicht kannst und ich ebenso wenig«, wandte Herlind verzweifelt ein.
»Ein wenig Englisch kann ich, und du könntest es auch lernen.«
»Gewiss nicht!« Herlind schüttelte energisch den Kopf.
»Außerdem musst du es wahrscheinlich gar nicht. In den Vereinigten Staaten gibt es ganze Städte und Dörfer, in denen nur Deutsche leben, und die sprechen dort deutsch. Du wirst sehen, es wird alles gut.«
Davon war Herlind nicht überzeugt. Sie sagte sich jedoch, dass ihr Mann entscheiden musste, wohin es ging, und es ihre Pflicht war, ihm zu folgen. Dann dachte sie an jene Augenblicke der innigen Verbundenheit, die sie vorhin erlebt hatte, und fühlte sich getröstet. Solange sie einander liebten, würde alles gut werden.

6.

In Basel gelang es Landolf, genauere Informationen über die Reise nach Amerika zu erlangen. Der nächstgelegene Hafen sollte Genua im Königreich Sardinien-Piemont sein. Von dort, so hoffte er, würde er eine Passage in die Neue Welt bekommen. Nachdem er sich entschieden hatte, wollte er nicht länger säumen. Nach dem Ruhetag, den sie sich gegönnt hatten, stiegen sie in eine Postkutsche, die weiter nach Süden fuhr.

Die Reise über die Alpen war anstrengend und gefährlich, doch Landolf betrachtete jede Meile, die ihn von Deutschland fortbrachte, als Gewinn. Aber wenn die Kutsche durch enge Schluchten fuhr und unter ihnen ein schier endloser Abgrund gähnte, wagte auch er es kaum, aus dem Fenster im Schlag zu schauen. So manches Mal mussten sie hinter der Kutsche hergehen, weil die Pferde es kaum schafften, den leeren Wagen die steilen Anstiege hochzuziehen. Den Mut aber verloren sie nicht.

Als sie schließlich in Genua aus der letzten Postkutsche stiegen und sich umsahen, hörte Landolf seinen Namen rufen. Er drehte sich um, sah zwei Männer auf sich zukommen und erschrak zunächst. Dann aber erkannte er zwei Freunde, die gleich ihm gegen die alte Ordnung gekämpft hatten, und atmete auf.

»Meine Herren, ich bin sehr froh, Sie gesund wiederzusehen!«, rief er ihnen zu und umarmte sie.

»Und wir erst, Sie zu sehen! Wir waren erschrocken, als wir hörten, dass preußisches und württembergisches Militär in Baden eingerückt wäre und Sie zu den Verteidigern von Rastatt zählen würden, Herr Freihart. Das ist also Ihre werte Frau Gemahlin und das wohl Ihr Sohn und Ihre Tochter. Erfreut, Ihre Bekanntschaft zu machen!« Der Sprecher reichte Herlind die Hand und tätschelte Meinrad.

»Sie sind wirklich ein Teufelskerl, Freihart! Wie ist es Ihnen nur gelungen, den preußischen Bluthunden zu entkommen? Die haben Dutzende braver Patrioten standrechtlich erschossen, ohne ihnen das Recht auf eine Gerichtsverhandlung einzuräumen!«, erklärte der andere.

Landolf blickte ihn beklommen an. »Ich konnte nur entkommen, weil ein tapferer Mann an den Schüssen in seinen Rücken gestorben ist. Dessen Bruder hatte ihm einen Blankopass zukommen lassen, mit dem er fliehen sollte. Aber er blieb bis zuletzt in Rastatt und reichte mir sterbend den Pass.«

»Das war ein wackerer Mann! Aber er gab seinen Pass jemandem, der ihn auch verdient hat. Was wollen Sie jetzt machen, Herr Freihart?«

»Ich will mit meiner Familie nach Amerika auswandern«, antwortete Landolf.

»Ein guter Gedanke! Das wollen wir auch. Hier in Europa ist kein Bleiben mehr für Männer, die die Freiheit ersehnen. Wir haben uns bereits eine Passage nach Boston beschafft. Wenn Sie wollen, bringen wir Sie zu dem Kapitän des Schiffes. Er ist ein etwas seltsamer Kauz, aber er wird uns in die Neue Welt bringen!«

Als Landolf dieses Angebot vernahm, kamen ihm vor Erleichterung die Tränen. »Und ob ich das will! Gemeinsam reist es sich gewiss besser als allein.«

»Das wird es«, antwortete sein Freund und sah dann Herlind an. »Sie sind uns hoffentlich nicht böse, wenn wir Ihren Ehemann während der Überfahrt zum Kartenspielen entführen. Keine Sorge, wir werden nicht um Geld spielen, sondern nur, um der Langeweile zu entgehen.«

»Sie tun so, als ob eine Frau keine Langeweile empfinden würde«, antwortete Herlind, die froh war, mit Leuten zu reisen, deren Sprache sie verstand.
»Wir hoffen, dass eine Näharbeit und das Gespräch mit unseren Gattinnen Sie der Langeweile enthebt«, antwortete der Mann.
Um Herlinds Lippen zuckte ein spöttischer Zug. »Während die Männer Karten spielen, sollen wir Frauen Hemden flicken und Socken stopfen. Finden Sie das nicht ungerecht?«
»Dasselbe hat mich meine Frau auch gefragt«, kam es lachend zurück.
»Und was haben Sie ihr geantwortet?«, wollte Herlind wissen.
»Dass es mir nicht gefällt, in ungestopften Socken herumzulaufen, und meine Liebe zu ihr umso größer wird, wenn sie dies verhindert!« Der Mann brachte das so drollig hervor, dass alle zu lachen begannen.
»Haben Sie schon ein Quartier?«, fragte der zweite, etwas ernsthafter wirkende Mann.
Als Landolf den Kopf schüttelte, nahm er ihm eine der Reisetaschen ab. »Dann kommen Sie mit uns! Der Gasthof ist halbwegs sauber und auch nicht zu teuer. Leute, die nach Amerika auswandern wollen, müssen aufs Geld achten.«
»Das stimmt allerdings«, gab Landolf betrübt zu. »Zwar konnten wir unseren Spargroschen mitnehmen, doch der wird wohl allein durch die Kosten der Reise aufgebraucht werden. Ich werde drüben zusehen müssen, wie ich meine Familie ernähren kann.«
»Machen Sie sich da mal keine Sorgen«, antwortete der Mann lächelnd. »Sie sind doch Lehrer! Mein Schwager, der bereits vor einem Jahr in die Vereinigten Staaten gegangen ist, schrieb

mir letztens, dass sich in einigen der neuen westlichen Bundesstaaten viele Deutsche angesiedelt hätten. Dort würden dringend Männer gebraucht, die ihren Kindern die aus Deutschland gewohnte Schulbildung beibrächten. Da nur wenige von ihnen der englischen Sprache mächtig sind und die Kinder sie gar nicht können, wird ihnen ein Landsmann wie Sie höchst willkommen sein.«

Damit war für Landolf alles geklärt. Er folgte seinen Bekannten, und so lernte Herlind kurz darauf deren Ehefrauen kennen. Beide trauerten der verlorenen Heimat nach, waren aber willens, ihren Männern ins Ungewisse zu folgen. Während Herlind samt den Kindern im Gasthaus blieb und mit den anderen Frauen Freundschaft schloss, ging Landolf zum Hafen und handelte noch am Abend mit dem Kapitän ihre Passage aus.

Am nächsten Morgen begaben sich alle voller Erwartung zum Schiff. Obwohl Landolf mit seinem Geld haushalten musste, war es ihm gelungen, eine eigene Kammer für sich, Herlind und die Kinder zu bekommen. Es war nicht mehr als ein Verschlag und nur durch dünne Bretterwände von den Kabinen ihrer Mitpassagiere getrennt, bot ihnen aber ein gewisses Maß an Intimität.

Während des Auslaufens mussten alle Passagiere in ihren Unterkünften bleiben, um die Matrosen nicht zu behindern. Kaum aber hatte der Schoner die offene See erreicht, hielt es Meinrad nicht mehr unter Deck, und er schoss die Treppe hoch, um die neue, für ihn unbekannte Welt zu erkunden.

Seine Eltern und Wigburg folgten ihm langsamer. Doch auch sie empfanden den Reiz des tiefblauen Meeres, über dem sich ein strahlender, azurfarbener Himmel wölbte, der von keinem Wölkchen getrübt wurde.

»Ist das nicht herrlich?«, fragte Landolf seine Frau.
Herlind nickte. »Es ist wunderschön! Allein für diesen Anblick hat sich unsere Reise gelohnt.«
»Gibt es hier auch Piraten?«, fragte Meinrad, dessen Sinn mehr nach Abenteuern als nach stimmungsvollen Ausblicken stand.
Da gerade der Kapitän vorbeikam, stellte Landolf diese Frage auf Englisch.
Der Schiffer sah ihn zuerst verwundert an und schüttelte dann lachend den Kopf. »Bei Gott, nein! Früher gab es hier welche, aber nachdem unsere Flotte den Barbaresken gezeigt hat, was es heißt, sich mit uns Amerikanern anzulegen, wagt es kein Pirat mehr, sich einem Schiff unter dem Sternenbanner zu nähern.«
Er wies zum Besan, an dem eine große, gestreifte Flagge wehte, die oben auf den Mast zu ein blaues Feld mit silbernen Sternen aufwies, deren Zahl Meinrad sofort zu erkunden versuchte.
Unterdessen wurde eine Passagierin unruhig und sprach leise auf ihren Mann ein. Dieser trat mit einer Miene auf den Kapitän zu, als wäre es ihm unangenehm, ihn anzusprechen. »Entschuldigen Sie, aber wo ist hier der Abtritt?«
Der Kapitän wies nach unten. »Steigen Sie in das Deck hinab, auf dem Ihre Kabine liegt, und gehen Sie ganz nach achtern. Dort ist er am Schiff angebracht.«
»Danke!« Der Mann drehte sich um und übersetzte seiner Frau die englischen Worte. Mit sichtlicher Erleichterung eilte diese den Niedergang hinab und verschwand im Schiffsinneren. Ihre etwa zehnjährige Tochter folgte ihr, und auch Herlind fand, dass sie den Abtritt aufsuchen sollte.
Der Kapitän sah ihnen nach und winkte dann die männlichen

Passagiere zu sich. »Wenn es eilt und die Damen den Abtritt nicht räumen wollen, müssen Sie zum Vorschiff. Dort ist ein Netz unter dem Bugspriet gespannt, auf das Sie steigen und sich erleichtern können. Keine Sorge, wenn etwas daneben geht. Die See wäscht es schon ab. Gelegentlich auch den, der noch dort hockt!«

»Oh Gott!«, rief Landolf aus und sah seinen Sohn streng an. »Das wirst du nicht versuchen, Meinrad, hast du verstanden?«

Der Junge nickte, obwohl er nicht begriff, was so schwierig daran sein konnte, auf das Netz zu klettern, zumal dort Seile zum Festhalten gespannt waren.

Einige Zeit später kamen die Frauen zurück. Ihren Mienen zufolge war ihnen der Abtritt nicht ganz geheuer, und so trat Herlind auf ihre Kinder zu. »Ihr beide werdet nicht ohne mich oder euren Vater hingehen! Dort ist nur eine Bank mit einem großen Loch in der Mitte, und darunter schäumt das Meer. Ich hätte Angst, ihr könntet hindurchfallen und im Ozean verlorengehen.«

»Ja, Mama!«, versprach Meinrad, und Wigburg nickte.

»Dann ist es gut!« Herlind atmete kurz durch und wollte an die Reling treten, als sie sich auf einmal mit der Rechten an den Leib fasste.

»Ich weiß nicht, aber mir ist auf einmal nicht gut. Ich werde mich wohl besser hinlegen.«

»Tu das«, sagte Landolf ganz in Gedanken, als seine Frau auch schon zu würgen begann.

Mit einem raschen Griff packte der Kapitän Herlind und schleppte sie zur windabgewandten Seite des Schoners. »Hier kannst du erbrechen, so viel du willst, und machst mein Schiff nicht schmutzig!«

Es war gut, dass Herlind die herzlosen englischen Worte nicht verstand. Nur wenig später taumelte eine andere Frau an ihre Seite und erbrach ebenso heftig wie sie.

»Das sieht nach Seekrankheit aus«, meinte einer der Männer. »Wie es heißt, soll sie Frauenspersonen am heftigsten packen.«

»Ich glaube, mich packt sie auch«, rief ein anderer und suchte ebenfalls die Reling auf.

Nun folgte auch Landolf, der jetzt ebenfalls das kräftige Frühstück bereute, das er am Morgen im Gasthof zu sich genommen hatte.

Ein Passagier nach dem anderen wurde von der Seekrankheit erfasst, zuletzt sogar einige der Kinder. Wigburg und Meinrad blieben verschont, blickten aber verstört auf die Erwachsenen, die sich nun den Spott der Seeleute gefallen lassen mussten. Auch wenn nur wenige die englischen Ausdrücke verstanden, so begriff zumindest Landolf, dass er und die anderen für diese hartgesottenen Männer auf die Stufe von Mehlmaden gesunken waren.

Schließlich war sein Magen leer, und er würgte nur noch Luft und gelbe Galle hoch. Herlind erging es nicht besser als ihm. Dafür aber waren beide so benommen, dass sie keine zwei Schritte geradeaus gehen konnten.

Einer der Maate nahm sich schließlich ihrer an und führte sie nach unten. »Sie sollten sich hinlegen. Für das, was Sie jetzt noch kotzen, reicht ein Eimer«, meinte er gelassen zu Landolf, als dieser bleich wie der Tod in seiner Koje lag.

»Können wir den auch benützen, damit wir nicht zum Abtritt müssen?«, fragte der Kranke mit kaum verständlicher Stimme.

»Um Gottes willen, nein! Sie merken doch, wie das Schiff sich bewegt. Was meinen Sie, wie die Kabine aussehen würde, wenn Sie den Eimer vollgemacht haben? Von uns Matrosen wird keiner hier sauber machen, und Sie sehen nicht so aus, als wären Sie so bald dazu in der Lage.«

»Dann hoffe ich, dass ich nicht so schnell zum Abtritt muss«, stöhnte Landolf und sank zurück.

Als Meinrad und Wigburg kurz darauf in die Kabine kamen, waren ihre Eltern kaum ansprechbar, und die beiden Kinder hatten Angst, es könnte etwas Schlimmes sein.

Wigburg drängte sich weinend an ihren Bruder. »Was ist mit Mama und Papa? Sie werden doch nicht sterben?«

»Nein, das werden sie nicht«, antwortete Meinrad mit der ganzen Autorität seiner acht Jahre.

In den nächsten Stunden trat jedoch keine Besserung bei ihren Eltern ein. Nach einer Weile ruckte Wigburg unruhig hin und her.

»Meini, ich muss mal«, flüsterte sie.

»Du weißt doch, dass wir ohne Papa und Mama nicht auf den Abtritt dürfen«, wandte ihr Bruder ein.

»Aber ich muss mal!« Das Mädchen weinte, und so sah Meinrad nach, ob nicht die Mutter mit ihr gehen könnte. Doch als er diese an der Schulter anfasste und leicht rüttelte, bog sie sich in Krämpfen und würgte erneut. Es gelang dem Jungen gerade noch rechtzeitig, ihr den kleinen Eimer hinzuschieben, den ihnen der Matrose hereingestellt hatte. Dabei überlegte er, ob Wigburg nicht diesen benutzen sollte. Er hatte jedoch die Warnung des Maats gehört und wollte nicht schuld sein, wenn die Kabine schmutzig wurde.

Daher schaute er in den anderen Kabinen nach, fand dort aber auch nur Jammer und Elend vor. Keiner der erwachsenen Passagiere war in der Lage, selbst den Abtritt aufzusuchen, geschweige denn ein kleines Mädchen dorthin zu bringen.

Da Wigburg immer stärker jammerte, überlegte er, einen der Matrosen zu bitten, es zu tun. Die aber waren alle an Deck und gewiss sehr beschäftigt. Aus diesem Grund fasste er Wigburgs Hand und führte sie nach hinten.

Der Abtritt ragte aus dem Schiff hinaus und war nicht besonders groß. Aber durch seine Öffnung konnte ein Mädchen wie Wigburg leicht hindurchfallen, und auch er hätte es nicht gewagt, sich dort hinzusetzen, ohne sich an dem Strick festzuhalten, der an der Tür befestigt war.

Meinrad half seiner Schwester, die Röcke zu schürzen, und hielt sie dann krampfhaft fest, während sie sich erleichterte. Als sie schließlich den Abtritt wieder verlassen konnten, schwitzte er vor Anstrengung und war froh, als sie wieder in der Kabine waren. Ihren Eltern ging es immer noch schlecht, doch sie erbrachen nur noch in großen Abständen und dämmerten die meiste Zeit weg. Doch sterben, wie Wigburg es befürchtet hatte, würden sie wohl nicht.

Die Seekrankheit hielt nicht lange an. Herlind konnte bereits am nächsten Tag wieder aufstehen, musste sich aber um Landolf kümmern, dem es bereits bei dem Gedanken an etwas zu essen den Magen umdrehte. Die Kinder und sie selbst aber aßen mit gutem Appetit. Danach saßen die drei eine Weile auf dem Vorschiff, um auf das Meer hinauszuschauen. Herlind sorgte sich jedoch um ihren Mann und kehrte bald in die Kabine zurück. Meinrad und Wigburg mussten mit ihr kommen, da ihre Mutter es für zu gefährlich hielt, sie allein an Deck zurückzulassen.

Am Tag darauf ging es auch Landolf wieder recht gut, und so konnten er und seine Mitreisenden ihre Kartenrunde beginnen. Herlind und die anderen Frauen sahen großzügig über die Begeisterung ihrer Männer für das Kartenspiel hinweg und besserten die Garderobe aus, während sie sich über vergangene Tage unterhielten und darüber, was sie bisher über die Neue Welt erfahren hatten.

7.

Das Schiff legte noch einmal in einem spanischen Hafen an, um zwanzig Fässer Wein an Bord zu nehmen, dann nahm es Kurs auf den offenen Atlantik. Als die Küste Europas hinter ihnen zurückblieb, war die Stimmung der Passagiere gedrückt, und einige Frauen weinten. In den folgenden Tagen sprachen Landolf und seine Freunde beim Kartenspiel oft über Politik und diskutierten darüber, wie der Kampf um mehr Freiheiten hatte verlorengehen können.

Den Frauen waren solche Überlegungen fremd, denn ihnen ging es hauptsächlich darum, in sicheren Verhältnissen zu leben und ihre Kinder großzuziehen. Von Amerika und den Vereinigten Staaten wussten sie zu wenig, um sich ein Bild von ihrer zukünftigen Heimat machen zu können. Sie alle hofften jedoch, dass ihre Männer das Richtige taten. Herlind war guten Mutes, hatte ihr Mann doch die Aussicht, Lehrer an einer deutschsprachigen Schule in einem der westlichen Staaten zu werden. Zwar ängstigte sie sich, weil dort noch Wilde leben sollten, die als gefährlich galten, doch sie vertraute auf Gott, dass alles gut werden würde.

Zwei kleinere Stürme ließen die Seekrankheit zurückkehren, aber sonst ging die Überfahrt ohne Probleme vonstatten. Als sich der Schoner seinem Heimathafen Boston näherte, war allein schon die Tatsache, nach den langen Wochen der Überfahrt wieder Land zu sehen, ein Grund zur Freude.

Beim Einlaufen in den Hafen rieb Landolf sich die Augen. Er wusste selbst nicht, was er erwartet hatte, doch mit Sicherheit keine Stadt mit so großen und prachtvollen Gebäuden aus Stein, die jedem deutschen Fürstentum zur Ehre gereicht hätten. Die Menschen, die dort lebten, waren gewiss keine tölpel-

haften Bauern, deren Gedanken nicht weiter als bis zur nächsten Ernte reichten. An diesem Ort herrschte Wohlstand, und er fragte sich, ob er als Fremder überhaupt eine Möglichkeit finden würde, seine Familie anders zu ernähren als die Schauerleute, die an Bord strömten, kaum dass der Zollinspektor das Schiff abgefertigt hatte, um die Ladung an Land zu bringen.
Für Landolf und seine Familie wie auch für die anderen Passagiere wurde es an der Zeit, den Schoner zu verlassen. Die Frauen schraken vor dem Brett zurück, das Bordwand und Kai miteinander verband. Bevor sie viel sagen konnten, packte jeder der Arbeiter eine Frau und ein Kind und trug diese an Land.
Landolf und die anderen Männer mussten selbst von Bord gehen und atmeten auf, als sie neben ihren Lieben standen. Die Blicke, mit denen sie ihre Umgebung musterten, verrieten jedoch ihre Verunsicherung, denn keiner von ihnen war auf das vorbereitet gewesen, was sie hier vorfanden. Noch während sie überlegten, wohin sie sich wenden sollten, klangen deutsche Laute auf, und mehrere Männer drängten sich durch die Menge auf sie zu.
»Willkommen in Amerika, Freunde! Wir sind glücklich, euch zu sehen«, rief ein großer, breit gebauter Mann mit einem mächtigen Vollbart und umarmte jeden einzelnen Passagier.
»Sie wissen gar nicht, wie glücklich wir sind, Sie zu sehen, Herr Hecker«, antwortete Landolf erleichtert. »Wir sind eben erst angekommen, und ich muss sagen, ich bin überwältigt. Welch eine Stadt! So voller Leben!«
»Sie werden wahrscheinlich nicht lange bleiben wollen, denn hier sind die Möglichkeiten zu gering, eine passende Arbeit zu bekommen. Aber weiter im Westen gibt es genug freies Land. Die Regierung der Vereinigten Staaten verteilt es kostenlos an Siedler, die sich dort eine neue Heimat schaffen wollen.«

»Gibt es dort Indianer?«, fragte Meinrad neugierig.
Seine Mutter versetzte ihm einen Klaps. »Meini, du weißt doch, dass du still sein sollst, wenn Erwachsene reden.«
»Lassen Sie den Jungen!«, bat Hecker und beugte sich zu Meinrad hinab. »Natürlich gibt es Indianer im Westen. Aber in den Bundesstaaten, in denen sich die deutschen Auswanderer ansiedeln, sind sie ganz harmlos. So richtig wilde Indianer gibt es nur in den Territories, wie man sie hier nennt. Aber die liegen jenseits des Mississippi, und über den kommen sie nicht herüber.«
»Gott sei Dank!«, flüsterte Herlind.
Hecker lächelte nur und sah dann die drei Männer der Auswanderergruppe an. »In Illinois gibt es noch genug freies Land, so dass Sie dort als Farmer ein neues Leben beginnen können.«
Als Landolf das hörte, hüstelte er unsicher. »Ich bin eigentlich kein Mann des Pflugs, Herr Hecker, sondern Lehrer. Ich dachte, ich könnte vielleicht an einer deutschen Schule unterrichten.«
»Das trifft sich ausgezeichnet!«, erklärte Hecker. »In einigen von Deutschen bewohnten Dörfern gibt es noch keine Schule. Sie werden dort hochwillkommen sein. Wir stellen gerade einen neuen Transport für Auswanderer nach Illinois zusammen. Wenn Sie wollen, können Sie sich ihm anschließen. Bis dorthin bringen wir Sie und Ihre Familie in einem Gasthof unter, der sauber ist und von ehrlichen Leuten geführt wird. Die Amerikaner sind zwar im Großen und Ganzen in Ordnung, aber übermäßig geschäftstüchtig, und die wenigsten können der Versuchung widerstehen, ein Greenhorn über den Löffel zu balbieren. Deshalb haben Deutsche, die schon länger hier leben, einen Verein gegründet, der sich um unsere neu angekommenen Landsleute kümmert.«

»Dafür sind wir Ihnen sehr dankbar«, warf Herlind erleichtert ein.
»Das ist nicht mein Verdienst. Der Verein bestand bereits, als ich hierherkam. Ich gehöre nur zu jenen, die Menschen wie Ihnen über die ersten Tage helfen. Doch nun kommen Sie! Hier wird es etwas zu eng«, erklärte Hecker und wies auf die Schauerleute, die sich mit Fässern, Säcken und Schubkarren ihren Weg bahnten und dabei kaum Rücksicht auf Passanten nahmen.
Landolf zog seine Frau und seine Kinder an sich und lächelte zum ersten Mal seit Wochen ohne eine Spur von Bitterkeit. »Habt ist es gehört?«, sagte er, »Unsere Zukunft liegt in Illinois!«

Neunter Teil

Veränderungen

1.

Die Jahre vergingen. Im Amerikanisch-Mexikanischen Krieg hatte die Republik Mexiko nach einem nordamerikanischen Angriff über die See und der Besetzung seiner Hauptstadt durch feindliche Truppen kapitulieren und die großen Provinzen Alta California und Nuevo Mexico an die Vereinigten Staaten sowie Teile der Bundesstaaten Coahuila und Tamaulipas direkt an Texas abtreten müssen. Die Niederlage hinterließ bei den Mexikanern ein Gefühl der Demütigung, und sie sahen sich dem immer mächtiger werdenden Nachbarn im Norden hilflos ausgeliefert. Dennoch gab es Kreise in der Armee, die davon träumten, nicht nur die 1848 verlorenen Gebiete, sondern auch Texas wiederzugewinnen. Die Aussichten dafür aber waren äußerst gering, wie sich auch der Offizier sagen musste, der sich an einem sonnigen Oktobertag des Jahres 1854 samt Frau und Tochter auf dem Weg von Jiménez nach Chihuahua befand, um dort ein neues Kommando zu übernehmen.

Seiner Frau, eine Schönheit mit kastanienbraunem Haar und dunklen Augen, gingen andere Gedanken durch den Kopf.

»Ich hoffe, wir kommen bald an, mein Lieber. In der Kutsche ist es doch sehr unbequem.«

»Dabei haben wir eine Kutsche für uns allein«, antwortete ihr Mann lächelnd. »Meine Liebe, lass dir gesagt sein, dass die

Ehefrauen meiner untergeordneten Offiziere weitaus unbequemer reisen.«
»Ich weiß, Juan, aber …« Mercedes de Gamuzana wollte nicht sagen, dass nicht die Enge der Kutsche ihr Unbehagen bereitete als vielmehr die Gerüchte von Indianerüberfällen. Nach der Niederlage Mexikos gegen die Vereinigten Staaten nutzten einige Stämme der Apachen, Kiowas und vor allem der Komantschen die Schwäche der Republik aus und unternahmen immer wieder Raubzüge bis tief ins Innere des Landes.
Um sich zu beruhigen, öffnete Mercedes die lederne Klappe, mit der sie das Fenster auf ihrer Seite verschlossen hatte, um wenigstens einen Teil des Staubes fernzuhalten, den die Zugpferde und die Kutschenräder aufwirbelten. Sie blickte auf die Rücken der beiden Dragoner, die vor ihnen ritten, und sagte sich, dass diese Männer und die anderen sechs Dragoner, die der Kutsche im Abstand von wenigen Pferdelängen folgten, als Schutz wohl genügten. Zu den Soldaten kamen noch der Gehilfe des Kutschers, der ebenfalls eine Flinte in der Hand hielt, und ihr Ehemann, der seine beiden Pistolen meisterlich zu benutzen wusste.
Ein wenig beruhigt schloss sie das Fenster wieder und ließ sich in die Kissen zurücksinken. Ihre vierjährige Tochter quengelte auf dem Schoß der Kinderfrau und wollte zu ihrer Mutter.
»Juana, lass das!«, mahnte Mercedes de Gamuzana die Kleine, denn sie bekam plötzlich heftige Kopfschmerzen. Sie schloss die Augen in der Hoffnung, trotz der schaukelnden Kutsche ein wenig schlafen zu können. Das musste ihr auch gelungen sein, denn sie wachte auf, als ihr Mann sie heftig rüttelte.
»Was ist?«, fragte sie noch ganz benommen.
»Leg dich auf den Boden und nimm Juana zu dir«, befahl ihr Mann.
»Aber …«

»Kein Aber! Indios, wahrscheinlich Komantschen!« Noch während er es sagte, zog Coronel Juan de Arranza seine Pistolen und machte sie schussfertig.
»Du glaubst, die wollen uns überfallen?«, fragte seine Frau entsetzt.
»Bislang hat nur einer unserer Vorreiter zwei Indios gesehen, aber die könnten auch weiterreiten. Ich will jedoch auf alle Fälle vorbereitet sein!«
Juan de Arranza lächelte, um seine Frau zu beruhigen. Gleichzeitig hoffte er, dass eine von Soldaten begleitete Kutsche abschreckend genug war, um eine indianische Streifschar von einem Angriff abzuhalten. Immerhin waren sie mit den beiden Männern auf dem Bock elf Bewaffnete.
Ein Blick durch das Fenster zeigte ihm, dass seine Dragoner ihre Karabiner in der Hand hielten und die Umgebung aufmerksam beobachteten. Die Gegend, durch die sie fuhren, bereitete ihm jedoch Sorgen. Sie befanden sich meilenweit von jeder menschlichen Siedlung entfernt in einem kargen, öden Landstrich, in dem nur an den Ufern der Flüsse und Bäche ein wenig Grün wuchs und es genug Felsen gab, hinter denen sich ein ganzer Komantschenstamm verstecken konnte.
Mit einer energischen Bewegung klopfte der Oberst gegen das Kutschendach. »Fahr schneller!«, rief er dem Kutscher zu und sah erleichtert, dass ihre Geschwindigkeit zunahm. Eine Viertelstunde verging, ohne dass ein weiterer Komantsche sich sehen ließ. Juan de Arranza atmete auf und sagte sich, dass sie wohl nur auf eine kleine Streifschar getroffen waren, die es nicht wagen würde, sie anzugreifen.
Die Kutsche fuhr nun in hoher Geschwindigkeit auf eine schmale Schlucht zu. Hinter dieser, so hoffte Arranza, würden sie die Komantschen endgültig abgeschüttelt haben. Da riss der Kutscher heftig an den Zügeln, und das Gespann hielt an.

»Was ist los?«, fragte Arranza besorgt.
»Auf der Straße liegen Felsen! Die müssen wir beiseiteräumen«, erklärte der Sargento, der die Begleitmannschaft anführte, und rief mehrere Dragoner nach vorne. Vier Männer schwangen sich aus den Sätteln, während der Unteroffizier und die anderen Soldaten ihre Karabiner schussbereit hielten und die steilen Abhänge, die zu beiden Seiten der Straße emporragten, unter Beobachtung hielten.
Schon nach kurzer Zeit waren die Hindernisse beseitigt, ohne dass auch nur das Geringste geschah. Der Sargento wandte sich grinsend Arranza zu. »Wie es aussieht, sind die Steine von selbst herabgefallen. Komantschen hätten längst …«
In dem Augenblick traf ihn ein Pfeil in den Hals, und er kippte mit einem erstaunten Ausdruck aus dem Sattel. Fünf weitere Dragoner fielen, ohne dass sie auch nur einen einzigen Schuss hätten abfeuern können. Entsetzt schwang der Kutscher die Peitsche, um die Pferde anzutreiben. Da wurde auch er von einem Pfeil getroffen und stürzte nach vorne vom Bock.
Die beiden letzten Dragoner sprangen von ihren Pferden und nahmen hinter einem Felsvorsprung Deckung. Pfeile prallten gegen den Stein, und als seine Soldaten zurückfeuerten, begriff Arranza, dass sie es aus reiner Angst taten, ohne zu zielen. Bislang war der Gehilfe des Kutschers wie erstarrt auf dem Bock gesessen. Nun aber sprang er mit einem mächtigen Satz von der Kutsche – und schrie im nächsten Augenblick vor Schmerz auf.
»Mein Bein! Es ist gebrochen!«
Arranza starrte entsetzt auf den Pfeil, der im Rücken des Mannes stak und den dieser erst jetzt bemerkte. Verzweifelt versuchte der Knecht, hinter einen Felsen zu kriechen. Doch da trafen ihn vier weitere Pfeile, und er blieb regungslos liegen.

Noch immer sah Arranza keinen Indianer. Doch als er den Kutschenschlag öffnete, um sich einen Überblick zu verschaffen, schlugen mehrere Pfeile in die Kutsche ein und ließen ihn zurückprallen.

»Diese verdammten Hunde! Sie haben uns in dem Glauben gelassen, es wäre alles ausgestanden, und uns genau in dem Augenblick angegriffen, in dem wir unaufmerksam wurden«, stieß Arranza aus und starrte auf seine Pistolen. Solange er keinen Feind sah, war es sinnlos zu schießen. Da er nichts anderes tun konnte, befahl er der Kindermagd, sich neben seiner Frau auf den Kutschenboden zu legen. Die Frau gehorchte zitternd und betete verzweifelt den Rosenkranz. Einen Augenblick lauschte Juan de Arranza ihrem Gebet, begriff aber schmerzhaft, dass sie von den himmlischen Mächten keine Hilfe erwarten konnten.

»Ich hätte dich und Juana bei deinen Eltern lassen sollen«, sagte er verzweifelt zu Mercedes.

»Also sind wir verloren?«, fragte sie mit bebender Stimme.

»Wenn kein Wunder geschieht, sind wir es.«

»Wenigstens ist unser kleiner Ramón in Sicherheit«, antwortete Mercedes de Gamuzana mit einer Ruhe, die ihr alle Kraft abforderte.

»Ich wollte, ich hätte dich und Juana ebenfalls bei deinen Eltern zurückgelassen«, flüsterte Arranza und feuerte auf einen Schatten, den er weiter oben zu erkennen glaubte. Gelächter antwortete ihm und bewies, dass er von seinen Nerven getäuscht worden war.

Weiter vorne hagelte es Pfeile auf die Deckung der beiden Dragoner. Diese luden ihre Karabiner in fieberhafter Eile und schossen, ohne zu zielen. Einer streckte dabei den linken Arm zu weit nach vorne, und ein Pfeil schlug mit einem hässlichen Klatschen ins Fleisch. Panikerfüllt schrie der Mann auf.

»Kannst du denn nichts tun?«, fragte Mercedes ihren Mann mit bleicher Miene.
Arranza schüttelte traurig den Kopf. »Ich wäre glücklich, wenn ich es könnte. Doch wie soll ich einen Feind treffen, den ich nicht sehe? Wir können nur hoffen, dass eine Patrouille vorbeikommt und die Komantschen vertreibt.«
»Wie groß ist die Hoffnung darauf?«, wollte Mercedes wissen. Sie erhielt keine Antwort.
»Also sehr klein«, sagte sie leise.
»Leider ja! Wir befinden uns mitten in einer Einöde, und es wäre ein Wunder, kämen hier Soldaten vorbei.« Juan de Arranza blickte zu den beiden Dragonern hinüber. Mittlerweile nahmen die Komantschen diese auch von der Seite unter Beschuss. Als der bellende Laut einer Muskete aufklang, zuckte der bislang unverletzte Soldat zusammen und kippte hinter seiner Deckung hervor. Im nächsten Moment schlugen mehrere Pfeile in seinen Körper, und er blieb reglos liegen.
Der letzte Dragoner hielt es nicht mehr aus. »Ich ergebe mich«, schrie er mit sich überschlagender Stimme. »Ich ergebe mich!« Er warf seinen Karabiner fort, hob unter Schmerzen den verletzten Arm über den Kopf und verließ seine Deckung. Drei Pfeile trafen ihn gleichzeitig, und er stürzte über seinen toten Kameraden.
»Jetzt sind wir allein«, murmelte Juan de Arranza und kämpfte gegen das Gefühl an, am Tod ihrer Begleiter schuld zu sein. Ein Pfeil, der durch das Fenster im Schlag geflogen kam und in die Innenwand der Kutsche einschlug, bewies ihm, dass er an anderes zu denken hatte als an die toten Soldaten.
»Sie werden bald kommen!«, flüsterte er. »Einen oder zwei kann ich niederschießen, dann ist es vorbei.«
Mercedes de Gamuzana nickte bedrückt, sah ihn dann aber mit entschlossener Miene an. »Unsere Tochter ist noch klein.

Vielleicht lassen sie sie am Leben. Aber du weißt, was die Komantschen mit uns Frauen machen.«
»Sie nehmen sie mit und zwingen sie, eines der Weiber ihrer Krieger zu werden«, antwortete Arranza und verschwieg dabei, dass die Frauen zumeist vorher von den Männern des Stammes vergewaltigt wurden.
Aber seine Frau kannte die Berichte und reagierte heftig. »Ehe es dazu kommt, will ich sterben!«
»Aber …« Mehr brachte Arranza nicht heraus.
»Entweder tust du es – oder du gibst mir eine deiner Pistolen.« Mercedes' Tonfall ließ keinen Widerspruch zu. Mit einer zärtlichen Geste beugte sie sich über die kleine Juana und küsste sie auf die Stirn. Dann nahm sie ihre Halskette mit einem Emaillemedaillon ab und legte es dem Mädchen um.
»Höre mir gut zu, Juana«, sagte sie eindringlich. »Du darfst diesen Anhänger niemals hergeben oder verlieren, verstehst du? Wenn du einmal einen Mexicano siehst, dann zeigst du ihm das Schmuckstück. Er wird dich zu deinem Opa, deiner Oma und deinem Bruder Ramón führen!«
Das Kind nickte, ohne recht zu begreifen, was die Mutter meinte.
Weitere Pfeile flogen durch das kleine Seitenfenster und bewiesen dem Paar, dass ihnen nicht mehr viel Zeit blieb. »Ich liebe dich!«, flüsterte Mercedes, berührte kurz mit ihren Lippen den Mund ihres Mannes und senkte den Kopf.
In Arranza tobte ein Kampf, der ihn fast zerriss. Doch als ein Pfeil ihn in der Schulter traf, wusste er, dass er nicht mehr säumen durfte. Er legte die Mündung einer der Pistolen an Mercedes' Schläfe und drückte ab.
Der Schuss hallte misstönend durch die Kutsche, dann sank Hernando de Gamuzanas Tochter in sich zusammen und blieb auf dem Boden der Kutsche liegen.

Die Kinderfrau fasste verzweifelt die Hände des Coronels. »Bitte, Don Juan, tötet auch mich. Ich will diese stinkenden Böcke nicht ertragen müssen.«
Noch während Arranza mit sich rang, wurde der Kutschenschlag aufgerissen. Instinktiv feuerte er und sah dann an den entsetzten Augen der Magd, dass ihm keine Zeit mehr blieb, sie von dem Schicksal zu erlösen, das sie bei den Komantschen erwartete. Ein weiterer Pfeil bohrte sich in seine Schulter. Er versuchte noch, seinen Säbel zu ziehen, da sprang ein junger Krieger in die Kutsche und stach mit seinem Messer zu. Arranza spürte noch, wie der Komantsche ihn an den Haaren packte und nach oben zog. Doch er starb, bevor er skalpiert wurde. Mit einem jubelnden Ruf packte der Komantsche die vor Angst erstarrte Kinderfrau, zerrte sie aus der Kutsche und zwang sie zu Boden.
Ein anderer Krieger – seinem Federschmuck nach ein Häuptling – steckte den Kopf in die Kutsche, betrachtete mit Bedauern die schöne tote Frau und entdeckte dann das kleine Mädchen, das sich hinter dieser verbarg.

2.

Endlich, nach so vielen Monaten, ist die Familie wieder vollzählig versammelt, dachte Walther erfreut, während sein Blick zu seiner Frau und über seine Kinder glitt.
Nizhoni sah noch immer so aus wie damals, als er sie kennengelernt hatte. Zwar hatte sie ein paar kleine Falten bekommen und war etwas fülliger geworden, doch ihr Haar glänzte so schwarz wie ein Rabenflügel, während die seinen mittlerweile

arg grau geworden waren. Er war jetzt dreiundfünfzig Jahre alt und hatte fast die Hälfte seines Lebens in Texas verbracht. Hier waren seine Kinder geboren worden. Josef, der Älteste, war seinem Großvater Josef Fürnagl, Wachtmeister in der bayerischen Armee, wie aus dem Gesicht geschnitten. Mittlerweile zählte der Junge vierundzwanzig Jahre und führte seit langem die Cattle-Ranch, wie er die Rinderranch weiter im Westen mittlerweile nannte.

Waldemar war achtzehn, ein schlanker, ruhiger Bursche, der die Kraft und die Wucht seines älteren Bruders durch Besonnenheit wettmachte. Auch er war ihm bereits eine große Hilfe geworden, dachte Walther zufrieden. Sein Blick wanderte weiter zu seiner einzigen Tochter. Gretel sah aus wie ein zähes Stück Leder, wie Waldemar einmal spöttisch gesagt hatte. Sie wirkte mager und war etwas klein für ihre elf Jahre. Aber es gab kein Mädchen im weiten Umkreis, das besser reiten konnte als sie, und auch kaum einen jungen Burschen. Walther rätselte immer noch, von wem sie ihre Wildheit geerbt hatte, denn ihr jüngerer Bruder Diego war von seiner Art wieder Waldemar ähnlich. Allerdings war er erst neun und konnte sich noch ändern.

»Nun, Vater, fertig mit der Inspektion?«, fragte Josef lächelnd.

»Wie meinst du das?«, fragte Walther verwundert.

»Weil du uns genauso musterst wie die Stiere, die Quique und ich für den Verkauf zusammentreiben. In zwei Monaten ist es übrigens wieder so weit. Du kommst doch hinüber, oder?«

»Natürlich komme ich zur Rinderranch«, antwortete Walther seinem ältesten Sohn.

»Vielleicht bin ich bis dorthin schon verheiratet«, fuhr Josef in gelassenem Tonfall fort.

Walther fuhr erschrocken herum. »Du willst heiraten?«

»Ist das so verwunderlich?«, fragte Josef noch immer lächelnd.

»Ich bin alt genug dazu, und Abigail feiert diesen Monat ihren achtzehnten Geburtstag. Da kann man wohl heiraten.«
»Das kann man!« Walthers Stimme fehlte jede Wärme.
Auch Nizhoni machte ein abweisendes Gesicht, wenn auch aus anderen Gründen als ihr Mann. Ihr glich Abigail Coureur zu sehr ihrer dominanten Mutter, und sie glaubte nicht, dass Josef mit diesem Mädchen glücklich werden würde. Da Abigail ihrem Stiefsohn gegenüber jedoch nur ihre besten Seiten hervorkehrte, hielt dieser sie für das Idealbild einer Ehefrau.
»Ich werde nach dem Essen zur Coureur-Ranch reiten. Immerhin war ich fast ein Vierteljahr weg. Abigail wird sich sicher freuen, wenn ich sie mit zur Cattle-Ranch nehme.«
Josef erhielt nur ein kurzes Brummen zur Antwort. Einst war Thierry Coureur Walthers bester Freund gewesen, aber seit einiger Zeit hatte sich ein Graben zwischen ihnen aufgetan. Für Josef waren die politischen Streitigkeiten zwischen seinem Vater und dem Mann, der sein Schwiegervater werden sollte, jedoch kein Grund, auf seine Werbung zu verzichten.
»Vielleicht wirst du nicht mehr zur Rinderranch zurückkehren«, erklärte Walther zum Erstaunen seines ältesten Sohnes.
»Und warum nicht?«, fragte Josef mit einer gewissen Schärfe.
»Sam Houston hat mir ein Stipendium für einen meiner Söhne in der Militärakademie von West Point verschafft. Da du der Älteste bist, dachte ich, dass du gehen solltest. Ich habe euch allen so viel Bildung vermittelt, wie es mir möglich war. Daher müsstest du in West Point bestehen können.«
Walther ließ keinen Zweifel daran, dass er es so haben wollte, doch Josef schüttelte energisch den Kopf. »Ich will nicht Soldat werden, Vater! Ich bin Rindermann, und mir sind Kühe lieber als salutierende Laffen.«

»Es soll auch nicht auf Dauer sein, sondern nur für ein paar Jahre«, fuhr Walther fort. »In diesem Land wird einem Captain oder Major Fitchner mehr Achtung entgegengebracht als einem schlichten Mister Josef Fitchner.«
»Nein, ich gehe nicht! Ich werde Abigail heiraten und auf der Cattle-Ranch leben, und zwar als ein schlichter Mister Josef Fitchner.« Für einen Augenblick lang sah es so aus, als würden Vater und Sohn aneinandergeraten.
Dann zuckte Walther mit den Achseln. »Auch gut! Dann wird eben Waldemar nach West Point gehen.«
»Ich?«, rief Waldemar erschrocken. »Aber da müsste ich doch von hier weg! Wo liegt dieses West Point eigentlich?«
»Im Staat New York. Dort wirst du dir genug Wissen aneignen, um hinterher entscheiden zu können, ob du als Offizier bei der Armee bleiben oder Ingenieur werden willst. Aber selbst wenn du es vorziehst, Viehzüchter zu werden, schadet eine gewisse Bildung nicht.«
Waldemar sah Josef an und spürte, dass dieser Texas um nichts in der Welt verlassen würde. Daher blieb ihm nichts anderes übrig, als es selbst zu tun. Eine Ablehnung würde nicht nur den Vater betrüben, sondern auch Sam Houston beleidigen, der Texas im Senat der Vereinigten Staaten vertrat.
»Also gut!«, sagte er. »Wenn du es für richtig hältst, Vater, werde ich gehen.«
»Wenigstens einer meiner Söhne besitzt Verstand!« Ohne ein weiteres Wort stand Walther auf und verließ den Tisch.
Nizhoni musterte Josef mit einem kühlen Blick. »Du bist dumm, Náshdóítsoh, sehr dumm!«
Nach diesem Ausruf ging auch sie.
Josef sah ihr kopfschüttelnd nach und wandte sich dann an seinen jüngeren Bruder. »Kannst du mir sagen, was Vater und Nizhoni auf einmal gegen Mister Coureur und Abigail haben?

Wollten sie mich ihretwegen unbedingt ans andere Ende der Vereinigten Staaten verbannen?«

»Mister Coureur hat vor einem Monat auf Drängen seiner Frau vier schwarze Sklaven gekauft. Du weißt, was Vater davon hält«, antwortete Waldemar.

»Ich will ja nicht Mistress Coureur heiraten, sondern ihre Tochter. Abigail wird mich sicher nicht dazu bringen, Sklaven zu halten.« Josef ärgerte sich, weil man seinen Plänen so viel Widerstand entgegenbrachte, und stand nun ebenfalls auf. »Da Vater und Nizhoni nicht mit sich reden lassen wollen, kann ich genauso gut sofort zur Coureur-Ranch reiten.«

»Ja, tu das!«, riet Gretel ihm mit einem schwer zu deutenden Grinsen.

Josef achtete nicht auf sie, sondern nahm seine Jacke, steckte seine Pistole ein und verließ das Haus. Wenig später sahen seine Geschwister ihn fortreiten.

»Ich weiß nicht, was in Josef gefahren ist. Er sollte vernünftiger sein und Vater und Mutter wenigstens anhören«, stöhnte Waldemar.

»Heute ist doch der zweite Dienstag im Monat, nicht wahr?«, sagte Gretel. »Kann sein, dass Josef drüben sein blaues Wunder erlebt. Es ist besser, ich reite ihm nach.«

Sie nahm sich eine der neuen Pistolen, die ihr Vater gekauft hatte und mit der man fünfmal schießen konnte, ohne zu laden, steckte die Waffe in den Gürtel und glitt schlangengleich zur Tür hinaus.

»Gretel, nein!«, rief Waldemar ihr noch nach.

Doch da pfiff sie schon nach ihrem Mustang, der in der Nähe des Farmhauses weidete, und als er herankam, schwang sie sich auf dessen blanken Rücken.

Waldemar überlegte, ob er ihr folgen sollte. Doch der Name Spencer war, nachdem man jahrelang nichts mehr von ihm gehört hatte, zu einem fernen Schemen geworden, den niemand mehr fürchtete. Zudem war es im French Settlement seit langem ruhig, und Gretel würde bald zu Josef aufschließen. Daher ließ Waldemar sie reiten und ging an seine Arbeit. Diego folgte ihm wie ein Schatten und freute sich, dass er ihm in kleinen Dingen helfen konnte.

3.

Josefs Zorn schwand, je weiter er sich von der Ranch entfernte. In gewisser Weise verstand er seinen Vater. Immerhin bestand im French Settlement eine stille Vereinbarung, keine Sklaven zu halten. Dass ausgerechnet der beste Freund seines Vaters nun damit anfing, musste diesen verärgern. Daran ist gewiss nur Rachel schuld, sagte Josef sich. Ihm passte diese Schwiegermutter auch nicht, aber er würde ja nicht mit Rachel Coureur unter einem Dach leben.

Da sein Hengst zu den besten Pferden aus der Zucht seines Vaters gehörte, kam er rasch voran. Etwa zwei Meilen vor Thierry Coureurs Ranch lag ein kleines Wäldchen an einem Bach. Josef wollte in einiger Entfernung daran vorbeireiten, als er an dessen Rand die Stute entdeckte, die Abigail häufig ritt.

Mit einem fröhlichen Lächeln zügelte er sein Pferd und ließ es langsamer gehen. Ich werde Abigail überraschen, dachte er und stellte sich ihre Freude vor, ihn zu sehen. Da seine Sinne ganz auf das Wäldchen gerichtet waren, nahm er nicht wahr, dass seine Schwester ihm folgte und langsam aufholte.

Am Wäldchen angekommen, sah er, dass sich noch ein zweites

Pferd bei Abigails Stute befand. Es war ein mittelmäßiger Brauner, wie Farmer sie gerne ritten, aber kein Pferd, das ein Mann wie Thierry Coureur kaufen würde. Das Brandzeichen kam Josef bekannt vor, dennoch dauerte es einige Augenblicke, bis er begriff, dass der Wallach zur Jenkins-Farm gehörte, die südlich der Cattle-Ranch lag und deren Besitzer ihnen immer wieder Schwierigkeiten bereitete.

Verwundert, dieses Pferd hier zu sehen, drang Josef in den Wald ein. Nizhoni hatte ihn gelehrt, sich lautlos zu bewegen, und so verursachte er nicht mehr Lärm als ein hoppelndes Kaninchen. Im Wald gab es einen kleinen Teich, und von dort klangen Lachen und fröhliche Stimmen zu Josef herüber. Als er vorsichtig näher schlich, entdeckte er als Erstes ein am Ufer liegendes Frauenkleid mit Unterrock, Hemd, Strümpfen und Schuhen und gleich daneben derbe Tuchhosen, ein kariertes Hemd und feste Stiefel.

Josef schossen tausend Gedanken durch den Kopf, und er fragte sich, ob womöglich Abigails Schwester Thamar bereits einen Verehrer gefunden hatte. Doch als er die Zweige eines Busches vorsichtig auseinanderbog, sah er Abigail bis zum Hals im Wasser stehen und bei ihr, fast auf Tuchfühlung, Jim Jenkins, den Sohn jenes unangenehmen Nachbarn.

Zuerst glaubte Josef, der junge Jenkins hätte Abigail überfallen, und wollte schon losstürmen und den Kerl zur Rechenschaft ziehen. Da schlang Abigail ihre Arme um den anderen, küsste ihn und wies auf eine grasbewachsene Stelle am Ufer unweit von Josefs Versteck.

»Komm, Jimmy! Wir sollten die Gelegenheit ausnützen. Nächstes Mal schickt Mama uns vielleicht wieder diesen Trampel Thamar mit, und dann heißt es brav und züchtig sein.«

»Ich habe nichts dagegen!«, meinte der Farmersohn grinsend.

Als beide an Land stiegen, erkannte Josef, dass sie nackt waren. Noch während er überlegte, wie ein Gewittersturm dreinzufahren, legte das Mädchen sich auf den Rücken und spreizte einladend die Beine. Sofort glitt der junge Mann zwischen ihre Schenkel und begann, sie mit heftigen Stößen zu bearbeiten.

Jetzt hielt es Josef nicht mehr in seinem Versteck. Mit drei Schritten trat er ans Ufer und blickte rot vor Zorn auf das kopulierende Paar hinab. Die beiden waren so miteinander beschäftigt, dass sie ihn zunächst nicht bemerkten. Dann aber entdeckte Abigail ihn und schrie entsetzt auf.

»Josef!«

»Ja, ich!«, rief Josef und zog seine Pistole. »Ich dachte, wir wären uns einig, nach deinem achtzehnten Geburtstag zu heiraten. Aber wie es aussieht, konntest du es nicht erwarten, einen Männerschwanz in dir zu spüren.«

»Josef, ich kann dir alles erklären!« Abigail stieß Jim Jenkins von sich herab und eilte zu der Stelle, an der ihre Kleider lagen. »Lass uns in Ruhe darüber reden«, flehte sie, als der Lauf der Pistole ihr folgte.

»Ich glaube nicht, dass es hier noch viel zu reden gibt«, antwortete Josef ätzend. »Ich habe meine Verlobte mit einem anderen in den Büschen erwischt. Das reicht aus, um den Kerl niederzuschießen und dich so, wie du bist, zu deinen Eltern zurückzubringen!«

»Josef, das kannst du nicht tun«, kreischte Abigail auf. »Mama würde mich totschlagen, wenn sie das erführe.«

»Das hättest du dir eher überlegen sollen!« Josefs Pistolenlauf wanderte zu Jenkins zurück, und er spannte den Hahn. Bevor er jedoch schießen konnte, klang hinter ihm eine helle Stimme auf.

»Ein Kojote wie der ist es nicht wert, dass man eine Kugel an ihn verschwendet, Bruderherz!«

Josef blickte sich kurz um und sah Gretel, der es gelungen war, sich unbemerkt bis auf wenige Schritte zu nähern. Für einige Augenblicke focht er einen harten Kampf mit seinem verletzten Stolz aus, dann nickte er mit verkniffener Miene.

»Du hast recht, Kleine! Die zwei sind es nicht wert, dass man sich nur einen Atemzug lang mit ihnen beschäftigt. Komm, lass uns heimreiten!« Damit wandte er sich ab und wollte gehen.

Jim Jenkins sah es, eilte zu seinen Kleidern und raffte seine Pistole an sich. Doch als er sie anschlagen wollte, starrte er in die Mündung von Gretels Waffe.

»Für meinen Bruder bin ich sogar bereit, einen zweibeinigen Kojoten über den Haufen zu schießen«, sagte sie lächelnd, doch Jenkins und Abigail merkten, dass es ihr tödlich ernst damit war.

Während der junge Mann die Pistole fallen ließ, als wäre sie glühend heiß geworden, brach Abigail in Tränen aus. Sie hatte zwar Jim Jenkins' derbem Werben nachgegeben und sich mit ihm gepaart. Geheiratet aber hätte sie lieber Josef, der einmal um ein Vielfaches reicher sein würde als ihr jetziger Liebhaber. Als Frau des jungen Fitchners würde sie eine ähnliche Stellung einnehmen wie derzeit ihre Mutter, die als Ehefrau des Senators dieses Wahlbezirks hohes Ansehen genoss. Damit aber war es wohl vorbei.

Wütend sah sie Josef und Gretel nach, bis diese verschwunden waren, und ballte dann wütend die Fäuste. »Wieso musste dieser Idiot ausgerechnet jetzt auftauchen? Daran ist sicher dieses elende kleine Halbblut schuld.«

Jim Jenkins konnte schon wieder grinsen. Seit Jahren standen sein Vater und er im Schatten der großen Cattle-Ranch, und er hatte immer davon geträumt, Josef Fitchner irgendwann einmal ausstechen zu können. Nun hatte er es endlich geschafft.

Bei dem Gedanken erinnerte er sich, dass er wegen der Störung vorhin nicht fertig geworden war, und fing die tobende Abigail ein.
»Komm, leg dich hin! Oder glaubst du, ich lasse mir von diesem Laffen meinen Spaß verderben?«
Da Abigail nicht sofort gehorchte, zwang er sie nieder und presste ihr die Beine auseinander. »Hat er dich auch schon einmal gebumst?«, fragte er, während er weitermachte.
Das Mädchen schüttelte den Kopf. »Nein!«
Jim Jenkins begann zu lachen. »Dann wird es ihn doppelt fuchsen, dass ich bei dir ackern konnte«, sagte er und fand, dass es wichtiger war, an seine Befriedigung zu denken als an den Narren, dem er eben die Verlobte weggenommen hatte.

4.

Josef überlegte, ob er Abigails und Jenkins' Pferde losbinden und davontreiben sollte, damit diese zu Fuß zu Coureur-Ranch gehen mussten, ließ es dann aber sein. Stattdessen schwang er sich auf seinen Hengst, sah zu, wie seine Schwester auf den Rücken ihrer Mustangstute glitt, und blickte sie dann fragend an. »Weshalb bist du mir nachgeritten?«
»Weil ich dich davon abhalten wollte, etwas Dummes zu tun.«
»Sag bloß, du wusstest, dass die beiden hier sind?«
»Ich wusste nicht, dass sie das tun würden, was sie getan haben. Aber dieser Jenkins war in der letzten Zeit jeden zweiten Dienstag im Monat bei den Coureurs und ist dabei immer mit Abigail ausgeritten. Meistens war Thamar dabei. Aber die habe ich diesmal nicht gesehen.«

Josef bemerkte, dass seine Schwester noch nicht begriff, was das Paar getrieben hatte, und wollte auch nicht näher darauf eingehen. »Komm, wir reiten nach Hause«, sagte er.
Da griff Gretel ihm in die Zügel. »Das halte ich für falsch! Wir sollten zu den Coureurs reiten und diese fragen, weshalb sie ihre Tochter allein mit so einem Kojoten wie Jenkins ausreiten lassen. Wenn du jetzt auf einmal wegbleibst, wird Abigail sich etwas zusammenlügen, das dich in einem schlechten Licht erscheinen lässt.«
Obwohl Josef Thierrys Familie am liebsten gemieden hätte, nickte er nachdenklich. »Du hast recht. Wir reiten zur Ranch. Soll Abigail ihren Eltern doch erklären, weshalb sie mit Jim Jenkins allein unterwegs war. Obwohl – sie wird auch da lügen, dass sich die Balken biegen.«
»Da bin ich mal gespannt, wie sie das erklären will«, sagte Gretel grinsend und wies Abigails Unterhemd vor, das sie heimlich vom Ufer mitgenommen hatte.
Als Josef es sah, musste er trotz allem lachen. »Du bist wirklich ein Teufelsmädchen! Da hoffe ich wirklich, dass wir beide nie Feinde werden.«
»Du bist mein Bruder«, antwortete das Mädchen ernst, »und für meine Brüder würde ich jeden erschießen, der es verdient.«
»Danke!« Josef ergriff Gretels rechte Hand und drückte sie sanft. »Ich danke dir auch dafür, dass du mitgekommen bist. Wer weiß, was sonst geschehen wäre.«
»Nur ein toter Kojote mehr! Allerdings hätte Abigails Geheule uns noch lange in den Ohren geklungen.«
Mit einem Lachen trieb Gretel ihre Stute an und war Josef innerhalb weniger Augenblicke etliche Dutzend Yards voraus. Sein Hengst musste sich strecken, um mit dem flinken Mustang mithalten zu können.
Wenig später preschten beide im Galopp auf den Hof der

Coureur-Ranch und sahen, dass sich dort bereits andere Gäste befanden. Eines der Pferde im Korral stach unter den anderen hervor. Es war nicht besser oder schneller als diese, doch die blaue, gelb gesäumte Satteldecke wies es als Reittier eines Offiziers aus.

»Wer mag das sein?«, fragte Josef und beeilte sich, in das Hauptgebäude zu kommen. Gretel folgte ihm wie ein Schatten.

Laute Stimmen wiesen ihnen den Weg. Als sie ins Wohnzimmer traten, sahen sie als Erstes einen der vier schwarzen Sklaven, die Thierry gekauft hatte. Der Mann stand mit unbewegter Miene neben dem Tisch und schenkte nach, wenn einer der Gäste ausgetrunken hatte. Ein weiterer Schwarzer brachte Zigarren, während der dritte gerade mit einem vollen Tablett mit belegten Broten aus der Küche herauskam.

Josef fragte sich, weshalb ihm die drei Sklaven eher auffielen als der Besitzer der Ranch, seine Frau oder die vier Besucher. Er schob den Gedanken beiseite und verneigte sich grüßend.

»Einen schönen guten Tag, Mistress Coureur, Mister Coureur, meine Herren!«

In ihr Gespräch vertieft, hatten die sechs Gretels und sein Eintreten übersehen.

Nun fuhr Rachel Coureur herum und starrte ihn verwundert an.

»Josef? Aber … Ich dachte, du wärst noch auf eurer Cattle-Ranch.«

»Ich bin gestern Abend angekommen und heute sofort hierhergeritten«, antwortete Josef beherrscht.

»Freut mich, dich zu sehen, mein Junge. Wie geht es? Sind alle gesund bei euch?«, fragte Thierry.

»Kühe, Pferde und Menschen auf unseren Ranches sind alle gesund«, gab Josef mit einem misslungenen Lachen zurück.

»Sie hätten ruhig die Menschen an erster Stelle nennen können«, warf Edward Montgomery ein, den Josef als Aufwiegler einstufte, seit er ihn einmal in Austin auf einer Versammlung hatte reden hören.

»Für einen Rindermann in Texas stehen seine Rinder an erster Stelle«, antwortete Josef kühl. »Danach kommen die Pferde, die er braucht, um seine Rinder zu hüten, und dann erst die Menschen, die seine Rinder essen.«

»Gut pariert!«, rief Thierry lachend. »Mein lieber Josef, darf ich dir einen ganz besonderen Gast vorstellen. Das hier ist Major Zebulon Burke aus Arkansas.«

Als Josef den Namen des Offiziers hörte, verhärtete sich seine Miene. Er hatte von seinem Vater, von Nizhoni und Waldemar einiges über Zeb Burke gehört, und es war nichts Gutes dabei gewesen. Wie es aussah, hatte der ehemalige Leutnant in den letzten Jahren Karriere gemacht und war bis zum Major aufgestiegen.

»Setz dich doch, Josef! Hallo, Gretel, du bist ja auch dabei.« Rachel bedachte das Mädchen, das in Lederhosen, Hemd und Lederweste neben der Tür stand, mit einem tadelnden Blick. Ihren Vorstellungen zufolge hätte Gretel ein Kleid tragen müssen. Auch störte sie die Pistole im Gürtel. Es war das Vorrecht der Männer, Waffen zu tragen. Doch daran hatte sich schon die Mutter des Mädchens nie gehalten.

Während Rachel ihren Gedanken nachhing, setzte Major Zebulon Burke seine Rede, die durch Josefs und Gretels Erscheinen unterbrochen worden war, voller Eifer fort. »Ich sage euch, wir dürfen uns von diesen verdammten Yankees nichts mehr gefallen lassen! Wir wollen nach unserer Art und Weise leben, und, verdammt noch mal, das werden wir. Entschuldigen Sie, Madam.«

Burke neigte kurz den Kopf in Rachels Richtung und sah dann Thierry an. »Das sagen Sie doch auch, Senator?«

Thierry nickte nachdenklich. »Wir sollten uns von anderen Bundesstaaten wirklich nicht vorschreiben lassen, wie wir hier in Texas zu leben haben.«
»Es geht nicht nur um Texas!«, rief Burke voller Leidenschaft. »Der gesamte Süden der Vereinigten Staaten befindet sich im Würgegriff dieser Krämerseelen aus dem Norden. Warum können sie uns nicht so leben lassen, wie wir schon immer gelebt haben? Wir zwingen ihnen doch auch nicht gegen ihren Willen auf, dass sie Sklaven halten sollen, wenn sie das nicht wollen. Also sollen sie uns auch nicht dazu drängen, unsere Sklaven freizulassen, obwohl wir sie als Arbeiter auf unseren Plantagen und Ranches brauchen – und auch als Hauspersonal. Bei Gott, was wäre das für ein Chaos? Die Schwarzen sind doch gar nicht in der Lage, sich selbst zu ernähren. Außerdem hat Gott diese Rasse als unsere Knechte geschaffen. Es ist damit unser heiliges Recht, sie als Sklaven zu halten.«
Burke wollte noch mehr sagen, als Gretel etwas einzuwenden hatte. »Aber Gott hat doch nur Adam und Eva geschaffen. Daher müssen die Schwarzen ebenso wie wir von diesen beiden abstammen.«
»Ein Kind versteht das nicht, vor allem, wenn es in der Wildnis aufwächst«, antwortete Burke gereizt. Dann betrachtete er Gretel genauer und entdeckte, dass er sich von dem rötlich schimmernden Haar hatte täuschen lassen. Sie stammte unweigerlich von Weißen und Indianern ab.
»Was hat dieses Halbblut hier im Herrenhaus verloren?«, fragte er voller Abscheu. »So ein Ding gehört ebenfalls in eine Sklavenhütte! Ich beklage bei Gott immer wieder jene unverantwortlichen Männer, die ihr Blut mit dem von Negerinnen oder Wilden mischen.«
»Gretel ist Josefs Schwester und die Tochter von General Fitchner, einem der ersten Siedler in diesem County und ei-

nem Helden aus den Befreiungskriegen gegen Mexiko. Ich habe selbst unter ihm gedient!« Thierry wollte Burke dazu bringen, sich im Ton zurückzunehmen, doch der hörte nur den Namen Fitchner und erinnerte sich an die Demütigungen, die er von Walther und von dessen indianischer Frau hatte hinnehmen müssen.

»Bei uns in Arkansas würde man einem solchen Mann wie diesen Fitchner teeren und federn und zum Teufel jagen und seine farbige Brut dazu. Im Salon eines Herrenhauses will ich so etwas nicht sehen!«

Bevor Thierry oder einer der anderen etwas einwenden konnte, drehte Rachel sich zu Gretel um. »Geh hinaus und warte draußen auf deinen Bruder!«

»Wir werden beide gehen!«, erklärte Josef mit eisiger Stimme. »In einem Haus, in dem mein Vater, meine Stiefmutter und meine Geschwister in dieser Weise beleidigt werden, haben wir nichts mehr verloren. Dabei habe ich zumindest hier etwas mehr Achtung erwartet, denn mein Vater hat Ihnen, Mister Coureur, oft genug geholfen und Ihnen sogar einen zinslosen Kredit gewährt, der bis heute nicht zurückbezahlt worden ist.«

Josefs Verachtung war für Rachel zu viel. Sie trat einen Schritt auf ihn zu und sah ihn höhnisch an. »Von welchem Kredit sprichst du? Zeig mir ein Papier, auf dem so eine Vereinbarung festgehalten wurde.«

»Rachel!« Thierrys Stimme hallte wie ein Peitschenschlag durch den Raum, doch da hatten Josef und Gretel das Haus bereits verlassen. Mit bleichem Gesicht packte er seine Frau und schleifte sie nach draußen auf den Gang.

»Das war unnötig!«, sagte er mit mühsam beherrschter Stimme. »Du weißt ebenso wic ich, dass Walther und ich damals keinen Vertrag geschlossen haben, weil er meinem Ehrenwort vertraut hat. Bis jetzt waren er und ich trotz unserer gegensätzlichen Meinung in der Sklavenfrage noch Freunde. Doch von heute an wird er unser Feind sein, denn du hast nicht nur gelogen, sondern auch noch seine Tochter und damit auch seine Frau beleidigt. Außerdem wirst du dir für Abigail einen neuen Bräutigam suchen müssen. Nach dem, was heute hier geschehen ist, wird Josef sie gewiss nicht mehr heiraten.«

Jetzt erst begriff Rachel, wie sehr sie sich in ihrer Begeisterung für den schneidigen Zebulon Burke vergaloppiert hatte. Für einen Augenblick empfand sie Gewissensbisse, aber dann winkte sie mit einer ärgerlichen Miene ab.

»Unsere Abigail wird auch einen anderen Freier finden, zum Beispiel Mister Montgomery oder einen von Majors Burkes reichen Freunden aus Arkansas.«

Thierry wollte etwas darauf antworten. Da erscholl draußen ein wilder Kriegsruf, und er eilte unwillkürlich zur Tür. Da Rachel ihm auf dem Fuße folgte, sahen beide Gretel auf ihrem Mustang über den Hof preschen. Das Mädchen ließ Abigails Hemd wie eine erbeutete Fahne im Wind flattern, warf es dem Ehepaar vor die Füße und jagte mit einem weiteren wilden Schrei davon.

»Was soll das?«, fragte Thierry verblüfft und bückte sich nach dem Hemd. »Das gehört doch Abigail! Wo ist sie?«

»Sie ist mit Mister Jenkins ausgeritten«, gab Rachel mit einem Gefühl zu, sich auf schwankendem Boden zu befinden.

»Doch hoffentlich nicht allein?«, fragte ihr Mann weiter.

»Eigentlich sollte Thamar mit ihnen reiten, aber die ist zu deiner Schwester gefahren, um dort auszuhelfen. Marguerite ist nach ihrer letzten Niederkunft noch sehr geschwächt.« Rachel zog den Kopf ein, denn ihr Mann hatte feste Vorstellungen, was sich für ein junges Mädchen geziemte und was nicht.

»Du hast sie allein ausreiten lassen?«, fuhr Thierry sie an.
»Na ja, ich dachte, es kann nichts passieren«, verteidigte seine Frau sich.
»Und das hier?«, fragte Thierry und hielt ihr das Hemd der Tochter hin. »Josef und Gretel müssen etwas gesehen haben, denn sie schienen mir arg ernst, als sie ins Zimmer kamen. Denk daran: Beide haben von Nizhoni gelernt, sich leise und ungesehen anzuschleichen.«
Darauf wusste Rachel nichts zu antworten. In Gedanken verfluchte sie ihre Älteste, die anscheinend einen Riesenfehler begangen hatte. Trotzdem versuchte sie, den Schein zu wahren. »Wir sollten wieder zu unseren Gästen zurückkehren.«
»Nicht, bevor wir mit unserer Tochter gesprochen und sie gefragt haben, wieso sie ihr Unterhemd ausgezogen hat«, erklärte Thierry und wies in Richtung des Wäldchens, aus dem gerade zwei Reiter auftauchten. Es waren Abigail und Jim Jenkins. Beide ritten schnell, als wollten sie so rasch wie möglich zur Ranch. Da Abigail ihre Eltern vor der Tür stehen sah, zügelte sie ihr Pferd, trieb es dann aber erneut an, sprang auf dem Hof aus dem Sattel, ohne sich weiter um den Gaul zu kümmern, und wollte an Thierry und Rachel vorbei ins Haus.
»Halt!«, klang da die harte Stimme ihres Vaters auf. »Erst wirst du uns das da erklären!«
Damit hielt er ihr das Unterhemd unter die Nase.
Abigail kaute verzweifelt auf ihren Lippen herum und suchte nach einem Ausweg. Eigentlich hatte sie heimlich zurückkommen, ins Haus schleichen und ein anderes Hemd anziehen wollen. Doch diese Möglichkeit war ihr nun verwehrt.
»Was ist? Wir warten auf Antwort!«, herrschte die Mutter sie an.
»Ich … ich … wir«, stotterte Abigail und sah keinen Ausweg

mehr. Dann raffte sie ihre Schultern und versuchte es mit Frechheit. »Jimmy und ich waren ein wenig schwimmen. Da hat Gretel, dieses Biest, mein Hemd gestohlen.«
»Hat sie es dir etwa über den Leib gezerrt?«, fragte ihr Vater voller Groll. »Ausgezogen wirst du es ja hoffentlich nicht haben!«
Abigail wusste, dass sie in der Falle saß, und brach in Tränen aus. Unterdessen traf Thierrys Blick Jim Jenkins, der ziemlich unbehaglich auf seinem Gaul saß und am liebsten davongeritten wäre. »Hast du meine Tochter genötigt, ihre Kleider abzulegen?«
Es war der Vorwurf der Vergewaltigung, und Jim begriff, dass Abigails Vater ihn ohne Zögern erschießen würde, um die Ehre seiner Tochter zu bewahren.
»Nein, Mister! Es ging von Abigail aus«, antwortete er, so rasch er konnte.
»Erschieße ihn, und wir sagen allen, er hätte unserer Tochter Gewalt angetan«, schlug Rachel vor, um Abigail als Jim Jenkins' Opfer hinstellen zu können.
Thierry hielt seine Pistole bereits in der Hand, senkte sie dann aber wieder. »Ich erschieße keinen Mann, der von unserer Tochter verführt worden ist. Ungestraft aber wird er nicht davonkommen. Er wird Abigail umgehend heiraten und sie auf die Farm seines Vaters mitnehmen.«
»Bist du verrückt?«, fragte Rachel empört. »Willst du unsere Tochter an einen Jim Jenkins verschleudern, wo sie doch ganz andere Männer heiraten könnte?«
»Nenne mir einen, der sie nehmen würde, nachdem sie sich für Jim Jenkins zur Hure gemacht hat! Sie wird ihn heiraten, und damit Schluss. Steig ab, du Lump, und wage es ja nicht, zu verschwinden. Sonst komme ich mit meinen Cowboys zu eurer Farm und hänge dich an den nächsten Baum.«

Wutschnaubend drehte Thierry sich um und kehrte in den Salon zurück, in dem seine Gäste noch immer eifrig über die Staaten im Norden herzogen, die den Gentlemen im Süden mit ihren absurden Forderungen das Leben schwermachten. Von dem, was auf dem Hof geschehen war, hatten sie nichts mitbekommen. Für einen Augenblick überlegte Thierry, ob er Jim Jenkins nicht doch besser erschossen hätte, um die Chancen seiner Tochter auf eine gute Heirat zu bewahren. Er wollte jedoch keinen Mord begehen für etwas, an dem Abigail mindestens ebenso schuldig war wie der junge Mann.

Draußen auf dem Hof musterte Rachel ihre Tochter voller Verachtung und schlug ihr dann mit aller Kraft ins Gesicht. »Ich wollte, du wärst als kleines Kind gestorben und nicht mein armer Benny. So aber bist du zu einer läufigen Hündin geworden, die es nicht erwarten konnte, unter einem Mann zu liegen. Oh Gott, wenn ich daran denke, wen du alles hättest heiraten können! So aber hast du einen räudigen Maulesel statt eines reinrassigen Vollbluts bekommen.«

Mit diesen Worten ließ auch sie das Paar auf dem Hof stehen.

5.

Ist es schlimm, großer Bruder?« Gretel sah besorgt zu Josef hin, der mit düsterer Miene auf seinem Hengst saß und immer wieder die Fäuste ballte.

»Was?«, fragte er, weil seine Schwester ihn aus seinen Gedanken aufgestört hatte.

»Ich meine das mit Abigail. Du wolltest sie doch heiraten.«

Josef kniff die Augen zusammen und überlegte. An Abigail

hatte er gar nicht gedacht, sondern sich über Major Burke und dessen Ausfälle gegen seine Familie geärgert.
»Nein«, antwortete er. »Das mit Abigail trifft mich nicht tief.«
»Dann ist es gut!« Seine Schwester atmete auf und grinste ihn dann an. »Weißt du, keiner von uns war begeistert, dass du Abigail heiraten wolltest. Sie ist ein ausgefuchstes Biest!«
»… und eine Schlampe!«, setzte Josef verächtlich hinzu.
»Was ist eine Schlampe?«, fragte Gretel interessiert.
»Etwas, das du nie sein wirst, Abendsonne!« Zum ersten Mal seit langem nannte Josef seine Schwester wieder mit dem Beinamen, den ihre Mutter ihr vor Jahren gegeben hatte. Er streckte ihr die Hand hin und sah sie lächelnd an. »Danke! Ohne dich wäre diese Sache wahrscheinlich viel schlimmer ausgegangen. Allerdings frage ich mich, ob ich diesen aufgeblasenen Major nicht zum Duell fordern soll. Er hätte ein paar Unzen Blei im Schädel verdient.«
»Das hätte er!«, stimmte Gretel ihm zu. »Wenn ich daran denke, was Waldemar mir über diesen Kerl erzählt hat. Allerdings müssten wir dafür umkehren und zur Coureur-Ranch zurückreiten – und das wirst du nicht wollen.«
»Nein, da hast du recht«, antwortete er und ließ seinen Hengst schneller laufen.
Gretels Mustang blieb an der Seite des größeren Pferdes, doch die Reiter wechselten nicht mehr viele Worte. Als sie einige Zeit später in den Hof der väterlichen Ranch einbogen, sahen sie, dass sich auch hier Besuch eingefunden hatte, denn der Korral war voll mit Pferden. Weitere Pferde standen angeleint vor dem Schuppen, und der Platz vor dem Haus hatte sich in einen Versammlungsort verwandelt. Die beiden erkannten Leszek Tobolinski, der nach dem Tod seines Vaters Krzesimir zum Anführer der polnischen Siedler aufgestiegen war, sowie

Father Patrick, Ean O'Corra und viele andere Nachbarn, die ihren Vater umringten.

»He! Was ist denn hier los?«, fragte Josef verwundert.

»Gut, dass Sie kommen, Mister Josef. Sie können uns helfen, Ihren Vater zu überzeugen, dass er wieder für den Senat von Texas kandidieren soll. Wir wollen keinen Sklavenhalter wie Coureur als Senator dort haben«, erklärte ihm Ean O'Corra.

»Leute, mir passt es auch nicht, dass Thierry Coureur sich seit neuestem Sklaven angeschafft hat«, erklärte Walther. »Aber er hat unsere Interessen bisher immer gut vertreten. Deshalb solltet ihr euch überlegen, ob ihr ihn nicht doch wiederwählen wollt.«

»Sie waren unser Senator in der Zeit der Republik Texas. Nachdem Texas den Vereinigten Staaten beigetreten ist, haben Sie Coureur den Vortritt gelassen. Doch der Mann ist es nicht wert!«, rief Tobolinski erregt.

»So ist es!«, stimmte O'Corra dem Polen zu. »Meine Freunde und ich haben Irland verlassen, um der Knechtschaft durch die Engländer zu entgehen und als freie Menschen leben zu können. Wenn wir jetzt andere Menschen, die gleich uns von Gott geschaffen worden sind, zu unseren Sklaven machen, handeln wir nicht besser als die englischen Landlords. Wir würden deren Handlungsweise damit im Nachhinein billigen, und das will keiner von uns Iren.«

»Auch keiner von uns Polen«, setzte Tobolinski hinzu. Die Vertreter der sizilianischen und deutschen Siedler äußerten sich ebenfalls in diesem Sinne.

»Sie müssen kandidieren!«, beschwor O'Corra Walther.

»Tu es, Vater!«, warf Josef grimmig ein. »Coureur hat Gäste, die keiner von uns auf seiner Farm oder Ranch sehen will, nämlich fanatische Anhänger der Sklaverei. Er ist keiner mehr von uns, sondern redet den Plantagenbesitzern das Wort.«

»Gut gesprochen, Mister Josef!«, rief O'Corra. »Wir sollten beschließen, dass in unserem County keine Sklaven gehalten werden dürfen.«
Etliche äußerten Zustimmung, doch Walther hob die Hand. »Sollten wir das tun, würde die Regierung von Texas diesen Beschluss sofort außer Kraft setzen. Daher ist es besser, es wie bisher zu halten und uns auf freiwilliger Basis zu verständigen. Wer Sklaven hält, gehört nicht mehr zu unserer Gemeinschaft. Wir waren immer stolz darauf, freie Bürger eines freien Landes zu sein. Daran sollten wir uns halten.«
»Gut gesprochen, General!« Ean O'Corra trat auf Walther zu und reichte ihm die Hand. »Wir brauchen einen Mann wie Sie im Senat von Texas, einen, der mit unserer Stimme spricht und nicht mit der der Sklavenhalter. Daher werden wir alles tun, damit Sie die Wahl gewinnen.«
Walther wurde klar, dass er sich diesem Ruf nicht verweigern durfte. Daher trat er von einem der alten Freunde zum nächsten und wechselte mit jedem ein paar Worte. Einige von ihnen hatten mit ihm zusammen am San Jacinto River gekämpft, vielen Deutschen hatte er bei der Ansiedlung geholfen, und bei einigen der jungen Männer war er sogar Pate gewesen.
»Für ein freies Texas freier Männer! Das soll unser Schlachtruf sein«, sagte er mit weit hallender Stimme.
»Für ein freies Texas freier Männer!«, scholl es aus mehreren Dutzend Mündern zurück.
Walther ging es jedoch nicht nur um die Senatswahlen, denn er sorgte sich um seinen Sohn, der ganz verändert von der Coureur-Ranch zurückgekehrt war. Kaum hatten sich die Männer, die ihn zur Kandidatur aufgefordert hatten, nach einem kleinen Umtrunk verabschiedet, da nahm er Josef beiseite.

»Was ist geschehen, mein Junge?«
Josef legte ihm mit einem bitteren Lächeln den Arm um die Schulter. »Mistress Coureur hat Gretel aus dem Haus gewiesen, nachdem Major Burke diese ein Halbblut genannt hat, das in die Sklavenhütten gehört.«
»Das hätte ich selbst von ihr nicht erwartet«, sagte Walther fassungslos. »Und ihr Mann hat sie nicht zurechtgewiesen?«
»Nein! Der ist jetzt gut Freund mit diesem ehemaligen Leutnant und jetzigen Major Burke und anderen Schreihälsen. Deshalb bin ich auch dafür, dass du gegen ihn kandidierst.«
»Und was ist mit Abigail? Wirst du sie immer noch heiraten?«, fragte Walther seinen Sohn.
Josef schüttelte den Kopf. »Das ist vorbei! Abigail hat deutlich gezeigt, dass sie nicht die richtige Frau für mich ist.«
Den Grund, aus dem er die Verlobung gelöst hatte, behielt Josef für sich. Er hatte auch Gretel gebeten, den Mund zu halten. Weder wollte er als betrogener Verlobter dastehen noch als schlechter Verlierer.
Zwar begriff Walther, dass mehr dahinterstecken musste, aber er akzeptierte die Entscheidung seines Sohnes und wechselte das Thema. »Willst du jetzt doch nach West Point gehen?«
Dieser Gedanke erschien Josef im ersten Augenblick verlockend. Dann aber schüttelte er erneut den Kopf. »Ich bin Rindermann, Vater, und eigne mich nicht zum Soldaten. Waldemar wird sich dort besser machen, als ich es könnte.«
»Dann soll es so sein!« Walther nickte seinem Sohn verständnisvoll zu und überlegte. »Du könntest mir einen Gefallen tun. Reite nach Austin und lass ein paar Plakate drucken, in denen die Leute aufgefordert werden, mich in den Senat zu wählen, und verteile diese an unsere Nachbarn.«
»Soll ich auch eins zur Coureur-Ranch bringen?«, fragte Josef mit einem gewissen Spott.

Walther hob ablehnend die Hand. »Nein! Thierry wird es auch so erfahren, dass seine Wiederwahl nicht mehr so sicher ist, wie er denkt.«

6.

Die Verbitterung im County war größer, als Walther es sich hatte vorstellen können. Seine Anhänger dachten nicht daran, mit Männern zu reden, die offen als Thierrys Freunde galten. Dieser selbst war sich seiner Wiederwahl sicher, und durch seine engen Kontakte zu Sklavenhaltern und Befürwortern der Sklaverei kam er auch nicht dazu, mehr als einen kurzen Gruß mit seinen Nachbarn zu wechseln.

Trotzdem hätten ihn viele aus reiner Gewohnheit wiedergewählt. Als er jedoch am Tag der Wahl mit seiner Frau, seiner jüngeren Tochter und zwei Parteifreunden aus Austin die kleine Stadt erreichte, die in den letzten Jahren zum Zentrum des French Settlements geworden war, trafen ihn etliche missbilligende Blicke. Diese galten weniger ihm selbst oder seinen Bekannten, die wie er zu Pferd saßen, als dem leichten Wagen, in dem Rachel und Thamar sich kutschieren ließen. Ein schwarzer Sklave in einer tressenbestickten roten Livree und blauen Hosen führte die Zügel, und Rachel trug ein Kleid, mit dem sie unter den schlichten Farmersfrauen herausstach wie ein Pfau aus seinen Hennen.

»Seht euch die an!«, giftete Letta O'Corra. »Das Kleid muss ein Vermögen gekostet haben.«

»Das würde mich weniger stören«, antwortete ihre Nachbarin nicht ganz wahrheitsgemäß. »Aber sieh dir an, wie sie ihre

Sklaven anzieht! In dem komischen Aufzug käme keiner von ihnen zehn Meilen weit, wenn er fliehen wollte.«
Thierry und Rachel bemerkten nicht, welches Aufsehen sie erregten, sondern unterhielten sich mit ihren Freunden, während Thamar stumm neben ihrer Mutter saß und auf den Boden des Wagens starrte. Auf einmal blieb Rachels Blick an einem Plakat hängen, das an einem der Häuser ging.
»Wählt General Fichtner in den Senat!«, stand da zu lesen.
Rachel schüttelte verwundert den Kopf und stieß dann ihren Mann in die Seite. »Kannst du mir sagen, was das soll?«
Thierry sah auf und las das Plakat. »Wie es aussieht, will Walther gegen mich kandidieren. Irgendwie war es vorauszusehen. Einen Mann wie ihn beleidigt man nicht ungestraft.«
»Was heißt hier beleidigt?«, sagte Rachel hochmütig. »Major Burke hat nur die Wahrheit gesagt. Sie stimmen mir doch zu, meine Herren?«, wandte sie sich an die beiden Männer, die Schwarze und Indianer gleichermaßen verachteten.
»Selbstverständlich, Madam!«, erklärte der eine, während der andere die Stirn in nachdenkliche Falten legte.
»Ist es einem Squawman überhaupt erlaubt, sich zur Wahl zu stellen?«, fragte er. »Wenn das bisher nicht ausgeschlossen ist, müssen wir schnellstens ein solches Gesetz erlassen.«
Thierry sagte nichts dazu, weil er keinen Streit mit seiner Frau wollte. Stattdessen sah er das Plakat an und fühlte, wie es ihm das Herz zusammenzog. Walther und er waren fast fünfundzwanzig Jahre lang die besten Freunde gewesen. Um zu verhindern, dass ihre Beziehung in einer bitteren Feindschaft endete, hatte er das Geld bei sich, das er vor Jahren von Walther erhalten hatte, und eine gewisse Summe als Zinsen hinzugefügt. Doch wie es aussah, war der Bruch nicht mehr zu kitten. Daran war aber nicht nur Major Burkes dummes Gerede schuld, sondern vor allem seine älteste Tochter. Mittlerweile

hatte er von Abigail erfahren, dass Josef und Gretel diese mit Jim Jenkins beim Liebesspiel überrascht hatten. Eine größere Beleidigung für einen Verlobten konnte es nicht geben, und er bewunderte Josef, weil dieser nicht den jungen Jenkins und auch Abigail erschossen hatte.

»Es wird Fitchner nichts helfen. Du gewinnst sowieso!«, erklärte Rachel hochmütig.

Als Thierry die Mienen jener Männer auf der Straße betrachtete, mit denen er so viele Jahre gut ausgekommen war, kamen ihm Zweifel. Ich hätte Rachel nicht nachgeben und die Sklaven kaufen dürfen, fuhr es ihm durch den Kopf. Wenn er ehrlich war, fand er die Livree, auf die seine Frau so stolz war, einfach nur lächerlich. Doch sie wollte nun einmal nicht hinter den Ehefrauen der reichen Plantagenbesitzer in Texas, Louisiana und den anderen Staaten im Süden zurückstehen. Nun bedauerte er, nicht rechtzeitig die Zügel angezogen zu haben.

Als sie das Wahllokal erreichten, stand dort bereits eine lange Schlange an Männern, die ihre Stimme abgeben wollten.

»Macht Platz für den Senator!«, rief Rachel mit durchdringender Stimme, nachdem sie aus dem Wagen gestiegen war und ihr Mann sich aus dem Sattel geschwungen hatte. Dann zerrte sie ihn einfach mit sich, als sei er ihr Knecht.

Ean O'Corra sah den beiden nach und spie aus. »Jetzt ist Coureurs Alte endgültig übergeschnappt!«

Da Thamar Coureur nicht weit von ihm entfernt stand, bekam sie diesen Ausspruch mit und starrte so intensiv zu Boden, als wäre ihr Blick dort festgewachsen. Wenig später erschien Walther mit seiner Familie. Alle sechs ritten auf selbst gezüchteten Pferden und trugen die hier gebräuchliche Tracht. Gretel hatte sich ausnahmsweise dazu bequemt, ein Kleid anzuziehen, glitt aber trotzdem von ihrer Stute, ohne sich helfen zu lassen.

Nizhoni aber ließ sich von Walther aus dem Sattel heben. »Ich bin ganz aufgeregt«, flüsterte sie ihm ins Ohr.
»Warum?«, fragte er lächelnd. »Ob ich die Wahl gewinne oder nicht, liegt in Gottes Hand. Uns braucht es nicht zu bekümmern.«
»Ich würde es Rachel gönnen, dass du gewinnst!« Im Allgemeinen war Nizhoni nicht rachsüchtig, doch hatte sie sich zu oft über Thierrys Frau geärgert. Nun ließ sie Walther und Josef, die beide zur Wahl berechtigt waren, am Ende der Schlange stehen und gesellte sich mit Gretel, Diego und Waldemar zu den anderen Frauen.
»Guten Tag, Mistress Tobolinski. Ihrer Urszula geht es hoffentlich wieder besser?«, fragte sie Leszek Tobolinskis Frau.
»Oh ja! Dem Kind geht es viel besser. Die Medizin, die Sie mir gebracht haben, hat wunderbar angeschlagen«, sagte die Polin voller Freude.
»Das ist schön!« Nizhoni begrüßte einige andere Frauen und unterhielt sich mit ihnen. Es waren Irinnen dabei, Polinnen, Deutsche, Mexikanerinnen und Sizilianerinnen, aber auch ein paar Amerikanerinnen, die sich zu Beginn etwas schwergetan hatten, Walthers indianische Ehefrau als gleichwertig anzusehen. Andere aus den Vereinigten Staaten stammende Frauen hielten sich abseits, denn ihre Männer gehörten zu Thierrys Freunden und liebäugelten damit, sich ebenfalls Sklaven zuzulegen, um die Löhne für freie Knechte und Cowboys zu sparen.
Während die Schlange der Männer vor dem Wahllokal immer weiter vorrückte, machte sich Spannung breit. Thierry hatte bereits gewählt und wurde von seinen Anhängern umringt, während Rachel sich mit deren Ehefrauen unterhielt. Dabei kehrte sie Walther und Nizhoni den Rücken und mied jeden Blick in deren Richtung. Im Gegensatz zu ihr sah Thamar im-

mer wieder zu Josef hinüber. Sie wusste inzwischen, was zwischen ihrer Schwester, Jim Jenkins und ihm geschehen war, und er tat ihr leid. Aber sie durfte nichts sagen, denn ihre Mutter beantwortete jedes freundliche Wort über Walther und dessen Familie mit Ohrfeigen.
Schließlich betraten auch Walther und Josef das Wahllokal, machten ihr Kreuz und kehrten wieder ins Freie zurück. »Ich schätze, dass es langt«, meinte Josef zu seinem Vater. »Die meisten Iren, Polen, Sizilianer und Deutschen werden für dich gestimmt haben. Dagegen kommen die Stimmen der Amerikaner nicht an.«
»Wir sind alles Texaner!«, mahnte ihn sein Vater. »Wir stimmen nicht für jemanden ab, weil er aus demselben Land stammt wie wir, sondern für den, der uns hier am besten vertreten kann.«
»Damit hast du ja recht«, antwortete Josef beschwichtigend. »Ich wollte nur sagen, dass ich den Eindruck habe, dass unsere Freunde zu uns halten.«
»Warten wir erst einmal die Auszählung ab. Bis dahin können wir ein Bier trinken gehen.« Walther wies auf den Saloon des Ortes, der von einem deutschen Einwanderer geführt wurde und an eine deutsche Gaststätte erinnerte.
»Gegen ein Bier habe ich nichts«, meinte Josef lachend und fragte die anderen, wer mitkommen wolle.
»Wir trinken gerne mit Ihnen, Mister Fitchner«, rief Ean O'Corra lachend. »Aber wenn Sie gewählt werden, General, sollte Ihnen das eine Runde wert sein.«
»An mir soll es nicht liegen«, antwortete Walther und ging an der Spitze der um ihn versammelten Männer in den Saloon.
Als Rachel dies mitbekam, zupfte sie ihren Mann am Revers. »Diesen Kerlen wirst du nach deinem Sieg keine Getränke spendieren! Hast du verstanden?«

»Wenn es denn einen Sieg gibt«, antwortete Thierry ungehalten.
Ihm war aufgefallen, dass sich weitaus mehr Menschen um Walther geschart hatten als um ihn, und er verspürte eine gewisse Enttäuschung. Er hatte alles für dieses County getan, was in seiner Macht gestanden war. Sollte dies nicht mehr gelten? Plötzlich fühlte er sich müde und wünschte sich, nach Hause fahren zu können. Doch noch zählten die Wahlhelfer die Stimmen aus. Da einige seiner engsten Freunde zu diesen gehörten, konnte er damit rechnen, dass alles seine Ordnung hatte.
»Gehen wir auch in den Saloon?«, fragte er seine Anhänger und schritt voraus, als sie nickten.
Im Gasthaus war es brechend voll, doch der Wirt hatte einen Tisch für Thierry und seine Freunde freigehalten. Sie setzten sich, bestellten und warteten auf das Ergebnis. Obwohl Walther und Thierry nur wenige Schritte trennten, wechselten sie kein Wort. Sie sahen sich nicht einmal an. Als kurz darauf der Wahlleiter mit einem Zettel in der Hand durch die Tür trat, wurde die Spannung fast unerträglich.
Der Mann trat an die Schanktheke, ließ sich ein Bier einschenken und trank genüsslich, bevor er sich den gespannt Wartenden zuwandte. »Ihr wollt sicher wissen, wer die Senatswahl in unserem Wahlbezirk gewonnen hat, was?«
»Rede nicht so dumm daher, sondern nenne die Zahlen«, fuhr Thierry ihn an.
»Also, für General Walther Fitchner haben 894 Männer gestimmt, für den bisherigen Senator Thierry Coureur 129 Männer.«
Johlen klang auf, und Walther wurden Dutzende Hände hingestreckt. Während dieser die Glückwünsche seiner Anhänger entgegennahm, stand Thierry auf und verließ den Saloon.

»Dieses Wahlergebnis ist keine Niederlage, es ist eine Hinrichtung«, murmelte er, als er auf seinen Hengst stieg und losritt, ohne sich noch einmal umzusehen.
»Diese elenden Schurken! Das werden sie noch bereuen«, giftete Rachel und stieg auf ihren Wagen. Dabei herrschte sie ihre Tochter an, ihr zu folgen, und befahl dann ihrem schwarzen Kutscher loszufahren. »Nimm die Peitsche und zieh sie den Gäulen über. Sie laufen zu langsam!«, schrie sie den Mann an.
»Bitte, Mama!«, sagte Thamar, um ihre Mutter zu bremsen. Rachel musste ihren Zorn jedoch an irgendetwas auslassen, und dies bekamen die armen Tiere zu spüren. Da der Kutscher ihrer Meinung nach nicht fest genug zuschlug, riss sie ihm die Peitsche aus der Hand und versetzte ihm mehrere Hiebe.
»Das wird dich lehren, mir zu gehorchen!«, zischte sie und wünschte sich, mit Walther Fichtner und dessen Freunden ebenso umspringen zu können wie mit ihrem schwarzen Sklaven.

7.

Walther hatte die Senatswahl gegen Thierry gewonnen, fühlte aber weniger Triumph als vielmehr den Schmerz über das Ende einer zweieinhalb Jahrzehnte dauernden Freundschaft. Während der nächsten Tage kamen ihm immer wieder die Szenen auf der *Loire* in den Sinn, auf der sie beide Hand in Hand gearbeitet hatten, um die wenigen Überlebenden des gesunkenen Schiffes zu retten. Auch hier in Texas hatten sie stets zusammengehalten – und das sollte nun vorbei sein? Mehr als ein Mal überlegte er, zur Coureur-Ranch zu

reiten, um mit Thierry zu reden, scheute jedoch stets wieder davor zurück.
Am Sonntag nach der Wahl saßen Nizhoni und er auf der Bank vor dem Haus und sahen Gretel und Diego zu, die auf dem Hof herumtobten. Plötzlich fasste seine Frau seine Hand.
»Dich bedrückt etwas! Willst du es mir nicht sagen?«
»Ich dachte an Thierry«, antwortete Walther mit leiser Stimme. »Warum musste alles so enden?«
»Der größte Teil der Schuld liegt bei Rachel«, sagte Nizhoni nachdenklich. »Sie ist sein Ungeist, denn um etwas zu gelten, fordert sie Dinge, die dir widerstreben.«
»Du meinst die Sklaven, die Thierry gekauft hat?«, fragte Walther.
»Nicht nur das! Als Frau des Senators wollte sie stets den Vorzug vor allen anderen Frauen des Settlements haben. Lange Zeit hat man das hingenommen, doch nun ist das Maß voll.«
»War es wirklich so schlimm?«, fragte Walther, der die Rivalitäten unter den Frauen kaum wahrgenommen hatte.
Nizhoni nickte betrübt. »Sie forderte immer, die Erste zu sein, und tat alles, um sich durchzusetzen. Als du und Thierry mit Sam Houston zusammen gegen den mexikanischen General Santa Ana gekämpft habt, bedrängte sie Gisela massiv, die Farm zu verlassen und nach San Felipe de Austin zu gehen, ließ uns dort aber im Stich. Nach jenem Krieg war es eine Zeitlang besser. Aber nachdem du einige Jahre später darauf verzichtet hast, erneut für den Senat von Texas zu kandidieren, und Thierry deinen Platz dort eingenommen hatte, kehrten ihre schlechten Eigenschaften zurück. Da Abigail ihr im Charakter gleicht, wollte ich nicht, dass Josef und sie heiraten, was Gott sei Dank auch nicht geschehen ist.«
»Du hättest es mir sagen sollen. Ich hätte mit Thierry darüber gesprochen!«, wandte Walther ein.

»Glaubst du, es hätte etwas geändert? Zu dem Zeitpunkt galten seine Freunde aus Austin bereits mehr als du. Wie diese denken, hast du vernommen, als Major Zebulon Burke auf Thierrys Ranch dich und Gretel ungestraft beleidigen durfte.«

»Und dich!«, setzte Walther grollend hinzu und wischte den Gedanken, seinen Frieden mit Thierry zu suchen, endgültig beiseite. »Ich nehme Thierry fast noch mehr übel, dass er sich Sklaven gekauft hat, obwohl er wusste, dass wir dies hier im Settlement nicht wollen.«

»Dabei war er hier nicht der Erste, der einen anderen Menschen gekauft hat«, antwortete Nizhoni mit einem feinen Lächeln.

»Was?«, rief Walther empört. »Wer soll das gewesen sein? Wieso habe ich nichts davon erfahren?«

»Du selbst warst es! Erinnere dich daran, dass du mich für eine Büchse und eine Handvoll Pulver und Blei von Po'ha-bet'chy eingetauscht hast.«

Walther sah sie überrascht an. »Aber das war etwas ganz anderes! Ich habe dich nie als Sklavin gesehen.«

»Ich hatte damals schreckliche Angst vor dir, Fahles Haar. Du bist so streng und bestimmend auf deinem Pferd gesessen und hast mich mit einem Seil festgebunden, damit ich dir nicht in der Prärie davonlaufen konnte. Ich wusste nichts über euch Weiße und befürchtete das Schlimmste. Erst mit der Zeit lernte ich, dass dich nur die Sorge um deine Frau und deinen neugeborenen Sohn so harsch hatte werden lassen. Doch damals fühlte ich mich nicht besser als eine Kuh, deren Milch gebraucht wird, die aber sonst keinen Wert besitzt.«

»Das tut mir leid!« Walther war ehrlich erschrocken, denn von dieser Warte hatte er die Ereignisse jener Tage noch nie betrachtet.

»Ich habe dir längst verziehen!«, flüsterte Nizhoni ihm ins

Ohr. »Außerdem war Gisela gut zu mir, und wir wurden enge Freundinnen – und was Josef betrifft, so liebe ich ihn wie ein eigenes Kind. Waldemar übrigens auch, obwohl ich ihn nicht selbst genährt habe.«

»Aber du hast ihn am Leben erhalten, und dafür danke ich dir ebenso wie für die Milch, die du Josef gegeben hast, und die beiden herrlichen Kinder, die Gott uns beiden geschenkt hat.« Walther zog Nizhoni enger an sich heran und spürte, wie seine Bitterkeit wich. Auch wenn seine Freundschaft zu Thierry zerbrochen war, so hatte Gott ihn doch reich gesegnet.

Walther wollte es Nizhoni gerade sagen, da schoss Gretel wie ein Irrwisch heran und wies nach Süden. »Dort kommen Reiter, Vater! Ich habe acht gezählt!«

»Acht Reiter?« Walther stand auf und blickte in die Richtung. Noch war die Reiterschar zu weit entfernt, um erkennen zu können, ob jemand dabei war, den er kannte. Obwohl hier im Settlement die Zeit vorbei war, in der man mit der Waffe in der Hand aus dem Haus treten musste, wenn Fremde kamen, nahm er die Büchse an sich, die Nizhoni ihm reichte. Sie selbst hatte sich ebenfalls bewaffnet, und Gretel holte sich den neuen Fünfschüsser, den er selbst nur selten benützte.

Die Reiter waren auch von anderen auf der Ranch bemerkt worden. Walther sah Jones mit einer Flinte aus dem Haus treten, in dem er mit Singender Mund und dem gemeinsamen Sohn Dave lebte. Auch Pepe hielt ein Gewehr in der Hand und war seiner Miene nach bereit, es auch einzusetzen.

»Old Hedgehog ist dabei«, meldete Gretel fröhlich.

Altes Stachelschwein – so hatten ihre Brüder Amos Rudledge wegen seines wirren, stachligen Bartes genannt. Nun entspannte Walther sich, denn der Scout würde niemals Feinde zur Ranch bringen. Auch Nizhoni ließ ihre Flinte sinken, und Pepe kehrte erleichtert ins Haus zurück.

Als der Reitertrupp näher kam, sahen sie, dass keiner der Männer eine Waffe in der Hand hielt. Verwunderlich fand Walther es jedoch, dass vier von ihnen mexikanische Tracht trugen. Tejanos, also Texaner mexikanischer Abstammung, verzichteten meistens darauf, so dass diese Reiter von südlich der Grenze kommen mussten.
Walther sah genauer hin und erkannte in einem der Reiter Hernando de Gamuzana. Einst hatte der Mann zu den bedeutendsten Grundbesitzern in Texas gehört, war aber nach der Abspaltung der Provinz von Mexiko über den Rio Grande in seine alte Heimat zurückgekehrt. Walther versuchte, das Alter des Mannes zu schätzen. 1829 hatte der damalige Alcalde etwa vierzig Jahre gezählt. Also musste er bereits auf die siebzig zugehen, hielt sich aber aufrecht im Sattel. Als er anhielt und abstieg, wirkte seine Miene düster wie eine Sturmwolke. Der Grund seines Kommens konnte also kein guter sein.
Mit einer gewissen Anspannung reichte Walther Nizhoni seine Büchse und trat auf Gamuzana zu. »Don Hernando! Es ist mir eine Ehre, Sie begrüßen zu können, und Sie, meine Herren ebenfalls!« Letzteres galt Gamuzanas mexikanischen Begleitern ebenso wie Rudledge und den drei Texanern. Einer trug den Stern eines Texas Rangers, doch Walther kannte den Mann nicht.
»Waltero, alter Freund! Ich danke Ihnen für Ihr warmes Willkommen«, antwortete Gamuzana und umarmte Walther. Dann ließ er seinen Blick über die Ranchgebäude schweifen, die in den letzten Jahren erneuert und ausgebaut worden waren.
»Sie sind ein großer Mann in diesem Land geworden, Waltero. Ich ahnte es bereits, als ich Sie zum ersten Mal gesehen habe. Ich würde mich freuen, mit Ihnen sprechen zu können. Würden Sie bitte meinen Begleitern Gastfreundschaft erweisen?«

»Sehr gerne!« Walther winkte Pepe heran, sich um die Besucher zu kümmern, und bat Gamuzana ins Haus.
Dieser folgte ihm und sah mit einer gewissen Zufriedenheit, dass das Wohnzimmer der Ranch mexikanische Anklänge besaß.
Nizhoni war ihnen vorausgeeilt und brachte Erfrischungen herbei. Während Gamuzana mit einem Dankeswort das Glas ergriff und daran nippte, musterte der Texas Ranger, der ebenso wie Rudledge mit ins Haus gekommen war, Walthers indianische Frau mit einem scheelen Blick.
»Das ist doch eine Rote?«, flüsterte er dem Scout zu.
»Sag kein Wort gegen Nizhoni oder deren Kinder, sonst kannst du von Glück reden, wenn Fitchner dich nicht in einem Stück zu deinem Captain zurückschickt«, meinte Rudledge grinsend.
»Ist sie eine Komantschin?«, fragte der Ranger. »Dann möchte ich hier nicht übernachten. Wir hatten letztens ein hartes Gefecht gegen eine Komantschenbande und etliches von diesem Ungeziefer erlegt. Ich will nicht in der Nacht durch einen Messerschnitt in der Kehle enden.«
Als Rudledge das hörte, schüttelte er grinsend den Kopf. »Du hast eben einen ausgezeichneten Witz erzählt. Ich habe seit Jahren keinen besseren gehört! Du solltest dich hier aber besser manierlich benehmen, mein Junge! Die Dame des Hauses ist die Ehefrau eines Senators von Texas, der zudem von Sam Houston selbst zum General der texanischen Armee befördert worden ist. Außerdem ist sie keine Komantschin, sondern eine Navajo. Und jetzt setz dich und trink einen Schluck dieses köstlichen Whiskeys mit ey. Den brennt nämlich ein irischer Priester, und der versteht was davon.«
Mit dieser Erklärung drückte Rudledge dem Ranger ein volles Glas in die Hand und stieß mit ihm an. Zwar äugte MacCulloch noch etwas misstrauisch zu Nizhoni hin, entspannte sich

dann aber und fand, dass Father Patricks Whiskey es wirklich wert war, getrunken zu werden.
Gamuzana hatte zunächst nur allgemeine Themen berührt, doch als Walther nach seiner Ehefrau und seiner Tochter fragte, die er vor vielen Jahren kennengelernt hatte, trat nackte Verzweiflung auf die Miene des alten Mannes.
»Doña Elvira geht es an den Umständen gemessen gut, doch trauert sie genau wie ich um unsere Tochter und unseren Schwiegersohn Coronel Juan de Arranza. Nur die Liebe zu unserem Enkel Ramón mildert diesen Schmerz ein wenig. Doch ein anderer Schmerz frisst sich brennend in unsere Herzen. Es geht um unsere Enkelin Juana.«
»Ist sie ebenfalls gestorben?«, fragte Walther.
»Nein! Oder, besser gesagt, wir wissen nicht, ob sie noch lebt. Unser Schwiegersohn hat vor etlichen Monaten einen Posten in Chihuahua erhalten. Doch auf dem Weg dorthin wurden er, unsere Tochter und unsere Enkelin von Indios überfallen. Mercedes und Juan wurden ermordet, und von Juana gibt es keine Spur. Doña Elvira und ich hoffen daher, dass die Indios sie nicht umgebracht, sondern mitgenommen haben.« Gamuzana verstummte einen Augenblick, benetzte seine Zunge mit etwas Whiskey und fuhr mit leiser Stimme fort.
»Wir wissen nicht, welcher Stamm den Überfall begangen hat. Allerdings heißt es, dass zu der Zeit eine Komantschenbande in der Gegend gesehen worden sein soll. Sie, Señor Waltero, handeln mit diesem Stamm, und daher bitte ich Sie, mich dorthin zu begleiten. So Gott will, werden wir die kleine Juana finden. Ich werde den Komantschen alles geben, was sie wollen, wenn wir unsere Enkelin nur gesund zurückerhalten.«
»Das sollten Sie nicht so laut sagen. Es könnte sonst sein, dass einige glauben, Sie würden die Komantschen mit Feuerwaffen

versorgen. Man misstraut hier in Texas allen Mexikanern, weil einige von ihnen schon mehrmals Indianer dazu angestachelt haben, weiße Siedlungen zu überfallen«, antwortete Walther mit einem Seitenblick auf den Ranger.

Gamuzana begriff die Warnung, bedachte aber MacCulloch mit einem verächtlichen Blick, bevor er sich wieder Walther zuwandte. »Was würden Sie tun, wenn man Ihnen Ihr Land wegnimmt und sie dazu zwingt, auch noch Ihre Unterschrift darunter zu setzen, damit es aussieht, als wäre es ein ehrliches Geschäft?«

»Wahrscheinlich würde ich das Gleiche tun wie Sie«, antwortete Walther ehrlich. Er verstand die Mexikaner, die nach zwei Niederlagen, gegen die Texaner und die Vereinigten Staaten, den gesamten Norden ihres Staatsgebiets verloren hatten. Andererseits lebte er auf dieser Seite der Grenze und hatte sich hier zurechtzufinden.

»Was können wir wegen meiner Enkelin unternehmen?«, fragte Gamuzana, um das Gespräch wieder auf das eigentliche Thema zurückzubringen.

»Wir werden zu den Komantschen reiten, aber ohne den Ranger«, erklärte Walther. »Diese Männer sind für die Indianer ein rotes Tuch.«

»Wir beschützen unsere Siedlungen vor diesen roten Hunden«, warf MacCulloch bissig ein, da Walther seine letzten beiden Sätze wieder lauter ausgesprochen hatte.

Walther musterte den Ranger mit einem kühlen Blick. »Wir haben für unsere Siedlung und die angrenzenden Gebiete in Friedrichsburg und Umgebung einen Vertrag mit den Komantschen geschlossen. Bis auf ein paar gestohlene Kühe wurde er bislang von beiden Seiten eingehalten.«

»Wenn es nach Ihnen ginge, würden die Wilden all das schöne Land behalten, auf dem sie weder Feldfrüchte anbauen noch

Tiere züchten. Ich sage Ihnen, es ist unser von Gott gegebenes Recht, die Rothäute zu vertreiben, damit aus dem Land etwas gemacht werden kann!« MacCulloch redete sich in Rage, doch Rudledge legte ihm die Hand auf die Schulter und schüttelte den Kopf.

»Mein Junge, General Fitchner hat hier seine eigene Meinung, und die solltest du respektieren. Sonst müsstest du doch noch heute die Ranch verlassen.«

»Senator Coureur ist da anderer Ansicht!«, sagte MacCulloch erbittert. »Er hat uns Ranger immer unterstützt.«

»Vielleicht ist er hier deshalb nicht mehr zum Senator gewählt worden«, spottete Rudledge und erklärte, dass MacCulloch und die beiden anderen Texaner am besten wieder nach Austin zurückreiten sollten.

»Diese Sache verlangt Fingerspitzengefühl«, setzte er grinsend hinzu, »und davon habt ihr drei nicht genug. Das ist doch auch Ihre Meinung, General?«

Während Walther nickte, war MacCulloch deutlich der Ärger darüber anzumerken, dass Rudledge ihn wie einen dummen Jungen behandelte.

»Wir werden in drei Tagen aufbrechen. Da es Kämpfe zwischen Siedlern und Rangern auf der einen und den Komantschen auf der anderen Seite gegeben hat, sollte unser Trupp nicht zu klein sein. Sonst glauben einzelne Kriegergruppen, uns überfallen zu können«, sagte Walther zu Gamuzana, ohne MacCulloch weiter zu beachten. »Bis dorthin haben wir auch die Waren zusammen, die wir gegen das Mädchen eintauschen könnten. Es werden keine Schusswaffen dabei sein!«

Damit war die Entscheidung gefallen. Gamuzana und Rudledge nickten, während MacCulloch verärgert die Luft aus der Nase blies. Er wusste jedoch, dass er und seine Kameraden nichts tun durften, was das Leben der Kleinen gefährden konnte. Der Frieden mit Mexiko war fragil, und ein weiterer Krieg konnte England oder eine andere europäische Macht dazu bringen, auf Seiten der Mexikaner einzugreifen. Doch das konnten sich weder die Texaner noch die Vereinigten Staaten von Amerika leisten.

8.

Walther hatte das Komantschenlager am Bach der Hirschkuh schon oft aufgesucht, doch selten mit einem schlechteren Gefühl als an diesem Tag. Das Vordringen der aus den Vereinigten Staaten nach Texas strömenden Neusiedler in die Jagdgründe des Stammes und die Kämpfe gegen die Texas Rangers, die sich als Schutztruppe dieser Siedler begriffen, hatte die Indianer zornig gemacht.

Um die Komantschen nicht zum Angriff zu reizen, bestand Walthers Trupp aus ihm selbst, Amos Rudledge, Hernando de Gamuzana mit seinen drei Begleitern sowie aus Quique und acht weiteren Vaqueros von der Rinderranch. Den Wagen steuerte wieder Jones. Außerdem hatte Nizhoni vorgeschlagen, dass sie Gretel mitnehmen sollten, um den Komantschen ihre friedlichen Absichten anzuzeigen.

Das Mädchen ritt neben dem Vater, das rot schimmernde Haar mühsam zu einem Pferdeschwanz gebändigt, und äugte misstrauisch in die Weite. »Eigentlich müssten wir bereits auf Komantschen gestoßen sein. Aber ich habe bisher noch keinen gesehen. Halt! Dort vorne tut sich was.«

Walthers Blick folgte dem Fingerzeig seiner Tochter, doch er sah nichts. Auch Rudledge schüttelte den Kopf, aber Gretel ließ sich nicht beirren.

»Sie sind dort. Ich zähle eins, zwei, drei, etliche. Es müssen mindestens dreißig sein, und sie kommen auf uns zu.«

Jetzt bemerkte Walther die Indianer ebenfalls und hob die Hand. »Ruhig weiterreiten, Männer. Haltet eure Waffen bereit, aber richtet sie nicht ohne meinen Befehl auf die Komantschen. Sonst glauben sie, wir wollen kämpfen.«

»Und was tun wir, wenn sie kämpfen wollen, Señor?«, fragte einer der Mexikaner.

»Ich hoffe, dass sich eine Auseinandersetzung vermeiden lässt«, antwortete Walther.

Sicher war er jedoch nicht. Mittlerweile befanden sie sich in den Jagdgebieten des Stammes, und da mochte es sein, dass der Hass auf die weißen Männer auch sie traf. Er packte seine Büchse mit festem Griff und sah aus den Augenwinkeln, wie Gretel ihren fünfschüssigen Remington-Revolver lockerte. Anschließend trabte sie etwas voraus, damit die Komantschen sie sehen konnten, und winkte in deren Richtung.

»Mehr kann ich auf diese Entfernung nicht tun«, meinte sie zu ihrem Vater, als dieser wieder zu ihr aufgeschlossen hatte.

»Es scheint auszureichen, zumindest greifen sie uns nicht sofort an«, antwortete Walther.

Tatsächlich blieben die indianischen Reiter an der Stelle, an der sie entdeckt worden waren. Walther zählte etwa vierzig Krieger. Selbst wenn die meisten nur mit Pfeil und Bogen statt mit Flinten bewaffnet waren, mussten er und seine Begleiter erst einmal mit so vielen fertig werden.

Auch als sie näher kamen, rührten die Komantschen sich nicht. Sie standen wie eine Mauer in ihrem Weg, und ihre Mienen wirkten grimmig.

»Sieht nicht so aus, als wollten sie uns vorbeilassen«, meinte Rudledge besorgt.
»Wenn wir versuchen sollten, sie zu umreiten, haben wir sie im Rücken«, erklärte Walther und ritt weiter auf die Komantschen zu. Zehn Schritte vor den ersten Kriegern zügelte er sein Pferd, senkte demonstrativ seine Büchse und hob die rechte Hand zum Friedensgruß.
»Ich bin Fahles Haar, Freund der Nemene!«
»Kein weißer Mann Freund der Nemene«, rief ein Krieger, den Walther noch nicht kannte.
»Du musst Po'ha-bet'chy fragen. Er wird dir sagen, dass ich sein Freund bin!«, gab Walther ruhiger zurück, als er sich fühlte. Wenn das hier Krieger einer Stammesabteilung waren, die bislang in einer anderen Gegend gejagt hatten, so konnte es sein, dass diese nichts auf Po'ha-bet'chys Wort gaben.
Nach einigen Augenblicken angespannten Schweigens sah ihn der Komantsche an. »Die weißen Männer werden mit uns kommen! Kennt Po'ha-bet'chy sie, bleiben sie am Leben, kennt er sie nicht, wird Ka'sa-na'vo ihre Skalps nehmen!«
»Das soll er gefälligst bleibenlassen«, flüsterte Rudledge angespannt. Doch auch er war froh, als die Indianer sich verteilten und ihren Trupp im Abstand von etwa hundert Schritten eskortierten.
Bis zu Po'ha-bet'chys Lager waren es nur noch wenige Meilen. Die Zahl der Komantschenkrieger nahm jedoch immer mehr zu, und als sie zwischen den Zelten einritten, waren es fast einhundert.
Walther spürte Gamuzanas Besorgnis, noch bevor dieser sich mit beklommener Miene an ihn wandte. »Wenn Ihnen, Ihrer Tochter oder einem Ihrer Männer etwas geschieht, könnte ich es mir nie verzeihen.«
»Dieses Nie dürfte sehr kurz ausfallen, da die Komantschen

Sie ebenfalls massakrieren würden«, warf Rudledge mit einem misslungenen Grinsen ein.
»Achtung, da kommt der Häuptling!« Walthers Stimme ließ die anderen verstummen.
Po'ha-bet'chy trat auf sie zu. Drei Federn auf seinem Kopf deuteten seinen Rang an. Über seinem Arm hing eine bestickte Decke, darunter schauten die beiden Läufe jener alten Büchse heraus, die Walther vor fünfundzwanzig Jahren gegen Nizhoni eingetauscht hatte.
»Es ist gut, dass ihr diese Männer hierhergebracht habt«, wandte Po'ha-bet'chy sich an die Krieger. »Fahles Haar ist Freund von Medizinträger. Fahles Haar hat oft mit Medizinträger gehandelt und ihn nie betrogen, wie andere weiße Händler es tun. Fahles Haar ist auch ein großer Häuptling der deutschen Siedler, mit denen die großen Häuptlinge der Nemene Frieden geschlossen haben. Wäre Fahles Haar oder einem seiner Männer etwas geschehen, wäre der Frieden gebrochen worden.«
»Dann soll Fahles Haar wieder gehen! Wir Nemene handeln nicht mehr mit weißen Männern. Wir nehmen uns, was wir brauchen, von jenen, die in unsere Jagdgründe eingedrungen sind, und von den Männern mit dem Stern auf der Brust, die uns immer wieder bekämpfen!«
Ka'sa-na'vos Stimme hallte laut über das Lager, und etliche Komantschen stimmten ihm mit schrillen Rufen zu.
Da hob Po'ha-bet'chy die Hand. »Ich will mit Fahles Haar reden. Fahles Haar kommt nicht ohne Grund in unser Lager. Steig ab und sei Gast in meinem Zelt!«
Der letzte Satz galt Walther. Dieser schwang sich aus dem Sattel, wies dann aber auf Hernando de Gamuzana. »Mein Freund will mit Po'ha-bet'chy sprechen. Ich habe ihn hierher begleitet!«

»Dann soll dein Freund mitkommen!« Nach diesen Worten drehte Po'ha-bet'chy sich um und ging zu seinem Zelt.
Walther wartete, bis auch Gamuzana abgestiegen war, und schritt dann hinter dem Häuptling her.
Kaum hatten sie im Zelt auf ledernen Decken Platz genommen, brachte eine der Frauen eine Schüssel mit Maisbrei und mehrere Fleischstücke, die von erbeuteten Rindern stammen mussten. Es dauerte einen Augenblick, bis Walther Per'nape'ta erkannte, die Anführerin der Frauen in Po'ha-bet'chys Lager. Sie musste etwa in Nizhonis Alter sein, doch das harte Leben in der Prärie hatte tiefe Spuren in ihrem Gesicht hinterlassen. Ihre Haut war von der Sonne dunkel gebrannt und faltig geworden, doch sie war sauber, und ihre Miene verriet keinen Hass.
»Das Nizhonis Sohn?«, fragte sie und zeigte durch die offene Zeltplane auf Gretel.
»Das ist unsere Tochter«, korrigierte Walther sie lächelnd.
»Wäre Sohn, würde großer Krieger«, antwortete die Indianerin und ging hinaus, um das Mädchen in ein Gespräch zu verwickeln. Da sie selbst gewisse Kenntnisse der englischen und spanischen Sprache besaß und Nizhoni ihrer Tochter einige Komantschenausdrücke beigebracht hatte, verständigten sie sich mühelos.
Po'ha-bet'chy sah den beiden einen Augenblick lang zu und drehte sich dann erst zu Walther und Gamuzana um. »Wie leicht wäre der Frieden zu erringen, wenn jeder jedem das lässt, was ihm gehört!«, sagte er nachdenklich und forderte dann seine Gäste auf, ihm den Grund ihres Kommens zu nennen.
»Es geht um die Enkelin meines Freundes Hernando de Gamuzana«, begann Walther. »Die Kutsche, mit der ihre Eltern reisten, wurde überfallen und diese getötet. Seitdem ist das Kind verschwunden. Es würde jetzt fünf Jahre alt sein.«

»Da ihr gekommen seid, glaubt ihr, dass Nemene das Kind mitgenommen haben?«, fragte der Häuptling.
»Wir wissen es nicht genau«, gab Gamuzana zu. »Aber zu dem Zeitpunkt wurde eine Komantschengruppe bei Chihuahua gesehen, und deshalb wäre es möglich, dass Juana bei diesen ist.«
»Etliche Teilstämme der Nemene haben in letzter Zeit Raubzüge nach Mexiko hinein unternommen, um Waffen und anderes zu erbeuten, was wir im Kampf gegen die weißen Männer in Texas brauchen«, gab Po'ha-bet'chy zu. »Doch das tun Kiowas und Apachen ebenfalls. Ich weiß nichts von der Enkelin des Mexicano, denn wir sind seit über einem Jahr nicht mehr über den Rio Grande geritten.«
»Vielleicht kannst du herausfinden, wo das Mädchen sich aufhält. Don Hernando ist bereit, viel dafür zu bezahlen«, drängte Walther.
»Wenn es nicht anders geht, erhaltet ihr auch Feuerwaffen. Ihr müsstet sie euch nur südlich des Rio Grande holen!« Gamuzana wusste, dass Walther dieses Angebot nicht gutheißen würde, doch um seiner Enkelin willen war er zu allem bereit.
Da Walther an seiner Stelle nicht anders gehandelt hätte, sagte er nichts, sondern wies nach draußen auf den vollgeladenen Wagen. »Dies sind Geschenke für dich und die anderen Häuptlinge der Nemene. Wenn ihr uns das Mädchen übergebt, erhaltet ihr noch mehr.«
Po'ha-bet'chy überlegte kurz und nickte. »Ich werde nach der Enkelin des Mexicano fragen und dir Nachricht schicken, wenn ich sie gefunden habe. Sollten jedoch Lipan oder andere Stämme das Mädchen geraubt haben, werde ich keinen Krieg führen, um es zu befreien.«
»Das musst du auch nicht!« Obwohl Walther sich ein besseres Ergebnis erhofft hatte, war er doch mit dem Erreichten zufrie-

den. Po'ha-bet'chy war ein anerkannter Anführer unter den Komantschen, und sein Wort wog schwer. Wenn die kleine Juana von einem der mit ihm verbündeten Stämme entführt worden war, würde er sie finden. Sobald sie Nachricht hatten, konnten sie mit dem entsprechenden Häuptling verhandeln und die Kleine freikaufen.
Dies erklärte er Gamuzana, der enttäuscht neben ihm saß. Offenbar hatte der alte Mann gehofft, seine Enkelin bereits hier in diesem Lager zu finden. Während Walther auf Gamuzana einredete, verließ Po'ha-bet'chy das Zelt und kehrte nach etwa einer Stunde wieder zurück.
»Fahles Haar und seine Männer können morgen zurückreiten. Kein Krieger der Nemene wird sie auf dem Heimweg behelligen!« Damit war diese Verhandlung zu Ende, und es kostete Walther viele gute Worte, den verzweifelten Großvater wieder aufzurichten.

9.

Am nächsten Morgen waren die meisten Komantschenkrieger verschwunden. Auch Po'ha-bet'chy ließ sich nicht mehr sehen. Nach einem Frühstück aus kaltem Maisbrei und gebratenen Rinderstücken, die vom Vortag übrig geblieben waren, machten Walther und seine Begleiter sich zur Abreise bereit.
Der Wagen war leer, und diesmal gab es keine Tauschware. Doch Walther war das gute Verhältnis zu den Komantschen mehr wert als die paar Dollar, die er damit verlor. Er saß bereits auf seinem Pferd und wollte eben das Zeichen zum Aufbruch geben, als der Häuptling doch noch mal zu ihnen kam.

Er stieß eine weiße Frau und zwei kleine Kinder vor sich her und blieb dann neben Walthers Pferd stehen.
»Dieses Weib wurde von einem unserer Kriegerbünde gefangen genommen. Nimm sie mit als Zeichen, dass die Nemene Frieden mit den weißen Männern wünschen. Sage den Männern mit dem Stern aber auch, dass sie in den Jagdgründen der Nemene nicht geduldet werden. Wagen sie sich herein, töten wir sie!«
»Ich danke dir, Häuptling!«
Erst als sie Walthers Stimme hörte, schaute die Frau auf und erkannte ihn als einen Weißen. »Oh Gott, komme ich wirklich frei, und mein kleiner Joshua und meine Prudence auch?«, fragte sie ungläubig.
Walther wies auf den Wagen. »Reichen Sie Jones die Kinder hoch und steigen Sie auf. Wir nehmen Sie zu unserer Ranch mit. Wenn Sie Verwandte haben, können Sie diesen von dort aus schreiben.«
Es schien, als hätte die Frau Angst, die Komantschen könnten sie trotzdem noch zurückhalten, denn sie reichte Sohn und Tochter blitzschnell hoch und stieg so rasch auf den Wagen, dass sie sich das Schienbein aufschrammte. Doch als sie oben saß, die Kinder eng an sich gepresst, und gegen ihre Tränen ankämpfte, lächelte sie Walther scheu zu. »Danke!«
»Schon gut!« Damit ritt Walther an und schlug den Weg nach Osten ein.
Gamuzana lenkte seinen Hengst an seine Seite. »Wie groß sehen Sie die Chance, dass wir meine kleine Juanita zurückerhalten?«
»Das liegt in Gottes Hand«, antwortete Walther und lächelte dem alten Herrn aufmunternd zu. »Ich vertraue Po'ha-bet'chy und weiß, dass er alles tun wird, um die Kleine zu finden. Es mag nicht heute sein und vielleicht auch nicht morgen. Aber

irgendwann, so hoffe ich, wird Juana die Schwelle Ihres Hauses überschreiten, und Sie können sie wieder in die Arme schließen.«

»Gebe Gott, dass es so kommt!« Gamuzana atmete tief durch und bekreuzigte sich. Es war die einzige Hoffnung, die er von hier mitnehmen konnte.

Seine mexikanischen Begleiter waren froh, als das Komantschenlager hinter ihnen blieb, und warfen besorgte Blicke zurück. Doch Po'ha-bet'chy hielt sein Versprechen, und sie bekamen auf dem gesamten Rückweg keinen indianischen Krieger mehr zu sehen.

Bei dem ersten Nachtlager unterhielt Walther sich mit der befreiten Frau, erfuhr von ihr aber nur ihren Namen und dass sie nördlich von San Antonio von den Komantschen gefangen genommen worden war. Die näheren Umstände verschwieg sie, doch der schmerzliche Zug um ihre Lippen zeigte ihm, dass dabei Dinge geschehen waren, die sie am liebsten vergessen würde. Sie wusste auch nicht, ob ihr Mann noch lebte, sagte aber, dass sie Verwandte habe, die sie und ihre Kinder aufnehmen würden.

Als sie die Rinderranch erreichten, erwarteten sie dort neben Josef auch Nizhoni und Waldemar, die es auf der Ranch am Rio Colorado nicht mehr ausgehalten hatten. Beiden war klar gewesen, dass Walther das Mädchen nicht auf Anhieb finden würde, daher versuchte Nizhoni Gamuzana ebenfalls Mut zu machen.

Der alte Herr antwortete mit einem schmerzlichen Lächeln. »Ich bete zu Gott, dass er sich unserer Kleinen annimmt und sie wieder zu uns führt. Señor Waltero danke ich für seine Hilfe. Er ist ein wahrer Freund!« Tief bewegt reichte Gamuzana Walther die Hand und wies dann nach Süden. »Die Heimat ruft mich. Verzeihen Sie mir, wenn ich nicht mehr mit an den

Rio Colorado komme, sondern von hier aus nach Hause reite. Señor Rudledge hat versprochen, mich bis zum Rio Grande zu begleiten.«

»Ich hoffe, es ist Ihnen so recht, Mister Fitchner. Ich würde auch gerne die Frau und ihre Kinder mitnehmen und unterwegs in San Antonio abliefern. Das heißt, wenn Sie mir Jones und den Wagen leihen. Reiten können die drei nämlich nicht!«

»Das ist doch selbstverständlich!« Walther reichte Rudledge die Hand und umarmte dann Gamuzana. »Vertrauen Sie auf Gott, mein Freund. Er wird uns nicht im Stich lassen!«

»Das wird er nicht«, antwortete der alte Herr und blickte zur Sonne hoch, die kaum die Mittagsstunde erreicht hatte. »Wenn Sie erlauben, würde ich heute noch aufbrechen, um meiner Doña die Nachricht zu überbringen, dass alles in die Wege geleitet wurde, um unsere Kleine zu retten.«

Walther hätte Gamuzana gerne länger als Gast behalten, doch er verstand dessen Wunsch und nickte. »Reiten Sie mit Gott, mein Freund!«

»Dann auf Wiedersehen, Senator«, erklärte Rudledge grinsend. »Komme sicher mal wieder bei Ihnen vorbei. Und ihr seht zu, dass ihr wieder auf den Wagen kommt!« Das Letzte galt der befreiten Frau und ihren Kindern, die sich dies nicht zweimal sagen ließen.

Gamuzana stieg in den Sattel, winkte noch einmal und ritt nach Süden davon. Die anderen Mexikaner, Rudledge und Jones folgten ihm mit der Frau und deren Kindern.

Walther sah der Gruppe nach und bedauerte, dass Gamuzanas Abschied so knapp ausgefallen war. Tief durchatmend legte er den Arm um Nizhoni. Sie sah ihn lächelnd an, als wollte sie ihn trösten. Doch ihn überkam das Gefühl, als würden sich am Himmel schwarze Gewitterwolken zusammenziehen. Er schloss kurz die Augen, und als er sie wieder öffnete, war der Tag so klar und sonnig wie zuvor. In seinem Herzen aber spürte er, dass etwas im Land umging und bald vieles nicht mehr so sein würde, wie es vorher gewesen war.

Historischer Überblick

Nach der 1836 errungenen Unabhängigkeit von Mexiko strebt Texas die Aufnahme in die Vereinigten Staaten von Amerika an. Da Texas jedoch die Sklaverei erlaubt, wird der Antrag abgelehnt, um das fragile Gleichgewicht zwischen den freien und den Sklavenstaaten in den USA nicht zu gefährden. Texas muss daher zunächst auf eigenen Beinen stehen und wird von einigen Staaten, darunter auch England und Frankreich, anerkannt. Zunächst ist Sam Houston, der Sieger der Schlacht am San Jacinto River, Präsident. Dann aber wählen die Texaner Mirabeau B. Lamar zu ihrem neuen Präsidenten, und dieser will die Komantschen aus einem großen Teil ihrer Jagdgründe vertreiben. Die Komantschen halten den Angriffen der Weißen jedoch stand, und so zahlen die Texaner für diesen Krieg mit vielen überfallenen Farmen und einer bankrotten Staatskasse.

Sam Houston, der erneut zum Präsidenten gewählt wird, gelingt es, einen Waffenstillstand mit den Komantschen zu schließen, so dass Texas sich ein wenig erholen kann. Ein neuer Präsident in Washington sorgt nun dafür, dass Texas in die Vereinigten Staaten aufgenommen wird. James K. Polk geht es dabei nicht nur um Texas. Er will den gesamten Norden Mexikos annektieren, um die Vereinigten Staaten bis nach Kalifornien auszudehnen. Der von ihm provozierte Krieg bringt das erhoffte Ergebnis. Mexiko wird in einer Reihe von Schlachten geschlagen und muss schließlich auf seine Bundesstaaten Alta California und Nuevo Mexico verzichten sowie auf Teile der Bundesstaaten Tamaulipas und Coahuila, die Texas zugeschlagen werden.

Durch diesen Krieg vergrößern die Vereinigten Staaten ihr Territorium gewaltig, bezahlen es aber mit der Feindschaft der lateinamerikanischen Staaten. Waren die Vereinigten Staaten bislang ein Vorbild, wie man sich von der Kolonialherrschaft durch europäische Reiche befreit, so haben sie sich nun selbst als imperialistische Macht entlarvt. Die Schwierigkeiten, die die USA noch heute mit einigen Staaten Mittel- und Südamerikas haben, wurzeln in jener Zeit.

In den 1840er Jahren, in denen Texas noch eine unabhängige Republik war, gründete in Deutschland eine Gruppe Adeliger den »Verein zum Schutz deutscher Auswanderer in Texas«. Ihr Bestreben war, zur Linderung der Armut in den deutschen Staaten auswanderwilligen Bürgern bei der Ansiedlung in Texas zu helfen. Allerdings plante man ein geschlossenes deutsches Siedlungsgebiet, das auf die Dauer von Texas unabhängig oder zumindest autonom werden sollte. Da die texanische Regierung einer solchen Ansiedlung nicht zustimmte, versuchten die Repräsentanten des »Mainzer Adelsvereins«, wie die Gruppierung auch genannt wurde, in Texas Landrechte aus Privathand anzukaufen.

Hierbei gerieten die Herren mehrfach an Schwindler, die ihnen längst verfallene Landrechte andrehten oder solche, die kurz vor dem Erlöschen standen. Gleichzeitig wurden die Kosten für den Transport der Auswanderer nach Texas und ihre Ansiedlung viel zu optimistisch eingeschätzt. Aus diesem Grund litt der Mainzer Adelsverein unter chronischer Geldnot und war lange nicht in der Lage, jene Auswanderer, die die texanischen Häfen als Erste erreichten, mit Land zu versorgen. Viele dieser Auswanderer starben an Krankheiten, andere siedelten sich auf eigene Faust in Texas an oder schlossen sich den Truppen der Vereinigten Staaten im Amerikanisch-Mexikanischen Krieg als Freiwillige an, um ihr Auskommen zu finden.

Erst als Ottfried Hans von Meusebach zum neuen Generalkommissar des Mainzer Adelsvereins in Texas ernannt worden war, gelang es, eine größere Siedlung im Landesinnern zu gründen. Die Städte Neu-Braunfels (New-Braunfels) und Friedrichsburg (Fredericksburg) wurden zu den Zentren der deutschen Siedlungsgebiete in Texas. Um die Siedlungen vor Indianerüberfällen zu schützen, handelte Ottfried Hans von Meusebach einen Friedensvertrag mit dem Volk der Komantschen aus, der laut offizieller Lesart nie gebrochen worden ist. Noch heute erscheinen Abordnungen der Komantschen aus ihren Reservaten in Oklahoma am Jahrestag des Vertrags, um diesen mit den Nachfahren der deutschen Siedler zu feiern.

Allerdings sind auch viele Deutsche auf eigene Faust nach Texas ausgewandert. Vor allem nach der gescheiterten Revolution von 1848 haben viele Bürger, die sich an dem Kampf für die Freiheit beteiligt hatten, ihre Heimat verlassen. Auch wenn die meisten davon in den Norden der Vereinigten Staaten einwanderten, so fanden doch auch etliche in Texas eine neue Heimat.

Iny und Elmar Lorentz

Die Personen

Azor, Quique – Vormann auf Walthers Rinderranch
Belcher, Andreas – Siedler in Texas
Bennett, Bill – Spencers Verwalter
Benito – Arbeiter auf Walthers Ranch
Burke, Zebulon – Offizier der US-Armee
Clyde – Offizier der US-Armee
Coureur, Abigail – ältere Tochter der Familie Coureur
Coureur, Rachel – Thierrys Ehefrau
Coureur, Thamar – jüngere Tochter der Familie Coureur
Coureur, Thierry – Siedler in Texas
de Arranza, Juan – Hernando de Gamuzanas Schwiegersohn
de Gamuzana, Elvira – Hernando de Gamuzanas Ehefrau
de Gamuzana, Hernando – Alcalde von San Felipe de Guzmán
de Gamuzana, Mercedes – Hernando de Gamuzanas Tochter
Dyson, Luke – Spencers Handlanger
Falkenschwinge – Sohn von Kreisender Adler und Singender Mund
Father Patrick – Priester aus Irland
Fichtner, Diego – Walthers und Nizhonis jüngster Sohn
Fichtner, Gretel – Walthers und Nizhonis Tochter
Fichtner, Josef – Walther Fichtners ältester Sohn
Fichtner, Maria Amalie – Nizhoni

Fichtner, Maggie – Walthers und Nizhonis Tochter
Fichtner, Waldemar – Walther Fichtners zweitältester Sohn
Fichtner, Walther – Siedler in Texas
Freihart, Herlind – Landolf Freiharts Frau
Freihart, Landolf – deutscher Revolutionär
Freihart, Meinrad – Freiharts Sohn
Freihart, Wigburg – Freiharts Tochter
Grenzberg-Malchendorff – deutscher Graf
Hosea – einer von Spencers Getreuen
Jenkins – Siedler in Texas
Jenkins, Jim – Jenkins' Sohn
Jones – Vaquero afrikanischer Herkunft
Ka'sa-na'vo – Komantschenkrieger
Kreisender Adler – indianischer Vaquero
Lionbaker, Everett M. – Landvermesser
Malden, Ezra – Quartiermeister bei der US-Armee
Manolo – Vaquero
Mayendenk – deutscher Baron
Miguel – Vaquero
O'Corra, Ean – Siedler in Texas
O'Corra, Letta – Ean O'Corras Frau
O'Flannagan, Morgan – Siedler in Texas
Pepe – Walthers Knecht
Per'na-pe'ta – Komantschin
Po'ha-bet'chy – Häuptling einer Komantschengruppe
Poulain, Albert – Siedler in Texas
Rudledge, Amos – Scout
Singender Mund – Ehefrau von Kreisender Adler
Tobolinski, Krzesimir – Siedler in Texas
Tobolinski, Leszek – Krzesimir Tobolinskis ältester Sohn
Tobolinski, Marek, – Krzesimir Tobolinskis jüngster Sohn
To'sa-mocho – Komantschenhäuptling

Sanchez – Siedler in Texas
Scharezzani, Tonino – Siedler in Texas
Schröter, Philipp – Sekretär Grenzberg-Malchendorffs
Schüdle, Jakob – Gertrude Poulains früherer Ehemann
Spencer, Nicodemus – Spekulant
von Renitz, Clemens – neuer Herr auf Renitz

Geschichtliche Personen

de Ampudia, Pedro – mexikanischer General
Houston, Sam – erster Präsident von Texas
Lamar, Mirabeau B. – zweiter Präsident von Texas
Parker, Silas – Texas Ranger
Polk, James K. – Präsident der Vereinigten Staaten
Taylor, Zachary – General der US-Armee
von Boos-Waldeck – Stellvertreter Victor von Leiningens in Texas
von Leinigen, Victor – erster Vertreter des Siedlungsvereins in Texas
von Meusebach, Ottfried Hans – dritter Vertreter des Siedlungsvereins in Texas
von Solms-Braunfels, Carl – zweiter Vertreter des Siedlungsvereins in Texas

Glossar

Amigos – Freunde
Canalla – Lump
Compañeros – Kameraden
Doughboys – Mehljungen, Bezeichnung für die Soldaten der US-Infanterie, da sie auf ihrem Marsch immer wieder vom Staub bedeckt wurden
Indianola – texanische Hafenstadt, wurde später durch einen Hurrikan zerstört und nicht wieder aufgebaut
Ma'iitsoh – Wolf in der Navajosprache, Beiname, den Nizhoni Waldemar gegeben hat
Muchachos – Jungs
Náshdóítsoh – Puma in der Navajosprache, Beiname, den Nizhoni Josef gegeben hat

Wenn Sie wissen wollen, wie es mit Walther
und den anderen Figuren weitergeht, freuen Sie sich
auf den nächsten Band im Frühjahr 2016!

Der erste Band der Auswanderersaga

Iny Lorentz
Das goldene Ufer

Roman

In der Schlacht von Waterloo rettet der junge Walther seinem Kommandeur das Leben. Zum Dank nimmt dieser sich des Waisenjungen an – ebenso wie der kleinen Gisela, deren Vater im Kampf fiel. Beide wachsen von nun an im Schoße der Grafenfamilie auf – sehr zum Unwillen des Grafensohnes, der sie aus tiefstem Herzen verachtet. Jahre später wird aus der Abneigung Hass, denn der Erbe des Grafen will die schöne Gisela für sich. Doch deren Herz schlägt schon lange für Walther – und er erwidert ihre Liebe.
Am Ende scheint es für das Paar nur einen Ausweg zu geben …

Der zweite Band der Auswanderersaga

Iny Lorentz

Der weiße Stern

Roman

Amerika im 19. Jahrhundert: Gisela und Walther hat es bei ihrer Flucht aus Preußen in die mexikanische Provinz Tejas verschlagen. Gisela erwartet ihr erstes Kind, während ihr Mann bald schon Bekanntschaft mit den gefürchteten Komantschen macht.
Als Gisela einen Sohn zur Welt bringt, erweist sich der friedliche Kontakt mit diesem Stamm als höchst hilfreich, denn Walther kann den Komantschen die junge Nizhoni abkaufen, die den kleinen Josef stillen soll. Die junge Indianerin fürchtet sich vor Walther, mit Gisela aber verbindet sie bald eine tiefe Freundschaft, die sich in vielen Schwierigkeiten bewährt.
Als der Diktator Santa Ana die Siedler von Tejas in einen mörderischen Krieg verstrickt, erweist sich Nizhoni wiederum als Segen für das junge Paar …